名家谈诗词

叶嘉莹 主编

陈斐 执行主编

一代宗师、方家泰斗
讲给大家的诗词课

填词与选调

龙榆生 著

曹辛华 编选 导读

生活·讀書·新知 三联书店 生活書店 出版有限公司

图书在版编目（CIP）数据

填词与选调 / 龙榆生著；曹辛华编选、导读 . --
北京：生活书店出版有限公司，2021.11
（名家谈诗词 . 龙榆生卷）
ISBN 978-7-80768-321-6

Ⅰ . ①填… Ⅱ . ①龙… ②曹… Ⅲ . ①词学—诗词研
究—中国 Ⅳ . ① I207.23

中国版本图书馆 CIP 数据核字 (2020) 第 029092 号

责任编辑　苏　毅
封面设计　罗　洪
责任印制　常宁强
出版发行　生活書店出版有限公司
　　　　　（北京市东城区美术馆东街 22 号）
邮　　编　100010
经　　销　新华书店
印　　刷　北京顶佳世纪印刷有限公司
版　　次　2021 年 11 月北京第 1 版
　　　　　2021 年 11 月北京第 1 次印刷
开　　本　880 毫米 ×1230 毫米 1/32　印张 16.75
字　　数　352 千字　图 7 幅
印　　数　0,001- 5,000 册
定　　价　75.00 元
（印装查询：010-64052612；邮购查询：010-84010542）

总序

叶嘉莹

我从小喜欢读诗、背诗，1945年大学毕业后就开始登上讲台教授古典诗词。我所以一生以诗词为伴，不是出于对学问的追求，而是古典诗词生发的精神力量对我的感动和召唤，这一生命感发蓄积着古代伟大诗人的心灵、智慧、品格、襟抱和修养。我一生经历很多苦难和挫折，在外人看来，我一直保持乐观、平静的态度，这与我热爱古典诗词实在有很大关系。

诗歌价值在于滋养精神和文化。中国古代伟大诗人往往是用生命谱写诗篇、用生活实践诗篇，他们把自己内心的感动写了出来，千百年后的我们依然能够体会到同样的感动，这就是中国古典诗词的生命力。古典诗词凝聚了中华文化的理念、志趣、气度、神韵，是我们民族的血脉、中华儿女的精神家园。

读诗、讲诗有三个层次。第一个层次是直觉的、感性的。比如李商隐"无题诗"到底说些什么，你可能不懂，可是你一读，觉得它意象很美，声音也很美，这就是你对一首诗的直觉感受。第二个层次是知性的、理性的，即考察一首诗的历史、背景、思想。第三个层次则完全从读者接受角度来读，我们对一首诗的诠释不一定是作者原来的意思。意大利学者墨尔加利就曾经提出来一个术语“创造性背离”，即我们对一个作品的阐释有自己的创造，这个创造很可能不同于作者原意。像王国维在《人间词话》中以古人写爱情的小词说明“成大事业大学问”三种境界，就是这样一个例子。也就是说，当你在读诗或词时，不仅探讨作者原意，更读出一种真正属于你自己的、从你内心兴发出来的东西。

其实这就是中国古老的、孔子说诗的方法。孔子说诗可以“兴”，是说诗可以给读者兴发感动，引起读者更多感发和联想——这样的感发正是诗歌强大的生命力所在，这样讲诗词才是真正的诗教传承。

我一向认为，“兴”是中国诗歌精华所在，使你内心涌动生生不已的活泼的生命。几千年来，中国有这么多伟大诗人留下这么多诗篇，让千古之下的我们读过之后内心震动，从而霍然兴起，这是一件多么美好的事情！

今天我们诵读诗词，如果只为能背会写，无异于买椟还珠。诵诗读诗，重要的是体会一颗颗诗心，与古人生命情感发生碰撞，进而提升自己当下修为。我的老师顾随先生也曾经讲过“中国说‘诗教’，不是教作诗，是使做好人”。今天我们提倡中华诗教，就是要透过诗词，用今人的生命体悟和古人交流，用诗人的生命品格滋养今人的生命质地，这个过程本身将产生强大的感发作用，使作者、讲者与听者都得到生生不已的力量。在这种以生命相融会、相感发的活动中，自有极大的乐趣。

这些年有关部门和机构推进《中国诗词大会》、“中华经典诵读工程”，2019年开始举办“迦陵杯·诗教中国”诗词讲解大赛。比赛以我的别号命名，专门面向全国中小学语文教师，鼓励古典诗词的读诵与讲解。去年暑期，虽然我还在病中，但仍然和决赛选手们在南开大学见面，与大家一同齐声高诵我的小诗：“中华诗教播瀛寰，李杜高峰许再攀。喜见旧邦新气象，要挥彩笔写江山。”我衷心希望这个大赛能选拔出一批优秀语文教师，大家一起把古典诗词薪火传续下去。如闻一多先生指出的“诗人对诗的贡献是次要问题，重要的是使人精神有所寄托”，我们这些诗教传薪者的使命，就在于发掘古典诗词中的感发力量，让中国古典诗词成为更多人生命中的指路明灯。每一代人有每一代人的责任，学人文科学的人更应该担当起传承民族精神命脉的责任。

此时此刻全球抗疫，不知道有多少人可以从中华诗词中获得慰藉和勇气。作为一位96岁的老人，我一生经历过很多苦难。记得2007年冬季我因肺炎住院，病愈后曾写过一首和友人的小诗：“雪冷不妨春意到，病痊欣见好诗来。但使生机斫未尽，红蕖还向月中开。”数千年来，中华优秀传统文化代有承传，千百年来传诵的古典诗词也必将滋养一代代中华儿女的精神世界。

（本文由南开大学文学院教授张静整理，原题为《红蕖还向月中开》，初刊2020年3月21日《人民日报》。经叶老授意，作为本丛书总序。）

附记：

余初学诗，读叶嘉莹先生以兴发感动解说诗词的论著，甚为心契。后来读顾随、俞陛云等先生的说诗文字，读《唐诗解》

《山满楼笺注唐诗七言律》等明清诗解、诗说，才慢慢明白由叶嘉莹先生发扬光大并注入新质的说诗理路，在我国由来已久。当我自己也走上诗词研究之路、对学界状况有所了解后，又恍然觉得：这种真正能够接续中华诗词命脉的说诗理路，在当下面临着严峻的传承危机。盖说诗和引诗不同，引诗可以断章取义、各取所求，说诗则必须符合诗词自身的表意规则及互文语境。诗词表意具有含蓄性、暗示性和跳跃性，“语码”系统更为独特，不像散文语言那样直白、连贯、易解，更与日常生活中使用的社会话语相去甚远。《文心雕龙·知音》云：“夫缀文者情动而辞发，观文者披文以入情。”作诗是抒志摛文、将情志外化为文字的“编码”过程，而说诗则是沿波讨源、通过文字探求情志的“解码”过程。现代学术将“研究”与“创作”断为二事，部分学者的国学功底相对比较浅狭，且缺乏创作体验，对诗词这套独特的“语码”系统不甚了解，难以还原互文语境，故其说诗，难免隔靴搔痒、随人笑语。而一切研究，不管选题、理论、方法如何，都应该奠基于对文本的准确解读之上，否则无异于空中楼阁。欲提高对诗词文本的感悟力和解读力，除了学习写诗丰富创作体验外，揣摩擅于说诗的名家的理路、方法，亦必不可少。

我把自己的这个“杞忧”说给叶嘉莹先生和三联书店的郑勇先生，并提议编选一套“名家谈诗词”丛书，对近代以来国学功底深厚且研究与创作兼擅的名家的诗词研究成果进行梳理、总结，得到了他们的鼎力支持。具体来说，“名家谈诗词”丛书拟分辑陆续推出，每辑十家，每家一本。每一名家，均邀请对其治学比较熟悉的门生弟子或与其研究领域相近的领军学者进行编选：从该名家的所有说诗文字中撷取精华篇章编为一集，以普及性为主，兼顾学术性和代表性。每本卷首，由编选者撰写一篇“导读”，介绍该名家的生平和说诗理念、方法、特点、成就、影响等。整体而言，“名家谈诗词”丛书既由点成线，串联起了近代以来诗词研究的学术史，同时也撷英采华，凝聚了近代以来诗词研究的成果精华，非但普通读者可借此走近、了解中华诗词的“正脉”，专家学者也能由此揣摩路数，提高感悟力和解读力。

“名家谈诗词”丛书自始至终都受到叶嘉莹先生的关心、指导。刘跃进、蒋寅、王兆鹏、陈水云四位先生欣然出任丛书编委并进行把关。葛晓音、罗时进、张伯伟、彭玉平、戴伟华等先生愉快地接受编选邀请，他们不仅在选目上精心斟酌，而且撰写了精彩的“导读”。这些“导读”，既通俗扼要，亦不乏学术洞见，有些已先期在《文学遗产》《清华大学学报》等重要学术期刊上发表，颇受好评。丛书策划动议与三联·生活书店一拍即合，郑勇、廉勇等先生为丛书的出版费心费力，他们不放过任何细节、精益求精的精神令人感动。对于以上诸位先生的支持与付出，谨致以诚挚的谢意！

好诗凝聚了人生最美好的心志和情感，读诗可以变化气质、涵养灵魂。中华诗教也就在这“好峰随处改”的快意阅读中传承、光大，社会风气也就在这“润物细无声”的陶冶煦育中好转、净化。希望大家喜欢这套多方殊胜因缘共同襄赞而成的“名家谈诗词”丛书，一起欣赏好诗，共同创造美好的人生和世界！

陈 斐

2020年8月

任教厦门集美学校时留影（摄于二十世纪二十年代）

一九三三年四月一日《词学季刊》创刊号，是刊为中国首家词学专刊

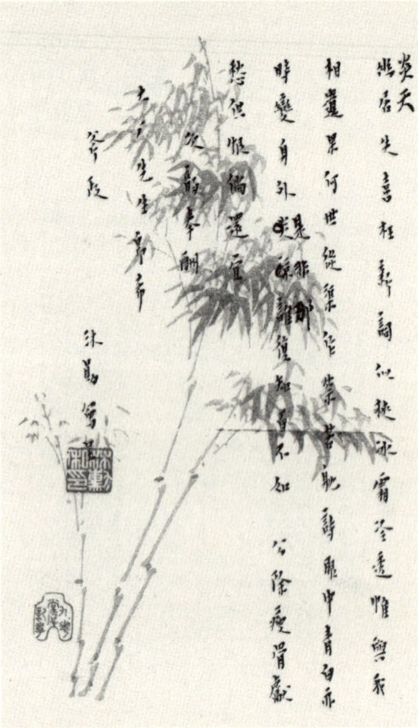

手迹（书于上世纪三十年代）

任教于中央大学（二十世纪四十年代）

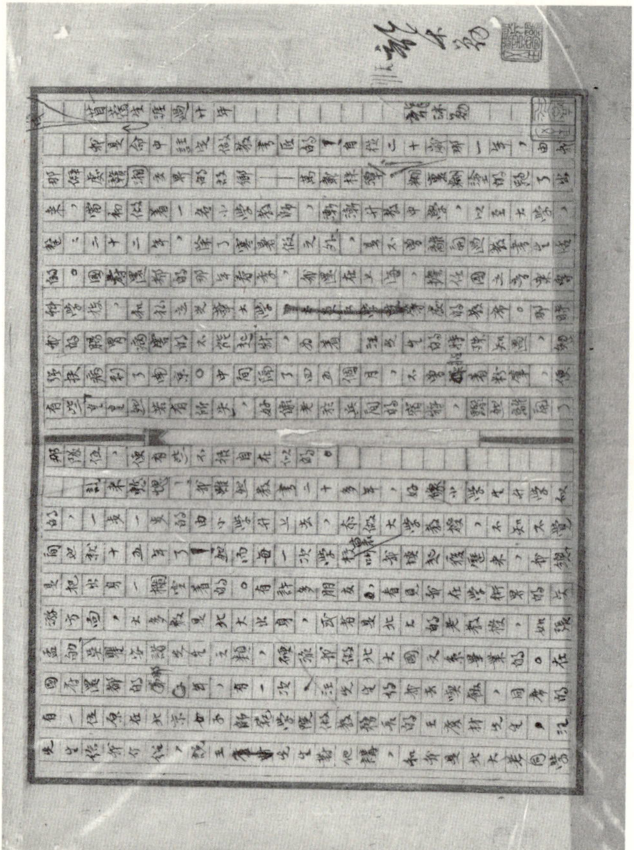

《苜蓿生涯过廿年》手稿（一九四三）

最后的全家福（1950年夏摄于南京中央路寓所——小五柳堂）

从左至右，前排：夫人陈淑兰，幼子英材，龙榆生；中排；二女美宜，四女雅宜，三女新宜，五女静宜，长女顺宜；后排：厦材，真材

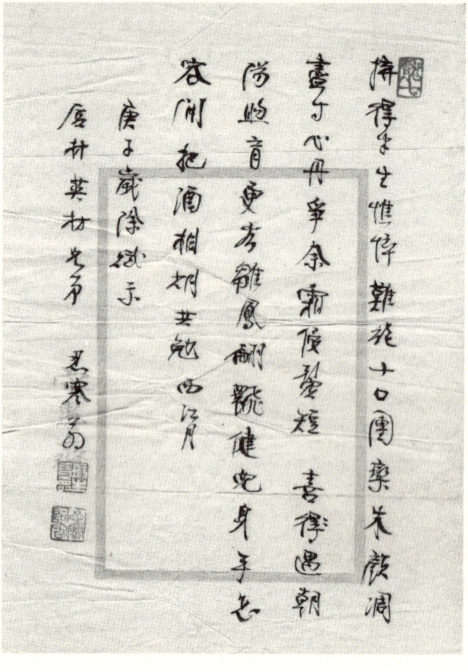

手迹“庚子岁除赋示厦材、英材兄弟”（书于二十世纪六十年代）

目　　录

诗歌史论

词体源流

词体法式

词史纵论

词学专论

导读

曹辛华

龙榆生（1902—1966）是20世纪词学史上一位举足轻重的词学家，与唐圭璋、夏承焘并称为“词学三大家”，在中国词学的现代化进程中起着中流砥柱的作用。龙氏，江西万载人。原名沐勋，又名元亮，以字行。排行第七，自称“龙七”。别号“忍寒居士”“怨红词客”“风雨龙吟室主”“荒鸡警梦室主”“箨公”等。其父龙赓言为清末进士，与文廷式、蔡元培等同榜。龙氏幼失慈母，由继母抚养成人。十岁前，龙氏只在钟祥、随州念过一年初小，在家读过一年蒙馆。十四岁毕业于集义小学。二十岁，在家自修学业的他往武昌师事黄侃，黄氏以评点《梦窗四稿》赠之。此后任武汉私立中华大学附中教员，又任教于厦门集美中学、上海暨南大学等。龙氏曾从陈衍学诗，从朱祖谋学词，为朱氏衣钵弟子。1935年至1945年间，又先后任教于国立音乐院、广州中山大学、苏州章氏国学讲习所、上海国立音乐专科学校、暨南大学附中、中国公学、光华大学、复旦大学、太炎文学院、南京中央大学等校。1945年因政治问题入狱，1948年出狱后，任上海商务印书馆编辑。新中国成立后，先在上海市文管会和上海博物馆任职，1956年调任上海音乐学院教授。1957年被划为"右派"，1966年病故，享年64岁。[1]

龙氏的词学研究可分为三个主要阶段：第一阶段是1928年到1937年；第二阶段是1938年到1949年；第三阶段是1950年到1966年。第一阶段中，龙氏在上海高校教授词学的同时，还撰述有《周清真评传》《辛稼轩年谱》《周清真词研究》（1929）、《东坡乐府笺》《中国韵文史》《唐宋名家词选》《唐五代宋词选》《唐宋词通论》《词学通论》《宋词》等书，校辑《彊村遗书》。为《制言半月刊》编录《变风集》，特别是创办并主编了第一个现代的专门词学刊物——《词学季刊》。此阶段龙氏所撰词学论文《词体之演进》《选词标准论》等均在此刊上发表。此时龙氏成为朱祖谋的传砚弟子，专力于词学。第二阶段，从抗日战争全面爆发到新中国成立。与其他词学家不同，全面抗战开始后龙氏选择了留南京，在汪伪政权中任立法委员，遂遭后人物议。但从其行为上看，龙氏并没有叛国行为，反而曾有策反郝鹏举抗日之举。他不过以一个学者身份挂名而已。此阶段中他又主编了《同声月刊》这一重要词学刊物，发表了《晚近词风之转变》《论常州词派》等词学论文，校辑出版《重校集评云起轩词》，有《近三百年名家词选》等，印行自作《忍寒词》。第三阶段中，由于新中国成立后，各种文化制度有所改革，龙榆生边工作，边撰写了《词曲概论》《声韵学》（又名《汉语歌词声律学》）、《词学十讲》

[1] 龙榆生的生平可参见张晖著《龙榆生先生年谱》（学林出版社2011年版）所述。

《唐宋词定格》(又名《唐宋词格律》)、《词学概论》等，校订了《苏门四学士词》三册(《淮海居士长短句》《豫章黄先生词》及《晁氏琴趣外篇　附柯山词》)、《樵歌》等，并写有《试论朱敦儒的〈樵歌〉》《试论辛弃疾词》《谈谈词的艺术特征》《宋词发展的几个阶段》以及各种词籍题跋等文。龙氏卒后，香港王则潞印有《龙榆生先生遗稿》，上海古籍出版社编有《龙榆生词学论文集》，张晖撰有《龙榆生先生年谱》等。上海大学中华诗词创作研究院成立有专门的龙榆生研究室。

兹从龙榆生对词学体系的构筑及其“批评之学”等方面，论述龙榆生先生的词学成就与贡献，以见其在百年词学史上的地位与作用。

一　龙榆生对词学体系的构筑

龙榆生是20世纪词学史上第一个对“词学”进行现代意义上界说的学者，也是第一个对词学研究体系进行构想与建设的词学家。

关于“词学”的内涵，龙氏在《研究词学之商榷》一文中说：

> 取唐宋以来之燕乐杂曲，依其节拍而实之以文字，谓之“填词”。推求各曲调表情之缓急悲欢，与词体之渊源流变，乃至各作者利病得失之所由，谓之“词学”。前者在词之歌法未亡之前，凡习闻其声者，皆不妨即席填词，便付弦管借以娱宾遣兴。即在歌词之法已亡之后，亦可依各家图谱，因其“句度长短之数，声韵平上之差”，藉长短不葺之新诗体，以自抒性灵抱负。……后者则在歌词盛行、管弦流播之际，

> 恒为学者所忽略，不闻著有专书。迨世异时移，遗声阒寂，钩稽考索，乃为文学史家之所有事。归纳众制，以寻求其一定之规律，与其盛衰转变之情，非好学深思，殆不足以举千年之坠绪，如网在纲，有条不紊，以昭示来学也。[1]

龙氏此段话，第一次将“词学”的含义限定在“词的学问”这一层面，明确地与“填词”区别开来。他以为“词学”是研究“填词”，要靠“推求”“钩稽考索”“归纳”等手段来完成。这比起胡云翼《词学ABC》中简单地将“词学”定位于“研究词”的做法，[2]显然要“专业”得多。在此之前，不少冠名“词学”的著作，或指向“填词”，如龙继栋《槐庐词学》、邹弢《词学捷径》、谢无量《词学指南》等；或“研究词与填词”兼容，如吴梅《词学通论》、梁启勋《词学》等。胡云翼虽首先限定“词学”为“研究词”的学问，但由于其为“现代派”学者且专从外围治词史，影响的是“现代派”研究者，而龙榆生则是“新变派”，以“体制内”方式研究词学，且主东南风会，其对“词学”内涵的判定自然具有决定性意义。

不唯如此，龙氏还对“词学”的范围进行了界定。于《研究词学之商榷》一文中，将词学研究的具体工作归为“图谱之学”“词乐之学”“词韵之学”“词史之学”“校勘之学”“声调之学”“批评之学”“目录之学”八项，并一一对各项研究的内容进行了说明。

---

[1] 龙榆生:《研究词学之商榷》，载《词学季刊》第一卷第四号，上海书店1985年影印版。

[2] 胡云翼:《词学ABC》，上海世界书局1930年版，第1—2页。

“图谱之学”，主要研究词的平仄、句式等格律或词谱，如张綖《诗余图谱》、程明善《啸余谱》、万树《词律》、赖以邠《填词图谱》等即是。

“词乐之学”，主要探讨词的乐律，如凌廷堪《燕乐考原》、方成培《香研居词麈》、郑文焯《词源斠律》等。

“词韵之学”，研究编制词的用韵，如戈载《词林正韵》等。

“词史之学”，即依《唐诗纪事》之成例，排比作者时代之先后，以见“词人之性行里居”，如张宗橚《词林纪事》、王国维《清真先生遗事》、夏承焘《唐宋词人年谱》等。龙氏的“词史之学”与当代重在批评的词史研究不大相同，重在文献整理，实际上包含了纪事、传记、年谱等方面。

“校勘之学”，即按照类似王鹏运、朱祖谋等人的“校勘五例”，对词籍进行正误、校异、补脱、删复等整理。

“声调之学”，龙氏以为，词虽脱离音乐，然仍是“最富音乐性之文学”，“即其句度之参差长短，与语调之疾徐轻重，叶韵之疏密清浊，比类而推求之，其曲中所表之声情，必犹可睹”。

“批评之学”，即推求词人“作风转变之由，与其利病得失之所在”，“抉出诸作者之真面目，以重新估定其在词学史上之地位”。

“目录之学”，“所以示学者以从入之途，于事为至要”，亟待目录之专刊行、编纂《词籍目录提要》。[1]

龙氏此八项，第一次构建出了现代词学研究的体系，使人们

[1] 是处引用文字均见龙榆生《研究词学之商榷》一文。

对词学体系有了较为全面的清晰认识，增添了传统词学所缺少的内容，使词学的“现代”色彩变浓。

尤其龙氏对“声调之学”“批评之学”“目录之学”三项的强调，对词学进行的首次界说，对当时乃至后来的词学研究具有“灯塔式”的指导意义。人们在词学方面的选题率不出此八项。如夏承焘、任二北、刘尧民、施议对、王小盾等先生专门从事“词乐之学”；龙榆生《唐宋词格律》、王力《汉语诗律学》等为“声调之学”的代表成果；唐圭璋《宋词四考》则为龙氏所云“词史之学”的杰作；邓广铭《辛稼轩词编年笺注》、龙氏《东坡乐府笺》、夏承焘《姜白石词笺注》、钟振振《东山词笺注》以及华钟彦《花间集注》等均为词籍校勘的优秀成果；特别是《全唐五代词》《全宋词》《全金元词》《全明词》《全清词》（顺康卷）等大型词籍的编纂成功，堪为“校勘之学”的高峰。而他所提及的“图谱之学”“词韵之学”“声调之学”迄今尚少人进行研究。如“声调之学”除龙氏所著《论平仄四声》《令词之声韵组织》以及《词学十讲》中个别章节外，尚须今人去开掘。“词韵之学”迄今成系统者唯有鲁国尧的两宋词韵研究。可以说，龙氏所构建的词学体系“算是把旧学与新学，‘基础’与‘上层’都兼顾到了”。[1]

对如何进行各项词学研究工作，龙榆生着重就“声调之学”“批评之学”“目录之学”三者表达己见，示人以门径。如“声调之学”，为龙氏首倡，他在谈“确定某之曲调为喜为悲，为

[1] 刘扬忠：《宋词研究之路》，天津教育出版社1989年版，第17页。

宛转缠绵，抑为激昂慷慨”应持的标准时，即云：

> 当取号称知音识曲之作家，将一曲调之最初作品，凡句度之参差长短、语调之疾徐轻重、叶韵之疏密清浊，一一加以精密研究，推求其复杂关系，从文字上领会其声情；然后罗列同一曲调之词，加以排比归纳，则其间或合或否，不难一目了然。

于此，谈方法的同时还举例说明怎样“由歌词以推测各曲调所表之情”。接着，他又指出，明乎此后，“吾人更由此广列众制，以探索各曲调之异宜，虽未必能举而重被管弦，而已足窥见各曲调之性质，用为研究词学之助”。因而，他“更取令词之叶韵变化，有关于表情之缓急者”，举四例“以资‘隅反’。使有好学深思之士，触类而旁通之，于复杂关系中，寻出其共通之点，以自成为一家之学”。再如，对“批评之学”，他不满“前辈治学，每多忽略时代环境关系”的做法，要求人们不可“率为抽象之辞，无具体之剖析”，“必须抱定客观态度，详考作家之身世关系，与一时风尚之所趋，以推求其作风转变之由，与其利病得失之所在。不容偏执‘我见’，以掩前人之真面目”，应当首先“注意于作家之身世关系”；其次，“最忌固执‘我见’，偏重‘主观’，而忽略‘客观’之事实”。他以“胡适辑《词选》”为反面教材，来说明问题。

要之，龙氏《研究词学之商榷》不仅首次构建了现代词学体系，更是首次示人以现代的方法，可以说是20世纪最具有方法论意义的词学论文之一。

二　龙榆生的词学史观

龙氏的词学史观，主要他表现在他对历代词学家词学论著及词学问题的评述上。如在《清季四大词人》中，他对王鹏运、朱祖谋、郑文焯、况周颐等在校勘词集上的贡献，龙氏曾首次予以论定。他指出，王鹏运首先取“清儒治经治史方法”治词，创“正误”“校异”“补脱”“删复”等“四义例”，“自鹏运以后大词人，从事于此，而后词家有校勘之学，而后词集有可读之本。至彊村先生，益务恢弘，以成词学史上最伟大之《彊村丛书》。‘鹜翁造其端，彊村竟其事。’（沈曾植《彊村校词图序》）伟哉盛业！匪鹏运孰能开风气之先欤？”对郑文焯的词学，龙氏以为“莫要于考校宫调乐律一层”，指出：

> 《词源斠律》一书，虽强半取诸凌廷堪氏《燕乐考原》之成说，为人所讥；而其研求声乐之精神，知词律之不仅拘守阴阳平仄而已，实为具有卓识。……而能因姜词以上溯唐谱，推求词律之本原，为研求词学者别辟途径。前此方成培氏《香研居词麈》略引端倪，文焯于举世专言四声清浊之时，兼欲上推遗谱，不可谓非豪杰之士也。

对郑氏的“附会牵强”“时亦不能自圆其说”等缺憾，龙榆生在指出的同时，又予以同情：“此则限于时会，非其聪明才智有所不及也。”

对“近代词学一大批评家”况周颐及其《蕙风词话》，龙氏也第一次“发微阐幽，宣诸奥蕴”。他对况氏“论词体”“论词境”“论词心”“论词径”“教人读词之法”，以及论词律等词学见解，一一条分缕析。特别是对况氏拘守词律的见解，龙氏以为，“以此锻炼词句，法非不佳，然非痴于词者，孰能耐此？所谓‘束缚已甚，修辞未工’（《意难忘序》）者，周颐已自觉其难矣，执此说以绳后进，宜学者之望而却步也”。

与其他人研究词学史的重点不同，龙氏的重点在晚清。他之所以能率先对晚清词学史进行总结，是基于“特考今之难，不亚考古”这样的认识，“聊欲藉此以引起海内学者之注意”。除了对“清末四大家”的词学进行研究外，他还撰成《陈海绡先生之词学》，表彰清末民初岭南词人陈洵在词学史上的地位。通过对《海绡说词》中陈氏词学观的辨析，龙氏称：“此其有裨词坛，殆在王、况诸家之上。”龙榆生在为历代词籍所写的大量序跋以及各种词选词人小传中，对词人词籍的评价就更多了。如在《〈词林逸响〉述要》中，他对所见天启原刊散曲本子《词林逸响》从音乐与文艺两方面予以评价，揭示了词曲递嬗之迹。其《近三百年名家词选》词人小传合起来实际上可以说是一部系统的清人词集提要著作。

对词学问题的考论是龙氏词学史观的又一重要内容。其《选词标准论》可以说是第一篇对历代词选进行通论的论文。他说：

> 选词之目的有四：一曰便歌，二曰传人，三曰开宗，四曰尊体；前二者依他，后二者为我。操选政者，于斯四事必有所居；又往往因时代风气之不同，各异其趣。……由是而词学一道，亦如儒、墨之支分派衍，涂术纷歧；由是而治词学者，读专集既不易，读选本又恐迷方。持两执中，重新估定各本之价值，而为后来操选政者，略贡一得之愚；此个人之素怀，亦即本文之所由作也。

由此段话可知，龙氏为文的初衷是重估各代词选价值以利于后来者选词。按照他所谓“选词四目的”，龙氏历数各种词选“得失利病”，并提出了自己的希望：“一时有一时之风尚，一家有一家之特质，不牵人以就我，不是古以非今，一言以蔽之：‘还他一个本来面目。’吾所望于后之选词者如此。”可见，龙氏此文不单单是对词选史的总结，也是对词选编选方法的示范。

龙氏对历代词律论说所存在的问题大胆进行怀疑，成《词律质疑》一文。他先指出“北宋词但言乐句无四声之说”，通过大量例证的比勘，得出结论云：

> 四声之说，北宋既无所闻，求之周、柳集中，亦多不合；然则协律为一事，四声清浊又为一事；虽二者有相通之点，究不可混为一谈。北宋诸词，所谓不协音律之说，固以“乐句”为准，非必一字之清浊四声不容稍有出入也。

由此他进一步揭示“四声清浊与音谱关系”，并断言“近代词人以四声清浊当词律”不尽可信。龙氏这种质疑是基于词乐最初结合的实际情况的。其观点为今人认识词乐分合的历史扫清了障翳。

龙榆生于1930年曾著有《词学通论》一书，然今已佚失不存。所幸尚有其中《论词谱》一节发表于《语言文学专刊》可睹。此文专论“词谱之学”。他指出：“今言词谱，要仍不得不采用同调比较之一法，而其所应注意之点，不外平仄、句读、领字、韵脚诸端。”“比勘音节，于各种特殊句法，尤应注意……总之，居今日而言词谱之学，以归纳比较为能事，而所取以为标准之作，又必以号通音律者为归。”龙氏还举《念奴娇》为例演示了研究词谱的方法，为人们研究“词谱之学”开辟了道路。总之，龙榆生的词学史观在20世纪词学研究史上既具有创建体系的作用，又具有方法论意义，还促进了传统词学“现代”转型的完成。

三 龙榆生的词体观

龙氏的词学批评表现在对词体、词史、词人、词选、词艺以及词的创作与阅读等问题的精到论述上。词体方面，龙榆生就其性质、特征、演进等发表了甚为独到的见解。在《唐五代宋词选》“导言”中，龙榆生曾说：“我们要研究词，应得先要明白以下各点：1. 怎样叫作词？ 2. 词的特质是怎样？ 3. 词的发展情形是怎样？”龙氏将词视为“新诗体”之一种，即一种“歌词”。他反对古代学者将词定义为“意内言外”的说法，以为“我们现在所谈的词，是唐宋以来与新兴音乐结合而产生的一种新诗体”。作词叫填词，又叫倚声，“是表示这种长短句的歌词，定要依照某种制定的曲谱的节拍，配上文字，没有增减的自由的。现在有一班人说：词比较诗来得自由，那简直是不明词体构成的原因，随意瞎说。……我们现在所要研究的词，是依照隋唐以来的新兴乐曲而作的。……是按照这种‘今曲子’的节拍来填的，是一种适应时代的产物”。对“词的特质”，龙榆生指出：

> 乐曲的节拍长短，和声音轻重，都有一定的组织和适当的配合。所以倚曲而填的歌词，必须依照他的各个不同的曲调，一一按其长短，权其轻重，叫作与歌曲配起来，吻合无间，这样才能歌唱，这样才配叫作填词。

这里他从词与乐的关系入手，分析词的音乐特质。他解释词“必定要讲究平仄和协韵”的原因说：“歌曲的组织，在它的音节轻重，所谓抑扬抗坠之间，配合得宜，方才有感人的力量。依它的节拍来填的歌词，所以必定要讲究平仄和协韵。”他揭示词在“文字的组织上，依然保存着若干音乐性”，说：

（词）完全是依照歌曲的声调来填的，合唱起来，可以吻合无间。所以我们要认定词是一种最富于音乐性的新诗体，也就是一种最进步的合乐的诗歌。……总括一句话，词是出于民间的歌曲，和音乐有不可分离的关系。但是到了后来，这种新兴的体裁，渐渐被文人所采用了，就把它的地位提高，把它的组织加密，经过了长时间的酝酿，成为了诗坛上的一种新形式，又不妨和音乐宣告脱离。这个演变离合的情形，在中国文学史上，原来是“数见不鲜”的。

在龙氏著述中不止一次对词的特质进行描绘。如1957年所撰《谈谈词的艺术特征》一文即明言，“词是依附唐、宋以来新兴曲调的新体抒情诗，是音乐语言和文学语言紧密结合的特种艺术形式”。龙氏这一论断，今天看来也是极为得当的。

对词体的演进过程，龙氏曾专门撰文予以论述。如其《词体之演进》一文，首次系统地为词“正名”，他罗列大量例证进行考论，这就使“‘词为诗余’之说，不攻自破；即词之起源问题，与诗、词、曲三者之界限，亦可迎刃而解”。他在“明隋、唐以来乐曲之渊源流变，与其分合盛衰之故”的基础上，“进而考求依此种曲拍而成之词体，及其进展之历程”，“深切注意”了新旧过渡期中的歌词体制。他指出：“推其演进历程，往往与当世士大夫所讥之‘淫冶曲词’，与夫‘胡夷里巷之曲’‘声色歌舞之场’，皆有极深切之关系。”这是第一篇从“体制内”对词体演进情形予以详析的论文，其观点与方法至今不乏“现代”特征。

四 龙榆生的词史观

词史方面，龙榆生著述不少，其《中国韵文史》《唐宋词通论》《宋词》《词曲概论》以及各种词选等均包含了其通达的词史观念。在唐宋词的分期问题上，其《唐五代宋词选（上）》“导言”先把“词的演进历史”分为三个阶段：1.“词的萌芽时期”“自然创化”阶段。他由崔令钦《教坊记》、敦煌《云谣集》推知隋至唐开元间当为词的萌芽期。2.“词的培养时期”。龙氏以为：“一种新形式的产生，虽然是出于民间的自然创化，可是不经过专门文学家的培养灌溉，是不容易光大发扬的。”中唐白居易、刘禹锡等文人起了“光大”作用。3.“词的成熟时期”。龙氏以为在晚唐、五代。韦庄将词带入四川，形成西蜀词人群；南唐二主与冯延巳提高了词的体格。由此可知，龙氏所谓“词的演进历史”，实际上是词体形成初期的三个阶段。这与胡适以“死、活文学观”划分词史阶段不同。

由龙氏将南北宋定为“词的黄金时代”，可知他将唐宋词史大略分为词体成型期与“黄金”期两大阶段。对宋词——“词的黄金时代”，龙氏以为那种径分“婉约、豪放”的做法，“究竟过于笼统”，“就是在宋代，也各因社会环境关系，影响到词体，经过了几次的变化”。于是他将宋词发展分为六大阶段：第一阶段是“接受南唐的遗产，专向‘小令’方面发展的”；第二阶段是“受教坊新曲的影响，专向‘慢曲’方面发展的”；第三阶段是

“曲子律的解放，把词体渐渐和音乐脱离，而充分表现作者的个性”；第四阶段“又回到讲求音律的一途”；第五阶段“是继承苏轼的系统，而加以发扬光大的”，南渡词人与辛弃疾对词体的解放达到了极点；第六阶段“作曲和填词，都由文人一手包办的”。龙氏宋词“六阶段”的划分，基本符合宋词发展的规律，也是对胡适“三分法”的驳正。如他指出胡适“词匠的词”之论“未免过于贬抑了”，吴文英等人词作“典雅之极，叫人看不懂，这固然是一种毛病。可是站在艺术的立场来看，我们也就不能把它的价值，一笔抹杀”，“他们有他们‘匠心独运’的所在”。[1]龙氏于1949年后还专门撰《宋词发展的几个阶段》这样的论文，所采用的仍是“六分”法。

龙氏《中国韵文史》下篇《词曲》凡二十七章，其中第十四章、十九章、二十三章、二十四章、二十六章、二十七章等合起来看，可谓是一部词的通史。是著于唐宋词史论述尤详。如其前四章分论“词曲与音乐之关系”“燕乐杂曲词之兴起”“杂曲子词在民间之发展”与“唐诗人对令词之尝试”等，篇幅虽不长，但很有新意。尤其是继郑振铎于文学史著作中首次将敦煌词纳入之后，龙氏列专章论之，并强调“吾人研究词学演进之历史，正须考核当世民间歌曲情形”。这是“新变派”所著词史第一次对敦煌词进行的论述。

龙氏的词史视野广阔，极具史识。如其论令词之发展，采取的是地域文化研究的视角；论“令词之极盛”则从政治、文化、

---

[1] 龙沐勋选注：《唐五代宋词选（上）》“导言”，商务印书馆1937年版。

经济入手；论“慢词之发展”“词体之解放”“正宗词派之建立”等则采取心理分析、流派划分等方法。其《宋词》则是一部“北宋词史”，包括北宋词坛概说、二晏、欧阳修、张先、柳永与苏轼六章。概说中，他先探究了北宋词学昌盛的“四因”，“次及各派之渊源流变，俾学者先明其梗概”。然后“从事于专家之探讨”，对北宋六大词人予以词史定位。其方法体例亦颇“现代”，可谓一部“综论”与“个案”相结合的新型词史。

龙氏的词史观里有一个与吴梅、任二北、卢前、王小盾等词曲兼治的学者相类的观念——词曲汇通。如其《词曲概论》一书即系统表述自己在这一观念下的词史见解。他指出：“词和曲都是先有了调子，再按它的节拍，配上歌词来唱的。它是和音乐曲调紧密结合的特种诗歌形式，都是沿着‘由乐定词’的道路向前发展的”，二者都是“依声”而作，但在“音乐性”“歌词形式”上是有差别的。在比较词曲异同的基础上，他紧扣音乐性，抓住词、曲均为“歌词”这一共性，论述了词的源流，这与其在《中国韵文史》《宋词》等著作中立足“韵文”或“文学”来论词史是不同的。如第四章《论唐宋大曲和转踏》，围绕乐曲来谈词体演进；第五章《慢曲盛行和柳永在歌词发展史上的地位》，则从慢曲与词的关系入手，衡定了柳氏在形式上、技法上对时人及后人词的“开拓”勋劳。

对词史上的“南北宋之争”与“婉约、豪放”之议，龙榆生撰《两宋词风转变论》一文予以“化解”。他指出，“南北宋之争”，“皆域于门户之见，未察风气转变之由，而妄为轩轾者也”，“两宋词风之转变，各有其时代关系，‘物穷则变’，阶段显然。既非‘婉约’‘豪放’二派之所能并包，亦不能执南北以自限”。于是，他从“南唐词风在北宋之滋长”“教坊新曲促进慢词之发展”“曲子律之解放与词体之日尊”“大晟府之建立与典型词派之构成”“南宋国势之衰微与豪放词派之发展”“文士制曲与典雅词派之昌盛”等六大方面，“明风气转变之由，与夫各作家得失利病之所在”，从根本上破除那种强分南、北与婉约、豪放的“囫囵吞枣”之谈。[1]与此前胡云翼之论相比，更显“体制内”本色。

龙榆生的词史观，还体现在他重唐宋词而不轻明清以来词这一方面。他曾先后撰《晚近词风之转变》《论常州词派》《清季四大词人》等论文，编选《近三百年名家词选》，对近三百年词史进行纵横扫描。他指出：“论近三百年词者，固当以意格为主，不得以其不复能被管弦而有所轩轾也。”通过编选《近三百年名家词选》使人明晓“三百年来词坛盛衰之故，与世运为倚伏”（该著“后记”）。其《晚近词风之转变》可谓首篇梳理晚清以来词史的论文。龙氏从“清季词风转盛之原由”“晚近词坛之领袖作家”“晚近词家之流弊”“今后词学必由之途径”等方面予以切实论述，指陈晚近词人利弊得失相当中肯。特别是龙氏对其师朱祖谋等人“守律”“尊吴”之弊不回护，以为如此，则“词学将益沉埋”。

而《论常州词派》可谓较早以流派论词史的现代论文。龙氏先追溯常州派之由来与承传，列出其统系简表，然后详论其宗旨与主张，再论其拓展、演进。结论中，龙氏指出常州派“体格日高”“迄未全衰”的原因：“良由‘学人之词’，适可药末流之

[1] 龙榆生：《两宋词风转变论》，《词曲概论》，北京出版社2004年版，第232页。

病，又值时变方亟，尤足以激发词心。自茗柯、鹿潭，以迄晚近王、朱诸氏，莫不‘文有其质’，造极登峰。推其启发之功，固不得不归诸张、周二选也。”与王国维强调“境界”、况周颐强调“重、拙、大”、胡适强调“意境”、唐圭璋强调“雅婉厚亮”等不同，龙氏论清词强调“意格”。其《近三百年名家词选》即“以意格为主”，其评论词人也尚“意格”，指导填词也重“意格”。

五 龙榆生对词人的批评

在词人评价方面，龙榆生同大多“新变派”词学家一样，能做到公允、客观、不偏不倚。唐宋词人中，龙氏标出小令作家八家（温、韦、二主、正中、二晏、永叔）、长调作家十家（耆卿、少游、东坡、清真、方回、稼轩、白石、梦窗、碧山、玉田），以为“此十八家者，为倚声家之轨范”(《论常州词派》)。于十八家中，龙榆生又“标举周（清真）、贺（方回）、苏（东坡）、辛（稼轩）四家，领袖一代”(《晚近词风之转变》)。虽然他为词也宗尚苏轼，但在具体评价时，对受“现代派”贬抑的词人如姜夔、吴文英等南宋典雅词人能明其“匠心独运”之处。对周、姜一派与苏辛一派，他并不偏袒，而是主张“从周、姜一派深入探求它的音乐性和艺术性，从苏、辛一派深入研究它的思想性和时代性”(《宋词发展的几个阶段》)。

针对胡适《词选》不选一首贺铸（方回）词的做法，龙榆生撰成《论贺方回词质胡适之先生》予以反驳。龙氏通过探讨“作者传略”“创作精神”“《东山词》之风格”“《东山词》之技术”来驳斥胡适所谓六大“令人难解者”，以充足的例子证明：“无论就豪放方面、婉约方面、感情方面、技术方面、内容方面、音律方面，乃至胡氏素所主张之白话方面，在方回词中盖无一不擅胜场；即推为兼有东坡、美成二派之长，似亦不为过誉。”这是第一篇研究贺铸词的现代论文，既纠正了胡氏之偏失，又为后学对贺铸的研究开启了法门，如钟振振《东山词笺注》《北宋词人贺铸研究》等即受此启发。龙氏不仅为贺铸正名定位，还在词选中将其列为大家。如其《唐五代宋词选》中录词9首以上者凡10人，贺氏得寓其中；其《唐宋名家词选》录词19首以上者10人，选贺词近30首。其《宋词》一书也指出：“山阴贺铸出入两派（疏、密）之间，悲壮情怀出以婉丽之笔。……此亦佛氏所谓‘教外别传，特放异彩’者也。”这样就将贺氏的词史地位彰显出来。由此来说，龙氏于贺铸洵为功臣。

唐宋词人中，得到龙榆生详细研究与评价者，除贺铸外，尚有南唐二主（《南唐二主词叙论》）、苏轼（《东坡乐府综论》）、“苏门四学士”（《苏门四学士词》）、周邦彦（《清真词叙论》）、李清照（《漱玉词叙论》）、朱敦儒（《试论朱敦儒的〈樵歌〉》）、辛弃疾（《试谈辛弃疾词》）等。其《宋词》一书专论中还对二晏、欧阳修、张先、柳永、苏轼等进行过详评。其中评论苏轼部分与其1935年发表在《词学季刊》第二卷第三号上的《东坡乐府综论》内容一致、文字无异，可见《宋词》中他对其他各家评论当也在此时或早于1935年。[1]由此，我们可以推知，龙榆生所发表

[1] 有关南京图书馆藏油印本《宋词》的系年，张晖《龙榆生先生年谱·龙榆生先生著述年表》系于1945年，非是。

对两宋词人的“综论”“叙论”一类论文，实际上是试图以此来写“史”，从而改变一般词史对词人评价过简的状况。如果将这些“综论”“叙论”等词人专论合起来看，龙榆生在当时已有构建“新型”词史的意识。即他要在详细研究词人的基础上来评论词人贡献与地位，避免人云亦云的摘录式评价。如其论苏轼是在《东坡乐府笺》的基础上成文的，在指明苏词能充分表现作者个性的同时，又揭示了其思想环境与其词的密切关系。其《苏门四学士词》一文，也是在对苏门四学士词校订的基础上撰写的。[1]在评论四学士之词时，“执苏词之三特征（内容方面、修辞方面、应用方面），以衡其门下之所为”，推见词风转变与个人情性、时代环境的“莫大关系”。对秦观，龙氏称他“衍《乐章》之坠绪，而以和婉醇正出之”，故“能于耆卿、东坡二派之外，别树一帜”，进而将秦词初期、中期、晚年的不同之处“分别玩味”，避免了“以偏概全”。针对“秦黄”优劣之论，龙榆生亦予以辨析。对黄氏词风，龙氏从“游戏”作风、“接迹东坡”之处以及“别开生面者”三方面作了分析。要之，龙氏较早地以其众多的“综论”式词人评论文章为后人树立了典型，促进了20世纪词学批评方式的“现代”化。

六　龙榆生的词选观

词选，不但是龙榆生词学文献学贡献的体现，更包含着其词

[1] 龙榆生校订《苏门四学士词》出版虽在新中国成立后1957年，但由其文《校订苏门四学士词弁言》以及《苏门四学士词》可知，他当对之作过整理。

学批评见解。龙氏先后编选过《唐宋名家词选》（1934年，后于1955年有大调整）、《唐五代宋词选》（1937年）、《近三百年名家词选》等多种词选。与历代乃至当时词选家不同，龙氏对词选有专门认识。前述其《选词标准论》所提“选词四目的”即是。

正因为在“选”学上有高卓的识见，龙氏往往从不同的目的出发对词人词作进行审视、选择，形成了各具特色的词选。如其在1934年版《唐宋名家词选》的自序中陈述编选宗旨云，予意诗词之有选本，务须“从全部作品抉择其最高足以代表其人者。未宜辄以私意妄为轩轾其间。即如唐宋人词，各因时代关系而异其风格，但求其精英呈露，何妨并蓄兼容”。为“精英呈露”，他选取了42家489首词，其中录词较多者不外前文提及的“十八家”；为“并蓄兼容”，他既选典雅派吴文英词达38首，又选非典雅派词人苏轼28首、辛弃疾30首，使得传统所谓的婉约、豪放二派并存一选。这不同于前代为明宗立派而编的词选，也不同于以传人、便歌或“尊体”为目的而编的词选，更不是出于其“私意”。前文曾提及，龙氏“私意欲窃取周氏（济）《四家词选》之义，标举周（清真）、贺（方回）、苏（东坡）、辛（稼轩）四家，领袖一代”（《晚近词风之转变》），但他选词却以“名家”为准。这表明了龙氏词学批评的“客观”态度。与《唐宋名家词选》不同，四年后龙榆生编选《唐五代宋词选》时却称：“为了时代的关系，和顾及读者方面的程度起见，特从各家的全集里，提取‘声情并茂’，而又较易了解的作品，并且侧重于所谓‘豪放’一派。目的是想借这个最富于音乐性而感人最深的歌词，来陶冶青年们的性灵，激扬青年们的志气，砥砺青年们的节操。一方面对于这种声调组织，得着相当的修养和训练，可以进一步去创造一种适宜于现代的新体歌词。”由于龙氏此选为王云五等主编的《中学国文补充读本》之一种，他出于“时代”与“读者”两方面的考虑，选辑时重“豪放”“声情并茂”和“较易了解”的词作，凡50家302首。选词9首以上者依次是：辛弃疾（33首）、朱敦儒（17首）、晏幾道（16首）、苏轼（15首）、欧阳修（15首）、贺铸（11首）、周邦彦（11首）、李煜（11首）、秦观（9首）、李珣（9首）等，而对南宋典雅一派词人只选了姜夔（4首）、吴文英（4首）、戴复古（4首）、张炎（6首）等4人。他还于每位词人之下撰写小传，扼要评价了其人其词。这与其《唐宋名家词选》所列词人“传记”全引前人成说为评不同，可以说是龙氏新的词史批评见解的首次“大众化”。如他评范仲淹云：“不以多称，而其词激壮沉雄，虽写离情，亦多大笔振迅，不作一软媚语，自是英雄本色，亦苏辛派之先河也。”评柳永则云：“永晚年羁旅穷愁风格一变，用词体写景纪事，技术极精，亦词坛之怪杰也。”评王安石云：“在北宋东坡以前豪放词派，范仲淹实开先声，安石亦其羽翼也。”评苏轼云：“新天耳目，自此花间一派及柳永诸人专言儿女私情之作，渐不为人所重。”由这些简洁的评语可见，龙氏对苏辛派或豪放派流变的勾勒以及对此派的推扬。而其词选与评语面对的对象是初中青少年学生，可以说与当时胡适、胡云翼等人词学观念一样具有广泛的影响。看似与“现代派”选词旨趣相同，实际上是龙氏受“时代”与“读者”的影响，作出的积极回应。通常人们都会以为胡适等“现代派”词学家在选词时有重豪放轻婉约或重唐、五代、北宋轻南宋的现象，而“新变派”的词学家则不然。由龙氏此选来看，他对后来人们一味重豪放一派词的局面形成也有较大的促成作用。特别是1949年后，他对原先的《唐宋名家词选》又进行改编，词人增加52家，词作增加219首。而将吴文英词由38首减为10首，史达祖词由13首降到7首，周密由9首减为5首，而辛弃疾词却增至44首，苏轼词增至42首，周邦彦词增至31首，贺铸词增至31首，辛、苏、周、贺成为居于前四位的词人。至此，龙氏基本实践了“私意”——标举“周、贺、苏、辛”，以“领袖一代”。[1]故此版可以视为异于1934年版的又一部词选。龙氏是借着“删减重版”之机，实践自己从1937年开始就有并于1941年《晚近词风之转变》中表述的“私意”。

《近三百年名家词选》包含了龙氏对清词的系统批评见解。是选中，他仍采用《唐宋名家词选》那种每首词集评、小传与词人集评相结合的体例，但于词人小传中除征引前人评语外，还有自己较多的评价。如陈子龙小传中，他说：“词学衰于明代，至子龙出，宗风大振，遂开三百年来词学中兴之盛。故特取冠斯编。”于毛奇龄小传中云：“奇龄小令学《花间》，兼有南朝乐府风味，在清初诸作者，又为生面独开也。”于陈维崧小传中称：“维崧词具有创作天才，固宜其不为前人所囿矣。”于朱彝尊小传称：“浙派词以醇雅为宗，其流弊每致意旨枯寂，视湖海楼一派之叫嚣犷悍，厥失维均，而创始者不任其咎也。”评曹贞吉云：

[1] 对建国后龙榆生所增删而成的《唐宋名家词选》，有人认为“丧失了特色”，“不足以代表龙榆生一贯的词学思想”（参见张宏生、张樾晖：《龙榆生的词学成就及其特色》，《文教资料》1999年第5期），非是。

"其词宁为创，不为述，宁失之粗豪，不甘为描写。"凡此可见，龙氏于清词作家词风、利病及其影响的评论，均能抓住要害。由龙氏对清人词作选辑的数量，还可知他对清代词人词史地位的体认。《近三百年名家词选》中，选录词作超过20首者有陈维崧（34首）、朱孝臧（33首）、朱彝尊（26首）、纳兰性德（25首）、郑文焯（21首）5家；9首以上20首以下者有王鹏运（17首）、文廷式（16首）、蒋春霖（14首）、邵瑞彭（13首）、厉鹗（12首）、项廷纪（12首）、张尔田（12首）、王夫之（11首）、庄棫（11首）、况周颐（11首）、陈洵（11首）、张惠言（10首）、周之琦（10首）、龚自珍（10首）、张景祁（10首）、谭献（10首）、陈子龙（9首）17人。龙氏选陈维崧词最多，与龙氏对苏辛词派的喜爱有关，也与20世纪40年代抗战爱国精神以及50年代积极向上的建设精神之张扬分不开。而列朱孝臧为第二位，既有尊师的原因，也有引人"考今"的因素。在所选词作9首以上的22位词人中，晚清词人多达10家，足见龙氏对晚近词人的重视。这与后来那些详前略后的清词选显然不同。

七　龙榆生的词艺观

词的艺术的研究，在龙榆生的各项词学批评中是最值得称道的一项，也是他为自己所提倡的"声调之学"作出的可贵努力。龙氏曾于《研究词学之商榷》一文中对"声调之学"进行过界说与"演示"。此外，他还撰写了《论平仄四声》《令词的声韵组织》《填词与选调》等论文。特别是在其《词曲概论》《词学十讲》等著作中充分表达了关于"声调之学"的见解。如《词曲概论》下编“论法式”，分别论述了“平仄四声在词曲结构上的安排和作用”“韵位疏密与表情的关系”“韵位的平仄转换与表情的关系”“宋词长调的结构和声韵安排”“适用入声韵和上去声韵的长调”等问题。

其《词学十讲》可以说是更纯粹的“声调之学”著作。是著从“唐宋歌词的特殊形式和发展规律”“唐人近体诗和曲子词的演化”“选调和选韵”“句度长短与表情关系”“韵位安排与表情关系”“对偶”“结构”“四声阴阳”“比兴”等方面对词体各个“构件”与程序进行剖析发明。龙氏在《令词之声韵组织》一文中曾说：

> 吾尝持“声、情、词”相应之说，以衡一切韵文。而于唐、宋歌词，观其曲调之组织，举凡句度长短，平仄配置，与夫叶韵疏密，皆有其所以然之故。而惜乎自来言“词谱”或“词律”者，未曾有所发明也。

如果说龙氏所倡“目录之学”尚有所本，则其“‘声、情、词’相应”之说以及“声调之学”则全属开创性质。他率先解剖了词的“构造”并分析各部分关系及其原理。其分析不但透彻，而且新见迭出，多发前人之未发。如其论平仄四声在歌词上的运用，论去声字在歌词上的特殊地位，论拗体涩调应严守四声，论去声字在词中转折处的关系，论选调的原则与声韵变化的妙用等等，见解相当独到。这种细致的文法分析方法，是龙氏首次大规模运用的。其前如万树等人于词话中，梁启超于《中国韵文里头所表现的情感》、胡适于其《白话文学史》等中间仅是偶尔用之。

龙榆生在词艺术鉴赏方面，亦独具特色。与现今盛行的词艺术鉴赏不同，龙榆生认为：

> 我们要了解词的特殊艺术形式，简略地说来，是该从每个调子的声韵组织上去加以分析，是该从每个句子的平仄四声和整体的平仄四声配合上去加以分析，是该从长短参差的句法和轻重疏密的韵位上去加以分析。（《谈谈词的艺术特征》）

这就真正深入词的“体制内”。他还指出：

> 我觉得要谈整个长短句歌词的艺术特征，除掉在每个曲调的音节态度上去探求，除掉在句法和韵位的整体结合上去探求，是很难把“上不似诗，下不类曲”的界线划分清楚的。读者对词的欣赏和学习，除掉应该注意每个作品的内容实质即所含蕴的思想感情外，如果不了解各个曲调的组成规律，那也就会是隔靴搔痒，是很难进一步体会到它的弦外之音、味外之味的。（《谈谈词的艺术特征》）

龙氏将探求词艺术的路子明确道出，其开创与指导作用极大。可惜的是，当前大多鉴赏词艺术的论著没有将龙榆生的“‘声、情、词’相应”之说运用起来，除夏承焘等先生外，龙氏所倡“声调之学”也未见有人予以更加深入的探讨。

龙氏的词学批评并不是无的放矢，而是与当代的填词、读词结合起来的。龙氏曾著《今日学词应取之途径》一文，以为“居今日而学词，竞巧于一字一句之间，已属微末不足道”，“特其句度参差，极语调之变化，又其抑扬轻重、流美动人之音节，诵之而利于唇吻，听之犹足以激发人之意志感情，但得宛转相谐，声情相称，固已足尽长短句歌词之能事”，“所谓‘逸怀浩气’……为学词者所应抱之鹄的也”。因而，他标榜唐宋十八家词人，目的是立“轨范”，“导学者以从入之途，不侈言尊体以漓真，不专崇技巧以炫俗”（《论常州词派》）。标举“周、贺、苏、辛”四大家，目的是“示学者以坦途，俾不至望而生畏，转而求词于胡适《词选》，以陷于迷误忘归”（《晚近词风之转变》）。其《词曲概论》《词学十讲》也是希望通过艺术剖析求得词艺“共同之规律”，使学者领悟其精髓。

为了“学者有所遵循，而便于研习”（《晚近词风之转变》），复振填词一道，龙榆生特意撰著了《唐宋词定格》这一新型词谱教材，后来出版时更名为《唐宋词格律》。是书虽是教材，但却称得上是对传统词谱进行的现代整理。龙氏将常用的词牌按其体制、谱式分为“平韵格、仄韵格、平仄韵转换格、平仄韵通叶格、平仄韵错叶格”五类，每一词牌，“皆说明来历及所属宫调，间或指出适宜表达何种情感”以及“定要去声”之字，所配例词“以适宜表达各种不同情感而又为多数人所采用者为主”（该著《凡例》），可见是著不仅仅是词谱，还是龙榆生“声调之学”的结晶。它的出现，既便于人们了解词的体制、声情，又使人易掌握选调填词的方法。当代填词者，莫不以此为模范。可以说，龙氏《唐宋词格律》与其各种词选一样，为词学观念的“大众化”以及填词的“简洁”普及化作出了贡献。

八　龙榆生的乐歌观念

特别要指出的是，龙氏所倡所研的“声调之学”及其他如词律、词谱、词派、词风等方面研究的指向，并不违背“古为今用”的原则。他曾说：“吾辈责任，不在继往而在开来，不在守缺抱残，而在发扬光大。”（《今日学词应取之途径》）龙氏从20世纪30年代开始一直致力于新体乐歌创制与写作。他曾参加1931年创立的歌社，并先后在上海国立音乐专科学校等校任教，还创制了《玫瑰三愿》等新体乐歌。为此，龙榆生主张“应用词曲之声韵组织，加以融通变化，以创制富有新思想、新题材而能表现我国国民性之歌词”。希望有人“精究词曲变化之理与声韵配合之宜，更制新词，以入新曲”，为“扬声家之余烈，开新曲之先河”。（《词律质疑》）他先后发表了《从旧体歌词之声韵组织推测新体乐歌应取之途径》《诗教复兴论》《创制新体乐歌之途径》《如何建立中国诗歌之新体系》《我们应该怎样继承传统来创作民族形式的新体诗》等论文，还于1949年出版了新的独唱歌集《骸骨舞曲》。

综合龙氏的“新体乐歌”观，我们可以发现，他是主张在研究前代歌词的基础上创制新体乐歌的。如其在《创制新体乐歌之途径》一文中认为：

> 今后欲求诗乐合一，藉收化民成俗之功，必须广延海内外精通音律之学者，与涵养有素之诗人，相与研求讨论。一方面依西洋作曲法多制富有我国固有情调之乐谱，由诗家撰为真挚热烈、足以振发人心之歌辞，一方面整理我国固有之音乐与诗歌，进求其声词配合，以及各种体制得失利病之所在，藉定创作之方针，或因旧词以作新声，或倚新声以变旧体，融合古今中外之长，以为适于时代之乐歌。
>
> …………
>
> 今日为适应西来音乐，而谋使之与吾民族性相融合，

以造成一种新国乐，而收化民成俗之效，舍别创适合吾民族习惯之新体歌词以相调节，其道末由。

龙氏强调“古今中外”融合，强调新体歌词的“民族性”，这是其“声调之学”的最终旨归。早在1937年所编《唐五代宋词选》“导言”中龙氏就坦言：

我以为在现在的时代来研究词，一方面要抱客观的态度，把它的特殊组织，弄个清楚，进一步再利用这种组织，加以损益变化，去创造新体乐歌。词可以不必再“填”了，而它的声调组织，和参差不齐的句法，是值得我们去研究的。尤其是想创作新歌的人们，对于这种最富于音乐性的文字，更应该用来做参考资料。

龙氏这样重视“研”以致用，与其当过音乐学校教师的经历有极大关系。于《填词与选调（1937）》中，他又说：

私意填词既名倚声之学，则凡句度之长短、协韵之疏密，与夫四声轻重、错综配合之故，皆与曲中所表之情，有莫大关系。今虽宫谱久亡，遗音莫审，然就各家依声而成之名制，悬一标的，以细研其声韵组织之由，逐类比勘，宜犹可以发明若干原则，为倚声家之参镜，且进而推阐其理，以自创长短句之新体歌词。

于《晚近词风之转变》论“今后词学必由之途径”时亦云：“词本以合乐为主，旧谱亡而化为‘长短不葺之诗’，然其声调之美，固犹富有音乐性也。因其体势而少加变化，以就今日流行之西洋音乐，殆亦事所必然者，此重振词学之一途也。”龙氏这种研究词学而面向时代的关切，可以说是他与“词学三大家”中夏承焘、唐圭璋二位的最大不同之处。时至今日，当我们谋求新诗之出路时，龙氏这些“声调之学”见解也值得“参镜”。

于词的阅读与鉴赏方面，龙氏虽没有夏承焘《读词常识》、唐圭璋《唐宋词简释》那样的著作，但是也表述过不少见解。他曾指出：“读词的方法必得注意下列三点：1. 注意句法。2. 揣摩声调。3. 玩索词境。”（《唐五代宋词选》“导言”）于《词学十讲》第十讲《论欣赏和创作》中，他又指出，词与音乐结有不解之缘，欣赏词时，“首先得在‘声’和‘色’两方面去体味。‘声’表现在‘轻重抑扬、参差相错’的基本法则上面，‘色’表现在用字的准确上面。我们要初步理解和掌握这两方面的手法，就得先从读词做起”。对词的“生香真色”，龙氏以为要体会这种境界“得向作品的意格和韵度上去求，要向整个结构的开阖呼应上去求”。像况周颐的“读词之法”、王国维的“学问三境界”、周济的“能入、能出”之论等，龙氏认为都是可以吸取的。对“词的艺术特征”的了解，他以为“仍得向它的声律上去体会，向各个不同曲调的结构上去体会”，“我们如果不从各个作品上去推究它的错综复杂关系，不从它的整体上去分析它的继承性和创造性，不从它的音乐性和艺术性的结合上去体会它的不同风格，而是盲从一般词话家的片面之言，那对古典文学的欣赏和学习，是会走进黑漆一团的牛角尖里，没有光明前途的”（《谈谈词的艺术特征》）。总体看来，龙氏对词的阅读与欣赏的见解，仍是扣住其“‘声、情、词’相应”之说与“声调之学”的。

当然，龙榆生在韵文学、诗学以及诗词创作等方面也有较高的成就，已有一些学者作过论述，于此不一一论列。承蒙陈斐先生青眼与三联生活书店之厚爱，此次编选龙榆生先生谈诗词的文字，分“诗歌史论”“词体源流”“词体法式”“词史纵论”“词学专论”五部分，每部分选取相关的代表作，以见龙氏词学研究的成就。此书的整理过程中，上海大学博士后刘宏辉、刘慧宽、袁晓聪等付出不少劳动。陈斐先生最后审校全书，出校勘记数十条，纠正了以往龙氏著作版中的一些失误。三联生活书店的苏毅、廉勇编辑也给予了不少帮助。再次表示衷心的感谢。

诗歌史论

四言诗之发展与《三百篇》之结集

诗歌伴音乐、舞蹈而俱生，为人类发抒情感之利器；世界各民族，其文学发展之程序，盖未有早于诗歌者。《乐记》云："民有血气心知之性，而无哀乐喜怒之常，应感而动，然后心术形焉。"《汉书·艺文志》所谓"哀乐之心感，而歌咏之声发"是也。《诗·大序》更畅论其发达之原因云："诗者，志之所之也。在心为志，发言为诗。情动于中而形于言，言之不足，故嗟叹之，嗟叹之不足，故永歌之，永歌之不足，不知手之舞之，足之蹈之。"盖自人类语言开始以来，即有诗歌产生之可能性。沈约所谓："虽虞夏以前，遗文不睹，禀气怀灵，理或无异；然则歌咏所兴，宜自生民始也。"（《宋书·谢灵运传论》）

在昔文字之制作，未臻于完善，民间有所讴咏，亦仅口耳相传。《三百篇》以前，所有作品，多出后人伪托，无可征信，且付"阙如"。周代尚文，始立采诗之官。《汉书·食货志》云：

> 孟春之月，群居者将散，行人振木铎徇于路以采诗；献之大师，比其音律，以闻于天子。

此种制度，虽起自何王，终于何代，无可稽考；而《三百篇》中所包含之三颂、二雅、十五国风，即以近人之考证言之，《周颂》为周代初年作品，《商颂》为宋诗，《鲁颂》为鲁诗，二雅、十五国风，大抵皆作于周代；然论时代则至少亦五六百年，论地域则有雍、冀、豫、青、兖诸州之国，不有专司其事者为之搜集整理，孰全著之竹帛，被诸管弦？且孔子既有“诗三百五篇，皆弦歌之，以求合韶武雅颂之音”（《史记·孔子世家》）之事，则《三百篇》之结集，殆出于周代之“大师”无疑。

《三百篇》虽间有杂言，如三言之“振振鹭，鹭于飞”，五言之“谁谓雀无角，何以穿我屋”，六言之“我姑酌彼金罍”，七言之“交交黄鸟止于桑”，九言之“泂酌彼行潦挹彼注兹”（挚虞《文章流别论》）。三五言调之“殷其雷，在南山之阳”，二四言调之“鱼丽于罶，鲿鲨”，六七言调之“遭我乎狃之间兮，并驱从两肩兮”（《药园闲话》）之类，然率以四言为主。其形式之由散趋整，亦足见其曾经润色，匪尽里巷歌谣之真面。所谓“风”“雅”“颂”之区别，据《诗·大序》：

> 上以风化下，下以风刺上，主文而谲谏，言之者无罪，闻之者足以戒，故曰风。
>
> 雅者，正也，言王政所由废兴也。
>
> 颂者，美盛德之形容，以其成功告于神明者也。

朱熹《诗经集注序》则云：

> 凡诗之所谓风者，多出于里巷歌谣之作，所谓男女相与咏歌，各言其情者也……若夫雅颂之篇，则皆成周之世，朝廷郊庙乐歌之词，其语和而庄，其义宽而密，其作者往往

圣人之徒，固所以为万世法程而不可易者也。

近人则以“风”属之民众文学，“雅”属之朝廷文学，“颂”属之庙堂文学。（陈钟凡《中国韵文通论》）而“风”有十五国：其周、召二南及王、豳，同出于周，邶、鄘并于卫，合之桧、魏、陈、齐、卫、唐、曹、郑、秦，又各因其地势、风俗之不同，而异其风格。约而言之，秦地于《禹贡》时跨雍、梁二州，诗风兼秦、豳两国，多言农桑衣食、车马田狩之事。唐、魏居河东，其民有先王遗教，君子深思，小人俭陋，故其诗皆思奢俭之中，念死生之虑。郑土狭而险，山居谷汲，男女亟聚会，故其俗淫。卫地有桑间、濮上之阻，男女亦亟聚会，声色生焉，故俗称郑、卫之音。齐居海滨，其诗舒缓（说详《汉书·地理志》）。以人民生活状况，反映于诗歌，其作风上之差别乃如此；而诸国风除助词顺各方之语气，稍有变化外，其语言文字，仍归一致；则风诗之曾经润色，殆无可疑。

风诗既出于里巷歌谣，其作者多不可考。惟毛传以《豳风》中之《七月》《鸱鸮》《东山》三篇为周公旦作，其描写技术，实较其他国风为精进。吾人苟承认雅颂为多出于士大夫之手，所有长篇巨制，与里巷歌谣形式上截然殊致，则以《七月》等篇为出周公手，庶几近之。《七月》描写农家生活，于严肃态度中，间出以诙谐。如：

春日迟迟，采蘩祁祁。女心伤悲，殆及公子同归。

于杂叙家常琐屑之内，着此富于情调之笔，与《东山》有异曲同工之妙，不得谓为偶然。兹举《东山》全篇如下，以见风诗之一斑：

我徂东山，慆慆不归。我来自东，零雨其濛。我东曰归，我心西悲。制彼裳衣，勿士行枚。蜎蜎者蠋，烝在桑野。敦彼独宿，亦在车下。

我徂东山，慆慆不归。我来自东，零雨其濛。果赢之实，亦施于宇。伊威在室，蟏蛸在户。町畽鹿场，熠耀宵行。不可畏也，伊可怀也。

我徂东山，慆慆不归。我来自东，零雨其濛。鹳鸣于垤，妇叹于室。洒扫穹窒，我征聿至。有敦瓜苦，烝在栗薪。自我不见，于今三年！

我徂东山，慆慆不归。我来自东，零雨其濛。仓庚于飞，熠耀其羽。之子于归，皇驳其马。亲结其缡，九十其仪。其新孔嘉，其旧如之何？

阮元谓："三颂各章皆是舞容，故称为颂。若元以后戏曲，歌者舞者与乐器全动作也。风雅则但若南宋人之歌词弹词而已，不必鼓舞以应铿锵之节。"（《揅经室集·释颂》）颂多用于郊庙祭祀，作者宜为贵族，而技术往往劣于风雅。又如《周颂》中之《清庙》一章八句，《昊天有成命》一章七句，《时迈》一章十五句，皆全篇无韵。（详见顾炎武《诗本音》）或谓风雅之用韵者，其声促；颂不用韵，其声缓。（《韵文通论》引王国维说）然在文学上之价值，颂固不逮风雅远甚，以诗歌原以抒情为主也。

大小雅有祝颂赞美之辞，有祭祀燕饮之诗，而其中最可注意者，厥为史诗之发展。如大雅《生民》之美后稷，《公刘》之美公刘，《绵》之美大王，《皇矣》之美文王，《大明》之美武王，于姬周之先世史迹，描写恒有动人之处。又如大雅《江汉》叙宣王命召虎征淮夷之事,《常武》叙宣王命皇父征淮徐之事，小雅《出车》叙厉王时南仲伐猃狁之事,《采芑》叙宣王时方叔伐荆蛮之事,《六月》叙宣王命尹吉甫征猃狁之事（参看陆侃如《诗史》上），并能将东迁以前之王室大事，加以铺张之叙述。虽不足以跻身于世界著名史诗之林，而周代文学与武功之发展情形，于此足觇之矣。

《三百篇》为周代诗歌之总汇，亦即中国纯文学之总泉源。后来之抒情诗与叙事诗，咸由风雅导其先路。其在当世,《三百篇》并为入乐之章，益以孔子之提倡，谓:“诗可以兴，可以观，可以群，可以怨。”(《论语》) 经数百年之酝酿，而诗歌有此大结集，不可谓非中国文学史上之无上光荣已!

（原载《中国韵文史》上篇第一章，商务印书馆1934年版）

《楚辞》之兴起

《诗经》十五国风，独不及楚；楚声之不同于中夏，其故可思。中国文学之南北分流，由来久矣！楚俗信巫而尚鬼（王逸说），又地险流急，人民生性狭隘。（郦道元《水经注》）故其发为文学，多闳伟窈眇之思，调促而语长，又富于想象力。加以山川奇丽，文藻益彰；视北方之朴质无华，不可“同年而语”。稽之古籍，有楚康王时之楚译《越人歌》：

> 今夕何夕兮，搴洲中流？今日何日兮，得与王子同舟？蒙羞被好兮，不訾诟耻。心几烦而不绝兮，知得王子。山有木兮木有枝，心悦君兮君不知！（《说苑·善说篇》）

译者之技术高明，令人想见楚人诗歌格调。语助用“兮”字，此在《三百篇》内，已多有之；特楚人于两句中夹一“兮”字，句调较长，为异于风诗作品耳。又如徐人歌诵延陵季子之辞：

> 延陵季子兮不忘故，脱千金之剑兮带丘墓。（《新序·节士篇》）

句法亦略同于《越人歌》。此楚文学形式上异于中原文学之一点也。

《论语·微子》篇载：楚狂接舆歌而过孔子曰：

凤兮！凤兮！何德之衰？往者不可谏，来者犹可追。已而！已而！今之从政者殆而！

《史记》引第三、四句，作："往者不可谏兮，来者犹可追也！"《庄子》引前四句则作："凤兮！凤兮！何如德之衰也？来世不可待，往世不可追也！"二书所载不同，而较《论语》语末各增"也"字，便有往复叮咛之意。证之《离骚》多有此种句法，则《论语》所记录，已稍失楚歌之语调。同时有《孺子歌》：

沧浪之水清兮，可以濯我缨。沧浪之水浊兮，可以濯我足。（《孟子·离娄》篇）

则又句调近于徐人歌，而与后来之《九歌》同一轴杼者也。

《楚辞》至《九歌》出现，始正式建立一种新兴文学。汉王逸云："昔楚国南郢之邑，沅、湘之间，其俗信鬼而好祠。其祠必作歌乐鼓舞，以乐诸神。屈原放逐，窜伏其域，怀忧苦毒，愁思沸郁，出见俗人祭祀之礼，歌舞之乐，其词鄙陋，因为作《九歌》之曲。"（《楚辞章句》）以《九歌》为"屈原之所作"，后人已多疑之。宋朱熹谓："荆蛮陋俗，词既鄙俚，而其阴阳人鬼之间，又或不能无亵慢荒淫之杂。原既放逐，见而感之，故颇为更定其词，去其泰甚。"（《楚辞集注》）此虽臆说，而以《九歌》曾经屈原修改润饰，殆无可疑。《九歌》本为民间祠神之曲，而其形式除每句皆夹"兮"字，为楚国歌辞之普遍句法外，绝少其他方言俗语，厕杂其间；而且文采斐然，未见"其词鄙陋"；非富有文学修养之人加以润色，不能及此。屈原受《九歌》影响，以作《离骚》；《九歌》经原修改，而益增其声价；两者有连带关系，亦不必多所怀疑也。

近人王国维称：“周礼既废，巫风大兴；楚、越之间，其风尤盛。”（《宋元戏曲史》）证之王逸所谓“其祠必作歌乐鼓舞，以乐诸神”，知当时楚、越之巫，必兼歌舞，而自有一种祠神歌曲，别成腔调。所传《九歌》之作，或原依其腔调而为之制词，或本有歌词而原为之藻饰，现已无从断定。而在音节上与风格上，显带沅湘民间歌曲之浓厚色彩，则可断言也。

《九歌》为沅湘间祠神之曲，有《东皇太一》《云中君》《湘君》《湘夫人》《大司命》《少司命》《东君》《河伯》《山鬼》《国殇》《礼魂》十一篇。古人以“九”为数之极，其后宋玉亦作《九辩》，非必其数为九篇也。

《九歌》用之“乐神”，而多为男女慕悦之词，此自民歌之本色。论其描写技术，或清丽缠绵，或幽窈奇幻。例如《湘君》：

> 君不行兮夷犹，蹇谁留兮中洲？美要眇兮宜修，沛吾乘兮桂舟。令沅湘兮无波，使江水兮安流。望夫君兮未来，吹参差兮谁思？

《湘夫人》：

> 帝子降兮北渚，目眇眇兮愁予。袅袅兮秋风，洞庭波兮木叶下。

《少司命》：

> 秋兰兮青青，绿叶兮紫茎。满堂兮美人，忽独与余兮目成。入不言兮出不辞，乘回风兮载云旗。悲莫悲兮生别离，乐莫乐兮新相知。荷衣兮蕙带，倏而来兮忽而逝。夕宿兮帝郊，君谁须兮云之际？与女游兮九河，冲风至兮水

扬波。与女沐兮咸池，晞女发兮阳之阿。望美人兮未来，临风怳兮浩歌。

《山鬼》：

若有人兮山之阿，被薜荔兮带女萝。既含睇兮又宜笑，子慕予兮善窈窕……山中人兮芳杜若，饮石泉兮荫松柏，君思我兮然疑作。雷填填兮雨冥冥，猿啾啾兮狖夜鸣。风飒飒兮木萧萧，思公子兮徒离忧！

较之十五国风，无论技术上、风调上，皆有显著之进步。南人情绪复杂，又善怀多感，而出以促节繁音，为诗歌中别开生面，宜其影响后来者至深也。

《国殇》一篇，慷慨雄强，表现三湘民族之猛挚热烈性格；与其他诸作，又不同风；于此不能不叹楚才之可宝矣！移录如下：

操吴戈兮被犀甲，车错毂兮短兵接。旌蔽日兮敌若云，矢交坠兮士争先。凌余阵兮躐余行，左骖殪兮右刃伤。霾两轮兮絷四马，援玉枹兮击鸣鼓，天时坠兮威灵怒，严杀尽兮弃原野。出不入兮往不反，平原忽兮路超远。带长剑兮挟秦弓，首身离兮心不惩。诚既勇兮又以武，终刚强兮不可凌。身既死兮神以灵，魂魄毅兮为鬼雄。

（原载《中国韵文史》上篇第二章，商务印书馆1934年版）

乐府诗之发展

周秦以后，直接《三百篇》之系统者，为乐府诗。盖自周衰雅颂寝声，歌咏不作；直至汉兴，高祖自为《大风》之歌，唐山夫人又造《房中祠乐》，而后诗歌乃有复兴之势。武帝“立乐府，采诗夜诵，有赵、代、秦、楚之讴，以李延年为协律都尉。多举司马相如等数十人，造为诗赋，略论律吕，以合八音之调，作十九章之歌”（《汉书·礼乐志》）。乐府既有专司，而乐府诗之名，因之以起。据郑樵著录，乐府诗之出自汉代制作者，有汉《短箫铙歌》、汉《鞞舞歌》《胡角曲》《相和歌》《相和歌吟叹曲》《相和歌四弦曲》《相和歌平调曲》《相和歌清调曲》《相和歌瑟调曲》《相和歌楚调曲》、汉武帝《郊祀之歌》、班固《东都五诗》、汉《三侯之章》、汉《房中祠乐》等十四类（详见《通志·乐略》）；而作者时代之先后，不易证明。惟唐山夫人之《房中祠乐》，产生最早。《郊祀歌》大抵出于邹阳、司马相如诸人之手（用梁启超、陆侃如说），与《房中乐》并多用四言，而时有三字句及长短句，兼摹骚体（如《郊祀歌》中之《天门》一章是），是盖合诗骚而别开面目者，《礼乐志》所谓："高祖乐楚声，故《房中乐》楚声也。"《相和歌》中之可确定为西汉作品者，惟《薤露》《蒿里》二曲。《古今注》云：

> 《薤露》《蒿里》，并丧歌也，本出田横门人。横自杀，门人伤之，为作悲歌，言人命奄忽，如薤上之露，易晞灭也。亦谓人死魂魄归于蒿里。至汉武帝时，李延年分为二曲，使挽柩者歌之。

此采民间歌曲以入乐府之可考者也。他如《宋书·乐志》所称："汉世街陌谣讴，《江南可采莲》《乌生八九子》《白头吟》之属"，果出于东汉抑西汉？竟不可知。其民间歌曲之怆恻动人者，则有《相和歌》中之《箜篌引》：

> 公无渡河！公竟渡河！堕河而死，当奈公何！

《清商瑟调曲》中之《孤子生行》：

> ……怆怆履霜，中多蒺藜。拔断蒺藜，肠肉中怆欲悲。泪下渫渫，清涕累累。

并极凄惨沉痛，沈德潜所称："泪痕血点结缀而成。"（《古诗源》）至《大曲》中之《艳歌罗敷行》：

> 日出东南隅，照我秦氏楼。秦氏有好女，自名为罗敷。……行者见罗敷，下担捋髭须。少年见罗敷，脱帽着帩头。耕者忘其犁，锄者忘其锄。来归相怨怒，但坐观罗敷。

则又风光旖旎，细腻动人。乐府诗之出于贵族或民间者，固自殊其风趣也。

汉乐府中之鼓吹曲，大抵由于外国乐之影响。郭茂倩引刘瓛定《军礼》云："《鼓吹》，未知其始也。汉班壹雄朔野而有之矣。

鸣笳以和箫声，非八音也。”（《乐府诗集》）今所传有《短箫铙歌》十八曲，并为长短句，而或以为“声辞艳相杂，不复可分”。其间有抒情之《风》诗，亦有近于《雅》《颂》者。其情诗之最佳者，如《上邪》：

我欲与君相知，长命无绝衰。山无陵，江水为竭，冬雷震震，夏雨雪，天地合，乃敢与君绝。

雄强横绝之态度，乃不似中夏民族口吻。其《战城南》：

为我谓乌：“且为客豪。野死谅不葬，腐肉安能去子逃？”

则非战歌之最沉痛者也？

东汉作者，据郭茂倩所录《杂曲》，有马瑗之《武溪深行》、傅毅之《冉冉孤生竹行》、张衡之《同声歌》、辛延年之《羽林郎》、宋子侯之《董娇饶》、繁钦之《定情诗》，而无名氏之作，亦复不少。张衡、傅毅，并用五言；以五言入乐章，则知五言诗之起源，盖至迟亦当萌芽于西汉矣。

魏代曹氏父子，所制乐府特多。就《昭明文选》所录，武帝有《短歌行》《苦寒行》，文帝有《燕歌行》《善哉行》，曹植有《箜篌引》《美女篇》《白马篇》《名都篇》。其著录于《乐府诗集》及《宋书·乐志》者，尤不可胜数。然“或述酣宴，或伤羁戍，志不出于淫荡，辞不离于哀思，虽三调之正声，实韶夏之郑曲”（《文心雕龙·乐府》），且开南朝仿作乐府之渐，故文学史家不取焉。

魏晋而后，南北分疆，南朝之《清商曲》，北朝之《横吹曲》，续出民歌甚富，又为乐府诗放一异彩。南朝乐府，多出于晋宋之间，而又别其出于江南者为《吴声歌曲》，出于荆、郢、樊、邓之间，而其声节送、和，与吴歌异者为《西曲》。（《乐府诗集》）北朝以异族进据中原，吹笳鸣角之雄风，乃为诗歌别辟境界。大抵南主温馨软媚，北尚坦直雄强，以民族性之不同，各极其致，此南北乐府之大较也。

南朝乐府之有主名者，有晋沈玩之《前溪歌》、王厥之《长史变歌》、王献之之《桃叶歌》、王珉之《团扇歌》、宋汝南王之《碧玉歌》。（并见《宋书·乐志》及《乐府诗集》）其民歌之最流行者，则有《子夜歌》《华山畿》《读曲歌》之属，每种各数十曲，作者非一人。其特点，喜以谐音之字双关，如以"丝"谐相思之"思"，"芙蓉"谐"夫容"，"莲"谐"怜"，"藕"谐配偶之"偶"，"碑"谐"悲"，"蹄""题"谐"啼"之类，遽数不能悉终。《吴歌》并言儿女之情，"其始皆徒歌，既而被之管弦"（《晋书·乐志》），亦靡靡之音也。然如《子夜歌》：

宿昔不梳头，丝发披两肩。腕伸郎膝上，何处不可怜。

始欲识郎时，两心望如一。理丝入残机，何悟不成匹！

《读曲歌》：

自从别郎后，卧宿头不举。飞龙落药店，骨出只为汝！

思欢不得来，抱被空中语。月没星不亮，持底明侬绪？

《华山畿》：

华山畿！君既为侬死，独生为谁施？欢若见怜时，棺木为侬开。

未敢便相许。夜闻侬家论，不持侬与汝。

奈何许！天下人何限，慊慊只为汝！

后者情尤浓挚专一，未可以"郑声"目之。西曲有《石城乐》《乌夜啼》《莫愁乐》《襄阳乐》《懊侬歌》之属，多写别离之苦。

如《莫愁乐》：

闻欢下扬州，相送楚山头。探手抱腰看，江水断不流。

《懊侬歌》：

江陵去扬州，三千三百里。已行一千三，所有二千在。

并以极朴拙之语出之，而深情自见，此南朝乐府所以为善道儿女之情也。

北朝乐府有《企喻歌》《琅琊王歌》《紫骝马歌》《地驱乐歌》《陇头流水歌》《隔谷歌》《捉搦歌》《折杨柳歌》之属，或叙边塞之苦，或言男女之情，并极坦率雄强，与南人殊致。其言边塞之苦者，如《陇头歌辞》：

陇头流水，流离山下。念吾一身，飘然旷野！

朝发欣城，暮宿陇头。寒不能语，舌卷入喉。

陇头流水，鸣声呜咽。遥望秦川，心肝断绝。

言儿女之情者，如《地驱乐歌辞》：

侧侧力力，念君无极。枕郎左臂，随郎转侧。

摩捋郎须，看郎颜色。郎不念女，不可与力。

《捉搦歌》：

谁家女子能行步，反着夹禅后裙露。

天生男女共一处，愿得两个成翁妪。

黄桑柘屐蒲子履，中央有系两头系。

小时怜母大怜婿，何不早嫁论家计？

快人快语，不似江南女儿之扭捏作娇羞态。至表现北人尚武精神者，则有《琅琊王歌》：

新买五尺刀，悬著中梁柱。一日三摩挲，剧于十五女。

爱刀剧于少女，可见北人性格之一斑。中国文学，往往受外族之影响，而起剧烈变化，此亦其例证已。

此外南朝乐府有《孔雀东南飞》，北朝乐府有《木兰诗》，并为伟制，合当补述。《孔雀东南飞》，据徐陵《玉台新咏》，谓是建安时人为庐江府小吏焦仲卿妻作；郭茂倩编入《杂曲歌辞》。近人多认为出于南朝，在长篇叙事诗中，实开中国诗坛未有之境。陆侃如谓恐受《佛本行经》及《佛所行赞经》之影响（详《诗史·乐府时代》），理或然欤？《木兰诗》，郭茂倩编入《横吹曲辞》，关于作者时代问题，近人亦多争论，而诗中两言“可汗”，又有“燕山”“黑山”之语，殆为北朝作品无疑。

乐府诗产生于汉代，而极其致于南北朝。自后虽隋唐诸诗人，迭有仿作，然皆不复入乐，仅能跻于五七言诗之林矣。

（原载《中国韵文史》上篇第四章，商务印书馆1934年版）

五七言诗之发展

五七言诗出于汉代之歌谣，久乃脱离音乐，而为文人发抒情感之重要体制。其起源不可详考，以意测之，其《诗经》与《楚辞》合流后之自然产物乎？钟嵘谓：“逮汉李陵，始著五言之目。”（《诗品》）而世传苏、李赠答之诗，刘勰已疑之（说详《文心雕龙·明诗》）。至《古诗十九首》，徐陵《玉台新咏》著录其中八首为枚乘作，李善注《文选》，亦谓：“疑不能明。”近人辩证甚多，“此体之兴，必不在景、武之世”（钱大昕《十驾斋养新录》），殆已成定谳矣。

汉乐府如《清商曲》中之《饮马行》，《杂曲》中之《冉冉孤生竹》，多用五言，而不详其年代。惟《汉书·五行志》所载成帝时童谣：

> 邪径败良田，谗口乱善人。桂树华不实，黄雀巢其颠。昔为人所羡，今为人所怜。

足为五言诗产生于西汉时之证。比此而推，则汉乐府中之《清商曲辞》，未必悉为东汉作品。又《汉书》载永始、元延间（成帝时）尹赏歌：

安所求子死？桓东少年场。生时谅不谨，枯骨复何葬？

《后汉书》载光武时《凉州歌》：

游子常苦贫，力子天所富。宁见乳虎穴，不入冀府寺。①

并为不知名之作者所为，而适足证明西汉末年，为五言诗之草创时代（参看郑振铎《中国文学史》第一册）。其时虽未为文人所采用，而其体已大行于民间。至东汉则有班固（字孟坚，扶风人）之《咏史》、蔡邕（字伯喈，陈留人）之《翠鸟》、秦嘉（字士会，陇西人）之《赠妇》、郦炎（字文胜，范阳人）之《见志》，并以五言为诗；而蔡琰（字文姬，邕女）没于匈奴，备遭丧乱流离之惨，还国之后，作《悲愤》以写经历情形，为长五百余字之叙事诗，语多沉痛。五言诗之进展，得此女作家，以下开建安之盛，亦至堪夸耀之事已。

七言诗之起源，旧说谓始于汉武帝时之《柏梁联句》，顾炎武已驳斥之（说详《日知录》二一）。汉初好楚声，楚歌多七字为句；如项羽之《垓下歌》，高祖之《大风歌》，苟去其“兮”字，或易“兮”字为他字，即成七言诗体；而其演变之迹，可于张衡（字平子，南阳人）之《四愁》觇之：

我所思兮在雁门，欲往从之雪纷纷，侧身北望涕沾巾。美人赠我锦绣段，何以报之青玉案。路远莫致倚增叹，何为怀忧心烦惋？

至魏文帝之《燕歌行》，则脱尽楚调，而七言诗之体格，乃纯粹

① “寺”，底本作“奇”，据《后汉书》（中华书局1965年版，第2491页）改。

独立。五七言诗之发展，盖以建安之际，为最大枢纽矣。

建安（汉献帝年号）之世，曹氏父子（武帝操字孟德，文帝丕字子桓）并好文学；而又有孔融（字文举，鲁国人）、陈琳（字孔璋，广陵人）、王粲（字仲宣，山阳人）、徐幹（字伟长，北海人）、阮瑀（字元瑜，陈留人）、应玚（字仲琏，汝南人）、刘桢（字公幹，东平人），号称“建安七子”，为之辅翼；追随谈讌，饮酒赋诗，相互观摩，而专家以出。武帝英雄本色，气韵沉雄；文帝婉约风流，稍欠魄力；三曹之杰，端推陈王（曹植字子建）。七子之中，文帝独称刘桢，谓“其五言诗妙绝当时”（《魏志》注引丕与吴质书），后世遂以桢与陈王并称，有“曹刘”之目。实则差堪与陈王比肩者，惟一王粲。粲之《七哀诗》：

> ……出门无所见，白骨蔽平原。路有饥妇人，抱子弃草间。顾闻号泣声，挥涕独不还。“未知身死处，何能两相完！”驱马弃之去，不忍听此言。

实开杜甫一派伤乱诗之先路。次则陈琳之《饮马长城窟行》：

> 饮马长城窟，水寒伤马骨。往谓长城吏：“慎莫稽留太原卒。官作自有程，举筑谐汝声。男儿宁当格斗死，何能怫郁筑长城！”长城何连连，连连三千里。边城多健少，内舍多寡妇。作书与内舍：“便嫁莫留住！善事新姑嫜，时时念我故夫子！”报书往边地：“君今出语一何鄙？……生男慎莫举，生女哺用脯。君独不见长城下，死人骸骨相撑拄！……”

激昂沉痛，亦为唐人新乐府导其先河。至陈王以贵公子见忌于兄（丕），远徙他乡，郁郁以死。其天才超绝，而处境不堪，发为诗歌，缠绵悱恻，其代表作如《赠白马王彪》一首，尤极千回百折、抑掩悲凉之致。五言诗至此，已渐造极登峰。钟嵘评为“骨气奇高，词彩华茂，情兼雅怨，体被文质”（《诗品》），不为溢美矣。

（原载《中国韵文史》上篇第五章，商务印书馆1934年版）

律诗之进展

“律诗”一称“近体诗”，又称“今体诗”，盖与“古体”为对待名词；萌蘖于齐、梁，而大成于唐之沈（佺期）、宋（之问）。其体严对偶，拘平仄，有一定之法式，不可或逾。有谐协之音，与整齐之美，于诗歌为一变革；而不善者为之，往往流于平板庸腐：此其得失利病之大较也。

世称“永明（齐武帝年号）文学”，应用四声八病之说，以制诗歌；而竟陵王子良（武帝子）实为提奖。所谓“竟陵八友”（萧衍、王融、谢朓、任昉、陆倕、范云、萧琛、沈约），多数研钻声律，而尤以沈约（字休文，吴兴武康人）、王融（字元长，琅琊临沂人）为甚。《南齐书·陆厥传》称：“约等文（当时以有韵者为文，无韵者为笔）皆用宫商，以平、上、去、入为四声，以此制韵，不可增减，世呼为‘永明体’。”此体之兴，据钟嵘称：“王元长创其首，谢朓、沈约扬其波。三贤或贵公子孙，幼有文辨；于是士流景慕，务为精密，襞积细微，专相凌架；故使文多拘忌，伤其真美。”（《诗品》）嵘虽持反对之论，而当时风气所趋，终于造成新局。王、沈之作，虽尚不能称为后来之所谓“律诗”，而已规模略具；例如王融之《萧咨议西上夜集》：

徘徊将所爱，惜别在河梁。衿袖三春隔，江山千里长。寸心无远近，边地有风霜。勉哉勤岁暮，敬矣事容光。山中殊未怿，杜若空自芳。

平仄对偶，皆渐趋严谨；所异于“律诗”者，唯多至十句，及“失黏格”耳。

梁武帝（萧衍）虽不遵用四声（帝问周舍曰：“何谓四声？”舍曰：“‘天子圣哲’是也。”），而笃好文学；其子简文帝、元帝，皆喜为轻艳之词，当时号为“宫体”；而精研律切，俨然律体之先河。如简文《折杨柳》，五言八句，其中“叶密鸟飞碍，风轻花落迟”，直“律诗”之佳联。嗣是何逊（字仲言，东海郯人）、吴均（字叔庠，吴兴人）、王筠（字元礼，琅琊临沂人）、柳恽、庾肩吾之徒，莫不闻风兴起，争为啴缓。逊诗尤近唐人律体。如所作《慈姥矶》：

暮烟起遥岸，斜日照安流。一同心赏夕，暂解去乡忧。野岸平沙合，连山远雾浮。客悲不自已，江上望归舟。

几与初唐人格调无殊。齐代阴铿（字子坚），与逊齐名；杜甫所谓“颇学阴何苦用心”，可想见其句律之精警。此外如江总（字总持，济阳考城人）、张正见（字见颐，清河东武城人）、徐陵（字孝穆，东海郯人），及北周之庾信（字子山，南阳新野人，肩吾子）、王褒（字子渊，琅琊临沂人），隋之薛道衡（字元卿，河东汾阴人）、虞世基（字茂世，会稽余姚人）等，皆为“律诗”进展历程中之主要人物；而以庾信为之魁，杜甫称之曰

"清新庾开府"，又曰"庾信文章老更成"。结齐梁新体之局，而下开唐人律诗之盛，庾信为承先启后之诗杰矣。兹录《拟咏怀》一首为例：

萧条亭障远，凄惨风尘多。关门临白狄，城影入黄河。秋风别苏武，寒水送荆轲。谁言气盖世？晨起帐中歌。

唐初承陈隋旧习，旋有"上官体"与"四杰体"之产生。上官仪（字游龙，陕州陕人）为诗，绮错婉媚，人多效之，谓为"上官体"。仪标"六对"之说，所谓正名对、同类对、连珠对、双声对、叠韵对、双拟对（说详《诗苑类格》，引见谢无量《中国大文学史》）；其女孙婉儿继之，对法益精，因以促成"律诗"之建立。王勃（字子安，绛州龙门人）、杨炯（华阴人）、卢照邻（字升之，范阳人）、骆宾王（义乌人），号"初唐四杰"，王世贞称其"词旨华丽，固缘陈隋之遗；骨气翩翩，意象老境，超然胜之，五言遂为律家正始"（《艺苑卮言》）。宾王有《在狱咏蝉》：

西陆蝉声唱，南冠客思深。不堪玄鬓影，来对白头吟。露重飞难进，风多响易沉。无人信高洁，谁为表予心？

兴寄遥深，属对工切。盖律诗至此，已渐臻成熟之境，风骨亦视齐梁为高矣。

迨沈佺期（字云卿，相州内黄人）、宋之问（字延清，虢州弘农人）出，承沈约、庾信之余波，"又加靡丽，回忌声病，约句准篇，如锦绣成文"（《全唐诗话》），而律诗乃正式成立。独孤及称之曰："言之而中伦，歌之而成声，缘情绮靡之功，至是始备。"沈宋之外，又辅之以杜审言（字必简，襄州襄阳人），学者宗之，而律诗遂风靡一世矣。兹举沈、宋诗各一首以示例：

古意呈补阙乔知之　　沈佺期

卢家少妇郁金香，海燕双栖玳瑁梁。九月寒砧催木叶，十年征戍忆辽阳。白狼河北音书断，丹凤城南秋夜长。谁谓含愁独不见？更教明月照流黄。

度大庾岭　　宋之问

度岭方辞国，停轺一望家。魂随南翥鸟，泪尽北枝花。山雨初含霁，江云欲变霞。但令归有日，不敢恨长沙。

（原载《中国韵文史》上篇第七章，商务印书馆1934年版）

律诗之极盛

自大历以迄长庆，六七十年间，有意别辟户庭之诗家，约可分为平易与奇险二派。韩愈为后一派代表，孟郊、卢仝、李贺之属辅之；由张籍、王建，以下逮元稹、白居易，则属于前一派；分庭抗礼，并见创造精神。此外作者亦多，而创格稀见；性灵陶写，多以律诗，绝句亦甚盛行，故当补述。

《唐诗纪事》以卢纶（字允言，河中蒲人）、钱起（吴兴人）、郎士元（字君胄，中山人）、司空曙（字文初，广平人）、李端（字正己，赵郡人）、李益（字君虞，姑臧人）、苗发（晋卿子）、皇甫曾（字孝常，丹阳人）、耿湋（字洪源，河东人）、李嘉祐（字从一，赵州人）为"大历十才子"。《唐书》有吉中孚（鄱阳人）、韩翃（字君平，南阳人）、崔峒、夏侯审，而无郎士元、皇甫曾、李益、李嘉祐。要之，诸人在当日诗坛，皆有所自树，且多以律绝擅长者也。

钱郎最工律诗，故当时有"前有沈宋，后有钱郎"之说。李益在贞元末，与李贺齐名；每一篇成，乐工争以赂求取之，被声歌供奉天子。(《碧鸡漫志》)王世贞云:“绝句李益为胜,韩翃次之。”(《艺苑卮言》)张实居论七律云:“天宝以还,钱刘并鸣;中唐作者尤多,韦应物、皇甫伯仲(冉、曾)以及‘大历十子’,接迹而起,敷词益工,而气或不逮。元和以后,律体屡变;其造意幽深,律切精密,有出常情之外;虽不足鸣大雅之林,亦可谓一倡三叹。”(《师友诗传录》)然则虽谓自大历以来,为律诗之极盛时代可也。

“十子”之外,刘长卿(字文房,河间人)以律诗负盛名,有“五言长城”之自负语,七律影响亦大。秦系(字公绪,会稽人)与长卿善,诗亦功力悉敌。又有释皎然(姓谢氏,长城人)、严维(字正文,山阴人)之流,作家盖多不胜举矣。录诸家代表作各一首:

送耿拾遗归上都　　刘长卿

若为天畔独归秦,对水看山欲暮春。穷海别离无限路,隔河征战几归人?长安万里传双泪,建德千峰寄一身。想到邮亭愁驻马,不堪西望见风尘!

山中酬杨补阙见过　　钱起

日暖风恬种药时,红泉翠壁薜萝垂。幽溪鹿过苔还静,深树云来鸟不知。青琐同心多逸兴,春山载酒远相随。却惭身外牵缨冕,未信尊前倒接䍦。

春思　　皇甫曾

莺啼燕语报新年,马邑龙堆路几千?家住层城邻汉苑,心随明月到胡天。机中锦字论长恨,楼上花枝笑独眠。为问元戎窦车骑,何时返旆勒燕然?

赠钱起秋夜宿灵台寺见寄　　郎士元

石林精舍武溪东，夜扣禅扉谒远公。月在上方诸品静，心持半偈万缘空。苍苔古道行应遍，落木寒泉听不穷。更忆双峰最高顶，此心期与故人同。

至德中途中书事却寄李僩　　卢纶

乱离无处不伤情，况复看碑对古城。路绕寒山人独去，月临秋水雁空惊。颜衰重喜归乡国，身贱多惭问姓名。今日主人还共醉，应怜世故一儒生。

在律诗盛行之际，有韦应物（京兆长安人）、柳宗元（字子厚，河东人），绍述王储，上规陶谢。钱椠谓："韦公古澹，胜于右丞，故于陶为独近。"（《岘佣说诗》）应物又兼擅歌行，为白居易所推服。居易尝云："近岁韦苏州歌行，才丽之外，颇近兴讽。其五言诗又高雅闲澹，自成一家之体。今之秉笔者，谁能及之？"（《与元九书》）其歌行如《鸢夺巢》：

野鹊野鹊巢林梢，鸱鸢恃力夺鹊巢。吞鹊之肝啄鹊脑，窃食偷居常自保。凤凰五色百鸟尊，知鸢为害何不言？霜鹯野鹞得残肉，同啄膻腥不肯逐。可怜百鸟生纵横，虽有深林何处宿！

则亦与白氏新乐府同其旨归者也。宗元诗刻意学谢，代表作如《南涧中题》：

秋气集南涧，独游亭午时。回风一萧瑟，林影久参差。始至若有得，稍深遂忘疲。羁禽响幽谷，寒藻舞沦漪。去国魂已远，怀人泪空垂。孤生易为感，失路少所宜。索寞竟何事？徘徊只自知。谁为后来者，当与此心期。

苏轼以为“忧中有乐，妙绝古今”。盖由盘郁之久，一时触发，又非大谢之所能笼罩矣。

大历后诗，宗元之外，有刘禹锡（字梦得，彭城人）。论者以为高于刘长卿。(《说诗晬语》）禹锡晚年，多与白居易唱和，时号“刘白”。其诗讽托幽远，又极注意民歌。既以王叔文党，坐贬朗州司马。蛮俗好巫，尝依骚人之旨，倚其声作《竹枝词》十余篇，武陵溪洞间悉歌之。(《全唐诗》小传）居易相继有作，遂开后来倚声填词之风焉。为录《竹枝》二首如下：

山桃红花满上头，蜀江春水拍山流。花红易衰似郎意，水流无限似侬愁。

瞿唐嘈嘈十二滩，此中道路古来难。长恨人心不如水，等闲平地起波澜！

原律诗之为体，最宜竞巧一句一字之间，雕镂风云，涂饰花草。唐人酬应之作，以此为多。而韦柳于韩白二派之外，独尚古体，禹锡又复注意民歌，以一变近体律绝之风格，亦研究唐代诗歌史者所不容忽也。

（原载《中国韵文史》上篇第十四章，商务印书馆1934年版）

新乐府之发展

新乐府多关于社会问题之作，将以“补察时政，泄导人情”（白居易《与元九书》）。郭茂倩云：“新乐府者，皆唐世之新歌也。以其辞实乐府，而未尝被于声，故曰新乐府也。”（《乐府诗集》）

自杜甫有“朱门酒肉臭，路有冻死骨”（《奉先咏怀》）之诗，而社会问题，始引起诗人之注意。同时元结（字次山，河南人）作《舂陵行》《贼退示官吏》等篇，关心民瘼；杜甫引为同调，谓“不意复见比兴体制、微婉顿挫之词”（《同元使君舂陵行序》）。结以为民生之凋敝，在于官吏之不恤民隐，故其诗云：“使臣将王命，岂不如贼焉？今彼征敛者，迫之如火煎。谁能绝人命，以作时世贤？”（《贼退示官吏》）当时百姓对于官吏之畏惧心理，亦于其诗中充分表出。其《喻瀼溪乡旧游》云：“往年在瀼滨，瀼人皆忘情。今来游瀼乡，瀼人见我惊。我心与瀼人，岂有辱与荣？瀼人异其心，应为我冠缨。”可以窥见其时社会景况。而官吏鱼肉百姓之故，则在“近年更长吏，数月未为速”（《喻常吾直》）。诗人之注意社会问题，而表现于诗歌，盖以元、杜二家为最早。结又作《闵荒诗》，假隋人《冤歌》，以寓规讽之义。又有《系乐府》十二首，并托兴风人，为元白新乐府之先声。当天宝乱事未起之先，社会已呈崩溃之象，结诗所表现，真不愧为有“时代精神”者矣。

天宝乱后，社会复归小康；大历（代宗）、长庆（穆宗）间，藩镇跋扈，演成割据之局。人民困于官吏之诛求，政府不思救济，于是社会形成两大阶级，而民生日趋凋敝。诗人恻然不忍，乃起而从事于新乐府运动，以代抒冤抑，张籍（字文昌，和州乌江人）、王建（字仲初，颍川人）其尤著者也。

籍与韩愈、孟郊、元稹、白居易，并有往还，与愈交谊尤笃，而作风自异。居易称其诗云：“风雅比兴外，未尝著空文。……上可裨教化，舒之济万民。”（《读张籍古乐府》）居易于韩、孟诗，不稍称说，独对籍服膺如是；其意固以杜甫、元结而后，“但歌生民病”者，惟籍为然也。籍诗有反对资本主义者，如《山农词》《贾客乐》等篇是；有反抗统治阶级者，如《废宅行》是；有讨论妇女问题者，如《妾薄命》《离妇》等篇是（参考胡适《白话文学史》）。兹举《废宅行》一篇以示例：

> 胡马崩腾满阡陌，都人避乱唯空宅。宅边青桑垂宛宛，野蚕食叶还成茧。黄雀衔草入燕窠，啧啧啾啾白日晚。去时禾黍埋地中，饥兵掘土翻重重。鸱鸮养子庭树上，曲墙空屋多旋风。乱定几人还本土？惟有官家重作主！

建与籍厚善，其送籍归江东诗云：“君诗发大雅，正气回我肠。”又云：“出处两相依，如彼衣与裳。”二人作风，亦正相似。建所为乐府，多为农工代抱不平，而致慨乎社会制度之不良，思有以改革之。集中有写男工之痛苦者，如《水夫谣》《水运行》等篇是；有写女工之痛苦者，如《簇蚕辞》《当窗织》《织锦曲》等篇是。其尤动人者，如《簇蚕辞》之末段：

> 三日开箔雪团团，先将新茧送县官。已闻乡里催织作，去与谁人身上着？

《当窗织》之末段：

> 草虫促促机下啼，两日催成一匹半。输官上头有零落，姑未得衣身不着！当窗却羡青楼倡，十指不动衣盈箱！

此等诗并富社会主义色彩，所谓“为事而作，为人而作”，与元、白同其旨归者也。

与张、王先后作新乐府者，尚有顾况（字逋翁，海盐人）。况欲以古诗三百篇之体制为新乐府，有《补亡训传》十三章；其《囝》一章，序云：“哀闽也。”（囝音蹇，闽俗呼子为囝，父为郎罢。）其末段云：

> 郎罢别囝：“吾悔生汝，及汝既生，人劝不举。不从人言，果获是苦。”囝别郎罢，心摧血下：“隔地绝天，及至黄泉，不得在郎罢前！”

胡适以为充满尝试精神（《白话文学史》），其风格则与古乐府《孤儿行》相近者也。

孟郊以穷愁诗人，间作新乐府，如《织妇辞》中之“如何织纨素，自着蓝缕衣”，极似张、王风格。其《寒地百姓吟》：

> 无火炙地眠，半夜皆立号。冷箭何处来？棘针风骚骚。霜吹破四壁，苦痛不可逃。高堂捶钟饮，到晓闻烹炮。寒者愿为蛾，烧死彼华膏。华膏隔仙罗，虚绕千万遭。到头落地

死，踏地为游遨。游遨者是谁？君子为郁陶。

上承杜甫，下开元、白，描写之刻挚，视诸家似有过之。惜郊未能放大眼光，专从此方发展，致有“诗囚”（元好问说）之目，转令张、王独作社会诗人耳！

（原载《中国韵文史》上篇第十二章，商务印书馆1934年版）

新乐府之极盛

新乐府之发展，至元稹（字微之，河南河内人）、白居易（字乐天，其先太原人，后徙下邽）而臻极盛。且标揭旗帜，大事宣传；一反韩派诗人之作风，避艰深而就平实，使诗歌复趋于“社会民众化”。斯固上承元、杜、张、王之系统，更从而扩大之者也。

白氏对于此事之主张，谓“文章合为时而著，诗歌合为事而作”（《与元九书》），又曰：“感人心者，莫先乎情，莫始乎言，莫切乎声，莫深乎义。……音有韵，义有类。韵协则言顺，言顺则声易入；类举则情见，情见则感易交。”（同上）知声音之道感人深，故欲利用诗歌以改良社会；而又明定义例，以求收效之宏；故其言曰：“其辞质而径，欲见之者易喻也；其言直而切，欲闻之者深诫也；其事核而实，使采之者传信也；其体顺而肆，可以播于乐章歌曲也。”（《新乐府序》）其诗侧重写实，而以通俗为主，故有“老妪皆解”之称。其流传之广，则元稹所称：“二十年间，禁省、观寺、邮候墙壁之上无不书，王公、妾妇、牛童、马走之口无不道。”（《长庆集序》）其能深入人心坎，而引起共鸣，盖自有诗人以来，无出其右者。

稹与居易交谊最深，鼓吹作新乐府亦最力；而其动机则在目击当时社会情况，藩镇割据，擅作威福，思欲发之（详见《叙诗寄乐天书》）。又受杜甫歌行之影响，谓“予少时与友人白乐天、李公垂辈，谓是为当，遂不复拟赋古题”（《乐府古题序》）。以二人之鼓吹，而诗格为之大变，所谓“嘲风雪，弄花草”之作，渐为社会所唾遗；诗歌与社会人生，始发生密切之关系。元白真诗坛之“广大教化主”已！

元、白新乐府之重要作品，稹有《和李校书新题乐府》十二首，居易有《秦中吟》十首，《新乐府》五十篇，皆“不虚为文”，词主切直，而居易影响为尤大。其最动人者，如《秦中吟》第二首之“夺我身上暖，买尔眼前恩”，第十首之“一丛深色花，十户中人赋”，并辞情激烈，富于时代精神。至其《新乐府》中，尤多“脍炙人口”之作。迻录二篇如下：

卖炭翁　　苦宫市也。

卖炭翁，伐薪烧炭南山中。满面尘灰烟火色，两鬓苍苍十指黑。卖炭得钱何所营？身上衣裳口中食。可怜身上衣正单，心忧炭贱愿天寒。夜来城上一尺雪，晓驾炭车辗冰辙。牛困人饥日已高，市南门外泥中歇。翩翩两骑来是谁？黄衣使者白衫儿。手把文书口称敕，回车叱牛牵向北。一车炭重千余斤，宫使驱将惜不得！半匹红纱一丈绫，系向牛头充炭直。

上阳白发人　　愍怨旷也。

上阳人，红颜暗老白发新，绿衣监使守宫门，一闭上阳多少春？玄宗末岁初选入，入时十六今六十。同时采择百余人，零落年深残此身。忆昔吞悲别亲族，扶入车中不教哭。皆云入内便承恩，脸似芙蓉胸似玉。未容君王得见面，已被杨妃遥侧目。妒令潜配上阳宫，一生遂向空房宿。宿空房，秋夜长，夜长无寐天不明。耿耿残灯背壁影，萧萧暗雨打窗声。春日迟，日迟独坐天难暮。宫莺百啭愁厌闻，梁燕双栖老休妒。莺归燕去长悄然，春往秋来不记年。唯向深宫望明月，东西四五百回圆。今日宫中年最老，大家遥赐尚书号。小头鞋履窄衣裳，青黛点眉眉细长。外人不见见应笑，天宝末年时世妆。上阳人，苦最多！少亦苦，老亦苦，少苦老苦两如何？君不见昔时吕向《美人赋》？又不见今日《上阳白发歌》？

稹作《新题乐府》，虽不及居易之富，而讽刺时政，极见苦心。两人同声，各以此获罪，同遭贬谪。唐诗之有“元白”，为平民代鸣冤抑不平之气，真不愧为“社会诗人”矣！录元氏《织妇词》：

织妇何太忙！蚕经三卧行欲老。蚕神女圣早成丝，今年丝税抽征早。早征非是官人恶，去岁官家事戎索[①]。征人战苦束刀疮，主将勋高换罗幕。缫丝织帛犹努力，变缉撩机苦难织。东家头白双女儿，为解挑纹嫁不得。（余掾荆时，目击贡绫户有终老不嫁之女。）檐前袅袅游丝上，上有蜘蛛巧来往。羡他虫豸解缘天，能向虚空织罗网。

① “戎”，底本作“戍”，据《元稹集》（中华书局2010年版，第297页）改。

稹于穆宗时，官至宰相；年五十三，卒于武昌。居易克享大年，晚年转变作风，务为“闲适”；虽造诣益进，而影响不及所为新乐府之深。其七言律诗，不用故实，而自然工妙。后与刘禹锡有“刘白”之称，即多以此体相唱和云。

元、白除新乐府外，其影响后来最大者，厥惟七言歌行。其所谓“长庆体”，音节谐和，铺叙宛转，最宜于歌咏时事之作；所以后人仿效者，直至近代而犹未全衰也。录元氏《连昌宫词》一首：

连昌宫中满宫竹，岁久无人森似束。又有墙头千叶桃，风动落花红蔌蔌。宫边老翁为余泣：“小年进食曾因入。上皇正在望仙楼，太真同凭阑干立。楼上楼前尽珠翠，炫转荧煌照天地。归来如梦复如痴，何暇备言宫里事？初过寒食一百六，店舍无烟宫树绿。夜半月高弦索鸣，贺老琵琶定场屋。力士传呼觅念奴，念奴潜伴诸郎宿。须臾觅得又连催，特敕街中许然烛。春娇满眼睡红绡，掠削云鬟旋装束。飞上九天歌一声，二十五郎吹管逐。逡巡大遍《凉州》彻，色色龟兹《轰录》续。李谟擪笛傍宫墙，偷得新翻数般曲。平明大驾发行宫，万人歌舞涂路中。百官队仗避岐薛，杨氏诸姨车斗风。明年十月东都破，御路犹存禄山过。驱令供顿不敢藏，万姓无声泪潜堕。两京定后六七年，却寻家舍行宫前。庄园烧尽有枯井，行宫门闭树宛然。尔后相传六皇帝，不到离宫门久闭。往来年少说长安，玄武楼成花萼废。去年敕使因斫竹，偶值门开暂相逐。荆榛栉比塞池塘，狐兔骄痴缘树木。舞榭欹倾基尚存，文窗窈窕纱犹绿。尘埋粉壁旧花钿，乌啄风筝碎珠玉。上皇偏爱临砌花，依然御榻临阶斜。蛇出燕窠盘斗拱，菌生香案正当衙。寝殿相连端正楼，太真梳洗楼上头。晨光未出帘影黑，至今反挂珊瑚钩。指似傍人因恸哭，却出宫门泪相续。自从此后还闭门，夜夜狐狸上门屋。”我闻此语心骨悲，太平谁致乱者谁？翁言：“野父何分别，耳闻眼见为君说。姚崇宋璟作相公，劝谏上皇言语切。燮理阴阳禾黍丰，调和中外无兵戎。长官清平太守好，拣选皆言由相公。开元之末姚宋死，朝廷渐渐由妃子。禄山宫里养作儿，虢国门前闹如市。弄权宰相不记名，依稀忆得杨与李。庙谟颠倒四海摇，五十年来作疮痏。今皇神圣丞相明，诏书才下吴蜀平。官军又取淮西贼，此贼亦除天下宁。年年耕种宫前道，今年不遣子孙耕。”老翁此意深望幸，努力庙谟休用兵。

（原载《中国韵文史》上篇第十三章，商务印书馆1934年版）

词体源流

词曲的特性和两者的差别

词和曲都是先有了调子，再按它的节拍，配上歌词来唱的。它是和音乐曲调紧密结合的特种诗歌形式，都是沿着“由乐定词”的道路向前发展的。宋翔凤《乐府余论》讲过：“宋、元之间，调与曲一也，以文写之则为词，以声度之则为曲。”如果就它们的性质来说，这话原来不错。但是一般文学史上都把词和曲作为两种不同体裁的名称。宋词、元曲，在我国文学发展过程中，占着很重要的地位。它的名称的由来，是从乐府诗中的别名，逐渐扩展成为一种新兴文学形式的总名的。唐诗人元稹在他写的《乐府古题序》上，把乐府的发展分作两条道路。他说：

《诗》讫于周，《离骚》讫于楚。是后诗之流为二十四名：赋、颂、铭、赞、文、诔、箴、诗、行、咏、吟、题、怨、叹、章、篇、操、引、谣、讴、歌、曲、词、调，皆诗人六义之余，而作者之旨，由操而下八名，皆起于郊祭、军宾、吉凶、苦乐之际。在音声者，因声以度词，审调以节唱，句度短长之数，声韵平上之差，莫不由之准度。而又别其在琴瑟者为操、引，采民氓者为讴、谣，备曲度者总得谓之歌、曲、词、调。斯皆由乐以定词，非选调以配乐也。由诗而下九名，皆属事而作，虽题号不同，而悉谓之为诗，可也。后之审乐者，往往采取其词，度为歌曲，盖选词以配乐，非由乐以定词也。(《元氏长庆集》卷二十三)

这前一种就是先有了曲词，按照每一个调子的节奏填上歌词；后一种就是先有了歌词，音乐家拿来作谱。照道理讲，后者比较自由，应该可以大大发展，然而为什么反而把前者作为一个时代乐歌的主要形式，作者甘心受那些格律的束缚，甚至不惜牺牲内容来迁就它呢？仔细一想，这原因也很简单。《旧唐书·音乐志》上不是说过“自开元以来，歌者杂用胡夷里巷之曲”吗？我们检查一下崔令钦所写的《教坊记》，它所记载的开元教坊杂曲，就有三百多个调子，除极小部分是来自外国或宫廷创作外，都是从民间采来的。这些来自民间的调子，当然为广大人民所喜闻乐见，大家都唱熟了。应用这种在民间生了根的形式来表现作者所要表达的情感，自然容易被广大人民所接受而引起共鸣。

词和曲都是“依声”而作。词所依的“声”，大部分是“开元以来”的“胡夷里巷之曲”。这些曲调，虽然大多数出自民间的创作，它所用的音乐却已掺杂了不少外来成分。这由于魏、晋以来，直到隋朝的统一为止，中国的北部，长期经过少数民族的统治和杂居，把许多外来的乐器和曲调，不断地传了进来，与汉民族固有的东西逐渐融合，从而产生一种新音乐，也就是隋、唐间所称的燕乐。这种新音乐，由于国家的统一而普遍流行起来，民间艺人因而不断创作新的曲子，这就是“倚声填词”者的唯一来源。宋人郭茂倩《乐府诗集》中所标举的“近代曲辞”，表明了“倚声填词”由尝试而逐渐形成的关键。他说：

> 近代曲者，亦杂曲也。以其出于隋、唐之世，故曰近代曲也。隋自开皇初，文帝置七部乐：一曰《西凉伎》，二曰《清商伎》，三曰《高丽伎》，四曰《天竺伎》，五曰《安国伎》，六曰《龟兹伎》，七曰《文康伎》。至大业中，炀帝乃立《清乐》《西凉》《龟兹》《天竺》《康国》《疏勒》《安国》《高丽》《礼毕》，以为九部，乐器工衣，于是大备。唐武德初，因隋旧制，用九部乐。太宗增《高昌乐》，又造《谦乐》，而去《礼毕曲》。其著令者十部：一曰《谦乐》，二曰《清商》，三曰《西凉》，四曰《天竺》，五曰《高丽》，六曰《龟兹》，七曰《安国》，八曰《疏勒》，九曰《高昌》，十曰《康国》，而总谓之燕乐。声辞繁杂，不可胜纪。凡燕乐诸曲，始于武德、贞观，盛于开元、天宝。其著录者十四调，二百二十二曲。又有梨园别教院法歌乐十一曲，《云韶乐》二十曲。肃、代以降，亦有因造。僖、昭之乱，典礼亡缺。其所存者，概可见矣。(《乐府诗集》卷七十九)

这些乐种，除《清商》部外，全是外来的。由于文化交流，经过长时期的消化作用，到了唐玄宗时，一种新的民族音乐，便如春花竞放，普遍在民间盛行起来了。看了上面所说“声辞繁杂”的话，这许多曲调原来不但有歌谱，而且是也有歌词的。是不是和后来一样，按着长短不齐的节奏去填上歌词，现在很难猜测；但这里面必定会有很多来自民间的作品，或者因为它不够“雅”，没有受到统治阶级的重视，所以很快就散失了。

在封建社会里，劳动人民是最富于创造性的，所谓“穷者欲达其言，劳者须歌其事”（庾信《哀江南赋序》），有了自己丰富的内容，自然会创造出自己的新形式。至于上层人物，往往落在后面，而又不甘心于放下自己的架子，偏要群众去迁就他，直到群众的力量发展到了不可抵抗的地步，而自己的东西却为群众所拒绝，才会回过头来，朝着群众的方向去跑。这样，凭他们的艺术修养，找到了正确方向，就能够在群众的基础上，不断提高。所以，在唐代新音乐兴起之后，与它相应发展的新体长短句歌词必须经过一个酝酿的过渡时期，这是毫不为怪的。

郭茂倩在“近代曲辞”中，列举了开元、天宝间流行的一些大曲，如《伊州》《梁州》《甘州》之类，每一段都配上当时诗人所写的五、七言诗，有的只是截取全篇中的四句，勉强凑合着来歌唱。例如《伊州歌》共有唱词十段，第三段就是用沈佺期《杂诗》的前半首：“闻道黄龙戍，频年不解兵。可怜闺里月，偏照汉家营。”（《乐府诗集》卷七十九）《水调歌》共有唱词十一段，第七段（入破第二）就是用的杜甫《赠花卿》的一首七言绝句：“锦城丝管日纷纷，半入江风半入云。此曲只应天上有，人间能得几回闻？”（同上）也有摘取李峤《汾阴行》的结尾：“山川满目泪沾衣，富贵荣华能几时？不见只今汾水上，惟有年年秋雁飞”（《碧鸡漫志》卷四），作为《水调歌》中一段歌词的。这些大曲，有的多到二十四段，如《凉州》排遍；有的十二遍，如《霓裳羽衣》。王灼曾经说：“后世就大曲制词者，类从简省。”

(《碧鸡漫志》卷三)可见唐诗人对新体歌词的创作，远远落后于民间流行和教坊传习的新兴曲调；而那些整齐的诗句，是由乐工加上虚声，勉强凑着来合拍的。这种偷懒的过渡办法，可以看出士大夫的怠性和不甘适应群众的要求，从而延缓了长短句歌词的发展速度。这偷懒办法，却也有它的历史根源。据北宋音乐理论家沈括说：

诗之外又有和声，则所谓曲也。古乐府皆有声有词，连属书之，如曰“贺贺贺”“何何何”之类，皆和声也。今管弦之中缠声，亦其遗法也。唐人乃以词填入曲中，不复用和声。此格虽云自王涯始，然贞元、元和之间(公元七八五—八二〇年)，为之者已多，亦有在涯之前者。又小曲有“咸阳沽酒宝钗空”之句，云是李白所制。然李白集中有《清平乐》词四首，独欠是诗。而《花间集》所载“咸阳沽酒宝钗空”，乃云是张泌所为，莫知孰是也。今声词相从，唯里巷间歌谣及《阳关》《捣练》之类，稍类旧俗。然唐人填曲，多咏其曲名，所以哀乐与声，尚相谐会。今人则不复知有声矣！哀声而歌乐词，乐声而歌怨词，故语虽切而不能感动人情，由声与意不相谐故也。(《梦溪笔谈》卷五《乐律》)

在这一大段话里面，有三点值得注意。第一，是在长短句歌词的新形式没有完成之前，所有配合曲调的歌词，是长期停留在借助虚声勉强凑合的过程中。我们只要去看看沈约《宋书》卷廿二《乐志》四所载汉鼓吹铙歌十八曲和今(刘宋)鼓吹铙歌词三曲，简直没法读通。这原因据沈约说：“今鼓吹铙歌词，乐人以音声相传，训诂不可复解。”又说：“汉鼓吹铙歌十八篇，按《古今乐录》，皆声、辞、艳相杂，不复可分。”由此可见，后来“依声填词”的办法，虽然是束缚得很厉害，但也是出于不得已而用之，在乐歌史上是一个大大的进步。我们再查查《宋书》，还列举了缪袭写的魏鼓吹曲十二篇，傅玄写的晋鼓吹歌曲廿二篇，韦昭写的吴鼓吹曲十二篇，何承天私造的鼓吹铙歌十五篇，都是仿照汉鼓吹铙歌十八曲和一部分其他汉乐府的调子来写的；魏武帝（曹操）、文帝（曹丕）、明帝（曹睿）所作的乐府诗，也都用了许多长短句子。这当然就是后来“依声填词”的开端。晋荀勖也曾发生下面这样的疑问：“魏氏歌诗，或二言，或三言，或四言，或五言，与古诗不类。”他去问司律中郎将（掌乐的官员）陈颀，颀对他说：“被之金石，未必皆当。”（《宋书》卷十九《乐志》一）从这话里，可以看出魏氏歌诗所以要用长短句，就是为了配合曲调的节奏，也只有曹操才敢尝试去创作。当然这些创作，没有经过相当长期的锻炼，就希望它能够“被之金石”而“皆当”，是很难做到的。但比起那些死板的一定要把整齐的、固定的四言或五言句子，勉强凑合着参差不齐的曲调，再加上一些有声无义的字眼去唱，弄得听者莫明其妙，写在书上，谁也读不通，是要进步得多了。一般文学史家，谈到词的起源问题，都不晓得在这些材料上着眼，是绝对不能得出正确结论来的。荀勖听了陈颀的话，却开起倒车来，他替晋王朝写的歌词，又全用四言句式。我疑心沈约所说“不可复解”的今鼓吹铙歌词三曲，即是用的汉鼓吹铙歌十八曲中的《上邪》《远如期》（原作《晚芝田》，此据注语）《艾如张》三个调子，如果不是用的整齐句式，给乐工加了许多虚声，注上字眼，那怎么会连同时的沈约都读不下去呢？

现在流传下来的汉、魏、六朝乐府诗，大多数是民间的作品，就有了不少长短句式。在吴歌小曲中，三言搭五言的形式，更是多得很。可见劳动人民素来就是敢想敢作而富于创造性的。单就这种“依声填词”的办法来讲，民间早就有了，而且曹操也都跟着尝试过了。可是直到开元、天宝间，经过五百多年的漫长岁月，所有不断从少数民族输入和民间创作的曲调，不知积累了多少财富，而诗人们还是那样保守，还是不肯接受“胡夷里巷之曲”去“依声填词”，从而延缓了长短句歌词的发展，这是十分可惜的。

由于齐、梁以来的声律论，把平、上、去、入四声应用到文学形式上来，积累了几百年的经验，形成了唐人的五、七言近体诗。这种近体律、绝诗，本身就有它的铿锵抑扬的节奏感，音乐性非常浓厚。如果不是形式过于方板，拿来配合曲调，是最适宜不过的。沈约早就说过：“五色相宣，八音协畅，由乎玄黄律吕，各适物宜。欲使宫羽相变，低昂互节，若前有浮声，则后须切响。一简之内，音韵尽殊；两句之中，轻重悉异。”（《宋书》卷六十七《谢灵运传论》）唐人近体诗，就是运用这些原则建立起来的。而这些原则，应用到配合管弦的歌词上来，就可以解决许多问题，而使之吻合无间。我们看了唐人许多大曲，都是借用诗人的近体律、绝作为歌词，这消息是可以推测得到的。

一般所说的“词”，原来也就是沿着魏、晋以来乐府诗的道路，向前发展的。不过它所依的“声”——也就是它所用的调子，一般都出于隋、唐以来的燕乐杂曲：有教坊乐工和专家们的创作，如《安公子》为隋炀帝时乐工王令言的儿子所写，《雨霖铃》为唐明皇入蜀时悼念杨妃的创调；也有更早一些时候流传下来的，如《后庭花》出于陈后主（叔宝）宫庭，《兰陵王》出于北齐兰陵王高长恭的部队；但大部分却是民间的作品。我们看了敦煌发现的唐人写本《云谣集杂曲子》和其他小曲，就有长到八十四字的《凤归云》，七十七字的《洞仙歌》，这些都可证明，民间不仅不断地创作了许多新声曲调，同时也就有了他们自己的长短句歌词。群众的创造性，是会不断产生新东西的。即使世传李白写的《菩萨蛮》《忆秦娥》，或《清平乐令》不是后人伪造的；但看许多大诗人，自李白以下到韦应物、戴叔伦、王建、白居易、刘禹锡等，他们的尝试填词，也都是一些短短的小令，可见封建社会的士大夫阶级，总是落后于群众的。再看敦煌发现的琵琶谱，它所保存的《倾杯》《西江月》等曲调，有的注上"慢曲子"或"急曲子"，又可证明慢词创自柳永的说法（宋翔凤《乐府余论》），是毫无根据的。虽然北宋末年的叶梦得曾经说"教坊乐工，每得新腔，必求永为辞，始行于世"（《避暑录话》卷三），只可说明词所依的"声"，到了宋教坊，又有了不少新创的调子，可供作者填词使用。这些新声，直到南宋时代，民间还在不断创作，一面和过去流传下来的混合起来，在民间普遍演唱。我们且看《刘知远诸宫调》所用的词牌，就有《回戈乐》《应天长缠令》《甘草子》《六幺令》《胜葫芦》《瑶台月》《墙头花》《文序子》《枕屏儿》《定风波》《抛球乐》《锦缠道》《愿成双》《安公子缠令》《柳青娘》《酥枣儿》《女冠子》《应天长》《快活年》《玉抱肚》《耍孩儿》《牧羊关》

《醉落托》《双声叠韵》《麻婆子》《沁园春》《贺新郎》《解红》《木笪绥》《哨遍》《耍三台》《出队子》《拂霓裳》《永遇乐》《乔牌儿》《一枝花》《绣带儿》《恋香衾》《相思会》《苏幕遮》《恋香衾缠令》《整花冠》《绣裙儿》《红罗袄》《玉翼蝉》《一斛义》《踏阵马》《伊州令》《整乾坤》四十九个曲子，而且注明宫调；除《耍孩儿》《一枝花》等少数为后来北曲所常用外，几乎都是唐、五代、北宋人所常用的词牌。照这些在当时人民口里还活着的牌子曲来填的歌词，一般都把它划在词的范围内。但是我们把《刘知远诸宫调》内所有歌词，拿来和同一牌子的专家作品比较一下，它的句式长短和平仄四声的使用，都有很大出入。当然民间艺人不会像专家们一样具有深厚的文学修养，也不会死守那些清规戒律；但也可以看出这些曲调还活在人民口里的时候，是比较活泼自由的，经过文人不断加工，反而使它僵化了。

话虽如此，四声平仄的安排，在节奏上仍能发挥极大的作用。近体诗演化为词，词又演化为曲，既然都是照各个牌子的格式去填，要唱的人把字咬得准，而又不至于拗嗓，对一定的规矩，却是同样得遵守的。再看《永乐大典》卷一万三千九百九十一所载三种戏文，也多是用许多词牌连缀起来，歌唱一桩故事的。看它所用的《满庭芳》《破阵子》等词牌，却又和一般词家的规矩，没有多大出入；不过单就古杭书会所编的《小孙屠》一剧来看，中间忽然用几支北曲《一枝花》《雁儿落》《得胜令》，忽然又用一支南曲《风入松》，像这样错综复杂的关系，一时很不容易搞得清楚。但一般的平仄安排，却是相当讲究的。

词所依的曲调，发展到了南宋，渐渐僵化了。但在福建泉州所传《南词四十四套》中，还保存着吴文英等所常用的《秋思耗》《双妹媚》两个调子的歌词和节拍，可见词乐直到现在，有的还活在某些地方的古老剧种中，这是值得研究民族音乐的专家们好好去发掘、探讨的。

北宋首都汴梁，为新声创作的总汇。它一方面接受了隋、唐以来的音乐遗产，一方面又不断产生新的歌曲，这样促成词的发展，逐渐到了登峰造极的地步。靖康（钦宗年号）之难，开封残破已极，所有教坊乐谱和伎人都流散了。虽然有一部分转到临安（南宋首都杭州），促进了南宋词的发展，也有不少文人如姜夔、张枢等，另外搞一套自度腔，缀上音谱，给家伎们肄习，但已到了奄奄一息的地步。于是，词在声乐上的地位，就逐渐由南北曲取而代之了。

北宋初期，契丹族和党项族先后在东北和西北建立的辽和西夏王朝与宋王朝一直站在对立的地位。后来女真族（金）和蒙古族递占中国北部。由于长期的民族矛盾，汉民族的固有文化，在向北交流上受到了阻碍，于是北方的民间艺人又不断创作新的歌曲。这一部分新声又和唐末、五代原来流传在北方的旧曲结合起来，加以灵活运用，就构成了北曲系统。南宋词的余波和温州一带的地方戏结合起来，又构成南曲系统。我们知道，北宋以前唱词的伴奏乐器属弦索类，以琵琶为主；南宋唱词的伴奏乐器则以管色为主。由于伴奏乐器的不同，所以声情有缓急，文字有疏密。后来演为诸宫调和戏文，大概也都沿着这两条道路发展。例如上面所举的《刘知远诸宫调》和金人董解元的《西厢记》，虽然所用的牌子，同样多是北宋以前旧曲，可是句式有变化，平仄更多出入。这正由于它用弦索伴奏，所以自由活动的余地也就跟着增多。由北宋词乐转化为北曲，由南宋词乐推进为南曲，这线索还是可以找得出来的。明人王世贞曾谈到南北曲的差别：

北主劲切雄丽，南主清峭柔远。北字多而调促，促处见筋；南字少而调缓，缓处见眼。北辞情少而声情多，南声情少而辞情多。北力在弦，南力在板。北宜和歌，南宜独奏。北气易粗，南气易弱。（王骥德《曲律》卷一《总论南北曲》引）

这是从音乐性上去分别。同时还有北曲作家康海，也有类似的说法：

南词主激越，其变也为流丽；北曲主慷慨，其变也为朴实。惟朴实，故声有矩度而难借；惟流丽，故唱得婉转而易调。（《沜东乐府》序）

这也是就曲调的风格上来分的。一般所谓“曲”的范围，也就是根据它所运用的曲牌来定的。要搞清楚这些曲牌的由来和规矩，必得检查李玄玉的《一笠庵北调广正谱》和沈自晋的《广辑词隐先生增定南九宫词谱》，或者清王朝所辑的《九宫大成曲谱》。这里面有许多沿袭词牌旧名，而面貌全非的；也有借用单调小令如《点绛唇》之类，而韵位略有变化的：都存在着某些不容割断的历史关系。

在歌词形式上，词和曲的差别：前者的押韵，是上、去二部同用，平声部和入声部各自单独使用；北曲没有入声，其余三声互叶；南曲有入声，而其他三声亦平仄互叶。这些都是显然不同之处。虽然平仄互叶，往词里业已开端，尤其是民间流行的词牌，不但四声通叶，而且句式也可以自由伸缩，仿佛曲里经常使用的衬字。这些都留待下编论法式时再讲，本章且先讲讲两者之间有它的历史关系和一些不同面目而已。

（原载《词曲概论》上编“论源流”第一章，
上海古籍出版社1980年版）

唐代民间词和诗人的尝试写作

词是随着曲调的流行而发展的。前面说过，到了唐玄宗开元年代，新音乐正在层出不穷，流行的曲调已经很丰富了。由于士大夫阶层的保守思想，推迟了新体歌词的向前迈进；但在当时的广大人民中间，这种新风气却早已打开，而且达到了相当繁荣的地步。敦煌钞本词的发现，是最好的证明。

敦煌是唐代对外贸易的交通孔道，商业相当发达，而且有大队的戍卒，更番从内地到那边去。所以这地方的文化事业，也有辉煌的成就。这只要去千佛洞看看那些壁画，就可以想象这地方的艺术传统是怎样的优秀而悠长的了。在瑞典人斯坦因等盗去的敦煌石室旧藏文物中，发现有唐写本《云谣集杂曲子》三十首，还有一些写在佛教经典或残存文件纸背的小曲。经过一些学者分别在法国巴黎图书馆和英国伦敦博物院钞集回来的，约有一百六十多首。这里面除了极少数是晚唐、五代人李晔（唐昭宗）、温庭筠、欧阳炯等人的作品外，其他都是出于无名氏之手。这些无名氏的作品，总是运用朴素的语言，很坦率地反映了一些社会面貌和人民群众的思想感情，有的可能是开元年代或更早一些的民间作品。且看《云谣集》中一些描述征妇怀念征夫的作品：

征夫数载，萍寄他邦。去便无消息，累换星霜。月下愁听砧杵起，塞雁行。孤眠鸾帐里，枉劳魂梦，夜夜飞扬。　　想君薄行，更不思量。谁为传书与，表妾衷肠。倚牖无言垂血泪，暗祝三光。万般无奈处，一炉香尽，又更添香。(《凤归云》)

悲雁随阳，解引秋光。寒蛩响，夜夜堪伤。泪珠串滴，旋流枕上。无计恨征人，争向金风飘荡。　　捣衣嘹亮，懒寄回文先往。战袍待稳絮，重更熏香。殷勤凭驿使追访。愿四塞来朝明帝，令戍客休施流浪。(《洞仙歌》)

风送征轩迢递，参差千里余。目断妆楼相忆苦，鱼雁山川鳞迹疏，和愁封去书。　　春色可堪孤枕，心焦梦断更初。早晚三边无事了，香被重眠比目鱼，双眉应自舒。(《破阵子》)

这些词所反映的思想感情，和盛唐诗人王昌龄的《闺怨》：

闺中少妇不知愁，春日凝妆上翠楼。忽见陌头杨柳色，悔教夫婿觅封侯。

王驾的《古意》：

夫戍萧关妾在吴，西风吹妾妾忧夫。一行书信千行泪，寒到君边衣到无。

几乎没有什么两样。这些词说不定是唐玄宗时代的民间作品。还有《敦煌零拾》里所收的《望江南》：

天上月，遥望似一团银。夜久更阑风渐紧，为奴吹散月边云，照见负心人。

写得又清新，又真挚。第二句比唐诗人刘禹锡、白居易所写，多了一个字，也可以看出民间的作品，是要来得活泼自由些。还有一首《鹊踏枝》：

叵耐灵鹊多瞒语，送喜何曾有凭据。几度飞来活捉取，锁上金笼休共语。　比拟好心来送喜，谁知锁我在金笼里。愿他征夫早归来，腾身却放我向青云里。

描写一位少妇的微妙心理，对喜鹊忽儿恨它，忽儿又寄以殷切的希望，这感情是真实的，却用鹊儿的对话表达出来，艺术手腕也到了自然纯熟的阶段。

在这一百多首的敦煌杂曲中，反映了各阶层的苦闷心情，写来都相当真朴。最多的是写征妇怨情，像《送征衣》：

今世共你如鱼水，是前世因缘。两情准拟过千年。转转计较难，教汝独自孤眠。　每见庭前双飞燕，他家好自然！梦魂往往到君边。心穿石也穿，愁甚不团圆？

这结尾一转，表现了坚贞的爱情和乐观的心理，也不是一般文人所能设想到的。有的还抒写谋事不成、流落他乡的苦闷，如《菩萨蛮》：

自从涉远为游客，乡关迢递千山隔。求宦一无成，操劳不暂停。　路逢寒食节，处处樱花发。携酒步金堤，望乡关双泪垂。

一个落魄文人，到了投靠无路的时候，典了冬衣，买上一瓶酒，独自跑向长堤，想借这消遣消遣，却是前路茫茫，欲归不得，这是何等凄凉的形象！结句多了一个字，也和《望江南》的第二句一样，显得比较灵活。

还有一种联章体，用同一词牌，重叠几次，来描写一桩故事或一段情景，好像宋人的鼓子词。例如《捣练子》咏孟姜女故事：

孟姜女，杞梁妻，一去燕山更不归。造得寒衣无人送，不免自家送征衣。

长城路，实难行，乳酪山下雪纷纷。吃酒只为隔饭病，愿身强健早还归。

堂前立，拜辞娘，不觉眼中泪千行。劝你耶娘少怅望，为吃他官家重衣粮。

辞父娘了入妻房，莫将生分向耶娘。君去前程但努力，不敢放慢向公婆。

这故事不够完整，而且后面两章是描述杞梁辞家前往筑城时的惜别情况，该放在孟姜女去送征衣之前。这类小唱，大概是唐代西陲戍卒随手抄下来，哼着以排遣苦闷的。首尾不全，也不足怪。

尽管这些小曲不免还有粗糙的地方，可是所表达的都是劳动人民的真实感情，没有一些忸怩作态，这是士大夫们所望尘莫及的。可惜这些无名英雄的作品，一向不为统治阶级所重视，因而大部分都埋没掉了！

谈到诗人们对这种新形式的尝试，有相传为李白作的《菩萨蛮》：

平林漠漠烟如织，寒山一带伤心碧。暝色入高楼，有人楼上愁。　玉阶空伫立，宿鸟归飞急。何处是归程？长亭连短亭！

虽然多数学者认为有些靠不住，但看李白对古乐府的学习要比任何人努力，他是了解向群众歌曲吸取养料的重要性的。过去的民间歌曲都值得大诗人学习，偶尔采用几支眼前经常看到、听到的时兴调子，尝试填些歌词，也并不出乎情理之外。上章引的沈括《梦溪笔谈》也记录了一些李白填词的传说。我们不应把填词的创始者归功于李白，有如黄昇所说："《菩萨蛮》《忆秦娥》二词，为百代词曲之祖。"（《唐宋诸贤绝妙词选》卷一）但绝对否定李白有填词的可能性，那也未免过于武断了。

关心广大人民生活的诗人，是比较易于接受产自民间的新兴事物的。作歌行"深得讽谏之意"（白居易语）的韦应物，和张籍同以乐府著称的王建，都留下了一些小词。如韦作《调笑令》：

河汉。河汉。晓挂秋城漫漫。愁人起望相思，江南塞北别离。离别。离别。河汉虽同路绝。

王作《调笑令》：

杨柳。杨柳。日暮白沙渡口。船头江水茫茫，商人少妇断肠。肠断。肠断。鹧鸪夜飞失伴。

前者反映了自开元以来用兵西陲所长期影响到的人民痛苦，后者反映了"安史之乱"以后商人行贩所间接影响到的妇女生活。这曲调宛转相应，也是民族的传统手法，为广大人民所喜闻乐见。

这种"倚声填词"的风气一开，诗人们也都大胆起来了。沈括所提起的王涯，可惜没有作品留下。晚年和白居易齐名的刘禹锡，在政治上失败之后，被贬朗州（今湖南常德）司马和夔州（今四川奉节）刺史。他在朗州和夔州时期，有机会和西南少数民族接触，因而对于他们的音乐歌舞，也发生了很大的兴趣。他那著名的《竹枝词》，就是为着结合"巴歈"（巴是古代西南少数民族之一，歈是民间歌曲的一种）来写的。可惜他还是用的句式整齐的七言绝句体，未必真正符合这种少数民族歌曲的节奏，风格却是大大的变了。由于刘禹锡有了这种向民歌学习的思想，所以他对当时流行的时调小曲，也就有意识地去尝试填词。他的《和乐天春词》，就注上“依《忆江南》曲拍为句”字样：

春去也，多谢洛城人。弱柳从风疑举袂，丛兰裛露似沾巾。独坐亦含颦。

这样解散五、七言律、绝的整齐形式，而又运用它的平仄安排，变化它的韵位，就为后来“倚声填词”家打开了无数法门，把文字上的音乐性和音乐曲调上的节奏紧密结合起来，促进了长短句歌词的发展。他还有两首《潇湘神》：

湘水流，湘水流，九疑云物至今愁。君问二妃何处所，零陵香草露中秋。

斑竹枝，斑竹枝，泪痕点点寄相思。楚客欲听瑶瑟怨，潇湘深夜月明时。

这大概用的是湖南人纪念虞舜二位妃子的“祠神之曲”。他借用虞舜为了到南方来视察人民的生活状况，死在苍梧（今湖南宁远的九嶷山）之野，致使二妃流落潇、湘二水间的传说，暗寓他自己在政治上遭到失败而贬谪到湖南来的隐痛。这不是一般的怀古诗词的无病呻吟，是有丰富内容的。

由于意气相投，白居易也和刘禹锡一样，留下了几首小令。有三首是《忆江南》：

江南好，风景旧曾谙。日出江花红胜火，春来江水绿如蓝。能不忆江南。

江南忆，最忆是杭州。山寺月中寻桂子，郡亭枕上看潮头。何日更重游？

江南忆，其次忆吴宫。吴酒一杯春竹叶，吴娃双舞醉芙蓉。早晚复相逢。

他把这格式运用得很纯熟，可惜都是作者晚年对过去欢游的追忆，只可算是闲适诗的一体，比不上他那少年时代所写的讽喻诗，富有斗争性。如果他早就接受了这些民间形式，用来宣传他的政治思想，那效果就可能更大了。

单就艺术成就来讲，温庭筠要算长短句歌词发展史上一个主要角色。他生在晚唐那样一个衰乱时代，广大人民受到重重剥削，不得安生，阶级矛盾已经发展到了最尖锐的阶段。他却熟视无睹，只管过着他那“狂游狭邪”的放荡生活。这都由于他在少年时代受科举制度的毒害，“苦心砚席”，钻进诗赋的牛角尖里，又凭着他的才华，沾上了无行文人的恶习，结果既不能爬上统治地位，也和劳苦大众格格不入。这就注定了他的文学成就，不会有什么高度的思想性，而陷在唯美的形式主义的泥坑中，不能自拔。但另方面由于他多和歌伎接触，又富有音乐天才，“能逐弦吹之音，为侧艳之词”（《旧唐书》列传卷一百四十下），所以他在这方面的创作特别多，单是留传到现在的，还有七十六首，如果他的《握兰集》和《金荃集》还存在的话，那就更是洋洋大观了。

据孙光宪的记载：“宣宗（李忱）爱唱《菩萨蛮》词。令狐相国（绹）假其（庭筠）新撰密进之，戒令勿他泄，而遽言于人，由是疏之。”（《北梦琐言》卷四）由此可见温词的作风，是为了迎合贵族统治阶级的享乐心理来写的。他后来在西蜀王朝受到了特别的欢迎。赵崇祚辑的《花间集》就把他放在第一位，选录他的词竟达六十六首之多。由他造成的这股反现实主义的逆流，是应该受到批判的。温庭筠的《菩萨蛮》第一首：

小山重叠金明灭，鬓云欲度香腮雪。懒起画蛾眉，弄妆梳洗迟。　　照花前后镜，花面交相映。新帖绣罗襦，双双金鹧鸪。

他用浓厚的彩色，刻画一个贵族少妇，从大清早起身，在太阳斜射进来的窗前，慢条斯理地理发、画眉、抹粉、涂脂，不断照着镜子，一面想着心事，最后梳妆好了，着上绣了成双小鸟的新衣，又顾影自怜起来，感到独处深闺的苦闷。他的手法，着实灵巧，而且把若干名词当了形容词用，如“云”字形容发多，“雪”字形容肤白，又用“欲度”二字将两种静态的东西贯串起来，就使读者感到这美人风韵栩栩如生。在这短短的四十四个字中，情景双融，神气毕现。词的艺术造诣是很高的，可惜所描写对象只是一个艳丽而娇弱的病态美人。他还有一首《梦江南》：

梳洗罢，独倚望江楼。过尽千帆皆不是，斜晖脉脉水悠悠。肠断白蘋洲。

用的色彩较淡，写出一个少妇想念归人的殷切心理，是为历来读者所共赏的。

此外，在刘、白之前，有张志和的《渔歌子》：

西塞山前白鹭飞，桃花流水鳜鱼肥。青箬笠，绿蓑衣，斜风细雨不须归。

写得异常潇洒，有他的特殊风格。

晚唐皇甫松，是一位不慕荣华的处士。《尊前集》里保留了他的六首《竹枝》，每首只十四字，加上“竹枝”“女儿”的和声，兼用一些双关字眼，却是当时南方民歌的本色。录五首如下：

木棉花尽（竹枝）荔枝垂（女儿），千花万花（竹枝）待郎归（女儿）。

芙蓉并蒂（竹枝）一心连（女儿），花侵槅子（竹枝）眼应穿（女儿）。

筵中蜡烛（竹枝）泪珠红（女儿），合欢桃核（竹枝）两人同（女儿）。

斜江风起（竹枝）动横波（女儿），劈开莲子（竹枝）苦心多（女儿）。

山头桃花（竹枝）谷底杏（女儿），两花窈窕（竹枝）遥相映（女儿）。

这与刘禹锡的七绝体《竹枝》九首，在风格情调上，都是有所不同的。

总之，词到了晚唐，已是普遍发展起来了。可惜那些有才能的诗人，不肯向群众学习，改用这种新形式来反映现实，为人民说话，结果被温庭筠领到另外一条道路上去，造成了所谓花间派的一股歪风。这是词曲发展史上的一个重大遗憾。

（原载《词曲概论》上编“论源流”第二章，上海古籍出版社1980年版）

论唐宋大曲和转踏

大曲就是整套的舞曲，唐人又叫作大遍。元稹《连昌宫词》就有"逡巡大遍《凉州》彻"的说法。据沈括说："所谓大遍者，有序、引、歌、䬻、嗺、哨、催、攧、衮、破、行、中腔、踏歌之类，凡数十解，每解有数叠者。裁截用之，则谓之摘遍。今人大曲，皆是裁用，悉非大遍也。"（《梦溪笔谈》卷五《乐律一》）又王灼说："凡大曲有散序、靸、排遍、攧、正攧、入破、虚催、实催、衮遍、歇指、杀衮，始成一曲，此谓大遍。"（《碧鸡漫志》卷三）像这序、引、歌、䬻、嗺、哨等都是音乐上的术语，现在很难全部了解它的意义。白居易在《霓裳羽衣歌》里，有这样一些自注："凡法曲之初，众乐不齐，唯金、石、丝、竹次第发声。《霓裳》序初，亦复如此。"又："散序六遍无拍，故不舞也。"又："中序始有拍，亦名拍序。"又："《霓裳破》凡十二遍而终。"又："凡曲将毕，皆声拍促速；唯《霓裳》之末，长引一声也。"这都可以作为我们探讨唐大曲体制的宝贵资料。

至于大曲的名称，却是由来已久。沈约《宋书》卷十一《乐志三》，于清商三调歌诗后，列有大曲《东门行》《折杨柳行》《艳歌罗敷行》《西门行》《折杨柳行》《煌煌京洛行》《艳歌何尝》《步出夏门行》《艳歌何尝行》《野田黄雀行》《满歌行》《步出夏门行》《棹歌行》《雁门太守行》《白头吟》(与《棹歌》同调)《明月》十六曲，每曲自二解至八解不等。这些清乐里面，虽然也有抒情、纪事的各种不同，却已开辟了后来所谓套曲的先河；但与燕乐中的大曲必定是舞曲，是有本质上的区别的。举古词《东门行》一曲为例：

> 出东门，不顾归。来入门，怅欲悲。盎中充斗储，还视桁上无悬衣。(一解)　　拔剑出门去，儿女牵衣啼。他家但愿富贵，贱妾与君共铺糜。(二解)　　共铺糜。上用仓浪天故，下为黄口小儿。今时清廉，难犯教言，君复自爱莫为非。(三解)　　今时清廉，难犯教言，君复自爱莫为非。行！吾去为迟。平慎行，望吾归。(四解)

这四段歌词，描述一对贫困夫妻的对话情况，反映出一个善良的小官吏在贪污成风的统治阶级的圈子里，受到欺侮压抑的苦痛心情，是具有现实主义精神的好作品。它用的是长短句式，已具唐、宋大曲和金、元套曲的雏形。

据王国维说："唐时雅乐、俗乐，均有大曲。"(《唐宋大曲考》)他引《唐六典》卷十四"协律郎"条注："大乐署掌教雅乐，大曲三十日成，小曲二十日；清乐，大曲六十日，大文曲三十日，小曲十日；燕乐，《西凉》《龟兹》《安国》《天竺》《疏勒》《高昌》，大曲各三十日，次曲各二十日，小曲各十日。"这里所谓雅乐，当指庙堂所用，如《破阵乐》《庆善乐》等缘饰周、汉古乐的舞曲；清乐就是沈约《宋书》所举清商三调（清调、平调、瑟调）的遗制；燕乐则多是来自少数民族的乐曲和应用“胡夷里巷之曲”创作的新声。在大曲中，又把隶属法曲部而不隶属教坊的叫作“法曲”。如《霓裳羽衣》是十二遍的大曲，原本西凉节度使杨敬述从边地采进的《婆罗门》舞曲，经过唐玄宗加工润饰，隶入法部，就把它归入法曲一类。唐代盛行的大曲，实际多是从西域进来的舞曲，如《凉州》（一作《梁州》）《剑器》《伊州》《胡渭州》《六幺》《熙州》《柘枝》等都是。这些大曲的舞蹈动作，据陈旸说：“优伶常舞大曲，唯一工独进，但以手袖为容，踏足为节。其妙串者，虽风骞鸟旋，不逾其速矣。然大曲前缓叠不舞，至入破则羯鼓、襄鼓、大鼓与丝竹合作，句拍益急，舞者入场，投节制容，故有催拍、歇拍，姿制俯仰，变态百出。”（《乐书》卷一百八十五）这些舞蹈动作的变化，唐、宋诗人也有很多描写。如白居易的《霓裳羽衣歌》：“虹裳霞帔步摇冠，钿璎累累佩珊珊。娉婷似不任罗绮，顾听乐悬行复止。磬箫筝笛递相搀，击擫弹吹声逦迤。散序六奏未动衣，阳台宿云慵不飞。中序擘騞初入拍，秋竹竿裂春冰坼。飘然转旋（去声）回雪轻，嫣然纵送游龙惊。小垂手后柳无力，斜曳裾时云欲生。烟蛾敛略不胜态，风袖低昂如有情。上元点鬟招萼绿，王母挥袂别飞琼。繁音急节十二遍，跳珠撼玉何铿铮！翔鸾舞了却收翅，唳鹤曲终长引声。”这是刻画《霓裳羽衣歌》的舞态。他还有形容《柘枝舞》的诗句：“带垂钿胯花腰重，帽转金铃雪面回。”（《柘枝伎》）这些大曲，在演奏时本来需要很大的场面。但也可由一两个舞伎随时表演，大概是可以截取其中的若干遍来演出的。北宋时，这些唐燕乐舞曲，还很流行。在欧阳修的《玉楼春》词中，也有“贪看六幺花十八”的句子。（据《碧鸡漫志》记述，《六幺》“曲内叠名《花十八》，前后十八拍，又四花拍，共二十二拍”。）晏殊的《玉楼春》词又说“重头歌韵响琤琮，入破舞腰红乱旋”（《珠玉词》），于形容舞态外，兼及歌韵和伴奏音乐，可见这些舞曲，也有歌词。王灼曾经说过：“后世就大曲制词者，类从简省，而管弦家又不肯从首至尾吹弹，甚者学不能尽。”又说：“凡大曲，就本宫调制引、序、慢、近、令，盖度曲者常态。”（《碧鸡漫志》卷三）前一段话，说明大曲歌词所以创作和流传绝少的原因；后一段话，说明整套大曲，也可以把一两段抽出来，就其音节的急慢，单独配上歌词来演唱。

唐大曲常采当时诗家的创作，割取四句，配入曲中，掺杂一些虚声，以求吻合音拍。这在第一章内，已经谈过了。至于改用长短句式作为整套大曲歌词的，现在找不出唐、五代人的作品。也许民间或乐工们会有的，因文词不够“雅”，没被保存下来。宋人作品则有《道宫薄媚》十遍，董颖用作《西子词》；《水调歌头》七遍，曾布用来咏冯燕事。此外又有《采莲》大曲的《寿卿词》八遍及相传为无锡南禅寺所请“巫山神女”写的《惜奴娇》大曲九遍。（《唐宋大曲考》引洪迈《夷坚志》）这四套大曲中，前两套是用来歌唱历史故事和当时豪侠的，和诸宫调的内容有些近似，也是后来戏曲文学和说唱文学的先声。

董颖为北宋末期的穷愁潦倒的诗人，跟江西诗派作家韩驹、徐俯都有来往。他的《道宫薄媚》大曲，曾慥把它收在《乐府雅词》的上卷，排在“转踏”之后，“雅词”之前，大概在南宋时，还有人演唱。全录如下：

薄媚　西子词

排遍第八

怒潮卷雪，巍岫布云，越襟吴带如斯。有客经游，月伴风随。值盛世，观此江山美。合放怀、何事却兴悲。不为回头，旧谷天涯。为想前君事。越王嫁祸献西施，吴即中深机。　　阖庐死，有遗誓，勾践必诛夷。吴未干戈出境，仓卒越兵，投怒夫差，鼎沸鲸鲵。越遭劲敌，可怜无计脱重围。归路茫然，城郭丘墟，飘泊稽山里。旅魂暗逐战尘飞，天日惨无辉。

排遍第九

自笑平生，英气凌云，凛然万里宣威。那知此际，熊虎途穷，来伴麋鹿卑栖。既甘臣妾，犹不许，何为计。争若都燔宝器，尽诛吾妻子，径将死战决雄雌。天意恐怜之。　　偶闻太宰（伯嚭），正擅权，贪赂市恩私。因将宝玩献诚，虽脱霜戈，石室囚系。忧嗟又经时，恨不如巢燕自由归。残月朦胧，寒雨萧萧，有血都成泪。备尝险厄返邦畿，冤愤刻肝脾。

第十攧

种（文种）陈谋，谓吴兵正炽，越勇难施。破吴策，惟妖姬。有倾城妙丽，名称西子，岁方笄。算夫差惑此，须致颠危。范蠡微行，珠贝为香饵，苎萝不钓钓深闺。吞饵果殊姿。　　素肌纤弱，不胜罗绮。鸾镜畔、粉面淡匀，梨花一朵琼壶里。嫣然意态娇春，寸眸剪水，斜鬓松翠。人无双、宜名动君王，绣履容易，来登玉陛。

入破第一

窣湘裙，摇汉珮，步步香风起。敛双蛾，论时事，兰心巧会君意。殊珍异宝，犹自朝臣未与。妾何人，被此隆恩，虽令效死，奉严旨。　　隐约龙姿忻悦，重把甘言说。辞俊雅，质娉婷，天教汝、众美兼备。闻吴重色，凭汝和亲，应为靖边陲。将别金门，俄挥粉泪，靓妆洗。

第二虚催

飞云驶香车，故国难回睇。芳心渐摇，迤逦吴都繁丽。忠臣子胥，预知道为邦祟。谏言先启，愿勿容其至。周亡褒姒，商倾妲己。　　吴王却嫌胥逆耳，才经眼、便深恩爱。东风暗绽娇蕊，彩鸾翻妒伊。得取次、于飞共戏。金屋看承，他宫尽废。

第三衮遍

华宴夕，灯摇醉。粉菡萏，笼蟾桂。扬翠袖，含风舞，轻妙处，惊鸿态。分明是，瑶台琼榭，阆苑蓬壶，景尽移此地。花绕仙步，莺随管吹。　　宝帐暖留春，百和馥郁融鸳被。银漏永，楚云浓，三竿日、犹褪霞衣。宿酲轻腕，嗅宫花，双带系合同心时。波下比目，深怜到底。

第四摧拍

耳盈丝竹，眼摇珠翠。迷乐事，宫闱内。争知，渐国势陵夷。奸臣献佞，转恣奢淫，天谴岁屡饥。从此，万姓离心解体。　　越遣使，阴窥虚实，早夜营边备。兵未动，子胥存，虽堪伐、尚畏忠义。斯人既戮，又且严兵，卷土赴黄池观衅。种、蠡方云可矣。

第五衮遍

机有神，征鼙一鼓，万马襟喉地。庭喋血，诛留守，怜屈服，敛兵还，危如此。当除祸本，重结人心，争奈竟荒迷。战骨方埋，灵旗又指。　　势连败，柔荑携泣，不忍相抛弃。身在兮，心先死。宵奔兮，兵已前围。谋穷计尽，唳鹤啼猿，闻处分外悲。丹穴纵近，谁容再归。

第六歇拍

哀诚屡吐，甬东分赐。垂暮日，置荒隅，心知愧，宝锷红委。鸾存凤去，辜负恩怜，情不似虞姬。尚望论功，荣还故里。　　降令曰："吴亡赦汝，越与吴何异？吴正怨，越方疑。从公论、合去妖类。"蛾眉宛转，竟殒鲛绡，香骨委尘泥。渺渺姑苏，荒芜鹿戏。

第七煞衮

王公子，青春更才美。风流慕连理。耶溪（若耶溪，在绍兴）一日，悠悠回首凝思。云鬟烟鬓，玉珮霞裾，依约露妍姿。送目惊喜，俄迂玉趾。　　同仙骑，洞府归去，帘栊窈窕戏鱼水。正一点犀通，遽别恨何已。媚魄千载，教人属意。况当时，金殿里。

作者把吴、越兴亡故事，置重心于西施，连带两国君臣，一气贯串，作成一套相当完整的歌剧。全剧都用“支”“思”部韵脚，四声通叶，为金、元套曲开辟道路。这种形式，对诸宫调和杂剧的发展以及说唱文学，都具有交互影响的复杂关系，是值得十分重视的。

大曲之外，还有一种比较简单的文学形式：有的连歌带舞，有的连说带唱，叫作“转踏”。它是连用同一词牌组成，或分咏性质略同的几桩故事，或单独表演一桩故事，把故事情节，从头到尾，很完整地描画出来。曾氏《乐府雅词》卷首即录无名氏《调笑集句》八曲，分《巫山》《桃源》《洛浦》《明妃》《班女》《文君》《吴娘》《琵琶》等八题，次录郑仅《调笑转踏》十二曲，晁补之《调笑》七曲，题材大致相同。它的定式是：开头有骈文致语，煞尾有七言四句放队诗；每一曲前都有平、仄换韵诗八句。大致曲词是弹唱的，其余都用朗诵。无名氏放队诗中有“唤起佳人舞绣筵”的句子，郑仅的致语中有“女伴相将，调笑入队”的句子，该是一种女子歌舞队的小舞曲。兹录无名氏《琵琶》一曲为例：

〔诗〕十三学得琵琶成，翡翠帘开云母屏。暮去朝来颜色故，夜半月高弦索鸣。江水江花岂终极？上下花间声转急。此恨绵绵无绝期，江州司马青衫湿。

〔曲子〕衫湿，情何极！上下花间声转急。满船明月芦花白，秋水长天一色。芳年未老时难得，目断远空凝碧。

这“诗”和“曲子”的标题，是根据宋本秦观《淮海居士长短句》补上的。秦观也有《调笑令》转踏十曲，分咏王昭君、乐昌公主、崔徽、无双、灼灼、盼盼、莺莺、采莲、《烟中怨》《离魂记》等十件故事。可见这种小型歌舞曲，在北宋时代的交际场中，是非常流行的。

这种转踏，格式都是一律的，又都采用《调笑令》的曲子；但遍数多少，却可自由处理。类似转踏而更简单自由的，又有一种鼓子词，同用一个曲牌，把类似的内容，一叠一叠地写下去，省却每一曲前的七言八句诗和煞尾的四句放队诗；只有开端的骈文致语，是和转踏相同的。它的曲调，可以自由选用，不拘一种。在欧阳修的“近体乐府”中，就有《采桑子》分咏颍州西湖游乐情况的鼓子词十首，《渔家傲》分咏十二月鼓子词十二首。这大概也是采用当时民间流行的小型歌舞曲的组织形式，与近代某些地方歌曲的花灯词和采茶调是很相像的。例如《渔家傲》：

七月新秋风露早，渚莲尚拆庭梧老。是处瓜华时节好，金尊倒，人间彩缕争祈巧。　　万叶敲声凉乍到，百虫啼晚烟如扫。箭漏初长天杳杳，人语悄，那堪夜雨催清晓！

由朗诵和歌唱结合的转踏形式，进一步演化成为说一段故事，接着唱一段的说唱文学，要算赵令畤的《商调蝶恋花》描述张生和莺莺的恋爱故事，流传最广，影响戏曲文学和说唱文学也最大。我们只要看它十首都用同一曲牌，且讲述故事的开端，就有“奉劳歌伴，先听调格，后听芜词”；每一曲前也有“奉劳歌伴，再和前声”的话；它的格式还是接近转踏，与诸宫调的组织形式有所不同。虽然诸宫调也产生在赵令畤的同时，但赵令畤的《商调蝶恋花》是比较简单的另一种形式。这全套保留在令畤自著《侯鲭录》中。兹录三段如下：

〔说〕不数月，张生复游于蒲，舍于崔氏者又累月。张雅知崔氏善属文，求索再三，终不可见，虽待张之意甚厚，然未尝以词继之。异时，独夜操琴，愁弄凄恻。张窃听之，求之，则不复鼓矣。以是愈惑之。张生俄以文调及期，又当西去。临去之夕，崔恭貌怡声，徐谓张曰：“始乱之，今弃之，固其宜矣。愚不敢恨。必也君始之，君终之，君之惠也。则没身之誓，其有终矣，又何必深憾于此行？然而君既不怿，无以奉宁。君尝谓我善鼓琴，今且往矣。既达君此诚。”因命拂琴，鼓《霓裳羽衣序》，不数声，哀音怨乱，不复知其是曲也。左右皆欷歔。张亦遽止之。崔投琴拥面，泣下流涟，趣归郑所，遂不复至。奉劳歌伴，再和前声。

〔唱〕碧沼鸳鸯交颈舞。正恁双栖，又遣分飞去。洒翰赠言终不许，援琴诉尽奴衷素。　曲未成声先怨慕。忍泪凝情，强作《霓裳序》。弹到离愁凄咽处，弦肠俱断梨花雨。

〔说〕诘旦，张生遂行。明年，文战不利，遂止于京。因贻书于崔，以广其意。崔氏缄报之词，粗载于此，曰："捧览来问，抚爱过深。儿女之情，悲喜交集。兼惠花胜一合、口脂五寸，致耀首膏唇之饰。虽荷多惠，谁复为容？睹物增怀，但积悲叹耳。伏承便于京中就业，于进修之道，固在便安。但恨鄙陋之人，永以遐弃。命也如此，知复何言！自去秋以来，尝忽忽如有所失。于喧哗之下，或勉为笑语。闲宵自处，无不泪零。乃至梦寐之间，亦多叙感咽离忧之思。绸缪缱绻，暂若寻常，幽会未终，惊魂已断。虽半衾如暖，而思之甚遥。一昨拜辞，倏逾旧岁。长安行乐之地，触绪牵情。何幸不忘幽微，眷念无斁。鄙薄之志，无以奉酬。至于始终之盟，则固不忒。鄙昔中表相因，或同宴处。婢仆见诱，遂致私诚。儿女之情，不能自固。君子有援琴之挑，鄙人无投梭之拒。及荐枕席，义盛恩深。愚幼之情，永谓终托。岂期既见君子，不能以礼定情，致有自献之羞，不复明侍巾栉。没身永恨，含叹何言！倘若仁人用心，俯遂幽劣，虽死之日，犹生之年。如或达士略情，舍小从大，以先配为丑行，谓要盟为可欺。则当骨化形销，丹忱不泯，因风委露，犹托清尘。存殁之诚，言尽于此。临纸鸣咽，情不能申。千万珍重！”奉劳歌伴，再和前声。

〔唱〕别后相思心目乱。不谓芳音，忽寄南来雁。却写花笺和泪卷，细书方寸教伊看。　独寐良宵无计遣。梦里依稀，暂若寻常见。幽会未终魂已断，半衾如暖人犹远。

〔说〕“玉环一枚，是儿婴年所弄，寄充君子下体之佩。玉取其坚洁不渝，环取其终始不绝。兼致彩丝一絇[①]，文竹茶合碾子一枚。此数物不足见珍。意者欲君子如玉之洁，鄙志如环不解，泪痕在竹，愁绪萦丝。因物达诚，永以为好耳。心迩身遐，拜会无期。幽愤所钟，千里神合。千万珍重！春风多厉，强饭为佳。慎言自保，勿以鄙为深念也。”奉劳歌伴，再和前声。

〔唱〕尺素重重封锦字。未尽幽闺，别后心中事。佩玉彩丝文竹器，愿君一见知深意。　环玉长圆丝万系。竹上斓斑，总是相思泪。物会见郎人永弃，心驰魂去神千里。

我们读了这几段有说有唱的缠绵悱恻的崔、张故事，深深感到在封建社会制度下，女性是怎样处在被压迫地位和怀着怕遭遗弃的沉痛心情。元稹的《会真记》，本来就是一本最好的短篇小说。赵氏再运用这种新形式，把情事始末，分段演出，它的感染力的增强，是可以想象得到的。

---

① “絇”，底本作“绚”，据《侯鲭录》(中华书局2002年版，第141页)改。

由于令曲形式，比较简单，虽然按谱填词，易于掌握，究竟变化太少，不能满足听众的要求，因而把它联串起来，做成转踏，用来说唱故事，比整套大曲，轻而易举，所以在北宋时代，也颇流行。但是整个故事，全用一个曲调，对情节变化，很难恰如其分地表达出来，所以不久就有诸宫调代之而兴，转踏很快就消沉下去了。

（原载《词曲概论》上编“论源流”第四章，
上海古籍出版社1980年版）

词体之演进

一 正名

前人称词为“诗余”，亦谓之“长短句”。对于诗词界限，多作模糊影响之谈。于是世之论词者，辄持填词须“上不类诗，下不入曲”之说。例如王士禛《花草蒙拾》：

> 或问诗词、词曲分界？予曰：“无可奈何花落去，似曾相识燕归来”，定非香奁诗；“良辰美景奈何天，赏心乐事谁家院”，定非《草堂》词也。

近代学者知词为“诗余”说之不可通，乃于词之起源问题多所探讨，议论纷纷，莫衷一是。不知词原乐府之一体，词不称作而称填，明此体之句度声韵，一依曲拍为准，而所依之曲拍，又为隋、唐以来之燕乐杂曲，即所谓“今曲子”者是。其所以“上不类诗，下不入曲”者，固以所依之曲调，既不为南北朝以前之乐府，又不为金、元以后之南北曲，非文辞之风格上有显然之差别也。诗、乐本有相互关系；诗歌体制，往往与音乐之变革，互为推移。在古乐府中，亦有先有词而后配乐，或先有曲而后为之制词者。后者为填词之所托始，而所填之曲，则唐、宋以来之词，与古乐府又截然二事。元稹《乐府古题序》云：

《诗》讫于周，《离骚》讫于楚。是后诗之流为二十四名：赋、颂、铭、赞、文、诔、箴、诗、行、咏、吟、题、怨、叹、章、篇、操、引、谣、讴、歌、曲、词、调，皆诗人六义之余，而作者之旨，由操而下八名，皆起于郊祭、军宾、吉凶、苦乐之际。在音声者，因声以度词，审调以节唱，句度短长之数，声韵平上之差，莫不由之准度。而又别其在琴瑟者为操、引；采民氓者为讴、谣；备曲度者，总得谓之歌、曲、词、调。斯皆由乐以定词，非选调以配乐也。由诗而下九名，皆属事而作，虽题号不同，而悉谓之为诗可也。后之审乐者，往往采取其词，度为歌曲，盖选词以配乐，非由乐以定词也。(《元氏长庆集》卷二十三)

歌、曲、词、调四者，既皆由乐以定词，则后来依曲拍而制之词，其命名必托始于此。而所谓诗之流为二十四名，皆诗人六义之余，疑亦前人称词为“诗余”之所本；惟词仅为二十四名之一，后乃以别名而为一种新兴文体之总名，而此种总名，又为“曲子词”之简称；在五代、宋时，或称“曲子词”，或仅称“曲子”，或称“今曲子”。其仅称“曲子”或“今曲子”者，就乐曲之本体言，以乐曲足赅括歌词也。其称“曲子词”者，首见于欧阳炯之《花间集序》：

今卫尉少卿字弘基，以拾翠洲边，自得羽毛之异；织绡泉底，独殊机杼之功。广会众宾，时延佳论。因集近来“诗客曲子词”五百首，分为十卷。

及孙光宪之《北梦琐言》：

晋相和凝，少年时好为"曲子词"，布于汴、洛。洎入相，专托人收拾焚毁不暇。

其仅称"曲子"者，如《画墁录》云：

柳三变既以词忤仁庙，吏部不放改官。三变不能堪，诣政府。晏公曰："贤俊作曲子么？"三变曰："只如相公亦作曲子。"公曰："殊虽作曲子，不曾道'彩线慵拈伴伊坐'。"柳遂退。

又见《古今词话》：

和凝好为小词，布于汴、洛。洎入相，契丹号为"曲子相公"。

其称"今曲子"者，所以别于古乐府而言。王灼《碧鸡漫志》云：

盖隋以来，今之所谓"曲子"者渐兴，至唐稍盛。今则繁声淫奏，殆不可数。古歌变为古乐府，古乐府变为"今曲子"，其本一也。(卷一)

朱熹亦有"今曲子"之说：

古乐府只是诗，中间却添许多泛声。后来人怕失了那泛声，逐一添个实字，遂成长短句；"今曲子"便是。(《朱子语类》百四十)

关于上述诸名称之记载，殆不胜枚举；而辞气之间，类存卑视心理。称"曲子"或"曲子词"，原为纪实；而《花间集》必于"曲子词"之上，锡以"诗客"之美名。宋人称词，恒冠以"小"字，明所依之曲调，已非中夏之正声，繁声淫奏，悉为"胡夷里巷之曲"。词体之别于诗者在此，其进展迟缓之原因亦在此。观上述和凝之焚稿，晏殊、柳永之相诘难，其故可知也。词所依之声，既非雅乐，故在宋初，士大夫间，犹往往以为忌讳。例如《东轩笔录》所述一事可证：

> 王安国性亮直，嫉恶太甚。王荆公初为参知政事，闲日因阅读晏元献公小词而笑曰："为宰相而作小词，可乎？"平甫曰："彼亦偶然自喜而为尔；顾其事业，岂止如是耶？"时吕惠卿为馆职，亦在坐，遽曰："为政必先放郑声，况自为之乎？"平甫正色曰："放郑声，不若远佞人也。"吕大以为议己，自是尤与平甫相失也。

以小词为郑声，而与佞人对举，其为士大夫所讳，盖在所依之声。然自隋以来，所谓"胡夷里巷之曲"，经数百年之酝酿，已大行于朝野上下；士大夫乐其声调之美，不惜屈就曲拍，一依其"句度长短之数，声韵平上之差，为之准度"，而为撰歌词，阳讳其名，而阴用其实；始而于"曲子词"之上，加"诗客"二字，以别于淫哇鄙俚之曲；进而为名称上之"风雅化"。于是同为依"今曲子"而制作之歌词，有题曰"乐章"者，有题曰"乐府"者，有题曰"琴趣外篇"者，有题曰"诗余"者，有题曰"渔笛谱"者，有题曰"语业"者，有题曰"长短句"者，有题曰"歌曲"者，有题曰"别调"者，凡此之类，未易悉数。要各自标雅号，而其实则皆所谓"今曲子"词也。兹取毛氏《宋六十家词》、王氏《四印斋所刻词》、朱氏《彊村丛书》、吴氏《双照楼影刊词》四大丛刻，校核各家词集之标题。除径题某某词之外，则毛刻有下列九种：

柳永《乐章集》　　　　赵长卿《惜香乐府》

杨炎正《西樵语业》[1] 高观国《竹屋痴语》
周必大《近体乐府》 黄机《竹斋诗余》
石孝友《金谷遗音》 刘克庄《后村别调》
晁补之《琴趣外篇》

王刻有下列九种：

冯延巳《阳春集》 苏轼《东坡乐府》
贺铸《东山寓声乐府》 周邦彦《清真集》
辛弃疾《稼轩长短句》 朱敦儒《樵歌》
王沂孙《花外集》 王炎《双溪诗余》
许棐《梅屋诗余》

朱刻有下列五十四种：

温庭筠《金奁集》 范仲淹《范文正公诗余》
柳三变《乐章集》附《续添曲子》 王安石《临川先生歌曲》
苏轼《东坡乐府》 黄庭坚《山谷琴趣外篇》
刘弇《龙云先生乐府》 秦观《淮海居士长短句》
米芾《宝晋长短句》 吴则礼《北湖诗余》
周邦彦《片玉集》 米友仁《阳春集》
刘一止《苕溪乐章》 张纲《华阳长短句》
沈与求《龟溪长短句》 朱敦儒《樵歌》
朱翌《灊山诗余》 曹勋《松隐乐府》
仲并《浮山诗余》 史浩《鄮峰真隐大曲》附《词曲》
韩元吉《南涧诗余》 洪适《盘洲乐章》

① 底本脱“正”，据史实酌补。

王之望《汉滨诗余》　李洪《芸庵诗余》
李吕《澹轩诗余》　杨万里《诚斋乐府》
周必大《平园近体乐府》　赵彦端《介庵琴趣外篇》
高观国《竹屋痴语》　葛长庚《玉蟾先生诗余》
姜夔《白石道人歌曲》　韩淲《涧泉诗余》
杨冠卿《客亭乐府》　汪晫《康范诗余》
蔡戡《定斋诗余》　廖行之《省斋诗余》
张镃《南湖诗余》　张辑《东泽绮语债》附《清江渔谱》
汪莘《方壶诗余》　王迈《臞轩诗余》
刘克庄《后村长短句》　吴潜《履斋先生诗余》
赵孟坚《彝斋诗余》　赵崇嶓《白云小稿》
夏元鼎《蓬莱鼓吹》　柴望《秋堂诗余》
卫宗武《秋声诗余》　周密《蘋洲渔笛谱》
陈允平《日湖渔唱》　熊禾《勿轩长短句》
陈德武《白雪遗音》　陈深《宁极斋乐府》
家铉翁《则堂诗余》　蒲寿宬《心泉诗余》

吴刻有下列九种（附陶氏涉园续刊七种）：

欧阳修《欧阳文忠公近体乐府》　欧阳修《醉翁琴趣外篇》
晁元礼《闲斋琴趣外篇》　晁补之《晁氏琴趣外篇》
向子諲《酒边集》　张孝祥《于湖居士乐府》
魏了翁《鹤山先生长短句》　戴复古《石屏长短句》
许棐《梅屋诗余》　黄庭坚《山谷琴趣外篇》
周邦彦《片玉集》　辛弃疾《稼轩长短句》
张孝祥《于湖先生长短句》　赵以夫《虚斋乐府》

刘克庄《后村居士诗余》　　　方岳《秋崖乐府》

综上四家所刻唐、宋人词，凡题“诗余”者二十七种，题“乐府”者十五种，题“长短句”者十种，题“琴趣外篇”者七种，题“乐章”者三种，题“歌曲”者二种。其人自为集，或特立名号者不计焉。其本为一人之作，而互见各本者，如欧阳修词，既称“近体乐府”，又称“琴趣外篇”；张孝祥词，既称“乐府”，又称“长短句”；刘克庄词，既称“别调”，又称“长短句”，又称“诗余”。唯柳氏《乐章》，尚保存“曲子”二字。凡所称“诗余”“乐府”“长短句”“琴趣外篇”“乐章”“歌曲”一类之雅号，皆所以附庸于风雅，而于词之本体无与。知词为“曲子词”之简称，而所依之声，乃隋、唐以来之燕乐新曲，则“词为诗余”之说，不攻自破；即词之起源问题，与诗、词、曲三者之界限，亦可迎刃而解矣。

二　乐曲之嬗变及其繁衍

词既依唐、宋间所谓“今曲子”之节拍而成，则吾人考求词体之建立，与其进展之步骤，不得不于乐曲方面，加以深切注意。中国古乐之崩坏，由来已久。据《碧鸡漫志》：

> 西汉时，今之所谓古乐府者渐兴，晋、魏为盛，隋氏取汉以来乐器歌章古调，并入清乐，余波至李唐始绝。唐中叶虽有古乐府，而播在声律则鲜矣。士大夫作者，不过以诗一体自名耳。（卷一）

汉、晋间乐府，据郭茂倩《乐府诗集》所载，有郊庙、燕射、鼓吹、横吹、相和、清商、舞曲、琴曲诸类中所包含乐曲；而《相和歌辞》中，有相和、吟叹、四弦、平调、清调、瑟调、楚调诸曲；《清商曲辞》中，有吴声、西曲、江南弄等。此二类所包含之乐曲，以南朝之作为多。而《旧唐书·音乐志》云：

> 平调、清调、瑟调，皆周房中曲之遗声也，汉世谓之三调。（卷二十九）

《乐府诗集》云：

> 永嘉之乱，五都沦覆，中朝旧音，散落江左。后魏孝文、宣武，用师淮、汉，收其所获南音，谓之清商乐，《相和》诸曲，亦皆在焉。所谓清商正声，《相和》五调伎也。（卷二十六）

所谓清商三调，虽在隋代尚存，而旧乐式微，已成不可挽回之势。南朝偏安江左，所有吴声歌曲，亦曾风行一世。而隋氏有天下，承北朝之系统；所有胡戎之乐，经长时间之酝酿，已深入人心，牢不可破。齐尚药典御祖珽，自言旧在洛下，晓知旧乐，尝上书齐文宣帝曰：

> 魏氏来自云、朔，[①] 肇有诸华，乐操土风，未移其俗。至道武帝皇始元年，破慕容宝于中山，获晋乐器，不知采用，皆委弃之。（中略）至太武帝平河西，得沮渠蒙逊之伎，宾嘉大礼，皆杂用焉。此声所兴，盖苻坚之末，吕光出平西域，得胡戎之乐，因又改变，杂以秦声，所谓《秦汉乐》也。（《隋书》卷十四《音乐志》）

据珽所言，北朝音乐，盖与南朝截然殊致；最后乃糅合胡秦，以自成一种特殊音乐。隋开皇二年，齐黄门侍郎颜之推，请冯梁国

---

① “氏”，底本作“世”，据《隋书》（中华书局1973年版，第313页）改。

旧事，考寻古典。高祖不从，曰：

> 梁乐，亡国之音，奈何遣我用耶？（《隋书》卷十四《音乐志》）

自是吴声歌曲，亦日就沉沦，更何论中夏正声？会有郑译者，援苏提婆之说，以琵琶七调，傅合律吕，于是新旧稍稍融洽，以构成隋、唐以来燕乐系统。译之言曰：

> 先是周武帝时，有龟兹人曰苏祇婆，从突厥皇后入国，善胡琵琶。听其所奏，一均之中间有七声。因而问之，答云："父在西域，称为知音。代相传习，调有七种。"以其七调，勘校七声，冥若合符。一曰"娑陁力"，华言平声，即宫声也。二曰"鸡识"，华言长声，即商声也。三曰"沙识"，华言质直声，即角声也。四曰"沙侯加滥"，华言应声，即变徵声也。五曰"沙腊"，华言应和声，即徵声也。六曰"般赡"，华言五声，即羽声也。七曰"俟利䇲"，华言斛牛声，即变宫声也。译因习而弹之，始得七声之正。然其就此七调，又有五旦之名，旦作七调。以华言译之，旦者则谓"均"也。其声亦应黄钟、太簇、林钟、南吕、姑洗五均，已外七律，更无调声。译遂因其所捻琵琶，弦柱相饮为均，推演其声，更立七均，合成十二，以应十二律。律有七音，音立一调，故成七调十二律，合八十四调，旋转相交，尽皆和合。（《隋书》卷十四《音乐志》）

张炎《词源》八十四调之说，即本于此。然隋以来俗乐，实只二十八调；唐、宋曲词所用宫调，亦不出此数；盖俗乐本出龟兹，而以琵琶为主；琵琶四弦，弦各七调，四乘七得二十八调。

然郑译必言五音、二变、十二律者，亦故为附会，以避免新旧之争耳。燕乐在隋、唐间，既自构成系统，乃产生所谓“近代曲”。郭茂倩云：

隋自开皇初，文帝置七部乐：一曰西凉伎，二曰清商伎，三曰高丽伎，四曰天竺伎，五曰安国伎，六曰龟兹伎，七曰文康伎。至大业中，炀帝乃立清乐、西凉、龟兹、天竺、康国、疏勒、安国、高丽、礼毕，以为九部，乐器工衣于是大备。唐武德初，因隋旧制，用九部乐。太宗增高昌乐，又造讌乐，而去礼毕曲。其著令者十部：一曰讌乐，二曰清商，三曰西凉，四曰天竺，五曰高丽，六曰龟兹，七曰安国，八曰疏勒，九曰高昌，十曰康国，而总谓之燕乐。声辞繁杂，不可胜纪。凡燕乐诸曲，始于武德、贞观，盛于开元、天宝。其著录者十四调、二百二十二曲。(《乐府诗集》卷七十九）

燕乐在当时，原称俗乐。其所包涵乐曲，虽或源出雅部，而实变用胡声。《唐书·礼乐志》云：

自周、陈以上，雅郑淆杂而无别，隋文帝始分雅、俗二部，至唐更曰“部当”。凡所谓俗乐者，二十有八调：正宫、高宫、中吕宫、道调宫、南吕宫、仙吕宫、黄钟宫，为七宫；越调、大食调、高大食调、双调、小食调、歇指调、林钟商，为七商；大食角、高大食角、双角、小食角、歇指角、林钟角、越角，为七角；中吕调、正平调、高平调、仙吕调、黄钟羽、般涉调、高般涉，为七羽。皆从浊至清，迭更其声，下则益浊，上则益清，慢者过节，急者流荡。其后声器浸殊，或有宫调之名，或以倍四为度，有与律吕同名，而声不近雅者。其宫调乃应夹钟之律，燕设用之。丝有琵琶、五弦、箜篌、筝，竹有觱篥、箫、笛，匏有笙，革有杖鼓、第二鼓、第三鼓、腰鼓、大鼓，土则附革而为鞚，木有拍板、方响，以体金应石而备八音。倍四本属清乐，形类雅音，而曲出于胡部。复有银字之名，中管之格，皆前代应律之器也。后人失其传，而更以异名，故俗部诸曲，悉源于雅乐。周、隋管弦杂曲数百，皆西凉乐也；鼓舞曲，皆龟兹乐也。唯琴工犹传楚、汉旧声及清调，蔡邕五弄、楚调四弄，谓之九弄。隋亡，清乐散缺，存者才六十三曲。(《新唐书》卷二十二)

观所言七宫、七商、七角、七羽，而独缺徵声，及“从浊至清，迭更其声”之语，则俗乐以琵琶四弦叶律之说（近人夏吷庵先生著《词调溯源》即主此说），果信而有征。自琵琶曲大行，而汉、魏以来旧曲，已澌灭殆尽。古乐府之体制，不适宜于“今曲子”，此词体酝酿之所由来也。《旧唐书·音乐志》云：

自开元以来，歌者杂用胡夷里巷之曲。(卷三十)

《宋史·乐志》亦云：

唐贞观增隋九部为十部，以张文收所制歌名燕乐，而被之管弦。厥后至坐部伎琵琶曲，盛流于时，匪直汉氏上林乐府、缦乐，不应经法而已。(卷一百四十二)

唐、宋乐曲之策源地，类出教坊；而崔令钦《教坊记》云：

平人女以容色选入内者，教习琵琶、三弦、箜篌、筝

者，谓之搊弹家。(《说郛》卷十二)

与《新唐书·礼乐志》所载弦乐合。吾人既知自隋讫宋，所用乐器及所有乐曲，并出胡戎，骎假而代华夏之正声。旧曲翻新，代有增益。崔令钦在唐官著作佐郎，而所载教坊乐曲，计有杂曲二百七十八种、大曲四十六种之多。为研究便利起见，列举如下：

《献天花》	《和风柳》	《美唐风》
《透碧空》小石	《巫山女》	《度春江》
《众仙乐》正平	《大定乐》	《龙飞乐》小石
《庆云乐》	《绕殿乐》	《泛舟乐》
《抛球乐》	《清平乐》大石	《放鹰乐》
《夜半乐》	《破阵乐》贞观时制	《还京乐》
《天下乐》正平	《同心乐》	《贺圣朝》南吕宫《薄媚》
《奉圣乐》	《千秋乐》	《泛龙舟》
《泛玉池》	《春光好》	《迎春花》
《凤楼春》	《负阳春》	《章台春》
《绕池春》	《满园春》	《长命女》
《武媚娘》	《杜韦娘》	《柳青娘》
《杨柳枝》	《柳含烟》	《替杨柳》
《倒垂柳》	《浣溪纱》	《浪淘沙》
《撒金沙》	《纱窗恨》	《金簑岭》
《隔帘听》	《恨无媒》	《望梅花》
《望江南》	《好郎君》	《想夫怜》
《别赵十》	《忆赵十》	《念家山》

《红罗袄》	《乌夜啼》	《墙头花》
《摘得新》	《北门西》	《煮羊头》
《河渎神》	《二郎神》	《醉乡游》
《醉花间》	《灯下见》	《太边邮》
《太白星》	《剪春罗》	《会佳宾》
《当庭月》	《思帝乡》正平	《醉思乡》
《归国遥》	《感皇恩》道调宫	《恋皇恩》
《皇帝感》	《恋情深》	《忆汉月》
《忆先皇》	《圣无忧》	《定风波》
《木兰花》	《更漏长》	《菩萨蛮》
《破南蛮》	《八拍蛮》	《芳草洞》
《守陵官》	《临江仙》	《虞美人》
《映山红》	《献忠心》	《卧沙堆》
《怨黄沙》	《遐方怨》	《怨胡天》
《送征衣》	《送行人》	《望梅愁》
《阮郎迷》	《牧羊怨》	《扫市舞》
《凤归云》	《罗裙带》	《同心结》
《一捻盐》	《阿也黄》	《劫家鸡》
《绿头鸭》	《下水船》	《留客住》
《离别难》	《喜长新》	《羌心怨》
《女王国》	《缭踏歌》	《天外闻》
《贺皇化》	《五云仙》	《满堂花》
《南天竺》	《定西番》	《荷叶杯》
《感庭秋》	《月遮楼》	《感恩多》

《长相思》 《西江月》 《拜新月》
《上行杯》 《团乱旋》 《喜春莺》
《大献寿》 《鹊踏枝》 《万年欢》
《曲玉管》 《倾杯乐》 《谒金门》
《巫山一段云》 《望月婆罗门》 《玉树后庭花》
《西河狮子》 《西河剑气》 《怨陵三台》
《儒士谒金门》 《武士朝金阙》 《掺工不下》
《麦秀两歧》 《金雀儿》 《浐水吟》
《玉搔头》 《鹦鹉杯》 《路逢花》
《初漏归》 《相见欢》 《苏幕遮》
《游春苑》 《黄钟乐》 《诉衷情》
《折红莲》 《征步郎》 《洞仙歌》
《太平乐》 《长庆乐》 《喜回銮》
《渔父引》 《喜秋天》 《大郎神》
《胡渭州》 《梦江南》 《濮阳女》
《静戎烟》 《三台》 《上韵》
《中韵》 《下韵》 《普恩光》
《恋情欢》 《杨下采桑》 《大酺乐》
《合罗缝》 《苏合香》 《山鹧鸪》
《七星管》 《醉公子》 《朝天乐》
《木笪》 《看月宫》 《宫人怨》
《叹疆场》 《拂霓裳》 《驻征游》
《泛涛溪》 《胡相问》 《广陵散》
《帝归京》 《喜还京》 《游春梦》

《柘枝引》	《留诸错》	《如意娘》
《黄羊儿》	《兰陵王》	《小秦王》
《花王发》	《大明乐》	《望远行》
《思友人》	《唐四姐》	《放鹘乐》
《镇西乐》	《金殿乐》	《南歌子》
《八拍子》	《渔歌子》	《七夕子》
《十拍子》	《措大子》	《风流子》
《吴吟子》	《生查子》	《醉胡子》
《山花子》	《水仙子》	《绿钿子》
《金钱子》	《竹枝子》	《天仙子》
《赤枣子》	《千秋子》	《心事子》
《胡蝶子》	《沙碛子》	《酒泉子》
《迷神子》	《得蓬子》	《剉碓子》
《麻婆子》	《红娘子》	《甘州子》
《刺历子》	《镇西子》	《北庭子》
《采莲子》	《破阵子》	《剑器子》
《师子》	《女冠子》	《仙鹤子》
《穆护子》	《赞普子》	《蕃将子》
《回戈子》	《带竿子》	《摸鱼子》
《南乡子》	《大吕子》	《南浦子》
《拨棹子》	《何满子》	《曹大子》
《引角子》	《队踏子》	《水沽子》
《化生子》	《金蛾子》	《拾麦子》
《多利子》	《毗砂子》	《上元子》

《西溪子》	《剑阁子》	《嵇琴子》
《莫壁子》	《胡攒子》	《唧唧子》
《玩花子》	《西国朝天》	

以上杂曲。

《踏金莲》	《绿腰》	《凉州》
《薄媚》	《贺圣乐》	《伊州》
《甘州》	《泛龙舟》	《采桑》
《千秋乐》	《霓裳》	《后庭花》
《伴侣》	《雨霖铃》	《柘枝》
《胡僧破》	《平翻》	《相驰逼》
《吕太后》	《突厥三台》	《大宝》
《一斗盐》	《羊头神》	《大姊》
《舞一姊》	《急月记》	《断弓弦》
《碧霄吟》	《穿心蛮》	《罗步底》
《回波乐》	《千春乐》	《龟兹乐》
《醉浑脱》	《映山鸡》	《昊破》
《四会子》	《安公子》	《舞春风》
《迎春风》	《看江波》	《寒雁子》
《又中春》	《玩中秋》	《迎仙客》
《同心结》		

以上大曲。原书于《西国朝天》下有“大曲名”三字，即接《踏金莲》《绿腰》诸曲，疑其间有窜乱，俟续考。

上述诸曲，或出诸里巷，或来自胡戎，或为边塞征戍之辞，或出乐家翻新之制，要为唐教坊流行乐曲。五代、宋贤，依其曲调而为之填词，今有传作可考者，殆居大半。即以《乐府诗集》卷七十九至八十二所载近代曲校之，计与《教坊记》合者，有《抛球乐》《破阵乐》《还京乐》《千秋乐》《长命女》《杨柳枝》《浪淘沙》《望江南》《想夫怜》本名《相府莲》，出南齐王俭。《凤归云》《离别难》《拜新月》《征步郎》《太平乐》《大郎神》郭云："《离别难》初名《大郎神》。"《胡渭州》《杨下采桑》《大酺乐》《山鹧鸪》《醉公子》《叹疆场》《如意娘》《何满子》《水沽子》郭作《水鼓子》。《绿腰》《凉州》《伊州》《甘州》《采桑》《霓裳》《雨霖铃》《回波乐》三十二曲。而《破阵乐》本舞曲，为唐太宗所造。《还京乐》为明皇自蜀还京时，乐工所进。郭据《乐府杂录》，而《碧鸡漫志》据《唐史》云："民间以明皇自潞州还京师，夜半举兵诛韦皇后，制《夜半乐》《还京乐》二曲。"未知孰是？《千秋乐》起于明皇开元十七年，以八月五日为千秋节。《长命女》为大历中，乐工即古曲《西河长命女》，增损节奏而为之。《碧鸡漫志》亦同其说。《杨柳枝》为白居易洛中所制。《漫志》引乐天作《杨柳枝二十韵》自注云："洛下新声也。"《望江南》本名《谢秋娘》；李德裕镇浙西，为妾谢秋娘所制。《离别难》为武后朝有一士人陷冤狱，籍其家，妻配入掖庭，善吹觱栗，乃撰此曲以寄情焉；初名《大郎神》，盖取良人第行也。既畏人知，遂三易其名，曰《悲切子》，终号《怨回鹘》云。《乐府杂录》。《大酺乐》为唐张文收造。《如意娘》为唐则天皇后所作。《何满子》为开元中，沧洲歌者，临刑进以赎死。《绿腰》为贞元中，乐工进曲，德宗命录出要者，因以为名，后语讹为《绿腰》。《乐府杂录》云："《绿腰》，软舞曲也。"《凉州》为开元中，西凉府都督郭知运进。《漫志》："《唐史》及《传载》称，天宝乐曲，皆以边地为名，若《凉州》《伊州》《甘州》之类，曲遍声繁，名入破，……《土蕃史》及《开元传信记》亦云，西凉州献此曲。”《伊州》为西京节度盍嘉运所进。《采桑》本清商西曲。《霓裳》本《婆罗门》商调曲，开元中，西凉府节度杨敬述进。《唐会要》曰：“天宝十三载，改《婆罗门》为《霓裳羽衣》。”《漫志》：“《霓裳羽衣曲》，西凉创作，明皇润色，又为易美名。”《雨霖铃》为明皇幸蜀，西入斜谷，属霖雨弥旬，于栈道雨中闻铃声，与山相应，帝既悼念贵妃，因采其声为此曲，以寄恨焉。《乐府杂录》又言：明皇自蜀反正，乐工制《还京乐》《雨霖铃》二曲。《回波乐》为唐中宗时造，盖出于西水引流泛觞也。综览上述诸曲，自《破阵乐》以下，为中土帝王所造者三：如《破阵乐》《如意娘》《雨霖铃》是。西凉所进者四：《凉州》《伊州》《甘州》《霓裳》是。乐工所进者四：《还京乐》《千秋乐》《大酺乐》《绿腰》是。制自女子者一：《离别难》是。创自名人者一：《望江南》是。因旧曲造新声者四：《长命女》《杨柳枝》《采桑》《回波乐》是。其他一时未暇备考，或竟不能详考者甚多。然《教坊记》中所胪举，决为唐曲，且多出于开元、天宝间，殆可无疑也。又《安公子》为隋大业末，“内里新翻曲子”。《漫志》：“炀帝将幸江都，乐工王令言者，妙达音律，其子弹胡琵琶作《安公子》曲。”唐高宗晨坐闻莺声，命乐人白明达写之，遂有《春莺啭曲》。他如《羯鼓录》称：明皇曾制《春光好》《秋风高》二曲，汝南王琎亦奏《舞山香》一曲。《说郛》卷六十五。开元、天宝，盖为新曲创作极盛时期。五代、宋初词所依之曲调，大抵此时已臻美备。惟曲调虽充分发达，而与乐曲伴奏之歌词，何以必待唐末、五代，乃见适合曲拍之长短句词体，昌盛流行？此乃本文所欲探讨之根本问题，又非可以一言而尽也。

自元魏采用胡夷之乐，浸淫以迄陈、隋，雅郑混淆而无别。后虽雅俗分立，而所谓雅乐，已名存而实亡。胡夷之乐，相习既久，不期然而由接受以起消化作用，以渐进于创作时期。开元、天宝间，即促成胡乐之中国化。于是大曲、杂曲，杂然并陈。王灼云：

> 凡大曲有散序、靸、排遍、攧、正攧、入破、虚催、实催、衮遍、歇指、杀衮，始成一曲，此谓大遍。而《凉州》排遍，予曾见一本，有二十四段。后世就大曲制词者，类从简省，而管弦家又不肯从首至尾吹弹，甚者学不能尽。(《碧鸡漫志》卷三)

又论《霓裳羽衣曲》条，引乐天和元微之《霓裳羽衣曲歌》自注云：

> 散序六遍无拍，故不舞。中序始有拍，亦名拍序。……《霓裳》十二遍而曲终，凡曲将终，皆声拍促速。惟《霓裳》之末，长引一声。(同上)

又论《甘州》条云：

> 今仙吕调有曲破，有八声慢，有令，而中吕调有《象甘州八声》，他宫调不见也。凡大曲，就本宫调制引、序、慢、近、令，盖度曲者常态。(同上)

大曲遍数既多，未易谙习，故裁截用之者有之，就本宫调制引、序、慢、近、令者有之。后世制词者，自乐于简易，而引、序、慢、近、令，又多从大曲中来；此亦倚声填词进展迟缓之一因也。南宋修内司所编《乐府混成集》，大曲一项，凡数百解，有谱无词者居半。王国维《宋元戏曲史》引《齐东野语》卷十。其摘取大曲中之一段以制引、序、慢、近、令，而为之填词者，若《甘州》《石州》《伊州》《梁州》《氐州》《婆罗门》《霓裳》《绿腰》《泛清波》，并为大曲，而后来有《甘州子》《甘州遍》《甘州令》《八声甘州》《石州慢》《伊州令》《梁州令》《梁州令叠韵》《氐州第一》《婆罗门令》《婆罗门引》《霓裳中序第一》《六幺令》《泛清波摘遍》之属，其为就大曲中裁截，殆可无疑。其他类此者，未易悉数。宋姜夔《霓裳中序第一·叙》云：

> 又于乐工故书中得商调《霓裳曲》十八阕，皆虚谱无辞。按沈氏《乐律》“《霓裳》道调”，此乃商调；乐天诗云“散序六阕”，此乃两阕，未知孰是？然音节闲雅，不类今曲。予不暇尽作，作《中序》一阕传于世。(《白石道人歌曲》卷三)

此摘取大曲之一段，而为之填词者之明证也。凡一种乐曲，历时稍久，往往变易宫调，旧曲翻新。如《碧鸡漫志》所称：

> 《伊州》见于世者，凡七商曲：大石调、高大石调、双调、小石调、歇指调、林钟商、越调。第不知天宝所制七商中何调耳。(卷三)
>
> 今《六幺》行于世者四：曰黄钟羽，即俗呼般涉调；曰夹钟羽，即俗呼中吕调；曰林钟羽，即俗呼高平调；曰夷则羽，即俗呼仙吕调，皆羽调也。(卷三)
>
> 今越调《兰陵王》，凡三段二十四拍，或曰遗声也。……又有大石调《兰陵王慢》，殊非旧曲。(卷四)
>
> 《虞美人》旧曲三：其一属中吕调，其一中吕宫，近世转入黄钟宫。(卷四)
>
> 《安公子》见于世者，中吕调有近，般涉调有令。(卷四)
>
> 《河传》唐词存者二：其一属南吕宫，凡前段平韵，后

仄韵。其一乃今《怨王孙》曲，属无射宫。（卷三）

今黄钟宫有《三台夜半乐》，中吕调有慢，有近拍，有序。（卷四）

天宝诸乐曲，有《凌波神》二曲：其一在林钟宫，云：时号道调宫……其一在南吕商，云：时号水调。（卷四）

《荔枝香》，今歇指、大石两调，皆有近拍，不知何者为本曲。（卷四）

今大石调《念奴娇》，世以为天宝间所制曲，予固疑之。然唐中叶渐有今体慢曲子，而近世有填《连昌宫词》入此曲者。后复转此曲入道调宫，又转入高宫、大石调。（卷五）

《清平乐》曲在越调，唐至今盛行。今世又有黄钟宫、黄钟商两音者。（卷五）

《望江南》曲，自唐至今，皆南吕宫，字句亦同。止是今曲两段。（卷五）

今黄钟宫、大石调、林钟商、歇指调，皆有《十拍令》。（卷五）

《长命女西河》在林钟羽，时号平调，今俗呼高平调也。……近世有《长命女令》，前七拍，后九拍，属仙吕调。宫调、句读，并非旧曲。又别出大石调《西河慢》，声犯正平，极奇古。盖《西河长命女》，本林钟羽，而近世所分二曲，在仙吕、正平两调，亦羽调也。（卷五）

凡乐曲几无不分隶数宫调者。观上述，除《望江南》始终属南吕宫外，并变易甚多。同一调名，因所隶宫调不同，往往依声而制之歌词，亦遂句读参差，与曲中所表之情，相挟而俱变。故唐、宋人词，有同用一调，而所描写离合悲欢之情绪，截然殊致者。此殆翻曲者之故弄狡狯。倚声家选调之难，必于句度韵律及所属宫调，加以缜密之注意，庶几能使声情吻合。今观万氏《词律》所载，唐、五代人词所用曲调，所谓“又一体”者，不可胜数。词既依曲拍为句，不应若是参差，则其故必为所属宫调不同，或沿旧名而别翻新曲，殆可无疑也。如柳永《乐章集》，《倾杯》一曲，既入黄钟羽，又入大石调，又入散水调；《倾杯乐》一曲，既入仙吕宫，又入大石调；《凤归云》一曲，既入林钟商，又入仙吕调；《洞仙歌》一曲，既入中吕调，又入仙吕调，又入般涉调。同一曲名，而所属宫调若是其不同，非身通音律者，固应不敢轻于尝试。盖倚声填词，词中所表之情，必与曲中所表之情相应；非若率意作五、七言诗，一任乐工之选调排入，其不相融洽者，独可藉泛声以资救济。吾意新曲至唐大盛，而新词必至唐末、五代，乃如春云之乍展，此必为其一大原因。后当详悉讨论之，聊于此引其端绪而已。

由上文所述，而知大曲可裁截以制引、序、慢、近、令。益以隋、唐以来杂曲之繁衍，或移宫换羽，因旧曲造新声。新乐入人既深，演习者众，相沿日久，自然默化潜移。制词者既苦大曲之繁重，而有引、序、慢、近、令之属，供其选择，则其事轻而易举。然有嫌杂曲之过于单纯，不足以铺叙故事者，于是有所谓“传踏”，取一种曲调重叠用之，以咏一事；以歌者为一队，且歌且舞，以侑宾客。《宋元戏曲史》。此其体实介乎大曲、杂曲之间。《碧鸡漫志》云：

世有般涉调《拂霓裳》曲，因石曼卿取作“传踏”，述

开元、天宝旧事。(卷三)

曾慥《乐府雅词》，亦载郑仅《调笑转踏》，即“传踏”。分咏儿女风流韵事。其近似“传踏”，徒歌而不舞者，则有欧阳修之《采桑子》，凡十一首；赵德麟之商调《蝶恋花》，凡十首。一述西湖之胜，一咏会真之事。《宋元戏曲史》。文人之乐于简易，而不甚注意于乐曲之变化，舍大曲而用小令，重叠歌咏，以取快一时，此实有“以词害曲”之嫌；而乐曲之由合而分，又由分而合，亦足推见歌词进展之程序矣。日本内藤虎次郎著有《宋乐与朝鲜乐之关系》一文，林大椿译载《小说月报》第二十二卷九月号。据《高丽史》所记，高丽时代之“唐乐”，有：

《献仙桃》	《寿延长》	《五羊仙》
《抛球乐》	《莲花台》	

五曲。又唐乐之基础小曲，别有：

《惜奴娇》	《万年欢》慢	《忆吹箫》慢
《洛阳春》	《月华清》慢	《转花枝》令
《感皇恩》令	《醉太平》	《夏云峰》慢
《醉蓬莱》慢	《黄河清》慢	《还宫乐》
《清平乐》	《荔子丹》	《水龙吟》慢
《倾杯乐》	《太平年》慢 中腔唱	《金殿乐》慢 踏歌唱
《安平乐》	《爱月夜眠迟》慢	《惜花春起早》慢
《帝台春》慢	《千秋岁》令	《风中柳》令
《汉宫春》慢	《花心动》慢	《雨淋霖》慢
《行香子》慢	《雨中花》慢	《迎春乐》令
《浪淘沙》令	《御街行》令	《西江月》慢

《游月宫》令　《少年游》　《桂枝香》慢
《庆金枝》令　《百宝妆》　《满朝欢》令
《天下乐》令　《感恩多》令　《临江仙》慢
《解佩》令

四十三种，并录其词。内藤氏又谓："尤以此五种乐曲中，所含之小曲，有更在四十三种之外者。此外在终宴所歌之曲中，则有《风入松》《夜深词》二曲。"其小曲四十三种中，有三十一种实全录宋、金时代之词。而所谓《献仙桃》等五曲，其所含之小曲，又有奏、有唱，所谓奏者仅有乐器，所谓唱者则唱歌词。观其体制，似又合若干小曲，以成大曲。惜求《高丽史》原书不得，杭州文澜阁本《高丽史》对乐曲无多记载，不知内藤氏所据何本。即内藤氏所称道之《乐学轨范》，亦不见于中土藏家，无从细加比勘，为可憾耳！内藤氏又谓："朝鲜乐中之《抛球乐》，与宋代盛行之所谓'圆社'者颇相类。"今考陈元靓之《事林广记》卷之二文艺类，"圆社"之戏，首有"摸场"词，以五言及骈俪语，形容蹴球之姿势，颇似舞曲中之致语。继以《满庭芳》词二阕，见第一生修梅花馆传钞本。以此悬揣唐人之《抛球乐》，其歌曲必不止一段。其他乐曲亦可例推。倚声制词者，殆皆裁取曲中最美听之一段而已。

吾人既明隋、唐以来乐曲之渊源流变，与其分合盛衰之故，将进而考求依此种曲拍而成之词体，及其进展之历程；不得不于歌词体制之新旧过渡期中，加以深切注意。若仅从文字形式上之长短参差，以上附南朝乐府，或以"胡夷里巷之曲"为词体之起源，而不察其转变之由，知其一不知其二者，皆非本文之所欲置辩者也。

三 本论

长短句歌词之产生，为求吻合曲调，而免用和声，此为学者所公认。沈括《梦溪笔谈》云：

> 古乐府皆有声有词，连属书之，如曰“贺贺贺”“何何何”之类，皆和声也。今管弦之中缠声，亦其遗法也。唐人乃以词填入曲中，不复用和声。此格虽云自王涯始，然贞元、元和之间，为之者已多。

朱熹亦有“泛声”之说，引见前文。方成培《香研居词麈》，以为词之始，本于乐之散声，其说曰：

> 唐人所歌，多五、七言绝句，必杂以散声，然后可比之管弦。如《阳关诗》，必至三叠而后成音，此自然之理；后来遂谱其散声，以字句实之，而长短句兴焉。（卷一）

所谓“和声”“泛声”“散声”，皆曲中之有声无辞者。长短句既为适应此种“散声”而作，则此种歌词必为一字一音，证之《乐府大全》所载小品谱二段，王骥德《曲律》卷四引。及世传《白石道人歌曲》旁谱，每字仅一音符，当为可信。又据《碧鸡漫志》：“今越调《兰陵王》，凡三段二十四拍。”“近世有《长命女令》，前七拍，后九拍。”今以周邦彦《兰陵王》词考之，则元稹所谓“依《忆江南》曲拍为句”者，其为一句一拍可知也。万氏《词律》所收和凝《长命女》词，两段七句，注云“此调或不分段”，正与《漫志》“前七拍”之说合。大抵和凝仍依唐调，后乃加九拍一段，《漫志》所称“近世曲子无单遍者”卷五《望江南》调可证。吾友夏瞿禅亦主一拍为一句之说。然则“因声以度词，审调以节唱，句度长短之数，声韵平上之差，莫不由之准度”者，为倚声填词家必遵之矩范，不容有所出入，元稹亦既明其理矣。何以古乐府必用“和声”，而长短其句之歌辞，必待燕乐新曲大行之后，乃见发展？此其故已于第二节中，略引端绪，当更进而详悉讨论之。

《乐府诗集·近代曲辞》，收近代曲至八十四种之多。而其间除刘禹锡之《潇湘神》，白居易、刘禹锡之《忆江南》，王建之《宫中调笑》，韦应物之《调笑》，戴叔伦之《转应词》，三体实同一调。吉中孚妻张氏之《拜新月》，调与后来之《拜星月》曲句读大异。为长短句外，余并为五、七言诗。然有一曲，为具“倚声填词”形式，而又为自制新曲者，则隋炀帝及其臣王胄同作之《纪辽东》是。特为拈出比勘之。

炀帝作：

辽东海北翦长鲸，韵。风云万里清。叶。方当销锋散马牛，句。旋师宴镐京。叶。前歌后舞振军威，换韵。饮至解戎衣。叶。判不徒行万里去，句。空道五原归。叶。

秉旄仗节定辽东，韵。俘馘变夷风。叶。清歌凯捷九都水，句。归宴雒阳宫。叶。策功行赏不淹留，换韵。全军藉智谋。叶。讵似南宫复道上，句。先封雍齿侯。叶。

王胄作：

辽东浿水事龚行，韵。俯拾信神兵。叶。欲知振旅旋归乐，句。为听凯歌声。叶。十乘元戎才度辽，换韵。扶濊已冰消。叶。讵似百万临江水，句。按辔空回镳。叶。

天威电迈举朝鲜，句。信次即言旋。叶。还笑魏家司马懿，句。迢迢用一年。叶。鸣銮诏跸发淆潼，换韵。合爵及畴庸。叶。何必丰沛多相识？句。比屋降尧封。叶。

郭茂倩云：“《纪辽东》，隋炀帝所作也。”《乐府诗集》卷七十九。即录以冠《近代曲辞》。综观一调四词，虽平仄尚未尽洽，而每首八句六叶韵，前后段各四句换韵，句法则七言与五言相间用之，四词无或乖舛者，欲不谓为倚声制词之祖可乎？而世人未暇详考，仅见词为长短句法，遂刺取《三百篇》中之断句，以为词体之所托始；又或谬附于南朝乐府，如沈约《六忆》、梁武帝《江南弄》之类，以词为乐府之余；并为皮傅之谈，未观其通者也。一种新兴体制之进展，必有所依傍与一定之步骤；词体之发达，必待新兴乐曲大行之后，而初期作品，无论声韵、气格以及结构、技术种种方面，必不能遽臻于美满完善之境地者，盖其初本出于尝试，必经过长时间之涵养，深识乐曲歌词配合之理，乃能契合无间，进而“优入圣域”。吾持此说，以推论词体之演进，尚觉圆融无碍。即世传隋、唐旧曲，其出于后人伪托之词，亦可持此以为判断。如韩偓《海山记》所载之《望江南》八调，朱弁《曲洧旧闻》所载之《夜饮》《朝眠》二曲，皆炀帝作；而以《纪辽东》四词比勘之，已觉其不类；又不独《望江南》为唐李德裕所造曲，且唐人所作皆单调，炀帝不应预填双调，可证其为赝品而已。

词体原于隋、唐间所谓“近代曲”，而《乐府诗集》所载曲词，除《纪辽东》四曲外，长短句无出于贞元、元和以前者，则开元、天宝间，虽入于新曲创造时期，而尚未深究声词配合之理。炀帝为亡国之主，虽略引端绪，而不能见重于新朝。“曲子词”进展之以渐而不以顿，盖有由矣。郭《乐府》所收开元、天宝间歌曲，如《水调歌》十一遍，配以七言绝句九首、五言绝句二首；《凉州歌》五遍，配以七言绝句四首、五言绝句一首；《大和》五遍，皆配以七言绝句；《伊州歌》十遍，配以七言绝句五首、五言绝句五首；《陆州歌》八遍，配以五言绝句七首，惟簇拍为七言绝句。凡此，皆当时盛行之大曲，而所有歌词，并由乐工任选时贤词句，随声配合。《明皇杂录》云：

> 禄山犯顺，议欲迁幸。帝置酒楼上，命作乐，有进《水调歌》者，曰："山川满目泪沾衣，富贵荣华能几时？不见只今汾水上，惟有年年秋雁飞！"上问："谁为此曲？"曰："李峤。"上曰："真才子！"不终饮而罢。（《碧鸡漫志》卷四引）

是李峤《汾阴行》，原为七言古体长篇，乐工仅裁取四句入曲。曾被乐工配入《水调歌》曲也。又如王昌龄《从军行》中之"秦时明月汉时关"一首，曾配入《盖罗缝》曲；岑参《赴北庭度陇思家》之"西向轮台万里余"一首，配入《簇拍陆州》；沈佺期之"闻道黄龙戍"五律前四句，配入《伊州歌》第三遍；杜甫之"锦城丝管日纷纷"一首，配入《水调歌》入破第二遍。并见《乐府诗集》。据此，则在长短句未兴之前，无论何人所作诗，或古体歌行，或近体律、绝，无不可入曲者，特其配合之权，操之乐工耳。文士作诗，既极自由，又人人有入乐之望；且当开元、天宝之世，乐工又以得名人诗句为荣，下逮中唐，此风犹未衰歇。如元稹赠白居易诗，自注云："乐人高玲珑能歌，歌予数十诗。"《唐史》称："李贺乐府数十篇，云韶诸工，皆合之弦管。"又称："李益诗名与贺相埒，每一篇成，乐工争以赂求取之，被声歌，供奉天子。"又称：

“元微之诗，往往播乐府。”旧史亦称：“武元衡工五言诗，好事者传之，往往被于管弦。”《碧鸡漫志》卷一。士大夫一有诗名，即有乐工为之配入相当曲调，播诸弦管，有此方便法门，则谁肯依一定之曲拍，受种种之拘制，以从事于“倚声填词”乎？此长短句歌词发展迟缓之最大原因，一也。

乐曲以缓急相间、参差错落为美听，故一曲之中，各有抑扬抗坠之节。所谓五、七言和古、近体诗，形式并过于平板，少变化，且绝句以四句为度，以之入曲，必不能恰应节奏。于是乐工之流，不得不谋救济之方。其法有二：一为利用泛声，化一定之词句为参差错落；一为重叠歌唱，使有低徊往复、悠扬不尽之音。关于前者，则沈括、朱熹、方成培之属，皆先我言之矣。然一种曲调，除选择表现相当情绪之词句，予以配合外，对各遍之应用七言或五言，亦有相当之规定。白居易《听水调》诗云：

> 五言一遍最殷勤，调少情多似有因。不会当时翻曲意，此声肠断为何人？

《漫志》卷四引《脞说》云：“《水调》第五遍，五言，调声最悲苦。”证之《乐府诗集》,《水调歌》第五遍诗云：

> 双带仍分影，同心巧结香。不应须换彩，意欲媚浓妆。（卷七十九）

恰为五言调，而所表仍为悲苦之情。关于后者，则方成培氏所谓：“如《阳关》诗，必至三叠而后成音。”白居易《河满子》诗云：

> 世传满子是人名，临就刑时曲始成。一曲四词歌八叠，从头便是断肠声。

《乐府诗集》配《河满子》曲以薛逢诗：

系马宫槐老，持杯店菊黄。故交今不见，流恨满山光。（卷八十）

五字四句，乐天所谓一曲四词，庶几是也。歌八叠，疑有和声。《漫志》卷四。《杜阳杂编》云：“文宗时，宫人沈阿翘为帝舞《河满子》，调辞风态，率皆宛畅。”原五言绝句，声韵本极短促，非更叠唱和，利用泛声，何有“宛畅”之可言乎？唐人以诗入曲，其法不外利用叠唱与泛声。然一曲之中，叠唱同样词句，至八次之多；且中杂泛声，或有声有词，或有声无词，则听者仍只能欣赏乐曲之美，而不能见歌词之美，此又旧体五、七言诗之不适宜于入曲，而其势不得不变为长短句。朱熹所谓“后来人怕失了那泛声，逐一添个实字”者，似犹未洞彻词体发展之原由也。

沈括称以词填入曲中，“贞元、元和之间，为之者已多”。王灼谓：“唐中叶渐有今体慢曲子。”然依曲拍为句，有明文可考者，乃为刘禹锡、白居易之《忆江南》词。其他王建、韦应物、戴叔伦之《调笑》，虽并为长短句，亦皆单调小令。唐中叶之慢曲子，竟不见有主名之传作；则当世文士，不乐就曲拍之拘制，而仍以乐工采诗入曲为得意者，实为长短句词体进展之最大障碍也。王灼谓：

唐时古意亦未全丧，《竹枝》《浪淘沙》《抛球乐》《杨柳枝》，乃诗中绝句，而定为歌曲。（《漫志》卷一）

所谓“古意亦未全丧”一语，正见中国士大夫守旧观念之牢固，凡事非“则古称先”，殆不足以自高声价。必待新兴势力之奔腾澎湃，不可遏抑，乃肯抛却一切陈旧思想，低首下心，予以接受而为之效力。即在歌词方面，新曲至唐，既发展至最高程度，而士大夫仍不欲深究声词配合之理，专为旧体诗歌，而犹自夸曰：此古意也，此古法也，不知其所配合之乐曲，几全出于“胡夷里巷”，原不必攀附古意以自鸣高也。

黄花庵谓：李白《菩萨蛮》《忆秦娥》二词，为百代词曲之祖。《唐宋诸贤绝妙词选》卷一。然二词殊晚出，且来历不明。《湘山野录》记《忆秦娥》词云：

> 此词写于鼎州沧水驿，不知何人所作。魏道辅泰见而爱之。后至长沙，得《古风集》于曾子宣内翰家，乃知李白所撰。

而《菩萨蛮》一调，究竟起于开元，胡应麟《笔丛》。抑起于大中初，《杜阳杂编》。尚难断定。且太白以复古自命，律诗尚不屑为。据孟棨《本事诗》：

> 白尝言：“兴寄深微，五言不如四言，七言又其靡也，况使束于声调俳优哉？”

白目律诗以俳优，不愿受其束缚。长短句系依曲拍而制，其声调上之束缚，视律诗何啻倍蓰？开元、天宝间，其他诗人尚不肯为，而谓天才纵逸如太白，而肯俯就南蛮歌曲之节奏，为之制词乎？此二词尚难信为白作，其他流传贞元、元和以前之作品，凡不见《乐府诗集·近代曲辞》者，殆皆出于后人伪托，不足依据者也。李白而后，有张志和之《渔歌子》，《乐府纪闻》。然特化七言绝句而为之，变第三句七字为三言二句耳。况渔父家风，为中土隐逸之士所崇慕，又非“胡夷里巷之曲”所能比拟乎？长短句词体，在开元、天宝间，尚未为文人采用，较然可知矣。

唐中叶诗人，如刘禹锡、白居易、元稹之流，号能注意民间歌曲，复古思想亦较其他诗人为淡。如元、白之创作新乐府，主张“不复拟赋古题，即事名篇，无复倚傍”。《元氏长庆集》卷二十三。“刘禹锡在沅湘，以俚歌鄙陋，乃依骚人《九歌》作《竹枝》新辞九章，教里中儿歌之。”《乐府诗集》卷八十一。禹锡序称：“《竹枝》，巴歈也。”“其音协黄钟羽，末如吴声，含思宛转，有淇濮之艳。”其注意乐曲与声词配合之理，即此可见一斑。观所作虽仍为七言绝句，而渐有接受新体歌曲之趋势。故《近代曲辞》，即录禹锡之《潇湘神》二曲，刘、白两人之《忆江南》五首，为长短句词之肇端。而禹锡词：

春去也，多谢洛城人。弱柳从风疑举袂，丛兰裛露似沾巾。独坐亦含颦。

集中题作：“和乐天《春词》，依《忆江南》曲拍为句。”《四部丛刊》本《刘梦得外集》卷第四。刘、白诗名满天下，乃肯就曲拍以填词。其初料亦出于尝试，而风气一开，使世人晓然于声词配合之理，以长短参差之句，入抑扬抗坠之曲，固较以五、七言诗体，勉强配合曲调者，为能兼显歌词之美也。中唐以后，作者遂多，然皆单调小令，无制慢词者，则诗人余事填词，尚出之以游戏，而非以严肃态度，专力为此也。

王灼既明言“唐中叶渐有今体慢曲子”矣，察其语气，不但有曲，而兼有曲词。吾意新兴体制，往往鄙夫俗子，为能得风气之先。以词本依“胡夷里巷之曲”而成，则推测词体之进展，不应只注意于诗人墨客，且须同时考核当时民间歌曲情形。凡略知唐代历史及曾读唐诗者，莫不知开元、天宝间，一般民众所同感苦痛者，为征兵戍边一事；盛唐诗人如王昌龄辈之所咨嗟咏叹，作为诗歌者，大抵征夫征妇之怨情为多。近世敦煌石室新发现之唐写本《云谣集杂曲子》，其曲词中所表之情绪，乃往往与盛唐诗人之“闺怨”“从军行”等题相契合，则其词或当为开元、天宝间作品，出于刘、白之先，未可知也。《云谣杂曲》，合伦敦、巴黎所藏两本，朱彊村先生有合校本，已刻入《彊村遗书》矣。得三十首。其所用曲调，有：

《凤归云》《天仙子》《竹枝子》《洞仙歌》

《破阵子》《浣溪沙》《柳青娘》《倾杯乐》

《内家娇》《拜新月》《抛球乐》《渔歌子》

《喜秋天》

十三曲，除《内家娇》外，全见于《教坊记》。而其间如《凤归云》第一首之“征夫数载”，第二首之“征衣裁缝了”，第四首之“娉得良人，为国远长征”；《洞仙歌》第一首之“恨征人久镇边夷”，第二首之“无计恨征人，争向金风漂荡”；《破阵子》第二首之“独隔千山与万津，单于迷虏尘”，第三首之“早晚三边无事了，香被重眠比目鱼”，第四首之“年少征夫堪恨，从军千里余”，并述征妇怨情，而词俱朴拙，务铺叙，少含蓄之趣，亦足为初期作品技术未臻精巧之证。且三十首中，除怨征夫远去、独守空闺之作外，其他亦为一般儿女相思之词，无忧生念乱之情，亦无何等高尚思想；其为当世民间流行之歌曲，或且出于安史乱前，戍卒之远向西陲者，携以同去；故得存于敦煌石室，沉沦千载，而复显于今日；俾治词学者，藉此窥见唐代初期作品之本来面目，知词体创制之伟绩，不在太白及刘、白之伦，而在不见史传之无名作者；斯固吾人之大幸，亦言词学者所不容忽也。

年来泛览唐、宋人词，略见词学进展之程序。凡同一调名而句度参差、平仄亦不甚严整者，往往为较先之作品，或文士深通乐曲者之所为；以其人恒与乐工接近，其或移宫转调，声词配合，可以互为参详；非若纯粹文人，只能依一定之成规，或曾经他人尝试填过之旧例，斤斤于字句之出入，且特别注意于精巧之技术也。如《云谣集》中之《凤归云》，其二首各为八十二字，又二首则各少三字。《竹枝子》一首为五十七字，别一首多七字。《洞仙歌》一首为七十六字，别一首少二字。《内家娇》一首为一百四字，别一首少八字。《拜新月》一首为八十四字，别一首多二字。从朱校本。其间句度参差，尤未易悉数。若执“词有衬字”之说，纵于字数之多少，可以祛疑，而句度参差，又将何说？吾意此等初期作品，或竟出乐工之所为，或接近乐工者之所制；以诗人依曲拍为句之词，如刘、白、王、韦诸作拟之，工拙之数，自不相侔；而集中有令、有慢，又强半表当时民众同感苦痛之征戍怨情，则令、慢曲词，固同起于开元、天宝间也。

开元、天宝间，既有令、慢曲词之创制，又经中叶刘、白诸贤之尝试，宜斯体之发展，必日异而月新。然事实不然，必待北宋柳永肆意为长调，而后文人始注意于慢曲。唐诗人狃于积习，故应不敢遽效前驱也。刘、白而后，小词之进展，不得不归功于“士行尘杂”之温庭筠。《旧唐书》称：

> （庭筠）能逐弦吹之音，为侧艳之词。（卷一百九十下）

孙光宪谓：“其词有《金荃集》，取其香而软也。”《北梦琐言》。诗人刻意填词，盖莫先于温氏。唯其“士行尘杂，狂游狭邪”，《旧唐书·文苑传》。故不复以依流行曲调之声填词为嫌，且得尽量发展；惟其“能逐弦吹之音，为侧艳之词”，故集中诸词所依曲调，亦渐见繁复；长短句词体，至是始正式为诗人采用以抒写性情矣。时宣宗爱唱《菩萨蛮》词，令狐绹假庭筠手，撰二十阕以进。《乐府纪闻》。此时填词风尚，殆已大行于朝野间；得庭筠“才思艳丽”以发之，固宜其一日千里。今所传《金奁集》，《彊村丛书》本。温氏所依之曲调，有：

越调

《清平乐》　《遐方怨》　《诉衷情》　《思帝乡》

南吕宫

《梦江南》　《河传》　《蕃女怨》　《荷叶杯》

中吕宫

《菩萨蛮》　《玉胡蝶》

双调

《归国遥》

林钟商调

《更漏子》

高平调

《酒泉子》　《定西蕃》　《杨柳枝》

仙吕宫

《南歌子》　《河渎神》

歇指调

《女冠子》

八宫调，十八曲，大抵皆唐教坊中曲也。庭筠既开风气，浸淫迄于五代，作者繁兴。蜀相韦庄既以曲词种子，传入巴蜀；会前蜀主王衍、后蜀主孟昶，并知音能词；衍尝自制《甘州曲令》《十国春秋》。及《醉妆词》；又尝自执歌板，歌《后庭花》《思越人》曲；《北梦琐言》。昶亦曾作《玉楼春》《温叟诗话》。《相见欢》《十国春秋》。二词。于是西蜀一隅，顿成曲词长养滋蔓之疆土。赵崇祚有《花间集》之撰辑，欧阳炯为之序云：

> 庶使西园英哲，用资羽盖之欢；南国婵娟，休唱莲舟之引。

既美其名曰“诗客曲子词”，又取“阳春白雪”相况，由是“胡夷里巷之曲”，经多方面之妆饰，且进登大雅之堂矣。《花间集》中诸作者，除温庭筠外，其所依曲调，则皇甫松有：

《天仙子》	《浪淘沙》	《杨柳枝》	《摘得新》
《梦江南》	《采莲子》		

六曲。韦庄有：

《浣溪沙》	《菩萨蛮》	《归国谣》	《应天长》
《荷叶杯》	《清平乐》	《望远行》	《谒金门》
《江城子》	《河传》	《天仙子》	《喜迁莺》
《思帝乡》	《诉衷情》	《上行杯》	《女冠子》
《更漏子》	《酒泉子》	《木兰花》	《小重山》

二十曲。薛昭蕴有：

《浣溪沙》	《喜迁莺》	《小重山》	《离别难》
《相见欢》	《醉公子》	《女冠子》	《谒金门》

八曲。牛峤有：

《杨柳枝》 《女冠子》 《梦江南》 《感恩多》
《应天长》 《更漏子》 《望江怨》 《菩萨蛮》
《酒泉子》 《定西蕃》 《玉楼春》 《西溪子》
《江城子》

十三曲。张泌有：

《浣溪沙》 《临江仙》 《女冠子》 《河传》
《酒泉子》 《生查子》 《思越人》 《满宫花》
《杨柳枝》 《南歌子》 《江城子》 《河渎神》
《胡蝶儿》

十三曲。毛文锡有：

《虞美人》 《酒泉子》 《喜迁莺》 《赞成功》
《西溪子》 《中兴乐》 《更漏子》 《接贤宾》
《赞浦子》 《甘州遍》 《纱窗恨》 《柳含烟》
《醉花间》 《浣溪沙》 《月宫春》 《恋情深》
《诉衷情》 《应天长》 《河满子》 《巫山一段云》
《临江仙》

二十一曲。牛希济有：

《临江仙》 《酒泉子》 《生查子》 《中兴乐》
《谒金门》

五曲。欧阳炯有：

《浣溪沙》 《三字令》 《南乡子》 《献衷心》
《贺明朝》 《江城子》 《凤楼春》 《小重山》
《临江仙》 《菩萨蛮》 《山花子》 《河满子》

《薄命女》 《望梅花》 《天仙子》 《春光好》
《采桑子》 《杨柳枝》 《渔父》

十九曲。顾敻有：

《虞美人》 《河传》 《甘州子》 《玉楼春》
《浣溪沙》 《酒泉子》 《杨柳枝》 《遐方怨》
《献衷心》 《应天长》 《诉衷情》 《荷叶杯》
《渔歌子》 《临江仙》 《醉公子》 《更漏子》

十六曲。孙光宪有：

《浣溪沙》 《河传》 《菩萨蛮》 《河渎神》
《虞美人》 《后庭花》 《生查子》 《临江仙》
《酒泉子》 《清平乐》 《更漏子》 《女冠子》
《风流子》 《定西蕃》 《河满子》 《玉胡蝶》
《八拍蛮》 《竹枝》 《思帝乡》 《上行杯》
《谒金门》 《思越人》 《杨柳枝》 《望梅花》
《渔歌子》

二十五曲。魏承班有：

《菩萨蛮》 《满宫花》 《木兰花》 《玉楼春》
《诉衷情》 《生查子》 《黄钟乐》 《渔歌子》

八曲。鹿虔扆有：

《临江仙》 《女冠子》 《思越人》 《虞美人》

四曲。阎选有：

《虞美人》 《临江仙》 《浣溪沙》 《八拍蛮》
《河传》

五曲。尹鹗有：

《临江仙》　《满宫花》　《杏园芳》　《醉公子》
《菩萨蛮》

五曲。毛熙震有：

《浣溪沙》　《临江仙》　《更漏子》　《女冠子》
《清平乐》　《南歌子》　《河满子》　《小重山》
《定西蕃》　《后庭花》　《酒泉子》　《菩萨蛮》

十二曲。李珣有：

《浣溪沙》　《渔歌子》　《巫山一段云》《临江仙》
《南乡子》　《女冠子》　《酒泉子》　《望远行》
《菩萨蛮》　《西溪子》　《虞美人》　《河传》

十二曲。凡此，必皆当时蜀中盛行之曲调，且一曲两段者居多；视刘、白、王、韦、戴之《忆江南》《潇湘神》《调笑》诸曲，仅用单遍者，显有长足之进步。王灼谓“近世曲无单遍者”，而《花间集》词，一曲两段或仅单遍者，各有制作。故知时至晚唐，文人对于声词配合之理，渐有相当注意；而词体之进展，亦足于其体势拓张上觇之。且《花间》诸贤所用曲调，其题号已多近雅者。如《教坊记》中所载《柳青娘》《别赵十》《忆赵十》《煮羊头》《唐四姐》《黄羊儿》《措大子》《醉胡子》《麻婆子》《刺历子》《剉碓子》《胡攒子》《唧唧子》《平翻》《大宝》《大姊》《舞一姊》一类，里巷鄙俚之曲，悉已汰去不用，此其所以为“诗客曲子词”欤？

南唐偏安江左，中、后二主并好音，工文学。后主尝因旧曲有《念家山》，亲演为《念家山破》；陈旸《乐书》。昭惠后亦作《邀醉舞破》《恨来迟破》：《填词名解》。是南唐已多自作新声。而今所传二主词，及冯延巳《阳春集》，所用曲调，仍与《花间》无大出入；以此知五代人词，所依之声，仍多为唐以来旧曲；声词配合之完美，盖必经过若干时间之尝试，而后始能契合无间也。南唐词格，视西蜀为高。然特在文学之内容与技术方面，有相当贡献；于体制之进展，仍无特殊之努力也。

“诗客曲子词”，经西蜀、南唐数十年之涵养，已尽脱离原始里巷杂曲之本来面目，而日趋于精妙渊雅。陈世修序《阳春集》，所谓：

> 或当燕集，多运藻思，为乐府新词，俾歌者倚丝竹而歌之，所以娱宾而遣兴也。（四印斋本）

以词为娱宾遣兴之资，足觇当时风气，渐视此为风流雅事；不似唐末对温庭筠“能逐弦吹之音，为侧艳之词”，犹含讥讽之意。小词之得充分发达，皆士大夫对于歌曲观念之转变，有以促成之也。

北宋统一告成，汴京繁庶，歌词种子，亦由江左转植中州。《宋史·乐志》十七：

> 宋初置教坊，得江南乐，已汰其坐部不用。自后因旧曲创新声，转加流丽。（卷一百四十二）

又云：

> 民间作新声者甚众，而教坊不用也。太宗所制曲，乾兴以来通用之，凡新奏十七调，总四十八曲，黄钟、道调、仙吕、中吕、南吕、正宫、小石、歇指、高平、般涉、大石、中吕、仙吕、双越调、黄钟羽，其急慢诸曲几千数。（同上）

燕乐杂曲，至宋制作益繁。既因旧曲创新声，则歌词体制自必随之进展。然宋初作家，如晏殊、欧阳修辈，仍以《阳春》为祖，而专工小令。在此时期，词虽渐为士大夫所重视，而于令、慢诸曲，颇存歧视之心。以令词为诗人习用，已历百年；而慢词在唐盛时以迄宋初，尚未为士大夫所注意，仅流行于教坊或里巷间；虽同属依新曲而制之歌词，在宋初又俨然有雅俗之大界。如本文所引晏殊、柳永互相诘难之辞，晏氏谓："殊虽作曲子，不曾道'针线闲拈伴伊坐'。"柳作《定风波》，属林钟商慢词，而晏词则多为令、近，长调绝少。二者之间，在当时固自有辨也。

慢词之发展，所以必经长时间之酝酿，直至柳永而始疆土日辟者，其间亦自有故。吴曾《能改斋漫录》云：

> 仁宗留意儒雅，务本理道，深斥浮艳虚薄之文。初，进士柳三变，好为淫冶曲调，传播四方。尝有《鹤冲天》词云："忍把浮名，换了浅斟低唱。"及临轩放榜，特落之，曰："此人风前月下，好去浅斟低唱，何要浮名？且填词去。"三变由此自称："奉旨填词。"

所谓"淫冶曲调"，即就里巷流行之乐曲而为之填词。陈师道既言："柳三变游东都南北二巷，作新乐府，骫骳从俗，天下咏之。"《后山诗话》。叶梦得《避暑录话》亦称：

> 永为举子时，多游狭邪，善为歌词。教坊乐工每得新腔，必求永为词，始行于世。

歌词之转变，恒视曲调为转移，而与声色歌舞之场，发生密切关系。详拙编《五代宋词通论》。永既"骫骳从俗"，又"多游狭邪"，与歌妓接触之机会既多，自易娴习其曲调。“且恁偎红倚翠，未要浮名”，则世俗之毁誉，固不介意；其放笔为慢词，自有其相当之环境，与出群之才力。往时之倚旧曲制词者，至此则新曲翻借重于歌词之力量，方得盛行。柳永之创作精神，盖视温庭筠犹有过之矣。今所传《乐章集》及《续添曲子》，《彊村丛书》本。凡用：

正宫	中吕宫	仙吕宫	大石调
双调	小石调		
歇指调	林钟商	中吕调	平调
仙吕调	南吕调		
般涉调	黄钟羽	散水调	黄钟宫
越调			

十七宫调，一百五十三曲。其曲名同而宫调异者，仍别作一曲。或同一曲名，而别入数宫调，且大部为长调慢词。其为依新腔而制之作品，必居多数。其内容约分二类，所谓“非羁旅穷愁之词，则闺门淫媟之语”《艺苑雌黄》。是也。李之仪称：“耆卿词铺叙展衍，备足无余。”《历代诗余》卷一百十四。此自指后一类言之。盖专应乐工之要求，须得一般人之了解，固无取乎婉曲有含蕴。证之《云谣集杂曲子》，及晏殊之《山亭柳》：

> 家住西秦，赌薄艺随身。花柳上，斗尖新。偶学念奴声调，有时高遏行云。蜀锦缠头无数，不负辛勤。　数年来往咸京道，残杯冷炙谩消魂。衷肠事，托何人？若有知音见采，不辞遍唱《阳春》。一曲当筵落泪，重掩罗巾。（《珠玉词》）

凡为一般民众而作，非专供诗人墨客娱宾遣兴之资者，在初期所有较长之曲调，殆无不以“铺叙展衍”为主。永以文人而常与乐工交往，对于倚声填词之经验，既极丰富，乃得肆其笔力，藉此体以发抒其羁旅行役穷愁抑郁之情。词有声韵句度之种种束缚，而永以此体写景述事，无不运用如意，非深识声词配合之理，乌能开此广大法门？词体之进展，盖至柳氏而至矣，尽矣，蔑以加矣！

自柳永出而慢词长调，始大行于士大夫间。苏轼虽极诋柳词，而欲发抒其“浩怀逸气”，不得不借长调以资驰骋。秦观以学柳七，为轼所讥。然开风气之先，一世词流，终不能不受柳之支配。唯自长调大行之后，即继以苏氏之“铜琶铁板”，“一洗绮罗香泽之态，摆脱绸缪宛转之度”，胡寅《芗林词序》。词格日高，而去原始曲情日远。后来周邦彦诸人“增演慢曲、引、近，或移宫换羽为三犯、四犯之曲，按月律为之”。《词源》卷下。虽创调亦多，而影响之大，终不及柳。南宋姜夔最号知音，自言：

> 予颇喜自制曲，初率意为长短句，然后协以律，故前后阕多不同。(《白石道人歌曲》卷四《长亭怨慢序》)

又所谓“非由乐以定词”者。其音节之闲雅，固自别具风格，而声情词情，皆为骚人逸士之所独赏，非复依教坊乐曲填词之旧式矣。

四 结论

本文为欲明一种文体演进之步骤，非可一蹴而几，而其体势之完成，亦有多方面之影响。故不惮繁琐，关于词之名称，及所依乐曲之渊源流变，加以详明之叙述。终之以依声而制之词，经过若干时间之酝酿涵育，与夫种种障碍，历二三百载，而后体势乃大成。推其演进历程，往往与当世士大夫所讥之“淫冶曲词”，与夫“胡夷里巷之曲”“声色歌舞之场”，皆有极深切之关系。而所谓“士行尘杂”之温庭筠，“薄于操行”之柳永，乃为斯体开山作祖。疆土既辟，而其收获乃穷极奇变，蔚为中国文学之大观。大家如韦庄、冯延巳、晏殊、欧阳修、晏幾道、苏轼、秦观、贺铸、周邦彦、辛弃疾、姜夔、王沂孙、吴文英、张炎、周密之伦，各宏造诣，或且高出于温、柳二家。此又就词论词者之事，非本篇范围之所及已。

（原载《词学季刊》创刊号，一九三三年四月）

唐宋歌词的特殊形式和发展规律

词不称“作”而称“填”，因为它要受声律的严格约束，不像散文可以自由抒写。它的每一曲调都有固定形式，而这种特殊形式，是经过音乐的陶冶，在句读和韵位上都得和乐曲的节拍恰相谐会，有它整体的结构，不容任意破坏的。

每一曲调的构成，它的轻重缓急和节奏关系，必得和作者所要表达的起伏变化的感情相应。这种“因声以度词，审调以节唱，句度短长之数，声韵平上之差，莫不由之准度”的歌词形式，原来是古已有之的。“由乐以定词，非选词以配乐”，就是我国文学史上所习用的词曲名称，也是从古乐府中所有“操”“引”“谣”“讴”“歌”“曲”“词”“调”八种名称中拈取出来的。清人宋翔凤说：“宋、元之间，词与曲一也。以文写之则为词，以声度之则为曲。”（《乐府余论》）因为这两种形式都得受曲调的制约，所以在声韵方面都是要特别讲究的。

词和曲的体制既然是由来已久，为什么直到唐宋以后才大量发展成为定式呢？这就得追溯到声律论的发明和它在诗歌上的普遍应用，才能予以充分的说明。梁代沈约早就说过："夫五色相宣，八音协畅，由乎玄黄律吕，各适物宜。欲使宫羽相变，低昂互节，若前有浮声，则后须切响。一简之内，音韵尽殊；两句之中，轻重悉异。"(《宋书》卷六十七《谢灵运传论》)根据这个原则，积累了将近二百年的经验，才完成了"回忌声病、约句准篇"(见《新唐书》卷二百二《文艺列传(中)》)的唐人所谓近体诗。这种近体诗，本身就富有它的铿锵抑扬的节奏感，音乐性异常浓厚。恰巧我国的音乐，到了这时，也在呈现着融合古今中外、推陈出新、逐步达到最高峰的繁荣景象。这样相挟俱变，推动了燕乐杂曲和长短句歌词的向前发展。据宋人郭茂倩《乐府诗集》卷七十九所标举的《近代曲辞》，表明了"倚声填词"由民间尝试而普遍流行的关键所在。郭茂倩说：

> 唐武德(唐高祖李渊年号)初，因隋旧制，用九部乐。太宗(李世民)增高昌乐，又造谦乐，而去礼毕曲。其著令者十部：一曰谦乐，二曰清商，三曰西凉，四曰天竺，五曰高丽，六曰龟兹，七曰安国，八曰疏勒，九曰高昌，十曰康国，而总谓之燕乐。声辞繁杂，不可胜纪。凡燕乐诸曲，始于武德、贞观(太宗年号)，盛于开元、天宝(明皇李隆基年号)。其著录者十四调、二百二十二曲。

这和《旧唐书·音乐志》所称："又自开元以来，歌者杂用胡夷里巷之曲"，都可说明词所依的声究竟是些什么。燕乐诸曲，既然在开元、天宝间就已"声辞繁杂，不可胜纪"，这也说明唐宋间所习用的"曲子词"一直跟着隋唐燕乐的普遍流行而不断发展。民间艺人或失意文士，按照这种新兴曲调的节拍填上歌词，以便配合管弦，递相传唱。在明皇时代就已有了大量的创作，如敦煌所发现的《云谣集杂曲子》，只是仅存的沧海一粟而已。由于无名作者的文学修养不够，对声辞配合也还不能做到恰如其分，因而暂时难以引起诗人们的重视。一般仍多用五、七言近体诗或摘取长篇歌行中的一段，加上虚声，凑合着配上参差复杂的新兴曲调，把来应歌。如王维《送元二使安西》一绝句衍为《渭城曲》或《阳关三叠》，和李峤《汾阴行》中的“山川满目泪沾衣，富贵荣华能几时？不见只今汾水上，惟有年年秋雁飞”这种过渡办法，大概流行于宫廷宴会和士大夫间。至于市井间的歌唱，必然早已改用了适合“胡夷里巷之曲”的长短句形式。唐中叶诗人，如韦应物、刘禹锡、白居易等，是比较留心民间文艺和新兴乐曲的。他们开始应用新兴曲调依声填词。例如刘禹锡《和乐天春词》：

> 春去也，多谢洛城人。弱柳从风疑举袂，丛兰浥露似沾巾。独坐亦含颦。(《刘梦得外集》卷四)

他就在题内说明：“依《忆江南》曲拍为句。”这是身负重名的诗人有意依照新兴曲调的节拍来填写长短句歌词的有力证据。但刘禹锡的采用民间歌曲形式，也是分两个步骤来进行的。一个是沿用五、七言近体诗形式，略加变化，仍由唱者杂用虚声，有如《竹枝》《杨柳枝》《浪淘沙》《抛球乐》之类。其《竹枝》引说道：

> 余来建平，里中儿联歌《竹枝》，吹短笛、击鼓以赴节，歌者扬袂睢舞，以曲多为贤。聆其音，中黄钟之羽，其卒章激讦如吴声，虽伧儜不可分，而含思宛转，有淇濮之

艳。昔屈原居沅、湘间，其民迎神，词多鄙陋，乃为作《九歌》。到于今，荆楚鼓舞之。故余亦作《竹枝》词九篇，俾善歌者扬之，附于末，后之聆巴歈，知变风之自焉。(《刘梦得文集》卷九)

从这里可以看出他的学作《竹枝》，还只是揣摩这种民间歌曲的声容态度，而不是依它的节拍，所以要“俾善歌者扬之”，也就是加上虚声以应节的意思。在这基础上进一步索性按着民歌曲拍填写长短句歌词，除上举《忆江南》外，还有《潇湘神》词二首：

湘水流，湘水流，九疑云物至今愁。君问二妃何处所，零陵香草露中秋。

斑竹枝，斑竹枝，泪痕点点寄相思。楚客欲听瑶瑟怨，潇湘深夜月明时。(《刘梦得文集》卷九)

唐代民间歌曲，经过刘、白一类大诗人的赏音重视，解散近体诗的整齐形式以应参差变化的新兴曲调，于是对“句度短长之数，声韵平上之差”越来越讲究了。到了晚唐诗人温庭筠“能逐弦吹之音、为侧艳之词”(《旧唐书》列传卷一百四十下)，遂成花间词派之祖。北宋“教坊乐工每得新腔，必求（柳）永为词，始行于世”(叶梦得《避暑录话》卷三)。《乐章》一集，遂使“凡有井水饮处，即能歌柳词”(并见前者)。从此，由隋唐燕乐曲调所孳乳浸多的急慢诸曲，以及结合近体诗的声韵安排，因而错综变化作为长短句，以应各种曲拍的小令、长调，也就有如“百花齐放”，呈现着繁荣璀璨之大观了。

由于这类歌曲多流行于市井间，以渐跻于士大夫的歌筵舞席上，作为娱宾遣兴之资，内容是比较贫乏的。从范仲淹、王安石开始，借用这个新兴体制来发抒个人的壮烈抱负，遂开苏轼一派“横放杰出、是曲子中缚不住”之风。王灼亦称：“东坡先生，非心醉于音律者，偶尔作歌，指出向上一路，新天下耳目，弄笔者始知自振。”（《碧鸡漫志》卷二）尽管李清照讥笑它是“句读不葺之诗”（宋胡仔《苕溪渔隐丛话》后集卷三十三引），但能使“倚声填词”保持万古常新的光彩，正赖苏、辛（弃疾）一派的大力振奋，不为声律所压倒，这是我们所应特别注意学习的。

（原载《词学十讲》第一讲，福建人发出版社1988年版）

词体法式

论平仄四声

一　论四声与乐律之关系

自宫谱失传，而填词者已不知协律为何事。然宫调缘于律吕，歌词出自语言，其抗坠抑扬，疾徐高下，所以表达一切情感者，理本无殊。方成培曰："音自人心而生，律由古圣而作。人心千古不死，则律法终古不亡，古调虽有沦废，固可寻绎而知也。"又曰："以八音自然之声，合人喉舌自然之声，高下一贯，无相夺伦而成乐矣。"（《香研居词麈·宫调发挥》）乐有抑扬高下之节，声有平上去入之差，准此以谈，则四声与音律，虽为二事，然于歌谱散亡之后，由四声以推究各词调声韵组织上之所由殊，与夫声词配合之理，亦可得其仿佛。若执四声以当宫律之律，则又差以毫厘，失之千里矣。

二　论四声之性质

万树《词律发凡》云："自沈吴兴分四声以来，凡用韵乐府，无不调平仄者。至唐律以后，浸淫而为词，尤以谐声为主。倘平仄失调，则不可入调。”所谓四声者，平、上、去、入也。平谓之平，上、去、入总谓之仄。万氏云：“平止一途，仄兼上、去、入三种，不可遇仄而以三声概填。盖一调之中，可概者十之六七，不可概者十之三四，须斟酌而后下字，方得无疵。此其故当于口中熟吟，自得其理。夫一调有一调之风度声响。若上去互易，则调不振起，便成落腔。”观其严于上、去之分，盖有其学理与经验上之根据。其言曰：“上声舒徐和软，其腔低；去声激厉劲远，其腔高；相配用之，方能抑扬有致。”又曰：“‘名词转折跌荡处多用去声’，何也？三声之中，上、入二者可以作平，去则独异。故余尝窃谓。论声虽以一平对三仄，论歌则当以去对平、上、入也。当用去者，非去则激不起。”（《词律发凡》）此皆深造有得之言。黄九烟论曲，有“三仄应须分上去，两平还要辨阴阳”之句，亦谓此也。

三　论平仄在歌词上之运用

填词家对于平仄四声之运用，不出两途。或宽或严，亦各因其所用之调而异。大抵寻常通行之调，率以两平两仄相间，其体出于唐人近体律、绝诗者，多可不必拘泥。例如唐、五代人所制之小令：

望江南　　白居易

江南好，风景旧曾谙。日出江花红胜火，春来江水绿如蓝，能不忆江南。

前调　　温庭筠

梳洗罢，独倚望江楼。过尽千帆皆不是，斜晖脉脉水悠悠。肠断白蘋洲。

相见欢　　李后主

林花谢了春红，太匆匆！无奈朝来寒雨晚来风。　　胭脂泪，相留醉，几时重？自是人生长恨水长东！

浣溪沙　　李后主

转烛飘蓬一梦归，欲寻陈迹怅人非，天教心愿与身违。　　待月池台空逝水，荫花楼阁漫斜晖，登临不惜更沾衣。

前调　　韦庄

夜夜相思更漏残，伤心明月凭阑干，想君思我锦衾寒。　　咫尺画堂深似海，忆来惟把旧书看，几时携手入长安？

谒金门　　韦庄

春雨足，染就一溪新绿。柳外飞来双羽玉，弄晴相对浴。　　楼外翠帘高轴，倚遍阑干几曲。云淡水平烟树簇，寸心千里目。

前调　　冯延巳

风乍起，吹皱一池春水。闲引鸳鸯香径里，手挼红杏蕊。　　斗鸭阑干独倚，碧玉搔头斜坠。终日望君君不至，举头闻鹊喜。

试取上列同调之词，加以比较，不但三仄不拘上、去，单字亦可仄可平。此由其体势之构成，即取五、七言近体诗句法，加以解散而错落之，调声以双字为主，且音律亦不似宋代慢词兴起后之严故也。

四　论去声字在歌词上之特殊地位

慢词句法上之声韵组织，亦多与五、七言近体诗相同者，如《满庭芳》《水龙吟》《念奴娇》《贺新郎》之类，虽四言、六言参用，而仍不背两平两仄相间之原则，唯《念奴娇》之两结，率用平仄平仄，为稍异于近体诗耳。传作对于上、去之辨，犹未甚严也。迨柳永、周邦彦之徒，究心乐律，而歌词上之句法组织，乃渐与近体诗分道扬镳。其后来所谓拗体，不特一字之平仄，必须遵守，即上、去亦不容轻易放过者，则以其调声之法，已别费经营故也。例如《八六子》之双结，必用去平去平，则以双字吃紧之处，悉用平声，非上加两去声字，调难振起故也。录一阕示例：

八六子　　秦观

倚危亭，恨如芳草，萋萋刬尽还生。念柳外青骢别后，水边红袂分时，怆然暗惊。　　无端天与娉婷，夜月一帘幽梦，春风十里柔情。怎奈向、欢娱渐随流水，素弦声断，翠绡香减，那堪片片飞花弄晚，蒙蒙残雨笼晴。正消凝，黄鹂又啼数声。

又如小令中《太常引》之双结，四字三平一仄，仄必去声，亦同此理。兹取辛弃疾二词为例：

太常引·建康中秋夜

一轮秋影转金波，飞镜又重磨。把酒问姮娥：被白发、欺人奈何。　　乘风好去，长空万里，直下看山河。斫去桂婆娑，人道是、清光更多。

前调

仙机似欲织纤罗，仿佛度金梭。无奈玉纤何。却弹作、清商恨多。　　珠帘影里，如花半面，绝胜隔帘歌。世路苦风波，且痛饮、公无渡河。

右所列举，皆一调中偶有一二句句法稍异者，其不容随意出入已如此。他如《齐天乐》，本亦通行之词，而有三处宜用去、上声。例如《清真词》：

绿芜凋尽台城路，殊乡又逢秋晚。暮雨生寒，鸣蛩劝织，深阁时闻裁剪。云窗静掩。叹重拂罗裀，顿疏花簟。尚有練囊，露萤清夜照书卷。　　荆江留滞最久，故人相望处，离思何限。渭水西风，长安乱叶，空忆诗情宛转。凭高眺远。正玉液新笃，蟹螯初荐。醉倒山翁，但愁斜照敛。

右词如"静掩""眺远""照敛"，皆去、上，不可任用他声（参用吴梅说）。又如姜夔之《眉妩》：

看垂杨连苑，杜若侵沙，愁损未归眼。信马青楼去，重帘下，娉婷人妙飞燕。翠尊共款，听艳歌、郎意先感。便携手、月地云阶里，爱良夜微暖。　　无限风流疏散。有暗藏弓履，偷寄香翰。明日闻津鼓，湘江上、催人还解春缆。乱红万点，怅断魂、烟水遥远。又争似相携，乘一舸，镇长见。

右词除"信马""共款""万点"，必须用去、上外，如"人妙飞燕""郎意先感""良夜微暖""偷寄香翰""还解春缆""烟水遥远"，皆平仄平仄，[1]为句法组织之微异者，不可不知也。

---

[1]"平仄平仄"，底本作"仄平仄平"，据文意酌改。

五 论拗体涩调应严守四声

复次，词中之拗体涩调，其平仄四声之运用，尤不可不确守成规。清真、白石、梦窗三家，此例尤夥。《清真词》如《瑞龙吟》之“归骑晚，纤纤池塘飞雨”，《红林檎近》之“高柳春才软，冻梅寒更香。暮雪助清峭，玉尘散林塘”“冷落词赋客，萧索水云乡”“夜长莫惜空酒觞”，《倒犯》之“驻马望素魄”，《忆旧游》之“东风竟日吹露桃”，《花犯》之“今年对花太匆匆”，《六丑》之“愿春暂留，春归如过翼，一去无迹”，《浣溪沙慢》之“水竹旧院落，樱笋新蔬果”；《白石词》如平韵《满江红》之“正一望千顷翠澜”，《暗香》之“江国正寂寂，叹寄与路遥，夜雪初积”，《凄凉犯》之“怕匆匆不肯寄与，误后约”，《秋宵吟》之“今夕何夕恨未了”；《梦窗词》如《莺啼序》之“快展旷眼”“傍柳系马”“蓝霞辽海沉过雁”，《西子妆》之“一箭流光，又趁寒食去”，《霜花腴》之“病怀强宽”“更移画船”，此等遽数不能悉终，原亦不必因难见巧。然其句法组织既特异，吾人苟倚曲填词，遇此等处，即对于四声之辨，不容稍忽。盖一字之配合，各有其声律上之作用，稍经移易，便不复成腔矣。

六 论去声字在词中转折处之关系

又词中换韵处，其承上启下之领句或呼应字，例用去声，方觉振起有力。万氏所谓“有一要诀，曰名词转折跌宕处，多用去声”者是也。如秦观《八六子》“念柳外青骢别后”之“念”字，“正消凝”之“正”字；周邦彦《兰陵王》“望人在天北”之

“望”字，“渐别浦萦回”之“渐”字，“念月榭携手”之“念”字；姜夔《扬州慢》“过春风十里”之“过”字，“自胡马窥江去后”之“自”字，“渐黄昏清角吹寒”之“渐”字，最为明显。所谓去声字之妙用如此，学者可资“隅反”矣。

（原载《词学季刊》第三卷第二号，一九三六年六月三十日）

论四声阴阳

倚曲填词，首先要顾到歌者转喉发音的自然规律，把每一个字都安排得十分适当，才不致拗嗓或改变字音，使听者莫名其妙。我们学习填写或创作歌词，所以必须对四声阴阳予以特别注意，甘受这些清规戒律的束缚，也只是为了使唱的人利于喉吻，唱得字字清晰，又能获致珠圆玉润的效果；听的人感到铿锵悦耳，而又无音讹字舛的毛病。语言和曲调的结合，形式和内容的统一，确是要煞费经营的。

运用平、上、去、入四声作为调整文学语言的准则，使它更富于音乐性，是从沈约、王融、谢朓等人开始的。经过无数作家的辛勤劳动，积累了许多宝贵经验，建立了“约句准篇，回忌声病”的所谓近体律诗，也只是为了便于长言永叹，增强诗歌的感染力。如果要把它和音乐曲调取得更严密的结合，就不像做近体诗只讲平仄的那么简单。清初人黄周星在他著的《制曲枝语》中曾经说道：“三仄更须分上去，两平还要辨阴阳。”原来在唐宋词中，平声的阴阳还不够严格，只是上、去、入三声的安排，不论在句子中间或韵脚上都比律诗要讲究得多。一般韵脚是平入独用、上去通协的。

宋词作家注意平别阴阳、仄分上去入，最早见于张炎《词源》卷下所引张枢（字斗南，张炎的父亲）的《寄闲集》（音已失传）。据张炎说：

先人晓畅音律，有《寄闲集》，旁缀音谱，刊行于世。每作一词，必使歌者按之，稍有不协，随即改正。曾赋《瑞鹤仙》一词云：

卷帘人睡起。放燕子归来，商量春事。芳菲又无几。减风光都在，卖花声里。吟边眼底，被嫩绿、移红换紫。甚等闲、半委东风，半委小桥流水。　还是。苔痕湔雨，竹影留云，做晴犹未。繁华迤逦，西湖上、多少歌吹。粉蝶儿、扑定花心不去，闲了寻香两翅。那知人、一点新愁，寸心万里。

此词按之歌谱，声字皆协，惟"扑"字稍不协，遂改为"守"字乃协。始知雅词协音，虽一字亦不放过，信乎协音之不易也。又作《惜花春起早》云："琐窗深。""深"字意不协，改为"幽"字，又不协，再改为"明"字，歌之始协。此三字皆平声，胡为如是？盖五音有唇、齿、喉、舌、鼻，所以有轻清重浊之分。

这里说明由于发音部位的不同，对咬准字音有着重大关系。刘熙载在他所著《艺概》卷四《词曲概》中，有进一步的阐发。他说：

词家既审平仄，当辨声之阴阳，又当辨收音之口法。

取声取音，以能协为尚。玉田称其父《惜花春起早》词“琐窗深”句，“深”字不协，改为“幽”字，又不协，再改为“明”字，始协，此非审于阴阳者乎。又“深”为闭口音，“幽”为敛唇音，“明”为穿鼻音，消息亦别。

这注意口法的理论，是从元、明以后在歌唱家的实际经验中总结而来的。元人顾仲瑛所著《制曲十六观》云：

曲中用字，有阴阳法。人声自然音节，到音当轻清处，必用阴字，音当重浊处，必用阳字，方合腔调。用阴字法，如《点绛唇》首句，韵脚必用阴字。试以“天地玄黄”为句歌之，则歌“黄”字为“荒”字，非也。若以“宇宙洪荒”为句，协矣。盖“荒”字属阴，“黄”字属阳也。用阳字法，如《寄生草》末句七字内，第五字必用阳字。以“归来饱饭黄昏后”为句歌之，协矣。若以“昏黄后”歌之，则歌“昏”字为“浑”字，非也。盖“黄”字属阳，“昏”字属阴也。

近人沈曾植就顾说再加阐明：“阴字配轻清，阳字配重浊，此当是乐家相传旧法。”（《菌阁琐谈》）吴梅更以工尺字谱引申其说：“七音中合四为下，宜阳声字隶之；六五为高，宜阴声字隶之。”（蔡桢《词源疏证》卷下引）这都是为了说明倚声家所以必须严格讲究四声阴阳的理论根据，词曲原是相同的。

关于这一问题的解答，我觉得明人王骥德说得比较详尽。他在所著《方诸馆曲律》中谈到四声平仄，是这样说的：

四声者，平、上、去、入也。平谓之平，上、去、入总谓之仄。曲有宜于平者，而平有阴、阳；有宜于仄者，而仄有上、去、入。乖其法，则曰拗嗓。盖平声声尚含蓄，上

声促而未舒，去声往而不返，入声则逼侧而调不得自转矣。（《曲律》卷二《论平仄》第五）

这是说明四声的不同性质，必得把它们安排在适当的地位，才使歌唱者不致遭到“拗嗓”的困难。其论阴阳，又把南北曲的不同唱法作了剖析。他说：

夫自五声之有清、浊也，清则清飏，浊则沉郁。周氏以清者为阴，浊者为阳；故于北曲中，凡揭起字皆曰阳，抑下字皆曰阴。而南曲正尔相反。南曲凡清声字皆揭而起，凡浊声字皆抑而下。今藉其所谓“阴”“阳”二字而言，则曲之篇章句字，既播之声音，必高下抑扬，参差相错，引如贯珠，而后可入律吕，可和管弦。倘宜揭也而或用“阴”字，则声必欺字；宜抑也而或用“阳”字，则字必欺声。阴、阳一欺，则调必不和；欲诎调以就字，则声非其声；欲易字以就调，则字非其字矣。毋论听者迕耳，抑亦歌者棘喉。《中原音韵》载歌北曲《四块玉》者，原是“彩扇歌，青楼饮”，而歌者歌“青”为“晴”，谓此一字欲扬其音，而“青”乃抑之，于是改作“买笑金，缠头锦”而始叶；正声非其声之谓也。（《曲律》卷二《论阴阳》第六）

他这里所引的北曲《四块玉》，是马致远写的《海神庙》小令，全文如下：

彩扇歌，青楼饮，自是知音惜知音，桂英你怨王魁甚。但见一个傅粉郎，早救了买笑金，知他是谁负心。（《梨园按试乐府新声》卷下）

这和《中原音韵》所录：

买笑金，缠头锦，得遇知音可人心。怕逢狂客天生沁。纽死鹤，劈碎琴，不害碜。(《中原音韵·正语作词起例》)

原是两回事。周德清只把它加上“缠字属阳，妙”五个字的评语，并不曾说是用马词改的。但这第二句的第一字必得用阳平，就是因为紧靠着它的上一字，不论是“歌”字也好，“金”字也好，都属阴平。依北曲的唱法，“金”字或“歌”字刚才抑下，那么，下面就该扬起，所以必定要接上一个阳平的“缠”字。如果第二句的第一字用的仍是阴平的“青”字，就是违反了“高下抑扬、参差相错”的规律，在旋律上转不过来，就自然要把它变成“晴”了。

南曲对阴、阳平的唱法，恰恰和北曲相反，把阴声揭起唱，阳声抑下唱。但“高下抑扬、参差相错”的基本法则，是一样不能违反的。在南曲中阴、阳平的位置，就要看它和它紧靠着的那个字是否搭配得恰当，才能够唱得准确美听。据王骥德的说法：“大略阴字宜搭上声，阳字宜搭去声。”并从高则诚《琵琶记》中举了一些例子：

例一（引自第五出《南浦嘱别》）：

旦唱：【尾犯序】无限别离情，两月夫妻，一旦孤零。此去经年，望迢迢玉京。思省，奴不虑山遥路远，奴不虑衾寒枕冷；奴只虑，公婆没主，一旦冷清清。

生唱：【前腔】何曾，想着那功名？欲尽子情，难拒亲命。我年老爹娘，望伊家看承。毕竟，你休怨朝雨暮云，只得替着我冬温夏清[1]。思量起，如何教我割舍得眼睁睁。

---

① “清”，底本作“清”，据钱南扬《元本琵琶记校注》（上海古籍出版社1980年版，第40页）改。

旦唱:【前腔】儒衣才换青，快着归鞭，早办回程。十里红楼，休重娶娉婷。叮咛，不念我芙蓉帐冷，也思亲桑榆暮景。亲嘱咐，知他记否空自语惺惺。

生唱:【前腔】宽心须待等，我肯恋花柳，甘为萍梗?只怕万里关山，那更音信难凭。须听，我没奈何分情破爱，谁下得亏心短行?从今去，相思两处一样泪盈盈。

这一例中的“冷”字是掣板，要用抑下的唱法，以上声字为最适当。“清”字要揭起唱，该用阴平声字。后面“眼睁睁”的“眼”字、“语惺惺”的“语”字和前面的“冷”字，恰好都是上声；紧接着“清清”“睁睁”“惺惺”等阴平字，都是异常协调的。只有最后“泪盈盈”的“泪”字是去声，唱起来，一开口就感到用尽气力，还是转不过来；下面紧接着“盈盈”两个阳平字，也不便于揭起，所以必得把“盈”字唱作阴平的“英”字。这个“阳搭去”，是因为去在上而阳在下，而且紧靠着是两个去声、两个阳平的缘故。

例二(引自第二十七出《中秋赏月》):

生唱:【念奴娇序】孤影，南枝乍冷，见乌鹊缥缈惊飞，栖止不定。万点苍山，何处是，修竹吾庐三径?追省，丹桂曾攀，嫦娥相爱，故人千里谩同情。

贴唱:【前腔】光莹，我欲吹断玉箫，骖鸾归去，不知风露冷瑶京?环佩湿，似月下归来飞琼。那更，香雾云鬟，清辉玉臂，广寒仙子也堪并。

生唱:【前腔】愁听，吹笛关山，敲砧门巷，月下都是断肠声。人去远，几见明月亏盈。惟应，边塞征人，深闺思妇，怪他偏向别离明。

这一例中的“孤影”是以阴平搭下面的上声字，“愁听”是以阳平搭下面的去声字，唱起来都很准确美听。只有“光莹”的“光”字，唱起来好像是个阳平的“狂”字，就因为“光”字是以阴平搭去声的缘故。如果把“光”字改成阳平字，或者把“莹”字改为上声字，那就都可唱准了。

例三（引自第三出《牛氏规奴》）：

丑唱：【祝英台序】春昼，只见燕双飞，蝶引队，莺语似求友。那更柳外画轮，花底雕鞍，都是少年闲游。难守，孤房清冷无人，也寻一个佳偶。这般说，终身休配鸳俦。

贴唱：【前腔】知否？我为何不卷珠帘，独坐爱清幽？千斛闷怀，百种春愁，难上我的眉头。休忧，任他春色年年，我的芳心依旧。这文君，可不担阁了相如琴奏。

丑唱：【前腔】今后，方信你彻底澄清，我好没来由。想象暮云，分付东风，情到不堪回首。听剖：你是蕊宫琼苑神仙，不比尘凡相诱。谨随侍，窗下拈针挑绣。

这一例中的“春昼”“知否”“今后”三个短句，上面都是阴平字。但只“知否”两字唱来好听，至于“春”字唱出会变成“唇”字，“今”字唱出会变成“禽”字，就是因为它那下面的“昼”“后”两字都是去声，必然要影响它那上面的字调。如果把“春”“今”都改成阳平字，或者把“昼”“后”都改成上声字，那也就会容易唱得准确的。

这个阴平搭上、阳平搭去的法则，是在昆山水磨腔发明之后才确立起来的。由于旋律方面的自然规律，在“高下抑扬、参差相错”的运用上，每个字调的安排，是该予以仔细斟酌的。

王骥德这些说法，虽然都属于南曲方面的唱腔关系问题，而要使所配的歌词不违反这些自然规律，必定要把四声阴阳安排得异常恰当，在原则上是词曲相通的。

万树《词律》就是在昆山腔盛行和明代声乐理论家沈宠绥（所著《度曲须知》尤多精辟的见解）、王骥德等的影响下，得到不少启发，从而体会到“高下抑扬、参差相错”的基本法则，宋词和南曲是一脉相承，不无二致的。所以他在《词律·发凡》里，对四声字调的安排问题也就有了一些创见。他说：

> 平止一途，仄兼上、去、入三种，不可遇仄而以三声概填。盖一调之中，可概者十之六七，不可概者十之三四，须斟酌而后下字，方得无疵。此其故，当于口中熟吟，自得其理。夫一调有一调之风度声响。若上去互易，则调不振起，便成落腔。尾句尤为吃紧。如《永遇乐》之“尚能饭否”、《瑞鹤仙》之“又成瘦损”，“尚”“又”必仄，“能”“成”必平，“饭”“瘦”必去，“否”“损”必上，如此然后发调。末二字若用平上，或平去，或去去、上上、上去，皆为不合。

万氏认为，对三仄的处理得服从于每一曲调的风度声响，这是对的。但说“平止一途”，却存有词要“上不类诗、下不似曲”的偏见。平别阴阳，是词曲一贯的，他把张炎《词源》的话都忽略了。他所引的《永遇乐》是辛弃疾的作品，《瑞鹤仙》是史达祖的作品。全文如下：

> 千古江山，英雄无觅，孙仲谋处。舞榭歌台，风流总

被，雨打风吹去。斜阳草树，寻常巷陌，人道寄奴曾住。想当年、金戈铁马，气吞万里如虎。　　元嘉草草，封狼居胥，赢得仓皇北顾。四十三年，望中犹记，烽火扬州路。可堪回首，佛狸祠下，一片神鸦社鼓，凭谁问、廉颇老矣，尚能饭否。(《稼轩长短句》卷五《永遇乐·京口北固亭怀古》)

杏烟娇湿鬓。过杜若汀洲，楚衣香润。回头翠楼近。指鸳鸯沙上，暗藏春恨。归鞭隐隐，便不念、芳盟未稳。自箫声吹落云东，再数故园花信。　　谁问。听歌窗罅，倚月钩阑，旧家轻俊。芳心一寸，相思后，总灰尽。奈春风多事，吹花摇柳，也把幽情唤醒，对南溪桃萼翻红，又成瘦损。(《梅溪词·瑞鹤仙》)

单就这两个曲调的结句四字来说，把它安排为去、平、去、上，“然后发调”，这是就音理上来讲，是值得研究的。但这一诀窍，还是要在“高下抑扬、参差相错”的基本法则上，将紧靠着的上下文予以适当调整，才说得通。绝对不能看得太死。看得太死，就要到处碰壁，动多窒碍。单就万氏所举两调来看，《永遇乐》的结句，苏轼词二首，一为“也应暗记”是“上平去去”，一为“为余浩叹”是“去平去去”(并见《东坡乐府》卷上)，辛弃疾另外四阕，除“记余戏语”为“去平去上”，和“尚能饭否”相同外，余如“更邀素月”是“去平去入”，“这回稳步”和“片云斗暗”都是“去平上去”，这可能说苏、辛词是不大注意音律，也不准备拿给人们去唱，所以有合有不合。至于《瑞鹤仙》，数到周邦彦，是绝对协律，可付歌喉，万无“落腔”的理由的。且看周词的全阕：

悄郊原带郭。行路永、客去车尘漠漠。斜阳映山落，敛余红犹恋，孤城栏角。凌波步弱，过短亭、何用素约。有流莺劝我，重解绣鞍，缓引春酌。　　不记归时早暮，上马谁扶，醒眠朱阁。惊飙动幕，扶残醉，绕红药。叹西园已是，花深无地，东风何事又恶。任流光过却，犹喜洞天自乐。(《清真集》卷上)

这结句六字“犹喜洞天自乐”是“平上去平去入”，还可说是“又一体”，不能和史词并论。但《梅溪词》中另一首《赋红梅》的结句“旧家姊妹”是“去平上去”，《词律》所载第一体毛开词的结句“为谁自绿”(原出《樵隐词》)是“去平去入”，那将怎样解释呢?

因为万树在这些地方看得太死，他那一生辛苦经营的《词律》的可信价值也就被大大贬损了。但他在实际体验中和昆曲唱腔的重大影响下，能够领会到平仄四声所具的不同性质，必须予以适当安排，才能吻合声腔，不致拗嗓，这一点是对填词家有很大启发的。他说：

上声舒徐和软，其腔低；去声激厉劲远，其腔高；相配用之，方能抑扬有致。大抵两上两去，在所当避，而篇中[①]所载古人用字之法，务宜仿而从之，则自能应节，即起周郎[②]听之，亦当蒙印可也。更有一要诀，曰“名词转折跌荡处多用去声”，何也？三声之中，上、入二者可以作

① 按：指作者万树本人所作《词律》。

② 指三国时的周瑜，他精通音乐，当时有“曲有误，周郎顾”的谚语。

> 平，去则独异。故余尝窃谓，论声虽以一平对三仄，论歌则当以去对平、上、入也。当用去者，非去则激不起，用入且不可，断断勿用平、上也。(《词律·发凡》)

他对去声字的特性特别拈出，确是一个重大的发明。不但按之宋词名作，十九皆合；直到现在民间流行的北方曲艺和南方评弹，以至扬州评话等，都很重视这去声字的作用，是值得每一个歌词工作者特别考究的。所谓“名词（名家所填的词）转折跌荡处多用去声”，我们把它叫作“领字”或“领格字”，在前几讲中也曾约略提到。这一个字具有领起下文、顶住上文的特等任务，作为长调慢曲转筋换骨的关纽所在，必须使用激厉劲远的去声字，才能担当得起。有如第四讲所举柳永《八声甘州》中的“对”“渐”“望”“叹”“误”等字，第五讲所举周邦彦《忆旧游》中的“记”“听”“渐”“道”“叹”“但”等字，都是全阕的关纽，可以作为最好的范例。

又如姜夔《眉妩》(一名《百宜娇·戏张仲远》)：

> 看垂杨连苑，杜若侵沙，愁损未归眼。信马青楼去，重帘下，娉婷人妙飞燕。翠尊共款，听艳歌、郎意先感。便携手、月地云阶里，爱良夜微暖。　　无限风流疏散。有暗藏弓履，偷寄香翰。明日闻津鼓，湘江上、催人还解春缆。乱红万点，怅断魂，烟水遥远。又争似相携，乘一舸，镇长见。(《白石道人歌曲》)

你看他在“转折跌荡处”和领格字用的“看”“听”“便”“爱”“怅”“又”等去声字是怎样的发越响亮！还有“信马”的“去上”，“翠尊共款”和“乱红万点”的“去平去上”，“郎意先感”

和“良夜微暖”的“平去平上”，“人妙飞燕”和“偷寄香翰”的“平去平去”，“还解春缆”和“烟水遥远”的“平上平上”，各各具有它的特殊音节，细心体味，是和本阕内容所赋的调侃风趣相称的。又如他的自度曲《翠楼吟·淳熙丙午冬，武昌安远楼成，与刘去非诸友落之，度曲见志》：

月冷龙沙，尘清虎落，今年汉酺初赐。新翻胡部曲，听毡幕元戎歌吹。层楼高峙。看槛曲萦红，檐牙飞翠。人姝丽，粉香吹下，夜寒风细。　　此地。宜有词仙，拥素云黄鹤，与君游戏。玉梯凝望久，叹芳草萋萋千里。天涯情味。仗酒祓清愁，花销英气。西山外，晚来还卷，一帘秋霁。（《白石道人歌曲》）

这一调把去声字用在转折跌荡处的，有“看”“仗”两字；用在上三下四句式的领首的，有“听”“叹”两字；只一“拥”字是用的上声。原来在取逆势的句法中，第一字也有十之八九是适宜于用去声字，才会感到气力充沛，音势劲挺，有如辛弃疾《摸鱼儿》“更能消几番风雨”的“更”字，姜夔《疏影》“昭君不惯胡沙远，但暗忆江南江北”的“但”字之类皆是。

我们再看柳永、周邦彦这些深通音律的词家，是怎样在“转折跌荡处”运用去声字的？柳作如《卜算子慢》：

江枫渐老，汀蕙半凋，满目败红衰翠。楚客登临，正是暮秋天气。引疏砧、断续残阳里。对晚景、伤怀念远，新愁旧恨相继。　　脉脉人千里。念两处风情，万重烟水。雨歇天高，望断翠峰十二。尽无言、谁会凭高意。纵写得、离肠万种，奈归云谁寄。

又如《雨霖铃》：

寒蝉凄切。对长亭晚，骤雨初歇。都门帐饮无绪，留恋处，兰舟催发。执手相看泪眼，竟无语凝噎。念去去、千里烟波，暮霭沉沉楚天阔。　多情自古伤离别。更那堪、冷落清秋节。今宵酒醒何处，杨柳岸、晓风残月。此去经年，应是、良辰好景虚设。便纵有、千种风情，更与何人说。（以上并见《乐章集》卷中）

这《卜算子慢》中的“对”“念”“纵”“奈”等字，《雨霖铃》中的“对”“竟”“念”“更”“便”等字，都是去声，在转接提顿处都发挥着重大的作用，加强了声情上的感染力。只要耐心往复吟咏，就会体会到的。

周邦彦工于创调，对音律方面是十分考究的。王国维曾说他的词，“拗怒之中，自饶和婉，曼声促节，繁会相宣，清浊抑扬，辘轳交往”（《清真先生遗事》）。从音律上来看，他对四声字调的安排，确是能够符合“高下抑扬、参差相错”的基本法则，而掌握得非常熟练的。且看他的《齐天乐·秋思》：

绿芜凋尽台城路，殊乡又逢秋晚。暮雨生寒，鸣蛩劝织，深阁时闻裁剪。云窗静掩。叹重拂罗裀，顿疏花簟。尚有綀囊，露萤清夜照书卷。　荆江留滞最久，故人相望处，离思何限。渭水西风，长安乱叶，空忆诗情宛转。凭高眺远，正玉液新篘，蟹螯初荐。醉倒山翁，但愁斜照敛。（《清真集》卷下）

在这一阕中所用的去声字，发挥着多种作用。除掉用在转接处的“叹”“正”两字具有一般承上领下的负重力外，还有“平平仄平平仄”有如“殊乡又逢秋晚”，“仄平平仄仄平仄”有如“露萤清夜照书卷”，“平仄平仄”有如“离思何限”等特殊句式，他掌握了去声字“激厉劲远”的特性，在适当的句子中间安排上“又”“露”“夜”“照”“卷”“思”“限”等许多去声字，增强了声情上的激越感；又如“静掩”“渭水”“眺远”“照敛”等去上连缀，也是十分符合南词（即“南曲”“南戏”）歌唱行腔时的自然规律的。近人吴梅在他所著的《词学通论》中，就曾提到《齐天乐》有四处必须用去上声，并举“云窗静掩”“露萤清夜照书卷”“凭高眺远”“但愁斜照敛”四句为例，说“静掩”“眺远”“照敛”等六字“万不可用他声”（第二章《论平仄四声》）。但他却忽略了“渭水”二字也是“去上”，而把另一种运用去声字法的“露萤清夜照书卷”七言句放了上去，这是值得商榷的。

《清真集》中运用去声字特见精彩的，几乎触目皆是。平韵体有如《庆春宫》：

> 云接平冈，山围寒野，路回渐转孤城。衰柳啼鸦，惊风驱雁，动人一片秋声。倦途休驾，淡烟里、微茫见星。尘埃憔悴，生怕黄昏，离思牵萦。　　华堂旧日逢迎，花艳参差，香雾飘零。弦管当头，偏怜娇凤，夜深簧暖笙清。眼波传意，恨密约、匆匆未成。许多烦恼，只为当时，一晌留情。

仄韵体有如《大酺》：

> 对宿烟收，春禽静，飞雨时鸣高屋。墙头青玉旆，洗铅霜都尽，嫩梢相触。润逼琴丝，寒侵枕障，虫网吹粘帘竹。邮亭无人处，听檐声不断，困眠初熟。奈愁极频惊，梦

轻难记，自怜幽独。　行人归意速，最先念、流潦妨车毂。怎奈向、兰成憔悴，卫玠清羸，等闲时、易伤心目。未怪平阳客，双泪落、笛中哀曲。况萧索，青芜国，红糁铺地，门外荆桃如菽。夜游共谁秉烛。

又如《绕佛阁》：

暗尘四敛，楼观迥出，高映孤馆。清漏将短，厌闻夜久签声动书幔。桂华又满，闲步露草，偏爱幽远。花气清婉。望中迤逦，城阴度河岸。　倦客最萧索，醉倚斜桥穿柳线。还似汴堤虹梁横水面，看浪飐春灯，舟下如箭。此行重见。叹故友难逢，羁思空乱，两眉愁、向谁舒展。（以上并见《清真集》卷下）

这三个长调中，在领格和转折跌荡处用去声字的，《大酺》一调有“对”“听”“奈”“况”等，《绕佛阁》一调有“看”“叹”等字。在上三下四的特殊句式中把去声字用在句首或中腰第四、第六字的，《庆春宫》一调有“淡烟里、微茫见星”的“淡”和“见”，“恨密约、匆匆未成”的“恨”和“未”：而这“见”和“未”都夹在三平的中间，尤关重要。这“平平仄平”的仄声，如果不用去声字，是很难振起的。《大酺》一调有“等闲时、易伤心目”的“易”字，《绕佛阁》一调有“两眉愁、向谁舒展”的“向”字。这两个去声字就好像七言句中的眼珠子，非把它突出，是难以传神的。辛弃疾作的《水龙吟·登建康赏心亭》结尾是“倩何人唤取，红巾翠袖，揾英雄泪”，这“揾”字的性质也和“易”“向”二字相同，而且和领格的“倩”字是互相呼应的。在连用两仄处，使用“上去”的，有如《庆春宫》“只为当时”

的“只为”,《大酺》“寒侵枕障”的“枕障”,《绕佛阁》“醉倚斜桥穿柳线”的“柳线”和“还似汴堤虹梁横水面”的“水面”等；使用“去上”的，有如《庆春宫》“路回渐转孤城”的“渐转”,《绕佛阁》“厌闻夜久签声动书幔”的“夜久”,“桂华又满”的“又满”,“闲步露草”的“露草”,“醉倚斜桥穿柳线”的“醉倚”,“看浪飐春灯”的“浪飐”,“叹故友难逢”的“故友”等。这“上去”或“去上”的连用，都是和转腔发调有关的。

至于清真创调，对三仄的安排，多是煞费苦心的。单就《绕佛阁》一调来看，如“暗尘四敛”的“去平去上”,“楼观迥出”的“平去去入”,“高映孤馆”的“平去平上”,“清漏将短”的“平去平上”,“厌闻夜久签声动书幔”的“去平去上平平去平去”,“桂华又满”的“去平去上”,“闲步露草”的“平去去上”,“偏爱幽远”的“平去平上”,“花气清婉”的“平去平上”,“望中迤逦，城阴度河岸”的“去平上去平平去平去”,“倦客最萧索”的“去入去平入”,“醉倚斜桥穿柳线”的“去上平平平上去”,“还似汴堤虹梁横水面”的“平上去平平平平上去”,“看浪飐春灯”的“去去上平平”,“舟下如箭”的“平上平去”,“此行重见”的“上平平去”,“叹故友难逢”的“去去上平平”,“羁思空乱”的“平去平去”,“两眉愁、向谁舒展”的“上平平去平平上”，在每个上下相连的字调中，确实做到了“高下抑扬、参差相错”的适当处理，也就是王国维所称“拗怒之中，自饶和婉，曼声促节，繁会相宣，清浊抑扬，辘轳交往”的境地，是值得探索宋元词曲的音乐性的人们予以细心体味的。

谈到短调小令，也有不少地方是得特别注意三仄的适当的安排，尤其是去声字的处理。例如《柳梢青》：

岸草平沙，吴王故苑，柳袅烟斜。雨后寒轻，风前香软，春在梨花。　　行人一棹天涯，酒醒处，残阳乱鸦。门外秋千，墙头红粉，深院谁家。(《花草粹编》卷四秦少游作)

又如《醉太平》：

情高意真，眉长鬓青。小楼明月调筝，写春风数声。　　思君忆君，魂牵梦萦。翠绡香暖云屏，更那堪酒醒。(刘过《龙洲词》)

又如《太常引》：

一轮秋影转金波，飞镜又重磨。把酒问姮娥：被白发、欺人奈何。　　乘风好去，长空万里，直下看山河。斫去桂婆娑，人道是、清光更多。(《稼轩长短句》卷十二《建康中秋夜，为吕叔潜赋》)

仙机似欲织纤罗，仿佛度金梭。无奈玉纤何。却弹作、清商恨多。　　珠帘影里，如花半面，绝胜隔帘歌。世路苦风波，且痛饮、公无渡河。(《稼轩长短句》卷十二《赋十四弦》)

像上面这三调中，凡四字相连作“平平仄平”的句子，其第三字都该用去声字，才能把音调激起。例如“残阳乱鸦”的“乱”，“情高意真”的“意”，“眉长鬓青”的“鬓”，“春风数声”的“数”，“思君忆君”的“忆”，“魂牵梦萦”的“梦”，“欺人奈何”的“奈”，“清光更多”的“更”，“清商恨多”的“恨”，“公无渡河”的“渡”，都是把这个去声字当作“画龙点睛”来使用的。只刘过“更那堪酒醒”的“酒”字错用了上声，音响就差多了。

总之，四声阴阳的适当处理，是为了歌者利于转喉，听者感到悦耳，才使作者刻意经营，不惜忍受种种严格限制，而竭尽心力以赴之。至于如何审音赴节，宜在一阕写成之后，往复吟玩，是否不致棘喉，不致刺耳，同时对前人名作，平时多多含咀，对这里面的巧妙作用，是会一旦豁然贯通的。

（原载《词学十讲》第八讲，福建人民出版社1988年版）

论平仄四声在词曲结构上的安排和作用

词和曲都是所谓“倚声之学”。它的字句，全要依照曲调的抑扬高下，予以妥善安排。汉民族语言，照着每个单字的发音次第，都可读出四种不同的音调。但这四声，因为时代和地域的关系，并不是一成不变的。一般把《唐韵》系统的平、上、去、入和《中原音韵》系统的阴平、阳平、上、去都叫作四声；又简化为平、仄两类，作为审音缀辞的标准。词和曲就是遵照这个标准，适应各个不同曲调的节奏，来作安排的。

字调有刚柔、长短、轻重之分。把每个不同性质的单字连缀成为一个句子，用来表达起伏变化的思想情感而恰如其分，便能使听者发生美感而引起共鸣。这便是平仄四声在“倚声填词”方面的主要作用。

这平仄四声的错综使用，为了表达喜、怒、哀、乐的不同情感，该作不同样的安排，也就是要取得和谐和拗怒的矛盾的统一。在汉民族诗歌形式的发展中，只有词和曲，才达到了这种境地。

词、曲的声韵组织，是从唐人近体诗的基础上发展起来的。近体诗的平仄安排，是两平两仄相间而以双字为准则的。有如下列四式：

（甲）五言仄起式：

仄仄平平仄，平平仄仄平。平平平仄仄，仄仄仄平平。

（乙）五言平起式：

平平平仄仄，仄仄仄平平。仄仄平平仄，平平仄仄平。

（丙）七言仄起式：

仄仄平平平仄仄，平平仄仄仄平平。平平仄仄平平仄，仄仄平平仄仄平。

（丁）七言平起式：

平平仄仄平平仄，仄仄平平仄仄平。仄仄平平平仄仄，平平仄仄仄平平。

如果第一句就押韵，那么，甲式该改作仄仄仄平平，乙式该改作平平仄仄平，丙式该改作仄仄平平仄仄平，丁式该改作平平仄仄仄平平。我们看了这四个方式，它的平仄安排，是两两相间，各占半数的。这就是“刚柔迭用”，取得整个声调的和谐。和谐是美听的主要条件，所以照上面四种格式来写诗歌，不管它的内容怎样，吟诵起来，总会发生高低抑扬的节奏美的。

词和曲都用长短参差的句子，韵位的疏密也不一致。它的组织形式，要比近体诗复杂而又进步得多。但在每个句子的平仄安排上，仍是以和谐为原则的。除了《杨柳枝》《浪淘沙》《竹枝词》等原用七言四句，与七言近体诗几乎完全一样外，有的只是加减近体诗的句数，或者把长短不齐的句子错综使用着；而在句子中的平仄安排，原则是不变的。例如皇甫松的《梦江南》：

兰烬落，屏上暗红蕉。闲梦江南梅熟日，夜船吹笛雨潇潇，人语驿边桥。

这是杂用三、五、七言组成的形式。除句脚字的平仄不能随便变动外，五言句只第一字，七言句只第一、三两字可平可仄，这还是遵照近体诗逢双必论的原则来安排的。又如韦庄的《浣溪沙》：

夜夜相思更漏残，伤心明月凭阑干，想君思我锦衾寒。　　咫尺画堂深似海，忆来惟把旧书看，几时携手入长安？

这完全是两首七言绝句的形式，不过减四句为三句而已。又如欧阳修的《浪淘沙》：

把酒祝东风，且共从容。垂杨紫陌洛城东。总是当时携手处，游遍芳丛。　　聚散苦匆匆，此恨无穷。今年花胜去年红。可惜明年花更好，知与谁同。

这是杂用四、五、七言组成的形式。它的情调比较迫促而带有感伤气氛，是由于韵密的缘故；而每个句子中的平仄安排，仍然是十分和谐的。这是平韵小令，它那和谐的音节和不尽的余韵，是与近体律、绝相仿的。

唐、宋词的仄韵小令，虽然在每个句子中的平仄安排，也和平韵小令相仿，是两平两仄错综互用；但由于句脚字的多用仄声，往往构成一种拗怒的情调，吟唱起来，就要发生一种激越凄壮的感觉。且看范仲淹的《御街行》：

纷纷坠叶飘香砌。夜寂静，寒声碎。真珠帘卷玉楼空，天淡银河垂地。年年今夜，月华如练，长是人千里。　　愁肠已断无由醉。酒未到，先成泪。残灯明灭枕头敧，谙尽孤眠滋味。都来此事，眉间心上，无计相回避。

这是杂用三、四、五、六、七言组成的形式。在每个句子中的平仄安排，除了“夜寂静”和“酒未到”两句全用仄声，感到生硬外，其余也都是平仄相间，音节和谐的。但从整个的结构来看，除了“真珠帘卷玉楼空”和“残灯明灭枕头敧”两句都是平收，与下一句的仄收连起来，仍然感到高低抑扬的谐婉音节外，其余的句子全用仄收。这就构成一种拗怒的音节，适宜表达悲凉怨慕的柔情。再看李清照的《一剪梅》：

红藕香残玉簟秋。轻解罗裳，独上兰舟。云中谁寄锦书来，雁字回时，月满西楼。　　花自飘零水自流。一种相思，两处闲愁。此情无计可消除，才下眉头，却上心头。

这最末的三个句子，和范仲淹的“都来此事，眉间心上，无计相回避”，不但内容相仿，连字面也差不多；但在音节上说来，两者是截然殊致的。这内容和形式的关系，是与字调的安排分不开的。

要想构成每个句子中的和谐音节，必得两平两仄交互使用，这是一个原则性的问题。但在整体中，又常是应用“奇偶相生”的法则，每一个曲调，总得用上一些对称的句子。在这一类构成对称的形式中，如果它的相当地位不是平仄交互使用，就会构成拗怒的音节。这对表达起伏变化的不同情感，有着非常重大的关系。不论在小令或长调中，都随手可以找出许多例证来。凡是适宜表达激昂豪壮的思想感情的曲调，它的平仄安排，就得注意和谐与拗怒的矛盾的统一。例如辛弃疾的《破阵子》：

醉里挑灯看剑，梦回吹角连营。八百里分麾下炙，五十弦翻塞外声，沙场秋点兵。　马作的卢飞快，弓如霹雳弦惊。了却君王天下事，赢得生前身后名，可怜白发生。

这个调子的上、下阕，完全是相同的。两个六言句和两个七言句都构成了对称的形式。但六言偶句的平仄安排是和谐的，七言偶句的平仄安排却是拗怒的。前者构成舒缓的情调，后者构成激越的情调。这就与它所表达的激壮慷慨的思想感情，恰如其分地紧密结合起来，使人感到作者的英雄气概，跃然纸上。这种拗怒音节，是表现在句子中间的。长调中的《水调歌头》，所以适宜表达豪放悲壮的思想感情，也是属于这一类的。例如苏轼作：

明月几时有，把酒问青天。不知天上宫阙，今夕是何年。我欲乘风归去，惟恐琼楼玉宇，高处不胜寒。起舞弄清影，何似在人间。　转朱阁，低绮户，照无眠。不应有恨，何事长向别时圆。人有悲欢离合，月有阴晴圆缺，此事古难全。但愿人长久，千里共婵娟。

这上半阕的四个五言句和下半阕的两个五言句，拗怒都在句中，上、下阕的四个六言句，拗怒兼及句脚。这是就对称句来说的。在单独一个句子中，有如“明月几时有”的“几”字，“起舞弄清影”的“弄”字，都用仄声；“不知天上宫阙”的“上”字、“阙”字，“何事长向别时圆”的“事”字、“向”字，都在偶数上连用仄声，也都具有拗怒的感觉，能够把语调振作起来，特别显得有力。在这一个调子中，有了这许多音节拗怒的句子，该要感到不够和谐；但从整个的句脚字来看，却都是一仄一平交替着使用，这就使拗怒中有和谐，也就是矛盾的统一。所以这个调子的声情，能有清壮之美，显出刚柔相济的妙用。

还有拗怒音节表现在句脚的。一般适宜表达激壮感情的词调，大多数是如此。例如岳飞的《满江红》：

> 怒发冲冠，凭阑处、潇潇雨歇。抬望眼、仰天长啸，壮怀激烈。三十功名尘与土，八千里路云和月。莫等闲、白了少年头，空悲切。　　靖康耻，犹未雪。臣子恨，何时灭。驾长车踏破，贺兰山缺。壮志饥餐胡虏肉，笑谈渴饮匈奴血。待从头、收拾旧山河，朝天阙。

在这整个调子中，只有“冠”“头”“河”三字是安排在句脚的平声，其他的句脚字全是仄声；尤其是偶句用仄声收脚，就好像是硬碰硬，没有调和的余地。但在每个句子中间的平仄安排，却是两两相间，显得和谐美听的。还有《桂枝香》《贺新郎》《念奴娇》《永遇乐》《水龙吟》这些词调，也是适宜表达这类感情的。所以苏、辛一派豪放词人都乐于选用。且看辛弃疾写的《贺新郎》：

> 把酒长亭说：看渊明、风流酷似，卧龙诸葛。何处飞来林间鹊。蹙踏松梢微雪。要破帽、多添华发。剩水残山无态度，被疏梅料理成风月。两三雁，也萧瑟。　　佳人重约还轻别。怅清江、天寒不渡，水深冰合。路断车轮生四角，此地行人销骨。问谁使、君来愁绝。铸就而今相思错，料当初费尽人间铁。长夜笛，莫吹裂。

在这整个调子中，句脚全部用仄声字，就自然构成拗怒的音节。还有许多着重在头一字的句法，这种奇数字由于句法的变化，必得选用仄声，最好是去声，才能够提挈下文，振起有力。例如

“看”“要”“被”“怅”“问”“料”六字，是绝对不能改用平声的。又如辛作《念奴娇》：

野棠花落，又匆匆过了，清明时节。刬地东风欺客梦，一枕银屏寒怯。曲岸持觞，垂杨系马，此地曾轻别。楼空人去，旧游飞燕能说。　　闻道绮陌东头，行人长见，帘底纤纤月。旧恨春江流不尽，新恨云山千叠。料得明朝，尊前重见，镜里花难折。也应惊问，近来多少华发。

这上、下阕只两个四言对称句是用的和谐音节；其余的句脚字，除下片第一句外，全是仄声。这也就是它的所以激壮的主要原因。又如辛作《永遇乐》：

千古江山，英雄无觅，孙仲谋处。舞榭歌台，风流总被，雨打风吹去。斜阳草树，寻常巷陌，人道寄奴曾住。想当年、金戈铁马，气吞万里如虎。　　元嘉草草，封狼居胥（读上声）。赢得仓皇北顾。四十三年，望中犹记，烽火扬州路。可堪回首，佛狸祠下，一片神鸦社鼓。凭谁问、廉颇（平）老矣，尚能饭否。

这里的句脚，只有“山”“台”“年”三字是平声，此外全收仄声字。上、下阕都是由缓转急，由和谐转拗怒。“气吞万里如虎”的“里”“虎”两字在偶数上连用仄，也与《念奴娇》上、下阕结句用的拗法相同；不过这里押的是上、去声韵，使悲壮中带沉郁，与用入声韵的尽情发泄有所不同而已。又如辛作《水龙吟》：

楚天千里清秋，水随天去秋无际。遥岑远目，献愁供恨，玉簪螺髻。落日楼头，断鸿声里，江南游子。把吴钩看了，阑干拍遍，无人会，登临意。　　休说鲈鱼堪脍，尽西风、季鹰归未？求田问舍，怕应羞见，刘郎才气。可惜流年，忧愁风雨，树犹如此。倩何人唤取，红巾翠袖，揾英雄泪。

这里除发端句的“秋”字、“落日楼头”的“头”字和“可惜流年”的“年”字，是用的平声落脚，与紧接着的下一句连起来，音节比较和婉外，其余全是仄声落脚，而且多数是三句或四句才押一韵，显现出它那危苦急迫的神情。由于用的是上、去声韵，所以也只适宜于表达悲壮抑塞的情感。其中着重头一字的句子，如“把”“尽”“倩”“揾”四字都有领起下文的作用，是绝对不能改用平声的。

这上面几个调子都是比较适宜表达豪情壮采或抑塞不平的感情的。所以它那平仄四声的安排，该以拗怒多于和谐为原则。

至于抒写缠绵哀婉的思想感情，那就该选用和谐或低抑的曲调。小令的例子，上面已经提到过了。长调最和婉的，莫过于《满庭芳》。例如秦观作：

碧水惊秋，黄云凝暮，败叶（入作平）零乱空阶。洞房人静，斜月照徘徊。又是重阳近也，几处处、砧杵声催。西窗下，风摇翠竹，疑是故人来。　伤怀，增怅望，新欢易失，往事难猜。问篱边黄菊，知为谁开。漫道愁须殢酒，酒未醒、愁已先回。凭阑久，金波渐转，白露点苍苔。

这里，不但“碧水惊秋，黄云凝暮”和“新欢易失，往事难猜”，以及“篱边黄菊，知为谁开”三处的对偶句式，都是以平对仄，音节十分和谐；所有相连的句子，在相当地位，也是平仄互换，尤其是句脚，都是前仄后平，构成通体和谐的音节。所以，这一曲调特别适宜于表达舒徐和婉或温柔悱恻的思想感情。这里面还有一个“问”字领起下面两个四言句子，必得用仄声；“几处处、砧杵声催”和“酒未醒、愁已先回”是上三、下四句法，它的平仄安排，是该第五、第七两字平仄互用的。还有《风流子》和《望海潮》《木兰花慢》等也都是异常和婉的调子，因为它在结构上是奇偶相生、音节上是平仄和谐的。例如周邦彦的《风流子》：

枫林凋晚叶，关河迥、楚客惨将归。望一川暝霭，雁声哀怨，半规凉月，人影参差。酒醒后，泪花销凤蜡，风幕卷金泥。砧杵韵高，唤回残梦，绮罗香减，牵起余悲。　　亭皋分襟地，难堪处、偏是掩面牵衣。何况怨怀长结，重见无期。想寄恨书中，银钩空满，断肠声里，玉箸还垂。多少暗愁密意，惟有天知。

上半阕以一个“望”字领下四个四言偶句，下半阕以一个“想”字领下四个四言偶句；还有上半阕的后半段，又是两个五言偶句，四个四言偶句。它的平仄安排都是合乎一般规律的。这“望一川暝霭”的仄仄平仄仄，在周作另一首是“羡金屋去来”，还有张耒作是“奈愁入庾肠”，都用仄平仄仄平，那音节就更加谐婉。换头句五字连用四个平声，就显得声情低抑，影响整个格调，绝不适宜于表达豪情壮采。柳永作《望海潮》：

东南形胜，三吴都会，钱塘自古繁华。烟柳画桥，风帘翠幕，参差十万人家。云树绕堤沙。怒涛卷霜雪，天堑无涯。市列珠玑，户盈罗绮竞豪奢。　　重湖叠巘清嘉。有三秋桂子，十里荷花。羌管弄晴，菱歌泛夜，嬉嬉钓叟莲娃。

千骑拥高牙。乘醉听箫鼓，吟赏烟霞。异日图将好景，归去凤池夸。

这上面除了“沙”“牙”两韵外，每个句子的落脚字几乎全是平仄递用，构成整体的和谐音节，适宜表现富丽繁华景象或雍容悦豫情态。又柳作《木兰花慢》：

拆桐花烂漫，乍疏雨，洗清明。正艳杏烧林，缃桃绣野，芳景如屏。倾城，尽寻胜去，骤雕鞍绀幰出郊坰。风暖繁弦脆管，万家竞奏新声。　盈盈，斗草踏青。人艳冶，递逢迎。向路傍往往，遗簪坠珥，珠翠纵横。欢情，对佳丽地，信金罍罄竭玉山倾。拚却明朝永日，画堂一枕春酲。

这里面除了“城”“盈”“情”三个短韵，表现繁音促节，可以增加欢乐气氛外，也几乎全是以平仄声递用为句脚，构成异常和美的情调。不过有些特殊的句法，如“拆桐花烂漫”是上一下四，“正”“向”两字都是领下三个四言句，“骤”“信”两字都是领下七言句，“尽寻胜去”和“对佳丽地”都是上一下三。这些句子都着重在第一个字，非用仄声不可，最好是去声字，才能振挈得起来。这个调子的声情，也是适宜表现壮丽欢娱情态的。

在音节谐婉的调子里，如果每个句子中用的平声字过多，或者句脚接着用两三个平声字，那它的音调就会趋向低沉，只合表达悱恻哀伤的情感，如上面所举李清照的《一剪梅》，即其一例。长调中如周邦彦的《忆旧游》：

记愁横浅黛，泪洗红铅，门掩秋宵。坠叶惊离思，听寒螀夜泣，乱雨潇潇。凤钗半脱云鬟，窗影烛花摇。渐暗竹敲凉，疏萤照晓，两地魂销。　迢迢。问音信，道径底花阴，时认鸣镳。也拟临朱户，叹因郎憔悴，羞见郎招。旧巢更有新燕，杨柳拂河桥。但满目京尘，东风竟日吹露桃。

这“铅”“宵”“阴”“镳”“尘”“桃”六个平声字，都是连续用在句脚，显出低抑的情调。“听”字、“道”字、“叹”字领下四言两句，“记”字、“渐”字领下四言三句，“但”字领下四言、七言各一句，都得用去声字。还有“凤钗半脱云鬓”和“旧巢更有新燕”二句都得用去平去仄平去，“东风竟日吹露桃”句必得用平平去入平去平。这三句有些拗怒，与低抑情调互为调节，显出情感的起伏变化。周邦彦是最了解这种音律上的妙用的。又如张炎的《高阳台》：

接叶巢莺，平波卷絮，断桥斜日归船。能几番游，看花又是明年。东风且伴蔷薇住，到蔷薇、春已堪怜。更凄然，万绿西泠，一抹荒烟。　　当年燕子知何处，但苔深韦曲，草暗斜川。见说新愁，如今也到鸥边。无心再续笙歌梦，掩重门、浅醉闲眠。莫开帘，怕见飞花，怕听啼鹃。

这里连续用两句平声字落脚的有“游”“年”“愁”“边”等字；连续用三句平声字落脚的有“然”“泠”“烟”“帘”“花”“鹃”等字。还有上三下四句法的平仄安排，“到蔷薇、春已堪怜”和“掩重门、浅醉闲眠”两个句子，上三字都是仄平平，下四字都是仄仄平平或平仄平平，也就更加显示低抑的情调。这个调子，是只适宜于表达悲凉感伤情绪的。

整句中用平声字过多，因而构成凄调的，以史达祖的《寿楼春》最为突出。这是表达生离死别的感伤情绪，所以音节十分低沉。有人用作寿词，是十分错误的。全调如下：

> 裁春衫寻芳。记金刀素手，同在晴窗。几度因风残絮，照花斜阳。谁念我，今无裳。自少年、消磨疏狂。但听雨挑灯，攲床病酒，多梦睡时妆。　　飞花去，良宵长。有丝阑旧曲，金谱新腔。最恨湘云人散，楚兰魂伤。身是客，愁为乡。算玉箫、犹逢韦郎。近寒食人家，相思未忘蘋藻香。

这“裁春衫寻芳”五字全平，“照花斜阳”去平平平，“今无裳”三字全平，“自少年、消磨疏狂”去去平平平平平，“良宵长”三字全平，“楚兰魂伤”上平平平，“愁为乡”三字全平，“算玉箫、犹逢韦郎”去入平平平平平，都是平声字占很大比重，构成十分低沉的情调。只有结句“相思未忘蘋藻香”七字是平平去去平上平，第六字有些拗怒意味；但与整个的低沉情调，是很难调协的。像这样低抑的凄调，在全部宋词中也很少见。

偶然用一两个平声超过三分之二以上的句子，借以显示凄抑低沉的情绪，有时却有必要。例如周邦彦的《瑞龙吟》：

> 章台路，还见褪粉梅梢，试花桃树。愔愔坊陌人家，定巢燕子，归来旧处。　　暗凝伫，因念个人痴小，乍窥门户。侵晨浅约宫黄，障风映袖，盈盈笑语。　　前度刘郎重到，访邻寻里，同时歌舞。唯有旧家秋娘，声价如故。吟笺赋笔，犹记燕台句。知谁伴、名园露饮，东城闲步。事与孤鸿去。探春尽是，伤离意绪，官柳低金缕。归骑晚，纤纤池塘飞雨。断肠院落，一帘风絮。

这第一、二段句法全同，叫作“双拽头”，虽然句脚字仄多于平，句中字的平仄却是大致相等，能够取得和谐和拗怒的统一。第三段的“唯有旧家秋娘，声价如故”，上句是平仄仄平平平，下句是平仄平仄，上句末三平过于低沉，所以下句变作拗句把它激起。整段中，除“唯有旧家秋娘”句外，句脚全用仄声字，也就适宜于表现紧促的感情；在快要收煞的时候，用“纤纤池塘飞雨”的平平平平平上，显示神情的凄抑低黯，是异常适当的。

由平仄进一步讲究四声的适当安排，是到了文学家而兼音乐家的周邦彦，才有显著的成绩。他的创调，逐渐脱离近体诗两平两仄间用的法则，往往参用一平一仄相间的句子；又特别注意去声字的作用，把它安排在领头或句腰间，使全句挺起有劲，借以显现它的特殊音节。王国维赞美他的词：“拗怒之中，自饶和婉，曼声促节，繁会相宜，清浊抑扬，辘轳交往。”（《清真先生遗事》）我们从《清真集》中，是可以学到许多声律方面的安排法则的。例如《兰陵王》：

> 柳阴直，烟里丝丝弄碧。隋堤上，曾见几番，拂水飘绵送行色。登临望故国。谁识，京华倦客。长亭路，年去岁来，应折柔条过千尺。　　闲寻旧踪迹。又酒趁哀弦，灯照离席。梨花榆火催寒食。愁一箭风快，半篙波暖，回头迢递便数驿。望人在天北。　　凄恻，恨堆积。渐别浦萦回，津堠岑寂。斜阳冉冉春无极。念月榭携手，露桥闻笛。沉思前事，似梦里，泪暗滴。

这个曲调，据传还是北齐时《兰陵王入阵曲》的遗声（见《碧鸡漫志》卷四）。它的谱子，一直在历代帝王的宫廷中流传着。宋毛开所著的《樵隐笔录》也曾谈道：“绍兴初，都下（杭州）盛行周清真咏柳《兰陵王慢》，西楼南瓦皆歌之，谓之《渭城三叠》。以周词凡三换头，至末段声尤激越，惟教坊老笛师能倚之以节歌者。”这“三换头”的《兰陵王》，和王灼所称“今《越调兰陵王》，凡三段，二十四拍”的说法相合。因为它原来是描写战斗激烈情态的舞曲，所以它的音节应该是激昂高亢的。在每个句子的平仄安排上，必须取得和谐和拗怒的统一，而拗怒都表现在仄声尤其是去声字的运用上。清初词学理论家万树曾经说过：“名词转折跌荡处多用去声，何也？三声之中，上、入二者可以作平，去则独异。”又说：“当用去者，非去则激不起。”(《词律·发凡》）我们参酌万氏这些说法来检查《兰陵王》这个调子所以声情激越的原因所在，它对四声的使用，是完全改变了近体诗的法式而充分表现出它的独创性的。在清真此调中，遇着对称的句式，总是和谐与拗怒递用，例如“酒趁哀弦”的仄仄平平是和谐的音节，“灯照离席”的平仄平仄却有些拗怒；“一箭风快”的平（“一”字以入作平）仄平仄是拗怒的音节，“半篙波暖”的仄平平仄却又相当和谐；“别浦萦回”的仄仄平平是和谐的音节，“津堠岑寂”的平仄平仄，却又显示拗怒；“月榭携手”的平（“月”字以入作平）仄平仄是拗怒的音节，“露桥闻笛”的仄平平仄却又转入和谐。再从句脚字上来看，“弦”和“席”一平一仄递用，显示和谐，“快”和“暖”两仄连用，却又表示拗怒；“回”和“寂”一平一仄递用，显示和谐，“手”和“笛”两仄连用，却又表示拗怒。这四处的偶句，它的领格字除了“愁”字平声，“又”“渐”“念”都是去声；根据“当用去者，非去则激不起”的原则，我怀疑这个“愁”字怕是“骤”的误写。这个调子中的拗句，都着重于去声字的安排。如：“拂水飘绵送行色”的仄仄平平仄平仄，第五、六两字是拗；“应折柔条过千尺”的平仄平平仄平仄，第五、六两字也是拗；“登临望故国”的平平仄仄仄，第三字是拗；“望人在天北”的仄平仄平仄，在上一、下四的句法上第三字也是拗。这拗的所在，如“送”“过”“望”“在”等字都是去声；这样把附近相连的字音激起，特别显出抑扬抗坠的美妙音节。还有“回头迢递便数驿”的平平平去去去入，七个字里面用了四个仄声；“似梦里”的去去上，“泪暗滴”的去去入，两个三字句没有一个平声；这样过多地使用仄声字，都是为了激起音节的拗怒，使它适合于表达激动的感情的缘故。再看整个曲调中的句脚字，只有“来”“弦”“回”三个平声，其余全部仄声，也是构成整个拗怒音节的因素之一。这首词，除句脚几乎全用仄收外，加上结句连用六仄，再配上全部短促的入声韵，它的激越声情，是从多方面的矛盾的统一显示出来的。从这具体的分析中，可以体会四声字调在歌曲上的妙用。也只有文学家兼音乐家的周邦彦，才能把这些原则表现在实际创作上，给学者以广大法门。南宋方千里、杨泽民、陈允平都有和清真词，只是每一个字都照着周邦彦原作的四声去硬填，却不了解它在音乐上的妙用，是十分可笑的。

由于长调慢曲的格局开张，必须在结构上具有开阖变化，才能够把作者所要表达的起伏变化的感情紧密结合起来，做到恰如其量。这就得改变近体诗和令曲小调的顺下句法，即从偶数字调整音节的形式，转而着重于领头字或转折处的字调安排，也就是有些地方该用逆入的方式加以妥善处理。这些关键所在，就在去声字的运用上面。例如柳永的《八声甘州》:

对潇潇暮雨洒江天，一番洗清秋。渐霜风凄紧，关河冷落，残照当楼。是处红衰翠减，苒苒物华休。惟有长江水，无语东流。　　不忍登高临远，望故乡渺邈，归思难收。叹年来踪迹，何事苦淹留。想佳人、妆楼颙望，误几回、天际识归舟。争知我、倚阑干处，正恁凝愁。

这“对”字领起下文，是逆入的语气；“渐”“望”“叹”“想”“误”等字都是转折所在，最好是用去声字，才能压得下，顶得住；这“想”字用了一个上声，就感到不及“对”“渐”等字的有力。

近人吴梅是从事过昆曲歌唱和作曲的深入研究者。他在去声字的运用上，比万树又有进一步的了解。他说：去声字“由低而高，最宜缓唱。凡牌名中应用高音者，皆宜用此。”（《词学通论》第二章）他又举《白石道人歌曲》中的一些词作为例证，说：“其领头处，无一不用去声者，无他，以发调故也。”这个用去声字领头的句法，因为它的着重点在开头的地方，也就近于上面所说的逆入方式。姜夔并把这方式运用到他的自度曲上，不但长调慢曲是这样，连短调也改变了唐、宋旧曲一般沿用的顺下句法。各为举例如下：

例一《淡黄柳》（正平调）：

空城晓角，吹入垂杨陌。马上单衣寒恻恻。看尽鹅黄嫩绿，都是江南旧相识。　　正岑寂，明朝又寒食。强携酒、小桥宅。怕梨花落尽成秋色。燕燕飞来，问春何在，唯有池塘自碧。

例二《长亭怨慢》（中吕宫）：

渐吹尽、枝头香絮。是处人家，绿深门户。远浦萦回，暮帆零乱，向何许。阅人多矣，谁得似、长亭树。树若有情时，不会得、青青如此。　　日暮，望高城不见，只见乱山无数。韦郎去也，怎忘得、玉环分付。第一是、早早归来，怕红萼、无人为主。算只有并刀，难剪离愁千缕。

例三《扬州慢》(中吕宫):

淮左名都，竹西佳处，解鞍少驻初程。过春风十里，尽荠麦青青。自胡马、窥江去后，废池乔木，犹厌言兵。渐黄昏、清角吹寒，都在空城。　杜郎俊赏，算而今、重到须惊。纵豆蔻词工，青楼梦好，难赋深情。二十四桥仍在，波心荡、冷月无声。念桥边、红药年年，知为谁生。

例四《翠楼吟》(双调):

月冷龙沙，尘清虎落，今年汉酺初赐。新翻胡部曲，听毡幕元戎歌吹。层楼高峙。看槛曲萦红，檐牙飞翠。人姝丽，粉香吹下，夜寒风细。　此地，宜有词仙，拥素云黄鹤，与君游戏。玉梯凝望久，叹芳草萋萋千里。天涯情味。仗酒祓清愁，花销英气。西山外，晚来还卷，一帘秋霁。

这《淡黄柳》中的"看""旧""正""又""怕""问"等字，《长亭怨慢》中的"渐""向""树""望""第""怕""算"等字，《扬州慢》中的"过""尽""自""渐""算""纵""念"等字，《翠楼吟》中的"听""看""拥""叹""仗"等字，都是着重点所在，该用去声字，才能发调。这里面只一个"拥"字是上声，作为例外，大概因为下面紧接着一个去声的"素"字，因而把它换了的。这前两曲都表现一种清劲的音节；《扬州慢》则和谐中见低沉，就因为上、下阕的结尾连用了三个平声作为句脚；《翠楼吟》则和谐中见清壮，就因为句脚多用仄收，而又几乎全部用了去声韵的缘故。

在小令短调中，有一种特殊句子，用的平声字过量，就得借助于去声字，才能振起，显出低抑中的高亢。例如刘过的《醉太平》：

情高意真，眉长鬓青。小楼明月调筝，写春风数声。　思君忆君，魂牵梦萦。翠绡香暖云屏，更那堪酒醒。

这上面四个四言句，都是用的平平仄平，违反了偶数字平仄递用的惯例，构成低沉的音节；必得在第三字选用有力的去声如“意”“鬓”“忆”“梦”等字，把句中的声调激起。上、下阕的结句都是用的仄平平仄平，而且是上一、下四的句法，所以第一、三两字，最好都用去声。这“数”“更”两字的去声，用得非常恰当；“写”“酒”两字用了上声，就感到不够响亮，连整体的精神都受到影响了。又如辛弃疾的《太常引》：

一轮秋影转金波，飞镜又重磨。把酒问姮娥：被白发、欺人奈何。　乘风好去，长空万里，直下看山河。斫去桂婆娑，人道是、清光更多。

这上下阕的结句，都是上三下四，最后四字用平平仄平，也是违反惯例的特殊句法；这第三字如果不用去声如“奈”“更”等字，是万万振不起精神来的。

两平两仄交互使用，作为调声的准则，固然可以取得音节谐婉的绝大效果，从有近体格律诗以至唐、宋以来长短句词曲，一般都遵循着这规矩向前迈进。但平有阴、阳，仄有上、去、入，在歌唱上仍有很大的差别。黄九烟论曲，曾有“三仄应须分上、去，两平还要辨阴、阳”的说法。这在南宋词学专家，已经认识到这点了。张炎在《词源》下卷里面，谈到他父亲张枢写的《惜花春起早》，用了“琐窗深”三个字，感到“深”字唱起来好像变成了别一个字；把它改作“幽”字，也不适合；最后改成“明”字，唱来才协律美听。这因为“深”字上面的“窗”字是阴平，就得配上一个阳平的“明”字；“深”和“幽”都是阴平，和“窗”字连缀起来，违反了抑扬抗坠的法则，所以是非改不行的。至于上、去虽同属仄，也得更番使用。万树说过：“上声舒徐和软，其腔低；去声激厉劲远，其腔高；相配用之，方能抑扬有致。大抵两上两去，在所当避。”（《词律·发凡》）宋人如周邦彦、姜夔等，在这些地方，都是相当注意的，例如周邦彦的《齐天乐》：

> 绿芜凋尽台城路，殊乡又逢秋晚。暮雨生寒，鸣蛩劝织，深阁时闻裁剪。云窗静掩。叹重拂罗裀，顿疏花簟。尚有綀囊，露萤清夜照书卷。　荆江留滞最久，故人相望处，离思何限。渭水西风，长安乱叶，空忆诗情宛转。凭高眺远。正玉液新刍，蟹螯初荐。醉倒山翁，但愁斜照敛。

这里面的拗句，如“殊乡又逢秋晚”的平平仄平平仄，第三字必得用去声，“露萤清夜照书卷”宜用去平平去去平去，“荆江留滞最久”宜用平平平去去上，“离思何限”宜用平去平去。还有领头字的“叹”“正”两字也一定要用去声。此外，连用两仄，如“静掩”“尚有”“眺远”“醉倒”“照敛”，都是去上迭用。只“宛转”全是上声；把这句和上半阕对比，这两字原可用平仄，因有通融的余地，就不妨随便一些。又如姜夔的《眉妩》（一名《百宜娇》）：

> 看垂杨连苑，杜若侵沙，愁损未归眼。信马青楼去，重帘下，娉婷人妙飞燕。翠尊共款，听艳歌、郎意先感。便携手、月地云阶里，爱良夜微暖。　无限风流疏散。有暗藏弓履，偷寄香翰。明日闻津鼓，湘江上、催人还解春缆。乱

红万点，怅断魂、烟水遥远。又争似相携，乘一舸，镇长见。

这里面的拗句，如“娉婷人妙飞燕”是平平平去平去，“听艳歌、郎意先感”是去去平平去平上的上三、下四句法，“便携手、月地云阶里”是去平上入去平平上的上三、下五句法，“爱良夜微暖”是去平去平上的上一、下四句法，“有暗藏弓履”是上去平平上的上一、下四句法，“偷寄香翰”是平去平去，“催人还解春缆”是平平平上平上，“怅断魂、烟水遥远”是去去平平上平上的上三、下四句法，“又争似相携，乘一舸，镇长见”是去平上平平平入上去平去的一、四、三、三句法。这些句子，都构成了拗怒的音节，适宜于表达紧张急迫的情绪。“看”“信”“听”“便”“爱”“怅”“又”等领头字，都是用的去声，便于声调的揭起，显出抑扬抗坠的美妙音节。其间两仄相连，如“信马”“共款”“万点”都用去上，更是美听。这是宋人重视阴阳、上去的显明例证，它对声乐上是有绝大影响的。

关于音节的抑扬抗坠，怎样配合字调的平仄四声？这在周邦彦的《清真集》和姜夔的《白石道人歌曲》中，可说已经达到了穷极变化的境地，构成丰富多彩的多种特殊音节，使长短句歌词形式，经过音律的严格陶冶，逐渐脱离近体诗的一般规律而卓然独立起来，是值得我们从事歌词创作者深入探讨的。

（原载《词曲概论》下编“论法式”第一章，上海古籍出版社1980年版）

韵位疏密与表情的关系

梁刘勰谈到声律问题，认为“声有飞、沉”；又说：“沉则响发而断，飞则声扬不还。”（《文心雕龙·声律》第三十三）这里说明汉语的每一个音，都有它的不同性质。如果在组织成为词句时不能作妥善的搭配，就难以显示高低、抑扬的音节，而且吟唱起来会拗折嗓子。所以他又说：“古之教歌，先揆以法，使疾呼中宫，徐呼中徵。”又说：“商徵响高，宫羽声下，抗喉矫舌之差，攒唇激齿之异，廉肉相准，皎然可分。”他接着说明怎样把这些不同性质的字音安排得适当，就该“左碍而寻右，末滞而讨前，则声转于吻，玲玲如振玉；辞靡于耳，累累如贯珠”。（同上）这对声韵上的安排，讲得十分透辟。它是结合着音乐关系和汉语的特性，来制定法则的。从唐人律、绝诗以至后来的词、曲，都是根据这个法则进一步付之实践，越来越讲究得精密的。

在歌调声韵安排上的基本法则，原不外乎沈约所说：“欲使宫羽相变，低昂互节，若前有浮声，则后须切响。一简之内，音韵尽殊；两句之中，轻重悉异。”（《宋书》卷六十七《谢灵运传》）但再要说得简要明了，就是在每一个句子中间的平仄声字，必须相间使用，使它显出和谐的音节；在整个篇章中的韵位所在，必须遥相呼应，使它的音响和所表达的感情恰恰相称，随着感情的起伏变化而有所调节。刘勰也曾说起："异音相从谓之和，同声相应谓之韵。"（《文心雕龙·声律》）这"异音相从"就是在每个句子中的字调问题；"同声相应"就是在整个篇章中的韵位问题。关于前者，我们在上一章已经约略分析过了。现在着重唐、宋小令关于韵位问题的探讨，不得不追溯一下我们的祖先是怎样重视诗歌的韵位问题的。

清人孔广森曾把《诗经》三百五篇的韵脚，作了一个综合的研究，写成《诗声类》和《诗声分例》二书。在《诗声分例》中，立了许多名目，叫作"偶韵""奇韵""偶句从奇韵""叠韵""空韵""二句独韵""末二句换韵""两韵""三韵""四韵""两韵分协""两韵互协""两韵隔协""三韵隔协""四韵隔协""首尾韵""二句不入韵""三句不入韵""二句间韵"[①]"三句间韵""四句间韵""联韵""续韵""助字韵""句中韵""句中隔韵""隔协句中隔韵"等。在他所举的许多例子中，可以看出我们祖先在唱歌时是怎样注意音调的和谐以及情感与语言的结合问题。它的音乐性之强，在韵位的变化上，我们现在还是可以感觉到的。继孔氏书而作的还有丁以此的《毛诗正韵》，分析得更加清楚。我们要研究古代民歌的声韵问题和词、曲的声韵组织问题，

① "间"，底本作"闲"，据《诗声类附诗声分例》（中华书局1983年版，第59页）改。下文同误，径改。

那么，孔、丁两氏关于《诗经》韵例的著作是值得仔细探讨的。

韵位的疏密，与所表达的情感的起伏变化、轻重缓急，有着不可分割的关系。大抵隔句押韵，韵位排得均匀的，它所表达的情感都比较舒缓，宜于雍容愉乐场面的描写；句句押韵或不断转韵的，它所表达的情感比较急促，宜于紧张迫切场面的描写。且看《诗经》描写欢乐场面的，如《周南·关雎》：

关关雎鸠，在河之洲。窈窕淑女，君子好逑。

参差荇菜，左右流之。窈窕淑女，寤寐求之。

求之不得，寤寐思服。悠哉悠哉，辗转反侧。

参差荇菜，左右采之。窈窕淑女，琴瑟友之。

参差荇菜，左右芼之。窈窕淑女，钟鼓乐之。

这第一章“鸠”“洲”“逑”三押平韵；第二章“流”“求”两押平韵，声情都是舒缓的；第三章“得”“服”“侧”三押入声韵，就显得比较急促；第四章“采”“友”两押上声韵；第五章“芼”“乐”两押去声韵，由急转缓；末章去声韵的响亮，显示愉快达于沸点的感情。这种描写结婚者思想感情的起伏变化，是在韵位上表达得非常适当的。又如《周南·桃夭》：

桃之夭夭，灼灼其华。之子于归，宜其室家。

桃之夭夭，有蕡其实。之子于归，宜其家室。

桃之夭夭，其叶蓁蓁。之子于归，宜其家人。

这第一章“华”与“家”协两平，第二章“实”与“室”协两入，第三章“蓁”与“人”又协两平。每章都是隔句协韵，而三章的韵脚，又是平入递用，更显示它的音节的和谐舒缓，是适宜于抒写少女将结婚时的愉快心情的。

《诗经》中表达紧张急迫情绪的篇章常是句句用韵，越来越急。例如《周南·卷耳》：

采采卷耳，不盈顷筐。嗟我怀人，寘彼周行。

陟彼崔嵬，我马虺隤。我姑酌彼金罍，维以不永怀。

陟彼高冈，我马玄黄。我姑酌彼兕觥，维以不永伤。

陟彼砠矣，我马瘏矣！我仆痡矣！云何吁矣！

这第一章“筐”与“行”协两平，隔句押韵，比较舒缓，第二章“嵬”“隤”“罍”“怀”，第三章“冈”“黄”“觥”“伤”，第四章“砠”“瘏”“痡”“吁”，都是四协平韵，而且句句协韵，就显得情调的急迫紧张，充分表达了怀人者的苦痛心情。

还有在一章中，为了显示情感的变化，也得用换韵的手法，才能表达得恰如其量，把事物写得有声有色。例如《卫风·硕人》第二章描写庄姜的美貌：

手如柔荑，肤如凝脂，领如蝤蛴，齿如瓠犀，螓首蛾眉。巧笑倩兮，美目盼兮。

第三章描写庄姜的仪从：

硕人敖敖，说于农郊；四牡有骄，朱幩镳镳，翟茀以朝。大夫夙退，无使君劳。

前一章的“荑”“脂”“蛴”“犀”“眉”连协五个平韵，用种种实物比况这位“硕人”的诸般形态；但只有色而无声，有形象而缺乏生命。结尾转用“倩”“盼”两个去声韵，就把美人神态活现在纸上了。后一章的“敖”“郊”“骄”“镳”“朝”也是连协五个平韵，用夸张美貌的手法，再来夸张一下这位“硕人”的十足派头，情调也是紧张的。到最末二句，才把紧张情绪松弛一下，隔句再协一个“劳”字的平韵，带着讽刺的口吻，是异常俏皮的。

这上面随手举了一些《诗经》的韵例，说明韵脚的安排对表达情感的密切关系，给后来词、曲形式的丰富多彩以很大的启示，是毫无可疑的。

《诗经》以下，就要数到《楚辞》。《楚辞》的声韵变化，虽然没有《诗经》那样的复杂；但对韵位与表情的关系，随着情感的变化而变换韵脚的平仄声，也是异常注意的。例如《九歌·少司命》：

> 秋兰兮麋芜，罗生兮堂下（古音读如虎）。绿叶兮素枝，芳菲菲兮袭予（读上声）。夫人兮自有美子，荪何以兮愁苦？
>
> 秋兰兮青青，绿叶兮紫茎。满堂兮美人，忽独与余兮目成。
>
> 入不言兮出不辞，乘回风兮载云旗。悲莫悲兮生别离，乐莫乐兮新相知。
>
> 荷衣兮蕙带，倏而来兮忽而逝。夕宿兮帝郊，君谁须兮云之际？
>
> 与女游兮九河，冲风至兮水扬波。与女沐兮咸池（古音陀），晞女发兮阳之阿。望美人兮未来，临风怳兮浩歌。
>
> 孔盖兮翠旍，登九天兮抚彗星。竦长剑兮拥幼艾，荪独宜兮为民正（读平声）。

这第一章“芜”“下”“予”“苦”押四个上声韵，除首、次句连协外，皆隔句一协，显出情调的舒缓；第二章“青”“茎”“成”换协三平，已渐转急；第三章“辞”“旗”“离”“知”连协四平，就更显示紧张迫促；第四章“带”“逝”“际”换协三去，把低抑的情调稍稍激起，给以适当的调剂；第五章“河”“波”“池”“阿”“歌”换协五平，又转舒缓，表示希望的神情；第六章“旍”“星”“正”又协三平，显示最后的乐观情态。这手法，还是与《诗经》中的《国风》一脉相承的。

《诗经》中的十五国风和《楚辞》中的《九歌》(祀神的巫歌)，都保持着浓厚的民歌色彩，而且在当时是和音乐紧密结合的。所以在声韵组织上，具有许多变化，表现着劳动人民的智慧积累。汉、魏以来，辞人辈出，于是诗赋成了专业，逐渐脱离民歌与音乐的关系。这虽然具有它的历史条件，而《诗经》《楚辞》的优秀传统，在声韵变化上，是有中断趋向的。

汉代乐府诗，最初是收集了不少民歌的；可惜到了汉、魏之际，虽有曹氏父子(操、丕、植等)的仿作，还不能在《风》《骚》的传统基础上，发展成为一种崭新的诗歌形式。但有些卓越的作品，对声韵和情感的结合变化，还是有相当表现的。例如汉《鼓吹铙歌》中的《上邪》:

> 上邪！我欲与君相知，长命无绝衰。山无陵，江水为竭，冬雷震震，夏雨雪，天地合，乃敢与君绝。(《宋书》卷二十二《乐志》四)

这“知”与“衰”连协两平，表示坚决的爱情，已有些紧张的情调；下面紧接“竭”“雪”“合”“绝”四个入声韵，充分显现不可动摇的炽烈情感。这手法是十分卓越的。曹操对乐府诗的创作，是富有最大热情的。他的作品，保存在《宋书·乐志》中的还很不少，但除了几首纯用四言或五言句式的以外，有的长短句很难读通，大概由于记录者“声、词相杂”的缘故吧？且看他所拟《步出夏门行》的第一解的后半段：

> 东临碣石，以观沧海。水何澹澹，山岛竦峙。树木丛生，百草丰茂。秋风萧瑟，洪涛涌起。日月之行，若出其中；星汉灿烂，若出其里。幸甚至哉，歌以言志。(《观沧海》)

这里只“峙”“起”“里”“志”协了四个上、去声韵；中间也有一些波澜壮阔的句子，像上面所举的“水何澹澹，山岛竦峙”，“秋风萧瑟，洪涛涌起”以及第四解中的“老骥伏枥，志在千里；烈士暮年，壮心不已”，都是很有魄力的，只是有配搭得不太适当的地方。我疑心曹操还是习惯于写作四言或五言的整齐形式，有些句子，是由乐工们因曲调上的需要，勉强替他凑上去的。曹氏父子，不能在《诗经》里面吸取声韵组织上的经验，从而创造一种簇新的长短句歌词，是非常可惜的。

过去有些学者谈到词的起源问题，都只在句子的长短不齐上着眼，没有注意到唐、宋小令用的长短句是受着曲调支配的。要把字调的起伏变化和曲调的高下抑扬紧密结合起来，非在声律论发明以后，更从《诗经·国风》中吸取经验，加以错综变化，是不可能凭空创造出长短句的新形式来的。

齐、梁间是声律论运用在诗歌形式上的开始。运用这个新武器来创造新文艺的却只限于接近统治阶级的专业文人。他们不肯在民歌方面吸取经验，又不理解音乐曲调的特殊性质；所以只能形成声调和谐而形式方板的近体诗式，而不能很快地创造出和音乐曲调紧密结合的长短句歌词。在“异音相从”和“同声相应”两条原则上，创造出五、七言律诗来，原来也是一个很大的进步；但在句法和韵位上，都有它的严格限制，对于表达起伏变化的复杂情感，乃至配合曲调的参差抑扬的节奏，它是不能胜任的。梁武帝（萧衍）对这问题，似乎有了一些理解；在他所写的《江南弄》七首中，都是用三个七言句、四个三言句组成的形式，而且是前后换韵的，这确乎有些像是在"倚声填词"。不过它的换韵，除有一首是前平后仄外，都是前后皆平，与唐、宋小令换韵有固定规则，还是距离很大。姑举他的《采莲曲》：

游戏五湖采莲归，发花田叶芳袭衣，为君侬歌世所希。世所希，有如玉。江南弄，采莲曲。

这前面的"归""衣""希"连协三平，后面的"玉""曲"隔协两入，乍看起来，确是和唐人小令的格式有些相像。但把同样的六首拿来比较一下，不特韵部的转换不能一致，连每个句子中的平仄安排，也是不合"异音相从"的法则的。

基于上面的叙述，我们可以得出一个结论：唐、宋小令的长短句形式，是在近体律诗确立之后，从《诗经·国风》以至《楚辞·九歌》和汉乐府得到某些启示，更紧密结合当时流行曲调，经过无数民间作者的不断尝试，从而创立成功的。

唐、宋小令的韵位疏密，与本曲调所显示的感情有不可分割的关系。但它的初步发展，仍然脱不了近体诗的样式，尤其是全用平韵的小令：

一、隔句协韵，结句连协例：

江南忆，最忆是杭州。山寺月中寻桂子，郡亭枕上看潮头。何日更重游？（白居易《忆江南》）

二、上片连协，下片隔协例：

一曲新词酒一杯，去年天气旧亭台，夕阳西下几时回。　　无可奈何花落去，似曾相识燕归来。小园香径独徘徊。（晏殊《浣溪沙》）

三、上片首次连协，三四隔协，下片二三连协，四五隔协例：

彩袖殷勤捧玉钟，当年拚却醉颜红。舞低杨柳楼心月，歌尽桃花扇底风。　　从别后，忆相逢，几回魂梦与君同。今宵剩把银釭照，犹恐相逢是梦中。（晏幾道《鹧鸪天》）

四、上下片皆首尾隔协，中间连协例：

夜饮东坡醒复醉，归来仿佛三更。家童鼻息已雷鸣。敲门都不应，倚杖听江声。　　长恨此身非我有，何时忘却营营。夜阑风静縠纹平。小舟从此逝，江海寄余生。（苏轼《临江仙》）

五、上下片皆前隔协，后连协例：

雨暗初疑夜，风回便报晴。淡云斜照着山明，细草软沙溪路马蹄轻。　　卯酒醒还困，仙村梦不成。蓝桥何处觅云英。只有多情流水伴人行。（苏轼《南歌子》）

六、上片首次连协，三四隔协，下片一二三隔二句协，四五隔一句协例：

平山阑槛倚晴空，山色有无中。手种堂前垂柳，别来几度春风。　　文章太守，挥毫万字，一饮千钟。行乐直须年少，尊前看取衰翁。（欧阳修《朝中措》）

这上面六个平声韵例，都是隔协多于连协，音节是和谐舒缓的。它的声韵组织，全从近体律、绝变化而来；蜕变痕迹，是显而易见的。

至于平韵小令，如果连协多于隔协，那么，它的音节就要来得紧促，适宜表达急迫低抑的情调：

一、上片句句连协，下片除三字偶句隔协，余皆连协例：

湘天风雨破寒初，深沉庭院虚。丽谯吹罢小单于，迢迢清夜徂。　　乡梦断，旅魂孤，峥嵘岁又除。衡阳犹有雁传书，郴阳和雁无。（秦观《阮郎归》）

二、上下片皆一二三四连协，五六七隔两句协例：

十年生死两茫茫。不思量，自难忘。千里孤坟，无处话凄凉。纵使相逢应不识，尘满面，鬓如霜。　　夜来幽梦忽还乡。小轩窗，正梳妆。相顾无言，惟有泪千行。料得年年肠断处，明月夜，短松冈。（苏轼《江城子》）

三、上下片除首次句隔协，余并连协例：

花前失却游春侣，独自寻芳。满目悲凉，纵有笙歌亦断肠。　　林间戏蝶帘间燕，各自双双。忍更思量。绿树青苔半夕阳。（冯延巳《采桑子》）

四、上下片除四五隔协，余皆连协例：

往事只堪哀，对景难排。秋风庭院藓侵阶。一桁珠帘闲不卷，终日谁来。　　金锁已沉埋，壮气蒿莱。晚凉天净月华开。想得玉楼瑶殿影，空照秦淮。（李煜《浪淘沙》）

五、上下片全部连协例：

短长亭，古今情。楼外凉蟾一晕生，雨余秋更清。暮云平，暮山横。几叶秋声和雁声，行人不要听。（万俟咏《长相思》）

六、上下片第三句透下全部连协例：

何处望神州。满眼风光北固楼。千古兴亡多少事，悠悠。不尽长江滚滚流。　　年少万兜鍪，坐断东南战未休。天下英雄谁敌手，曹刘。生子当如孙仲谋。（辛弃疾《南乡子》）

这上面六例，连协的多，都显示紧迫情调；遇隔协或三句一韵处，语气略趋舒缓，在整体中起着调剂作用。

在整阕使用平声韵的小令中，也有夹协仄声短韵，自分宾主的。它的作用，一在使音节变得复杂美听，二在给感情上以调节。略举数例：

一、上片或下片先协两仄语气透下例：

四月十七，正是去年今日，别君时。忍泪佯低面，含羞半敛眉。　　不知魂已断，空有梦相随。除却天边月，没人知。（韦庄《女冠子》）

林花谢了春红，太匆匆！无奈朝来寒雨晚来风。　　胭脂泪，相留醉，几时重？自是人生长恨水长东！（李煜《相见欢》）

二、上下片连协平韵，中夹六仄例：

莫听穿林打叶声，何妨吟啸且徐行。竹杖芒鞋轻胜马，谁怕，一蓑烟雨任平生。　　料峭春风吹酒醒，微冷，山头斜照却相迎。回首向来萧瑟处，归去，也无风雨也无晴。（苏轼《定风波》）

三、全阕协平为主，中夹两仄相错例：

挑尽金灯红烬，人灼灼，漏迟迟，未眠时。　　斜倚银屏无语，闲愁上翠眉。闷杀梧桐残雨，滴相思。（韦庄

《定西蕃》）

四、全阕协平为主，上下片错协五仄各为部伍例：

月落星沉，楼上美人春睡。绿云倾，金枕腻，画屏深。　子规啼破相思梦，曙色东方才动。柳烟轻，花露重，思难任。（韦庄《酒泉子》）

五、全阕协平为主，上下片换韵中夹多种仄韵交错相协例：

宝马晓鞴雕鞍，罗帷乍别情难。那堪春景媚，送君千万里，半妆珠翠落，露华寒。红蜡烛，青丝曲，偏能勾引泪阑干。　良夜促，香尘绿，魂欲迷。檀眉，半敛愁低。未别，心先咽，欲语情难说，出芳草、路东西。摇袖立，春风急，樱花杨柳雨凄凄。（薛昭蕴《离别难》）

第一例中，第一首“时”“眉”“随”“知”共协四平，作为主韵，“七”“日”先协两入，透下“时”字语气才住；第二首“红”“匆”“风”“重”“东”共协五平，作为主韵，过片“泪”“醉”叶两去，透下“重”字语气才住，这作用都仅仅是使得音节比较复杂而已。第二例中，“声”“行”“生”“迎”“晴”共协五平，作为主韵，“马”和“怕”夹协两仄，“醒”和“冷”又转两仄，“处”和“去”又转两仄。这里三转仄韵夹协，就兼起着调节情感的作用。第三例中，“迟”“时”“眉”“思”共协四平，作为主韵，“语”和“雨”错协两上。它的作用也只在增加音节上的繁复之美而已。第四例中，“沉”“深”“任”共协三平，作为主韵，“睡”和“腻”夹协两去，“梦”“动”“重”转协三去。这里的主要作用是使音节起变化，也兼调节情感。第五例中，“鞍”“难”“寒”“干”共协四平，

“迷”“眉”“低”“西”“凄”换协五平，作为主韵，“媚”和“里”夹协两仄，“落”“烛”“曲”夹协三入，“促”和“绿”夹协两入，“别”“咽”“说”夹协三入，“立”和“急”夹协两入。这首词复杂到了极点，对划分起伏、调节情感，起着极大的作用；因主韵的韵位相隔太远，这宾韵就更能发挥它的作用以影响于整体的幽咽哀怨、若断若续的愁苦心情。这是唐、五代小令中最富声律变化的创作。

仄韵小令，音节是比较峭劲的。上、去同协，入声独用，是唐、宋词的一定规矩。上、去声韵适宜表达清幽峭拔、沉郁凄壮的思想感情；入声韵适宜表达激烈豪爽、决绝潇洒的思想感情。但韵位的疏密，也起着调节变化的作用。酌为示例如下：

一、隔句协仄例：

春山烟欲收，天淡稀星小。残月脸边明，别泪临清晓。　　语已多，情未了，回首犹重道。记得绿罗裙，处处怜芳草。(牛希济《生查子》)

西津海鹘舟，径度沧江雨。双橹本无情，鸦轧如人语。　　挥金陌上郎，化石山头妇。何物系君心？三岁扶床女。(贺铸《生查子》)

二、首尾隔协，腰间连协例：

小径红稀，芳郊绿遍，高台树色阴阴见。春风不解禁杨花，蒙蒙乱扑行人面。　　翠叶藏莺，朱帘隔燕，炉香静逐游丝转。一场愁梦酒醒时，斜阳却照深深院。(晏殊《踏莎行》)

三、上半连协，下半隔协例：

池塘水绿风微暖，记得玉真初见面。重头歌韵响铮琮，

入破舞腰红乱旋。　玉钩阑下香阶畔，醉后不知斜日晚。当时共我赏花人，点检如今无一半。（晏殊《玉楼春》）

霜余已失长淮阔，空听潺潺清颍咽。佳人犹唱醉翁词，四十三年如电抹。　草头秋露流珠滑，三五盈盈还二八。与余同是识翁人，惟有西湖波底月。（苏轼《木兰花令》）

四、前连协，尾隔协例：

叶下斜阳照水，卷轻浪、沉沉千里。桥上酸风射眸子。立多时，看黄昏，灯火市。　古屋寒窗底，听几片、井桐飞坠。不恋单衾再三起。有谁知，为萧娘，书一纸。（周邦彦《夜游宫》）

薄雾浓云愁永昼，瑞脑消金兽。佳节又重阳，玉枕纱厨，半夜凉初透。　东篱把酒黄昏后，有暗香盈袖。莫道不消魂，帘卷西风，人比黄花瘦。（李清照《醉花阴》）

五、首尾连协，中腰隔协，兼作叠韵例：

昨夜雨疏风骤，浓睡不消残酒。试问卷帘人，却道海棠依旧。知否。知否。应是绿肥红瘦。（李清照《如梦令》）

这上面五例，都是音节比较舒缓的；大多前急后缓，尤以第四例的后三句两用平收，隔三句才协一韵，更加显示风姿摇曳，有袅袅不尽之音。至于第一例的《生查子》和第三例的《玉楼春》，则完全是仄韵律诗的式样，不过对偶处有些拗怒，显示情调的郁勃；其用入声韵的《木兰花令》，则更加矫健而已。

仄韵小令，比较音节紧促的，几乎是句句协韵；有的只在开首或腰间偶用一句平收，酌为调剂一下。

一、开首隔协，随后连协例：

燕雁无心，太湖西畔随云去。数峰清苦，商略黄昏雨。　　第四桥边，拟共天随住。今何许。凭阑怀古，残柳参差舞。（姜夔《点绛唇》）

又正是春归，细柳暗黄千缕。暮鸦啼处，梦逐金鞍去。一点芳心休诉，琵琶解语。（姜夔《醉吟商小品》）

二、首尾连协，腰偶隔协例：

春日宴，绿酒一杯歌一遍。再拜陈三愿：一愿郎君千岁，二愿妾身长健，三愿如同梁上燕，岁岁长相见。（冯延巳《长命女》）

庭院深深深几许。杨柳堆烟，帘幕无重数。玉勒雕鞍游冶处，楼高不见章台路。　　雨横风狂三月暮。门掩黄昏，无计留春住。泪眼问花花不语，乱红飞过秋千去。（欧阳修《蝶恋花》）

三、整体连协例：

春艳艳，江上晚山三四点。柳丝如剪花如染。　　香闺寂寂门半掩。愁眉敛，泪珠滴破胭脂脸。（冯延巳《归自谣》）

风乍起，吹皱一池春水。闲引鸳鸯香径里，手挼红杏蕊。　　斗鸭阑干独倚，碧玉搔头斜坠。终日望君君不至，举头闻鹊喜。（冯延巳《谒金门》）

塞下秋来风景异，衡阳雁去无留意。四面边声连角起。千嶂里，长烟落日孤城闭。　　浊酒一杯家万里，燕然未勒归无计。羌管悠悠霜满地。人不寐，将军白发征夫泪。（范仲淹《渔家傲》）

这上面三例，说明上、去韵的韵位过密，也能够显示一种紧促的情调，适宜表达曲折变化、缠绵悱恻的凄惘心情；尤其是第三例，句句连协，旋折而下，一句一转，显示一种沉郁气氛。其中如《谒金门》《渔家傲》以及第二例中的《蝶恋花》(一名《鹊踏枝》)也都有协入声韵的；那就不免化沉郁为激厉，情调又大不相同了。

接着，再谈一下唐、宋小令遇到需要表达激越矫健、高峭坚决的思想感情时，那短音促节的入声韵，是最适当不过的。略举数例如下：

一、开端连协，中夹叠韵例：

箫声咽，秦娥梦断秦楼月。秦楼月，年年柳色，灞陵伤别。　乐游原上清秋节，咸阳古道音尘绝。音尘绝，西风残照，汉家陵阙。(李白《忆秦娥》)

二、整体仄收，隔协入韵例：

无穷官柳，无情画舸，无根行客。南山尚相送，只高城人隔。　罨画园林溪绀碧，算重来、尽成陈迹。刘郎鬓如此，况桃花颜色。(晁补之《忆少年》)

三、过片一句平收，余并仄收，隔协入韵例：

开时似雪，谢时似雪，花中奇绝。香非在蕊，香非在萼，骨中香彻。　占溪风，留溪月，堪羞损、山桃如血。直饶更疏疏淡淡，终有一般情别。(晁补之《盐角儿》)

四、前两句一句平收，一句仄收，隔协入韵例：

摇首出红尘，醒醉更无时节。活计绿蓑青笠，惯披霜冲雪。　晚来风定钓丝闲，上下是新月。千里水天一色，看孤鸿明灭。(朱敦儒《好事近》)

五、整体连协，结尾平收隔协例：

东风急，惜别花时手频执，罗帷愁独入。马嘶残雨春芜湿。倚门立，寄语薄情郎，粉香和泪泣。（牛峤《望江怨》）

六、通体连协入韵例：

何处笛，终夜梦魂情脉脉。竹风榈雨寒窗滴。　　离人数岁无消息。今头白，不眠特地重相忆。（冯延巳《归自谣》）

杨柳陌，宝马嘶空无迹。新着荷衣人未识，年年江海客。　　梦觉巫山春色，醉眼飞花狼籍。起舞不辞无气力，爱君吹玉笛。（冯延巳《谒金门》）

上面第一例，上片“咽”“月”“别”协三入，“月”又重叠一次；下片“节”“绝”“阙”协三入，“绝”又重叠一次；上下片的第四句原非韵位，但全用仄声（“色”入，“照”去），自然劲挺；从整个的音节探讨起来，是适宜表达激壮感情的。第二例，上片“客”和“隔”协，下片“碧”和“迹”“色”协；虽然韵位相隔相当远，但其他句脚字如“柳”“舸”“送”“此”都是仄声，与短促的入声韵连缀起来，也不能显示和谐而适成拗怒，所以它会成为激厉紧促的凄调。第三例，上片“雪”“绝”“彻”协三入，“雪”又重用一次；下片“月”“血”“别”也协三入；整体的句脚字，只“风”字是平，“蕊”“萼”“淡”皆仄。这作用与第二例全同，只过片的三言偶句，略感和谐而已。第四例，上片“节”“笠”“雪”和下片“月”“色”“灭”皆连协三入，显示情调的高峭；“笠”“色”并非固定韵位，但这里全用入收，显示音节的拗怒；上下片首句“尘”“闲”两字的平收，略有调剂。第五例，“急”“执”“入”“湿”“立”“泣”六协入声韵，显示心情的紧促；只在曲终前安上一句平收的“郎”字，略为舒了一口气。整个的情调，是情急调苦的。第六例全部连协入声韵，没有一个异音的句脚字调剂其间，就更显得情调的紧张急迫了。

入声韵的特殊作用，在唐、宋词中，不论小令或长调，都是表现得非常突出的。到了《中原音韵》全用北音，把入声分派入平、上、去，它的特性也就随着消灭。这是语言变化的自然法则，不能把词、曲混为一谈的。

（原载《词曲概论》下编“论法式”第三章，上海古籍出版社1980年版）

韵位的平仄转换与表情的关系

每一个人的思想感情是瞬息变化的。跟随着感情的起伏变化，把它在文学语言上恰如其量地显示出来，那就有待于韵位的平仄转换。这手法，在劳动人民不断创作的实践中，早经积累了不少的经验，在本章溯源到《诗经》和《楚辞》时，已经约略谈过了。这个在艺术表现手法上的优秀传统，发展到了唐、宋间的长短句歌词，由于曲调的丰富多彩和声律论的普遍应用，得到多方面的启示，把音乐曲调和汉民族语言的特性，很巧妙地结合起来了。于是在歌词的韵位变化上，呈现出百花齐放的奇观，对表现各种起伏变化的思想感情，也就具备种种不同形式，一任作者选择。这转韵的表现手法，是唐中叶以迄五代时的民间艺人不断创造出来的，从而影响到专业文人，加以提炼确定，作为倚声家的共同法则。这转韵法则，有简单的和复杂的两种，兹为分别举例如下：

一、上片仄韵，下片换平韵例：

莺啼残月，绣阁香灯灭。门外马嘶郎欲别，正是落花

时节。　　妆成不画蛾眉，含愁独倚金扉。去路香尘莫扫，扫即郎去归迟。（韦庄《清平乐》）

二、单调小令平换仄例：

画舸停桡，槿花篱外竹横桥。水上游人沙上女，回顾，笑指芭蕉林里住。（欧阳炯《南乡子》）

三、上下片平仄四换（甲）例：

平林漠漠烟如织，寒山一带伤心碧。暝色入高楼，有人楼上愁。　　玉阶空伫立，宿鸟归飞急。何处是归程。长亭连短亭。（李白《菩萨蛮》）

四、上下片平仄四换（乙）例：

岸柳垂金线，雨晴莺百啭。家住绿杨边，往来多少年。　　马嘶芳草远，高楼帘半卷。敛袖翠蛾攒，相逢尔许难。（顾敻《醉公子》）

五、上下片平仄四换（丙）例：

春花秋月何时了，往事知多少。小楼昨夜又东风，故国不堪回首月明中。　　雕阑玉砌应犹在，只是朱颜改。问君能有几多愁，恰似一江春水向东流。（李煜《虞美人》）

六、上下片平仄四换（丁）例：

记得那年花下，深夜，初识谢娘时。水堂西面画帘垂，携手暗相期。　　惆怅晓莺残月，相别，从此隔音尘。如今俱是异乡人，相见更无因。（韦庄《荷叶杯》）

第一例，上片“月”“灭”“别”“节”连协四入（亦可协上、去），显示紧促；下片“眉”“扉”“迟”换协三平，转成舒缓。上急迫而下缠绵，宜于表达两种不同情感的变化。第二例，“桡”

和“桥”协两平，显示意态雍容；“女”“顾”“住”换协三仄，显示感情激动。第三例，上片“织”“碧”协两入，“楼”“愁”换两平；下片“立”“急”转协两入（入可用上、去，视情感的缓急变化酌定），“程”“亭”又换两平。这样匀称的平仄互换，先仄后平，一急一缓，恰与作者感情起伏相应，于紧促中见缠绵，是一个非常美听的调子。第四例，上片“线”“畔”协两去，“边”“年”换两平；下片“远”“卷”转两上，“攒”“难”又协两平。情调和第三例相仿，但四仄递用去、上，恰恰和少妇怀人的情感相当。这曲折委婉的内心变化，在这些韵位中是表达得异常深刻的。第五例，上片“了”“少”协两上，“风”“中”换两平；下片“在”“改”转两上，“愁”“流”又换两平。前短叹而后长吁，于迫促中见缠绵悱恻的无穷情致，是这个曲调的特色。第六例，上片“下”“夜”协两去，“时”“垂”“期”换三平；下片“月”“别”转两入，“尘”“人”“因”又换三平。它的仄韵是向下透的，而且平仄韵的分量不相当，所以这四个仄韵，只起着加强音节化的作用，与前面提到的《女冠子》相同，仄韵只能居于宾位而已。

这上面所举，是比较简单的转韵例子。下面再谈比较复杂的：

一、去平入三转兼两叠一倒例：

河汉。河汉。晓挂秋城漫漫。愁人起望相思，江南塞北别离。离别。离别。河汉虽同路绝。（韦应物《调笑令》）

二、平仄四转，下片增一韵位例：

玉炉香，红蜡泪，偏照画堂秋思。眉翠薄，鬓云残，

夜长衾枕寒。　梧桐树，三更雨，不道离情正苦。一叶叶，一声声，空阶滴到明。(温庭筠《更漏子》)

三、上入去入四转兼两个三叠例：

红酥手，黄縢酒，满城春色宫墙柳。东风恶，欢情薄。一怀愁绪，几年离索。错！错！错。　春如旧，人空瘦，泪痕红浥鲛绡透。桃花落，闲池阁。山盟虽在，锦书难托。莫！莫！莫。(陆游《钗头凤》)

四、平仄四转兼夹协例：

去去，何处。迢迢巴楚，山水相连。朝云暮雨，依旧十二峰前，猿声到客船。　愁肠岂异丁香结。因离别，故国音书绝。想佳人花下，对明月春风，恨应同。(李珣《河传》)

五、平仄四转，不兼夹协例：

湖上，闲望。雨萧萧，烟浦花桥，路遥。谢娘翠蛾愁不消，终朝，梦魂迷晚潮。　荡子天涯归棹远。春已晚，莺语空肠断。若耶溪，溪水西，柳堤，不闻郎马嘶。(温庭筠《河传》)

六、去入平三转兼夹协和抛线例：

空碛无边，万里阳关道路。马萧萧，人去去，陇云愁。　香貂旧制戎衣窄，胡霜千里白。绮罗心，魂梦隔，上高楼。(孙光宪《酒泉子》)

花映柳条，闲向绿萍池上。凭阑干，窥细浪，雨萧萧。　近来音信两疏索，洞房空寂寞。掩银屏，垂翠箔，度春宵。(温庭筠《酒泉子》)

七、平仄转夹协兼抛线例：

汉使昔年离别，攀弱柳，折寒梅，上高台。　千里玉关春雪，雁来人不来。羌笛一声愁绝，月徘徊。（温庭筠《定西蕃》）

八、平仄递转，仄多于平例：

万枝香雪开已遍，细雨双燕。钿蝉筝，金雀扇，画梁相见。雁门消息不归来，又飞回。（温庭筠《蕃女怨》）

上面第一例，“汉”“漫”协两去，“汉”又重叠一次；“思”“离”换两平；“别离”倒作“离别”转下，“别”“绝”协两入，“别”又重叠一次。这样平、仄递转，宛转相生，用来表达曲折变化的感情，是非常适合的，所以又叫《转应曲》。第二例，上片“泪”“思”协两去，“残”“寒”换两平；下片“树”“雨”“苦”转三仄，“声”“明”又换两平。这样均匀的换韵，恰好表现情调的一起一落；下片多协一仄，是表示感情变化时的激动状态。第三例，上片“手”“酒”“柳”协三上，“恶”“薄”“索”“错”换四入，“错”又重叠两次，表示无穷的感叹；下片“旧”“瘦”“透”转三去，“落”“阁”“托”“莫”换四入，“莫”又重叠两次，再一次表示无穷的感叹，这个调子，每句都用仄收，所转的又都是仄韵，与主要的短促的入声韵结合起来，显示作者心情的悲怨之极，凄咽几乎不能出声。这也是唐、宋小令中生面别开的创作，使人读了为下同情之泪。第四例，上片“去”“处”连协两仄，“雨”隔协一仄，“连”“前”“船”换协三平；下片“结”“别”“绝”转协三入，“风”“同”换协两平。这样错综复杂的变化韵位，也是为了增加声容之美而已。第五例，上片

“上”“望”协两去，“萧”“桥”“遥”“消”“朝”“潮”换协六平，且多短句，表示感情的紧促和低抑；下片“远”“晚”“断”转协三仄，“溪”“西”“堤”“嘶”又换四平，作用和上片相仿。这是适宜于表达缠绵低抑的离愁别恨的。第六例，上片“路”“去”协两去，“愁”字孤零零的，却和抛线一般，与下片的“楼”字结合，遥协两平；下片“窄”“白”“隔”换协三入，“隔”字隔着一个平收的句子，也有些像抛线的状态。这种格式，大概也只是为了音节上的错综变化，宋人是很少使用的。温庭筠的那一首，上片“上”“浪”协两去，“萧”和下片的“宵”遥协两平；下片“索”“寞”“箔”换协三入。两作的韵位变换都是比较奇特的。第七例，上片发端的“别”也是孤零零的，像抛线般抛向下片的“雪”“绝”，遥相结合；上片的“梅”“台”和下片的“来”“徊”共协四平。这也是显示错综变化的特殊情调。据《旧唐书·文苑传》说温庭筠“能逐弦吹之音，为侧艳之词”。他既是一个精通乐律者，那么，像上面所举《酒泉子》《定西蕃》这一类的特殊形式，该是与这些曲调的音节有密切关系的。第八例是单调小令，“遍”“燕”“扇”“见”共协四去，“来”“回”转协两平。这种不均匀的转韵，也是与表情的变化有不可分割的关系的。且看它的前面虽然不免睹物伤情，但对着这阳春美景，还在定神赏玩；后来想到边信杳然，突转低抑情调。这都是可以从音节上体会出来的。

看了上面许多例子，可知韵位的变化和四声韵部的不同性质，在表达不同情感的关系上，占多么重要的地位。这里不过略略引出一些端绪来加以分析，以见唐、宋小令在艺术性上的丰富多彩而已。

还有一个调子中，平、仄韵同部互协的。似平或仄都有固定的韵位，与南、北曲的四声通协有所不同。例如《西江月》：

明月别枝惊鹊，清风半夜鸣蝉。稻花香里说丰年，听取蛙声一片。　　七八个星天外，两三点雨山前。旧时茅店社林边，路转溪桥忽见。(辛弃疾《夜行黄沙道中》)

这“蝉”“年”“前”“边”都在平声“先”韵内，“片”“见”在词韵中也属同部；所以平仄韵互协，反而可以增加它的声情之美。但这两个仄韵，必须安排在两个结句上，才显得和谐有力。

还有某些小令，原用入声韵的，往往可以改作平韵。大概因为入声延长，就可以转成平声，所以倚声家过去有所谓以入作平的说法。例如《忆秦娥》，一般都是用入声韵，但宋人改用平韵的，也大有人在。且举贺铸一首：

晓朦胧。前溪百鸟啼匆匆。啼匆匆,凌波人去，拜月楼空。　　去年今日东门东,鲜妆辉映桃花红。桃花红，吹开吹落，一任东风。

我们只要把李白用入声韵的拿来比较一下，把在韵位上的入声字都改作平声，再把上、下片最末一句的仄平平仄改作仄仄平平，就成功了，情调却完全变了质。可见四声韵部，对表情的关系，确是相当重大的。

还有文人故弄花样的特殊形式，叫作什么“福唐独木桥体”，是隔句用个同样字作韵脚。例如黄庭坚用《阮郎归》调写的《茶词》：

烹茶留客驻雕鞍，月斜窗外山。别郎容易见郎难，有人思远山。　归去后，忆前欢，画屏金博山。一杯春露莫留残，与郎扶玉山。

这只是一种文字游戏，在艺术上，是没有多大价值的。

(原载《词曲概论》下编“论法式”第四章，上海古籍出版社1980年版)

宋词长调的结构和声韵安排

历来谈唐、宋长短句歌词的人，都把这种新兴文学形式分成令、引、近、慢四种。它的差别，原来是音乐上的关系，而不是单独指篇幅的短长。在《宋史·乐志》中，只有急曲和慢曲之分，但也不曾说过慢曲就是长调。分小令、中调、长调三种名称，据万树《词律》说是从《草堂诗余》开始的。(《草堂诗余》传为宋人所选，但版本流传，递有增改。今所见洪武刊本，并无小令、中调、长调的说法，不知万树《词律》所云，是何种版本。）清初人毛先舒作《填词名解》，就依照这个分类法，并且说："凡填词，五十八字以内为小令，自五十九字始至九十字止为中调，九十一字以外者俱长调也。此古人定例也。"(《填词名解》卷一"红窗迥"条）这个说法，如万树所指出，是不足为据的。在张炎《词源》卷下《音谱》篇中，把慢曲、引、近，都称作"小唱"，是对大曲和法曲而言。提到"小唱"的唱法，他说："须得声字清圆，以哑筚篥合之，其音甚正，箫则弗及也。慢曲不过百余字，中间抑扬高下，丁抗掣拽，有大顿、小顿、大住、小住、打、掯等字，真所谓‘上如抗，下如坠，曲如折，止如槁木，倨中矩，句中钩，累累乎端如贯珠’之语，斯为难矣。”这里说明慢曲、引、近的音乐关系，在宋代都是一些清唱曲子。这些清唱曲，有的出于民间创作；有的出于教坊翻造；也有的是从大曲或法曲中裁截一段下来单独使用。据王灼说：“凡大曲，就本宫调制引、序、慢、近、令，盖度曲者常态。”（《碧鸡漫志》卷三《甘州》条）这样看起来，引、序、慢、近、令原来都是可以从大曲里面截出一段来的。王灼又说：“《甘州》，世不见，今仙吕调有曲破，有八声慢，有令，而中吕调有《象甘州八声》；他宫调不见也。”查柳永《乐章集》，《八声甘州》恰是仙吕调，那当然就是王灼所说的“八声慢”。这慢曲只九十七字。再看姜夔的《霓裳中序第一》，却有一百零一字；又《念奴娇》别名《百字令》。这一切都说明，引、序、慢、近、令等名称，只是音乐性质的不同，不是篇幅长短的关系；不过，一般小令都是比较短些。今所传唐、宋人词，在所用曲调上标明了令、慢、序、引、近等字样，自然容易辨别；但大多数都没有这类标记，究竟哪些是急曲，哪些是慢调，自从曲谱散亡以后，是很难一一查考出来的。我疑心就是标明了“慢”字的长调，在一曲之中，也有它的抑扬高下、轻重缓急的不同音节。譬如周邦彦的《兰陵王》，据陈元龙注的《片玉集》，标了“越调”二字，当然就是王灼所说“三段、二十四拍”的《越调兰陵王》（《碧鸡漫志》卷四）；而它的末段如毛幵在《樵隐笔录》中所说是“声尤激越”的。毛幵标明它是《兰陵王慢》；但据王灼说，宋代“又有《大石调兰陵王慢》，殊非旧曲”，而毛幵认为可能是北齐遗声的《越调兰陵王》却不曾加上“慢”字。如果不是慢曲中也有急调，就是周邦彦所用的《越调兰陵王》原是急曲，毛幵把它错认为大石调的《兰陵王慢》，是不合本曲的声情的。

我们现在要研究宋词长调的结构和它的组织法式，也就只能在整阕的声韵安排和章法句法方面，加以分析，求得哪些调子适宜于表达哪一类的思想感情。归根究底，仍不外乎应用“奇偶相生”“轻重相权”的两条基本法则，予以灵活运用而已。

这里所说的长调，姑指从九十字以上的《八声甘州》到二百四十字的《莺啼序》：有的是唐人遗制，如双调《雨霖铃慢》（《乐章集》作《雨霖铃》，注“双调”，未标“慢”字），王灼以为“颇极哀怨，真本曲遗声”（《碧鸡漫志》卷五）者是；有的是宋教坊所作新腔，如柳永《乐章集》中所用的许多长调都是；有的是音乐家兼文学家所创作，如周邦彦《清真集》中某些长调和姜夔《白石道人歌曲》十七支自度曲中若干长调是；当然也有很多是民间艺人的创作，所谓“开元以来，歌者杂用胡夷里巷之曲”（《旧唐书·音乐志》）者是。

长调不论是急曲或慢曲，它的作法都和小令有所不同。它的声韵安排和篇章结构，都是比较复杂而严密得多的。每一个曲调的高低抑扬的音节，必须和作者所欲表达的起伏变化的思想感情相应，而在声韵组织上要取得和谐与拗怒的矛盾的统一，我们在前面已经提到过了。关于“轻重相权”的音节问题，前面两章中也都有过一些分析，现在先来谈谈“奇偶相生”在长调结构上的主要作用。长调是篇幅较大的东西，所以在布局方面，必得先有一个打算；运用词赋家铺张排比的手法，是颇适宜于写作长调歌词的。张炎在论《制曲》篇中，提到作慢词的方法，说道："作慢词，看是甚题目，先择曲名，然后命意；命意既了，思量头如何起、尾如何结，方始选韵，而后述曲；最是过片不要断了曲意，须要承上接下。"（《词源》卷下）所以要"先择曲名"，是考虑这个词牌所表达的声情与自己所要表达的思想感情能否相应，这就是填词家所谓选调问题。韵部关系整个声情的变化，有的适宜表达豪壮激烈情感，有的适宜表达哀怨缠绵情感，非得注意选用，才能恰如其分地把各种不同情感充分表达出来，这就是填词家所谓选韵问题。因为长调的园地比较宽广，只有预先作好布置，把宾主陪衬给以适当安排，才能运用巧妙的艺术手法，引人入胜，这就是填词家所谓布局问题。要作成一首动人的好词，这三个问题，都非全面考虑不可。至于"命意"，是千变万化的，要作具体的分析，不是本编范围内的事，也不是几句话可以说了。这里只能就选调、选韵、布局三个问题，在宋词代表作中，举些例证给以具体分析，作为进一步研究宋词长调的声律问题的开端。

这里先谈布局问题，也就是应用"奇偶相生"的基本法则来分析一下某些词牌的结构问题。有的调子，是偶多于奇的，适宜于描写雍容宽绰的气度或缠绵舒缓的感情。有的调子，是奇多于偶的，适宜于表达曲折变化的感情或凄壮萧飒的场面。下面就平韵的长调，先来谈谈这个"奇偶相生"的问题，附带说明选韵和表情的重要关系。

例一（甲）

苏轼《沁园春》：

孤馆灯青，野店鸡号，旅枕梦残。渐月华收练，晨霜耿耿，云山摛锦，朝露漙漙。世路无穷，劳生有限，似此区区长鲜欢。微吟罢，凭征鞍无语，往事千端。　当时共客长安，似二陆初来俱少年。有笔头千字，胸中万卷，致君尧舜，此事何难。用舍由时，行藏在我，袖手何妨闲处看。身长健，但优游卒岁，且斗尊前。(《赴密州，早行，马上寄子由》)

例一(乙)

辛弃疾《沁园春》:

一水西来，千丈晴虹，十里翠屏。喜草堂经岁，重来杜老，斜川好景，不负渊明。老鹤高飞，一枝投宿，长笑蜗牛戴屋行。平章了，待十分佳处，着个茅亭。　青山意气峥嵘，似为我归来妩媚生。解频教花鸟，前歌后舞，更催云水，暮送朝迎。酒圣诗豪，可能无势，我乃而今驾驭卿。清溪上，被山灵却笑，白发归耕。(《再到期思卜筑》)

例一(丙)

刘克庄《沁园春》:

何处相逢，登宝钗楼，访铜雀台。唤厨人斫就，东溟鲸脍，圉人呈罢，西极龙媒。天下英雄，使君与操，余子谁堪共酒杯。车千辆，载燕南赵北，剑客奇才。　饮酣画鼓如雷，谁信被晨鸡轻唤回。叹年光过尽，功名未立，书生老去，机会方来。使李将军，遇高皇帝，万户侯何足道哉。披衣起，但凄凉感旧，慷慨生哀。(《梦孚若》)

这个调子，第一、二、三句成一片段；或两个对句，一个单句；或全用单句。每句都是平声落脚，情调是比较低抑的。接着用一个仄声字（最好是去声字）领下四个四言偶句，显示格局的开张，音响也渐由低转高；第四、五句全用仄收，稍见拗怒，也就把前三句的低抑情调突然激了起来。四句成一片段。接着又是两个四言偶句，缀上一个七言单句成一片段，又把上面过于整齐的形式，疏宕一下，显示感情的由缓转急，引起下面的三言句，作为转关；再用一个仄声字领起下面两个四言偶句，作为上半阕的结束。过片处连用两个韵脚，从上半阕的结尾转出另外一层意境来，情调更趋紧促。以下各个片段的句法和韵脚，都与上半阕第四句以下相同。这许多偶句，都是适宜铺张排比，显示壮阔局面的关键所在。有的利用一个领字把整齐的队伍统帅起来；有的利用一个单句把偶句疏动一下，使它变得非常灵活。这就便于驱使心胸中的豪迈气概，又宽展，又有劲。所以一般豪放派作家，都爱选用这个调子来抒写他的壮阔襟抱。

例二

张耒《风流子》：

木叶亭皋下，重阳近，又是捣衣秋。奈愁入庾肠，老侵潘鬓，漫簪黄菊，花也应羞。楚天晚，白蘋烟尽处，红蓼水边头。芳草有情，夕阳无语，雁横南浦，人倚西楼。　　玉容知安否，香笺共锦字，两处悠悠。空恨碧云离合，青鸟沉浮。向风前懊恼，芳心一点，寸眉两叶，禁甚闲愁。情到不堪言处，分付东流。

这个调子的偶句之多，仿佛与《沁园春》不相上下；但它却不适宜于表达豪情壮采。我们试加比较一下，这上半阕共有八个四言偶句，两个五言偶句，虽然前面的四言偶句，有个去声领字，而所有偶句的落脚字都是一平一仄，交错使用的。这在形式上过于齐整，在音节上也太和谐，格局宽展有余而转换乏劲；这就造成了它的呆板性和软弱性，只适宜于抒写柔情。

这上面都是偶多于奇的例子。

例三（甲）

柳永《八声甘州》：

对潇潇暮雨洒江天，一番洗清秋。渐霜风凄紧，关河冷落，残照当楼。是处红衰翠减，苒苒物华休。惟有长江水，无语东流。　不忍登高临远，望故乡渺邈，归思难收。叹年来踪迹，何事苦淹留。想佳人、妆楼颙望[1]，误几回、天际识归舟。争知我、倚阑干处，正恁凝愁。

例三（乙）

苏轼《八声甘州》：

有情风万里卷潮来，无情送潮归。问钱塘江上，西兴浦口，几度斜晖。不用商量今古，俯仰昔人非。谁似东坡老，白首忘机。　记取西湖西畔，正春山好处，空翠烟霏。算诗人相得，如我与君稀。约他年、东还海道，愿谢公、雅志莫相违。西州路、不应回首，为我沾衣。（《寄参寥子》）

例三（丙）

辛弃疾《八声甘州》：

故将军饮罢夜归来，长亭解雕鞍。恨灞陵醉尉，匆匆

① “颙”，底本作“喁”，据陶然、姚逸超《乐章集校笺》（上海古籍出版社2016年版，第578页）改。

未识，桃李无言。射虎山横一骑，裂石响惊弦。落魄封侯事，岁晚田园。　谁向桑麻杜曲，要短衣匹马，移住南山。看风流慷慨，谈笑过残年。汉开边、功名万里，甚当时、健者也曾闲。纱窗外、斜风细雨，一阵轻寒。（《夜读〈李广传〉，不能寐，因念晁楚老、杨民瞻约同居山间，戏用李广事赋以寄之》）

例三（丁）

吴文英《八声甘州》：

渺空烟四远，是何年、青天坠长星。幻苍崖云树，名娃金屋，残霸宫城。箭径酸风射眼，腻水染花腥。时靸双鸳响，廊叶秋声。　宫里吴王沉醉，倩五湖倦客，独钓醒醒。问苍波无语，华发奈山青。水涵空、阑干高处，送乱鸦、斜日落渔汀。连呼酒、上琴台去，秋与云平。（《灵岩陪庾幕诸公游》）

《甘州》原来是唐人所谓边塞曲之一，声情是激壮的。这个“八声慢”从歌词的组织形式看起来，该是曼声促节兼而有之的。上面所举的四个例子，开端两句有些出入，当然该以柳词为标准。但这个曲调的激壮声情，也适合苏、辛派的口味。这第一、二句都用平声落脚，却不是连押两韵，情调也就有些低抑，与《沁园春》的发端相仿；但第一字就用一个去声的“对”字领起下文，便觉逆入有势，能够把下面的低抑情调振起。接着又用一个去声的“渐”字领起下面两个四言偶句、一个四言单句；而这三句的落脚字，前二仄而后一平，也能显示音节的矫健。第六、七句上六、下五，落脚字一仄一平；第八、九句上五、下四，落脚字也是一仄一平，这在音节上是异常和谐的；而在句法上则参差错落，移步换形，极尽变化。下半阕过片处连用两个仄声字落脚，第二句却用一个去声的“望”字，挺接上句，领起下面两个四言句，刚作一小顿，立即再用一个去声的“叹”字作为转关，领下一个四言、一个五言句子。第六句改用上三下四的七言句式，再着一个去声的“误”字作为第六、七两句的关纽；这样筋摇骨转，百折千回，逼出精彩的收尾。第八句也是用的上三下四的句式，而下四字又是上一下三，掩抑有致；结以四字平收，一正一奇，使人抚玩不尽。这样变化多端的格局，适宜表达曲折变化、激壮苍凉的情绪，是苏、辛、吴三家所共同理解的。但是这个发端逆入的妙用，三家都不曾顾到；“倚阑干处”的上一下三，也只有吴文英的“上琴台去”与柳词相合。这证明苏、辛派词家对音律是不够严密的。

例四

柳永《玉蝴蝶》：

望处雨收云断，凭阑悄悄，目送秋光。晚景萧疏，堪动宋玉悲凉。水风轻、蘋花渐老，月露冷、梧叶飘黄。遣情伤。故人何在？烟水茫茫。　难忘，文期酒会，几辜风月，屡变星霜。海阔山遥，未知何处是潇湘。念双燕、难凭远信，指暮天、空识归航。黯相望，断鸿声里，立尽斜阳。

这个曲调的组成，也是应用“奇偶相生”“轻重相权”的基本法则，略加变化而来的。它的上、下片都有上三、下四的两个七言偶句；下片又多两个四言偶句，构成它那“奇偶相生”的格局。整阕的句脚字，也多是平仄相间，构成和谐的音节；只上片的第

四、五句，下片的五、六句，连用平收，构成低抑的情调。这种曼声低唱，是只适宜于表达伤离念远的柔情的。

上面第三例是奇多于偶，第四例是奇偶约略相当的。由于格局的不同，因而所显示的声情也随着变化。第一章所举的《满庭芳》《望海潮》《木兰花慢》《忆旧游》《高阳台》等调，也都可以拿来参互比较，找出它的不同格局来。

接着再来看看奇数句式过多，对长调的构成和它所表达的思想感情有何等重要的关系。例如《六州歌头》原来是个十分激壮的调子，据《演繁露》说："《六州歌头》，本鼓吹曲也。近世好事者，倚其声为吊古词……音调悲壮，又以古兴亡事实文之。闻其歌，使人慷慨。"我们试就宋人遗作，加以比较，感到这个曲调所以组成悲壮音节，而能使听者激发"慷慨"的心情，主要是由于它运用了许多三言短句，构成激越紧张的繁音促节，使情调自然趋于激壮。我认为这该是属于急曲一类的长调，不能把它当作慢词。虽然这个调子构成了这种格局，但由于选韵的不同，也可以使它所显示的声情发生根本的变化。举例如次：

一、贺铸作：

少年侠气，交结五都雄。肝胆洞，毛发耸。立谈中，死生同，一诺千金重。推翘勇，矜豪纵，轻盖拥，联飞鞚，斗城东。轰饮酒垆，春色浮寒瓮，吸海垂虹。闲呼鹰嗾犬，白羽摘雕弓，狡穴俄空，乐匆匆。　似黄粱梦，辞丹凤，明月共，漾孤篷。官冗从，怀倥偬，落尘笼，簿书丛。鹖弁如云众，供粗用，忽奇功。笳鼓动，渔阳弄，思悲翁，不请长缨，系取天骄种，剑吼西风。恨登山临水，手寄七弦桐，目送归鸿。

二、张孝祥作：

长淮望断，关塞莽然平。征尘暗，霜风劲，悄边声。黯销凝。追想当年事，殆天数，非人力，洙泗上，弦歌地，亦膻腥。隔水毡乡，落日牛羊下，区脱纵横。看名王宵猎，骑火一川明。笳鼓悲鸣，遣人惊。　　念腰间箭，匣中剑，空埃蠹，竟何成。时易失，心徒壮，岁将零。渺神京。干羽方怀远，静烽燧，且休兵。冠盖使，纷驰骛，若为情？闻道中原遗老，常南望、翠葆霓旌。使行人到此，忠愤气填膺，有泪如倾。(《建康留守席上赋》)

三、刘过作：

中兴诸将，谁是万人英。身草莽，人虽死，气填膺，尚如生。年少起河朔，弓两石，剑三尺，定襄汉，开虢洛，洗洞庭。北望帝京，狡兔依然在，良犬先烹。过旧时营垒，荆鄂有遗民，忆故将军，泪如倾。　　说当年事，知恨苦，不奉诏，伪耶真。臣有罪，陛下圣，可鉴临，一片心。万古分茅土，终不到，旧奸臣。人世夜，白日照，忽开明。衮佩冕圭百拜，九泉下，荣感君恩。看年年三月，满地野花春，卤簿迎神。(《题岳鄂王庙》)

四、辛弃疾作：

晨来问疾，有鹤止庭隅。吾语汝，只三事，太愁予。病难扶，手种青松树，碍梅坞，妨花径，才数尺，如人立，却须锄。(其一)秋水堂前，曲沼明于镜，可烛眉须。被山头急雨，耕垄灌泥涂。谁使吾庐，映污渠。(其二)　　叹青山好，檐外竹，遮欲尽，有还无。删竹去，吾乍可，食无鱼。

爱扶疏，又欲为山计。千百虑，累吾躯。（其三）凡病此，吾过矣，子奚如。口不能言臆对，虽卢扁、药石难除。有要言妙道（事见《七发》），往问北山愚，庶有瘳乎。（《属得疾暴甚，医者莫晓其状，小愈困卧无聊，戏作以自释》）

五、韩元吉作：

东风着意，先上小桃枝。红粉腻，娇如醉，倚朱扉。记年时，隐映新妆面，临水岸，春将半，云日暖，斜桥转，夹城西。草软莎平，跋马垂杨渡，玉勒争嘶。认蛾眉凝笑，脸薄拂燕支。绣户曾窥，恨依依。　共携手处，香如雾，红随步，怨春迟。销瘦损，凭谁问，只花知，泪空垂。旧日堂前燕，和烟雨，又双飞。人自老，春长好，梦佳期。前度刘郎，几许风流地，花也应悲。但茫茫暮霭，目断武陵溪，往事难追。（《桃花》）

这上面五首《六州歌头》，都是用的同一曲调，而且作者的性格也有几分相同；但这些作品的情调颇不一致，前三首比较豪壮，后二首转成衰飒。这关系就全在选韵方面。这个调子全以三、四、五言的句式，参差错落地构成，使用三言竟至二十多句，过片处的四言，除掉头一个仄声字领起下文，实际也是三言句式。运用这样多的短句，一气旋折而下，几乎使人没有停顿的可能；直到换了四言或五言的地方，才得舒一口气。像这样紧张的格局，原是适宜表达豪壮激烈的思想感情的。贺铸选用了洪亮的“东钟”部韵，而且兼叶平、上、去三声，几乎每句叶韵，参差互叶，这样恰恰烘托出他那激昂奋厉的悲壮怀抱，对这个曲调的声情是最吻合的。张孝祥选用了清劲的“庚青”部韵来表达他那爱国伤时的愤慨心情，也能使读者产生共鸣；但没有兼叶仄韵，在繁音促节上，视贺作是稍有逊色的。刘过所要表达的内容，也是悲壮激烈的，但他用韵太杂。他兼用了“庚青”“真文”“侵寻”三部韵，这是南宋初期词中所少见的。（这里所说的韵部，是借用周德清《中原音韵》的十九部。刘过把闭口韵的“侵寻”部也与“庚青”“真文”合用，可见汉语的实际变化，是由来已久的。）而且，词中有些句子没有经过锤炼，声音是哑的。这样，它的内容与形式就不能相称，是有很大缺陷的。辛弃疾选用了含混不清的“鱼模”部韵来表达他那强作达观的抑塞心情，韩元吉选用了萎靡不振的“支思”部韵来表达他那绸缪宛转的哀怨心情，虽然保持着这个曲调的紧张迫促情调，但本质起了变化；这只要细心体会一下，就可以分辨出来的。韩作也兼叶仄韵，如以“支思”部的“腻”“醉”，“先天”部的“面”“岸”“半”“暖”“转”，“鱼模”部的“处”“雾”“步”，“真文”部的“损”“问”，“萧豪”部的“老”“好”，与“支思”部的平声主韵参差夹协，也能增强本曲的紧促情调；但从整体看来，内容和形式的结合是不很相称的。从这五个例子，可以看出，要作好一首满意的歌词，对选调和选韵，是应该兼顾并重的。适用平声韵的长调，还有一百卅九字的《鸭头绿》（一名《多丽》）和二百十二字的《戚氏》，音节都是很美的。在这类长调中，更要注意它的“奇偶相生”和开阖变化的格局，才能安排适当，引人入胜。

例一晁端礼《鸭头绿》：

晚云收，淡天一片琉璃。烂银盘、来从海底，皓色千里澄辉。莹无尘、素娥淡伫，静可数、丹桂参差。玉露初零，金风未凛，一年无似此佳时。露坐久、疏萤时度，乌鹊正南飞。瑶台冷、阑干凭暖，欲下迟迟。　念佳人、音尘隔后，对此应解相思。最关情、漏声正永，暗断肠、花影潜移。料得来宵，清光未减，阴晴天气又争知。共凝恋、如今别后，还是隔年期。人强健、清尊素影，长愿相随。

这上、下片都有两个七言偶句，而它的句式又是上三下四的；这也是“奇偶相生”的另一方式。“玉露初零，金风未凛”和“料得来宵，清光未减”，原来也都是四言偶句形式，而一对一不对，又是另外一种变化。每个句子中的平仄安排，除了上片的“皓色千里”四字和“露坐久”三字，下片的“对此应解”四字，有些拗犯外，其他都是“轻重相权”，非常和协的。整体用三、四、五、六、七各种不同句式参互构成，显示音节上的抑扬骀荡之美，恰与作者所要表达的内容相称。这上片铺写中秋赏月的愉快心情，下片转入伤离念远的悲凉情调，一结兜转，归到平生心愿，保持着温柔宛转的韵致，是非常谐婉动听的。

例二柳永《戚氏》：

晚秋天，一霎（作平）微雨洒庭轩。槛菊萧疏，井梧零乱，惹残烟。凄然，望江关，飞云黯淡夕阳间。当时宋玉悲感，向此临水与登山。远道迢递，行人凄楚，倦听陇水潺湲。正蝉吟败叶，蛩响衰草，相应喧喧。　孤馆，度日如年。风露渐变，悄悄至更阑。长天净，绛河清浅，皓月婵娟。思绵绵。夜永对景，那堪屈指，暗想从前。未名未禄，绮陌红楼，往往经岁迁延。　帝里风光好，当年少日，暮宴朝欢。况有狂朋怪侣，遇当歌对酒竞留连。别来迅景如梭，旧游似梦，烟水程何限。念利名憔悴长萦绊，追往事、空惨愁颜。漏箭移、稍觉轻寒，听呜咽（作平）画角数声残。对闲窗畔，停灯向晓，抱影无眠。

这长调共分三叠，全阕以平韵为主，兼协同部仄韵，借以调节感情的缓急，不论在句法上、韵位上、格局上都是变化多端的；因而在长篇巨幅中，绝然看不到平直呆板的毛病。第一叠如“槛菊萧疏，井梧零乱”，“远道迢递，行人凄楚”，“蝉吟败叶，蛩响衰草”，都是四言偶句；而“远道迢递”“蛩响衰草”，却用拗怒的句法。余如“宋玉悲感”和“向此临水”都用仄仄平仄，也是拗句。有了这许多拗句和其他平句参差相错，显示和谐与拗怒的统一。韵脚有的连协两句，如“天”“轩”；有的连协三句，如“然”“关”“间”；有的隔两句协；有的隔三句协；显示情感的忽急忽缓，好像波澜起伏，极掩抑低徊之致。还有一个去声的“正”字领下两个四言偶句，一个单句；而偶句之中又是一平一拗，跌荡生姿。第二叠“风露渐变”的平仄仄仄，“夜永对景”的仄仄仄仄，“往往经岁”的仄仄平仄，都是一些拗句，而“绛河清浅，皓月婵娟”两偶句，却又异常和谐，更与许多平句结合起来，显示抑扬交错。“绮陌”二句全用平收，略转低抑。这格局和第一叠完全两样。“变”“浅”夹协两仄，使音节上发生一些变化，更觉美听。第三叠共用三个以去声字领起下七字的八言句，显示无限的感叹，拖出长音；又用两个上一、下三的四言单句（即“当年少日”和“对闲窗畔”）两句，承上转下，倍觉有力。“迅景如梭，旧游似梦”却是两个和谐的偶句，把紧促情调和缓下来；接着又连协两个去声韵的“限”“绊”，把它激起，作为篇中的眉目；下面又连协三个平韵的“颜”“寒”“残”，骤转凄咽低沉，逼出无限悲凉的结尾。这三叠的形式，各不相同，音节亦多变幻。作者运用大开大阖的笔调，在第一叠全写当前景物，引出第二叠的触景生情，第三叠又从第二叠的后半推进，直到“遇当歌对酒竞留连”，极写“暗想从前”的赏心乐事，“别来”以下骤然一跌，今昔作一对比，说不尽的凄凉感慨。这起伏变化的思想感情，是和本调的格局情调，非常相称的。

在宋词长调中平、仄韵互协的，也有各式各样的不同情调。兹更举例，略加分析。

一、全用平韵，中协一仄例：

甲、苏轼《醉翁操》：

> 琅然。清圜。谁弹。响空山。无言。惟翁醉中知其天。月明风露娟娟，人未眠。荷蒉过山前。曰有心也哉此贤。　　醉翁啸咏，声和流泉。醉翁去后，空有朝吟夜怨。山有时而童巅，水有时而回川。思翁无岁年，翁今为飞仙。此意在人间，试听徽外三两弦。

这是北宋时人沈遵作的琴曲。据苏轼的序文，是描写滁州琅琊山中的空涧鸣泉，“节奏疏宕而音指华畅”。后来又经庐山玉涧道人崔闲重为记谱，并请苏轼填词，把它流传于世。这前面用的四个二言短句，句句协韵，显示琴曲的特点，是雍容和雅的。三个七言单句，有的是平平仄平平平平（惟翁醉中知其天），有的是仄仄平仄平仄平（曰有心也哉此贤），有的是仄平平仄平仄平（试听徽外三两弦），都构成特殊的音节。全阕用仄声落脚的，只有“咏”“后”“怨”三字；“怨”字兼协仄韵。在“然”“圜”“弹”“山”“言”“天”“娟”“眠”“前”“贤”“泉”“巅”“川”“年”“仙”“间”“弦”等一大群平韵中，夹上这一个仄韵的“怨”字，把和平的音节稍稍振起，显示一点悼念昔贤的意思，很快又归于雍容和雅。这在词调中是少见的。

乙、周邦彦《渡江云》：

晴岚低楚甸，暖回雁翼，阵势起平沙。骤惊春在眼，借问何时，委曲到山家。涂香晕色，盛粉饰、争作妍华。千万丝、陌头杨柳，渐渐可藏鸦。　堪嗟，清江东注，画舸西流，指长安日下。愁宴阑，风翻旗尾，潮溅乌纱。今宵正对初弦月，傍水驿、深舣蒹葭。沉恨处，时时自剔灯花。

在这个调子中，没有一个拗句；四个偶句也都是平仄和谐的。句脚字或两仄一平，或一仄两平，或一仄一平，相错使用，也都构成抑扬和婉的音节。全阕的主韵，有“沙”“家”“华”“鸦”“嗟”“纱”“葭”“花”八个；唯独在过片后的第四句必须兼协一个仄声的“下”字，把精神振起。这由于前片多是参差错落的单句，而且如“盛粉饰、争作妍华”和“千万丝、陌头杨柳”都是上三下四的特殊句法，构成了它的摇曳姿态，过片忽由散趋整，在一个二言、两个四言偶句之下，要作一个停顿，而且用的是上一下四的五言句式；如果仍用平韵，就会显得平板，无论在音节上、格局上都会感到疲劳乏力。下面接着一个三言平收句，再加两个四言偶句，调剂一下，更显出高低抑扬的美妙音节。“今宵”两句虽同是七言，而上句是上四下三，下句是上三下四，形式也是变化的。结以三言一句，六言一句，一掩一抑，极婉曲缠绵之致。这个调子是适宜表达温婉悲凉情绪的。

二、本用平韵，兼协仄韵例：

甲、全体平韵，上下片各夹协二仄例：

韩元吉《水调歌头》：

今日俄重九，莫负菊花开。试寻高处，携手蹑屐上崔嵬。放目苍崖千仞，云护晓霜成阵，知我与君来。古寺倚修竹，飞槛绝纤埃。　笑谈间，风满座，酒盈杯。仙人跨海，休问随处是蓬莱。落日平原西望，鼓角秋深悲壮，戏马但荒台。细把茱萸看，一醉且徘徊。(《九日》)

这个调子适宜表达激壮豪爽的情调，在第一章已举苏轼词为例，分析说明过了。韩元吉就是依照苏体，夹协了四个仄韵，如上片“仞”与“阵”协，下片“望”与“壮”协。这在整体平韵中，造成比较紧张的气氛，使人感到它的繁音促节，劲峭有力。本章上面所举韩元吉的《六州歌头》，也是采用同样手法。

乙、全体用同部韵平仄递协例：

贺铸《水调歌头》：

南国本潇洒，六代浸豪奢。台城游冶，襞笺能赋属宫娃。云观登临清夏，璧月留连长夜，吟醉送年华。回首飞鸳瓦，却羡井中蛙。　访乌衣，成白社，不容车。旧时王谢，堂前双燕过谁家。楼外河横斗挂，淮上潮平霜下，樯影落寒沙。商女篷窗罅，犹唱《后庭花》。(《台城游》)

这首词除原有的平声韵位外，每句都兼押一个同部的仄韵（只“访乌衣”一句不押韵）；这就更加能够激发本调的声情之美。贺铸选用“麻”韵，音响高华，情调发越，确是度越辈流的创制。

本章上面提到贺氏的《六州歌头》，在同部韵的平、仄互协上，手法也与这首《水调歌头》相仿。

三、平仄互协，各有固定韵位例：

苏轼《哨遍》：

为米折腰，因酒弃家，口体交相累。归去来，谁不遣君归。觉从前皆非今是。露未晞。征夫指予归路，门前笑语喧童稚。嗟旧菊都荒，新松暗老，吾年今已如此。但小窗容膝闭柴扉。策杖看孤云暮鸿飞。云出无心，鸟倦知还，本非有意。　　噫！归去来兮。我今忘我兼忘世。亲戚无浪语，琴书中有真味。步翠麓崎岖，泛溪窈窕，涓涓暗谷流春水。观草木欣荣，幽人自感，吾生行且休矣。念寓形宇内复几时。不自觉皇皇欲何之。委吾心、去留谁计。神仙知在何处，富贵非吾志。但知临水登山啸咏，自引壶觞自醉。此生天命更何疑。且乘流、遇坎还止。

这是苏轼把陶潜的《归去来兮辞》套进这个曲调内来唱的。它的格局，也是利用“奇偶相生”的基本法则，显示抑扬顿挫的音节。四言偶句如“云出无心，鸟倦知还”，“旧菊都荒，新松暗老”，都是平仄和谐的；“步翠麓崎岖，泛溪窈窕”两句，实际也是对偶形式，不过上句多了一个“翠”字而已。“累”“是”“稚”“此”“意”“世”“味”“水”“矣”“计”“志”“醉”“止”协十三个仄韵，“归”“晞”“扉”“飞”“噫”“兮”“时”“之”“疑”协九个平韵。仄为主而平为宾，宾主各有固定韵位；随着情感的轻重缓急，予以适当调剂，把格局和音响、内容和形式，紧密结合起来，恰恰显示这位田园诗人的性格和风趣。这也只有苏轼，才能安排得这样好。还有柳永《乐章集》中的《曲玉管》，也是近乎这一类的。

四、前片协平，结句转仄和逗引下片全仄例：

史达祖《换巢鸾凤》：

人若梅娇。正愁横断坞，梦绕溪桥。倚风融汉粉，坐月怨秦箫。相思因甚到纤腰。定知我今、无魂可销。佳期晚，漫几度、泪痕相照。　人悄，天渺渺。花外语香，时透郎怀抱。暗握荑苗，乍尝樱颗，犹恨侵阶芳草。天念王昌忒多情，换巢鸾凤教偕老。温柔乡，醉芙蓉、一帐春晓。

这个调子的组织形式，是相当奇特的。第二句用一个去声的“正”字领下四言、五言各两偶句，平仄和谐而格局过于严整；接以七言平句和八言拗句；这八言拗句是去平上平平平上平，显得低沉无力，表示黯然魂销的无聊情绪。如果不接上一个仄收的三言短句和上三下四的七言单句，而且接上一个去声的“照”字韵，就绝对不能把低沉的情调振起，而使感情有所调剂。下片连用两个仄韵短句，情调转急；接上一个四言平收句和一个五言仄收句，转入舒缓；再用两个四言偶句，一个六言单句，平仄又都是和谐的，音节也就随着更加舒缓。由追念旧欢转为未来愿望，逼出两个七言散句，更以未来的无限欢娱作结。“温柔乡”叠用三平，把语调放低，紧接一个去声的“醉”字振起。末四字入去平上，音节转拗；正由上面的低沉，非拗句不能相救。这种声韵组织，是适宜表达由悲转喜的柔情的。

（原载《词曲概论》下编“论法式”第五章，上海古籍出版社1980年版）

论适用入声韵和上去声韵的长调

长调的格局，必须有开阖动宕，才能和作者起伏变化的情感相应。所以运用“奇偶相生”的基本法则，是写长调歌词者所必须的。选韵也是重要条件之一。所有适宜选用平韵和平、仄互协的长调，大致都举例分析过了。尽管各式各样的调子还很多，是可以举一反三的。下面再来谈谈适宜选用仄韵的长调。词韵的三仄，上、去同用，入声独用，是小令、长调都一样的。哪个调子得用入声韵，哪个调子适用上声或去声韵，或者是上、去通协，清人戈载在他所作《词林正韵》的“发凡”中，提出过一些意见。他说：

> 词之用韵，平仄两途，而有可以押平韵，又可以押仄韵者，正自不少。其所谓仄，乃入声也。如越调又有《霜天晓角》《庆春宫》，商调又有《忆秦娥》。其余则双调之《庆佳节》，高平调之《江城子》，中吕宫之《柳梢青》，仙吕宫之《望梅花》《声声慢》，大石调之《看花回》《两同心》，小石调之《南歌子》，用仄韵者，皆宜入声。《满江红》有入南

吕宫，有入仙吕宫；入南吕宫者，即白石所改平韵之体，而要其本用入声，故可改也。外此又有用仄韵而必须入声者，则如越调之《丹凤吟》《大酺》，越调犯正宫之《兰陵王》，商调之《凤凰阁》《三部乐》《霓裳中序第一》《应天长慢》《西湖月》《解连环》，黄钟宫之《侍香金童》《曲江秋》，黄钟商之《琵琶仙》，双调之《雨霖铃》，仙吕宫之《好事近》《蕙兰芳引》《六幺令》《暗香》《疏影》，仙吕犯商调之《凄凉犯》，正平调近之《淡黄柳》，无射宫之《惜红衣》，正宫、中吕宫之《尾犯》，中吕商之《白苎》，夹钟羽之《玉京秋》，林钟商之《一寸金》，南吕商之《浪淘沙慢》。此皆宜用入声韵者，勿概之曰仄而用上、去也。其用上、去之调，自是通叶，而亦稍有差别，如黄钟商之《秋宵吟》、林钟商之《清商怨》、无射商之《鱼游春水》，宜单押上声，仙吕调之《玉楼春》、中吕调之《菊花新》、双调之《翠楼吟》，宜单押去声。复有一调中必须押上、必须押去之处，有起韵、结韵，宜皆押上、宜皆押去之处，不能一一胪列。

戈载这些说法，是用许多同调宋词归纳得出的结果，可惜没有说明它的所以然。据我个人的研究，这都由于四声的性质不同，关系于表达情感非常重要。入声短促，没有含蓄的余地，所以宜于表达激越峭拔的思想感情；上声舒徐，宜于表达清新绵邈的思想感情；去声劲厉，宜于表达高亢响亮的思想感情。但上、去两声与入声比较起来，总是要含蓄得多；所以上、去互叶，适宜表达悲壮郁勃的情趣。戈载是兼小令和长调一起说的。本章单论长调，且先从入声的几个长调，举些例子来谈谈。《满江红》《念奴娇》《贺新郎》之类，在第一章里已经分析过了。且举柳永、周邦彦、姜夔三家的其他作品，再来分析一下：

例一、柳永《雨霖铃》：

寒蝉凄切。对长亭晚，骤雨初歇。都门帐饮无绪，留恋处，兰舟催发。执手相看泪眼，竟无语凝噎。念去去、千里烟波，暮霭沉沉楚天阔。　　多情自古伤离别。更那堪、冷落清秋节。今宵酒醒何处，杨柳岸、晓风残月。此去经年，应是、良辰好景虚设。便纵有、千种风情，更与何人说。

这是唐玄宗在栈道中悼念杨贵妃的曲调，前面已经提过。它的音节，是哀怨凄断的。全阕共用“切”“歇”“发”“噎”“阔”“别”“节”“月”“设”“说”十个入声韵；而且除了三个句子是用平声落脚外，其余全是仄收；还有“对长亭晚”的上一下三、“竟无语凝噎”的上一下四这些特殊句法，与“骤雨初歇”（仄仄平仄）、“酒醒何处”（仄仄平仄）、“好景虚设”（仄仄平仄）这一类的拗句结合起来，就构成了它那拗犯的音节。尽管它也适合十七八女郎执着红牙板去唱，却只是哽咽凄断之声，而乏和婉不迫之趣，因为它是要受本曲声情的制约的。

例二、姜夔《凄凉犯》：

绿杨巷陌秋风起，边城一片离索。马嘶渐远，人归甚处，戍楼吹角。情怀正恶，更衰草寒烟淡薄。似当时、将军部曲，迤逦度沙漠。　　追念西湖上，小舫携歌，晚花行乐。旧游在否，想如今、翠凋红落。漫写羊裙，等新雁、来时系着。怕匆匆、不肯寄与，误后约。

这是姜夔的自度曲。他写的是感伤凄断的思想感情，所以在整个上片中没有一个平收的句子，把喷薄的语气，运用逼侧短促的入声韵尽情发泄。后片虽然用了两个平收的句子，把紧促的情感调节一下；到结尾再用一连七仄的拗句，显示生硬峭拔的情调。在他的小序中说是“以哑筚篥角吹之，其韵极美”。这“美”的标准，怕有点特殊吧？

例三、周邦彦《大酺》：

对宿烟收，春禽静，飞雨时鸣高屋。墙头青玉旆，洗铅霜都尽，嫩梢相触。润逼琴丝，寒侵枕障，虫网吹粘帘竹。邮亭无人处，听檐声不断，困眠初熟。奈愁极频惊，梦轻难记，自怜幽独。　　行人归意速，最先念、流潦妨车毂。怎奈向、兰成憔悴，卫玠清羸，等闲时、易伤心目。未怪平阳客，双泪落、笛中哀曲。况萧索，青芜国，红糁铺地，门外荆桃如菽。夜游共谁秉烛。(《春雨》)

这发端用一去声的“对”字，领下两个三言偶句，一个六言单句，已觉劲挺有力。接着一个五言平句，略加疏宕；又用一个上声的“洗”字领下两个四言偶句，成一片段。“润逼”以下，挺接两个四言偶句，一个六言单句，又自成一片段；而这两个偶句的落脚字一平一仄相间使用，就显得比较和谐，与上面两个偶句的全用仄收，情调自异。“邮亭无人处”一句连用四平，低沉之极；接着又用一个去声的“听”字把它激起，领下两个四言偶句；再用去声的“奈”字作为关纽，领下两个四言偶句，一个单句。尽管在这半阕中，用了五处对偶，而字音上和词性上的安排，却是各不相同的，这就完全合乎“奇偶相生”“轻重相权”

的原则；兼有许多领字给以运转，便不会感到它的偶句过多，流为平滞。下片开端连协两韵，第二句是上三下五的句式，也使人们感到它的峭劲有力。接着又用“怎奈向”三字作为关纽，领下两个四言偶句，一个上三下四的七言单句，把它顿住。下面又在一个仄收的五言句后接上一个上三下四的七言句，而且十二字中有“客”“落”“笛”“曲”等四个入声，构成一种特殊的音节。接着又是一个用入声收煞的六言句，显示落拓心情，正与字音相称。“红糁铺地”的平上平去，也带有拗怒的意味；接着又连协两韵，作为收束，更加显示音响的激越，是与作者所要表达的紧促心情完全相应的。

例四、周邦彦《浪淘沙慢》：

晓阴重，霜凋岸草，雾隐城堞。南陌脂车待发，东门帐饮乍阕。正拂面垂杨堪揽结。掩红泪、玉手亲折。念汉浦离鸿去何许。经时信音绝。　情切。望中地远天阔。向露冷风清无人处，耿耿寒漏咽。嗟万事难忘，惟是轻别。翠尊未竭，凭断云、留取西楼残月。　罗带光消纹衾叠。连环解、旧香顿歇。怨歌永、琼壶敲尽缺。恨春去、不与人期，弄夜色。空余满地梨花雪。

这是一个三叠的长调。它的声情是哽咽凄断的。它的奇偶交错以及和谐与拗怒的音节的巧妙结合，是只有精通音乐的柳永和周邦彦才能够运用得非常恰当的。“霜凋岸草，雾隐城堞”是四言偶句，而前平（平平去上）后拗（去上平入）；“南陌脂车待发，东门帐饮乍阕”，又是两个六言偶句，也是前平（平入平平去入）后拗（平平去上去入）；接连都用仄收，就更显示它的拗怒音节。

下面挺接一个上一下七的八言句、上三下四的七言句，而以一个去声的“正”字作为承上领下的关纽；接着又是一个上一下七的八言句，一个略拗的五言句，而以一个去声的“念”字作为关纽。这一叠由于前面有了四个偶句，所以下面就得变作四个不同形式的奇句，使摇曳生姿，而声情却都是哽咽的。第二叠紧接一个二言短句入韵，又是一个六言句连协，显示过片处的紧凑。下面又以一个去声的“向”字领下一个七言、一个五言拗句；七言句连用四平，略见低沉；五言句变用四仄，使它激起。接着改用一个平声的“嗟”字领下四言两句，又是上平下拗，由低转高。“翠尊”句再作顿挫，逗起下面一个上三下六的长句，显示情致的骀荡。第三叠开始就用一个平去平平平平入的七言拗句入韵，显示情节的低沉而紧促；接着一个上三下四的七言句，一个上三下五的八言句，连协三韵，音节更趋激越，真有敲碎唾壶的意味，使人如听裂竹之声。接着一个上三下四的平收句，把紧张的情绪略为松弛一下；立即缀上一个三言短句，一个七言平句，三言激动而七言略转谐婉，且连协两韵，结出高亢激厉的尾声。运用健笔来写柔情，是柳、周二家的特色。

以下接着来谈上、去声韵的长调，一般都是上、去通协，没有什么限制的。但也要斟酌韵位所在，视情感的变化决定何者为最适宜而加以适当的调配。比较要激动的地方，就以去声为妥。分别举例说明如下：

一、上去通协例

甲、王沂孙《齐天乐》：

一襟余恨宫魂断，年年翠阴庭树。乍咽凉柯，还移暗叶，重把离愁深诉。西窗过雨。怪瑶佩流空，玉筝调柱。镜暗妆残，为谁娇鬓尚如许。　　铜仙铅泪似洗，叹移盘去远，难贮零露。病翼惊秋，枯形阅世，消得斜阳几度。余音更苦。甚独抱清高，顿成凄楚。漫想熏风，柳丝千万缕。(《咏蝉》)

这个调子，在第一章中已经举了周邦彦的作品，说明同属仄声的上、去声字要更番使用。这首王沂孙词，对韵脚的上、去安排，是与周词有些出入的。上片连用了“树”“诉”两个去声韵；接着于过脉的四言句换了一个“雨”字的上声韵；下面的“柱”是去声，“许”是上声，更迭使用，显示抑扬错落的情调。下片“露”“度”连协两去，把情调激起；“苦”“楚”“缕”换协三上，较成凄抑；是与作者所要表达的情感，十分相称的。周词是一般伤离念远的思想感情，王词却是亡国遗民的深哀沉痛，情绪的起伏变化是各不相同的。所以虽然用的是同一曲调，而对上、去韵脚的安排，不能一致，它的原因也就在此。

乙、周邦彦《西河》：

佳丽地，南朝盛事谁记？山围故国绕清江，髻鬟对起。怒涛寂寞打孤城，风樯遥度天际。　　断崖树，犹倒倚。莫愁艇子曾系。空余旧迹郁苍苍，雾沉半垒。夜深月过女墙来，伤心东望淮水。　　酒旗戏鼓甚处市？想依稀、王谢邻里。燕子不知何世，向寻常巷陌人家，相对，如说兴亡斜阳里。(《金陵怀古》)

这个适宜怀古的曲调，音节是凄壮沉郁的。它有很多平仄拗怒的句子，如“盛事谁记”的去去平去，“遥度天际”的平去平去，“艇子曾系”的上上平去，“东望淮水”的平去平上，“酒旗戏鼓甚处市”的上平去上去去上，“王谢邻里”的平去平上，“如说兴亡斜阳里”的平入平平平平上，都是构成拗怒音节的所在；只末句中间连用四平，显示低抑凄黯，与上面一个上一下八的长句连缀起来，更在苍劲中见沉郁。它的韵位安排，第一叠的“记”“起”“际”是去、上、去交递使用，显示较重抑扬的美妙音节；第二叠的“树”“倚”“系”“垒”“水”是去、上、去、上、上；第三叠的“市”“里”“世”“对”“里”是上、上、去、去、上；上声韵越来越多，情调也就随着越来越低抑。这是一个悲多于壮的长调，但声情还是郁勃的。

丙、辛弃疾《摸鱼儿》：

更能消、几番风雨。匆匆春又归去。惜春长怕花开早，何况落红无数。春且住。见说道、天涯芳草无归路。怨春不语。算只有殷勤，画檐蛛网，尽日惹飞絮。　　长门事，准拟佳期又误。蛾眉曾有人妒。千金纵买相如赋，脉脉此情谁诉。君莫舞。君不见、玉环飞燕皆尘土。闲愁最苦。休去倚危栏，斜阳正在，烟柳断肠处。（《淳熙己亥，自湖北漕移湖南，同官王正之置酒小山亭，为赋》）

这个曲调的音节，是掩抑低徊、凄壮沉郁的。开端要取遥势，必得用上三、下四的七言句式，第一字宜用去声；第二句宜用平平平去平去，构成拗犯的音节。接一个七言句、一个六言句，再接一个三言句、一个上三下七的十言句，显示掩抑低徊情调；“怨春”句是转筋换气的关纽；换用一个去声的“算”字领下两个四言平句，一个五言拗句（仄仄仄平仄），三句一气，逗出无限感喟。过片三言短句下接两个六言句，一平一拗，显示情调的紧促。以下的句法、韵位，与上片全同，只“休去倚危栏”变成平仄仄平平的句式，是不合本调的组织法则的。它的韵位安排，上片“雨”（一般首句不入韵）、“去”“数”“住”“路”“语”“絮”是上、去、去、去、去、上、去；下片的“误”“妒”“诉”“舞”“土”“苦”“处”是去、去、去、上、上、上、去：全部是去多于上的。这样也就增加了激壮的成分，显示郁勃凄壮的失路英雄本色。这调子也为苏、辛一派作为豪杰之词者所乐用。

丁、汪元量《莺啼序》：

> 金陵故都最好，有朱楼迢递。嗟倦客、又此凭高，槛外已少佳致。更落尽梨花，飞尽杨花，春也成憔悴。问青山，三国英雄，六朝奇伟。　麦甸葵丘，荒台败垒，鹿豕衔枯荠。正潮打孤城，寂寞斜阳影里。听楼头、哀笳怨角，未把酒、愁心先醉。渐夜深，月满秦淮，烟笼寒水。　凄凄惨惨，冷冷清清，灯火渡头市。慨商女、不知兴废。隔江犹唱《庭花》，余音亹亹。伤心千古，泪痕如洗。乌衣巷口青芜路，认依稀、王谢旧邻里。临春结绮。可怜红粉成灰，萧索白杨风起。　因思畴昔，铁索千寻，漫沉江底。挥羽扇、障西尘，便好角巾私第。清谈到底成何事。回首新亭，风景今如此。楚囚对泣何时已。叹人间今古真儿戏。东风岁岁还来，吹入钟山，几重苍翠。

这个四叠的长调，共二百三十六字，是宋词中所仅有的。最早的作者，要数吴文英。吴词的内容，是抒写男女恋情的，类多凄黯怨抑之音。汪元量为南宋遗民，曾随谢太后（道清）被俘入北，改服黄冠（道士服装），最后放归江南，满怀亡国的深痛，用这个曲调，抒写兴亡之感，是异常沉郁凄壮的。第一叠第二句是上一下四句法，第三句是上三下四句法，接上一个六言拗句（仄仄仄仄平仄），表达激情；再用一个去声的“更”字领下两个四言偶句，一个五言单句，作一停顿；再用一个三言短句领下两个四言偶句，音节是激壮苍凉的。第二叠在两个四言偶句之下，接着一个五言单句，成一小片段；再用一个去声的“正”字领下一个四言、一个六言句；再换两个上三下四的七言句，触景生情；再用一个三言短句领下两个四言偶句，融情入景，转见凄凉怨慕。第三叠一开头就是两个四言偶句，缀上一个五言拗句（平仄仄平仄），成一小片段；接着又是一个上三下四的七言句，一个六言、一个四言句，成一小片段；下面又挺接两个四言句，作一顿挫；因为上面的双字句过多，容易流于板滞，下面就得换上一个七言单句，一个上三下五的八言句，把它疏动一下；接着又是一个四言句、两个六言偶句（似对非对的特种偶句），又把散漫的形式还归齐整，于参差错落的音节中表达感今吊古的无限悲慨。第四叠开端连用三个四言单句，由今追昔，引出兴亡之感；接着一个三、三式的六言句，又一个六言平句，仍由“因思”二字转出，前慨武备的败坏，后叹文臣的无能；紧接一个七言单句，作一转纽；下面又是一个四言、一个五言平句，略加疏宕，收束吊古，转入感今；下面更转紧促，连押两韵，运用一个七言句，一个上一下七的八言句，总结今昔之感；最后换用一个六言、两个四言平句，再加疏宕，以景结情，弦外余音，无穷悲慨。它的韵位安排，第一叠的“递”“致”“悴”“伟”是去、去、去、上；第二叠的“荠”“里”“醉”“水”是上、上、去、上；第三叠的“市”“废”“亹”“洗”“里”“绮”“起”是上、去、上、上、上、上、上；第四叠的“底”“第”“事”“此”“已”“戏”“翠”是上、去、去、上、上、去、去，这与情感的起伏变化，也都是息息相关的。

关于上、去通协的长调，原是很多的。这里不过随手举例，结合内容和形式，酌加分析，以见声韵问题的一般法则而已。

戈载所称宜单押去声韵的《翠楼吟》，在第一章中已经提到过了。再举一首宜单押上声韵的《秋宵吟》，作为本章的结束：

> 古帘空，坠月皎。坐久西窗人悄。蛩吟苦，渐漏水丁丁，箭壶催晓。引凉飔，动翠葆。露脚斜飞云表。因嗟念，似去国情怀，暮帆烟草。　　带眼消磨，为近日、愁多顿老。卫娘何在，宋玉归来，两地暗萦绕。摇落江枫早。嫩约无凭，幽梦又杳。但盈盈、泪洒单衣，今夕何夕恨未了。

这也是姜夔的自度曲。中间有一些特殊句式，如“因嗟念”的三言短句下，又用一个“似”字领下两个四言的特种偶句；又如“幽梦又杳”的平去去上，“今夕何夕恨未了”的平入平入去去上，也都是一些特种拗句。全首韵脚如“皎”“悄”“晓”“葆”“表”“草”“老”“绕”“早”“杳”“了”，无一不是上声，显示一种清幽峭折的特殊情调，也是宋人词中少见的。

（原载《词曲概论》下编“论法式”第六章，上海古籍出版社1980年版）

令词之声韵组织

诗人尝试填词，始于小令。小令命名之由来不可考，以意测之，殆等于酒令之令。故恒于酒边花下，即席成篇，随付弦管，藉以娱宾遣兴。本有其调，而令作者率尔倚声制词，便试捷才，比诸行令。其体初不甚为文人重视，故作者恒自掩其迹曰："谑浪游戏而已。"（胡寅《酒边词序》）《乐府诗集·近代曲辞·回波乐》条下云：

> 《本事诗》曰："中宗之世，尝因内宴，群臣皆歌《回波乐》，撰辞起舞。时沈佺期以罪流岭表，恩还旧官而未复朱绂。佺期乃歌《回波乐》辞以见意，中宗即以绯鱼赐之，自是多求迁擢。"《唐书》曰："景龙中，中宗宴侍臣，酒酣，令各为《回波乐》。众皆为谄佞之辞，及自要荣位。次至谏议大夫李景伯，乃歌此辞。"

凡此所称"撰辞起舞""令各为《回波乐》"与"次至"之"次"字，咸足证知令词制作之由，盖与酒令相近。惟此种小调，易于成文，故其发达亦较其他长调为早。其形式组织，亦多由五、七言近体诗变化而来。盖歌词递嬗之际，其迹犹可考知也。

《苕溪渔隐丛话》云："唐初歌词，多是五言诗，或七言诗，初无长短句。自中叶以后至五代，渐变成长短句，及本朝则尽为此体。今所存，止《瑞鹧鸪》《小秦王》二阕，是七言八句诗，并七言绝句而已。《瑞鹧鸪》犹依字易歌，若《小秦王》必须杂以虚声，乃可歌耳。"五、七言诗之变为令词，原为凑合虚声而设，然当时曲调变化至多，依声填词，形式遂异。其间有全用五、七言律诗句法，错综变化以出之者；亦有二字、三字、四字、六字句，音节紧促，与五、七言律、绝迥不相侔者。要其平仄调声之法，与唐人近体诗仍无绝大差异。唐人令词之流传至今，最无疑义者，莫过于《乐府诗集》所录《忆江南》《潇湘神》《调笑》诸曲。如白居易之《忆江南》：

> 江南忆，最忆是杭州。山寺月中寻桂子，郡亭枕上看潮头。何日更重游？

刘禹锡之《潇湘神》：

> 湘水流，湘水流，九疑云物至今愁。君问二妃何处所，零陵香草露中秋。

前一调除起为三字句外，实割五、七言绝句之半为之。后一调则直七言绝句之变体，但化首句七字为三字二句叠韵耳。此令词之从五、七言近体诗蜕化而来，最易参透消息者也。至如韦应物、王建诸人之《宫中调笑》，则以二字句与六字句构成，而其叶韵之宛转相生，乃与诗句大异其趣。此令词之渐与近体诗脱离关系，而独创一格者也。录王建词一阕如下：

> 团扇，团扇，美人病来遮面。玉颜憔悴三年，谁复商

量管弦。弦管，弦管，春草昭阳路断。

复次，令词之创调，莫备于赵崇祚所编之《花间集》，而温庭筠之作为最早。兹试取温词所用各调，就其句法组织，略为分类说明，以见令词组织之梗概。计《花间》所收温词，有《菩萨蛮》《更漏子》《归国遥》《酒泉子》《定西蕃》《杨柳枝》《南歌子》《河渎神》《女冠子》《玉蝴蝶》《清平乐》《遐方怨》《诉衷情》《思帝乡》《梦江南》《河传》《蕃女怨》《荷叶杯》十八调。其间除《杨柳枝》为纯粹七言绝句、《梦江南》即《忆江南》外，其增减五、七言诗，而错综变化出之者，有如《菩萨蛮》：

小山重叠金明灭，鬓云欲度香腮雪。懒起画蛾眉，弄妆梳洗迟。　照花前后镜，花面交相映。新帖绣罗襦，双双金鹧鸪。

《南歌子》：

转眄如波眼，娉婷似柳腰。花里暗相招。忆君肠欲断，恨春宵。

《玉蝴蝶》：

秋风凄切伤离，行客未归时。塞外草先衰，江南雁到迟。　芙蓉凋嫩脸，杨柳堕新眉。摇落使人悲，断肠谁得知？

以上三调，除叶韵变化外，原与近体诗句无甚差别。其他诸调，则长短其句，奇偶相生，促节繁音，渐与诗异。其以三言、六言、五言诸种句法构成者，有如《更漏子》：

玉炉香，红蜡泪，偏照画堂秋思。眉翠薄，鬓云残，夜长衾枕寒。　梧桐树，三更雨，不道离情正苦。一叶叶，一声声，空阶滴到明。

《定西蕃》：

海燕欲飞调羽，萱草绿，杏花红，隔帘栊。　　双鬓翠霞金缕，一枝春艳浓。楼上月明三五，琐窗中。

以上二调特异之点，仍在叶韵变化，迥异乎诗。而《定西蕃》前阕起句之“羽”字，与后阕起句之“缕”字互叶，乍视之几疑为此处并不叶韵者，此足见依声填词之日趋精密。至句中平仄配合，则仍近体诗之矩矱耳。其以二言、七言、六言、五言诸种句法构成者，有如《归国遥》：

香玉，翠凤宝钗垂罷䍦。钿筐交胜金粟，越罗春水绿。　　画堂照帘残烛，梦余更漏促。谢娘无限心曲，晓屏山断续。

其以四言、六言、三言、七言、五言诸种句法构成者，有如《酒泉子》：

花映柳条，闲向绿萍池上。凭阑干，窥细浪，雨萧萧。　　近来音信两疏索，洞房空寂寞。掩银屏，垂翠箔，度春宵。

其以五言、六言、七言诸种句法构成者，有如《河渎神》：

河上望丛祠，庙前春雨来时。楚山无限鸟飞迟，兰棹空伤别离。　　何处杜鹃啼不歇，艳红开尽如血。蝉鬓美人愁绝，百花芳草佳节。

其以四言、六言、二言、五言诸种句法构成者，有如《女冠子》：

含娇含笑，宿翠残红窈窕，鬓如蝉。寒玉簪秋水，轻纱卷碧烟。　　雪胸鸾镜里，琪树凤楼前。寄语青娥伴，早求仙。

其以四言、五言、七言、六言诸种句法构成者，有如《清平乐》：

洛阳愁绝，杨柳花飘雪。终日行人争攀折，桥下水流呜咽。　　上马争劝离觞，南浦莺声断肠。愁杀平原年少，回首挥泪千行。

其以三言、四言、七言、五言诸种句法构成者，有如《遐方怨》：

凭绣槛，解罗帏。未得君书，断肠潇湘春雁飞。不知征马几时归？海棠花谢也，雨霏霏。

其以二言、三言、五言诸种句法构成者，有如《诉衷情》：

莺语，花舞，春昼午，雨霏微。金带枕，宫锦，凤凰帷。柳弱燕交飞，依依。辽阳音信稀，梦中归。

其以二言、五言、九言、六言诸种句法构成者，有如《思帝乡》：

花花，满枝红似霞。罗袖画帘肠断，卓香车。回面共人闲语，战篦金凤斜。唯有阮郎春尽，不归家。

其以二言、三言、六言、七言、五言诸种句法构成者，有如《河传》：

同伴，相唤。杏花稀，梦里每愁依违。仙客一去燕已飞。不归，泪痕空满衣。　　天际云鸟引情远。春已晚，烟霭渡南苑。雪梅香，柳带长，小娘，转令人意伤。

其以七言、四言、三言诸种句法构成者，有如《蕃女怨》：

万枝香雪开已遍，细雨双燕。钿蝉筝，金雀扇，画梁相见。雁门消息不归来，又飞回。

其以六言、二言、三言、七言诸种句法构成者，有如《荷叶杯》：

一点露珠凝冷，波影，满池塘。绿茎红艳两相乱，肠断，水风凉。

上列诸调，除句度参差，用韵亦愈趋复杂外，其平仄配置，有异乎近体诗式者。如《归国遥》之“钿筐交胜金粟”“画堂照帘残烛”“谢娘无限心曲”,《酒泉子》之“近来音信两疏索”(别一首作“一双娇燕语雕梁”,平仄又异),《河渎神》之“兰棹空伤别离”“百花芳草佳节”,《清平乐》之“终日行人争攀折”“上马争劝离觞,南浦莺声断肠”“回首挥泪千行”,《遐方怨》之“断肠潇湘春雁飞”(别一首作“梦残惆怅闻晓莺”,平仄又异),《诉衷情》之“莺语,花舞,春昼午”,《河传》之“梦里每愁依违”(别一首作“烟浦花桥路遥”,与此同。又一首作“仙景个女采莲”,平仄句法又异)、“天际云鸟引情远”(别一首作“红袖摇曳逐风暖”,与此同。又一首作“荡子天涯归棹远”,与此异),《蕃女怨》之“万枝香雪开已遍,细雨双燕”。凡此,世并称之为拗句,虽在《花间》诸作者,有时同用一调,亦往往自由出入。万氏《词律》无法以说明其所以出入之故,则称之为又一体。以私意测之,则此等拗句,与其用韵之复杂,正足窥见当时作者倚声填词之法式与其声词相配之精严,《唐书·文艺传》所称“庭筠能逐弦吹之音,为侧艳之词”者是也。因曲调中之轻重抑扬,与其节奏缓急之处,而为之审定字音之平仄,与叶韵之多寡,此惟文人兼通乐律者能之。然此种配合,相差甚微,当时填词家所倚之声,得之口耳之际,而以弦管为准,其所以用同一调,而往往互有出入者,正见词乐盛行之际,作者真正依声而填,不似后来之但取前贤遗制,一依其平仄定式,不能率意变更也。

温氏为填词家开山作祖,令词之组织,至是始日臻完备,而渐与五、七言近体诗脱离。然组织过于精严,又往往为文人所不耐,而轻重配合之际,歌唱与吟诵亦稍不同,歌之其音极美者,吟诵有时翻嫌其拗。《花间》作者，依曲调以填词，故拗句特多，后人依平仄图谱以从事，又觉近体律、绝之最利唇吻，故于唐人拗调，往往摈而不录。即如《诉衷情》一调，温氏起句“莺语，花舞，春昼午”，原为二、二、三句法，而每句皆叶仄韵。至韦庄则云“烛烬香残帘半卷”，直化三句为七言律句，改复杂为单简，而其下云：“梦初惊。花欲谢，深夜。月胧明。何处按歌声，轻轻。舞衣尘暗生，负春情。”其平仄韵互叶，而有错综变化之美，固犹与温词相仿佛也。至如《清平乐》一调，温词有四拗句，孙光宪作则云：

愁肠欲断，正是青春半。连理分枝鸾失伴，又是一场离散。　　掩镜无语眉低，思随芳草凄凄。凭仗东风吹梦，与郎终日东西。

除下半阕首句同温词外，余皆化为近体诗式矣。宋人之作，则并此句亦化拗为谐，例如晏殊作：

红笺小字，说尽平生意。鸿雁在云鱼在水，惆怅此情难寄。　　斜阳独倚西楼，遥山恰对帘钩。人面不知何处，绿波依旧东流。

吾人随口吟哦，便觉较之温作，为尤谐婉。故后来之为此调者，几悉依之。此令词组织之近于律、绝诗者所以流传为广也。

复次，《花间集》所收令词，有不为后人所乐用，而其句法组织，大异律诗，而渐开慢词之轨辙者，有如毛文锡之《接贤宾》：

香鞯镂襜五花骢。值春景初融，流珠喷沫躞蹀，汗血流红。　　少年公子能乘驭，金镳玉辔珑璁。为惜珊瑚鞭不下，骄生百步千踪。信穿花，从拂柳，向九陌追风。

又《恋情深》：

滴滴铜壶寒漏咽，醉红楼月。宴余香殿会鸳衾，荡春心。　　真珠帘下晓光侵，莺语隔琼林。宝帐欲开慵起，恋情深。

以上二调，如《接贤宾》之“值春景初融”及“向九陌追风”，是上一下四句法；《恋情深》之“醉红楼月”，是上一下三句法；并为句法组织上之特异者，其有关于曲调之节拍，亦可推知矣。

令词创调之多，莫过于《花间》诸作者。句法叶韵之变化，未易殚述。而后来习用之调，则仍以组织近乎近体诗式者为最盛行。故知平仄调谐，利于唇吻，既便于入乐，亦适于吟诵，又为词乐既亡之后，学者所最宜肄习者也。《花间》词调，后人用之最多者，如《浣溪沙》（韦庄作）云：

惆怅梦余山月斜，孤灯照壁背红纱，小楼高阁谢娘家。　　暗想玉容何所似，一枝春雪冻梅花，满身香雾簇朝霞。

是七言绝句之化身也。如《木兰花》（韦庄作）云：

独上小楼春欲暮，愁望玉关芳草路。消息断，不逢人，欲敛细眉归绣户。　　坐看落花空叹息，罗袂湿斑红泪滴。千山万水不曾行，魂梦欲教何处觅。

是七言仄韵律诗之变化，惟改第三句七字为三字二句，上下阕所用韵又不同部耳。而宋人所作，则悉改从仄韵律诗体式，例如晏殊作云：

燕鸿过后莺归去，细算浮生千万绪。长于春梦几多时，去似秋云无觅处。　闻琴解佩神仙侣，挽断罗衣留不住。劝君莫作独醒人，烂醉花间应有数。

又如《小重山》（韦庄作）云：

一闭昭阳春又春。夜寒宫漏永，梦君恩。卧思陈事暗消魂。罗衣湿，红袂有啼痕。　歌吹隔重阍。绕庭芳草绿，倚长门。万般惆怅向谁论？凝情立，宫殿欲黄昏。

《江城子》（牛峤作）云：

䴔䴖飞起郡城东。碧江空，半滩风。越王宫殿，蘋叶藕花中。帘卷水楼鱼浪起，千片雪，雨蒙蒙。

《临江仙》（张泌作）云：

烟收湘渚秋江静，蕉花露泣愁红。五云双鹤去无踪。几回魂断，凝望向长空。　翠竹暗留珠泪怨，闲调宝瑟波中。花鬟月鬓绿云重。古祠深殿，香冷雨和风。

《虞美人》（毛文锡作）云：

鸳鸯对浴银塘暖，水面蒲梢短。垂杨低拂麹尘波，蛛丝结网露珠多，滴圆荷。　遥思桃叶吴江碧，便是天河隔。锦鳞红鬣影沉沉，相思空有梦相寻，意难任。（上下阕结句与后来流传之作微异）

《巫山一段云》（毛文锡作）云：

雨霁巫山上，云轻映碧天。远风吹散又相连，十二晚峰前。　暗湿啼猿树，高笼过客船。朝朝暮暮楚江边，几度降神仙。

《生查子》（牛希济作）云：

春山烟欲收，天淡稀星小。残月脸边明，别泪临清

晓。　　语已多，情未了，回首犹重道。记得绿罗裙，处处怜芳草。（下半阕三字二句后来多作五字一句）

《采桑子》（和凝作）云：

蛸蛴领上诃梨子，绣带双垂。椒户闲时，竞学樗蒲赌荔枝。　　丛头鞋子红编细，裙窣金丝。无事嚬眉，春思翻教阿母疑。

《渔父》（和凝作）云：

白芷汀寒立鹭鸶，蘋风轻剪浪花时。烟羃羃，日迟迟，香引芙蓉惹钓丝。

《醉公子》（顾敻作）云：

岸柳垂金线，雨晴莺百啭。家住绿杨边，往来多少年。　　马嘶芳草远，高楼帘半卷。敛袖翠蛾攒，相逢尔许难。

并用五、七言律、绝句法，错综变化而成。至于宋人传唱最盛之令词，如《蝶恋花》（晏殊作）云：

六曲阑干偎碧树。杨柳风轻，展尽黄金缕。谁把钿筝移玉柱，穿帘海燕双飞去。　　满眼游丝兼落絮。红杏开时，一霎清明雨。浓睡觉来莺乱语，惊残好梦无寻处。

亦为七言仄韵律诗之变化，特于次句增二字，化为两句，又句句叶韵，声情较为紧促耳。又《鹧鸪天》（晏幾道作）云：

彩袖殷勤捧玉钟，当年拚却醉颜红。舞低杨柳楼心月，歌尽桃花扇底风。　　从别后，忆相逢，几回魂梦与君同。今宵剩把银釭照，犹恐相逢是梦中。

直是全章七律，仅第五句化七言为三言两偶句耳。诸如此类，以五、七言律、绝体势，解散而成令词者，殆不胜枚举。以此知词所依声，虽出于胡夷里巷之曲，而所谓诗客曲子词，鲜不脱胎于近体律、绝者。于以见轻重配合之理，与夫四声平仄之妙用，举凡入乐歌词之和谐美听者，未有不由之以为准则，又非特令词为然也。

令词体势，由律、绝诗解散错综变化而成，既如上述，其递嬗之际，所以能合乎当时流行之曲调，而耳目一新者，一方固由长短其句，有参差繁复之美，一方则以叶韵变化，能随情绪之缓急轻重，而为之调节，较之律、绝，为进步多多耳。歌词叶韵之作用有二：一为应用同声相应之理，俾易和协美听；一为调节情感，表示某种境界或心理之转变。而在唐宋间所用曲调，有既叶平韵，又叶仄韵者，显有主副之别，其副韵为使音节繁变，增益声情之美，于调节情感，较少关系。所谓副韵，又与转韵不同。如《调笑令》《菩萨蛮》《更漏子》《河渎神》《清平乐》《虞美人》《醉公子》之属，其平仄韵二句一转，或上、下阕换韵者，谓之转韵。至于《女冠子》，通首皆用平韵，而温作首句之“笑”，与次句之“窕”相叶。《诉衷情》亦通首平韵，而温作之“语、舞、午”三字相叶，“枕、绵”二字又相叶。《荷叶杯》亦叶平韵，而温作之“冷、影”二字相叶，“乱、断”二字又相叶。如此之类，固当以平韵为主，而以仄韵为副。此亦研究令词者所不可不知也。

所谓叶韵为调节情感者，凡情绪之缓急，恒与叶韵之疏密，互相适应。大抵句句叶韵者，其情绪之转变，为较急促；隔句叶韵者，乃较缓和。例如冯延巳之《谒金门》：

风乍起，吹皱一池春水。闲引鸳鸯香径里，手挼红杏蕊。　　斗鸭阑干独倚，碧玉搔头斜坠。终日望君君不至，举头闻鹊喜。

此句句叶韵体也。试味其情境，一句一转，个中人之迫切心绪，可见一斑。触类旁通，足资隅反。吾尝持“情、声、词”相应之说，以衡一切韵文。而于唐、宋歌词，观其曲调之组织，举凡句度长短，平仄配置，与夫叶韵疏密，皆有其所以然之故。而惜乎自来言“词谱”或“词律”者，未曾有所发明也。他时天许小休，辄拟细为分析，以宣厥奥。兹先略引其端云。

（原载《制言》半月刊第三十七、三十八期合刊）

词史纵论

两宋词风转变论

一　引论

词以两宋为极则，而论者或主北宋，或主南宋。此皆域于门户之见，未察风气转变之由，而妄为轩轾者也。

前人论词，皆以作家为标准。如张炎、陆辅之、沈义父辈，其所评骘，虽各有所偏，而于南北宋间，初未强分畛域。自张南湖（綖）论词派，有“婉约”“豪放”之说，而词苑之纷争以起。朱锡鬯（彝尊）氏为“浙派”开山，实始标举姜、张，崇尚南宋。其《词综发凡》云：

> 世人言词，必称北宋。然词至南宋始极其工，至宋季而始极其变。

自是言词，咸以南北宋对举。周止庵（济）氏《介存斋论词杂著》云：

> 两宋词各有盛衰：北宋盛于文士，而衰于乐工；南宋盛于乐工，而衰于文士。

又云：

北宋有无谓之词以应歌，南宋有无谓之词以应社。

又云：

北宋词多就景叙情，故珠圆玉润，四照玲珑。至稼轩、白石，一变而为即事叙景，使深者反浅，曲者反直。

凡此所言，一似南北宋词，俨有“鸿沟”之界。至其《宋四家词选序论》又称：

北宋主乐章，故情景但取当前，无穷高极深之趣。南宋则文人弄笔，彼此争名，故变化益多，取材益富。然南宋有门径，有门径故似深而转浅；北宋无门径，无门径故似易而实难。

南北宋词之大较如此。所谓“词至北宋而始大，至南宋而遂深”者，盖各有其环境关系，非可以一概言之也。刘融斋（熙载）氏《艺概》又就其技巧上为差别之谈云：

北宋词用密亦疏，用隐亦亮，用沉亦快，用细亦阔，用精亦浑。南宋只是掉转过来。

其说与周氏亦相仿佛。清代论词学者，往往蔽于宗派之见，议论纷歧，断断于南北宋之争，而恒忽略客观之事实。如上述诸家之说，其影响于词苑者至深。其言或当或否，或能示吾人以研寻之径，或反予吾人以惑乱之邮。执一先生之言，局于一隅以自限，吾未见其可也。两宋词风之转变，各有其时代关系，“物穷则变”，阶段显然。既非“婉约”“豪放”二派之所能并包，亦不能执南北以自限。吾虑世之学词者，将“南北”二字，横亘胸中，而不能观其通，转滋瞀乱也。聊申微旨，以明风气转变之由，与夫各作家得失利病之所在，期与海内宏达，共商榷焉。

二 南唐词风在北宋之滋长

西蜀、南唐，为五代歌词繁殖之地。变“胡夷里巷之曲”而为士大夫之词，其风大扇于温庭筠，而韦庄、冯延巳继成两大系，分据吴、蜀词坛。于是小令尊前，玉箫低唱，佳人绣幌，丽锦频抽，“娱宾遣兴”之资，盖莫不以此相竞矣。蜀地僻处边垂，五代干戈之际，恒与外人间隔。观赵崇祚所辑《花间集》，作者十之七八为蜀人，或流寓蜀中，则知西蜀词坛固自别为风气，而与其他各地，殊鲜流通。谓北宋初期作家，多受《花间》影响者，是犹未考当时情势，以作者皆工小词而漫为之说也。

从词学上之系统言之，则北宋初期作家，实承南唐之遗绪。南唐中主以疆土日蹙，曾徙都洪州（南昌），又尝读书于庐山。中主故工词，马令《南唐书》称：“元宗（中主）尝作《浣溪沙》二阕，手写赐乐人王感化。”而其臣冯延巳，尤喜为乐府词。据陆游《南唐书》云：

> 元宗尝因曲宴内殿，从容谓曰：“‘吹皱一池春水’，何干卿事？”延巳对曰：“安得如陛下‘小楼吹彻玉笙寒’之句？”

似此君臣谐谑，乃各标举小词，则知南唐词风，其盛况乃不亚于西蜀。陈世修序延巳《阳春集》云：

> 公以金陵盛时，内外无事，朋僚亲旧，或当燕集，多运藻思，为乐府新词，俾歌者倚丝竹而歌之，所以娱宾而遣兴也。

以“乐府新词”“娱宾遣兴”，此种风气，实开北宋初期作家之先河。且如欧阳修、晏殊、晏幾道皆籍江西，江西故南唐属地，二主一冯，流风遗韵，必有存者。宋下江南，后主夷为降虏，南都文物，悉随后主入汴梁。《宋史·乐志》称："宋初置教坊，得江南乐。"后主词所谓"教坊还唱别离歌"者，已并歌词所依之声，亦相随而俱北。歌词种子之移植，其线索可得而寻也。

北宋声歌繁衍之地，自推汴梁。欧、晏诸家既早闻风而起，而历居显要，出入汴京，为"乐府新词"，以"娱宾遣兴"，一时相尚，固亦文人才士之所优为。欧阳修咏西湖《采桑子》有小引云：

> 因翻旧阕之辞，写以新声之调，敢陈薄伎，聊佐清欢。（《乐府雅词》）

以"薄伎"佐"清欢"，至宋初已大行于各地。其词既多出于文人之手，故一以清壮雅丽为归，而冯氏《阳春》一集，遂为一时所宗尚。刘攽《贡父诗话》云：

> 元献（晏殊）尤喜冯延巳歌词，其所自作，亦不减延巳乐府。

刘熙载《艺概》又称：

> 冯延巳词，晏同叔得其俊，欧阳永叔得其深。

此一脉之相承，并以"清讴"为主，而极其致于晏幾道。幾道自序《小山词》云：

> 《补亡》一编，补乐府之亡也。叔原往者浮沉酒中，病世之歌词，不足以析酲解愠。试续南部诸贤绪余，作五、七字语，期以自娱。不独叙其所怀，兼写一时杯酒间闻见所同游者意中事。尝思感物之情，古今不易。窃以谓篇中之意昔人所不遗，第于今无传尔。故今所制，通以"补亡"名之。始时，沈十二廉叔、陈十君龙家有莲、鸿、蘋、云，品清讴娱

客。每得一解，即以草授诸儿。吾三人持酒听之，为一笑乐而已。而君龙疾废卧家，廉叔下世。昔之狂篇醉句，遂与两家歌儿酒使，俱流转于人间。自尔邮传滋多，积有窜易。

由此自序观之，则小晏填词之动机，实以世行歌曲，不足以餍高尚文人之听觉，乃更以高格调摹写身世所经悲欢离合之情，而又“积有窜易”，益求技术上之精巧，乃至无可指摘。故黄庭坚称其“嬉弄于乐府之余，而寓以诗人之句法，清壮顿挫，能动摇人心”（黄庭坚《小山集序》）。令词境界之高，盖至小晏而叹“观止”矣。所谓“诗人句法”，即《阳春》以下逮《珠玉》《六一》诸家，所以异于闾巷俚歌。《花间集序》所称之“诗客曲子词”，亦于此始极其致。唯其“清壮顿挫，能动摇人心”，足为诗人“析酲解愠”，而未必为俚俗所共欣赏。故必得名门家妓，如莲、鸿、蘋、云之属，乃能“品清讴”，资笑乐。迨习之既久，始“与两家歌儿酒使，俱流转于人间”。此与南宋姜夔、张镃诸人之自制曲，恒由家妓歌以侑尊者，后先辉映。特此属令词，彼多慢曲耳。

北宋慢曲未盛之先，作者多致意于提高令词之风格，而尤着重于句法之变化。例如幾道《阮郎归》：

天边金掌露成霜，云随雁字长。绿杯红袖趁重阳，人情似故乡。　　兰佩紫，菊簪黄。殷勤理旧狂。欲将沉醉换悲凉，清歌莫断肠。

况周颐云：“‘绿杯’二句，意已厚矣。‘殷勤理旧狂’，五字三层意。‘狂’者，所谓一肚皮不合时宜，发见于外者也。狂已旧矣，而理之，而殷勤理之，其狂若有甚不得已者。‘欲将沉醉换悲凉’，是上句注脚。‘清歌莫断肠’，仍含不尽之意。此词沉着厚重，得此结句，便觉竟体空灵。小晏神仙中人，重以名父之贻，贤师友相与沆瀣，其独造处，岂凡夫肉眼所能梦见？”（《蕙风词话》二）《小山词》针镂之密，与意境之厚，洵如况氏所云。学者举一反三，可悟令词之极则，固以提高风格为主，而句法之变化，亦宜深切讲求者也。

小晏而后，慢曲盛行。而诸家间作小词，终以“嬉弄于乐府之余，而寓以诗人之句法”为极轨。而后起之最工者，莫如贺铸。贺氏《东山寓声乐府》，张耒称其“盛丽如游金、张之堂，而妖冶如揽嫱、施之祛，幽洁如屈、宋，悲壮如苏、李”（《东山词序》）。铸又自言：“吾笔端驱使李商隐、温庭筠，当奔命不暇。”（叶梦得《建康集·贺铸传》）以诗人句法入词，小晏而后，贺氏其嗣响矣。其《陌上郎》（《生查子》）云：

> 西津海鹘舟，径度沧江雨。双橹本无情，鸦轧如人语。　挥金陌上郎，化石山头妇。何物系君心？三岁扶床女。

如此风调，不几与南朝乐府相仿佛乎？又如《半死桐》（《思越人》，亦名《鹧鸪天》）云：

> 重过阊门万事非，同来何事不同归？梧桐半死清霜后，头白鸳鸯失伴飞。　原上草，露初晞，旧栖新垅两依依。空床卧听南窗雨，谁复挑灯夜补衣！

情感之浓挚，笔力之沉着，小晏而下，谁与抗手？吾谓令词之发展，由《阳春》以开欧、晏，至小晏而集大成。令、慢递嬗之交，贺氏实其后劲。此南唐词风，影响北宋文坛之最为深切著明者也。

上述一系统之词，其内容多悲欢离合之情，其技术则“寓以诗人之句法”，其风格则“沉着重厚”，而其应用，则在士大夫间，藉为“析酲解愠”之资，而授诸贵家歌儿之口，此北宋初期词风之所以特盛于文人学士也。

三 教坊新曲促进慢词之发展

小令在北宋初期，既发达至最高之境，渐不为普遍社会所理解，而教坊乃竞造新声。里巷间谣歌淫冶之词，亦乘时竞作。《宋史·乐志》云：

> 宋初置教坊，得江南乐，已汰其坐部不用。自后因旧曲创新声，转加流丽。

宋翔凤《乐府余论》叙慢词之兴起云：

> 慢词盖起宋仁宗朝，中原息兵，汴京繁庶，歌台舞席，竞赌新声。耆卿（柳永）失意无俚，流连坊曲，遂尽收俚俗语言，编入词中，以便伎人传习。一时动听，散播四方。其后东坡、少游、山谷辈相继有作，慢词遂盛。

今所称慢词，宋人谓之“今体慢曲子”。王灼《碧鸡漫志》云：

> 今大石调《念奴娇》世以为天宝间所制曲，予固疑之。然唐中叶，渐有今体慢曲子。

据此，则慢词起宋仁宗朝之说，殊不可信。然仁宗朝，汴京繁庶，新声竞作，为慢词发达之主因，则吾人未能加以否认。令词行于士大夫杯酒交欢之际，慢曲则盛于倡馆酒楼间。虽柳永与晏殊，同作曲子，其形式与作风，固俨然二派。叶梦得《避暑录话》称：

（柳耆卿）为举子时，多游狭邪，善为歌词。教坊乐工每得新腔，必求永为词，始行于世，于是声传一时。……余仕丹徒，尝见一西夏归朝官云："凡有井水处，即能歌柳词。"

陈师道《后山诗话》又言：

柳三变游东都南北二巷，作新乐府，骫骳从俗，天下咏之。

此与吴曾《能改斋漫录》"柳三变好为淫冶曲调，传播四方"，皆可互证。慢词至柳永而大盛，而《宋史·乐志》恒以"慢曲"与"急曲"对举。"慢曲"多为教坊所造新腔，而柳词又多"淫冶讴歌之曲"，则慢曲者，当由其声调之靡曼，所谓"迟其声以媚之"者，庶几近之。后人率以"长调"当之，失其旨矣。柳氏慢词之创制，出于教坊乐工之要求，"骫骳从俗"，即所以迎合社会普遍心理。《艺苑雌黄》称：

柳之乐章，人多称之。然大概非羁旅穷愁之词，则闺门淫媟之语。若以欧阳永叔、晏叔原、苏子瞻、黄鲁直、张子野、秦少游辈较之，万万相辽。彼其所以传名者，直以言多近俗，俗子易悦故也。

北宋词风之转变，实以教坊新腔为最大枢纽。而柳氏以"薄于操行"，一扫卑视里巷歌谣之心理，不惜士大夫之唾骂，转为乐工填词。于是盛行士大夫间之令词，始渐为流传四方之慢曲所压倒。唯其易取悦于俗耳，故其发展乃有不可遏抑之势。柳永之外，以慢曲擅长者，如张先、秦观，莫不受其影响。盖慢词之创制，必倚新声，而教坊官妓与倡馆酒楼，则新声之策源地，而歌词之传达所也。《后山诗话》称：

张子野（先）老于杭，多为官妓作词。

《避暑录话》又云：

秦少游亦善为乐府，语工而入律，知乐者谓之作家。元丰间，盛行于淮、楚。

苏轼对《淮海词》，颇以气格为病（《避暑录话》）。又尝谓少游云："不意别后，公却学柳七作词！"柳、秦二家词，皆以应歌为主，故不期然而与之俱化。又如秦、黄（庭坚）二集中之俳体，亦多采俚俗语言，填入词中。其作用固在迎合社会普遍心理，而使听者之易入，不似《阳春》一派令词，仅为士大夫间"娱宾遣兴"之资也。

北宋词风，至柳永出而一大变。永以穷愁潦倒，日与狷子纵游倡馆酒楼间，无复检约，自称云："奉圣旨填词柳三变。"（《艺苑雌黄》）李易安称其"变旧声作新声，出《乐章集》。大得声称于世，虽协音律，而词语尘下"。（《苕溪渔隐丛话》引）推其"词语尘下"之故，则又以"变旧声作新声"，必借助于教坊乐工，而教坊乐工之要求，固不在仅求士大夫之欣赏而已也。词体之恢张，非永之日与乐工接近，深识声词配合之理，谁能开此广大法门？且柳固旷代才人，文学修养，迥非恒流可比。其《乐章集》中，虽"大概非羁旅穷愁之词，则闺门淫媟之语"（《艺苑雌黄》）。然前者"为我"，后者"依他"，所抒写之情境与作用不同，正不容相提并论。近人冯煦尝称：

耆卿词曲处能直，密处能疏，奡处能平，状难状之景，达难达之情，而出之以自然，自是北宋巨手。（《宋六十一家词选·例言》）

郑文焯益畅其说，谓：

> 柳三变乃以专诣名家，而当时转述其俳体，大共非訾。至今学者，竟相与咋舌瞠目，不敢复道其一字。……冥撢其一词之命意所注，确有层折，如画龙点睛，神观飞越，只在一二笔，便尔破壁飞去也。（陈锐《袌碧斋词话》引文焯《论柳词书》）

柳词之佳处，正在此而不在彼。由冯、郑二家之说，可以推见柳词技术之高，盖不仅创调至多，足为北宋词坛生色而已也。

柳氏既极意于慢词，而自成一系统，其功用则在使歌词复与民众接近，而变旧声为新声，使词体恢张，有驰骋才情之余地。其长篇巨幅，开阖变化，顿挫淋漓，开后来法门不少。迨秦观起，而以清丽和婉出之，风格益遒上，而慢词复归于淳雅，为士大夫所乐闻。作风转变之由，其来者渐，较然可睹矣。

四　曲子律之解放与词体之日尊

北宋令词，至二晏而臻极诣。柳永极意慢曲，别辟法门。于是词体形式上之进展，与技术上之讲求，并窔奥全开，渐进于无以复加之境。而歌词流行既广，骎欲夺五、七言诗体之席而代之，于是“以诗为词”之作家，乘时而起。假社会流行之新兴体制，以抒写作者之浩气逸怀，音律渐疏，而内容日趋充实，疆宇益见扩大，作者之性情抱负，得充分表现于“曲子词”中，词体日尊，而距原始曲情益远。此亦词学发展必至之境，不容以其非“本色”而少之也。

在苏轼以前，填词者率出之以游戏。如欧、晏诸作者，并以诗文余力为之。或由环境关系，为乐工官妓而倚新声，亦辄以“小道”目之，不敢自跻于“大雅”之林也。胡寅序向子諲《酒边词》云：

> 词曲者，古乐府之末造也。古乐府者，诗之傍行也。诗出于《离骚》《楚词》，而《离骚》者，变风变雅之意，怨而迫、哀而伤者也；其发乎情则同，而止乎礼义则异。名之曰曲，以其曲尽人情耳。方之曲艺，犹不逮焉，其去《曲礼》，则益远矣。然文章豪放之士，鲜不寄意于此者，随亦自扫其迹，曰谑浪游戏而已也。唐人为之最工者，柳耆卿后出，掩众制而尽其妙，好之者以为不可复加。及眉山苏氏，一洗绮罗香泽之态，摆脱绸缪宛转之度，使人登高望远，举首高歌，而逸怀浩气超然乎尘垢之外。于是《花间》为皂隶，而柳氏为舆台矣。

由胡氏之言，知在东坡以前之作者，虽心好词曲，而必自托于“谑浪游戏”。此其故由于词所依声，原出“胡夷里巷之曲”，士大夫之所作，既仍须迎合社会普遍心理，不得不偏重男女慕悦，或伤离念远之情，为保持身份尊严，遂不能无所规避。小山、淮海虽或“寓以诗人句法”，风格渐高，而鲜有以严肃态度，着意尊体者。东坡出而以灵气仙才，开径独往。其能别树一帜之故，正以其确认词曲虽出于教坊里巷，亦不妨假以自写胸怀，固不仅为发抒儿女私情而设。东坡词卒得压倒柳氏者在此，所以能独建一宗，历万古而不敝者亦在此。王灼《碧鸡漫志》卷二云：

> 东坡先生，非心醉于音律者，偶尔作歌，指出向上一路，新天下耳目，弄笔者始知自振。

苏词之妙谛，王氏此语尽之矣。晁补之亦称：

居士词，人谓多不谐音律。然横放杰出，自是曲子内缚不住者。(《词林纪事》引)

“横放杰出”，足征东坡在词苑之解放精神。宋人论词，恒以声律与词情并重。其严于声律者，往往曲谱亡而声价亦随之以减。独此“逸怀浩气”，永留于天地间，足以“开拓万古之心胸，推倒一世之豪杰”。东坡词派之所以后来转盛者，正以其精神所寄，不随曲调以即于消沉也。元好问云：

唐歌词多宫体，又皆极力为之。自东坡一出，情性之外，不知有文字，真有“一洗万古凡马空”气象。虽时作宫体，亦岂可以宫体概之？人有言：乐府本不难作，从东坡放笔后便难作。此殆以工拙论，非知坡者所以然者。《诗三百》所载小夫贱妇幽忧无聊赖之语，时猝为外物感触，满心而发，肆口而成者尔。其初果欲被管弦，谐金石，经圣人手以与六经并传乎？小夫贱妇且然，而谓东坡翰墨游戏，乃求与前人角胜负，误矣。自今观之，东坡圣处，非有意于文字之为工，不得不然之为工也。坡以来，山谷、晁无咎、陈去非、辛幼安诸公，俱以歌词取称，吟咏情性，留连光景，清壮顿挫，能起人妙思。亦有语意拙直，不自缘饰，因病成妍者，皆自坡发之。(《遗山文集·新轩乐府序》)

词至东坡，又为一大转变。其境界之超绝，绝非“曲子词”之所能笼罩。元氏所谓“不自缘饰，因病成妍”者，尤见苏氏词派之特殊精神，而“以诗为词”之“优人圣域”已。

自东坡别出手眼，树之风声，同辈如王安石，后起如晁补之、黄庭坚、叶梦得、向子諲、陈与义等，相与辅翼而倡导之。既而流入中州，与“深裘大马之风”相融洽，遂开金源一代之盛。辛弃疾以豪杰之士复挟之以南，开南宋豪壮一派之风，解除音律之束缚，以自成其“长短不葺”之新诗体，千汇万状，使人知此体亦无所不包，非东坡“横放杰出”之才，谁能辟此疆宇耶？

北宋词风，至东坡为第三转变。其特点则在破除狭隘之观念与音律之束缚，使内容突趋丰富，体势益见恢张。刘辰翁所称“词至东坡，倾荡磊落，如诗如文，如天地奇观”（《须溪集·辛稼轩词序》）者，足以想见其伟大。惟其悍然不顾一切，假斯体以表现自我之人格与性情抱负，乃与当时流行歌曲，或应乐工官妓之要求，以为笑乐之资者，大异其旨趣。虽目之以“别派”，未足以掩其精光也。

五　大晟府之建立与典型词派之构成

词至东坡而大，而当世咸以“要非本色”（《后山诗话》）讥之，以其多不协音律故也。柳氏《乐章》，最为东坡所诟病。然其流传之广，与其在民间之潜势力，直至宣、政之际，犹未全衰。王灼称当时作家，如沈公述、李景元、孔方平、处度叔侄、晁次膺、万俟雅言七人者，源流皆从柳氏来，病于无韵。又谓：“田中行极能写人意中事，杂以鄙俚，曲尽要妙，当在万俟雅言之右，然庄语辄不佳。”又谓：“元祐间，王齐叟彦龄，政和间，曹组元宠，皆能文，每出长短句，脍炙人口。彦龄以滑稽语噪河朔。组潦倒无成，作《红窗迥》及杂曲数百解，闻者绝倒，滑稽无赖之魁也。”(《碧鸡漫志》二)由柳氏之“骫骳从俗”，以至曹组诸人之“滑稽无赖”，类皆为求取悦于俗耳，与东坡恰立反对地位。苏词高处，“出神入天”(王灼说)，自不易为时俗所理解。其他滑稽尘下之作，又不足以登大雅之堂。折中于二者之间，于音律和谐之内，益求词句之浑雅，于是典型词派兴焉。

典型词派之作家，以周邦彦称首，周济所谓“清真集大成者”(《宋四家词选序论》)是也。清真词成就之原因，一由其“好音乐，能自度曲”(《宋史·文苑传》)；一由其“尽力于辞章”，植基深厚。词以协律为主，而长调尤尚铺叙。辞赋家以铺叙为主，更以其法变而入歌词，乃极壮丽之观，而为士大夫所同矜尚。清真之造诣，洵非诸家之所及已。

词风之转变，恒随乐曲为推移。柳氏《乐章》以应教坊乐工之要求，冀得取悦于俗耳，而不免“词语尘下”。至徽宗朝，制礼作乐，乃出于朝廷之命，所造曲自不能为淫靡之音。且当时掌管乐制之官，如周邦彦、万俟咏等，皆词林宗匠，故所作一以雅丽出之。大晟府之设置，所以促成乐曲之发展，亦即北宋后期词风转变之总枢也。《碧鸡漫志》卷二云：

> 崇宁间，建大晟乐府，周美成作提举官，而制撰官又有七。万俟咏雅言，元祐诗赋科老手也。……政和初，召试补官，置大晟乐府制撰之职。新广八十四调，患谱弗传，雅言请以盛德大业及祥瑞事迹制词实谱。有旨：依月用律，月进一曲。自此新谱稍传。时田为不伐亦供职大乐，众谓乐府得人云。

张炎《词源》亦云：

> 崇宁，立大晟府，命周美成诸人讨论古音，审定古调，沦落之后，少得存者，由此八十四调之声稍传。而美成诸人又复增演慢曲、引、近，或移宫换羽，为三犯、四犯之曲，按月律为之，其曲遂繁。

大晟所造新曲既多，其影响于当世词坛者必大。且主持其事者，又为“负一代词名”（《词源》）之周美成，与“诗赋科老手”之万俟雅言，其涵养既深，故能戛戛独造，凡所制作，遂为后代典型。近人王国维论清真词云：

> 故先生之词，文字之外，须兼味其音律。……今其声虽亡，读其词者，犹觉拗怒之中，自饶和婉，曼声促节，繁会相宣，清浊抑扬，辘轳交往，两宋之间，一人而已。（《清真先生遗事》）

周词风格之高，乃多受乐曲影响，则北宋后期词风之转变，实由大晟府有以促进之，殆非“向壁虚造”之谈矣。

张炎称清真“所作之词，浑厚和雅，善于融化诗句，而于音谱且间有未谐”（《词源》）。可见协律之难，而以浑雅之作协律，尤为不易。清真笔力之变化与技术之精巧，为后来开无数法门。沈义父《乐府指迷》云：

> 凡作词，当以清真为主。盖清真最为知音，且无一点市井气，下字运意，皆有法度，往往自唐、宋诸贤诗句中来，而不用经史中生硬字面，此所以为冠绝也。

据此，知清真词之特点，一在“知音”，二在备诸法度，三在修辞之醇雅，此其所以为典型之作欤？

总之，慢词发展至清真，既无柳永“词语尘下”之病，又无苏轼“多不协律”之讥，为文人学士所乐闻，亦为伶工歌妓所喜习。故其流传之广且久，据张炎《山中白云词》之所记载，盖至元初而其曲度犹存于朱唇皓齿间。至其遗韵流风，允为百代词人法式，信为北宋词坛之光荣结局矣！

六　南宋国势之衰微与豪放词派之发展

自金兵南侵，二帝北狩，江山仅余半壁，繁华尽付流水。一时慷慨悲歌之士，莫不攘臂激昂，各抱恢复失地之雄心，借展“直捣黄龙”之素愿。而高宗误信谗佞，不惜觍颜事仇，逼处临安，以度其“小朝廷”生活。坐令士气消阻，一蹶而不可复振。不平则鸣，于是横放杰出之歌词，宛若天假之，以泄一代英雄抑塞磊落不平之气。（参考拙撰《苏辛词派之渊源流变》）此时外逼于强寇，内误于权奸，在长短句中所表现之热情，非嫉谗邪之蔽明，即痛仇雠之莫报，苍凉激壮，一振颓风。然词风转变之由，一方固由时势造成，一方亦有渊源可述。

南宋初期作家，如向子諲、张元幹辈，皆上接东坡之系统。胡寅序向氏《酒边词》，力崇东坡，而推“芗林居士步趋苏堂而哜其胾”。元幹为子諲甥，人称其长于悲愤。（毛晋《芦川词跋》）其渊源所自，从可推知。稼轩南来，领袖一代。其直接所受影响，当由于金国之好尚苏词。稼轩以二十三岁，自金归宋。（《宋史·辛弃疾传》）其词格之养成，必于居金国时早植根柢。《宋史》称其“少师蔡伯坚（松年）”。而元好问谓：“百年以来乐府，推伯坚与吴彦高（激），号吴蔡体。”（《中州集》）彦高为米芾婿，东坡喜誉米诗（《宋史·文苑传》），彼此声气相通，彦高当挟苏氏词风以北。《中州》一集，和东坡诗词韵者至多。伯坚以《念奴娇》“《离骚》痛饮”一阕负盛名，其词激昂慷慨，即用东坡赤壁词韵。且题云：“用韵者六人。”（《明秀集》）于此足见苏词之大盛于金，而稼轩词格之养成，其来有自矣。近人况周颐谓：“金词清劲能树骨。”（《蕙风词话》）北人“深裘大马”之风，正合为“横放杰出”之词。东坡词风之由南而北，复由稼轩挟以归南，转相流播，益以地域土风、民情国势之推移摩荡，复与南渡初期向、张诸家之风气相翕合，以造成悲凉感愤、盘礴磊砢之稼轩词派，此又词坛风气之一大转关也。

且自金兵入汴，风流文物扫地都休。士大夫救死不遑，谁复究心于歌乐？大晟遗谱，既已荡为飞烟，而“横放杰出”之词风，更何有于音律之束缚？此南宋初期之作者，惟务发抒其淋漓悲壮之情怀，不暇顾及文字之工拙与音律之协否，盖已纯粹自为其“句读不葺之诗”。视东坡诸人之作，尤为解放，亦时会使之然也。

宋室南渡以来，既以时势关系，与乐谱之散佚，不期然而词风为之一变。稼轩郁起，“激昂排宕，不可一世”（彭孙遹说），且名将如岳飞，亦以悲壮激烈之词，倡导于前。于是一时英雄志士，如张孝祥、朱熹、陈亮、刘过、韩元吉、陆游之属，更从而辅翼鼓吹之，借以激励人心，恢宏士气。然成就之大与用力之专，无有能过稼轩者。盖“稼轩当弱宋末造，负管、乐之才，不能尽展其用，一腔忠愤无处发泄。观其与陈同甫抵掌谈论，是何等人物！故其悲壮慷慨、抑郁无聊之气，一寄于词”。（《词苑丛谈》引梨庄说）以稼轩一派为“豪杰之词”，名符其实矣。

稼轩词绍东坡之遗绪，又以身世关系，从而发辉光大之。周济称："稼轩不平之鸣，随处辄发，有英雄语，无学问语，故往往锋颖太露。然其才情富艳，思力果锐，南北两朝，实无其匹，无怪其流传之广且久。"(《介存斋论词杂著》)苏、辛词风之差异，于此可见一斑。至其特殊风格，则宋末刘辰翁所为《辛稼轩词序》，言之最为中肯。略云：

词至东坡，倾荡磊落，如诗如文，如天地奇观，岂与群儿雌声学语较工拙？然犹未至用经用史，牵雅颂入郑卫也。自辛稼轩前，用一语如此者，必且掩口。及稼轩横竖烂漫，乃如禅宗棒喝，[①]头头皆是。又如悲笳万鼓，平生不平事并卮酒，但觉宾主酣畅，谈不暇顾，词至此亦足矣。……嗟乎！以稼轩为坡公少子，岂不痛快灵杰可爱哉？而愁髩龋齿作折腰步者阉然笑之。《敕勒》之歌拙矣，"风吹草低"之句与"大风起"语，高下相应，知音者少。顾稼轩胸中今古，止用资为词，非不能诗，不事此耳。斯人北来，喑呜鸷悍，欲何为者？而谗摈销沮，白发横生，亦如刘越石。陷绝失望，花时中酒，托之陶写，淋漓慷慨，此意何可复道！而或者以流连光景，志业之终恨之，岂可向痴人说梦哉？(《豫章丛书》本《须溪集》)

由此可知稼轩词之特点，一为英雄抱负之充分表现，二为语汇之无所不包，慷慨淋漓，一洗儿女情态，而距原始里巷歌词之情调，便已判若天渊。"宋人以东坡为词诗，稼轩为词论"(毛晋

---

① "如"，底本作"知"，据《须溪集》(文渊阁《四库全书》本)卷六改。

《稼轩词跋》)，真词坛之别开生面者。刘克庄又称："公所作大声镗鞳，小声铿鍧，横绝六合，扫空万古。其秾丽绵密者，亦不在小晏、秦郎之下。"(《后村诗话》)辛词虽间有秾丽之作，然终以激昂横绝为主，与小山、淮海，迥不相侔矣。

宋室偏安局定，士气日即销沉，而悲壮词风，未全歇绝。至于末季，犹有刘克庄、刘辰翁诸人，推重稼轩，勉绵坠绪。然自姜夔一派清空俊雅之词作，风气即早转移矣。

七 文士制曲与典雅词派之昌盛

词依声而成。北宋以教坊新腔，而有柳永一派"讴歌淫冶"之词作。至大晟制曲，而周邦彦"浑厚和雅"(张炎说)之典型词派以兴。苏、辛激扬排宕之风，应运而起，渐与音乐脱离关系，虽别开生面，而就词之本体言之，固不能不目之以"别派"。知音识曲之士，慨旧谱之散亡，思所以挽救之，乃各潜心乐律，腔由自度，音节闲雅，歌词典丽，制作悉由文士，讴歌尽付名姬，以环境与需要之不同，而风格随之转变。姜、吴一派之昌盛，盖有由矣。

南宋迁都临安，夙擅湖山之胜。偏安局定，士习苟安，激昂蹈厉之风，恒触时忌。于是名门世胄权相遗贤，异轨同奔，极意声乐。池台亭榭之盛，声色歌舞之娱，燕衎湖山，聊以永日。文人才士既各有所依归，杯酒交欢，联吟结社。于是对于音律之研索、文字之推敲，乃各竭精殚思，以相角胜。其影响于词风者至巨，而关系于世运者尤深。世人对南宋姜、吴一派词，或过于矜尚，或妄加诋毁，皆非穷本探源之论，而为蔽于一曲之言也。

论南宋词者，或主白石，或主梦窗。张炎谓："词要清空，不要质实。清空则古雅峭拔，质实则凝涩晦昧。姜白石词如野云孤飞，去留无迹。吴梦窗词如七宝楼台，眩人眼目，碎拆下来，不成片段。此清空质实之说。"（《词源》）就二家风格言之，虽清空、质实殊途，然其并重音律而崇典雅则一也。白石故"知音，通阴阳律吕、古今南北乐部。凡管弦杂调，皆能以词谱其音"（张羽《白石道人传》）。又喜自度曲，而与范成大、张镃厚善。范、张固豪家，以声伎驰誉苏、杭者也。白石《暗香》序云：

> 辛亥之冬，予载雪诣石湖（成大别业在苏州），止既月，授简索句，且征新声，作此两曲。石湖把玩不已，使工妓肄习之，音节谐婉。

又《玉梅令》题云：

> 石湖家自制此声，未有语实之，命予作。

据此，知石湖家故多妙解音律者，而又有工妓肄习歌声。其作曲作歌及唱曲听歌之人，又皆为特殊阶级，故宜其清空峭拔，不同凡响也。《砚北杂志》称：

> 小红，顺阳公青衣也，有色艺。顺阳公之请老，姜尧章诣之。一日，授简征新声，尧章制《暗香》《疏影》两曲。公使二妓肄习之，音节清婉。姜尧章归吴兴，公寻以小红赠之。

姜诗有"小红低唱我吹箫"之语，可想见姜、范二家契合之雅，与姜词风格峭拔之由。又白石《齐天乐》序云：

> 丙辰岁，与张功父（镃）会饮张达可之堂。闻屋壁间蟋蟀有声，功父约予同赋，以授歌者。

功父为张循王诸孙。周密称其"能诗，一时名士大夫莫不交游。

其园池、声伎、服玩之丽甲天下”(《齐东野语》)。功父又能自制曲，恒令家妓歌以侑尊。《浩然斋雅谈》云：

> 放翁（陆游）在朝日，尝与馆阁诸人，会饮于张功父南湖园。酒酣，主人出小姬新桃者，歌自制曲以侑尊。

由此可证南宋达官富厚之家，又往往为新曲产生之地，各蓄歌妓以度新声，文士知音，从而商订。于是词家文字益求典雅，声律益务精严。此证之《白石道人歌曲》，其自制曲必旁缀音谱，以便工妓之肄习，可以推知也。

范、张分居苏、杭，而白石往来其间，或自度曲以付二家歌妓肄习，或依二家所制新声而为之填词实谱。由是词家必兼通乐律，乃为世所矜尚。观诸载籍所纪，范、张家皆能自造新声，而范之《石湖词》、张之《南湖诗余》，所用曲调反多寻常旧曲。即如《玉梅令》，亦必藉白石之词，而其调始传。此又可证南宋词家之注重音律，往往以达官贵人之嗜好，为其创制之主因。一如周美成、万俟雅言之居大晟，制词实谱，而其曲遂繁也。

白石而后，词家益致意于音律之考求。张炎称其“先人（张枢）晓畅音律，有《寄闲集》，旁缀音谱，刊行于世。每作一词，必使歌者按之，稍有不协，随即改正”(《词源》)。沈义父记与梦窗讲论作词之法，亦言“音律欲其协，不协则成长短之诗”(《乐府指迷》)。枢为功父诸孙（朱孝臧《南湖诗余跋》)，家风不坠。梦窗曳裾侯门，亦尝往来于苏、杭间，集中有寿荣王及贾相（似道）词，又多自制曲。其对音律之讲求，当亦不免受贵家工妓之影响。且临安为帝都所在，人文荟萃之区，结社联吟，蔚为风气。周济谓“南宋有无谓之词以应社”，而社作以“咏物”为多。

声律之商量，字面之锻炼，张炎所谓“字字敲打得响，歌诵妥溜，方为本色语”（《词源》）者，可见一时风尚之所在矣。

由白石、梦窗以下迄张炎、周密，又自成一系统。而杨缵、张枢，以知音为词流所宗尚，领袖群伦。《浩然斋雅谈》称：

> 公（缵）洞晓律吕，尝自制琴曲二百操。……所度曲多自制谱，后皆散失。

《癸辛杂识》又云：

> 余（周密）向登紫霞翁（缵别号）门，翁妙于琴律。时有画鱼周大夫者，[①]善歌，每令写谱参订。虽一字之误，翁必随证其非。余尝叩之云：“五凡工尺，有何义理，而能暗通默记如此？既未按管色，又安知其误耶？”翁叹曰：“君特未深究此事，其间义理之妙，又有甚于文章，不然，安能强记之乎？”

据此，则南宋歌词，又往往参以琴曲，宜其与北宋之作，音节多殊也。炎与密同受声律之学于紫霞翁，密又盛称炎父枢家歌乐之盛。其《蘋洲渔笛谱·一枝春》叙云：

> 寄闲（枢）饮客春窗，促坐款密。酒酣意洽，命清吭歌新制。

又《瑞鹤仙》叙云：

> 寄闲结吟台，出花柳半空间，远迎双塔，下瞰六桥，标之曰“湖山绘幅”，霞翁领客落成之。初筵，翁俾余赋词，主客皆赏音。酒方行，寄闲出家姬侑尊，所歌则余所赋也，

① “画”，底本作“畫”，据《癸辛杂识》（上海古籍出版社2012年版，第48页）改。

调闲婉而辞甚习，若素能之者。坐客惊诧敏妙，为之尽醉。家妓娴习声歌，即席赋词，便尔发之朱唇皓齿。其制词订律，又悉出诸文人，故所作非沉博绝丽，即清空拔峭。此又南宋词风转变之一大关纽也。

上述一系统之词，以所依之声，恒出文人自度，严于订律，精于铸词，其肄习者多世族家姬，其欣赏者又为达官贵戚，或文人雅士，湖山沉醉，以遣劳生。凌夷至于宋亡，乃一变而为危苦凄酸之调。南宋姜、张一派词，风格之典雅，与其锻炼之精深、音律之闲婉，盖非偶然矣。

八 结论

综观上所论列，两宋词风转变之由，各有其时代与环境关系，南北宋亦自因时因地，而异其作风。必执南、北二期，强为画界，或以豪放、婉约，判作两支，皆“囫囵吞枣”之谈，不足与言词学进展之程序。

吾人研究词学，不容先存门户之见，尤不可拘于一曲以自封。循吾说以观宋词，或可稍空障碍。然而挂一漏万之讥，自知难免矣。

（原载《词学季刊》第二卷第一号，一九三四年十月十六日）

论贺方回词质胡适之先生

解道江南断肠句，世间惟有贺方回。

——黄庭坚诗

自胡适之先生《词选》出，而中等学校学生，始稍稍注意于词；学校中之教授词学者，亦几全奉此书为圭臬；其权威之大，殆驾任何词选而上之。胡氏自信力极强，亦自有其独特见解。其《自序》“以为词的历史有三个大时期”，而以此选代表第一个大时期。又谓：“这个时期，也可分作三个段落：

1. 歌者的词，

2. 诗人的词，

3. 词匠的词。

苏东坡以前，是教坊乐工与娼家妓女歌唱的词；东坡到稼轩、后村是诗人的词；白石以后，直到宋末元初，是词匠的词。”而所谓“诗人的词”，胡氏认为：“他只是用一种新的诗体来作他的新体诗。词体到了他手里，可以咏古，可以悼亡，可以谈禅，可以说理，可以发议论。”而其特征，则是“词人的个性出来了”。

吾人试依胡氏所分三个段落，以考求五代、宋词，大致可得相当之证验；而在第一个段落，胡氏亦自知“南唐李后主与冯延巳出来之后，悲哀的境遇与深刻的感情，自然高了词的意境，加浓了词的内容”，非“歌者的词”所能范围，而强为之解说曰：“但他们的词仍是要给歌者去唱的。”若以曾给歌者去唱，即不足以为“诗人的词”，则东坡、山谷、少游诸人之词，何尝不给歌者去唱？少游传唱尤广，不但“常常给妓人作小词，不失第一时代的风格”。至于东坡词，虽有“曲子律缚不住”（晁无咎语）之评，亦多数曾为妓女歌唱，此征之各家诗话笔记，斑斑可考者。以“要给歌者去唱的”，为即“歌者的词”，而非“诗人的词”，不但无以解于李后主，即苏门词人，恐亦不能确定属于第几段落。至谓“白石以后，直至宋末元初，是词匠的词”，尤多语病。须知南宋以后词，原分两系：一系承周美成之遗绪，讲究音律；自姜白石以至吴梦窗、张叔夏诸人，“转到音律的专门技术上去”，果有如胡氏所云者，但不如彼说“重音律而不重内容”。白石、梦窗诸作品，尽有内容极深刻、极悲壮，苍凉、哀艳，令人读之哀感缠绵而不能自已者，胡氏特未之深究耳。一系扬苏、辛之馀波，疏于音律；作者除与稼轩并世，如陆放翁、刘改之、陈同甫诸人外，如宋末之刘须溪，金之蔡伯坚、吴彦高、元遗山等，莫不激壮淋漓，为“诗人的词”之极诣；胡氏何不一为提及，而仅以刘后村一人，为“诗人的词”之后殿乎？且既以姜白石、史梅溪、吴梦窗、张叔夏诸人为“词匠的词”，而承认其为第三个段落中之代表作家，则选录诸人之词，必取其匠心独运、结构严密、音律和谐、足以代表某一作家之作品，乃不失为历史家态度。今观胡氏《词选》中所录姜、史、吴、张诸家之作，率取其习见之调，或较浅白近滑易者；集中得意诸阕，反被遗弃。“文学的选本，都应该表现选家个人的见解”，此为胡氏自占地步之辞；以“词匠的词”为不足取，则悉加摈斥可也，何必舍长取短，以迁就“个人的见解”，而厚诬古人哉？吾对于近世治中国文学史者，惟胡氏为素所服膺，而兹选关系于词学者尤大；辄就鄙见所及，妄肆批评，冀与读兹选者共为扬榷，且以质之适之先生，期得相当解答焉。

上所胪举，聊就一时感想漫为着笔，与兹选以小小纠正；而其最大缺点，则所录第二段落诸作家中，竟遗贺方回是也。方回词原与美成并称，且与苏门词人张耒友善，间接受东坡影响，能充分表现作者个性；于胡氏所谓“诗人的词”之条件，备足无遗，乃摈不采录，令人百思莫得其解。故草为此文，以补胡氏《词选》之未逮云。

作者传略

贺方回（1052—1125）名铸，卫州人（原籍会稽山阴）。自言唐谏议大夫知章后，故号鉴湖遗老。长七尺，眉目耸拔，面铁色；喜剧谈天下事，可否不略少假借；虽贵要权倾一时，小不中意，极口诋无遗词，故人以为近侠。然博学强记，工语言，深婉丽密，如比组绣；尤长于度曲，掇拾人所遗弃，少加檃括，皆为新奇。尝言：“吾笔端驱使李商隐、温庭筠，当奔命不暇。”方回所为词章既多，往往传播在人口。建中靖国间，黄庭坚自黔中还，得其“江南梅子”之句，以为似谢玄晖。然以尚气使酒，终不得美官。食宫祠禄，退居吴下，浮沉俗间，稍务引远世故，亦无复轩轾如平日。家藏书万余卷，手自校雠，无一字脱误。尝自哀其生平所为歌词，名《东山乐府》(以上节录叶梦得《建康集》卷八《贺铸传》,《宋史·文苑传》记贺事即据叶集)。以宣和七年(1125)二月甲寅，卒于常州之僧舍，年七十四(程俱撰《贺公墓志铭》)。有集二十卷(《宋史》)。今所传惟《庆湖遗老诗集》九卷、《庆湖集补遗》一卷、《拾遗》一卷(宜秋馆本)。其词有《东山寓声乐府》三卷，见《直斋书录解题》;《东山乐府别集》,见《敬斋古今黈》，皆久佚(朱孝臧《东山词跋》)。传世惟《东山词》上一卷，虞山瞿氏藏残宋本;《贺方回词》一卷，劳巽卿传录鲍渌饮钞本;《东山词补》一卷，吴伯宛辑本;《彊村丛书》据以合刻。虽前有锡山侯氏、钱塘王氏、临桂王氏诸刻，而贺氏词集，盖莫备于彊村本矣。

综观上述贺氏史实，及其词集之显晦，知方回在当日固极负盛名，不幸遗著消沉，直至晚近始稍复出，其歌词之价值，彪炳千秋，宁可因其晚出而加以忽视?《尧山堂外纪》又称："方回少为武弁，以定力寺一绝句，见赏于舒王(王安石),知名当世;诗文咸高古可法，不特工于长短句。"《中吴纪闻》亦有相类之纪载："初方回为武弁，李邦直为执政，力荐之，其略谓：'切见西头供奉官某某，老于文学，泛观古今词章，议论迥出流辈；欲望改换，合入文资，以示圣时育材进善之意。'上可其奏，因易文阶，积官至正郎，终于常倅。"(卷三)

方回既为武弁，又尚气使酒，其性格略近后来之辛稼轩。陆放翁言其"状貌奇丑，色青黑而有英气，俗谓之贺鬼头"(《老学庵笔记》)。若以貌取人，则其人必为一莽夫，不足与言文学；而如叶梦得所纪“工语言，尤长于度曲”，乃出于他人意想之外。其所作《六州歌头》，最足表现其英姿磊落、权奇倜傥之气概。迻录如左：

> 少年侠气，交结五都雄。肝胆洞，毛发耸。立谈中，死生同，一诺千金重。推翘勇，矜豪纵，轻盖拥，联飞鞚，斗城东。轰饮酒垆，春色浮寒瓮，吸海垂虹。闲呼鹰嗾犬，白羽摘雕弓，狡穴俄空，乐匆匆。　　似黄粱梦，辞丹凤，明月共，漾孤篷。官冗从，怀倥偬，落尘笼，簿书丛。鹖弁如云众，供粗用，忽奇功。笳鼓动，渔阳弄，思悲翁。不请长缨，系取天骄种，剑吼西风。恨登山临水，手寄七弦桐，目送归鸿。(《东山词补》)

全阕声情激壮，读之觉方回整个性格，跃然于楮墨间；即以稼轩拟之，似犹逊其豪爽。惟其有英气而又曾为武弁，故其壮烈情感，难自遏抑；惟其好书史，工语言，长于度曲，故能深婉丽密，如比组绣；非特无粗犷之病，亦无纤巧之失。此在东坡、美成间，特能自开户牖，有两派之长而无其短；有时为“诗人的词”，有时亦能为“歌者的词”。词坛有此美才，宜如何提倡赞美，而胡氏独摈而不录，此令人难解者一也。

贺方回之创作精神

贺氏《东山乐府》，题曰“寓声”，盖用旧调谱词，即摘取本词中语，易以新名（用朱说）。如《七娘子》之为《鸳鸯语》，《小重山》之为《璧月堂》，又为《群玉轩》，《迎春乐》之为《辨弦声》《攀鞍态》《辟寒金》，《鹧鸪天》之为《半死桐》《翦朝霞》《避少年》《千叶莲》《第一花》，《捣练子》之为《夜捣衣》《杵声齐》《夜如年》《翦征袍》《望书归》，《尉迟杯》之为《东吴乐》，《水调歌头》之为《台城游》，《满庭芳》之为《潇湘雨》，《沁园春》之为《念离群》，《六幺令》之为《宛溪柳》，《满江红》之为《伤春曲》《念良游》，《青玉案》之为《横塘路》等，遽数不能悉终。推其用意，殆以为一种曲调，虽各有其一定之节拍，至为美听；而以一种相当之曲调，表现各种不同之情感，必不能吻合无间；故宁更立新名，或有歌者取而各各别制曲调。即或不能，亦不失其为长短句诗之价值，此正胡氏所谓"他只是用一种新的诗体来作他的新体诗"。如此富有创作精神之作家，胡氏竟摈而不录，此令人难解者二也。

《东山词》之风格

张耒序《东山词》云："是所谓满心而发，肆口而成，虽欲已焉而不得者。若其粉泽之工，其才之所至，亦不自知也。其盛丽如游金、张之堂，而妖冶如揽嫱、施之袪；幽洁如屈、宋，悲壮如苏、李，览者自知之，盖有不可胜言者矣。"（《彊村丛书》本）虽朋好之间，不免溢美之辞；要之贺词佳处，实有如耒所称美者。王灼亦谓："……世间有《离骚》，惟贺方回、周美成时时得之。贺《六州歌头》《望湘人》《吴音子》诸曲，周《大酺》《兰陵王》诸曲最奇崛。（《碧鸡漫志》卷二）周、贺并称，在当时已为定论；而贺词之风格，乃兼奇崛、悲壮、幽洁、妖冶、盛丽而皆有之。其悲壮之概，乃非美成所有。胡氏选美成词，谓：

“周邦彦是一个音乐家而兼是一个诗人，故他的词音调谐美，情旨浓厚、风趣细腻，为北宋一大家。”（《词选》一五二）我以为胡氏对美成所下十二字考语，方回并可当之而无愧色；胡氏独摈而不录，此令人难解者三也。

方回尝自言：“吾笔端驱使李商隐、温庭筠，当奔命不暇。”继以张叔夏《论字面》篇：“如贺方回、吴梦窗皆善于炼字面，多于李长吉、温庭筠诗中来。”（《词源》卷下）一似方回专以炼字见长者。其实方回词多用素描，而自然深婉丽密，虽间用成语或故实，亦使事而不为事所使，绝不能与胡氏所讥“音律与古典压死了天才与情感”之南宋作家相提并论。兹且随手摘录若干阕，以见《东山词》风格之一斑：

《辨弦声》（《迎春乐》）：

琼琼绝艺真无价！指尖织，态闲暇。几多方寸关情话，都付与，弦声写。　三月十三寒食夜，映花月絮风台榭。明月待欢来，久背面，秋千下。

《半死桐》（《思越人》，亦名《鹧鸪天》）：

重过阊门万事非，同来何事不同归？梧桐半老清霜后，头白鸳鸯失伴飞。　原上草，露初晞，旧楼新垅两依依。空床卧听南窗雨，谁复挑灯夜补衣？

《望书归》（《捣练子》）：

边堠远，置邮稀，附与征人衬铁衣。连夜不妨频梦见，过年惟望得书归。

《陌上郎》（《生查子》）：

西津海鹘舟，径度沧江雨。双橹本无情，鸦轧如人语。

挥金陌上郎，化石山头妇。何物系君心？三岁扶床女。

《芳心苦》(《踏莎行》)：

杨柳回塘，鸳鸯别浦，绿萍涨断莲舟路。断无蜂蝶慕幽香，红衣脱尽芳心苦。　　反照迎潮，行云带雨，依依似与骚人语：当年不肯嫁东风，无端却被秋风误。

如上诸阕，莫不语浅情深，缠绵真挚。《陌上郎》一首，正是乐府诗本色；《芳心苦》亦别有兴寄。如此等作，欲不谓为“诗人的词”，可乎？

胡氏赞美稼轩，谓“词的应用的范围，越推越广大；词人的个性的风格，越发表现出来。无论什么题目，无论何种内容，都可以入词”。试据此言，以衡量东山词之风格，所谓充分表现词人个性之作品，已如前举《六州歌头》《芳心苦》等阕。至于“无论什么题目，无论何种内容，都可以入词”，方回正优为之。且为例：

《将进酒》(《小梅花》)：

城下路，凄风露，今人犁田古人墓。岸头沙，带蒹葭，漫漫昔时流水今人家。黄埃赤日长安道，倦客无浆马无草。开函关，掩函关，千古如何不见一人闲？　　六国扰，三秦扫，初谓商山遗四老。驰单车，致缄书，裂荷焚芰接武曳长裾。高流端得酒中趣，深入醉乡安稳处。生忘形，死忘名，谁论二豪初不数刘伶。

《行路难》(《小梅花》)：

缚虎手，悬河口，车如鸡栖马如狗。白纶巾，扑黄尘，不知我辈可是蓬蒿人？衰兰送客咸阳道，天若有情天亦老。

作雷颠，不论钱，谁问旗亭美酒斗十千？　酌大斗，更为寿，青鬓常青古无有。笑嫣然，舞翩然，当垆秦女十五语如弦。遗音能记《秋风曲》，事去千年犹恨促。揽流光，系扶桑，争奈愁来一日却为长。

以豪放笔调，抒怀古幽情，体势开张，差与李、杜歌行相近；朱希真辈，正恐不能出此范围；虽欲不谓之“诗人的词”，又乌可得？

以上诸作，在《东山集》中犹未为绝诣，其风格之最高者，如《宛溪柳》(《六幺令》)：

梦云萧散，帘卷画堂晓。残薰尽烛隐映，绮席金壶倒。尘送行鞭袅袅，醉指长安道。波平天渺，兰舟欲上，回首离愁满芳草。　已恨归期不早，枉负狂年少。无奈风月多情，此去应相笑。心记新声缥缈，翻是相思调。明年春杪，宛溪杨柳，依旧青青为谁好？

《伴云来》(《天香》)：

烟络横林，山沉远照，逦迤黄昏钟鼓。烛映帘栊，蛩催机杼，共苦清秋风露。不眠思妇，齐应和几声砧杵。惊动天涯倦宦，骎骎岁华行暮。　当年酒狂自负，谓东君以春相付。流浪征骖北道，客樯南浦，幽恨无人晤语。赖明月曾知旧游处，好伴云来，还将梦去。

《石州引》：

薄雨收寒，斜照弄晴，春意空阔。长亭柳蓓才黄，倚马何人先折？烟横水漫，映带几点归鸿，平沙销尽龙荒雪。犹记出关来，恰如今时节。　将发，画楼芳酒，红泪清歌，便成轻别。回首经年，杳杳音尘都绝。欲知方寸，共有几许清愁？芭蕉不展丁香结。憔悴一天涯，两恹恹风月。

上列三词，笔力奇横，声调激越，韩退之所谓“横空盘硬语”者，庶几近之。胡氏能赏周美成之《瑞鹤仙》与《六丑》，乃于此而不录，此令人难解者四也。

《东山词》之技术

《东山词》之技术，于声调、文字两方面，皆有极深造诣。周止庵云：“方回镕景入情，故秾丽。”（《介存斋论词杂著》）又善用呼应法，如世共称赏之《青玉案》词，其歇拍云：“试问闲愁都几许？一川烟草，满城风絮，梅子黄时雨。”其末句好处，全在“试问”句呼起，及与上“一川”二句并用耳（用刘融斋《艺概》说）。近人况蕙风独赏其“归卧文园犹带酒，柳花飞度画堂阴，只凭双燕话春心”，谓：“‘柳花’句融景入情，丰神独绝。”（《香海棠馆词话》）实则方回小词，并极蕴藉清婉之致，类此者甚多。妙在取境萧疏，恰恰映出幽婉情绪，大似唐人绝句，饶弦外音。且再录《浣溪沙》数阕于下：

鼓动城头啼暮鸦，过云时送雨些些，嫩凉如水透窗纱。　弄影西厢侵户月，分香东畔拂墙花，此时相望抵天涯。

烟柳春梢蘸晕黄，井阑风绰小桃香，觉时帘幕又斜阳。　望处定无千里眼，断来能有几回肠？少年禁取恁凄凉。

梦想西池辇路边，玉鞍骄马小辎軿，春风十里斗婵娟。　临水登山漂泊地，落花中酒寂寥天，个般情味已三年。

楼角初销一缕霞，淡黄杨柳暗栖鸦，玉人和月折梅花。　笑捻粉香归洞户，更垂帘幕护窗纱，东风寒似夜来些。

此等作品，炼字铸词，并臻极致，而又绝不雕琢，自然雅丽；令十七八女郎歌之，何等动人！谓之“歌者的词”可，谓之“诗人的词”亦无不可。至于方回长调，反复映射，而又出以奇横之笔，旋转而下，如前录《六州歌头》《宛溪柳》《伴云来》《石州引》诸阕，意态雄杰，辞情精壮，使人神往；而其技术之精巧，全在开阖映射间，固不仅以驱使温、李诗句见长也。胡氏称：“周词的风格高远，远非柳词所能比。”又谓：“周邦彦读书甚博，词中常用唐人诗句，而融化浑成，竟同自己铸词一样。”（《词选》一五二）不知贺氏对于此种功力，尤胜于周，而胡氏摈而不录，此令人难解者五也。

胡氏又称周词“音调谐美”，不知贺词对于音节亦极注意。例如《六州歌头》，通叶“东”“董”“冻”三声，几于句句协韵；后来之依此调者，即无一能如贺氏之所为；而此调苍莽悲凉、沉郁豪壮之声情，遂亦不能如贺词之充分表现。又如《水调歌头》，普通作家，皆仅叶平韵，不叶仄韵。东坡之“明月几时有”一阕，“我欲乘风归去，又恐琼楼玉宇”，“去”与“宇”叶；“人有悲欢离合，月有阴晴圆缺”，“合”与“缺”叶，已视他作为美听矣。而方回此调，不独平仄两叶，而又句句皆用同部之韵，声情越发，妙不可阶。并录如下：

南国本潇洒，六代浸豪奢。台城游冶，襞笺能赋属宫娃。云观登临清夏，璧月留连长夜，吟醉送年华。回首飞鸳瓦，却羡井中蛙。　访乌衣，成白社，不容车。旧时王谢，堂前双燕过谁家？楼外河横斗挂，淮上潮平霜下，樯影落寒沙。商女篷窗罅，犹唱《后庭花》！

全首皆用第十部韵，而又以“麻”“马”“祃”三声通叶。“麻”韵本为发扬豪壮之音，宜写悲歌慷慨、激昂蹈厉、吊古伤今之情，更以“马”“祃”之上、去声韵，相间互叶，轻重相权，何等嘹喨亢爽！声调组织之美，吾于贺氏此作与《六州歌头》，真有“观止”之叹。试取王介甫《桂枝香·金陵怀古》词，与此对读，能有此激越声情否？贺氏不但不为声律所缚，反能利用声律之精密组织，以显示其抑塞磊落、纵恣不可一世之气概；虽欲不推为“诗人的词”或“豪杰的词”，可乎？胡氏既以“音调谐美”，为词中之一种佳境，乃于方回此等声情激越而又美听之作品，竟不一加采录，此令人难解者六也。

结　论

综观上述诸例证，无论就豪放方面，婉约方面，感情方面，技术方面，内容方面，音律方面，乃至胡氏素所主张之白话方面，在方回词中盖无一不擅胜场；即推为兼有东坡、美成二派之长，似亦不为过誉。吾恐其书晚出，而又未为胡适之先生所收；学者竟不措意，或亦从而弃置之也，因为竭一日之力，漫成此篇；即以质之胡先生，且与海内之好词者共同商榷，庶几《东山》绝业得以重光，则幸甚矣。

二十二年三月十二日，脱稿于真如暨南村寓舍。

（原载《词学季刊》第3卷第3号，1936年9月30日）

漱玉词叙论

词林中之有漱玉，为女子在文学史上放一异彩，果为难能可贵。沈东江（谦）曰：“男中李后主，女中李易安，极是当行本色。”（《词苑丛谈》）李调元亦云：“易安在宋诸媛中，自卓然一家，不在秦七、黄九之下。词无一首不佳。其炼处可夺梦窗之席，其丽处直参片玉之班，盖不徒俯视巾帼，直欲压倒须眉。”（《雨村词话》）是《漱玉词》地位之高，盖久为世人所公认矣。

李清照（1084—？）号易安居士，济南人，格非之女，赵明诚妻。（《词林纪事》卷十九）格非以文章受知于苏轼，妻王氏，拱辰孙女，亦善文。清照诗文尤有称于时。（《宋史·文苑传·李格非传》）尝有句云：“诗情如夜鹊，三绕未能安。”晁无咎多对士大夫称之，颇脍炙人口。（《风月堂诗话》）年十八，归明诚。（李文裿《易安居士年谱》）结缡未久，明诚即出游，清照书词锦帕送之，尝以所作词函致明诚。明诚叹息愧弗逮，谢客忘寝食者三日夜，得五十阕，杂清照词，示友人陆德夫，德夫称绝佳者，正清照作也。其舅挺之相徽宗，清照献诗，有云：“炙手可热心可寒。”挺之排元祐党人甚力，格非以党籍罢。清照上诗救格非云：“何况人间父子情。”识者哀之。明诚好储经籍，及三代鼎彝、书画、金石刻。连知莱、淄二州，竭俸入以事铅椠。清照与共校勘。明诚作《金石录》，考据精确，多足正史书之失，清照实助成之。靖康二年（1127）春，明诚奔母丧于建康。其年十二月，金人陷青州，火其藏书十馀屋。明诚，诸城人而家于青也，建炎二年（1128）起复知建康府。三年，召知湖州，至行在，病卒。清照自为文祭之。既葬，清照赴台州，依其弟迒，辗转避难于越、衢诸州，绍兴二年（1132）又赴杭州，所携古器物，以次失去。乃为《金石录后序》，自述流离状况。（以上节录道光《济南府志·列女传》）四年（1134）十月，闻淮上警报，自临安溯流涉严滩之险，抵金华，卜居陈氏第。（《打马图经序》）十三年（1143）在行都，有亲联为内命妇者，因端午进帖子词。（《浩然斋雅谈》）是时清照年六十岁矣，后遂不知所终。

《直斋书录解题》著录《漱玉集》一卷云：“易安居士李氏清照撰，元祐名士格非文叔之女，嫁东武赵明诚德甫，晚岁颇失节，别本作五卷。”黄昇《花庵词选》则称《漱玉集》三卷，今皆不传。《四库全书》据毛氏汲古阁所刻《唐宋妇人集》，仅词十七阕，附以《金石录序》一篇，盖后人裒辑为之，已非其旧。（《漱玉词提要》）今行世有王氏《四印斋所刻词》本，据王鹏运跋：“此刻以宋曾端伯《乐府雅词》所录二十三首为主，后旁搜宋人选本说部，又得二十七首，都为一集，而以俞理初孝廉《易安居士事辑》附焉。”又云：“即此五十首中，假托污蔑之作，亦已屡见。”近人大兴李文椅复从各书采获二十八首，合王辑得七十八首，遂并其他杂文诗赋，兼及后人纪载评论之作，续刊为《漱玉集》五卷，虽搜罗甚富，而各阕中之真赝问题，殆不易解决矣。

明诚曾为清照题三十一岁画像云：“清丽其词，端庄其品。”然则“清丽”二字，足以代表《漱玉词》之风格乎？近人沈乙庵先生（曾植）尝谓：“易安倜傥有丈夫气，乃闺阁中之苏、辛，非秦、柳也。”又云：“易安跌宕昭彰，气调极类少游，刻挚而兼山谷，篇章惜少，不过窥豹一斑，闺房之秀，固文士之豪也。才锋大露，被谤殆亦因此。自明以来，堕情者醉其芬馨，飞想者赏其神骏。易安有灵，后者当许为知己。”（《菌阁琐谈》下）以《漱玉词》为“神骏”，为“苏、辛”，乍视之似多不合。吾人欲知《漱玉词》之全部风格，果属何种，一面自当于其作品加以极精深之玩味，至其性格与环境，亦不容忽略。兹先从后者推论之，以证明诚与沈氏之批评，是否确当。

易安风度潇洒，而富好胜心，其《金石录后序》中，即充分表现此种情态。如云：

> 侯（明诚）年二十一，在太学作学生。赵、李族寒，素贫俭，每朔望谒告出，质衣取半千钱，步入相国寺，市碑文果实归，相对展玩咀嚼，自谓葛天氏之民也。
>
> 余性偶强记，每饭罢，坐归来堂，烹茶，指堆积史书，言某事在某书某卷第几页第几行，以中否决胜负，为饮茶先后，中即举杯大笑，至茶倾覆怀中，反不得饮而起，甘心老是乡矣。

一种风流潇洒之韵度，读之如闻其声。又其《打马图经序》云：

予性喜博，凡所谓博者，皆耽之，昼夜每忘寝食，且平生多寡未尝不进者何？精而已。

至其所以喜博之故，所谓“博者无他，争先术耳”。此虽一技之微，足以窥见其好胜之心理，与抽书斗茶，同一情致。又据《清波杂志》：

顷见易安族人，言明诚在建康日，易安每值天大雪，即顶笠披蓑，循城远览以寻诗，得句必邀其夫赓和，明诚每苦之也。

惟其不甘深闭闺帏，必骋怀纵目，得江山之助，故能纵笔挥洒，压倒须眉。吾国文学史中，女子不得相当地位，即由于思想环境之束缚，非果其才质之不如也。汉蔡琰以没落胡中，乃有《悲愤诗》之杰作。易安生性洒脱，不乐拘牵，与自然界接触既多，怀抱乃益开展。观所为《咏史诗》：

两汉本继绍，新室如赘旒。所以嵇中散，至死薄殷周。（《宋诗纪事》引朱子《游艺论评》）

又《打马赋》辞曰：

佛狸定见卯年死，贵贱纷纷尚流徙，满眼骅骝杂騄駬，时危安得真致此？老矣谁能志千里！但愿相将过淮水。（《历代赋汇》）

感慨沉雄，何曾有闺阁习气。又据《老学庵笔记》：

张子韶对策，有“桂子飘香”之语，赵明诚妻李氏嘲之曰：“露华倒影柳三变，桂子飘香张九成。”（案：“露华倒影”，柳永《破阵乐》词中语）

张九程为绍兴二年（1132）进士第一人。（《越缦堂乙集·书陆刚甫观察仪顾堂题跋后》）是时易安年四十九岁，距明诚之殁恰三稔，方流播于杭、越之间，乃有此闲情逸致，将新科状元语腾为笑谑，其目空一世，与嘲弄人物之概，盖垂老而不渝。往日东坡曾戏少游云：“山抹微云秦学士，露华倒影柳屯田。”（《避暑录话》）盖以气格为病。今易安复以嘲张氏，其词格之不肯趋于软媚一派明矣。

易安自嫁明诚，感情既极融洽，唱随之乐，自十八至四十二,二十馀年之间，几于朝夕相守，文字校勘，歌咏唱酬，所谓抽书斗茶，即在三十九岁居莱州日，风流韵度，不减妙龄。在此二十馀年中，所有作品，却极旖旎缠绵，有摇魂荡魄之致。如《醉花阴·九日》：

> 薄雾浓云愁永昼，瑞脑销金兽。佳节又重阳，玉枕纱橱，半夜凉初透。　　东篱把酒黄昏后，有暗香盈袖。莫道不销魂？帘卷西风，人比黄花瘦。

刚健中含婀娜，结语具见标格，兼能撩拨感情，宜其为陆德夫所盛赞也。他如《浣溪沙》之“眼波才动被人猜”，吴衡照赞为“矜持得妙，善于言情”（《莲子居词话》），而王鹏运谓是他人伪托，以污易安（四印斋本《漱玉词》）。要之，明诚在日，易安固一风流酝藉之人物，言语文字之间，亦复何所避忌？二人伉俪綦笃，不惯离居，小别即惘惘于怀。《琅环记》引《外传》：

> 易安结缡未久，明诚即负笈远游，易安殊不忍别，觅锦帕书《一剪梅》词以送之。

本集及《乐府雅词》并载此阕：

> 红藕香残玉簟秋。轻解罗裳，独上兰舟。云中谁寄锦

书来，雁字回时，月满西楼。　　花自飘零水自流。一种相思，两处闲愁。此情无计可消除，才下眉头，却上心头。

由此以推，易安伤离之作，大抵皆为明诚而发，所谓“女子善怀”，充分表其浓挚悲酸情感，非如其他词人之代写闺情，终有“隔靴搔痒”之叹。易安此类作品最著者又有《浣溪沙》：

髻子伤春懒更梳，晚风庭院落梅初，淡云来往月疏疏。　　玉鸭熏炉闲瑞脑，朱樱斗帐掩流苏，通犀还解辟寒无。

《凤凰台上忆吹箫》：

香冷金猊，被翻红浪，起来慵自梳头。任宝奁尘满，日上帘钩。生怕离怀别苦，多少事、欲说还休。新来瘦，非干病酒，不是悲秋。　　休休，这回去也，千万遍阳关也则难留。念武陵人远，烟锁秦楼，惟有楼前流水，应念我、终日凝眸。凝眸处，从今又添，一段新愁。

《念奴娇·春情》：

萧条庭院，又斜风细雨，重门须闭。宠柳娇花寒食近，种种恼人天气。险韵诗成，扶头酒醒，别是闲滋味。征鸿过尽，万千心事难寄。　　楼上几日春寒，帘垂四面，玉阑干慵倚。被冷香销新梦觉，不许愁人不起。清露晨流，新桐初引，多少游春意。日高烟敛，更看今日晴未？

前二阕有“岂无膏沐，谁适为容”之意，而语自幽婉缠绵。后阕情绪凄咽，而笔势开宕，直如行云舒卷。（参用毛先舒说）易安之善写离情如此，日常鹣鹣相依，一旦风波失所，遇此环境，酿造千回百折之词心，此《漱玉词》造诣之所以猛进也。

自明诚殁后，易安遂陷于悲惨环境中。益以戎马仓皇，流离播越，向日夫妇所共以怡悦性灵之金石书画，以次散亡。所有残馀，一则曰“病中把玩，搬在卧内”，再则曰“更不忍置他所，常在卧榻下，手自开合”，三则曰“残零不成部帙书册三数种，平平书帖，犹复爱惜如护头目”。（《金石录后序》）则知易安既寡，所藉以消遣无聊岁月之资，仍惟此断楮零缣耳。迨卜居金华，年逾五十，又稍稍以博簺自遣。其《打马图经序》云：

> 乍释舟楫而见轩窗，意颇适然，更长烛明，奈此良夜何！于是博弈之事讲矣。

离莺别鹄，情实难堪，回首年前归来堂之清欢，与“帘卷西风”之人面，前尘如梦，生意几何！而或者有改嫁张汝舟旋复涉讼仳离之说（见《云麓漫钞》及《建炎以来系年要录》），清代俞正燮（《易安居士事辑》）、陆心源（《仪顾堂题跋》）、李慈铭（《越缦堂乙集》）、吴衡照（《莲子居词话》）之属，各有专篇为辩诬矣。《云麓漫钞》载易安上内翰綦公（密礼）启，略云：

> 近因疾病，欲至膏肓，牛蚁不分，灰丁已具。尝药虽存弱弟，应门惟有老兵。既而仓皇，因成造次。信彼如簧之舌，惑兹似锦之言。弟既可欺，持官文书来辄信，身几欲死，非玉镜架亦安知。僶俛难言，优柔莫决，呻吟未定，强以同归。视听才分，实难共处。忍以桑榆之晚景，配兹驵侩之下材。身既怀臭之可嫌，惟求脱去，彼素抱璧之将往，决欲杀之。遂肆侵凌，日加殴击。

使所言果实，则是汝舟蹈隙乘危，饵以甘言，欺人寡妇，震其才名之显赫，因遂强迫以同居，藉令事实有之，吾辈当矜愍之不暇，宁忍责以失节乎？汝舟为崇宁五年进士，以建炎三四年间，迭知明州，绍兴二年九月，以妻李氏讼其妄增举数入官，有司当汝舟私罪徒，诏除名柳州编管。(《仪顾堂题跋》）据《金石录后序》，此四年中，方转徙于台、剡、睦、温、越、衢、杭等地，不遑宁居，则改嫁之说殆为“莫须有”矣。

易安晚岁生活之不安与处境之愁惨，咸足以增上其词格。如《武陵春》：

风住尘香花已尽，日晚倦梳头。物是人非事事休，欲语泪先流。　　闻说双溪春尚好，也拟泛轻舟。只恐双溪舴艋舟，载不动许多愁。

吴衡照谓：“《武陵春》其作于祭湖州（明诚）以后欤？悲深婉笃，犹令人感伉俪之重。”(《莲子居词话》）友人傅东华君则称此词为易安避乱金华时作。(《万有文库》本《李清照》）傅君金华人，其说必当有据。集中最为世人传诵之作，又有《声声慢》：

寻寻觅觅，冷冷清清，凄凄惨惨戚戚。乍暖还寒时候，最难将息。三杯两盏淡酒，怎敌他晚来风急！雁过也，正伤心，却是旧时相识。　　满地黄花堆积。憔悴损，如今有谁堪摘？守着窗儿，独自怎生得黑！梧桐更兼细雨，到黄昏点点滴滴。这次第，怎一个愁字了得！

《永遇乐》：

落日熔金，暮云合璧，人在何处？染柳烟浓，吹梅笛怨，春意知几许！元宵佳节，融和天气，次第岂无风雨。来相召、香车宝马，谢它酒朋诗侣。　　中州盛日，闺门多暇，记偏重三五。铺翠冠儿，撚金雪柳，簇带争济楚。

如今憔悴，风鬟霜鬓，怕见夜间出去。不如向、帘儿底下，听人笑语。

张端义谓：“易安南渡以来，常怀京洛旧事，晚年赋元宵《永遇乐》词云……皆以寻常语度入音律。炼句精巧则易，平淡入调者难。且秋词《声声慢》：‘寻寻觅觅，冷冷清清，凄凄惨惨戚戚。’此乃公孙大娘舞剑手，本朝非无能词之士，未曾有一下十四叠字者，用《文选》诸赋格。后叠又云：‘梧桐更兼细雨，到黄昏点点滴滴。’又使叠字，俱无斧凿痕。更有一奇字云：‘守着窗儿，独自怎生得黑！’‘黑’字不许第二人押。妇人中有此文笔，殆间气也。”（《贵耳集》）端义南宋人，所言如此，足见易安晚年词境之超绝矣。

复次，欲知《漱玉词》之风格，除已明了其性格与环境外，即其对于词之见解，及诸作家之批评，亦应加以注意。宋胡仔曾著其论词之说云：

逮至本朝，礼乐文武大备，又涵养百馀年，始有柳屯田永者，变旧声作新声，出《乐章集》，大得声称于世。虽协音律，而词语尘下。又有张子野、宋子京兄弟。熙丰而降，晁次膺辈继出，虽时有妙语，而破碎何足名家。至晏元献、欧阳永叔、苏子瞻及魏夫人作为小歌词，直如酌蠡水于大海，然皆句读不葺之诗尔，又往往不协音律者，何耶？盖诗文分平仄，而歌词分五音，又分五声，又分音律，又分清浊轻重？且如近世所谓《声声慢》《雨中花》《喜迁莺》，既押平声韵，又押入声韵。《玉楼春》本押平声韵，又押上、去声，又押入声。本押仄声韵，如押上声则协，如押入声则

> 不可歌矣。王介甫、曾子固文章似西汉，若作小歌词，则人必绝倒不可读也。乃知别是一家，知之者少。后晏叔原、贺方回、秦少游、黄鲁直出，始能知之。又晏苦无铺叙，贺苦少典重，秦则专主情致而少故实，譬如贫家美女，非不妍丽而终乏富贵。黄即尚故实而多疵病，如良玉有瑕，价自减半矣。(《苕溪渔隐丛话》)

依此所说，知易安所认为歌词之最高标准，应须具备下列各事：

（1）协律；（2）铺叙；（3）典重；（4）情致；（5）故实。

神明变化于五者之中，文辞与音律兼重，乃为当行出色。彼于柳永以“词语尘下”为病，而对东坡则嫌其“不协音律”。果以东坡之“逸怀浩气”，运入声调谐美之歌曲，庶几力争上游，而为易安所心悦诚服矣。

综上所述，易安性格则风流跌宕，环境则前期极唱随之乐，后期多流离之痛，咸足以酿成其词格，入于凄壮感怆一途。又其论淮海词“专主情致而少故实”，乃亦主气象。由此推知，《漱玉词》之全部风格，实兼有婉约、豪放二派之所长而去其所短，沈氏所谓“堕情者醉其芬馨，飞想者识其神骏”，其言盖不我欺。又其所谓“神骏”，当求之于用笔方面。《历朝名媛诗词》称其“挥洒俊逸，亦能琢炼”。又论其《声声慢》云：“玩其笔，本自矫拔，词家少有，庶几苏、辛之亚。”如前所录《念奴娇》《永遇乐》诸阕，亦皆以矫拔之笔出之。至其气象潇洒，犹近苏、辛一派者，则有《渔家傲·记梦》：

> 天接云涛连晓雾，星河欲转千帆舞。仿佛梦魂归帝所，闻天语：殷勤问我归何处？　　我报路长嗟日暮，学诗谩有

惊人句。九万里风鹏正举，风休住，蓬舟吹取三山去。

《如梦令》：

常记溪亭日暮，沉醉不知归路。兴尽晚回舟，误入藕花深处。争渡，争渡，惊起一行鸥鹭。

娇拔空灵，极见襟度之开拓。辛弃疾有《丑奴儿近》，题云："博山道中，效李易安体。"词云：

千峰云起，骤雨一霎儿（宋本作"时"）价。更远树斜阳，风景怎生图画？青旗卖酒，山那畔别有人家。只消山水光中，无事过者一夏。　午睡醒时，松窗竹户，万千潇洒。野鸟飞来，又是一般闲暇。却怪白鸥，觑着人欲下未下。旧盟都在，新来莫是，别有说话。（《稼轩长短句》六）

试与上录《漱玉词》对看，消息可参矣。至前人论易安作品，仅赏其字句之清俊，如《念奴娇》之"宠柳娇花"（《花庵词选》）、《如梦令》之"绿肥红瘦"（《苕溪渔隐丛话》），以此为易安之真实本领，则犹为皮相之谈也。

复次，朱熹称"本朝（宋）妇人能文，只有李易安与魏夫人"（《宋诗纪事》引朱子《游艺论评》），而易安论词以魏夫人、欧、苏诸公同列，谓皆"句读不葺之诗"，是知魏夫人作品未为本色当行者，当在于音律之不协。花庵《唐宋诸贤绝妙词选》列魏于易安之前，录其词七阕，注云："曾子宣（布）丞相之内子。"曾慥《乐府雅词》亦录魏词十阕，除与花庵相同者外，仅多三阕。二人既并称于宋代，然一按魏词风格，清丽缠绵，且所传皆小令，良不及易安之刻挚挺拔。兹录《江神子·春恨》一阕，以见一斑：

别郎容易见郎难。几何般，懒临鸾。憔悴容仪，陡觉缕衣宽。门外红梅将谢也，谁信道，不曾看。　　晓妆楼上望长安。怯轻寒，莫凭栏。嫌怕东风，吹恨上眉端？为报归期须及早，休误妾，一春闲。

（原载《词学季刊》第3卷第1号，1936年3月31日）

苏辛词派之渊源流变（上）

引　论

曲子词（《花间集序》称词为“诗客曲子词”，宋初称“今曲子”，或简称“曲子”，后乃简称“词”。正名辨体，仍当以“曲子词”三字为具足名称）发轫于唐，滋衍于五代，而造极于两宋，本为依声而作，乃最富音乐性之文艺。惟乐曲之流播，又以有普遍性为归；故依声而制之歌词，亦必依多数之共同情感，务谐曲调，期引起听者之美感与同情；此唐五代人词，所以多离愁别恨、流连光景之作，而其内容乃偏于儿女方面，亦歌词之体制宜然也。然一种新兴文体，既经普遍流行，学士文人，运用日趋纯熟；或以天才之横逸，进而为内容上之扩充；或以抱负之不凡，不复顾及大众之情感；能入能出，自抒所怀，个性之充分发扬，而艺术日趋于高尚。骎假脱离本来色彩，超然自树一帜；此苏辛词派所以托体于隋、唐以来之曲调，而不为所束缚；在音乐方面言之则为叛徒，在文艺方面言之，不得不矜为独创也。

居今日而谈词，乐谱散亡，坠绪不可复振，则吾人之所研索探讨，亦惟有从文艺立场，以求其所表现之热情与作者之真生命，且吾民族性，多偏于柔婉，缺乏沉雄刚毅、发扬蹈厉之精神；日言儿女柔情，亦足以销磨英气。所谓“关西大汉，铜琵琶，铁绰板，唱大江东去”（《吹剑录》）之风度，正今日谈词者所亟应提倡也。不揣谫陋，率草此文，亦冀阅者了然于苏辛词派之特殊精神，以发扬其志趣；不仅空言标榜，为文学史上作一有系统之叙述而已。

一　苏辛以前之歌词风尚

今日流传最古之词，无过于敦煌石室所发现之《云谣集杂曲子》。（《彊村丛书》及《敦煌掇琐》本）三十首中，大抵皆写男女思慕，或一般娇艳之情；其抒征妇愁怀，尤与盛唐诗人之闺情闺怨等作，足相映发。（详见拙编《唐宋词通论》）可知初期作品，固以抒写普遍情感，而不容作者抱负渗入其间也。继《云谣》而起者为《花间集》，而《花间集》之代表为温庭筠。孙光宪称：“（温）词有《金荃集》，盖取其香而软也。”（《北梦琐言》）近人沈曾植亦曰：“弇州云：‘温飞卿词曰《金荃》，唐人词有集曰《兰畹》，盖取其香而弱也。然则雄壮者固次之矣。’此弇州妙语。自明季国初诸公，瓣香《花间》者，人人意中拟似一境，而莫可名言者，公以‘香弱’二字摄之，可谓善于侔色揣称者矣。”（《菌阁琐谈》上）“香弱”二字，即孙光宪所称之“香软”，足以概括唐、五代所谓当行作家之风格，而与苏、辛派之豪壮，乃处于敌对地位。宋初作者，并沿五代遗习。欧阳、二晏，步趋《阳春》，虽风力日高，而内容之扩展，固犹有待。张先、柳永，长调日出；胡寅云："词曲者，古乐府之末造也。……然文章豪放之士，鲜不寄意于此者；随亦自扫其迹，曰谑浪游戏而已也。唐人为之最工者。柳耆卿后出，掩众制而尽其妙，好之者以为不可复加。"（《酒边词序》）据上诸说，则苏、辛以前之歌词风尚，不但以"香软"为归，而作者皆视为游戏玩好之词，苟以资一时之笑乐，未有出以严肃态度，如苏轼诸人之所为者。而当世品骘歌词者，亦特注意于温婉协律。大诗人如陈师道，犹谓苏氏"小词似诗"（《坡仙集外纪》）。晁补之词效东坡，与黄庭坚本为同派，且曰："黄鲁直小词固高妙，然不是当行家语，是著腔子诗。"（《历代诗余》卷一百十五）然则苏派词人，虽在当时能不为风气所囿，自由发展，而仍自认为"教外别传"也。

二　苏辛词之特征

在东坡以前，词之当行作家，既如上节所述。东坡出而开径独行，虽以天分之高、学问之富，我行我法，壁垒一新；而其心目中，亦以柳永一派居传统地位，视为劲敌，不能无所顾忌。故在玉堂日，有幕士善歌，因问："我词何如柳七？"（《吹剑录》）又问陈无己："我词何如少游？"（《坡仙集外纪》）又少游自会稽入都，见东坡。东坡曰："不意别后，公却学柳七作词。"少游曰："某虽无学，亦不如是。"东坡曰："'销魂当此际'非柳七语乎？"（《高斋诗话》）其斤斤计较如此，可知一种新兴势力，欲与旧势力对抗，亦正不易。天才如苏轼，且有所畏怯；而卒能打开局面、自创一新派者，虽由苏氏自身之才力雄富，足以陷阵摧坚；亦缘"香软"词风，至此已发达至最高点；势必有豪杰之士，出而与之竞争。且此时既早“由伶工之词，变为士大夫之词”（借用《人间词话》评李后主词语），“开拓万古之心胸，推倒一世之豪杰”（借用陈亮语），园地新辟，自亦群士之所乐趋也；浸淫至于南宋，辛弃疾以名将帅，怀救国热忱，慷慨南来。而为主和派所抑沮，不能展其抱负；于是一腔抑塞磊落不平之气，无所发泄，而一托诸歌词，悲壮淋漓，不可一世。得此旷代英雄，继东坡之奇才而起，由是此一派词，疆土日辟，骎欲取得传统派之地位而代之矣。

自苏、辛以迄晚清之王鹏运、文廷式，绵延法乳，代有嗣音。此一派词之特征，约有下列各点，当先分别述之：

（甲）关于情境方面者。所谓正宗派词，其内容多为儿女相思、流连光景之作；虽技术有巧拙，而情景无特殊；辗转相仍，久乃令人生厌。苏、辛派出，乃举宇宙间所有万事万物，凡接于耳目而能触拨吾人情绪者，无不举而纳诸词中，所有作者之性情抱负，才识器量，与一时喜怒哀乐之发，并可于其作品充分表现之。词体于是日尊，而离普遍性日远。胡寅称东坡词云：“眉山苏氏，一洗绮罗香泽之态，摆脱绸缪宛转之度，使人登高望远，举首高歌，而逸怀浩气，超然乎尘垢之外。于是《花间》为皂隶，而柳氏为舆台矣。”（《酒边词序》）刘辰翁序《辛稼轩词》云：“词至东坡，倾荡磊落，如诗如文，如天地奇观，岂与群儿雌声学语较工拙？然犹未至用经用史，牵雅颂入郑卫也。自辛稼轩前，用一语如此者，必且掩口。及稼轩横竖烂熳，乃如禅宗棒喝，[1]头头皆是。又如悲笳万鼓，平生不平事并卮酒，但觉宾

① “如”，底本作“用”，据《须溪集》（文渊阁《四库全书》本）卷六改。

主酣畅，谈不暇顾，词至此亦足矣！……嗟乎！以稼轩为坡公少子，岂不痛快灵杰可爱哉？……斯人北来，喑呜鸷悍，欲何为者？而谗摈销沮，白发横生，亦如刘越石陷绝失望，花时中酒，托之陶写，淋漓慷慨，此意何可复道！而或者以流连光景，志业之终恨之，岂可向痴人说梦哉？为我楚舞，吾为若楚歌，英雄感怆，有在常情之外，其难言者，未必区区妇人孺子间也。”（《须溪集》卷六）胡、刘二氏之评论苏、辛词，一则曰“逸怀浩气，超然乎尘垢之外”；一则曰“英雄感怆，有在常情之外”；故知以歌词抒写热烈怀抱、慷慨淋漓者，即此一派词之特征之一也。

（乙）关于修辞方面者。花间派词，及周、秦诸家之作，其选词造句，率以雅丽为宗；风月留连，金碧炫眼。张炎论作词法，且有论字面一条，其说云：“句法中有字面，盖词中一个生硬字用不得。须是深加锻炼，字字敲打得响，歌诵妥溜，方为本色语。如贺方回、吴梦窗，皆善于炼字面，多于温庭筠、李长吉诗中来。”（《词源》卷下）吾辈若将正宗派词，一一取其所用字面，归纳而统计之，定当不出千字以上。在彼一方面言之，则此诸字面，皆曾经锻炼而来，自是最妥溜精雅，适宜于歌诵；而在另一方面观之，适足以表示其贫乏。至苏、辛出，则所有经史百家之言，乃至梵典俚谚，皆不在被摈之列；而稼轩词，尤无所不有。楼敬思云：“稼轩驱使《庄》《骚》、经、史，无一点斧凿痕，笔力甚峭。”（《词林纪事》卷十一）彭孙遹亦云：“稼轩之词，胸有万卷，笔无点尘，激昂排宕，不可一世。”（《金粟词话》）故知在修辞方面，但求气骨之高骞，不斤斤于雕琢字面，且不为一般所谓精艳字面所囿者，亦此一派词之一特征也。

（丙）关于声律方面者。词号倚声，故所用字音之轻重清浊，必得考究。张炎云：“先人晓畅音律，……每作一词，必使歌者按之，稍有不协，随即改正。”（《词源》卷下）南宋词家之知音乐者，犹斤斤于此。由北宋以上溯唐、五代，为歌曲流行最盛时期；评品歌词，必先及声律。声律严而才气受其桎梏，乃非瓌杰之士所能堪：纵笔所之，不惜拗折天下人嗓子。东坡在当时，即以此大受非议，如晁补之云：“东坡居士词，人谓多不谐音律。然横放杰出，自是曲子中缚不住者。”（《历代诗余》卷一百十五）陆游亦云：“公非不能歌，但豪放不喜剪裁以就声律耳。试取东坡诸词歌之，曲终，觉天风海雨逼人。”（同上）二氏所言，一似为东坡解嘲者。虽征之蔡絛《铁围山丛谈》：“歌者袁绹，曾与东坡同游金山，登山顶之妙高台，命绹歌其《水调歌头》曰：‘明月几时有？把酒问青天。’歌罢，坡为起舞而顾问曰：‘此便是神仙矣！’”足见苏词非不可歌。而皇甫牧《玉匣记》：“子瞻常自言，平生有三不如人，谓着棋、吃酒、唱曲也。然三者亦何用如人。子瞻之词虽工，而多不入腔，盖以不能唱曲故耳。”王灼又谓：“东坡先生，非心醉于音律者，偶尔作歌，指出向上一路，新天下耳目，弄笔者始知自振。”（《碧鸡漫志》卷二）据此诸说，则东坡词之不尽协音律，正不必否认，亦不足引以为诟病也。大抵歌词之不协律，即在字句之未深加锻炼，致不能轻圆妥溜，适合歌喉。晚出稼轩，益复磊落，其不合律处，当较苏氏为尤多。而所以不为当世所讥者，则此种横放杰出之词，在南宋已成一种风气。且乐谱已渐散亡，词不必可歌，即歌亦必用特蓄之家妓。岳珂言：“稼轩以词名，每宴集，必命侍姬歌其所作。特好歌《贺新郎》一词，自诵其警句云云。”（《桯史》）即其他野史所传，鲜及辛词播于各方歌妓之口者。苏、辛词“是曲子律缚不住”，亦即渐与音乐脱离，此苏辛派词之又一特征也。

有此三种特征，乃得建立宗派。准此以求其渊源流变，始有途径可寻。

至此派之特色，惟王灼“指出向上一路，新天下耳目”二语，为最能道出其创造精神耳。

三　苏辛词之先导

根于上述特征，以寻求苏、辛词之先导，则第一点尤须注意；盖歌词字句声律上之解放，并以自抒怀抱为出发点也。初期曲子词，以应歌为主，已详引论。其以此体自抒身世之感，饶有悲壮之音者，莫早于后唐昭宗之《菩萨蛮》：

> 登楼遥望秦宫殿，茫茫只见双飞燕。渭水一条流，千山与万丘。　　野烟笼碧树，陌上行人去。何处是英雄，迎侬归故宫。（《中朝故事》）

至南唐二主之作，一出以悲愍之怀，悱恻缠绵，后主尤多亡国之痛。而其风格，乃属于阴柔哀婉，与“横放杰出”者殊途。迨及宋初，潘阆有出尘之语。《古今词话》称其“自制《忆余杭》三首”（今四印斋所刻《逍遥词》共十首），一时盛传。东坡爱之，书于玉堂屏风。观其语带烟霞，不作儿女子态，已渐提高词境，为扫除绮艳词派之前驱。至范仲淹以一代名臣，偶尔寄情曲调，挟其苍莽之气，大开壮阔之风。如《渔家傲》：

> 塞下秋来风景异，衡阳雁去无留意。四面边声连角起。

千嶂里，长烟落日孤城闭。　　浊酒一杯家万里，燕然未勒归无计。羌管悠悠霜满地。人不寐，将军白发征夫泪。

彭孙遹以为："苍凉悲壮，慷慨生哀。"（《金粟词话》）虽欧阳修常呼为穷塞主之词（《东轩笔录》），言外似含讥笑，而豪放派词之创立，不得不谓此作导其先河也。

四　苏辛词派之造成

语云："时势造英雄，英雄亦造时势。"词至北宋，已极绚烂之观；儿女柔情，发泄渐臻极境。譬如日食刍豢者，久乃颇慕菜根；物穷则变，变则通，即在文体，何莫不然。东坡才气纵横，本不乐于绳检；即如所为《赤壁》诸赋，亦解散旧体为之，具见创造精神。而又多经谗谮，屡遭迁谪，心怀郁结，每借词体以发舒。王灼云："东坡先生以文章余事作诗，溢而作词曲，高处出神入天，平处尚临镜笑春，不顾侪辈。"（《碧鸡漫志》卷二）陈师道所谓东坡"以诗为词，如雷大使之舞，虽极天下之工，要非本色。"（《后山谈丛》）所谓"学士小词似诗，少游诗似小词"（《坡仙集外纪》），正足见苏词之独特风格。东坡词既以开拓心胸为务，摆脱声律束缚，遂于一代词坛上，广开方便法门；而仍不失其为富有音乐性之新体诗，以视五、七言诗之格式平板者，为易动人美感。又其学识名望，足以镇服反对派而有为；故虽侪辈颇有微辞，曾不足动摇其毫末。而瑰伟雄杰之士，乃群而和之。政敌如王安石，曾诋晏殊为宰相，不应作小词。（《东轩笔录》）而所为《桂枝香》：

登临送目。正故国晚秋，天气初肃。千里澄江似练，翠峰如簇。归帆去棹残阳里，背西风、酒旗斜矗。彩舟云淡，星河鹭起，画图难足。　念往昔、繁华竞逐。叹门外楼头，悲恨相续。千古凭高对此，谩嗟荣辱。六朝旧事随流水，但寒烟衰草凝绿。至今商女，时时犹唱，《后庭》遗曲。（《临川先生歌曲》）

雄肆苍凉，转与东坡《念奴娇·赤壁怀古》相仿，东坡见而叹为野狐精（《古今词话》），正足见两贤之默契。安石又有《南乡子》：

嗟见世间人，但有纤毫即是尘。不住旧时无相貌，沉沦，只为从来认识神。　作么有疏亲？我自降魔转法轮。不是摄心除妄想，求真，幻化空身即法身。（《临川先生歌曲》）

以歌曲说禅理，又与东坡《南歌子》之“师唱谁家曲”一阕，息息相通。即后来辛稼轩隐括《庄子》入词，何莫非受此词影响，此造成苏、辛词派之始基也。

东坡门下士，除秦观以个性不同，词格偏于温婉外，余如晁无咎、黄庭坚，皆东坡信徒。王灼云：“晁无咎、黄鲁直皆学东坡，韵制得七八。”（《碧鸡漫志》）无咎有“鲁直小词是著腔子诗”之语，换言之，即以诗为词，一承诗法。庭坚词如《水调歌头》：

瑶草一何碧？春入武陵溪。溪上桃花无数，花上有黄鹂。我欲穿花寻路，直入白云深处，浩气展虹霓。只恐花深里，红露湿人衣。　坐玉石，欹玉枕，拂金徽。谪仙何处？无人伴我白螺杯。我为灵芝仙草，不为朱唇丹脸，长啸亦何为。醉舞下山去，明月逐人归。（《山谷琴趣外篇》卷一）

较之东坡之“明月几时有”，自不及其游行自在；而逸怀浩气，自见清超。其《拨棹子》闲居之作：

> 归去来！归去来！携手旧山归去来。有人共月对尊罍。横一琴，甚处不逍遥自在？　闲世界无利害，[①]何必向世间甘幻爱？与君钓晚烟寒濑。蒸白鱼稻饭，溪童供笋菜。（《山谷琴趣外篇》卷三）

纯以白话写暮年怀抱，与稼轩晚年退居之作，风格相同。至其隐括《醉翁亭记》为《瑞鹤仙》，全阕悉用“也”字为韵脚（《词林纪事》卷六引《风雅遗音》，本集中失载），并开稼轩通用“些”字一体。从（乙）（丙）两特征上言之，词至苏、黄，已渐有独建宗派之势。无咎讥鲁直而爱东坡之横放，其《琴趣外篇》，自是东坡嫡嗣。无咎籍钜野，自称济北词人。（《直斋书录解题》）北人多刚健，与苏词风趣正复相宜。后来苏学盛行于金，应与地方民性不无干涉。晁氏代表作，如《水龙吟》：

> 问春何苦匆匆？带风伴雨如驰骤。幽葩细萼，小园低槛，壅培未就。吹尽繁红，占春长久，不如垂柳。算春常不老，人愁春老，愁只是，人间有。　春恨十常八九。忍轻辜、芳醪经口，那知自是，桃花结子，不因春瘦。世上功名，老来风味，春归时候。纵尊前痛饮，狂歌似旧，情难依旧。（《晁氏琴趣外篇》卷二）

亦属伤春，而自有兀傲不平之气，充分表现作者之性格。东坡本

① “闲世界”，底本作“问世间”，据《山谷琴趣外篇》（《四库丛刊》三编景宋本）卷三改。

无意于别立宗派，得二子以为之羽翼，而势益扩张，此又造成苏辛词派之二大柱石也。

王灼云："后来学东坡者，叶少蕴、蒲大受亦得六七，其才力比晁、黄差劣。"（《碧鸡漫志》卷二）蒲词今不传，即姓氏亦就湮没。叶梦得字少蕴，吴县人（《词林纪事》卷七）。生当南北宋之交。关注序其《石林词》云："……公为丹徒尉，……是时妙龄气豪，未能忘怀也。味其词，婉丽绰有温、李之风。晚岁落其华而实之，能于简淡时出雄杰，合处不减靖节、东坡之妙，岂近世乐府之流哉？"毛晋跋亦云："《石林词》一卷，……不作柔语殢人，真词家逸品。"近代朱彊村先生乃推《石林词》独为得东坡之神髓，为其他苏派词家所不及。集中如"九月望日，与客习射西园，余病不能射"，因作《水调歌头》：

> 霜降碧天静，秋事促西风。寒声隐地初听，中夜入梧桐。起瞰高城回望，寥落关河千里，一醉与君同。叠鼓闹清晓，飞骑引雕弓。　岁将晚，客争笑，问衰翁。平生豪气安在，走马为谁雄。何似当筵虎士，挥手弦声响处，双雁落遥空。老矣真堪愧，回首望云中。（《宋六十家词》本《石林词》）

寿阳楼八公山作《八声甘州》：

> 故都迷岸草，望长淮依然绕孤城。想乌衣年少，芝兰秀发，戈戟云横。坐看骄兵南渡，沸浪骇奔鲸。转盼东流水，一顾功成。　千载八公山下，尚断崖草木，遥拥峥嵘。漫云涛吞吐，无处问豪英。信劳生空成今古，笑我来何事怆遗情？东山老，可堪岁晚，独听桓筝！（同上）

二阕并气韵沉雄，声情激壮。东坡词派，至南渡乃益恢张。时当外侮纷乘，热血男儿，正好借横放之体制，以各抒其悲壮激烈之情怀。《石林》一编，已多江山残破之感，由苏入辛，叶氏实过渡时期之健将已。

自东坡而晁、黄，而叶石林，同绵遗绪。至稼轩出，复变才士之词，而为英雄之词。其身世境遇，非北宋诸贤之所及经，其盘郁于中而待发扬于外者，尤见其独特之抱负。苏词之待稼轩而宗派确立，盖由横放杰出之体，必有激昂蹈厉之情，忠愤无补于艰危，而往往足以促成文学内容之充实。罗大经称稼轩《摸鱼儿》“斜阳烟柳”之句，词意殊怨：又称《永遇乐》“千古江山”一阕，尤隽壮可喜。（并见《鹤林玉露》）吴衡照云：“辛稼轩别开天地，横绝古今。《论》《孟》《诗小序》《左氏春秋》《南华》《离骚》《史》《汉》《世说》《选》学、李杜诗，拉杂运用，弥见其笔力之峭。”（《莲子居词话》）周济又谓：“稼轩不平之鸣，随处辄发，有英雄语，无学问语，故往往锋颖太露。然其才情富艳，思力果锐，南北两朝，实无其匹，无怪其流传之广且久。”（《介存斋论词杂著》）盖横放一派，发自东坡，至稼轩乃极其致，苏、辛各派，非偶然也。

五　苏辛词派在南宋之发展

自金兵南侵，二帝北狩；江山仅余半壁，繁华尽付流水；一时慷慨悲歌之士，莫不攘臂激昂，各抱恢复失地之雄心，藉展“直捣黄龙”之素愿。而高宗误信谗佞，不惜靦颜事仇，逼处临安，以度其小朝廷生活。坐令士气消阻，一蹶而不可复兴；不平则鸣，于是横放杰出之歌词，宛若天假之以泄一代英雄抑塞磊落不平之气；而辛弃疾以少年将帅，实为之魁。《词苑丛谈》引梨庄之言曰："辛稼轩当弱宋末造，负管、乐之才，不能尽展其用，一腔忠愤无处发泄。观其与陈同甫抵掌谈论，是何等人物！故其悲壮慷慨、抑郁无聊之气，一寄于词。"稼轩所交游，如朱熹、陈亮、刘过之属，皆一时权奇磊砢，眷顾宗社之士，其寄陈亮《破阵子》词：

醉里挑灯看剑，梦回吹角连营。八百里分麾下炙，五十弦翻塞外声，沙场秋点兵。　马作的卢飞快，弓如霹雳弦惊。了却君王天下事，赢得生前身后名，可怜白发生。（《稼轩长短句》卷八）

何等郁勃苍凉！显示英雄本色。当世表同情于辛氏者，除朱、陈外，正不乏人。抱负略同，不觉作风与之相似。兹且先述并世作家，以见声应气求，不待宣传而同归一致。

苏、辛同为横放，而以身世关系，所表情感，亦自殊途。南宋作家，近稼轩者尤众，英雄失志，悲愤情多。其或耿介清超，饶有逸怀浩气者，则仍步趋苏氏。其与稼轩同轨者，则有岳飞、张孝祥、陈亮、刘过、韩元吉诸人；近东坡者，则有向子諲、朱熹、陆游、陈与义之属。前者为英雄名宦或弛斥不羁之士，后者为理学名儒或诗人，亦各以其性之所近，不求而合。放翁悲壮之处，时近稼轩；张孝祥亦出入东坡者，又未易严定疆宇也。

岳飞字鹏举，相州汤阴人，以《满江红》"怒发冲冠"一阕，最为世所传诵。然其郁勃苍凉之致，实远不及所为《小重山》词：

昨夜寒蛩不住鸣，惊回千里梦，已三更。起来独自绕

阶行。人悄悄，帘外月胧明。　白首为功名。旧山松竹老，阻归程。欲将心事付瑶琴。知音少，弦断有谁听？（《词林纪事》卷九）

陈郁谓此词末三句"盖指和议之非"（《藏一话腴》）。即就其风格言之，亦与稼轩《破阵子》相近；并英雄失志者之不平鸣也。

张孝祥字安国，历阳乌江人，在孝宗朝，曾领建康留守，隔江即为敌境。曾于席上赋《六州歌头》：

长淮望断，关塞莽然平。征尘暗，霜风劲，悄边声。黯销凝。追想当年事，殆天数，非人力，洙泗上，弦歌地，亦膻腥。隔水毡乡，落日牛羊下，区脱纵横。看名王宵猎，骑火一川明。笳鼓悲鸣，遣人惊。　念腰间箭，匣中剑，空埃蠹，竟何成。时易失，心徒壮，岁将零。渺神京，干羽方怀远，静烽燧，且休兵。冠盖使，纷驰骛，若为情？闻道中原遗老，常南望、翠葆霓旌。使行人到此，忠愤气填膺，有泪如倾。（《于湖词》卷一）

其反对和议，欲以武力收复失地之精神，跃然纸上。在今日读之，犹凛然有生气。此其风格极近稼轩者也。至其过洞庭，作《念奴娇》：

洞庭青草，近中秋、更无一点风色。玉界琼田三万顷，着我扁舟一叶。素月分辉，银河共影，表里俱澄澈。怡然心会，妙处难与君说。　应念岭海经年，孤光自照，肝肺皆冰雪。短发萧骚襟袖冷，稳泛沧浪空阔。尽挹西江，细斟北斗，万象为宾客。扣舷一笑，不知今夕何夕？（《于湖词》卷一）

其人格之高尚，气度之宏阔，并在词中充分表现。魏了翁跋云："于湖有英姿奇气，……洞庭所赋，在集中最为杰特。"（《鹤山大全集》）陈郡汤衡序《于湖词》云："元祐诸公，嬉弄乐府，寓以诗人句法，无一毫浮靡之气，实自东坡发之也。于湖紫微张公之词，同一关键。……如《歌头》《凯歌》《登无尽藏》《岳阳楼》诸曲，所谓骏发踔厉，寓以诗人句法者也。"（《宋六十家词》本）据此，可知《于湖词》渊源之所自矣。

陈亮字同甫，婺州永康人。好谈天下大略，以气节自居（《词林纪事》卷十一引周草窗语）。尝自称"堂堂之阵，正正之旗，开拓万古之心胸，推倒一世之豪杰"。与稼轩交，尤称莫逆。尝自东阳访稼轩于上饶，留连旬月。既别，稼轩意中殊恋恋，欲追，为雪阻，颇恨挽留之不遂。（《稼轩长短句》卷一《贺新郎序》）其性情之契合，可见一斑，故其所作词，极似辛氏。叶水心称其每一章成，辄自叹曰："平生经济之怀，略已具矣。"（《词林纪事》引）其最悲壮之作，如登多景楼《念奴娇》：

> 危楼还望，叹此意、今古几人曾会？鬼设神施，浑认作、天限南疆北界。一水横陈，连岗三面，做出争雄势。六朝何事？只成门户私计。　　因笑王谢诸人，登高怀远，也学英雄涕。凭却江山，也管不到，河洛腥膻无际。正好长驱，不须反顾，寻取中流誓。小儿破贼，势成宁问强对？①
>
> （《龙川词》）

又寄辛幼安和见怀韵《贺新郎》：

---

① "强"，底本作"疆"，据《龙川集》（清宗廷辅校刻本）卷一七改。

老去凭谁说？看几番，神奇臭腐，夏裘冬葛。父老长安今余几？后死无仇可雪。犹未燥，当时玄发。二十五弦多少恨，算世间，那有平分月？胡妇弄，汉宫瑟。　树犹如此堪重别？只使君，从来与我，话头多合。行矣置之无足问，谁换妍皮痴骨。但莫使，伯牙弦绝。九转丹砂牢拾取，管精金，只是寻常铁。[①]龙共虎，应声裂。(《龙川词》)

情怀热烈，不复以含蓄为工。毛晋跋《龙川词》，谓："读至卷终，不作一妖语媚语。"亮真一"人中之龙，文中之虎"（自赞语）哉！

刘过字改之，吉州太和人。性疏豪，好施。辛稼轩客之(《江湖纪闻》)。词多壮语，盖学稼轩者也。（黄花庵《中兴以来绝妙词选》）所为《六州歌头》：

镇长淮，一都会，古扬州。升平日，朱帘十里，春风小红楼。谁知艰难去，边尘暗，胡马扰，笙歌散，衣冠渡，使人愁。屈指细思，血战成何事？万户封侯。但琼花无恙，开落几经秋？故垒荒丘，似含羞。　怅望金陵宅，丹阳郡，山不断绸缪。兴亡梦，荣枯泪，水东流。甚时休？野灶炊烟里，依然是，宿貔貅。叹灯火，今萧索，尚淹留。莫上醉翁亭看，濛濛雨，杨柳丝柔。笑书生无用，富贵拙身谋，骑鹤来游。(《龙洲词》上）

感愤淋漓，几与于湖此调相颉颃。世乃徒玩其咏美人足、美人指甲之《沁园春》诸阕，未免小视龙洲矣。

---

① "寻常"，底本作两方框，据《龙川集》卷一七补。

韩元吉字无咎，号南涧，许昌人。稼轩有寿南涧尚书《水龙吟》二调（《稼轩长短句》卷五），所以推崇勖勉之者甚至。韩又与张孝祥、陆游厚善，其词亦磊落英多。如雨花台《水调歌头》："中原何在？极目千里暮云重。今古长干桥下，遗恨都随流水，西去几时东？"（《南涧诗余》）感慨中原，恢复无望，并见胸怀之壮烈。其最为人传诵者，为汴京赐宴闻教坊乐有感作《好事近》：

凝碧旧池头，一听管弦凄切。多少梨园声在，总不堪华发。　　杏花无处避春愁，也傍野烟发。惟有御沟声断，似知人呜咽。（《南涧诗余》）

时元吉方奉命至金，贺万春节（《金史·交聘表》），靦颜事仇之辱，宁所克堪？悲愤发于歌词，故不觉其言之哀断也。

上述各家，与稼轩辈行，大致相仿；而韩、陈、刘三氏，与稼轩尤多往还，故其词格自然趋于一致。其辈行较早，其词格亦近东坡者，莫如向子諲。

向子諲字伯恭，临江人，号芗林居士。胡寅序其《酒边词》云："芗林居士，步趋苏堂而哜其胾者也。观其退江北所作于后，而进江南所作于前；以枯木之心，幻出葩华；酌元酒之尊，弃置醇味。非染而不色，安能及此！"（《宋六十家词》本）其绍兴戊辰再闰，感时抚事，作《水调歌头》：

闰余有何好？一年两中秋。补天修月人去，千古想风流。少日南昌幕下，更得洪（驹父）、徐（师川）、苏（伯固）、李（商老兄弟），[1]快意作清游。送日眺西岭，得月上

① "伯固"，底本作"仰固"，据苏坚字改。

东楼。　　四十载，两人在（谓己与汪彦章），总白头。谁知沧海成陆，萍迹落南州。忍问神京何在？幸有芗林秋露，芳气袭衣裘。断送余生事，唯酒可忘忧。(《江南新词》)

虽不似于湖、龙川之激昂，亦饶悲郁气度。其全集所有，大抵风格近叶石林。子諲以忤秦桧辞官，其抱负亦自磊落；而英气内敛，正见其涵养功深也。

朱熹字元晦，一字晦庵，徽州婺源人。以理学名儒，与向子諲同为稼轩所推服。所作词不多，而清空潇洒，的是东坡嗣响。其檃括杜牧之《九日齐州》诗，作《水调歌头》：

江水浸云影，鸿雁欲南飞。携壶结客何处？空翠渺烟霏。尘世难逢一笑，况有紫萸黄菊，堪插满头归。风景今朝是，身世昔人非。　　酬佳节，须酩酊，莫相违。人生如寄，何事辛苦怨斜晖？不尽今来古往，多少春花秋月，那更有危机？与问牛山客，何必更沾衣？(《词林纪事》卷十)

《读书续录》评此词："气骨豪迈则俯视辛、刘，音韵和谐则仆命秦、柳。"(《词林纪事》引）以上二家之作，非复稼轩所能笼罩矣。

南宋诗词，并推辛、陆，为最富爱国思想。陆诗之关怀宗国，悲壮沉雄，世尽知之。余力填词，风格亦复如此。刘克庄云："放翁、稼轩，一扫纤艳，不事斧凿。但时时掉书袋，亦是一癖。"(《后村诗话》）是两家词之利病，亦正相同也。

陆游字务观，晚号放翁，越州山阴人。其记梦寄师伯浑《夜游宫》：

雪晓清笳乱起，梦游处，不知何地？铁骑无声望似

水。想关河，雁门西，青海际。　　睡觉寒灯里。漏声断，月斜窗纸。自许封侯在万里。有谁知，鬓虽残，心未死。（《放翁词》）

杨用修（慎）谓：放翁词“纤丽处似淮海，雄慨处似东坡”。（毛晋《放翁词跋》引）而此词之雄快淋漓，则与稼轩同一鼻孔出气者也。

陈与义字去非，汝州叶县人。曾参绍兴大政，以诗名世。（毛晋《无住词跋》）黄花庵云：“去非词虽不多，语意超绝，识者谓可摩坡仙之垒。”（《中兴以来绝妙词选》）其夜登小阁忆洛中旧游作《临江仙》：

忆昔午桥桥上饮，坐中多是豪英。长沟流月去无声。杏花疏影里，吹笛到天明。　　二十余年如一梦，此身虽在堪惊。闲登小阁看新晴。古今多少事，渔唱起三更。（《无住词》）

自然而然，真得东坡所谓“行云流水”之妙。综观上述诸作者，当国难方殷之际，抱热烈悲壮之情，崛起稼轩，俨为当世词坛中心人物。东坡余韵，虽绍武有人；而所有大家，大抵益务雄伟，其下焉者，乃不免流于粗犷。然亦足以觇当时士气，未即消沉也。

迨偏安局定，朝野上下，依然沉醉湖山；歌酒流连，已不复念及河山之残破。稼轩死后（1207），士大夫又竞为温婉之词，侵寻迄于宋亡，欲求横放激昂之作者，渐不易得。名家如王沂孙、吴文英、张炎辈，不无故国之思，而凄厉音多，亦只如草虫幽咽，如怨、如慕、如泣、如诉，亦何补于艰危？弱者之呼声，虽自有其价值，究不若壮夫猛士，悲歌慷慨，足以唤起民族精神也。

南宋末年，苏辛词派既渐消歇。求诸传作，惟有刘克庄、刘辰翁二家，勉绵坠绪。因更附论及之。

克庄字潜夫，号后村，莆田人。张炎云：“潜夫《后村别调》一卷（《彊村丛书》本作五卷），大抵直致近俗，乃效稼轩而不及者。”（《历代诗余》卷一百十八）然集中如九日《贺新郎》：

湛湛长空黑。更那堪，斜风细雨，愁如织。老眼平生空四海，赖有高楼百尺。看浩荡，千崖秋色。白发书生神州泪，尽凄凉，不向牛山滴。追往事，去无迹。　　少年自负凌云笔。到而今，春华落尽，满怀萧瑟。常恨世人新意少，爱说南朝狂客。把破帽，年年拈出。若对黄花孤负酒，怕黄花，也笑人岑寂。鸿北去，日西匿。（《后村别调》卷四）

戏林推《玉楼春》：

年年跃马长安市，客舍似家家似寄。青钱换酒日无何，红烛呼卢宵不寐。　　易挑锦妇机中字，难得玉人心下事。男儿西北有神州，莫滴水西桥畔泪。（《后村别调》卷五）

前阕推陈出新，极见雄肆。后阕于豪迈中寓规讽，尤足与青年之醉心恋爱者以极大教训。一以严肃态度出之，正苏辛词派之特殊风格也。

刘辰翁字会孟，庐陵人。辰翁固醉心于苏辛一派者，读其《稼轩词序》，其抱负可知（见前）。况周颐云：“《须溪词》多真率语，满心而发，不假追琢，有掉臂游行之乐。其词笔多用中锋，风格遒上，略与稼轩旗鼓相当。”（《餐樱庑词话》）集中如《兰陵王》《宝鼎现》《永遇乐》《摸鱼儿》诸调，并沉郁苍凉，表现亡国之哀，绝无萎靡不振之气，苏、辛词派，至此又别放异彩，而河山终沦异族，其遇重可悲已！兹录《摸鱼儿·酒边留同年徐云屋》一阕如下：

> 怎知他，春归何处？相逢且尽尊酒。少年袅袅天涯恨，长结西湖烟柳。休回首！但细雨断桥，憔悴人归后。东风似旧。问前度桃花，刘郎能记，花复认郎否？　君且住！草草留君剪韭。前宵正恁时候。深杯欲共歌声滑，翻湿春衫半袖。空眉皱。看白发尊前，已似人人有。临分把手。叹一笑论文，清狂顾曲，此会几时又？（《须溪词》卷三）

开篇即声随泪下，湖山易主，花亦不复认郎；视稼轩之“烟柳斜阳”，未必逊其哀怨。二刘晚出，一振颓风，宗社虽亡，民族精神不死矣。

文天祥于宋室垂亡之际，慷慨勤王，虽兵败被囚，就义柴市，而精忠浩气，长留宇宙间。偶作歌词，非有意于学苏、辛，而风格与之相似。文字宋瑞，吉安人。其《大江东去·驿中言别友人》云：

> 水天空阔，恨东风不借，世间英物。蜀鸟吴花残照里，忍见荒城颓壁。铜雀春情，金人秋泪，此恨凭谁雪？堂堂剑气，斗牛空认奇杰。　那信江海余生，南行万里，送扁舟齐发。正为鸥盟留醉眼，细看涛生云灭。睨柱吞嬴，回旗走懿，千古冲冠发。伴人无寐，秦淮应是孤月。（《词林纪事》卷十四）

以此殿天水一朝，与岳飞之“怒发冲冠”，遥遥相望，为吾民族生色不少。

总之，苏、辛词派，在南宋以时代关系，自然充分发展。由东坡“指出向上一路”，稼轩益务恢弘。一代民族精神，于焉寄托，诚非始创“曲子词”者之所及料。虽屡变而离乐曲益远，要其热烈情绪，盖与日月而长新矣。

上编竟。

本文上编参考书如下：

《历代诗余》		蟫隐庐影印殿本康熙御选
《词林纪事》	海盐张宗橚辑	扫叶山房石印本
《词林考鉴》		乌程刘承干辑钞本[1]
《词源》	宋西秦张炎撰	木刻《七种词选》本
《碧鸡漫志》	宋小溪王灼撰	《知不足斋丛书》本
《词苑丛谈》	吴江徐釚撰	《粤雅丛书》本
《词话丛钞》	吴兴王文濡辑	大东书局石印本
《介存斋论词杂著》	荆溪周济撰	扫叶山房《词辨》附刊
《菌阁琐谈》	嘉兴沈增植撰	钞本
《蕙风词话》	临桂况周颐撰	赵氏惜荫堂本
《须溪集》	宋庐陵刘辰翁撰	《豫章丛书》本
《范文正公诗余》	宋吴县范仲淹撰	《彊村丛书》本
《逍遥词》	宋大名潘阆撰	四印斋刻《宋元三十一家词》本
《临川先生歌曲》	宋临川王安石撰	《彊村丛书》本
《东坡乐府》	宋眉山苏轼撰	《彊村丛书》编年本、商

① “辑”，底本作“缉”，据文意酌改。

		务印书馆排印四印斋本
《晁氏琴趣外篇》	宋钜野晁补之撰	双照楼景宋刊本、商务排印本
《石林词》	宋叶梦得撰	汲古阁《宋六十家词》本
《稼轩集钞存》	宋历城辛弃疾撰	万载辛氏祠堂本
《稼轩词甲乙丙集》		陶氏涉园景刊毛钞本
《稼轩长短句》		四印斋景刊元信州书院本、商务排印本
《酒边词》	宋向子諲撰	《宋六十家词》本
《于湖词》	宋张孝祥撰	《宋六十家词》本、《四部丛刊》影宋《于湖先生文集》本
《放翁词》	宋陆游撰	《宋六十家词》本
《龙川词》	宋陈亮撰	《宋六十家词》本
《龙洲词》	宋西昌刘过撰	《彊村丛书》本①
《无住词》	宋陈与义撰	《宋六十家词》本、《四部丛刊》景宋《简斋诗集》本
《南涧诗余》	宋颍川韩元吉撰	《彊村丛书》本
《后村长短句》	宋莆田刘克庄撰	《彊村丛书》本、《宋六十家词》本称《后村别调》
《须溪词》	宋庐陵刘辰翁撰	《彊村丛书》本
《宋词三百首》	彊村老民编	家刻本
《直斋书录解题》	宋陈振孙撰	木刻本

① 底本“彊”前衍“彊”，据史实酌删。

《四库全书总目提要》 石印本

本刊亟待付手民，因穷两日力，草成此作。覆视，挂漏滋多，幸阅者诸君，随时指正。

二十一年十一月二十八夕，脱稿于暨南村居

（原载《文史丛刊》第一集，一九三三年六月一日。下编未刊）

论常州词派

一　引论

言清代词学者，必以浙、常二派为大宗。常州派继浙派而兴，倡导于武进张皋文（惠言）、翰风（琦）兄弟，发扬于荆溪周止庵（济，字保绪）氏，而极其致于清季临桂王半塘（鹏运，字幼霞）、归安朱彊村（孝臧，原名祖谋，字古微）诸先生，流风余沫，今尚未全衰歇。其间作者，未必籍隶常州，而常籍词家，又未必同为一派。亦犹宋代江西诗派，以黄山谷（庭坚）为祖，而宗派图中，占籍他省者不一其人，盖以宗法师承言，不以地域限也。江阴缪艺风（荃孙）先生《常州词录序》云："国朝词家，推吾州为极盛。"其作者之多，固矣。然在张氏兄弟之前，无常州词派之目。迨张氏《词选》刊行之后，户诵家弦，由常而歙，由江南而北被燕都，更由京朝士大夫之闻风景从，南传岭表，波靡两浙，前后百数十年间，海内倚声家，莫不沾溉余馥，以飞声于当世，其不为常州所笼罩者盖鲜矣！其渊源流变，得失利病之由，又乌可以忽诸？用是不揣谫陋，略述所闻，以就正于当代博雅君子焉。

二　常州词派之由来

欲知常州词派之由来，必先明张氏《词选》未刊行以前之词坛状况。先是康熙间，秀水朱竹垞（彝尊）氏，辑为《词综》一书，自唐、五代以迄元季之词，网罗几备。其甄录标准，一以醇雅为归。汪森为《词综序》云：

> 西蜀、南唐而后，作者日盛。宣和君臣，转相矜尚。曲调愈多，流派因之亦别。短长互见，言情者或失之俚，使事者或失之伉。鄱阳姜夔出，句琢字炼，归于醇雅。于是史达祖、高观国羽翼之，张辑、吴文英师之于前，赵以夫、蒋捷、周密、陈允平、王沂孙、张炎、张翥效之于后，譬之于乐，舞《箾》至于九变，而词之能事毕矣。

特举姜夔，以为词家准则，此浙西词派之建立，所由偏重于南宋词人也。竹垞每称“词至南宋始极其工，至宋季而始极其变”（《词综发凡》），又谓“词莫善于姜夔。宗之者张辑、卢祖皋、史达祖、吴文英、蒋捷、王沂孙、张炎、周密、陈允平、张翥、杨基，皆具夔之一体”（《黑蝶斋词序》）。推其所以特崇姜氏之故，以为“填词最雅，无过石帚”（《词综发凡》）。以醇雅救明末清初专力《花间》《草堂》流于纤靡或叫嚣之失，亦自持之有故，言之成理。（参阅《词学季刊》第一卷第二号拙著《选词标准论》）以是“浙西填词者，家白石而户玉田，春容大雅，风气之变，实由于此”（《静志居诗话》）。浙派既风靡海内，弊亦旋生。仁和谭复堂（献）先生云："浙派为人诟病，由其以姜、张为止境，而又不能如白石之涩，玉田之润。"（《箧中词》）萍乡文道希（廷式）先生亦谓："自朱竹垞以玉田为宗，所选《词综》，意旨枯寂，后人继之，尤为冗漫。"（《云起轩词自序》）浙派末流之病如此，物穷则变，变则通，此常州词派所以乘时而起也。

张皋文以《易》学大师，于浙派衰敝之时，以《风》《骚》旨格相号召。其弟翰风为重刻《词选序》云："嘉庆二年，余与先兄皋文先生，同馆歙金氏。金氏诸生好填词。先兄以为词虽小道，失其传且数百年，自宋之亡而正声绝，元之末而规矩隳，窔宧不辟，门户卒迷。乃与予校录唐、宋词四十四家，凡一百十六首为二卷以示金生，金生刊之。而歙人郑君善长复录同人词九家为一卷，附刊于后，版存于歙。同志之乞是刻者踵相接，无以应之，乃校而重刊焉。"序作于道光二年，而翰风称"乞是刻者踵相接"，则此选本之在嘉庆、道光间，即已流行普遍，而词派之形成，实基于此无疑矣。翰风又于道光十年为《续词选序》云："《词选》之刻，多有病其太严者，拟续选而未果。今夏外孙董毅子远来署，携有录本，适惬我心，爰序而刊之，亦先兄之志也。"据此，知续选虽出董氏，仍因张氏兄弟之宗旨，从而推拓之，固波澜莫二也。与张氏同时，而其词为张氏所推许者，有阳湖黄景仁、钱季重、陆继辂、左辅、李兆洛、恽敬及武进丁履恒七人，皆籍隶常州者。而《词选·附录》所载，除上列七人及张氏兄弟外，又附歙人金应城（字子彦）、金式玉（字朗甫）、郑抡元（字善长）三家，斯并羽翼张氏，为播宗风者也。已而张氏复传其学于同邑董士锡（字晋卿，有《齐物论斋词》一卷）。吴德旋撰士锡传云：“君年十六，从舅氏张皋文游。皋文以文学伏一世。君承其指授为古文、赋、诗、词，皆精妙。”（引见《常州词录》卷十九）士锡复以传其子毅（字子远，有《蜕学斋词》二卷）。毅有《续词选》一刻。其族侄董贻清称其“渊源张氏，不愧外家宗风，大江南北，久已风行。至其生平著作，亦沉博绝丽，尤工倚声”(《常州词录》卷二十引《蜕学斋词跋》)。张氏词学之传，得董氏父子，转益发扬光大。周止庵氏受词法于晋卿，而持论益精，乃复恢张疆宇，而常州词派遂愈为世所宗尚。止庵自述其词学渊源云：

余年十六学为词，甲子始识武进董晋卿。晋卿年少于余，而其词缠绵往复，穷高极深，异乎平时所仿效，心向慕不能已。晋卿为词，师其舅氏张皋文、翰风兄弟。二张辑《词选》而序之，以为词者意内而言外，变风、骚人之遗。其叙文旨深词约，渊乎登古作者之堂而进退之矣。晋卿虽师二张，所作实出其上。予遂受法晋卿，已而造诣日以异，论说亦互相短长。晋卿初好玉田，余曰：“玉田意尽于言，不足好。”余不喜清真，而晋卿推其沉着拗怒，比之少陵。抵牾者一年，晋卿益厌玉田，而余遂笃好清真。既予以少游多庸格，为浅钝者所易托。白石疏放，酝酿不深，而晋卿深诋竹山粗鄙。抵牾又一年，予始薄竹山，然终不能好少游也。其后晋卿远在中州，余客授吴淞，弟子田生端学为词，因欲次第古人之作，辨其是非，与二张、董氏各存崖略，庶

几他日有所观省。(《词辨序》)

其推重晋卿甚至，虽持论颇有出入，而其渊源所自，则固与二张一脉相承者也。谭复堂云：

翰丰与哲兄同撰《宛邻词选》，虽町畦未尽，而奥窔始开。其所自为，大雅遒逸，振北宋名家之绪。其子仲远序《同声集》有云："嘉庆以来，名家均从此出。"信非虚语。周止斋益穷正变，潘四农又持异论。要之，倚声之学，至二张而始尊耳。(《箧中词》三)

又云：

茗柯《词选》出，倚声之学，日趋正鹄。张氏甥董晋卿，造微踵美，予未得其全集。止庵切磋于晋卿，而持论益精。(中略)以予所见，周氏撰定《词辨》《宋四家词筏》(即《宋四家词选》)，推明张氏之旨而广大之，此道遂与于著作之林，与诗赋文笔同其正变也。止庵自为词，精密纯正，与茗柯把臂入林。(《箧中词》三)

并足证常州词派之建立，二张引其端，而止庵拓其境，师承统系，亦至分明。至止庵《味隽斋词自序》云：

词之为技小矣。然考之于昔，南北分宗，征之于今，江浙别派，是亦有故焉。吾郡自皋文、子居两先生开辟榛莽，以《国风》《离骚》之旨趣，铸温、韦、周、辛之面目，一时作者竞出，晋卿集其成。余与晋卿议论，或合或否，要其旨归，各有正鹄。

是直以宗派自命，展开旗帜，以与浙派抗衡矣。兹为简表，以明常州词派之系统如下：

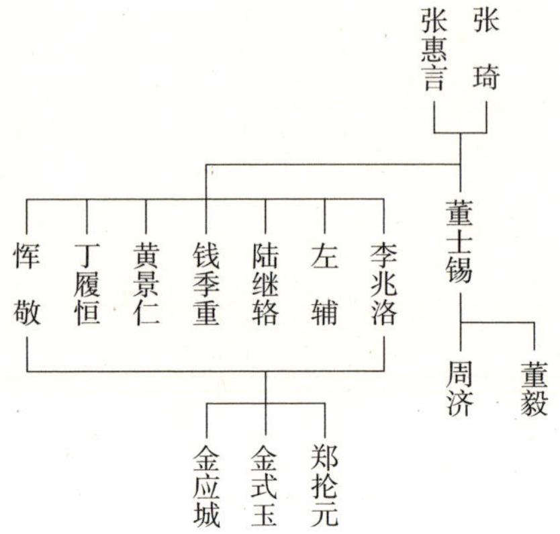

常州词派，至周止庵氏而确立不摇，衣被词流，迄于今日而未有已。故彊村先生《杂题清代诸名家词集后》云：“回澜力，标举选家能。自是词源疏凿手，横流一别见淄渑。异议四农生。”(《题张皋文词集》) 又云：“金针度，《词辨》止庵精。截断众流穷正变，一灯乐苑此长明。推演四家评。”(《题周保绪词集》，并见《彊村语业》卷三) 以皋文力挽狂澜，誉为词源疏凿手，即以表明张氏实为常州词派开山。而普度金针，力穷正变，至以灯明乐苑，归功止庵，则又暗示周氏不特为常州词派之正宗，直是海内倚声家所当同奉为圭臬。其影响近代词坛之大，昭然可知矣。

三　常州词派之宗旨

一种学术宗派之建立，必有其所标之特殊宗旨，力足以振废起衰，乃能使学者景从，蔚成风会。皋文兄弟，并为一时经术大师，其友好如恽子居、李申耆，又皆文坛健者，出其余力，以从事于倚声，其手眼已自不同。且自词与乐离，早经不复为里巷儿女谑浪戏弄之资，而所有纤靡淫媟之言，遂为士大夫所厌弃。明季《花间》《草堂》之余习，既为浙派一扫而空。然浙派承之，徒务“句琢字炼，归于醇雅”，其中空无所有，遂不免入于“词旨枯寂”，其弊正与明季作者相等。张氏兄弟乃起而力矫之，将以绵正声而复规矩，乃标“尊体”之说，以上附于《风》《骚》。故皋文《词选序》云：

> 词者，盖出于唐之诗人，采乐府之音，以制新律，因系其词，故曰词。传曰：“意内而言外谓之词。”其缘情造端，兴于微言，以相感动。极命风谣里巷男女哀乐，以道贤人君子幽约怨悱不能自言之情，低徊要眇，以喻其致。盖诗之比兴，变风之义，骚人之歌，则近之矣。然以其文小，其声哀，放者为之，或跌荡靡丽，杂以昌狂俳优。然要其至者，莫不恻隐盱愉，感物而发，触类条鬯，各有所归，非苟为雕琢曼辞而已。

以诗人比兴之义，变风、楚骚之旨，转而论词，亦即止庵所称：“以《国风》《离骚》之旨趣，铸温、韦、周、辛之面目。”盖欲提高词格，以振颓风，亦舍此其道末由也。其于唐代词家，特尊温庭筠氏，谓“其言深美闳约”。然其说温氏《菩萨蛮》十四章，以为感士不遇之作，又称“照花四句，《离骚》初服之意”，未免失之穿凿附会，此又经师之通蔽，不必厚非者也。至其甄采宋词，独好张先、苏轼、秦观、周邦彦、辛弃疾、姜夔、王沂孙、张炎八家，以为“渊渊乎文有其质焉”。又取诸家之词，加以诠释，以为“义有幽隐，并为指发；几以塞其下流，导其渊源；无使风雅之士，惩于鄙俗之音；不敢与诗赋之流，同类而风诵之也”。张氏此选，本为课金氏二生而作。金应珪为后序，历数当代词家之失云：

> 近世为词，厥有三蔽：义非宋玉而独赋蓬发，谏谢淳于而唯陈履舄，揣摩床笫，污秽中冓，是谓淫词，其蔽一也。猛起奋末，分言析字，诙嘲则俳优之末流，叫啸则市侩之盛气，此犹巴人振喉以和《阳春》，黾蜮怒嗌以调疏越，是谓鄙词，其蔽二也。规模物类，依托歌舞，哀乐不衷其性，虑叹无与乎情，连章累篇，义不出乎花鸟，感物指事，理不外乎酬应，虽既雅而不艳，斯有句而无章，是谓游词，其蔽三也。

唯兹三蔽，足使词格日卑。“今欲塞其歧途，必且严其科律”（金序）。裁伪体以亲风雅，举所有淫词、鄙词、游词，摈诸词林之外，此张氏所以独树一帜，竟能力挽狂澜，而为众流所共宗仰也。

二张开风气之先，崇比兴，争意格，而不甚措意于声律技巧。且其门庭稍隘，去取过严。所录唐词，李太白（白）、温飞卿（庭筠）、无名氏三家；五代词，南唐中主（李璟）、后主（李煜）、韦端己（庄）、牛松卿（峤）、牛希济、欧阳炯、鹿虔扆、冯正中（延巳）八家；宋词，宋徽宗（赵佶）、晏同叔（殊）、范希文（仲淹）、晏叔原（幾道）、韩玉汝（缜）、欧阳永叔（修）、张子野（先）、苏子瞻（轼）、秦少游（观）、贺方回（铸）、赵德麟（令畤）、张芸叟（舜民）、王元泽（雱）、周美成（邦彦）、田不伐（为）、陈子高（克）、李玉、谢任伯（克家）、朱希真（敦儒）、辛幼安（弃疾）、张安国（孝祥）、韩无咎（元吉）、李知几（石）、姜尧章（夔）、尹惟晓（焕）、史邦卿（达祖）、王圣与（沂孙）、张叔夏（炎）、黄德文（孝迈）、吴彦高（激）、李易安（清照）、郑文妻孙氏、无名氏三十三家。凡四十四家，一百十六首。

董氏续选，益以唐词，李太白、张子同（志和）、温飞卿、皇甫子奇（松）；五代词，后唐庄宗、韦端己、薛昭蕴、毛熙震、李珣、冯正中；宋词，晏同叔、范希文、欧阳永叔、王介甫（安石）、柳耆卿（永）、苏子瞻、秦少游、贺方回、章质夫（楶）、舒信道（亶）、赵德麟、刘巨济（泾）、周美成、徐幹臣（伸）、陈子高、鲁逸仲、叶少蕴（梦得）、陈去非（与义）、赵长卿、辛幼安、张安国、程正伯（垓）、刘潜夫（克庄）、俞国宝、姜尧章、刘改之（过）、杨炎、谢勉仲（懋）、陆子逸（淞）、高宾王（观国）、史邦卿、方巨山（岳）、吴君特（文英）、蒋胜欲（捷）、周公谨（密）、王圣与、张叔复、吴彦高、德祐太学生、李易安、朱淑真、徐君宝妻等；凡五十二家，一百二十二首。董选既为翰风所鉴定，以为“亦先兄之志”，则谓两本并为二张家法，殆无不可。合观两本所录，一时号称大家者，唯温飞卿二十三首，秦少游十六首为最多。次则周美成十一首，姜尧章十首，冯正中、辛幼安、王圣与各八首，南唐后主、韦端己、苏子瞻各七首，朱希真、李易安各五首，南唐中主四首，晏同叔、欧阳永叔、张子野各三首。张叔夏则张选仅一首，而董选骤增二十三首。柳耆卿、吴梦窗，为张选所摈，而董选各采二首。以此亦足窥见二张家法，未尝不参酌于婉约、豪放二派之间，以“醇雅”为归，而特措意于“文有其质”。与后来周止庵氏之专崇技巧，退姜、张而进辛、吴，微异其趣。文道希先生称："张皋文具子瞻之心，而才思未逮，然皆斐然有作者之意，非志不离于方罫者。"(《云起轩词自序》) 然于止庵乃不赞一辞，则专崇技巧，虽足以广辟户庭，而接迹《风》《骚》，固唯意格是尚也。潘四农（德舆）于张选首发难端，其《与叶生书》略云：

> 张氏《词选》，抗志希古，标高揭己，宏音雅调，多被排摈。五代、北宋，有自昔传诵，非徒只句之警者，张氏亦多恝然置之。窃谓词滥觞于唐，畅于五代，而意格之闳深曲挚，则莫盛于北宋。词之有北宋，犹诗之有盛唐，至南宋则稍衰矣。（引见《箧中词》三）

其致讥于张氏，唯在"宏音雅调，多被排摈"，而对于彼之"抗志希古"，固不敢有异辞也。

张氏传其甥董晋卿，而晋卿论词之作无传。仅于止庵《词辨序》内，知晋卿喜少游、玉田，且极推清真之"沉着拗怒"。又称"少游正以平易近人，故用力者终不能到"(《介存斋论词杂著》引晋卿说)。二张不谈技巧，而晋卿措意于清真之"沉着拗怒"，渐就运笔遣声以求词，实开止庵《四家词选》之先路。张选有振衰起废、摧陷廓清之功，而暗度金针，藉传心法，或由口授，或竟郁而莫宣。止庵一脉相承，宏开宗派。综其异同之故，可得而言。

皋文以"恻隐盱愉，感物而发，触类条鬯，各有所归"，为词家之极则。止庵则谓"夫人感物而动，兴之所托，未必咸本庄雅。要在讽诵紬绎，归诸中正，辞不害志，人不废言。虽乖缪庸劣，纤微委琐，苟可驰喻比类，翼声究实，吾皆乐取，无苛责焉”(《词辨序》)。皋文以词能“道贤人君子幽约怨悱不能自言之情，低徊要眇，以喻其致”。止庵则谓“后世之乐，去诗远矣，词最近之。是故入人为深，感人为远。往往流连反覆，有平矜释躁，惩忿窒欲，敦薄宽鄙之功”(《词辨序》)。虽二家之说微有不同，而并尊词体一也。皋文崇比兴，止庵则言寄托。止庵之论寄托云：

> 夫词，非寄托不入，专寄托不出。一物一事，引而伸之，触类多通，驱心若游丝之罥飞英，含毫如郢斤之斫蝇翼。以无厚入有间，既习已，意感偶生，假类毕达，阅载千百，謦欬弗违，斯入矣。赋情独深，逐境必寤，酝酿日久，冥发妄中；虽铺叙平淡、摹缋浅近，而万感横集，五中无主；读其篇者，临渊窥鱼，意为鲂鲤，中宵惊电，罔识东西，赤子随母笑啼，乡人缘剧喜怒，抑可谓能出矣。(《宋四家词选序论》)

又云：

> 初学词，求有寄托，有寄托则表里相宣，斐然成章。既成格调，求无寄托，无寄托则指事类情，仁者见仁，知者见知。(《介存斋论词杂著》)

夫所谓寄托，初不出乎“意内言外”之旨，皋文比兴之义，已足尽之。然止庵复创为能入能出之说，殆因鉴于初学或不免流入金氏所称淫词、鄙词、游词之三蔽，故不得不先端其趋向，而示来者以从入之途。惟胶于寄托之说，亦多流弊。故止庵复为之说云：

> 感慨所寄，不过盛衰；或绸缪未雨，或太息厝薪，或

己溺己饥，或独清独醒，随其人之性情、学问、境地，莫不有由衷之言。见事多，识理透，可为后人论世之资。诗有史，词亦有史，庶乎自树一帜矣。若乃离别怀思，感士不遇，陈陈相因，唾渖互拾，便思高揖温、韦，不亦耻乎！（《介存斋论词杂著》）

此皆暗示词乐既亡之后，所贵乎性情襟抱之卓越，与夫识见经历之丰富，乃足昌大其词。若徒迷恋古人，虽日言寄托，亦难自树。此止庵微旨，可于言外得之者也。皋文于特崇温氏外，复标举宋代张、苏、秦、周、辛、姜、王、张八家。止庵乃为分析正、变，以温庭筠、韦庄、欧阳炯、冯延巳、晏殊、欧阳修、晏幾道、柳永、秦观、周邦彦、陈克、史达祖、吴文英、周密、王沂孙、张炎、唐珏、李清照十八家为正，李后主、蜀主孟昶、鹿虔扆、范仲淹、苏轼、王安石、辛弃疾、姜夔、陆游、刘过、蒋捷十一家为变（详见《词辨》）。共得词九十三首，而以温庭筠、辛弃疾各十首，李后主、周邦彦各八首为最多；次则王沂孙六首，冯延巳、吴文英各五首，韦庄、陈克各四首，姜夔三首，欧阳修、苏轼各二首。与张、董二选最显著之差别，即在抬举辛、吴，摈抑姜、张。正、变之分，复堂已持异议。（谭评《词辨跋》）要其“折衷柔厚”（谭说），导来学以津梁，固与张选并为不朽之作也。据止庵自序，此选成于嘉庆十七年，距张氏《词选》行世之日，仅后十五年。两本相校，规模可睹。是时止庵虽颇参己见，犹未能开径独行也。至道光十二年，止庵标举四家，领袖一代，以成《宋四家词选》，始渐脱离二张畴范，自树风声。其序云：

清真，集大成者也。稼轩敛雄心，抗高调，变温婉，成悲凉。碧山餍心切理，言近旨远，声容调度，一一可循。梦窗奇思壮采，腾天潜渊，返南宋之清泚，为北宋之秾挚。是为四家，领袖一代，余子荦荦，以方附庸。

又称：

问途碧山，历梦窗、稼轩以还清真之浑化。余所望于世之为词人者，盖如此。

既袭前人宗派之说，以自建一系统，复示学者以修习次第，规矩步骤，昭晰可寻，乐苑一灯，争为世重，非偶然也。独其抑苏而扬辛，退姜、张而进王、吴，又将北宋诸公，转隶四家之下，未免本末倒置，轩轻任情。兹就所选诸家，列表如次：

- 周邦彦
  - 晏　殊—韩　缜—欧阳修—晏幾道—张　先—
    柳　永—秦　观—贺　铸—韩元吉
  - 辛弃疾
    - 徐昌图—韩　琦—范仲淹—苏　轼—晁补之—
      洪　皓—姜　夔—陆　游—陈　亮—赵以夫—
      陈经国—方　岳—蒋　捷
  - 王沂孙
    - 林　逋—毛　滂—潘元质—吕本中—康伯可—
      范成大—史达祖—张　炎—黄公绍—练恕可—
      唐　珏
  - 吴文英
    - 张　昪—赵令畤—王安国—苏　庠—陈　克—
      严　仁—高观国—陈允平—周　密—王武子—
      黄孝迈

为示学者以研究途径计，分宋词为四系，而以清真为众流之归宿，自是别具匠心。然常州词派至此，已日趋于技术之讲求，持论益精，而拘束渐甚，影响词坛，亦复互有得失。所谓技术之讲求，不外运笔、选声二端。止庵于词笔之运用，一则曰：

笔以行意也，不行须换笔；换笔不行，便须换意。玉田惟换笔不换意。

再则曰：

词笔不外顺逆反正，尤妙在复、在脱。复处无垂不缩，故脱处如望海上，三山妙发。温、韦、晏、周、欧、柳，推演尽致，南渡诸公，罕复从事矣。（《宋四家词选序论》）

因讲求运笔，而有所谓“勾勒”，遂不能不“细研词中曲折深浅之故”。故其言又曰：“学词先以用心为主，遇一事，见一物，即能沉思独往，冥然终日，出手自然不平。次则讲片段，次则讲离合。成片段而无离合，一览索然矣。次则讲色泽、音节。”（《论词杂著》）词中之离合，皆关运笔之巧妙，固从事倚声者所宜深切研寻者也。其论选声，无红友（万树）、顺卿（戈载）之拘泥，而深识音理，要言不烦，尤足为学者之准则，兹为摘录如次：

“东”“真”韵宽平，“支”“先”韵细腻，“鱼”“歌”韵缠绵，“萧”“尤”韵感慨，各有声响，莫草草乱用。

阳声字多则沉顿，阴声字多则激昂，重阳间一阴则柔而不靡，重阴间一阳则高而不危。

韵上一字最要相发，或竟相贴，相其上下而调之，则铿锵谐畅矣。

上声韵，韵上应用仄字者，去为妙。去、入韵，则上为妙。平声韵，韵上应用仄字者，去为妙，入次之。叠则聱牙，邻则无力。

硬字软字宜相间，如《水龙吟》等俳句尤重。（以上并详《四家词选序论》）

凡此推论选声之法，并从经验中来。二张以余力为词，未遑措意于此。故《茗柯集》中如《水调歌头》诸阕，虽“胸襟学问，酝酿喷薄而出，赋手文心，开倚声家未有之境”（《箧中词》评语），而于音节间有未谐。且如“便了却韶华”“又断送流年”等句，句法不合，终为疵类，此常州词派所以有待于周氏之补苴也。止庵于运笔、选声之外，又极注意于字句之安排，与关节之转换。其说云：

> 领句单字，一调数用，宜令变化浑成，勿相犯。
>
> 积字成句，积句成段，最是见筋节处。如《金缕曲》中第四韵，煞上则妙，领下则减色矣。
>
> 吞吐之妙，全在换头煞尾。古人名换头为过变，或藕断丝连，或异军突起，皆须令读者耳目振动，方成佳制。换头多偷声，须和婉，和婉则句长节短，可容攒簇。煞尾多减字，须峭劲，峭劲则字过音留，可供摇曳。

声家于此，果能悉心体验，证以两宋名家之作，庶可毕窥奥蕴，自辟町畦。止庵之有功词林，盖不仅在恢宏二张之遗业，而其广开途术，示学者以善巧方便，诚不愧为广大教主矣。

四　常州词派之拓展

江阴缪氏（荃孙）手辑《国朝常州词录》，采宜兴、荆溪、无锡、金匮、武进、阳湖、江阴、靖江诸邑作者，自清初以迄清季，得人四百九十八家，词三千一百一十阕。常州词风之盛，于此可见一斑。虽词派之名，出于张、周二家选本行世之后，而前乎二张之作者，如顾梁汾（贞观）之《弹指词》，陈其年（维崧）之《湖海楼词》，皆能干之以风力，无纤淫枯槁之病。加以万氏《词律》，有纠正旧谱之功。宜、锡词风已骎骎与浙西旗鼓相当，为词林所重视。二张崛兴嘉庆、道光之际，以阳湖、武进为重振词学之中心。董氏父子传衣钵于前，荆溪周氏广波澜于后。于是常州词派，遂取浙派之席而代之。其占籍常州，而与二张并世，或后出之作者，则有武进黄仲则（景仁）之《竹眠词》，无锡杨蓉裳（芳灿）之《移筝词》《拗莲词》，金匮杨方叔（抡）之《春草轩词》，杨荔裳（揆）之《璎珞香龛词》，武进赵亿孙（怀玉）之《秋籁吟》，恽子居（敬）之《蒹塘词》，阳湖洪稚存（亮吉）之《更生斋诗余》，左仲甫（辅）之《念宛斋词》，荆溪周木君（青）之《柳下词》，阳湖钱季重之《黄山词》，陆祁孙（继辂）之《清邻词》，武进李申耆（兆洛）之《蜩翼词》，金匮孙莱甫（尔准）之《泰云堂词》，阳湖刘芙初（嗣绾）之《筝船词》，无锡顾蒹塘（翰）之《拜石山房词》，武进刘申受（逢禄）之《礼部集·附词》，阳湖董子诜（基诚）之《玉椒词》，董方立（祐诚）之《兰石词》，方彦闻（履篯）之《万善花室词》，武进丁若士（履恒）之《宛芳楼词》，董晋卿（士锡）之《齐物论斋词》，金匮杨伯夔（夔生）之《真松阁词》，武进费子敷（开荣）之《鼓铜馆词》，汤雨生（贻汾）之《琴隐园词》，阳湖董子远（毅）之《蜕学斋词》，武进管孝佚（绳莱）之《凤孙楼填词》，汤德卿（建中）之《筠绿山房词》，阳湖谈鸿儒（沄）之《云西词》，汤果卿（成烈）之《清淮词》，陆蓉镜（容）之《巢睫词》，无锡顾兰厓（翃）之《金粟庵词》，阳湖陆康侯（鼎晋）之《茶巢小隐词》，武进程香谷（兆和）之《春谷词》，阳湖庄眉叔（缙度）之《黄雁山人词》，史燮甫（致泽）之《荆余草堂词》，赵于冈（起）之《约园词稿》，汤梅生（成彦）之《听云仙馆词》，武进汪逸云（士进）之《鬘云轩词》，宜兴徐慕云（宗襄）之《柏荫轩词》，阳湖吕庭芝（耀斗）之《鹤缘词》，徐子楞（廷华）之《一规八棱砚斋词》，汤冠卿（光启）之《桐影轩词》，武进陆子良（循应）之《鸥汀词》，阳湖周韬甫（腾虎）之《蕉心词》，许太眉（棫）之《三檑老屋词》，方元征（骏谟）之《耐余书屋诗余》，宜兴朱少白（珩）之《橘亭词》，阳湖承耀珊（越）之《听云山庄词》，吴晋壬（唐林）之《横山草堂词》，武进沈子佩（昌宇）之《泥雪词》，江阴蒋鹿潭（春霖）之《水云楼词》，武进谢子阶（应芝）之《会稽山斋词》，阳湖蒋侑石（曰豫）之《秋雅》，无锡俞芝田（敦培）之《艺云词》，丁云庵（翼）之《浣花山庄词》，沈秋白（鍌）之《留沤吟馆词》，江阴陆静夫（志渊）之《兰纫词》《瓠落词》，阳湖方子可（楷）之《句娄词》等，虽造诣各有浅深，好尚互有出入，而或师承有自，或家学相传，共振雅音，以趋正则，殆皆闻张、周二氏之风而起者。此常州词派之流播本州，约略可言者也。

蒋鹿潭挺生咸丰多难之秋，“为倚声家杜老”（《箧中词》）。虽自辟畦町，不为张、周所囿，且词人之词，与宛邻、止庵一派学人之词殊科。然鹿潭尝谓：“词祖乐府，与诗同源。俍薄破琐，失风雅之旨。情至韵会，溯写风流，极温深怨慕之意，亦未知其同与异。”（李肇增《水云楼词序》）又称：“欲以骚经为骨，类情指事，意内言外，造词人之极致。”（宗源翰《水云楼词续序》）由斯以谈，则亦与皋文尊体之说，本无二致，特不为止庵四家之论所牢笼耳。且止庵持论虽精，而襟抱才力，不足以当起衰之任，故其自为词，亦仅能造于“精密纯正”（谭复堂说）而止，发扬光大，固仍有待于后贤也。

溯自茗柯《词选》出而词体遂尊，止庵《词辨》及《宋四家词选》出而金针普度，于是常州宗派，不特在本土滋生蕃衍，且进而风靡一世。止庵以碧山为学词必由之径，而极其诣于清真，海内言词者，遂莫不以此为正鹄。虽或不免为才力所限，罕窥四家之全，而广播宗风，恒不能出此四家之外。清之末季，江宁端木子畴（埰）笃好碧山，既与临桂王幼遐、况夔笙（周颐）等合刊《薇省同声集》，益振止庵坠绪，而王氏造诣尤深。彊村先生称其词：“导源碧山，复历稼轩、梦窗，以还清真之浑化，与周止庵氏说，契若针芥。”（《半塘定稿序》）此足证常州词派，由江南而移植于燕都，更由燕都而广播于岭表。其后王氏复与彊村同校梦窗，又于庚子之秋，集四印斋为词课，由是止庵特崇梦窗之旨，遂益发扬于晚近词坛。鼎革以还，彊村归隐吴下，恒往来苏、沪间，而所与商量词学者，以夔笙与铁岭郑大鹤（文焯）为最著。大鹤虽力规白石，而对清真、梦窗之校订研寻，用力甚至，夔笙亦极推服梦窗。于此又足证常派词风，复由北而南，俨然为声家之正统焉。彊村晚辑《宋词三百首》，于张、周二选所标举外，复参己意，稍揭东坡而抑辛、王，益以柳耆卿、晏小山、贺方回，冀以救止庵之偏失。然渊源所自，终不可掩。徒以身经此变，感慨遂深，且所见既多，门庭益广，爰有“出蓝”之誉耳。（参阅本刊第三号拙著《晚近词风之转变》及拙编《中国韵文史》）

谭复堂为清季浙中词学大师，所辑《箧中词》，于张、周二氏亦深致推挹，又详评《词辨》，发止庵未尽之奥蕴，而为之跋云：“予固心知周氏之意，而持论小异。大抵周氏所谓变，亦予所谓正也，而折衷柔厚则同。”据此，则两浙词人，亦早沾常州之芳润矣。

五 结论

清词至常州派而体格日高，声情并茂，绵历百载，迄未全衰。良由“学人之词”，适可药末流之病，又值时变方亟，尤足以激发词心。自茗柯、鹿潭，以迄晚近王、朱诸氏，莫不“文有其质”，造极登峰。推其启发之功，固不得不归诸张、周二选也。惟是利之所在，弊亦随之。自尊体寄托之说兴，一扫淫、鄙、游之三蔽，而连情发藻，凡涉儿女而不失其正者，亦竟不为世重，以致末流或失之伪，或失之凿。自讲求技巧之说兴，一洗粗犷径露之习，而学者遂专敝精神于“顺逆反正”之运用，转忽“恻隐盱愉”“意内言外”之功。自止庵偏尚梦窗，誉其“每于空际转身，非具大神力不能”；又喻以“天光云影，摇荡绿波，抚玩无斁，追寻已远”（《论词杂著》）。遂使学者益为目眩，日惟求其所谓“空际转身”者，既无梦窗之才藻以赴之，但务迷离惝恍，使人莫测其命意之所在，其笨伯乃竟以涂饰堆砌、隐晦僻涩为工，此其病至今日而转剧，亦止庵及王、朱诸先生所不及料。自止庵深抑白石，以为“白石放旷故情浅，局促故才小”，又云：“白石词如明七子诗，看是高格响调，不耐人细思。”（《论词杂著》）遂使学者不复措意于姜词，而“清空峭拔”（张炎《词源》）之境，因多汩没。乾坤清气，所赋于词人者，在北宋则有东坡之清雄，在南宋则有白石之峭拔，止庵皆任情排抑，真使人百思莫得其解矣。今欲救常州末流之弊，允宜折衷浙、常两派及晚近谭、朱诸家之说，小令并崇温、韦，辅以二主、正中、二晏、永叔；长调则于北宋取耆卿、少游、东坡、清真、方回，南宋取稼轩、白石、梦窗、碧山、玉田。以此十八家者，为倚声家之轨范，又特就各家之源流正变，导学者以从入之途，不侈言尊体以漓真，不专崇技巧以炫俗，庶几涵濡深厚，清气往来，重振雅音，当非难事矣。

辛巳中秋前二日，脱稿于秣陵北秀村下

（原载《同声月刊》第一卷第十号，一九四一年九月二十日）

晚近词风之转变

一　清季词风转盛之原由

清代二百数十年间，文物昌明，远迈元、明二代，而尤以倚声填词之学，宗派迭兴，作者竞起，篇章之富，直夺宋贤之席，而有斯道中兴之誉焉。然自词乐既亡，歌词之作，不复重被弦管，所尚唯在意格，而声律次之。彼“长短不葺之诗”，在宋贤引为讥议者，而生乎宋、元之后，惟赖前贤遗制，以推究其声调之美，借达作者心胸所蕴之情，而至情之激发，有关世运，非可力强而致，故终清之世，穷词之变，竟不能恢复歌词之法，仍唯有自成其为“长短不葺之诗”，而常州词派所标尊体之说，乃得发扬光大，因缘时会，以造成清季诸大家，而归安朱彊村先生，则又其集大成者也。

慨自大晟遗谱，荡为飞烟，白石歌曲，徒存谱字，于是倚声填词者，不复知乐律之律，而字音轻重之律，则仍可于前贤遗制推求得之。彼明人及清初人之词，大抵非音节未谐，即意格不高，二者交病，故识者无取焉。迨万红友（树）《词律》出，而学者始究心于字音轻重之律，以求其谐；朱竹垞（彝尊）《词综》

出，而学者始注意于醇雅清空之境，以药其纤；其后张皋文（惠言）别辑《词选》，以此体侪于《风》《骚》之列，而淫荡靡曼之风，扫除净尽。周止庵（济）氏从而推拓之，辑为《宋四家词选》及《词辨》二书，示学者以从入之途径，而为之说曰：

> 清真（周邦彦），集大成者也。稼轩（辛弃疾）敛雄心，抗高调，变温婉，成悲凉。碧山（王沂孙）餍心切理，言近旨远，声容调度，一一可循。梦窗（吴文英）奇思壮采，腾天潜渊，返南宋之清泚，为北宋之秾挚。是为四家，领袖一代；余子荦荦，以方附庸。夫词，非寄托不入，专寄托不出。一物一事，引而伸之，触类多通，驱心若游丝之罥飞英，含毫如郢斤之斫蝇翼，以无厚入有间。既习已，意感偶生，假类毕达，阅载千百，謦欬弗违，斯入矣。赋情独深，逐境必寤，酝酿日久，冥发妄中；虽铺叙平淡、摹缋浅近，而万感横集，五中无主；读其篇者，临渊窥鱼，意为鲂鲤，中宵惊电，罔识东西，赤子随母笑啼，乡人缘剧喜怒，抑可谓能出矣。问途碧山，历梦窗、稼轩以还清真之浑化。余所望于世之为词人者，盖如此。(《宋四家词选序论》)

观其所言，重寄托，明步骤，疏密并重，体用兼赅，而对于技术之讲求、词笔之运用，在其《宋四家词选序论》及《介存斋论词杂著》中，三复致意焉。此其影响所及，视朱氏《词综》、张氏《词选》，尤为巨大。彊村先生所谓“金针度，《词辨》止庵精。截断众流穷正变，一灯乐苑此长明。推演四家评”(《望江南·题周保绪词集后》)，亦可见其钦挹之至。开清季词风之盛，而流波迄于今日者，盖周氏之力为多矣！

尝怪常州词派，独标宗旨，议论精辟，为倚声家开无数法门，而张、周二氏所为词，似不足与其言相副，久乃益信吾所持“至情之激发，有关世运，不可力强而致”，为颠扑不破之说。所可学而能者，技术词藻，其不可学而能者，所谓词心也。词心之养成，必其性情之特至，而又饱经世变，举可惊可泣之事以酝酿之，所谓“万感横集，五中无主”者，止庵能言之，而所作恒未能相称，则亦时为之也。近百年来之词坛，殆无不为张、周二氏所笼罩，而成就之大，则有“后来居上”之感，请再申论之。

曷言乎晚近词坛之悉为常州所笼罩也？晚近词坛之中心人物，世共推王半塘（鹏运）、朱彊村两先生，而风气之造成，则《薇省同声集》实推首唱，而《庚子秋词》之作，影响亦深。当光绪中叶，有江宁端木子畴（埰）、吴县许鹤巢（玉瑑）、临桂王幼遐（鹏运）、况夔笙（周颐）等，同官内阁，以填词相酬和，而端木最为老辈，其于词笃嗜碧山，至以“碧瀣”自题其集，则其取径，固自止庵之说来也。是时王氏方致力于《花间》《草堂》，及宋、元诸家词集之校勘，而清真、稼轩、梦窗、碧山四家之作，即在其中，且所据多善本，而对梦窗四稿，致力尤勤，胪举五例，一以清儒校勘经籍之法为之，濡染既深，词笔遂亦与之俱化。彊村先生序其《半塘定稿》云：

> 君天性和易，而多忧戚，若别有不堪者。既任京秩，久而得御史，抗疏言事，直声震内外，然卒以不得志去位。其遇厄穷，其才未竟厥施，故郁伊不聊之概，一于词陶写之。君词导源碧山，复历稼轩、梦窗以还清真之浑化，与周止庵氏说，契若针芥。

据此，则半塘词学，盖能实践周氏之言者，而又“于回肠荡气中，仍不掩其独往独来之概”（彊村先生说），则由其性情抱负，有异乎恒人故耳。彊村先生少居汴梁，时半塘以省其兄之为河南粮道者至汴，遂相遇纳交，已而从学为词，且相约同校梦窗四稿。光绪庚子，八国联军入京，居人惊散。先生与刘伯崇（福姚）就半塘四印斋以居，既不得他往，乃约为词课，拈题刻烛，于喁唱酬，日为之无间，以成其所谓《庚子秋词》。虽中多小令，未必规摹止庵标举四家者之所为，而言外别有事在，与周氏之尚寄托不谋而合。先生自称四十后，始从事倚声之学。于侪辈中学词为最晚，而造诣乃最深。梦窗沉埋六七百年，自止庵表而出之，始为世重。既经半塘之校勘，先生复萃精力于此，再三覆校，勒为定本，由是梦窗一集，几为词家之玉律金科，一若非浸润其中，不足与于倚声之列焉。先生亦自言，于梦窗之阃奥，自信能深入，而半塘复谓：“自世之人，知学梦窗，知尊梦窗，皆所谓但学兰亭面者，六百年来，真得髓者，非公更有谁耶？”（《彊村词代序》）时在光绪末年，先生对于梦窗之造诣，即已如此！止庵所谓“奇思壮采，腾天潜渊”，为梦窗之真实本领，殆亦先生所从证入，彼貌为七宝楼台，炫人眼目者，乌足语于此耶？王、朱二氏之所宗尚，既未能脱出止庵四家之范围，略如上说，则谓晚近词坛，悉为常州所笼罩可也。

二　晚近词坛之领袖作家

逊清末叶，内忧外患，岌岌可危，士大夫于感愤之余，寄情声律，缠绵悱恻，自然骚辩之遗。鼎革以还，遗民流寓于津沪间，又恒借填词以抒其《黍离》《麦秀》之感，词心之酝酿，突过前贤。而彊村先生益务恢弘声家之伟业，网罗善本，从事校刊唐、宋、金、元人词，以成《彊村丛书》。一时词流，如郑大鹤（文焯）、况夔笙、张沚蓴（上龢）、曹君直（元忠）、吴伯宛（昌绶）诸君，咸集吴下，而新建夏吷庵（敬观）、钱塘张孟劬（尔田），稍称后起，亦各以倚声之学，互相切摩，或参究源流，或比勘声律，或致力于清真之探讨，或从事梦窗之宣扬。而大鹤之于清真，弘扬尤力，批校之本，至再至三，一时有"清真教"之雅谑焉。各家搜讨既勤，讲求益密，而又遭逢衰乱，感慨万端，故其发而为词，类能声情相称，芳悱动人，虽其源出常州，而门庭之广、成就之大，则远非张、周二氏之所能及矣。是时彊村先生方僦居吴下听枫园，周旋于郑、况诸子间，折衷至当，又以半塘翁有取东坡之清雄，对止庵退苏进辛之说，稍致不满，且以碧山与于四家领袖之列，亦觉轻重不伦，乃益致力于东坡，辅以方回（贺铸）、白石（姜夔），别选《宋词三百首》，示学者以轨范，虽隐然以周（清真）、吴（梦窗）为主，而不偏不倚，视周氏之《四家词选》，尤为博大精深，用能于常州之外，别树一帜焉。张孟劬氏谓先生晚年所为词，似杜甫夔州以后诗，固又非梦窗之所能囿，而亦岂常州之所能几及哉？此所谓"青出于蓝而胜于蓝"者是也。

晚近词人，除王、朱二氏外，其卓然能自树立者，则有萍乡文芸阁（廷式）、铁岭郑大鹤、临桂况夔笙三家。文氏论词一反时流之说，绝不为浙、常二派所囿。其说云：

> 迩来作者虽众，然论韵遵律，辄胜前人，而照天腾渊

之才，溯古涵今之思，磅礴八极之志，甄综百代之怀，非窘若囚拘者所可语也。词者，远继《风》《骚》，近沿乐府，岂小道欤？自朱竹垞以玉田为宗，所选《词综》，意旨枯寂。后人继之，尤为冗漫。以二窗为祖祢，视辛、刘若仇雠，家法若斯，庸非巨谬。二百年来，不为笼绊者，盖亦仅矣。曹珂雪有俊爽之致，蒋鹿潭有沉深之思，成容若学《阳春》之作而笔意稍轻，张皋文具子瞻之心而才思未逮。然皆斐然有作者之意，非志不离于方罫者也。

文氏博学多通，慨然有用世之志，卒以见嫉于那拉后，窜逐东瀛，归客湘中，抑郁以卒。所著《云起轩词》，兼有婉约、俊迈之胜，其胸次固自不同。彊村先生赞之云："闲金粉，曹郐不成邦。拔戟异军成突起，非关词派有西江，兀傲故难双。"（《望江南·题文道希词集》）世有豪杰之词，文氏足以当之矣。郑氏家世兰锜，累叶通显，大鹤独羁栖吴下，为东诸侯宾客。其神致清朗，怀抱冲远，真卫洗马一流人物。所著《瘦碧》《冷红》诸词，规抚石帚（姜夔），即制一题，下一字，亦不率意（参用冒广生《小三吾亭词话》）。其生平酷慕姜夔之为人，又复从事于白石歌曲旁谱及玉田《词源》之考校，在近代词流，号为深明音律之学者。又于周、吴二集，用力亦勤，予曾见其手校《清真》《梦窗》，丹黄满纸，且至数本之多，故其词于周、吴二家，亦不能无所濡染，要其隽逸冲远之致，称其为人，又其所独具之标格也。况氏治词最早，用力亦专，尤善说词，所著《蕙风词话》，彊村先生推为绝作。尝谓"填词第一要襟抱"，又谓"性情少勿学稼轩，非绝顶聪明勿学梦窗"。皆鞭辟入里之谈，实为时流痛下针砭。又称“作词有三要，曰：重、拙、大”。重者轻之反，拙者巧之反，大者纤之反，三者皆关乎意格，而持此以衡《蕙风词》，乃若未悉相称，倘所谓“此事不可强，并非力学所能到”耶？彊村先生晚岁寄住淞滨，有欲从治词学者，辄以转介蕙风，令其执贽门下，以是从游者众，一时称广大教主焉。

自诸老后先下世，嗣音阒然。并世词流，则夏吷庵先生之于清真，陈述叔先生（洵）之于梦窗，皆学有独到，而私心所好，尚有张孟劬先生，自谓服膺元遗山，而性情独至，苍凉激楚，有下泉匪风之思焉。淳安邵次公（瑞彭），著有《扬荷集》，步武清真，饶有清劲之气，其最后刻《山禽余响》一卷，全和遗山，亦多凄厉之音，并推杰作，不幸于前岁客死汴梁，致不克穷其所诣，惜哉！

三　晚近词家之流弊

自周、吴之学大行，于是倚声填词者，往往避熟就生，竞拈僻调，而对宋贤习用之调，排摈不遗余力，以为不若是，不足以尊所学，而炫其能也。又因精究声律之故，患习用词调之多所出入，漫无标准，而周、吴独创之调，则于四声配合，有辙可循，遂以为由是以求协律，虽不中，亦不远，于是填词家有专选僻调，悉依其四声清浊，一字不敢移易者，虽以声害辞，以辞害意，有所不恤也。殊不思四声清浊，虽于音律有关，而非即乐律之律。四声之辨，上、去之差，但求谐于唇吻间，原不必拘泥过甚，即就柳永《乐章集》，及周、吴创调，取其同用一调之词，参互比勘之，则亦多所出入，试问果将以何为准乎？且今日填词，要为“长短不葺之诗”，意格若高，何须因难见巧？往岁彊村先生虽有“律博士”之称，而晚年常用习见之调。尝叩以四声之说，亦谓可以不拘。然好事之徒乃复斤斤于此，于是填词必拈僻调，究律必守四声，以言宗尚所先，必唯梦窗是拟。其流弊所极，则一词之成，往往非重检词谱，作者亦几不能句读，四声虽合，而真性已漓。且其人倘非绝顶聪明，而专务挦扯字面，以资涂饰。则所填之词，往往语气不相贯注，又不仅“七宝楼台”，徒炫眼目而已！以此言守律，以此言尊吴，则词学将益沉埋，而梦窗又且为人诟病，王、朱诸老不若是之隘且拘也。今沪上词流，如冒鹤亭（广生）、吴眉孙（庠）诸先生，已出而议其非矣。吴氏与张孟劬、夏瞿禅两先生，往复商讨，力言词以有无清气为断，而深诋襞积堆砌者之失，孟劬先生亦然其说，而以情真景真，为词家之上乘，补偏救弊，此诚词家之药石也。

晚近二十年来，士不悦学，中华旧籍多遭摈弃，而诗歌、词曲，幸因比附于西洋之纯文艺，得列上庠，为必修之科，而词、曲之句度参差，尤令人有“渐近自然”之感，苟能因势利导，借以继往开来，未尝不可以发扬国光，陶冶民性，进而翊赞中兴大业。然拘者为之，则不量学者程度之深浅，不察时势之需要，务以艰深拒人千里之外，必使斯道日即于沉沦澌灭而后已，此可为长叹者也。

四　今后词学必由之途径

词至今日，一方以列于大学课程，而有复兴之望；一方以渐滋流弊，而有将绝之忧，此亦所谓存亡之机，间不容发之时矣！

词本以合乐为主，旧谱亡而化为“长短不葺之诗”，然其声调之美，固犹富有音乐性也。因其体势而少加变化，以就今日流行之西洋音乐，殆亦事所必然者，此重振词学之一途也。认词为“渐近自然”之新体律诗，相尚以意格，而举作者所有“照天腾渊之才，溯古涵今之思，磅礴八极之志，甄综百代之怀”，悉纳其中，则吾以为云起轩一派之词，合当应运而起。私意欲窃取周氏《四家词选》之义，标举周（清真）、贺（方回）、苏（东坡）、辛（稼轩）四家，领袖一代，而附以唐、宋以来，下逮近代诸家之作，取其格高而情胜，笔健而声谐者，别为一编，示学者以坦途，俾不至望而生畏，转而求词于胡适《词选》，以陷于迷误忘归。又别取词调若干，制为简谱，说明其声韵配合之妙，俾学者有所遵循，而便于研习，庶斯道得以微而复振，历久不渝。质之海内通人，倘不以其言为谬妄，则幸矣！

（原载《同声月刊》第一卷第三号，一九四一年二月二十日）

最近二十五年之词坛概况

本年六月十四日，为本校成立二十五周年、大学完成四周年纪念。校内印行纪念专刊，属为论文，赞襄盛举。会为胃疾所苦，加以课事牵率，因循未就。程限已迫，遂勉竭两日力，草成此篇。念本校创办人端午桥（方）先生，二十五年前，任两江总督；在族人中，最称练达时务；于提倡教育外，兼喜延揽文士，崇尚风雅。光绪甲寅之夏，曾约半塘老人（王鹏运）相见于吴门拙政园，倾谈竟夕。其后二年，而本校成立于南京。迨校址移沪，大学完成，文学院中国语文学系，又特注意于词集之整理与研究。本年夏，归安朱彊村先生，来游暨南张氏园；本系师生，合开欢迎大会。以此三种因缘，爰有本文之作。特为精力时间所限，难免“挂一漏万”之讥尔。

作者附记

绪 言

自科举废而学校兴，学制几经变易；由是向时所薄为小道之“词”，乃一跃而为国文系主要学程。风气所趋，斯学大盛。又自光绪末年，王（鹏运）、况（周颐）诸老，相率为校订词集之学；流风余则，今犹未衰。庚子乱时，半塘、彊村借倚声以写忧愤。一时俊彦，靡然从风。下逮民国初元，虽半塘、小坡（郑文焯），后先殂谢；而南村一老，巍然“鲁殿灵光”，管领骚坛，逾二十载。综览二十五年来词学昌明之故，大约不外三端：

（一）词学地位之提高也。

（二）清代考订家之流风未沫，学者转移治经史之力以治词也。

（三）时局衰乱之影响，促成诸家之以填词为“长歌当哭”也。

一二两端，无劳备论。溯自本校成立之后，二十五年之间，祸变相寻，曾无宁日。中间奉直之战，齐庐之战，乃至南北东西之战，前仆后继，不能自休。人民颠沛流离，烦冤莫诉。就中尤以齐庐之役，本校划入战区，其未夷为瓦砾之场者，亦相差一间耳！读彊村老人《晚过黄渡》之作，犹觉毛发悚然。

> 过客能言隔岁兵。连村遮戍垒，断人行。飞轮冲暝试春程。回风起，犹带战尘腥。　日落野烟生。荒萤三四点，淡于星。叫群创雁不成声。无人管，收汝泪纵横。（未刊稿《小重山》词）

或谓词非盛世之音，且置勿议。而二十五年来之词学，以多方面之影响，促成一大结集之势。其间历史，自亦不容忽略。兹就所闻，分为整理、制作、研究三部，作一简单之叙述；庶留心中国文学者，有所考焉。

整理部

二十年来，国内学者，对于文学史上最大之贡献，端推词集之结集与整理。兹约为校刻、景刊、辑佚、编纂四类，分别叙述之：

（甲）校刻

沈曾植云："词起五代，越三百余年而有长沙汇刻，又越四百余年而有海虞毛氏之刻。"（《彊村校词图序》）词学之兴，亘千余载，而词籍之结集，如是寥寥。盖前人咸视词为小道，仅以附庸风雅；举凡研究整理之役，一以余力为之。亦有专精致志，以从事于此者。遂令后之学者，欲作一有系统之研究，辄苦求书之不易，徒兴"望洋"之嗟。所有千年来光华灿烂之词学，亦日即于销沉埋没，而不可理董，识者憾焉。武进陶湘，对于民元以前，校刻词籍之历史，有详明之叙述。兹为节录如下，以见一斑：

> 词集之汇刻者，南宋长沙《百家词》，见《直斋书录解题》；《六十家词》，见张玉田《词源》。余如《典雅词》仅传残本，《琴趣外篇》只见数家；明吴讷《四朝名贤词》、孙星远《唐宋以来百家词》，皆未刊行。前人称李中麓家"词山曲海"，亦侈言其多而未闻汇刻也。汲古毛氏，初刻《六十一家词》，其时犹未备诸精本，雠勘尤疏。后复辑宋词百家、元词二十家。今所见有斧季手校之本，有写样待刊之

本，有依旧式摹存之本，佳墨良楮，靡不精好，于斯事致力最深。宋元人词，篇叶无多，大率附见集中，故毛氏已创裁篇别出之例。名家词有专集者，传世亦寥寥可数。明清以还，钞校则梅禹金、陆敕先、劳巽卿；刊本则侯氏亦园、秦氏石研斋、鲍氏知不足斋；著录则瞿氏铁琴铜剑楼、陆氏皕宋楼、丁氏善本书室，类称赅洽。尧圃雅好收词，多获旧本，后归汪氏艺芸精舍。今世所传，多有两家印记。道光间，休宁戴延祄竹友校定《汲古六十一家》，重刊只十之二，经乱毁失。彭文勤获旧钞宋元词三种，凡九十余家；惟汲古未刻词二十二家，长沙张氏刊行。近代王给谏鹏运《四印斋所刻词》，海丰吴侍郎重熹刻《山左宋金元词》，蒐采特为精审。(《景宋金元明本词叙录》)

清代三百余年，填词之风极盛。而诸家诵习，除毛本外，唯侯刻《名家词集》、秦刻《词学丛书》及鲍刻《知不足斋丛书》内所收宋元词数家，足供参考。直至清末，乃有王吴两刻，及江建霞（标）《灵鹣阁宋元名家词》，次第流布；而校勘体例之谨严，王氏实始注意及之。丁未戊申之间（光绪末年），彊村老人，承王氏之业，益务恢张扩大，一以清儒校订经籍之法，转治词集，以成词学史上最伟大之《彊村丛书》。学者由此以治唐宋金元词，不至复感材料之缺乏。海内闻风而起，以研究整理词学为己任者，嗣是乃大有人。饮水思源，朱氏之功，为尤不可掩矣。

《彊村丛书》，所收唐五代宋金元词总集五种，唐词别集一家，宋词别集一百十二家，金词别集五家，元词别集五十家，共一百六十七家，一百七十二种。自丁未（光绪三十三年）以迄壬戌（民国十一年），历十六寒暑，费五六千金，乃克成此盛业。老人自言："辛亥以前，所刻不过五六种，其后递有增益，又为财力精神所限，平均约年费四五百金，成书十种。"盖老人自国步改移，即以此为毕生事业，举所有精力，悉注于此。即书成之后，偶见善本，辄复百计假阅，重加校雠，亘二十年如一日，故前后印行之书，年有改定。其冥心孤往，壹意求真，至老而不肯少懈，其精神为尤不可及也。嘉兴沈曾植为作《校词图序》云，"校词之举，鹜翁（王鹏运）造其端，而彊村竟其事，志益博而意专，心益勤而业广……轶海虞而比数长沙，褎然于词苑为第三结集"，不为溢美之辞。吴县曹元忠论此书之特点，尤在校勘方面，有刘向家法。又谓："彊村所尤致意者，则在声律，故于宫调旁谱之属莫不悉心校定。……汉魏六朝乐府，以声辞杂糅之故，等诸若存若亡；知凡唐、五代、宋、金、元词之仅存者，欲延坠绪于一线，殆非精校传刻不可。我彊村惟有鉴于此，故梦窗锓版者三，而草窗亦至于再。其余诸家，亦复广搜珍秘，博访通雅，必使毫发无憾而后已。"（《彊村丛书序》）观此，可以知是书之价值矣。

（乙）影刊

自遵义黎庶昌影刻《古逸丛书》，为艺林所珍视。由是南陵徐氏（乃昌）、贵池刘氏（世珩）、武进董氏（康），相率以影刊古籍为务，期得保存宋元旧本面目，而省校订之烦；于流布珍籍外，兼寓美术思想。风声所播，遂用其法以影刊词集。仁和吴氏（昌绶）、武进陶氏（湘）先后成《景刊宋金元明本词》四十种，即世所称《双照楼词正续集》是也。计吴刻初集十七种，内宋词别集十二种，元词别集一种，唐宋金词总集四种；陶刻续集二十三种，内宋词别集十种，金元词别集十一种，宋元词总集二种；[①]皆从旧家精椠，影写刊镌；既极美观，又存真相。陶氏自序其刊行缘起云："吾友吴子伯宛，……与吾邑董授经大理，同在京师，撢研尤富。乃创意专搜宋元旧本，景写刻之，使后来获见原书面目。所辑皆善本足本，籍证向时一切钞校之陋。旧有阙误者，亦存其真，不失乾嘉前辈景刻诸书家法。始成十七种，戊午岁，以刊板归湘。数载以来，湘复踵其义例，选工精刻，又得二十二种，海内藏书之家，名编珍帙，可据以传摹者，大致备于是矣。"（《景宋金元明本词叙录》）其成书之岁，亦在壬戌，恰与《彊村丛书》三次校补印行时同。世行词集雕刻之精，盖无出此书之右者。若论有功词苑，则犹未足以与朱刻相侔也。此外陶氏又续成《景汲古阁钞宋金词七种》，亦极精善。

他如仿宋精刻宋词专集，则有郑文焯校《清真集》，为新建夏氏刊行。旋以板归吴兴刘氏嘉业堂，印本流传绝少，为可惜耳！

又自西洋印刷术流行中土后，影印不假模刻，尤称利便。上海商务印书馆旋有《续古逸丛书》之辑，而嘉兴张元济复以所藏宋刻《山谷琴趣外篇》付印传流。北平图书馆亦举大内旧藏《淮海集》，裁取其《长短句》三卷，别行印布；将见善本秘籍，日出而未有已也。番禺叶遐庵先生（恭绰），近借吴县吴氏（湖帆）家藏宋本《淮海长短句》，与北海藏本参校印行。原文摄影

---

① "种"，底本脱，据文意酌补。

上石，而又附以《淮海词版本系统表》《淮海词经见各本字句异同表》《现存淮海词宋本两种比较表》，宋本长短句有关系各序跋汇录；详核精美，兼具研究性质；是又欲兼取朱、吴二本之长，骎骎后来居上矣。

（丙）辑佚

唐宋人词，有专集者，本不甚多。又或其目虽存，而原书散佚，绝不复睹。好学之士，发思古之幽情，兼谋研究之便利，广搜群籍，辑出专家。二十年来，从事于此种工作而最著成效者，端推江山刘氏（毓盘）之《唐宋金元六十家词辑》（北京大学排印，浙江图书馆藏有全本）、海宁王氏（国维）之《唐五代二十一家词辑》（《观堂全书》本）。刘氏自言："四十年浪游南北，舟车所至，按览所及，辄手自抄纂，久乃得成此书。"其用心亦良勤苦矣。王辑盛行，而刘书乃日就湮没，可为悼叹！近赵万里又从《永乐大典》及北海图书馆所藏旧籍，辑出宋金元人佚词数十种；其中如袁易之《静春词》、杨宏道之《小炎词》、张之翰之《西岩词》，皆为世不经见之本（《燕京学报》第八期《国内学术界消息》）；闻将由中央研究院刊作《校辑宋金元人词》。如是，治词学者，于朱、王、吴诸家外，又得一善本丛刻矣。

明吴讷《四朝名贤词》，亦称《唐宋百家词》，近数年来，始发见明钞本于天津图书馆，旋移归北海图书馆保存。新会梁启超跋《稼轩词甲乙丙丁集》盛道此书之珍贵（见清华研究院《国学论丛》第三号）。甚冀彼中当局，及早印行，为学者添一绝好研究资料也。

（丁）编纂

民国以来，对于清代文学之整理，其工程浩大，而最有价值者，莫过于《清词钞》之纂辑。其议发自十八年冬。其年十月二十日，由发起人朱彊村（孝臧）、徐积余（乃昌）、金甸丞（蓉镜）、董授经（康）、潘兰史（飞声）、周梦坡（庆云）、夏剑丞（敬观）、易由甫（顺豫）、吴湖帆、陈秀通（方恪）、陈鹤柴（诗）、易大厂（韦斋）、况又韩（维琦）、刘翰怡（承干）、叶遐庵、黄公渚（孝纾）集议于觉林素菜馆。议决设立《清词钞》编纂处，并推定朱彊村为总编纂，程子大、徐积余、王书衡、陈石遗、卓芝南、易由甫、夏闰枝、赵尧生、夏剑丞、董授经、冒鹤亭、袁伯夔、金甸丞、周梦坡、张菊生、陈述叔、王又点、邵伯褧、邵次公、陈鹤柴、林铁尊、曹镶蘅、郭啸麓、周梅泉、汪憬吾、谭瑑卿、许守白、潘兰史、阚鹤初、何梅生、王西神、刘翰怡、赵叔雍、叶遐庵、黄公渚、易大厂、龙榆生等为编纂。当即由黄公渚起草，广征海内藏家所有清人词集。其启事略云：

> ……三百年间，才俊踵系，人歌柳七之词，家宝石帚之集。康、乾之际，趋步南唐；咸、同以来，竞称北宋。藏山待后，悉为乐府之雄词；断代成书，尚缺声家之总集。华亭《词雅》之编，长水《名家》之辑，以及《粤西词见》《金陵词钞》、浙西六家之书、常州三人之作，或意存乡献而仅及偏隅，或取备箧中而但征伦好。譬诸绝潢断港，未臻溟涬之观；片石单椒，难语嵯峨之状；风流澌灭，识者恫焉！……思集众制，勒为一书。……

定议之初，叶遐庵、黄公渚两先生，实总其事。既而海内藏家，除北平图书馆、南京国学图书馆外，如南陵徐氏小檀栾室、武进赵氏惜阴堂、吴县潘博山、永嘉梅冷僧等，亦先后以所藏词目至。分别选辑，迄于今，已得百数十巨册，所收词约三四千家，由遐庵先生汇送彊村老人鉴定。虽兹事体大，一时难竟全功，而薄海向风，咸知注意于清词，此一大结集，其结果之良好，当可预期也。

遐庵先生，除倾注全力于《清词钞》外，又兼采并述作家，仿谭复堂旧例，为《后箧中词》。闻杀青有日，亦词林盛事也。

复次，武进赵氏（尊岳）有汇刻明词之议，闻所收约有二百余种。吾友长乐郑振铎先生，又约予同辑《词话丛刊》一书，[1]但为时间、经济所限，一时恐不易实现耳。

制作部

晚近国人饱受战争之赐，流离转徙，忧生念乱，乃至一切抑郁不自聊之感，或藉长短句以发抒之。以是作者蔚起，篇什纷披。此其人大抵与人无所争，但以此遣忧排日而已。兹约为词社、词刻两类，分别述之：[2]

（甲）词社

自清季王、朱诸老，以宣南为觞咏之地，爰有咫村词社之组织。于遭庚子之乱，哀时词客，一寓悲愤于倚声，言在此而意在

① “话”，底本作“诒”，据文意酌改。

② 底本“述”前衍“所”，据文意酌改。

彼，词中大有事在。（读彊村词，最宜注意于当日情事，以相印证。）清社既屋，曩时词友，早已散之四方，或就死亡，旧游不堪回首。迄今距半塘之殁（光绪三十年），廿有七年。民国初元，惟吴门为词人荟萃之区，郑、朱诸老，酬唱频繁，然未闻词社复兴也。迨民四五间，上海有春音词社。嗣是平、津等处，闻风而起者，大不乏人。兹就见闻所及，略述如下：

1. 春音词社　社在上海。为周梦坡、夏剑丞（敬观）、徐仲可（珂）、王西神（蕴章）、陈匪石、白也诗、叶楚伧、姚鹓雏诸人所组织。公推彊村老人为盟主。社课限调限题，不及二年而散。

2. 聊园词社　社在北平。为淳安邵次公（瑞彭）、杭县邵伯褧（章）、番禺许守白（之衡）诸人所组织。公推江阴夏闰枝（孙桐）为盟主。夏氏今年七十有五，彊村老人最初与切磋词学者也。

3. 天津词社　社在天津。为吴县章宾之（钰）、大兴查峻丞（尔崇）、遵化李子申（孺）、开县胡琴初（嗣瑗）、吴县徐芷升（沅）、闽县郭蛰云（则澐）、周熙民（登皞）、林子有（葆恒）、山东陈葆生（宝铭）、湖南郭侗伯（宗熙）、建德周立之（学渊）、浙江唐兰诸人所组织。成立于己巳（十八年）夏，每月三集，限调限题，所作属于咏物方面者为多。社课有钞本，闻已近百集，将付排印。

4. 沤社　社在上海。为归安朱彊村、番禺潘兰史、乌程周梦坡、宁乡程十发（颂万）、闽县林子有、新建夏吷庵（敬观）、湘潭袁伯夔（思亮）、番禺叶遐庵、无锡王西神、新城陈君任

（祖壬）、义宁陈彦通、吴县吴湖帆、武进赵叔雍、闽县黄公渚、万载龙榆生（沐勋）诸人所发起。以次加入者，有长沙徐绍周（桢立）、许季纯（崇熙）、高安彭醕士、闽县郭啸麓（则澐）、湘潭袁帅南（荣法）、归安林铁尊（鹍翔）、广西杨铁夫等，共二十余人。每月一集，限调不限题，每集必有油印本传观。自去年冬成立，迄今已七集矣。在各词社中，以此为最盛，亦最自由。遇宴集时，纵谈文艺，宴毕而散，各不相谋；盖一纯粹文艺结合之团体，绝不含有其他任何意味者也。

5. 六一社　社在苏州。为邓孝先（邦述）、吴伯渊（曾源）、杨咏棠（俊）、潘省安（谋承）、张仲清（茂炯）、蔡云笙（晋镛）、顾巍成（建勋）、吴瞿安（梅）、王佩诤（謇）九人所组织，除邓籍江宁外，皆吴县人也。社以己巳夏成立。其初议以填词消夏，时为六月一日，因名六一社。五日一集，限调限题，严守四声。有石印《六一消夏词》，大抵皆咏物之作也。

6. 潜社　社在南京。为前东南大学学生三十余人所组织。成立于丙寅春，公推吴瞿安为社长，以吴方任词曲学教授故也。有《潜社词刊》一册。

此外朋游乘兴，拈韵联吟，[①] 如中央大学国文系，吴县汪旭初（东）、吴瞿安、蕲春黄季刚（侃）、彭泽汪辟疆（国垣）、南吕王晓湘（易）诸教授，亦时时有作。如此之类，殆不胜枚举矣。

（乙）词刻

清季词人，身入民国，而已先后下世者，当推高密郑文焯、

① “联”，底本作“聊”，据文意酌改。

临桂况周颐为最著。二氏词学，已详见拙著《清季四大词人》(《暨大文学院集刊》第一集)，兹不复赘。此外次第刊行词集者，有嘉兴沈寐叟（曾植，已卒）之《曼陀罗寱词》（商务印书馆排印本），归安朱先生之《彊村语业》（家刻本），荣县赵尧生（熙）之《香宋词》（家刻本），武陵陈伯弢（锐，已卒）之《褒碧斋词》（排印《褒碧斋集》），揭阳曾刚父（习经，已卒）之《蛰庵词》（彊村刻本），宁乡程子大（颂万）之《鹿川词》（排印《三程词钞》本），番禺汪兆镛之《雨屋深灯词》（家刻本），新会陈述叔（洵）之《海绡词》（卷一仿宋聚珍本，卷二彊村刻本），杭县邵伯褧（章）之《云淙琴趣》（家刻本），新建夏剑丞先生之《吷庵词》（仿宋精刻本），双流向仲坚（迪琮）之《柳溪长短句》（家刻朱印本），广东易大厂（韦斋）之《双清池馆词》（手写石印本），蕲水陈仁先（曾寿）之《旧月簃词》（仿宋聚珍本），侯官郭蛰云（则沄）之《龙顾山房诗余》（仿宋精刻本），番禺许守白（之衡）之《守白词甲乙印稿》（石印本），归安林铁尊之《半樱词》（仿宋聚珍本），茶陵谭祖庚（恩闿，已卒）之《灵鹊蒲桃镜馆词》（仿宋聚珍本），开县李范之（大防）之《寒翠词》（排印本），旌德女士吕圣因（碧城）之《信芳词》（排印樊山评本）。就予行箧所收，民国以来词刻，已若是之富。其他为予所未及见者，更不知几许？就中诸作者，或寄兴深远，或守律谨严，于重重束缚之中，能自振拔，不可谓非豪杰之士。至其所宗尚，则除沈寐叟先生逼近稼轩，朱彊村先生独自成家外，余人大抵皆步趋周（邦彦）、吴（文英）者也。碧城女士，以旧词体，写绝域风光（集中多漫游欧美凭吊胜迹之作），实开千年来未有之局，岂仅闺阁隽才而已？

研究部

十数年来，南北各大学，研究词曲之风极盛。加以善本日出，求书日易，宜于此一方面，卓著成绩。然一考其实际，殊鲜可睹。初学之徒，欲求一指示门径之书，尚不可得。此其故何欤？盖老辈有基础而鲜解方法，后进知方法而缺乏基础，又多迫于生事，不克专精所业。研究之成效未著，时势为之也。兹就晚近所出书，约为词史、词话、词人年谱、词集笺证四类，分别一述之：

（甲）词史

欲知某种文学之源流演变，与其前因后果，“论世知人”，端赖专史之作。[①]前代对于词人史迹，鲜知注意。自海盐张氏（宗橚），有《词林纪事》之辑，荟最诸家笔记，勒为专书，始具词史之雏形。民国以来，吴兴刘氏（承干），循张氏往例，益务博稽群籍，以为《词林考鉴》一书。自唐迄清，所搜材料，视张氏丰富奚止十倍？惜草创未半，纂修中止[②]，未知何时，可与世人相见？此外出版新著，则有江山刘毓盘之《词史》（北京大学讲义，近由上海听涛社出版），见闻尚博，而颇伤于支离破碎。郑振铎之《中国文学史》中世卷（商务印书馆出版），大部皆言词之作。他如吴梅之《词学通论》（广州中山大学排印），胡云翼之

① “端赖”，底本作“赖端”，据文意酌改。

② “纂修中止”，底本作“中纂止修”，据文意酌改。

《宋词研究》(中华书局出版),虽体例未纯,亦词学专史之属也。其掇拾旧闻,纠正谬误,为一家事辑者,当推海宁王国维之《清真先生遗事》(《观堂全书》本)最为精审。吾意欲成一完美之词学通史,其第一步工作,殆当效法王氏矣。

(乙)词话

前人词话,恒具纪事、批评、研究三种性质。晚近作者,唯王国维之《人间词话》(《观堂全书》二卷本最备)、况周颐之《蕙风词话》(惜阴堂本)最为世重。况书价值,详见拙著《清季四大词人》,兹不具论。王氏通西文,解近世科学方法,批评名家词集,常有独到之处,时流竞推服之;而王氏本人,颇悔少作,至欲"拉杂摧烧之"以为快。(此语闻之王氏老友某先生)岂自知之明,或恐此书流布,贻误来学哉?此外如陈锐之《袌碧斋词话》(《袌碧斋集》本)、陈洵之《海绡翁说词》(稿本),亦一时之佳构。海绡专说周(邦彦)、吴(文英),为学者指示读词方法,是词话中之生面别开者。江都任二北(讷),曾在《东方杂志》第二十五卷发表《研究词集之方法》与《增订词律之商榷》两文,能以新时代眼光,为后生说法。任氏专研散曲,兼善说词;新兴人才,此其巨擘矣。

(丙)词人年谱

自整理国故之说,倾动一时,而编纂年谱之风,因之大盛。关于词人之作,有沈阳陈思之《稼轩先生年谱》(《东北丛刊》。案《稼轩年谱》,清嘉庆间,吾乡辛启泰实创为之。近梁任公与予并有增订别本)、冯沅君女士之《张玉田年谱》(朴社出版《张玉田》)。吾友永嘉夏臞禅(承焘),始壹意于此种纂述;自温庭筠以下，如张先、姜夔、吴文英之属，可写定付刊者，约二三十家。余如《南唐二主年谱》，作者尤夥。（往年《时事新报》附刊某君所作《词人李重光》，东南大学唐圭璋《南唐二主词评注》，近商务印书馆新出《南唐二主全集》并附年谱。）本校国文系学生，亦喜于此一方面致力。已脱稿者，有谌然模之《刘须溪先生年谱》，李勖之《饮水词人年谱》。[1]（二种将于本系期刊《南音》发表）虽网罗未备，亦有可观。

（丁）词集证笺

词集之有笺证，所以省读者检阅之劳也。本校国文系学生，多从事于此。予既编纂《东坡乐府笺》三卷，学者便之。诸生亦续有所作。

其已成书者，有李勖之《饮水词笺》，朱衣之《词话四种会笺》。此外吾友夏臞禅，著《白石道人歌曲证疏》，最为淹博。李冰若著《宋词三百首笺评》，亦便读者。（以上四种，写定待刊。）倘词风不坠，此类工作，将见继长增高而未有已。识大识小，但各尽其力之所能，以贡献于学术界，甚望学者之共同努力也。

结　论

如上所述晚近词坛概况，其成绩自当以整理部分之校刊方面为最大，制作部分次之，研究部分又次之。然此过去二十五

---

① “勖”，底本作“湾”，据《龙榆生学术论文集》“编者案”（上海古籍出版社2017年版，第107页）改。

年中，有此多方面之发展，兼获相当之成就，已足惊人。更二十五年，必将有聪明才智之士，益努力于整理、研究两方面，以成此历朝词学之总结集与词学史上最有系统之巨著，可以无疑也。至于制作方面，自词与乐离，已骎失其普遍效能，故虽竭诸才士之精力以赴之，正恐未易挽此颓局。他日乘时代起者，殆为新体乐歌。本年春间，由予与萧友梅、叶遐庵、易大厂、廖青主、郑振铎、张天方、傅东华、顾仲彝、顾君谊、胡怀琛诸先生，发起组织歌社，以谋音乐、文艺两界之结合，致力于新体乐歌之创造。同时以本校国文系与国立音乐专科学校为基础，以从事于宣传。其成立宣言，历举旧体诗词之缺点，如束缚过严、形式过板、思想偏于悲观消极，就不合时代潮流等等，因革损益，责在我辈。其所标宗旨，以为："过去不宜于现在，古歌无当于今日。……吾辈为适应时代需要而创作新歌，为适应社会民众需要而创作新歌，将一洗以前奄奄不振之气，融合古今中外之特长，籍收声词合一之效，以表现泱泱大国之风。……直接间接，贡献于社会民众。将使有井水处，皆能传唱本社之新词；风气转移，岂特本社同人之大幸？……"（《歌社成立宣言》）凡此皆歌社同人之所共信共勉，亦冀海内贤达，起而匡扶赞助者也。

予平日既以研究词学与创作乐歌勖诸同学，深望二者于本校前途，或且有更光荣之历史。《记》曰："乐以发和。"李太白诗云："兵气销为日月光。"剥极而复，否极泰来；吾固馨香祷祝，以蕲世界之和平，而尤盼本校声乐、文艺方面，负心理改造之责，故本篇于此，三复致意焉。最后，敬祝：

词学研究上之进步，

新体乐歌之成功。

中国文学万岁！

国立暨南大学万岁！

中华民国二十年六月一日，脱稿于暨南村寓庐

（原载“创校二十五周年、大学成立四周年纪念刊物之一”《纪念论文集》，国立暨南大学秘书处印务组，一九三一年六月十二日）

词学专论

研究词学之商榷

取唐、宋以来之燕乐杂曲，依其节拍而实之以文字，谓之“填词”。推求各曲调表情之缓急悲欢，与词体之渊源流变，乃至各作者利病得失之所由，谓之“词学”。前者在词之歌法未亡之前，凡习闻其声者，皆不妨即席填词，便付弦管借以娱宾遣兴。即在歌词之法已亡之后，亦可依各家图谱，因其“句度长短之数，声韵平上之差”，藉长短不葺之新诗体，以自抒其性灵抱负。文人学士之才情富艳者，皆优为之。后者则在歌词盛行、管弦流播之际，恒为学者所忽略，不闻著有专书。迨世异时移，遗声阒寂，钩稽考索，乃为文学史家之所有事。归纳众制，以寻求其一定之规律，与其盛衰转变之情，非好学深思，殆不足以举千年之坠绪，如网在纲，有条不紊，以昭示来学也。

自唐迄宋、元之际，亘数百年，词人辈出，唯务创作，罕著成规。词乐一线之延，至宋季已不绝如缕。张叔夏氏，始著《词源》一书，于是词乃成为专门之学。其上卷专论宫律，属于乐曲方面之事，有《五音相生》《阳律阴吕合声图》《律吕隔八相生

图》《律吕隔八相生》《律生八十四调》《古今谱字》《四宫清声》《五音宫调配属图》《十二律吕》《管色应指字谱》《宫调应指谱》《律吕四犯》《结声正讹》《讴曲旨要》十四目。其下卷兼论作法，属于填词方面之事，有《音谱》《拍眼》《制曲》《句法》《字面》《虚字》《清空》《意趣》《用事》《咏物》《节序》《赋情》《离情》《令曲》《杂论》《五要》（杨守斋《作词五要》）十六目。虽所论未必尽当，且自歌法失传，其《讴曲旨要》一篇，已不为世所通晓。然词之有学，实始于张氏，而《词源》一书，乃为研究词学者之最要典籍矣。

其后沈义父著《乐府指迷》，陆辅之著《词旨》，虽时有精义，未为宏篇。清代词学大行，述作益富。自万树《词律》出，钩稽众制，排比其平、仄之出入，斟酌其字句之分合，务以名家为标准。而又严上、去之区别，正诸家之缺遗，举明、清以来，张綖、程明善、赖以邠诸家之说，摧陷而廓清之，而“图谱之学”，于以建树。题曰《词律》，“义取乎刑名法制”（吴兴祚《词律序》），非“律吕”之“律”，其性质固与张之《诗余图谱》、程之《啸余谱》、赖之《填词图谱》，异名同实者也。清代治词乐之学者，有凌廷堪之《燕乐考原》，方成培之《香研居词麈》。郑文焯《词源斠律》最晚出，自谓“于音律有神悟”，而其言不免于夸诞。吾友夏瞿禅（承焘），已屡有驳议。声音之道，在乎口耳相传。宋谱既亡，异说纷起，周、张不作，果孰从而正之？此词乐之亡，治音律之学者，所以望而却步也。吴县戈载“慨填词之家，用韵舛杂”（朱绶《词林正韵序》），于是“探索于两宋名公周、柳、姜、张等集，以抉其阃奥，包孕宏富，剖断精微”（顾千里序），以成《词林正韵》一书。学者咸遵用之，于是戈氏遂成其为“词韵之学”。海盐张宗橚著《词林纪事》，采集唐、宋以来诸家笔记之有关于词者，依计有功《唐诗纪事》之成例，排比作者时代之先后，自唐迄元，有得必书。于是词人之性行里居，约略可睹，以渐成其为“词史之学”。近人王国维著《清真遗事》，吾友夏瞿禅继起有作，所撰《唐宋词人年谱》，考证宏博，后出转精。行见“词史之学”，方兴未艾。光绪间，临桂王鹏运与归安朱彊村先生，合校《梦窗词集》，创立五例（详四印斋本《梦窗甲乙丙丁稿》），藉为程期，于是言词者始有“校勘之学”。其后《彊村丛书》出，精审加于毛、王诸本之上，为治词学者所宗。此三百年来，词学成绩之彰彰可纪者也。

词为声学，而大晟遗谱，早已荡为云烟。即《白石道人歌曲》旁缀音谱，经近代学者之钩稽考索，亦不能规复宋人歌词之旧，重被管弦。则吾人今日研究唐、宋歌词，仍不得不以诸大家之制作为标准。词虽脱离音乐，而要不能不承认其为最富于音乐性之文学。即其句度之参差长短，与语调之疾徐轻重、叶韵之疏密清浊，比类而推求之，其曲中所表之声情，必犹可睹。吾人不妨于诸家“图谱之学”外，别为“声调之学”。至于考证词人史迹，校勘词集字句，则近代诸贤已引其端绪，又著有成效。学者触类而长，光大发挥，庶于唐、宋以来，歌词之发展因缘，与诸家之得失利病，皆昭然若揭。兹所望于海内之治词学者，尚有下列三事，请更分别言之：

一 声调之学

词本倚声而作，则词中所表之情，必与曲中所表之情相应。故唐、五代乃至北宋柳永、秦观、周邦彦诸家之作，类多本意，不复于调外标题。盖声、词本不相离，倚声制词，必相吻合故也。自曲谱散亡，歌声绝于后人之耳，驯至各曲调所表之情绪，为喜为悲，为宛转缠绵，抑为激昂慷慨，若但依其句度长短，殊未足以尽曲中之情。即依谱填词者，亦复无所准则。即在宋贤遗制中，如秦观之《千秋岁》：

> 水边沙外，城郭春寒退。花影乱，莺声碎。飘零疏酒盏，离别宽衣带。人不见，碧云暮合空相对。　忆昔西池会，鹓鹭同飞盖。携手处，今谁在？日边清梦断，镜里朱颜改。春去也，落红万点愁如海。

其声情之悲抑，读者稍加领会，即可得其“弦外之音”。其黄庭坚、李之仪、孔平仲诸家和词（见《历代诗余》），亦皆哀怨。则《千秋岁》曲之为悲调，可以推知。其前乎秦氏之作者，有张先与东坡各一首，虽用入声韵，而所表之情，与秦词犹不相远。至周紫芝以此调贺叶审言生日，黄公度亦以此调作寿词，倚悲声而当“介眉”之献，其不合必矣。细案此调之声情悲抑在于叶韵甚密，而所叶之韵又为“厉而举”之上声与“清而远”之去声。其声韵既促，又于不叶韵之句，亦不用一平声字于句尾以调剂之，既失其雍和之声，乃宜于悲抑之作。此曲之为悲调，而不合用作寿词，其在声韵上之可考见者如此。又如《浪淘沙》，在唐人作者，皆七言绝句。刘禹锡、皇甫松之遗制，大抵所写为感怀盛衰、迁流怅惘之情。其后因旧曲造新声，变而为长短句，如李后主之作：

帘外雨潺潺。春意阑珊。罗衾不耐五更寒。梦里不知身是客，一晌贪欢。　独自莫凭阑。无限江山。别时容易见时难。流水落花春去也，天上人间。

其凄清哀咽，固犹是旧曲之遗声。至谢逸作：

料峭小桃风。凝淡春容。宝灯山列半天中。丽服靓妆携手处，笑语匆匆。　酒滴小槽红。一饮千钟。铜壶擎烛绛纱笼。归去笙歌喧院落，月照帘栊。

以写嬉游之盛。取与后主之作相较，知亦不合曲情。宋代诸贤对于择腔之不慎已如此！此文人不通音律，而率意填词之大病也。

宋贤之作，如上述周紫芝、谢逸诸家，已多不合曲情者。然则吾人欲确定某一曲调之为喜为悲，为宛转缠绵，抑为激昂慷慨，果将以何为标准乎？曰：是当取号称知音识曲之作家，将一曲调之最初作品，凡句度之参差长短、语调之疾徐轻重、叶韵之疏密清浊，一一加以精密研究，推求其复杂关系，从文字上领会其声情；然后罗列同一曲调之词，加以排比归纳，则其间或合或否，不难一目了然。例如《六州歌头》，世共传为激壮之曲。《演繁露》云：

《六州歌头》，本鼓吹曲也。近世好事者，倚其声为吊古词……音调悲壮，又以古兴亡事实文之。闻其歌，使人慷慨，良不与艳词同科。

今日此曲流传之最初作品，为贺铸作：

少年侠气，交结五都雄。肝胆洞，毛发耸。立谈中，死生同，一诺千金重。推翘勇，矜豪纵，轻盖拥，联飞鞚，斗城东。轰饮酒垆，春色浮寒瓮，吸海垂虹。闲呼鹰嗾犬，白羽摘雕弓，狡穴俄空，乐匆匆。　　似黄粱梦，辞丹凤，明月共，漾孤篷。官冗从，怀倥偬，落尘笼，簿书丛。鹖弁如云众，供粗用，忽奇功。笳鼓动，渔阳弄，思悲翁，不请长缨，系取天骄种，剑吼西风。恨登山临水，手寄七弦桐，目送归鸿。

篇中既多用三字短句，复以“东”“董”“冻”同叶，又皆为洪亮之音。陡觉繁音促节，奔迸齿颊，而一种亢爽激昂之气概，跃然于字里行间。其悲壮之声情，亦于歌词上充分表出（参看《音乐杂志》创刊号拙著《从旧体歌词组织推测新体乐歌应取之途径》），此从句度、语调、叶韵种种复杂关系，可以窥见曲中所表之情者也。至韩元吉作：

东风着意，先上小桃枝。红粉腻，娇如醉，倚朱扉。记年时，隐映新妆面。临水岸，春将半，云日暖，斜桥转，夹城西。草软莎平，跋马垂杨渡，玉勒争嘶。认蛾眉凝笑，脸薄拂燕支。绣户曾窥。恨依依。　　共携手处，香如雾，红随步，怨春迟。销瘦损，凭谁问，只花知，泪空垂。旧日堂前燕，和烟雨，又双飞。人自老，春长好，梦佳期。前度刘郎，几许风流地，花也应悲。但茫茫暮霭，目断武陵溪，往事难追。

所用为“支”“微”韵，平韵不转韵而仄韵转韵，与贺作之全阕同韵，平仄互叶者迥殊。又“支”“微”韵本为萎弱不振之音，乃变而为低抑凄凉之调，而与本曲之响高音壮者，竟不相侔矣。

复次，宋王灼尝称：“贺（铸）《六州歌头》《望湘人》《吴音子》诸曲，周（邦彦）《大酺》《兰陵王》诸曲最奇崛。或谓深劲乏韵。”（《碧鸡漫志》二）据上述《六州歌头》一阕，知此皆从声调上言之。予尝疑周、贺皆善以健笔写柔情，颇受乐曲影响。据毛幵《樵隐笔录》：

> 绍兴初，都下盛行周清真咏柳《兰陵王慢》，西楼南瓦皆歌之，谓之《渭城三叠》。以周词凡三换头，至末段声尤激越，惟教坊老笛师能倚之以节歌者。

王灼云：“《北齐史》及《隋唐嘉话》称：齐文襄之子长恭，封兰陵王。与周师战，尝着假面对敌，击周师金墉城下，勇冠三军。武士共歌谣之，曰《兰陵王入阵曲》。今越调《兰陵王》，凡三段二十四拍，或曰遗声也。”（《碧鸡漫志》四）考《清真集》中之《兰陵王》，正注“越调”，证以毛幵之说，殆可信其为《兰陵王入阵曲》之遗声。录周词如下：

> 柳阴直，烟里丝丝弄碧。隋堤上，曾见几番，拂水飘绵送行色。登临望故国。谁识，京华倦客。长亭路，年去岁来，应折柔条过千尺。　闲寻旧踪迹。又酒趁哀弦，灯照离席。梨花榆火催寒食。愁一箭风快，半篙波暖，回头迢递便数驿。望人在天北。　凄恻，恨堆积。渐别浦萦回，津堠岑寂。斜阳冉冉春无极。念月榭携手，露桥闻笛。沉思前事，似梦里，泪暗滴。

全阕皆用入声韵，后段韵尤促，而又多用短句，所谓“后段声尤激越”者，知必与此有关。[①] 凡入声字皆短促之音。歌词中激越慷慨之情，或清峭深劲之作，多用入声韵。《满江红》之宜写壮

---

① “与”，底本作“于”，据文意酌改。

烈怀抱，此稍习倚声者，类皆知之。岳飞一词：

怒发冲冠，凭阑处、潇潇雨歇。抬望眼、仰天长啸，壮怀激烈。三十功名尘与土，八千里路云和月。莫等闲、白了少年头，空悲切。　靖康耻，犹未雪。臣子恨，何时灭。驾长车踏破，贺兰山缺。壮志饥餐胡虏肉，笑谈渴饮匈奴血。待从头、收拾旧山河，朝天阙。

其尤脍炙人口者也。而一推求其所以能充分表现壮烈抱负之故，则以所用仄韵，故为短促之音，而上下阕两七字句，其句尾之字，又不用平声字以资调协，故宜写激越慷慨之情耳。白石自度曲，如《淡黄柳》《暗香》《疏影》《惜红衣》《凄凉犯》之属，自属清峭深劲，而用韵皆为入声。此歌词表情与叶韵关系之彰彰可考者也。有如周之《大酺》：

对宿烟收，春禽静，飞雨时鸣高屋。墙头青玉旆，洗铅霜都尽，嫩梢相触。润逼琴丝，寒侵枕障，虫网吹粘帘竹。邮亭无人处，听檐声不断，困眠初熟。奈愁极频惊，梦轻难记，自怜幽独。　行人归意速，最先念、流潦妨车毂。怎奈向、兰成憔悴，卫玠清羸，等闲时、易伤心目。未怪平阳客，双泪落、笛中哀曲。况萧索，青芜国，红糁铺地，门外荆桃如菽。夜游共谁秉烛。

其用入声韵，与《兰陵王》同，而三字短句，又略近于《满江红》之下半阕，其所以为“奇崛”者如此。其曲调所表之声情，亦不难于此推见。至贺之《吴音子》《望湘人》，则用上、去韵，而亦足称“奇崛”者，则句度之组织，为有绝大关系。录《吴音子》如下：

别酒初销，怃然弭棹蒹葭浦。回首不见高城，青楼更何许。大艑轲峨，越商巴贾。万恨龙钟，篷下对语。　指征路，山缺处。孤烟起，历历闻津鼓。江豚吹浪，晚来风转夜深雨。拥鼻微吟，断肠新句。粉碧罗笺，封泪寄与。

细案词中前后阕，并叠用四言四句，与寻常曲调之句度参差，奇偶相变者不同。此又句度方面，有关于曲调之表情者也。

由歌词以推测各曲调所表之情，既略如上述。吾人更由此广列众制，以探索各曲调之异宜，虽未必能举而重被管弦，而已足窥见各曲调之性质，用为研究词学之助。兹更取令词之叶韵变化，有关于表情之缓急者，举例说明之。

例一：

平林漠漠烟如织，寒山一带伤心碧。暝色入高楼，有人楼上愁。　玉阶空伫立，宿鸟归飞急。何处是归程。长亭连短亭。

李白《菩萨蛮》词，八句，句句叶韵，而前后阕上二句，并用入声短促之韵，下二句则一为“尤”“侯”韵之幽音，一为“庚”“青”韵之清音。于繁弦促柱间，有凄清怨慕之致。

例二：

风乍起，吹皱一池春水。闲引鸳鸯香径里，手挼红杏蕊。　斗鸭阑干独倚，碧玉搔头斜坠。终日望君君不至，举头闻鹊喜。

冯延巳《谒金门》词，八句，句句叶韵，兼叶上、去。每句换一意境，情随声转。由是可以推知此曲，宜写迫切而又缠绵往复之情。

例三：

春去也，多谢洛城人。弱柳从风疑举袂，丛兰浥露似沾巾。独坐亦含颦。

刘禹锡《忆江南》词，五句，三叶韵，又皆为平声“真”韵。其不叶之句，末一字必用仄声，又以三、五、七字为句，音节最为和婉。

例四：

雨晴烟晚，绿水新池满。双燕归来垂柳院，小阁画帘高卷。　　黄昏独倚朱阑。西南新月眉弯。砌下落花风起，罗衣特地春寒。

冯延巳《清平乐》词，八句，上半阕四用仄韵，声情促迫，下半阕四句三叶平韵，音节乃较舒徐。似宜“怨而不怒”之情，始与曲情相应。

略举四例，以资“隅反”。使有好学深思之士，触类而旁通之，于复杂关系中，寻出其共通之点，以自成为一家之学，其裨益于倚声界，岂浅鲜哉？此吾所谓不妨于诸家“图谱之学”外，别为“声调之学”也。

二　批评之学

词家“批评之学”，在宋代诸贤，如杨湜之《古今词话》、胡仔之《苕溪渔隐丛话》，已引其端绪。逮明代杨慎之《词品》、王世贞之《艺苑卮言》，乃至清代诸家词话之作，几如“云蒸霞蔚”，不可指数。然或述词人逸事，或率加品藻，未尝专以批评为职志。及周济之《介存斋论词杂著》《宋四家词选序论》，刘熙载之《艺概》出，始各标宗旨，自立准绳，以成一家之学。周氏矫浙西词派之积弊，退姜（夔）、张（炎）而进辛（弃疾）、王（沂孙）。不知四家词格之不同，各有其身世关系。治批评之学，而但凭主观之见解，又或别有用意，强人就我，往往厚诬古人。刘书持论甚精，而言多未尽，可以语治词有得之士，未足以使一般读者了然于某一作家利病得失之由也。近人况周颐著《蕙风词话》，王国维著《人间词话》，庶几专门批评之学矣。而王书早出，未为精审，晚年亦颇自悔少作（张孟劬先生说）。况氏历数自唐以来，下迄清代诸家之词，抉摘幽隐，言多允当。自有词话以来，殆无出其右者。而前辈治学，每多忽略时代环境关系，所下评论，率为抽象之辞，无具体之剖析，往往令人迷离惝恍，莫知所归。此中国批评学者之通病，补苴罅漏，是后起者之责也。

今欲于诸家词话之外，别立“批评之学”，必须抱定客观态度，详考作家之身世关系，与一时风尚之所趋，以推求其作风转变之由，与其利病得失之所在。不容偏执“我见”，以掩前人之真面目，而迷误来者。例如东坡《水调歌头》“明月几时有”一阕，题为“丙辰中秋，欢饮达旦，大醉作此篇，兼怀子由”（《彊村丛书》编年本《东坡乐府》）。据王宗稷《苏文忠公年谱》，此词实作于在密州任时。词中情事，全为忧生之感。乃后人率依《坡仙集外纪》之说，谓神宗读至“琼楼玉宇”二句，乃叹曰：“苏轼终是爱君。”遂以此词所表，全为忠君爱国之思；于是逸笔仙心，几疑为贪恋禄位之作矣。东坡由钱塘移知密州，去山水之邦，而行桑麻之野，其郁郁不乐，屡见各词。此为大醉以后之言，于“爱君”乎何有？此言“批评之学”者，所以首宜注意于作家之身世关系也。

一家之作，亦往往因环境转移，而异其格调。欧阳修《六一词》，世共称其与晏殊《珠玉词》，同学冯延巳《阳春集》者也。其《蝶恋花》诸阕，并互见《阳春集》中，其词格果属于温婉一派矣。而其晚年之作，气骨开张，如平山堂作《朝中措》：

平山阑槛倚晴空，山色有无中。手种堂前垂柳，别来几度春风。　　文章太守，挥毫万字，一饮千钟。行乐直须年少，尊前看取衰翁。

逸怀浩气，大近东坡，此又年龄之关系词格者也。秦观《淮海居士长短句》，号为婉约一派之正宗。而东坡尝讥其“不意别后，公却学柳七作词”（《高斋诗话》）。其《促拍满路花》：

露颗添花色。月彩投窗隙。春思如中酒，恨无力。洞房咫尺。曾寄青鸾翼。云散无踪迹。罗帐熏残，梦回无处寻觅。　　轻红腻白。步步熏兰泽。约腕金环重，宜装饰。未知安否，一向无消息。不似寻常忆。忆后教人，片时存济不得。

风格确与柳氏《乐章》相近。又不独《满庭芳》中之“销魂当此际”，为柳七语（东坡说）也。叶梦得称：“秦少游亦善为乐府，语工而入律，知乐者谓之作家。元丰间，盛行于淮、楚。”（《避暑录话》）其所以盛行之故，殆不仅为“语工而入律”，东坡讥秦之语，正复消息可参。迨乎迁谪以还，词格一变而入于凄厉。例如前节所举之《千秋岁》，与下列之梦中作《好事近》：

春路雨添花，花动一山春色。行到小溪深处，有黄鹂千百。　　飞云当面化龙蛇，夭矫转空碧。醉卧古藤阴下，了不知南北。

其出笔之险峭，声情之凄厉，较之集中其他诸作，判若两人。此环境之转移，有关于词格之变化者也。

复次，吾人从事批评之学，最忌固执“我见”，偏重“主观”，而忽略“客观”之事实。例如温庭筠士行尘杂，不修边幅，已屡见于《唐书·文艺传》及诸家笔记。其所长唯在“能逐弦吹之音，为侧艳之词”。温词之风格，偏于“香而软”（《北梦琐言》）。其在词坛“开山作祖”，吾人自不容有所忽视。而张惠言《词选》，必曰“温庭筠最高，其言深美闳约”，又以其《菩萨蛮》为“感士不遇之作”，且以上拟《离骚》。张氏欲尊词体，托之“诗之比兴”，乃于温词加以穿凿附会之说，其谁信之？此又别有思存，不仅忽略“客观”之事实而已，批评家之态度，岂宜如此哉？

近人胡适辑《词选》，独标白话，而以唐、宋诸贤制作，画为三期：一曰“歌者之词”，二曰“诗人之词”，三曰“词匠之词”。其在现代文学界中，影响颇大。胡氏常自称有“历史癖”而自信力太强，往往偏重“主观”，而忽略“客观”条件。其所谓“歌者之词”及“诗人之词”，且不具论。其所诋为“词匠”之作，举姜夔、史达祖、吴文英、张炎诸家，谓其“重音律而不重内容”（《词选序》）。殊不知南渡以来，歌词本分二派：姜、吴一派，趋于醇雅，其失固有过于艰深晦涩者。而自靖康之乱，歌谱散亡，倚声填词，失其凭借。于是一二知音之士，乃思所以振兴坠绪，重被声歌，而音律之考求，渐成专门之学。益以歌词之人，悉为王公贵人所蓄之家妓，如张镃、范成大等，各有家妓肄习声歌，又有专门乐家为之订谱。南宋姜、张一派之注重音律，而又力求醇雅，实由其环境所造成。所制之词，一以供士大夫之欣赏，“重音律”则有之，而“不重内容”，则胡氏殆未深究诸家词集耳。即如梦窗之作，尽有悲壮苍凉、哀感缠绵而不能自已者。例如“灵岩陪庾幕诸公游”之《八声甘州》：

> 渺空烟四远，是何年、青天坠长星。幻苍崖云树，名娃金屋，残霸宫城。箭径酸风射眼，腻水染花腥。时靸双鸳响，廊叶秋声。　　宫里吴王沉醉，倩五湖倦客，独钓醒醒。问苍波无语，华发奈山青。水涵空、阑干高处，送乱鸦、斜日落渔汀。连呼酒、上琴台去，秋与云平。

其“匠心独运”处，直是超迈绝伦。以读白话词之目光论梦窗，其无当于理必矣。且既称之为“词匠”，则当于其“运斤成风”之手段，加以精微之体会，而后下笔批评，方不失为历史家态度。乃胡氏《词选》仅录其《玉楼春》《醉桃源》二阕，则“词匠”之真实本领，亦被湮没无余。总之，姜、吴诸家之词，各有其风尚，各有其环境，亦自各有其历史上之价值。后人从事批评者，正不容以一人之私见，而率意加以褒贬也。

观于上述诸家对于品评之态度，与其利病得失之由，将欲补弊救偏，抉出诸作者之真面目，以重新估定其在词学史上之地位，期不迷误来者，而厚诬前人，则舍吾所拈出诸标准外，殆未见其有合。汇集诸家词话，别出手眼，以自成一家之言，是在吾党之有志者矣。

三 目录之学

“目录之学”，所以示学者以从入之途，于事为至要。宋陈振孙《直斋书录解题》，后附“歌词”一类，于是歌词始有“目录之学”。其书对于各家词集，间附评语，而或详或略，未足以窥见源流。清康熙钦定《四库全书总目》，于集部附“词曲类”，对各家利病得失及版本流传，时有纠正阐明，视陈书为博大矣。而在当日咸视词为小道，除毛氏《宋六十家词》外，甄录不多，未足以餍学词者之望。近代词学昌明，珍籍日出。自临桂王氏（鹏运）、归安朱氏（孝臧）、仁和吴氏（昌绶）、武进陶氏（湘）从事于词籍之校刊及影刻，其搜罗之广博，雠校之精审，并驾毛本而上之。即宋、元人词之有别集者，已在二三百家。友人武进赵叔雍（尊岳）方汇刻明词，亦在百家以上。至番禺叶遐庵先生（恭绰）选集《清词钞》，其有专集者，又数千家。如此惊人之数量，不有目录提要之作，以抉择幽隐，示学者以从入之途，则兴叹“望洋”，亦同其他载籍。赵氏既自为《明词提要》，其他宋、元以来乃至清代诸家之作，其重要十倍于明贤，其亟待有目录专书之刊行，盖无疑义。然兹事体大，非一人之力所能胜，合作分工，庶其有济。略陈三义，以质同好诸君。

一、作家史迹之宜重考也。历代词人，除少数位望较高，生平行谊见于正史者外，大抵皆湮没无闻，有时里居仕履及生于何年何代，亦不易探求。其或见诸野乘笔录，亦复艰于类聚。“知人论世”为治学者之所宜先。允宜仿王国维氏《清真先生遗事》之成规，于各词人之遗闻逸事，钩稽考校，别为年谱或小传之属。然后抉择要点，以入目录，藉为读词者考论之资。

二、版本善恶之宜详辨也。词既被视为小道，校刊之学，至近代而始昌明。版本流传，讹舛互见。亦有同为一家词集，而各种版本题号不同，内容亦大有出入者，如欧阳修词，有毛刻《宋六十家词》本之《六一词》，有吴刻《双照楼景宋元明本词》之景宋吉州本《欧阳文忠公近体乐府》，及景宋本《醉翁琴趣外篇》，三本内容，各有出入。辛弃疾词，有毛刻之《稼轩词》，有万载辛氏祠堂本之《稼轩词补遗》，有王刻《四印斋所刻词》之景元信州书院本《稼轩长短句》，有陶刻《涉园景宋金元明本词》之景宋本《稼轩词甲乙丙集》（案：此为毛钞本，原本藏涵芬楼），有天津图书馆藏明吴讷《唐宋百家词》本之《稼轩词甲乙丙丁集》（其甲、乙、丙集同涉园刊本，丁集见赵万里校辑《唐宋辽金元人词》）。其万载本《补遗》，出自《永乐大典》；四印斋本与涉园本，编次大异。若此之类，指不胜屈。又王、朱二家校刻之本，虽同为一家之集而后出转精。此亦编纂词学目录提要者，所应详为分剖者也。

三、词家品藻之宜特慎也。各家之风格，往往视其人之身世关系，与一时风尚为转移，已详于前节论“批评之学”中，兹不更赘。目录提要，所以指导学者以从入之途，则于某一作家之风格转变，与其利病得失，举例说明，实为至要。唯所举之例，必确能代表某一作家或某一时期之真面目与真精神，乃不致诬古人而误来学耳。

依上三义，以从事于《词籍目录提要》之编纂，庶几继往开来，成就不朽之业。私意以为不妨先从《四库提要》之词曲类，加以补苴；更取《彊村丛书》，分别选述。宋、元词籍既竟，进而考校清词，由大家以迄小家，集众力以成伟著，是所望于海内治词学者之合作矣。

四　余论

居今日而言词，自以从事于绝学之研究，为第一要义。至于词本声学，在前贤可以“倚声填词”，藉为娱宾遣兴之资。自乐谱散亡，今日已无声可倚，吾人自不妨别作长短句，倩知音者为之协律，以付歌喉。前于《词律质疑》一文中，已略申微旨矣。虽然，词至今日，早经不复能被管弦，而唐、宋作者之遗篇，固为最富于音乐性之文字。吾人悦其声情之美，亦何妨择腔选调，以自填其“长短不葺之诗”？唯是前人淫媟之词，原为应歌而作。若生今日而欲迎合社会心理，尽有流行之淫靡曲调，何不倚其声而为之填词，而必托之唐、宋以来之曲调哉？清代作者，标比兴之义，而词体益尊。其声虽亡，而作者之精神所寄，固当不死。假声情壮美之词调，以写吾身世之感，与忧国忧民之抱负，举热烈纯洁之情绪，以入于“长短不葺之诗”，浩气逸怀，将以“廉顽立懦”。此又区区之意，所望于海内之填词家矣。

（原载《词学季刊》第一卷第四号，一九三四年四月）

选词标准论

一

选词之目的有四：一曰便歌，二曰传人，三曰开宗，四曰尊体；前二者依他，后二者为我。操选政者，于斯四事必有所居；又往往因时代风气之不同，各异其趣。自唐末以迄宋、金之世，词家专集无虑数百家。前人率以词为小道，孰肯专精致力于此？即或兀兀穷年，亦苦不能尽究；而典型之作，有足垂范后昆；或清丽之音，大为风行当世者；必有人出而抉择汇集，以适应时世之需要，而选本尚焉。自《花间》《尊前》以迄近代浙、常两派之所标榜，虽醇疵互见，持说不同，要皆应运而生，各具手眼。而或者蔽于一偏之见，互相排击：言宗派者，薄《花间》《草堂》，而重朱（彝尊）、周（济）诸选；矜新解者，又忽于作者之特殊造诣，而强古人以就一己之范围。由是而词学一道，亦如儒、墨之支分派衍，涂术纷歧；由是而治词学者，读专集既不易，读选本又恐迷方。持两执中，重新估定各本之价值，而为后来操选政者，略贡一得之愚；此个人之素怀，亦即本文之所由作也。

二

周济云："北宋有无谓之词以应歌，南宋有无谓之词以应社。"（《介存斋论词杂著》）所谓"应歌""应社"之作，从文学方面言之，自不能免"无谓"之诮；而北宋词音调之谐美，南宋词技巧之精密，又未尝不以"应歌""应社"之故，而促进其造诣。况周颐谓"北宋人手高眼低，其自为词诚敻乎弗可及；其于他人词，凡所盛称，率非其至者。"（《蕙风词话》一）此其言虽非为宋人选宋词而发，而于宋人对词之见解，有所误会。不知由唐、五代以迄南宋，所有歌词，故以协律为第一要义，而风格之高雅次之。李清照论词，亦致意于此：

> 始有柳屯田永者，变旧声作新声，出《乐章集》。大得声称于世，虽协音律，而词语尘下。……至晏元献、欧阳永叔、苏子瞻，学际天人，作为小歌词，直如酌蠡水于大海，然皆句读不葺之诗尔，又往往不协音律者。何耶？盖诗文分平侧，而歌词分五音，又分五声，又分六律，又分清浊轻重。且如近世所谓《声声慢》《雨中花》《喜迁莺》，既押平声韵，又押入声韵；《玉楼春》本押平声韵，又押上、去声，又押入声。本押仄声韵，如押上声则协，如押入声则不可歌矣。王介甫、曾子固文章似西汉，若作一小歌词，则人必绝倒，不可读也。乃知别是一家，知之者少。后晏叔原、贺方回、秦少游、黄鲁直出，始能知之。（《苕溪渔隐丛话》）

南宋以前词，既以"应歌"为主，故其批评选录标准，一以"声情并茂"为归，而尤侧重音律。词集选本之最早而仅存于今日者，宜莫如《云谣集杂曲子》；而所收歌词三十阕，除写征妇怨情之作外，皆一般儿女思慕之词。(说详拙著《词体之演进》) 既无何等特殊高尚情感可言，而措辞朴拙，如“两眼如刀，浑身似玉”(《内家娇》) 之类，亦绝不见技巧；则其纂集之宗旨，必以此等作品，悉为民间流行之歌曲，汇为一集，即所以便于歌者，殆可无疑。逮至南唐、西蜀，士大夫阶级，既以词为娱宾遣兴之资，厌俗曲之鄙俚平庸，乃从而谋技术上之改进，除注意于音节谐婉外，其辞藻务精艳，其结构务谨严，其情致务香软含蓄，而一以雅丽为归。《花间》《尊前》之结集，盖即依此标准，而其主旨仍在“应歌”。何以证之？证之以欧阳炯《花间集序》：

> 名高白雪，声声而自合鸾歌；响遏行云，字字而偏谐凤律。……则有绮筵公子，绣幌佳人，递叶叶之花笺，文抽丽锦；举纤纤之玉指，拍按香檀。不无清绝之辞，用助娇娆之态。……昔郢人有歌《阳春》者，号为绝唱，乃命之为《花间集》。庶使西园英哲，用资羽盖之欢；南国婵娟，休唱莲舟之引。

据此，则《花间集》所以高于《云谣》者，为其撰自文人，将以清绝之辞，用助娇娆之态；其初本与民间俗曲，并为歌者之资；而《白雪阳春》，羞同凡响。其编纂体例，虽以作者为主，且略依辈行后先为次，而其意旨所在，则欧阳炯已明白言之矣。《尊前》一集，虽编者姓氏不可知，而据欧阳公《近体乐府》罗泌校语，已引《尊前集·蝶恋花》二条；传钞《金奁集·菩萨蛮》注云：“五首已见《尊前集》。”(吴昌绶《尊前集跋》) 朱彝尊氏亦以此集为宋初人编 (陶氏涉园《景宋金元名家词叙录》载朱氏《尊前集跋》)。其编制略近《花间》，以人为主，而时有窜乱，如李、王前后三见，当出传写者之混淆；每家之词在调名下或注宫调，或否，意其始必全注，久乃有所缺遗。选词以便歌，在宋人原有二例：一以宫调类别，一以时令物色分题。下文续有说明，而《尊前》已引其端绪矣。毛晋云：

> 雍熙间，有集唐末、五代诸家词，命名《家宴》，为其可以侑觞也。又有名《尊前集》者，殆亦类此。（《词苑英华》本《尊前集跋》。按《家宴集》，《直斋书录解题》卷二十一著录，毛氏即本陈振孙说）

《花间》《尊前》之所采辑，悉为侑觞之用；毛氏之言，先得我心矣。

词集之编次，无论别集与选本，凡以宫调类列，或以时令物色分题者，皆所以便于应歌，何以知其然也？据《古今词话》：

> 万俟雅言自号词隐，崇宁中，充大晟府制撰，与晁次膺按月律进词。（《历代诗余》卷一百十六引）

张炎亦称：

> 粤自隋、唐以来，声诗间为长短句；至唐人则有《尊前》《花间集》。迄于崇宁，立大晟府，命周美成诸人讨论古音，审定古调，沦落之后，少得存者，由此八十四调之声稍传。而美成诸人又复增演慢曲、引、近，或移宫换羽，为三犯、四犯之曲，按月律为之，其曲遂繁。（《词源》卷下）

所谓“按月律进词”，其曲情与词情，必与节物相应。宋人词集之编制，所以便歌，揆厥缘因，即由于此。再观现存词集之犹沿旧式编次者，以宫调类列，则有：

> 温庭筠《金奁集》（《彊村丛书》本）
>
> 张先《张子野词》（同前）

柳永《乐章集》(同上)

《金奁》虽题庭筠撰，实选集温词及韦庄、欧阳炯、张泌诸家之作，分隶诸宫调之下。吴昌绶跋云：

盖宋人杂取《花间集》中温、韦诸家词，各分宫调，以供歌唱，其意欲为《尊前》之续，故《菩萨蛮》注云："五首已见《尊前集》。"《尊前》就词以注调，《金奁》依调以类词，义例正相比附。(涉园《景刊宋元词叙录》)

以此与张、柳二家词集相比勘，显见宋人编纂词集或选集歌词，皆以便于歌唱为主，《乐章》流播歌者之口，尤足窥见义例。至周邦彦《片玉集》，据涉园影宋刊陈元龙集注本，及四印斋影元巾箱本(题曰《清真集》)，并分春景、夏景、秋景、冬景、单题、杂赋等六类；而于每调之下各注宫调，殆犹所谓"按月律为之"之遗意耶？南宋人词，唯吴文英《梦窗词集》(《彊村丛书》本)，注宫调同《清真》，而不以时令节物分题；姜夔《白石道人歌曲》，则自制曲及自度曲，皆注宫调，其他则否。以此见宋以前词，固以应歌为要；宋以后，则词已不复能歌；而士大夫对于词之观念与鉴赏，又稍稍变移方向矣。

《直斋书录解题》歌词类，宋人选宋词，除曾慥之《乐府雅词》、鲖阳居士之《复雅歌词》、赵粹夫之《阳春白雪》外，尚有《草堂诗余》二卷、《类分乐章》二十卷、《群公诗余前后编》二十二卷、《五十大曲》十六卷、《万曲类编》十卷，陈振孙谓："皆书坊编集者。"今除《草堂诗余》外，余并失传；其编辑体例及内容，皆不得悉。唯以《草堂》例之，类分乐章以下四种，既同出书坊编集，其为适应当时需要，而以便于歌者为原则，殆可推知；而其书之易亡，当亦以后来不传歌法，遂不为人重视。独

《草堂诗余》传播最广，翻刻最多，数百年来，几于家弦户诵，虽类列凌乱，雅郑杂陈，而在词坛之势力，反驾乎《花间》《尊前》之上。此其故当由其编制原以便歌，又能使雅俗共赏。其选集者之姓氏，各本皆无，唯北海图书馆藏元至正辛卯本题“建安古梅何士信君实编选”。士信仕履无考，疑即书坊中人。其书分前后二集，体例与今《四部丛刊》影明刊本，大致相同。（说详赵叔雍先生著《词总集提要》）其前集春景又分：

初春 早春 芳春 赏春 春思 春恨 春闺 送春

八门，夏景类又分：

初夏 避暑 夏夜 首夏 夏宴 适兴 村景 残夏

八门，秋景类又分：

初秋 感旧 旅思 秋情 秋别 秋夜 晚秋 秋怨

八门，冬景类又分：

小冬 冬雪 雪景 小春 暮冬

五门，后集节序类又分：

元宵 立春 寒食 上巳 清明 端午 七夕 中秋 重阳 除夕

十门，天文类又分：

雪月 雨晴 晓夜 咏雨

四门，地理类又分：

金陵 赤壁 西湖 钱塘亭

四门，人物类又分：

隐逸 渔父 佳人 妓女

四门，人事类又分：

宫词 风情 旅况 警悟

四门，饮馔器用类又分：

茶酒 筝笛 渔舟 庆寿 吉席 赠送 感旧

七门，花禽类又分：

花卉 禽鸟 荷花 桂花

四门。破碎支离，自多可议。唯以《清真集》之编纂体例，相与比勘。此虽不注宫调，而以时序景物分题，且出自书坊，必为当世比较流行之歌曲；书贾牟利，类录以为传习之资。其作者上自西蜀、南唐，下迄南宋诸贤，如史达祖、刘克庄辈，凡所采录，不必精严，吾人但认为当日之类编歌本可也。其四卷本为明嘉靖间上海顾汝所刊，题“武陵逸史编次”；率以字数多寡为序，与以前各本不同，为后来词分“小令”“中调”“长调”之所由昉。盖自宋亡之后，词之歌法失传，而言词律者，乃斤斤于字句长短之间，归纳众制，以相推勘。明、清所选巨帙，如《花草粹编》《历代诗余》之类，率以此为选录标准；在宋以前，词以应歌为主，歌词分隶于诸宫调之下，或以时序景物分题，随地随时，因宜传唱，绝无以字数多寡分类之理。顾刻谓此种分类，亦出宋本；其为明人好事依托，殆可无疑。

吾人既知《花间》《尊前》《草堂诗余》之类，其选录标准，既皆以“为其可以侑觞”为主；《花间》出于赵崇祚之手，将以投合士大夫嗜好，为上流社会娱宾遣兴之资；陆游所谓：

倚声作词者，本欲酒间易晓，颇摆落故态，适与六朝跌宕意气差近，此集所载是也。(《词苑英华》本《花间集跋》)

《尊前》一集，其性质与《家宴》相类。陈振孙《家宴集》解题云：

> 所集皆唐末、五代人乐府，视《花间》不及也。末有《清和乐》十八章，为其可以侑觞，故名《家宴》也。（《直斋书录解题》卷二十一）

《家宴》失传，陈氏亦不知编者姓氏。《尊前》之编者亦无考，意或与《草堂》同出书坊，故亦不及《花间》之精粹；而其选辑之目的，悉为"便歌"可知也。

宋人选宋词，以"便歌"为主，而以雅正为归者，尚有曾慥之《乐府雅词》及鲖阳居士之《复雅歌词》。《复雅》无传，然据陈振孙言：

> 末卷言宫词音律颇详，然多有调而无曲。（《直斋书录解题》卷二十一）

是其书于选录歌词之外，兼及歌词之法矣。海宁赵万里君从《岁时广记》等书，辑出若干条，谓其体例与《本事曲子集》《古今词话》及《本事词》《诗词记事》相类似（《校辑宋金元人词》），是又以"便歌"兼"传人"为目标者。曾辑《雅词序》称：

> 余所藏名家长短句，裒合成篇，或后或先；非有诠次，多是一家，难分优劣；涉谐谑则去之，名曰《乐府雅词》。九重传出，以冠于篇首，诸公"转踏"次之。

今观其目次，首"转踏"，有：

> 集句《调笑》 郑彦能《调笑》 晁无咎《调笑》《九张机》

次大曲，有：

> 董颖《道宫薄媚》

次雅词，有：

欧阳永叔	王介甫	晁无咎	周美成	陈莹中
徐师川	贺方回	舒信道	叶少蕴	赵德麟
王履道	晁次膺	晁叔用	陈去非	苏养直
李萧远	吕居仁	毛泽民	曾公衮	李景元
向伯恭	谢无逸	朱希真	沈会宗	陈子高
赵子发	曹元宠	魏夫人	李易安	

诸家之作。其《拾遗》序次殊凌乱，未足窥见义例。但就正编以“转踏”“大曲”“雅词”依次类列，与杨朝英《阳春白雪》之选元人散曲，冠以宋词为大曲者，颇复相类；则曾氏此选，盖上承《花间》之遗绪，虽未明言为“侑觞”之用，而所谓“多是一家，难分优劣，涉谐谑则去之”者，知其蓝本，亦必出于当时流行之歌曲，特汰去淫滥之作，为文人学士吟赏之资耳。至赵闻礼之《阳春白雪》(有《词学丛书》本，有清吟阁本)，既不以宫调相属，又不以作者为次，故一人一调，往往分见于诸卷中，似随得随钞，漫无标准。唯南宋名作，往往有为他本所绝无者，独赖兹集以传，足为考订之助，不足据以言义例也。

前人选词之专以“便歌”者，如《花间》《尊前》等，但录歌词，而不详曲度，既如上述。而在当时，则并有有声有辞之总集。明王骥德云：

> 予在都门日，一友人携文渊阁所藏刻本《乐府大全》(又名《乐府浑成》)一本见示，盖宋、元时词谱(即宋词，非曲谱)，止林钟商一调中，所载词至二百余阕，皆平生所未见。以乐律推之，其书尚多，当得数十本。所列凡目，亦世所不传；所画谱绝与今乐家不同。有《卜算子》《浪淘沙》

《鹊桥仙》《摸鱼儿》《西江月》等，皆长调，又与诗余不同。有《娇木笪》，则元人曲所谓《乔木查》，盖沿其名而误其字者也。中佳句有“酒入愁肠，谁信道，都做泪珠儿滴”，又“怎知道，恁地忆。再相逢瘦了，才信得”。皆前人所未道。（《曲律》卷四）

《木笪》之名，见崔令钦《教坊记》。其林钟商目（原注：隋呼歇指调），又分：

娋声　品有大品、小品　歌曲子

唱歌　中腔　踏歌引

三台　倾杯乐　慢曲子　促拍　令序

破子　急曲子　木笪　丁声长行　大曲曲破

诸细目。其娋声谱则仅注音符，并无词句；小品谱则一行音谱，一行歌词，与世传《白石道人歌曲》行款相似。兹录其词如下：

正秋气凄凉鸣幽砌，向枕畔偏恼愁心，尽夜苦吟。

戴花殢酒。酒泛金尊，花枝满帽，笑歌醉拍手，戴花殢酒。

此其撰辑标准，决为应歌。后来曲度不传，散亡遂易。所收作品，是否雅郑杂陈，不易推测；而后人选词，以各调字数多寡为次，且从而旁注平仄，作为图谱者，盖本其意。特此为唱歌者作，彼为填词者作耳。

选词以“便歌”为标准，则虽力避谐谑淫滥，而其在文学上之价值，终不如在音节上之为选者所重视，此宋人选宋词，所以不必尽善尽美；即以《花间》论，亦不乏庸滥之词，其他更无论矣。

三

词至南宋，制作益繁，专家亦日众，于是网罗散佚，以昭示来兹，乃为文士之所图，而类乎词史之选本出，即所谓因词以传人者是也。此风开于北宋杨元素（绘）。欧阳修《近体乐府·渔家傲》小注，引有京本《时贤本事曲子后集》一则，吴讷《唐宋名贤百家词》本之《东坡词》，亦引有杨元素《本事曲集》及《本事集》者各二条。（说详梁启超《记时贤本事曲子集》）赵万里君续从《苕溪渔隐丛话》及《敬斋古今黈》搜得四事，都为九则，录入所为《校辑宋金元人词》中，称为最古之词话。因词以见人见事，具有历史性质，惜其义例无由全窥耳。

因词以存人，或以人为主，或以事为主。其以事为主者，如上述之《时贤本事曲子集》及杨湜之《古今词话》是；以人为主者，则莫善于黄昇、周密二氏之《绝妙词选》。下当分别论之：

黄氏《花庵词选》，原分两编：一曰《唐宋诸贤绝妙词选》，上自李太白，下迄陆氏侍儿之作，凡录唐、五代人词二十六家，宋人词九十四家，禅林词四家，闺房词十家；一曰《中兴以来绝妙词选》，录南宋康伯可以下，迄黄叔旸（昇），凡八十九家之作，各家悉以时代后先为次，又于姓氏下或系仕履，间缀短评，颇具文学史性质。其自序谓：

> 长短句始于唐，盛于宋。唐词具载《花间集》，宋词多见于曾端伯（慥）所编，而《复雅》一集，又兼采唐、宋，迄于宣和之季，凡四千三百余首。吁！亦备矣！况中兴以来，作者继出；及乎近世，人各有词，词各有体；知之而未见，见之而未尽者，不胜算也。暇日裒集，得数百家，名之

曰《绝妙词选》。佳词岂能尽录，亦尝鼎一脔而已。然其盛丽如游金张之堂，妖冶如揽嫱、施之袪，悲壮如三闾，豪俊如五陵；花前月底，举杯清唱，合以紫箫，节以红牙，飘飘然作骑鹤扬州之想，信可乐也。(《词苑英华》本《唐宋诸贤绝妙词选序》)

据此，知其选录宗旨，盖继《花间》《乐府雅词》《复雅歌词》诸编而作；而又不拘一体、不限一格，无论盛丽、妖冶、悲壮、豪俊，莫不兼收；其意若曰，但取其能代表某一家之作风，固不容以私见为去取。虽称“花前月底，举杯清唱，合以紫箫，节以红牙”，一似以“便歌”为主，而一推其义例，则仍旨在“传人”也。又胡德方序云：

古乐府不作，而后长短句出焉。我朝钜公胜士，娱戏文章，亦多及此。然散在诸集，未易遍窥。玉林（黄昇）此选，博观约取，发妙音于众乐并奏之际，出至珍于万宝毕陈之中，使得人一编，则可以尽见词家之奇。(《词苑英华》本《中兴以来绝妙词选序》)

所谓“博观约取”即从各家专集，撷取精粹，以代表其作风；亦后来《三朝词综》等书编纂体例之所由昉也。昇自著有《散花庵词》(丁氏《善本书室藏书志》)，是其人本工词，精于持择，要不失为善本(《四库全书总目》词曲类二)。然其中如李后主《山花子》一首，本李璟之作，《南唐书》载冯延巳之对可证，亦未免小有疏舛(同上)。又如李太白《菩萨蛮》《忆秦娥》二词，昇评“为百代词曲之祖”，而不言所出；又《清平乐令》注云：

按：吕鹏《遏云集》载应制词四首，以后二首无清逸气

韵，疑非太白所作。(《唐宋诸贤绝妙词选》卷一)

以“气韵”二字，判决作品之真赝，殆极危险。其他诸家之作，选择亦未尽臻于至当。要之《花庵》此选，原不以标宗立派，自未能极尽精纯。至朱彝尊氏，乃与《草堂》同类而非笑之。其序《孟彦林词》：

去《花庵》《草堂》之陈言，不为所役，俾滓窳涤濯，以孤技自拔于流俗。(《曝书亭集》卷四十)

其标准不同，故于《花庵》《草堂》，并加排斥；此亦吾国往时学者无时代观念之通病，不足致讥也。

草窗所辑《绝妙好词》，所采多绍兴讫德祐间人；自二、三巨公外，姓字多不著。(厉鹗《绝妙好词笺跋》)其书始张孝祥，终仇远，都一百三十二家。自宋以来，即为词家所共推挹。如张炎云：

近代词人用功者多，如《阳春白雪》集，如《绝妙词选》，亦自可观；但所取不精一，岂如周草窗所选《绝妙好词》之为精粹。(《词源》卷下)

朱彝尊氏尤极称之，曾为此书作跋云：

词人之作，自《草堂诗余》盛行，屏去《激楚》《阳阿》，而巴人之唱齐进矣。周公谨《绝妙好词》选本，虽未全醇，然中多俊语；方诸《草堂》所录，雅俗殊分。(《曝书亭集》四十三)

彝尊谓：“词以雅为尚。”(《曝书亭集·乐府雅词跋》)此在歌法失传之后，论词者固当以尽雅为归；而在歌词盛行之时，固贵雅俗共赏。南宋自姜夔出，词格日高，而所为歌词，乃渐为文士所独赏。草窗、玉田，固皆绍述白石老仙者（从彝尊说）；而草窗此选，不期然而以“清言秀句”（钱遵王《述古堂藏书题词》）为归。然所采诸人，姓字既多不著，则选录标准，盖亦藉词以传人者。特草窗词学功深，故能抉择精英，而不免参以主观见解，乃近于后来浙、常诸派，藉选词以标宗立义耳。

以词传人，而具有历史性质之选本既出，于是有断代成编者，有划地为界者。如元好问之《中州乐府》，悉录金源一代之作；又如聂先之《百名家词》，王昶之《明词综》《国朝词综》《琴画楼词钞》，谭献之《箧中词》等，皆闻元氏之风而起者。其域于一隅之选本，如《四明近体乐府》《常州词录》《金陵词徵》《湖州词徵》《粤西词见》，乃至最近刊行之《闽词徵》等，虽纯驳互见，而其旨在传人，兼足为言词史者之资，则亦应运而生，不为无功于词学者也。

四

金、元而后，南北曲兴，歌词之法不传，醇雅之音渐绝；陵夷至于明代，而词学之衰敝极矣。元、明间人，时或窃取唐、宋人词以入曲；而所肄习，唯《花间》《草堂》二本；《草堂》之流布尤广，传刻至数十百种之多。（详赵叔雍先生所撰《词总集提要》）正由其雅俗兼陈，足备挦扯之用，故当词学式微之日，独得盛行。明人选词，唯杨慎之《词林万选》，董逢元之《唐词纪》，尚有传本；而名实相乖，漫无体例，《四库总目提要》已加贬斥矣。董书不以人序，不以调分，而区为景色、吊古、感慨、宫掖、行乐、别离、征旅、边戍、佳丽、悲愁、忆念、怨思、女冠、渔父、仙逸、登第十六门（《四库全书总目》卷二百），似沿《草堂》旧习，而支离灭裂，尤为可笑。不知《草堂》原出坊间，性质近于传习歌本。明代不传歌词之法，则选词自当严定体例，杨、董二书，盖等诸“自郐”矣。

清初词人，未脱晚明旧习。自浙、常二派出，而词学遂号中兴；风气转移，乃在一二选本之力；选词标准，亦遂与前代殊途。伶工之词，至是乃为士大夫所摈斥；思欲兴起绝学，不得不别树标帜，先之以尊体，继之以开宗，壁垒一新，而旗鼓重振。自朱彝尊《词综》、张惠言《词选》、周济《宋四家词选》，乃至近代朱彊村先生之《宋词三百首》，盖无不各出手眼，而思以扶持绝学、宏开宗派为己任。至其得失利病，下当分别论之。

朱氏《词综》，录唐昭宗、李白，以下讫金、元人，兼采闺秀、方外，乃至神女、乩仙之作。各家姓氏之下，系以小传，间著短评，体例略近《花庵》《绝妙词选》，似仍为“传人”而作，然其目的不仅在此。词虽大半出于“胡夷里巷之曲”，而自唐、宋以讫金、元，历数百年之酝酿变化，聚千百文人乐家之聪明才力，以从事于制作之工巧与内在之充实。伶工、歌女往日藉以娱宾者，久之而不能复被管弦，其声情之美，渐归湮灭；而爱好此体者，乃不得不专玩词情。此犹今日之皮黄京剧，论其辞句，文理多不可通；而出诸名伶之口，亦复抑扬顿挫，宛转动听；学士文人，恒为颠倒。一旦拨屏声容之美，而于文字上以求精纯，则其不能重登大雅之堂，且将随时代以俱消歇，盖可断言矣。生当词乐消沉数百年之后，举凡文人才士，所寄托于文字者，亦贵其能表现时代精神与作者性情抱负，兼及技术之工巧而已。吾国文人之言诗歌者，咸以《风》《骚》为极则；所谓比兴之义，不淫不乱之旨，所争在托兴之深微，所务为修辞之醇雅。由传统观念以论词，词固早被士大夫目为小道，而一旦欲上跻于《风》《雅》之列，则抉择标准势必从严，此清代言词学者，所以先贵尊体也。汪森为《词综》作序，即托本于《诗三百篇》，而重述其旨云：

古诗之于乐府，近体之于词，分镳并骋，非有先后；谓诗降为词，以词为诗之余，殆非通论矣。西蜀、南唐而后，作者日盛。宣和君臣，转相矜尚。曲调愈多，流派因之亦别。短长互见，言情者或失之俚，使事者或失之伉。鄱阳姜夔出，句琢字炼，归于醇雅。于是史达祖、高观国羽翼之，张辑、吴文英师之于前，赵以夫、蒋捷、周密、陈允平、王沂孙、张炎、张翥效之于后，譬之于乐，舞《箾》至于九变，而词之能事毕矣。

观其以姜夔为宗，而俨然特立一系统，一似江西诗派之一祖三宗者。然则此书选辑之标准，盖与以前诸本大异其趣。汪氏所谓“庶几可一洗《草堂》之陋，而倚声者知所宗”，此浙派建立之所由来也。然其着意之点，似仍偏于技术。

彝尊于《词综·发凡》著其说云：

世人言词，必称北宋。然词至南宋，始极其工，至宋季而始极其变，姜尧章氏最为杰出。

又于《黑蝶斋词序》云：

词莫善于姜夔。宗之者张辑、卢祖皋、史达祖、吴文英、蒋捷、王沂孙、张炎、周密、陈允平、张翥、杨基，皆

具夔之一体。(《曝书亭集》卷四十)

又于《鱼计庄词序》云：

小令宜师北宋，慢词宜师南宋。(同上)

彝尊推重姜夔，谓其填词最雅也。(《词综·发凡》)南宋姜、张一派词，所以归于醇雅，其间亦自有故。盖小令滋衍于晚唐、五代，至北宋而体势大成，如晏幾道之作，所谓“嬉弄于乐府之余，而寓以诗人之句法，清壮顿挫，能动摇人心”(黄庭坚《小山集序》)；贺铸之作，所谓“幽洁如屈、宋，悲壮如苏、李”(张耒《东山集序》)者，固已尽雅之能事矣。慢词大盛于宋仁宗朝，柳永《乐章集》，实为一时代表；而所依之声，乃多为教坊新曲。迨后周邦彦提举大晟府，“增演慢曲、引、近，或移宫换羽，为三犯、四犯之曲，按月律为之，其曲遂繁”(《词源》卷下)。张炎称：“美成之词，浑厚和雅，善于融化诗句。”(同上)则“雅”之一字，北宋词何遽不足当之？而朱氏选词，言雅必宗南宋者，盖不知北宋词多为教坊而作，传唱期于普遍，故不免有时雅俗杂陈；《乐章》无论矣，即《清真》言情之作，亦有或失之俚者。南宋词之所以极工而尽雅，则根本为文人聊自怡悦之资；其声曲之产生，又多出于文人自度；或清贵富厚之家，私蓄工妓，从事隶习。如《暗香》《疏影》二曲，制自姜夔，而范成大家工妓，为之歌唱(《白石道人歌曲》五)，所谓“小红低唱我吹箫”者是也。临安一隅，则有张枢喜音律，尝度《依声集》百阕，音韵谐美；杨缵洞晓律吕，尝自制琴曲二百操。(并见《浩然斋雅谈》)二人者皆当时贵胄，又喜与并世词客相往还；所有歌词，既为少数人之欣赏而作，不期然而鄙俚之病，涤荡无余。

周密亦彝尊所谓宗法尧章者，而《蘋洲渔笛谱》一编，所与酬唱者，有李彭老、李莱老、张枢、施岳、陈允平、杨缵、吴文英、赵崇嶓、史达祖、王沂孙、赵孟坚、卢祖皋、张辑、孙惟信、赵汝茪诸人，或擅词华，或精音律。举凡彝尊所谓姜派词人，大抵瓜葛有连，渊源有自；而其所以尽雅之故，则彝尊亦不暇深考其所以然；徒欲立义标宗，乃拈出“雅”之一字，上祖姜氏，以造成词学之一系统；又值清康熙极盛之世，文人才士方借词以为陶写性灵之资，取姜、张之醇雅，以端其归趣，亦未始非适应运会，有功词苑之巨编。自《词综》出而浙派以成，彝尊又屡申其旨，于《孟彦林词序》则曰：

> 宋以词名家者，浙东、西为多。钱塘之周邦彦、孙惟信、张炎、仇远，秀州之吕渭老，吴兴之张先，此浙西之最著者也。三衢之毛滂，天台之左誉，永嘉之卢祖皋，东阳之黄机，四明之吴文英、陈允平，皆以词名浙东；而越州才尤盛，陆游、高观国、尹焕倚声于前，王沂孙辈继和于后；今所传《乐府补题》，大都越人制作也。（《曝书亭集》卷四十）

于《鱼计庄词序》则曰：

> 在昔鄱阳姜石帚、张东泽，弁阳周草窗，西秦张玉田，咸非浙产，然言浙词者必称焉。是则浙词之盛，亦由侨居者为之助；犹夫豫章诗派，不必皆江西人，亦取其同调焉尔矣。（同上）

由斯以谈，则朱氏之选录《词综》，其目的固在建宗派，而其抉择标准，则以雅为归明矣。后来厉鹗亦宗朱氏之言，而为畅其旨云：

> 曾端伯选词，名《乐府雅词》；周公谨善为词，题其堂曰“志雅”。词之为体，委曲啴缓；非纬之以雅，鲜有不与波俱靡，而失其正者矣。(《樊榭山房文集》卷四《群雅词集序》)

是犹谓词之托体既卑，不得不藉骚雅之辞，以提高其风格；而其称沈岸登善学白石老仙，其后辈张龙威之词，清婉深秀。(《红兰阁词序》) 然则清婉深秀，殆可为“雅”字作注脚矣。

自朱氏《词综》出，而浙西填词者，家白石而户玉田，春容大雅，风气之变，实由于此（彝尊说）。浙派承明词之敝而崇尚清灵，抬举姜、张，以为登峰造极之境（参用徐珂《清代词学概论》）；而不知姜、张一派词之在南宋，各有其特殊性格与环境。张炎力主清空，谓：“清空则古雅峭拔。”又云：“姜白石词，如野云孤飞，去留无迹。”(《词源》卷下）所谓清空之一境，乃譬之以“野云孤飞”，此事自关天分，宁可力强而致？持此说以相标榜，徒崇尔雅、斥淫哇，而不务内容之充实；流极所至，乃为饾饤，为寒乞（参用徐说），为滑易，为空无所有；浙派敝极，而《词综》之声价随减。周济乃并其宗主而亦加排击，谓：

> 雅俗有辨，生死有辨，真伪有辨，真伪尤难辨；稼轩豪迈是真，竹山便伪；碧山恬退是真，姜、张皆伪。(《宋四家词选序论》)

其实姜、张何尝皆伪，特貌为姜、张之浙派末流，则真性就湮，无可讳言耳。此《词综》之作，原以宏开宗派，而其流弊，乃至厚诬古人，操选政者可不慎哉？

五

《词综》之独标姜、张，为世诟病，既如上述；而一时风气因以大开，词在文坛复占重要地位。然词既不复有重被管弦之望，则树立壁垒，仍在意格与技术之争。浙派过重修辞，一意“开宗”，而未能确切“尊体”；乃有常州派起而与之抗衡，张惠言《词选》一编，即以“尊体”相号召者。故其序曰：

词者，盖出于唐之诗人，采乐府之音，以制新律，因系其词，故曰词。传曰：“意内而言外谓之词。”其缘情造端，兴于微言，以相感动。极命风谣里巷男女哀乐，以道贤人君子幽约怨悱不能自言之情，低徊要眇，以喻其致。盖诗之比兴，变风之义，骚人之歌，则近之矣。然以其文小，其声哀，放者为之，或跌荡靡丽，杂以昌狂俳优。然要其至者，莫不恻隐盱愉，感物而发，触类条鬯，各有所归，非苟为雕琢曼辞而已。

词之兴起，除受燕乐新曲影响外，大抵皆言里巷男女哀乐之情。（详见拙著《词体之演进》）迨此体盛行，乃有所谓贤人君子，借此以达其幽约怨悱不能自言之隐，非其体制本然也。“跌荡靡丽，杂以昌狂俳优”，在当日或目为当行之作；而“恻隐盱愉，感物而发，触类条鬯，各有所归”者，又皆一时才士之所为，非如十五国风之出于里巷讴谣也。惠言本《易》学大师，以说经之目光论词，故其要在于“尊体”。唯其独标意格，而又虑世之言词者，惑于“词为小道”及“托体卑”之说，不敢专精探讨也；乃不得不别辟途径，拨弃声曲关系，而特立一新系统。其于唐代词人，最推温庭筠氏，谓“其言深美闳约”。于宋贤则主张先、苏轼、秦观、周邦彦、辛弃疾、姜夔、王沂孙、张炎，谓“渊渊乎文有其质焉”（并见《词选序》）。柳永一派，为所深斥。其言曰：

> 其荡而不反，傲而不理，枝而不物。柳永、黄庭坚、刘过、吴文英之伦，亦各引一端，以取重于当世，而前数子者，又不免有一时放浪通脱之言出于其间。后进弥以驰逐，不务原其指意，破析乖刺，坏乱而不可纪。故自宋之亡而正声绝，元之末而规矩隳，以至于今，四百余年，作者十数，谅其所是，互有繁变，皆可谓安蔽乖方，迷不知门户者也。

所标宗旨，于此可见，而所谓“安蔽乖方，迷不知门户者”，或为浙派而言；所谓“正声”，所谓“规矩”，皆就操选政者之立场而定，本非一成而不可变之定律。其徒金应珪守其师说，重申其旨云：

> 乐府既衰，填词斯作；三唐引其绪，五季畅其支，两宋名公尤工此体，莫不飞声尊俎之上，引节丝管之间；然乃“琼楼玉宇”，天子识其忠言；“斜阳烟柳”，寿皇指为怨曲；造口之壁，比之诗史；太学之咏，传其主文。举此一隅，合诸四始，途归所会，断可识矣。（《词选序》）

金氏之言，盖即后来周济所主“词非寄托不入”（《宋四家词选序论》）之论；而又别陈三蔽：一曰淫词，二曰鄙词，三曰游词。终谓：

> 今欲塞其歧途，必且严其科律，此《词选》之所以止于一百十六首也。

就正统派文学观念言之，张氏《词选》选录之精严，盖自有选本以来，无出其右者。然门庭过隘，又特尊温庭筠，取其《菩萨蛮》十四章，参互证解，以为感士不遇之作，谓“篇法仿佛《长门赋》”；又谓：“照花四句照花前后镜，花面交相映。新帖绣罗襦，双双金鹧鸪，《离骚》初服之意。”一似庭筠词中所表现之胸怀气性，咸足步武灵均。殊不思庭筠之为人，士行尘杂，不修边幅（《旧唐书》卷一百九十下），虽“能逐弦吹之音，为侧艳之词”，未必有意接迹《风》《骚》，不背“恻隐盱愉”之旨。又据《乐府纪闻》：

> 宣宗爱唱《菩萨蛮》。令狐绹假温庭筠手，撰二十阕以进，戒勿泄；而遽言于人，且曰“中书堂内坐将军”，以讥其无学也。由是疏之。

由此可知，庭筠之词多为应歌而作；即就风格论，亦所谓“香而软”（《北梦琐言》）者。王国维氏，即不以张氏之论为然。其所著《人间词话》云：

> 张皋文谓飞卿之词，“深美闳约”，予谓此四字，惟冯正中足以当之。刘融斋谓“飞卿词精妙绝人”，差近之耳。

温词情致之婉美，结构之精密，词藻之清艳，的是出色当行；而张氏必欲以《风》《骚》体格附益之，即为此体开山作祖，未免涉于穿凿，作者本意殆不其然。柳永慢词，在词学史上地位，不亚于温氏；而张氏不录其只字，其蔽在过崇词体，乃不惜并其本来面目而亦隐没之。观其《自序》：

> 义有幽隐，并为指发；几以塞其下流，导其渊源；无使风雅之士，惩于鄙俗之音；不敢与诗赋之流，同类而风诵之也。

其用意固已昭然若揭矣。

我国旧时学者，严于雅俗之界，又喜“托古改制”，往往迷乱本真；就张选以求词学之全，宁复可得？然在词乐失传之后，将欲振兴斯道，非力崇体格不为功。近人吴瞿安梅先生云：

> 皋文《词选》一编，扫靡曼之浮音，接《风》《骚》之真脉。……溯源竟委，辨别真伪。于是常州词派成，与浙词分镳争席矣。(《词学通论》)

朱彊村先生亦颇推挹张选，其《望江南·题清代诸家词集后》云：

> 回澜力，标举选家能。自是词中疏凿手，横流一别见淄渑。异议四农生。(《彊村语业》卷三)

疏凿《词源》，别开疆宇，使此体上接《风》《骚》，作者襟抱学问，喷薄而出，且以沉着醇厚为宗旨（参用徐珂说），洗荡淫哇；体格既高，而庸滥鄙俚及无病呻吟之作，无由自附于风雅；百年来词学界之得重放光明，又不得不归功张氏矣。

六

常州派词人，何以务在“尊体”？谓将以继往开来也。古人往矣，不妨严定规律，使其就我范围；范围古人，以示来学；清人选词，用意莫不如此。自张氏《词选》出，而词体日尊；然奥窔虽开，而津途未辟；至周济氏，受词法于武进董士锡；董为词又师其舅氏张皋文、翰风兄弟；渊源有自，又从而推拓之。以张选之门庭过隘，而又无迹可寻也，乃标举四家，以示矩范。又为之序曰：

> 清真，集大成者也。稼轩敛雄心，抗高调，变温婉，成悲凉。碧山餍心切理，言近旨远，声容调度，一一可循。

梦窗奇思壮采，腾天潜渊，返南宋之清泚，为北宋之秾挚。是为四家，领袖一代；余子荦荦，以方附庸。(《宋四家词选序论》)

彼于意境体格，二者兼重；抬举四家，以范围两宋词人，而又示学者以从入之途径云：

问途碧山，历梦窗、稼轩以还清真之浑化。余所望于世之为词人者，盖如此。(同上)

宋词本有疏、密二派(从彊村先生说)，稼轩疏而碧山、梦窗皆密。周氏于碧山又云：

碧山胸次恬淡，故"黍离""麦秀"之感，只以唱叹出之，无剑拔弩张习气。(《宋四家词选序论》)

于梦窗又云：

皋文不取梦窗，是为碧山门径所限耳。梦窗立意高，取径远，皆非余子所及；惟过嗜饾饤，以此被议。若其虚实并到之作，虽清真不过也。(同上)

于稼轩又云：

稼轩不平之鸣，随处辄发，有英雄语，无学问语，故往往锋颖太露。然其才情富艳，思力果锐，南北两朝，实无其匹，无怪流传之广且久也。(《介存斋论词杂著》)

周氏了然于诸家之得失利病，以碧山无稼轩"锋颖太露"之弊，亦无梦窗"过嗜饾饤"之习，而又"餍心切理，言近旨远"，故认为足示学者以梯航，而端其趋向；梦窗运思过密，而立意特高，亦为深造者必由之径；而又虑其能实而不能空也，乃取"才情富艳，思力果锐"之稼轩，以疏宕之；而究极于清真，以期达最高之鹄的。其所标宗旨，殆不仅以“尊体”“开宗”，而特富“传灯”之意；在近代选本中，可谓最能示人以津筏，最有步骤及计划者矣。虽其所论，似仍偏于技术之修养，而堂庑特大，含蕴亦丰。彊村先生题云：

> 金针度，《词辨》止庵精。截断众流穷正变，一灯乐苑此长明。推演四家评。(《彊村语业》卷三《望江南》)

则亦明言其选词标准，盖为暗度金针，而《词辨》一编，周氏又自明定义例，区分正、变。观其附记：

> 向次《词辨》十卷：一卷起飞卿为正；二卷起南唐后主为变；名篇之稍有疵累者为三、四卷；平妥清通才及格调者为五、六卷；大体纰缪、精彩间出为七、八卷；本事词话为九卷；庸选恶札，迷误后生，大声疾呼以昭炯戒为十卷。(《介存斋论词杂著》)

今虽仅存正、变二卷，而旨意可睹；其以温庭筠、韦庄、欧阳炯、冯延巳、晏殊、欧阳修、晏幾道、柳永、秦观、周邦彦、陈克、史达祖、吴文英、周密、王沂孙、张炎、唐珏、李清照诸家为正，而以李后主、蜀主孟昶、鹿虔扆、范仲淹、苏轼、王安石、辛弃疾、姜夔、陆游、刘过、蒋捷诸家为变，亦具卓识；且于清真、梦窗、碧山、稼轩四家之作，所录独多，并见其与《四家词选》，义例一贯。至张、周二选之大别，则张主谨严，而失之狭隘穿凿；周明正、变，而失之附会牵强。然为来学阶梯，而仍不忽视词之本体，则周氏之论，终较通达。其《词辨序》云：

> 夫人感物而动，兴之所托，未必咸本庄雅。要在讽诵

紬绎，归诸中正，辞不害志，人不废言。虽乖缪庸劣，纤微委琐，苟可驰喻比类，翼声究实，吾皆乐取，无苛责焉。

作者不必然，而要在读者"讽诵紬绎，归诸中正"，此常州词派之微旨，亦即其所以历百年而不敝者；而"乖缪庸劣，纤微委琐"，在张选所不收者，周氏则视其"苟可驰喻比类，翼声究实"，皆所乐取。词人选词，视经师为闳远矣。

《四家词选》，抑苏而扬辛，退姜、张而进辛、王；而又将北宋诸大家，如晏殊、欧阳修、晏幾道、张先、柳永、秦观、贺铸等，隶属于周邦彦之下；范仲淹、苏轼、晁补之等，隶属于辛弃疾之下；林逋、毛滂等，隶属于王沂孙之下；赵令畤、王安国、苏庠等，隶属于吴文英之下；倒本根为枝叶，认祖祢作云仍；虽见地颇高，而措置未妥。此其故盖亦蔽于宗派之说，过执度人之旨，故不惜颠倒衣冠，以就我范畴；然使从事斯学者，有辙可循，秩然不紊，则其功不可没也。

周氏欲以稼轩之"雄心高调"，运梦窗之"奇思壮采"；而不知赏东坡之"清雄"（王鹏运说），适以自限。又取碧山与清真、稼轩、梦窗，分庭抗礼，亦微嫌拟于不伦（彊村先生说）。① 为矫此弊，而彊村先生之《宋词三百首》，乃继之有作。录宋词八十七家，而柳永十三首、晏幾道十八首、苏轼十二首、周邦彦二十三首、贺铸十二首、姜夔十六首、吴文英二十四首；七家之作，乃占全书三分之一以上，俨然推为宗主；而疏密兼收，情辞并重，其目的固一以"度人"为本，而兼崇体制；然不偏不颇，

① "拟于不伦"，底本作"拟不于伦"，据文意酌改。

信能舍浙、常二派之所短，而取其所长，更从而恢张之，为学词者之正鹄矣。况周颐序云：

> 大要求之体格神致，以浑成为主旨。

所谓“浑成”，料即周济所称之“浑化”；衍常州之绪，以别开一宗；晚近词坛，盖悉奉此为圭臬；而以“尊体”诱导来学之词选，至此殆已臻于尽善尽美之境，后来者无以复加矣。

上述清人所选唐、宋词，皆各有主张，影响于词坛者至巨；词学中兴之盛业，朱、张、周、朱诸选本，实为枢机。外此如刘逢禄之《词雅》、成肇麐之《唐五代词选》、周之琦之《心日斋十六家词选》、戈载之《宋七家词选》、冯煦之《宋六十一家词选》等，虽并崇体格，而或“我见”太深，或沙汰未净，俱不足以转移风气，故暂略而不述云。

七

自唐迄今，绵历千载，“曲子词”之发扬滋长，派衍支分，作者何止万家，选本亦无虑数百种，异轨同奔，莫可究诘。然作者以时代关系及个人性情才调之不同，果各有所长，正亦不容偏废。选家目的，既不外“便歌”“传人”“开宗”“尊体”四种，则去取标准，料亦未能出此范围。今歌法久已失传，其声情之美，虽有才智之士，亦终不能悬悟以还当时之旧，则所谓选词以便歌者，在今日固已无所用之矣。“曲子词”之地位，于中国文学史上既树不拔之基，则吾人之所考求，亦当于其所以演变推迁之故，与夫各作者之利病得失，加以深切注意，抱定历史家态度，以衡量各名家之作品，显示其本来面目，而不容强古人以就我范围，抉取精华，而无所歧视；务使此千年来之词学，与其渊源流变之所由，乃至各作家之特殊风格，皆可于此觇之；纯取客观，以明真相，宗派之说，既无所容心；尊体之言，亦已成过去，一时有一时之风尚，一家有一家之特质，不牵人以就我，不是古以非今，一言以蔽之："还他一个本来面目。"吾所望于后之选词者如此。

关于前贤选词之目的与标准既明，则彼应运而生之选本，吾人皆可窥其作用，悟其旨归；读者既可由此知津，亦不至迷方不定；执持衡量，以解众纷；由上述诸家选本，以考求唐、宋迄今词坛风尚，与其转变推迁之故，亦可以思过半矣。吾所望于后之读词选者如此。

（原载《词学季刊》第一卷第二号，一九三三年八月）

论词谱

——《词学通论》之一节

词为倚声之学，前人按律以制调，后人依谱以填词，调名既多，各有定谱，词谱之学，关系于词学者深矣。

唯是唐、宋时之词谱，悉就音律言之，一调之侧，缀以音符，有六、凡、工、尺、上、一、四、勾、合、五、尖一、尖上、尖凡、大住、小住、掣、折、大凡、打等管色应指字谱（详见张炎《词源》），张炎所谓"先人晓畅音律，有《寄闲集》，旁缀音谱，刊行于世"者是也。《寄闲集》今已失传，所传宋词旧谱，唯姜夔《白石道人歌曲》中之自制曲十七调，犹可推寻耳。

《四库全书总目·钦定词谱提要》云："词萌于唐而大盛于宋，然唐、宋两代，皆无词谱。盖当日之词，犹今日里巷之歌，人人解其音律，能自制腔，无须于谱。其或新声独造，为世所传，如《霓裳羽衣》之类，亦不过一曲一调之谱，无裒合众体，勒为一编者。元以来南北曲行，歌词之法遂绝。姜夔《白石词》中，间有旁记节拍，如西域梵书状者，[①]亦无人能通其说。今之词谱，皆取唐、宋旧词，以调名相同者互校，以求其句法、字数；取句法、字数相同者互校，以求其平仄；其句法、字数有异同者，则据而注为又一体；其平仄有异同者，则据而注为可平可仄。自《啸余谱》以下，皆以此法推究，得其崖略，定为科律而已。"观其所论今之所谓词谱，皆由比较得之。盖自歌词之法不传，不得已而归纳众制，以求一共同之规律，亦知非唐、宋音谱之旧式，聊示典型而已。至谓"唐、宋两代，皆无词谱"，则失考已甚。特当时制谱，并缀音符，若后来之《九宫大成谱》，旁注工尺者然，不似今之词谱，仅标平仄句逗韵叶耳。

方成培《香研居词麈》："《齐东野语》云：'《混成集》修内司所刊本，巨帙百余，古今歌词之谱，靡不备具。只大曲一类，凡数百解，他可知矣。'白朴《天籁集》又有所谓榷场谱者。惜此二书不传。"据此，是唐、宋间词，固自有谱也。明人王骥德亦称："予在都门日，一友人携文渊阁所藏刻本《乐府大全》，又名《乐府混成》一本见示，盖宋、元时词谱。"（《曲律》四）其所录存之小品谱，一似《白石道人歌曲》所缀音符，则宋人词谱之旧式，盖可推想得之矣。

谱之由来，出于腔调，方氏《宫调发挥》云："宋时知音者，或先制腔而后实之以词，如杨元素先自制腔，张子野、苏东坡填

---

① "西域梵书"，底本作"西城焚书"，据《四库全书总目提要》（河北人民出版社2000年版，第5502页）改。

词实之，名《劝金船》，范石湖制腔而姜尧章填词实之，《玉楼令》之类是也。或先率意为长短句，然后协之以律，定其宫调，命之以名，如姜尧章《长亭怨慢·自叙》所云是也。又有所谓犯调者，或采本宫诸曲，合成新调，而声不相犯，则不名曰犯，如曹勋《八音谐》之类是也。或采各宫之曲，合成一调，而宫商相犯，则名之曰犯，如姜夔《凄凉犯》、仇远《八犯玉交枝》之类是也。”（《香研居词麈》五）词必有腔，各腔之音拍不同，以某种符号记其音拍，斯之谓谱。杨守斋《作词五要》云，作词之要有五，“第一要择腔。腔不韵则勿作，如《塞翁吟》之衰飒，《帝台春》之不顺，《隔浦莲》之寄煞，《斗百花》之无味是也”。又云：“第三要填词按谱。自古作词，能依句者已少，依谱用字者百无一二。词若歌韵不协，奚取焉？或谓善歌者融化其字则无疵，殊不知详制转折，用或不当则失律，正、旁、偏、侧，凌犯他宫，非复本调矣。”（《词源》附录）所谓“择腔”，所谓“按谱”，皆属于音律方面之事，非后来词谱之平仄、句逗所克赅也。一词有一词之腔，即一调有一调之谱，而所谓谱者，又必详记其音拍，乃能表示某腔某调之声容，所谓腔之韵不韵，亦必由此，乃可得知。善乎江顺诒之言曰：“后之撰词谱者，当列五音而不应列四声，当分宫商之正变，而不当列字句之平仄，当列散声增字之多寡，而不当列一调数体之参差。自宋以后，音律失传，未始非词谱误之也。盖五音四声，皆属天籁。近体平仄押韵有一定，故四声人人皆知。词曲虽有宫商，必待歌而始协律，故五音人人皆不知矣。其始则亦人人知之。今之填词者，舍五音而讲四声，毋亦昧其源乎？”（《词学集成》卷一）虽然，江氏知词之协律，宜注意音谱，而不思自宋以后，音谱早已失传，即有知音之士，亦苦无由悬解，则舍平仄四声，与夫句逗韵叶之比较，[①]以言词谱，亦戛戛乎其难矣。

自宋、元而后，词之音谱莫传，学者但见前人同用一调之词，其用字之平仄，与夫句度长短之数，亦各有其一定之规则，于是网罗众制，比勘异同，而今之所谓词谱者作焉。据《四库全书》之所著录，有明张綖之《诗余图谱》、程明善之《啸余谱》，清初赖以邠之《填词图谱》、万树之《词律》，以及康熙朝之《钦定词谱》，递相推演，后出转精。计《词律》所收，为调六百六十，为体千一百八十有奇。其篇则取之唐、宋，兼及金、元，于字则论其平仄，兼分上、去，而每详以入作平，以上作平之说（万树自序）。至《钦定词谱》，共八百二十六调，分二千三百二十六体。有一调数名，亦有一名数调者。自十四字起，至二百四十字止。其体有单调、双调、三叠、四段之不同。其句读自一字至九字，各有一定格法，如四字句，有上一下一、中两字相连者，五字句有上一下四者，六字句有上三下三者，七字句有上三下四者，八字句有上一下七，或上五下三、上三下五者，九字句有上四下五，或上六下三、上三下六者，难以悉数。大约以整句为句，半句为读，直截者为句，蝉联不断者为读。（谢元淮《填词浅说》）二书既出，学者多遵用之。其后谢元淮复欲以歌南北曲之法，施之于词，乃谓："词有声调，歌有腔调，必填词之声调，字字精切，

① "与"，底本作"旨"，据文意酌改。

然后歌词之腔调，声声轻圆。调其清浊，叶其高下，首当责之握管者。其用字法，宜平不得用仄，宜仄不得用平，宜上不得用去，宜去不得用上，一调中有数句连用仄声住脚者，宜一上一去间用，韵脚不得用入声代平、上、去字。”又谓：“古词既可叶律，今词何独不然。吾尝欲广征曲师，将历代名词尽被弦管。其原有宫调者，即照原注，补填工尺。其无宫调可考者，则聆音按拍，先就词字以谱工尺，再因工尺以合宫调，工尺既协，斯宫调无讹。必使古人之词，皆可入歌，歌皆合律。其偶有一二字隔碍不叶者，酌量改易，其全不入律者删之。汇成一代雅音，作为后学程式。”（《填词浅说》）其所著《碎金词谱》，即实行此种主张，虽可尽付歌喉，而不免贻讥于“向壁虚造”，言词之士无所取焉。

今言词谱，要仍不得不采用同调比较之一法，而其所应注意之点，不外平仄、句读、领字、韵脚诸端。杨守斋所谓“作词能依句者已少”，近人论词严律者，殆亦所谓“依句”而已。同调比较，其法有二。一为罗列诸家之作，互为比较；一为就本调之上下阕，除起结外，自相比较。兹为举例说明如下：

《念奴娇》一调，《词律》收辛弃疾词为标准，而以苏轼所作为别格。轼词世共议为多不协律者也，辛亦未必洞晓音律，孰为正格？孰为别格？正未可知。唯南宋姜夔，则知音能自度曲，其所作能协音谱，当较可信。今以姜词为主，并举苏、辛此调，及叶梦得和苏韵之作，以资比勘。

姜夔作：

闹红一舸（句），记来时（逗）、尝与鸳鸯为侣（叶）。

三十六陂人未到（句），水佩风裳无数（叶）。翠叶吹凉（句），玉容消酒（句），更洒菰蒲雨（叶）。嫣然摇动（句），冷香飞上诗句（叶）。　　日暮青盖亭亭（句），情人不见（句），争忍凌波去（叶）。只恐舞衣寒易落（句），愁入西风南浦（叶）。高柳垂阴（句），老鱼吹浪（句），留我花间住（叶）。田田多少（句），几回沙际归路（叶）。

苏轼作：

大江东去，浪淘尽、千古风流人物。故垒西边，人道是、三国周郎赤壁。乱石穿空，惊涛拍岸，卷起千堆雪。江山如画，一时多少豪杰。　　遥想公瑾当年，小乔初嫁了，雄姿英发。羽扇纶巾，谈笑间、樯橹灰飞烟灭。故国神游，多情应笑我，早生华发。人间如梦，一尊还酹江月。

叶梦得作：

云峰横起，障吴关三面，真成尤物。倒卷回潮目尽处，秋水黏天无壁。绿鬓人归，如今虽在，空有千茎雪。追寻如梦，漫余诗句犹杰。　　闻道尊酒登临，孙郎终古恨，长歌时发。万里云屯瓜步晚，落日旌旗明灭。鼓吹风高，画船遥想，一笑吞穷发。当时曾照，更谁重问山月。

辛弃疾作：

倘来轩冕，问还是，今古人间何物。旧日重城愁万里，风月而今坚壁。药笼功名，酒垆身世，可惜蒙头雪。浩歌一曲，坐中人物三杰。　　休叹黄菊凋零，孤标应也有，梅花争发。醉里重揩西望眼，惟有孤鸿明灭。万事从教，浮云来去，枉了冲冠发。故人何在，长庚应伴残月。

又：

野棠花落，又匆匆过了，清明时节。划地东风欺客梦，一枕银屏寒怯。曲岸持觞，垂杨系马，此地曾轻别。楼空人去，旧游飞燕能说。　闻道绮陌东头，行人长见，帘底纤纤月。旧恨春江流不尽，新恨云山千叠。料得明朝，尊前重见，镜里花难折。也应惊问，近来多少华发？

细按此调，上下阕除起三句为有参差外，其余平仄、句读，并无不同，所有可平可仄之字，一加比勘，便可全得，万氏所注，时有未尽。如辛词“划地东风欺客梦”句，万注“划”字可平，而以姜词“三十六陂人未到”句勘之，则“东”字应注可仄。辛词“旧恨春江流不尽”句，万注“旧”字可平，而以姜词“只恐舞衣寒易落”句勘之，则“春”字应注可仄。又如辛词“野棠花落”句，万注“野”字可平，而以姜词“闹红一舸”句勘之，则“花”字亦不妨以入作平。辛词“闻道绮陌东头”句，万氏不注可平可仄，而以姜词“日暮青盖亭亭”句及其他诸家之作证之，则“绮”字正多用平。此万氏对平仄比勘之疏略者也。假定此调以姜作为协音谱，更以诸家之作比勘之，则苏词之平仄不合处，有“浪淘尽”之“尽”字，句读不合处，如“浪淘尽千古风流人物”九字，诸家皆作上五、下四二句；“小乔初嫁了，雄姿英发”二句，诸家皆作上四、下五，叶、辛和作，或然，或否，此犹可谓为别有一格也。至如“故垒西边”以下，上下阕句法本同，万氏以“人道是”三字属上为七字句，以求合下半阕，已觉于语气不顺。若“故国神游，多情应笑我，早生华发”三句，万氏以上下阕相比较，乃并不问语气之通顺与否，遽以“我”字属下为句，是欲掩苏氏失律之病，而转使其文理不通也。以平仄句读，比勘众制，藉求所谓词律而为之制谱，其危险殆不可胜言。然舍此之外，亦无他法，要应以当时号称知音者之作为准，庶几可无大过，其有不合如苏、辛诸人者，以“长短不葺之诗”视之可也。

复次，比勘音节，于各种特殊句法，尤应注意。四字句有上一下一、中两字相连者，如柳永《雨霖铃》之“对长亭晚”、《八声甘州》之“倚阑干处”、《迷神引》之“引胡笳怨”，辛弃疾《水龙吟》之“揾英雄泪”等句皆是。五字句有上一下四者，如柳永《竹马子》之“登孤垒荒凉”、周邦彦《拜星月慢》之“隔溪山不断”等句皆是。有一字领七字句者，如姜夔《淡黄柳》之“怕梨花落尽成秋色”、吴文英《唐多令》之“纵芭蕉不雨也飕飕”等句皆是。有一字领三字偶句者，如柳永《迷神引》之“觉客程劳，年光晚”、周邦彦《大酺》之“对宿烟收，春禽静”等句是。有一字领四字偶句者，如周邦彦《意难忘》之“爱停歌驻拍，劝酒持觞”、姜夔《翠楼吟》之“仗酒祓清愁，花销英气”等句是。有一字领五字偶句者，如柳永《黄莺儿》之“观露湿缕金衣，叶映如簧语”等句是。有一字领六字偶句者，如秦观《八六子》之“念柳外青骢别后，水边红袂分时”、周邦彦《西平乐》之“叹事逐孤鸿尽去，心与蒲塘共晚”等句是。有一字领八字偶句者，如周邦彦《风流子》之“羡金屋去来，旧时巢燕，土花缭绕，前度莓墙”、《一寸金》之“念渚蒲汀柳，空归闲梦，风轮雨楫，终孤前约”，刘克庄《沁园春》之“唤厨人斫就，东溟鲸脍，圉人呈罢，西极龙媒”等句是。有两字领六字偶句者，如秦观《八六子》之“那堪片片飞花弄晚，蒙蒙残雨笼晴”、周邦彦《拜星月慢》之“似觉琼枝玉树相倚，暖日明霞光烂”等句是。凡此之类，殆不胜枚举。此等关系于节拍者至大，又诸家词谱之所未留意及之者也。

总之，居今日而言词谱之学，以归纳比较为能事，而所取以为标准之作，又必以号通音律者为归。举凡平仄、句读、领字、韵脚，有可稍稍出入者，亦有必不可通融者，要视其为寻常之调，抑特殊之调而定。即三仄、上、去之辨，亦以周、吴诸家特殊句法为严，后当于《慢词之声韵变化》内详之，兹为发凡于此云。

（原载《语言文学专刊》第一卷第一期，一九三六年三月）

论结构

不论要想写好什么样式的文章，都得讲究结构。歌词是一种最为简炼而又富于音乐性的文学形式，所以它更得讲究结构精密。这原是古人共同重视的所谓“章句之学”。

要想发挥文学作品的感染力，把它的艺术性提高到顶点，是需要积累的。积字以成句，积句以成章，积章以成篇，宅句安章。要把整体安排得异常妥帖，才能达到圆满的境地。好比要造一座瑰丽宏伟或小巧玲珑的房子，首先得搞好设计，画好图纸，选好材料，一切准备齐全，再把基础牢牢打好，达到杜甫诗中所谓“风雨不动安如山”[1]的境界。这样逐层进展，从把架子配搭得停当稳称起，到安上一个富丽堂皇的屋顶，完成整个结构的工序是一点也不能草率凌乱的。

文字是语言的标记，而语言则是传达个人的思想感情，用来感染广大群众，藉以发挥作用的。这又好比一个人的身体，四肢

[1] 引自《茅屋为秋风所破歌》。

百骸要长得十分匀称，腰部充实坚挺，骨肉匀称，秾纤合度，两条腿要站得稳，而又轻捷灵活，但传神阿堵却在眉眼间。所以古诗人描写卫庄姜的美，先加以形体的刻画："手如柔荑，肤如凝脂，领如蝤蛴，齿如瓠犀，螓首蛾眉。"终之以神态的表达："巧笑倩兮，美目盼兮。"（《诗经·卫风·硕人》）这末二句是传神的所在，把一个容貌妍丽而又仪态万方的绝世美人活生生地画了出来。唐宋以来的诗家，把传神的字叫作"诗眼"，词家叫作"词眼"（陆辅之《词旨》），画家也有"画龙点睛"之笔。王实甫描写崔莺莺所以能使张君瑞神魂颠倒，也只在"怎当他临去秋波那一转"（《西厢记》第一本第一折）。但这秋波一转的魅力，必须和整体联系起来看，而能转动这一秋波的主宰者，乃在神情的贯注，血脉的流通，把全身的精粹都集中到这"一转"上来。所以我们想要把文学作品写得有声有色，充分地表达这种曲折微妙的思想感情，除了"因声以求气"，把语言的疾徐轻重、抑扬顿挫和思想感情的起伏变化很巧妙地结合起来以外，还得要求脉络通贯，不使发生一些阻滞。这道理，在刘勰论"章句"时就有了深透的阐发。他说：

> 章句在篇，如茧之抽绪，原始要终，体必鳞次。启行之辞，逆萌中篇之意；绝笔之言，追媵前句之旨。故能外文绮交，内义脉注，跗萼相衔，首尾一体。
>
> ——《文心雕龙》卷七"章句"第三十四

这精义所在，就在阐明想要把一篇作品的结构安排得精密完整，首先得做到层次分明、血液贯注，或左顾右盼，或摇筋转骨，务使意脉不断、首尾相辉。恰如明、清声乐理论家沈宠绥、徐大椿诸人所说，要想把每一个字唱得字正腔圆，达到“累累乎端如贯珠”[1]的妙境，就得顾到每一个字的头、腹、尾[2]，运用“潜气内转”[3]的手法，使这三个部分似断还连，融成一体。

至于一篇作品，这头、腹、尾三个部分要怎样才能安排得适当呢？刘勰也曾把他的经验告诉我们。他说：

> 凡思绪初发，辞采苦杂，心非权衡，势必轻重。是以草创鸿笔，先标三准。履端于始，则设情以位体。举正于中，则酌事以取类。归余以终，则撮辞以举要。
>
> ——《文心雕龙》卷七《熔裁》第三十二

虽则他在这里所说的，可能是指的一般长篇大论，与写精炼的诗歌有所不同，但开首得把所要描述的情态概括地揭示出来，取得牢笼全体的姿势；中间又得腰腹饱满，开阖变化，无懈可击；末后加以总结，收摄全神，完成整体——这是各种文学作品所应共同遵守的规律，不能随手乱来的。

古代大诗人就很注意每一作品的“发端”（就是起头）。有的飘忽而来，奄有压倒一切的气概。例如曹植的“惊风飘白日，忽然归西山”（《文选》卷二十四《赠徐幹》），谢朓的“大江流日夜，客心悲未央”（《文选》卷二十六《暂使下都，夜发新林，至京邑，赠西府同僚》）。有的故取逆势，借以激起下文所要铺写的壮阔波澜。例如杜甫的“堂上不合生枫树，怪底江山起烟雾。闻君扫却赤县图，乘兴遣画沧洲趣”（《杜工部集》卷一《奉先刘少

[1] 见《礼记·乐记》。

[2] 参考沈宠绥《度曲须知》、徐大椿《乐府传声》。

[3] 见《昭明文选》卷四十繁休伯《与魏文帝笺》。

府新画山水障歌》)。我们只要了解了这两种发端手法，而且很熟练地把它牢牢掌握住，那全篇的结构也就“胸有成竹”，可以恣情挥洒，不会怎样感到吃力了。

倚声填词，因为得受各个不同曲调的制约，所以它的规格特别的严，就更得要求结构的精密。张炎在他所著的《词源》里也曾约略谈到过这个问题。他是把小令和慢词分开来谈的。他说：

> 词之难于令曲，如诗之难于绝句，不过十数句，一句一字闲不得，末句最当留意，有有余不尽之意始佳。
>
> ——《词源》卷下《令曲》

又说：

> 作慢词看是甚题目，先择曲名，然后命意，命意既了，思量头如何起，尾如何结，方始选韵，而后述曲。最是过片不要断了曲意，须要承上接下，如姜白石（夔）词云：“曲曲屏山，夜凉独自甚情绪？”于过片则云：“西窗又吹暗雨。”此则曲之意脉不断矣。
>
> ——《词源》卷下《制曲》

我们且把姜词的全篇抄在下面，来研究一下它的结构：

> 庾郎先自吟愁赋，凄凄更闻私语。露湿铜铺，苔侵石井，都是曾听伊处。哀音似诉。正思妇无眠，起寻机杼。曲曲屏山，夜凉独自甚情绪！　　西窗又吹暗雨。为谁频断续，相和砧杵？候馆迎秋，离宫吊月，别有伤心无数。豳诗漫与。笑篱落呼灯，世间儿女。写入琴丝，一声声更苦。
>
> （自注：“宣、政间，有士大夫制《蟋蟀吟》。”并附小序：“丙辰岁，与张功甫会饮张

达可之堂，闻屋壁间蟋蟀有声，功甫约予同赋，以授歌者。功甫先成，辞甚美。予徘徊茉莉花间，仰见秋月，顿起幽思，寻亦得此，蟋蟀，中都呼为促织，善斗。好事者或以三二十万钱致一枚，镂象齿为楼观以贮之。”）

——《白石道人歌曲·齐天乐》

我们要彻底了解这一首词，首先得弄清楚它所表达的中心思想是什么？进一步弄清它的脉络，它的全身血液是怎样贯输下去的？

词一开始就把陷身在北周境内的梁朝文学家庾信所写的《愁赋》作为发端，笼罩全篇的意旨，也就是小序中所提到的“仰见秋月，顿起幽思”，说明作者的题旨是在借这小虫儿发抒国家兴亡的感慨。由于北宋末期的汴梁（开封）首都，君臣上下相习于骄奢淫佚的豪侈生活，置强敌压境于不顾，致遭汴京沦丧、“二帝蒙尘”的无比羞辱。单只这一玩蟋蟀的小事情，就可以反映南宋王朝的荒淫腐化，足够导致亡国之惨。作者触绪悲来，在内心深处潜伏着无限创痛，顿时引起联想，感到这无知的微虫，“唧唧复唧唧”，好像也在帮助有心人的叹息。开头寥寥十三个字，就把整个题旨牢牢地扣住，这手法是煞费经营的。跟着把格局展开，使用两个四言偶句和一个六言单句，点明以往听取蟋蟀争鸣的时地，收缴上文的“凄凄私语”，过脉到下文的“哀音似诉”，加以一顿，作为上半阕的关纽。再把一个领格的“正”字挺接上文，迫紧一步，由虫鸣引起征妇的怨情，联想到制作征衣的机杼，再一次扣紧蟋蟀（中都呼为“促织”）的题目，同时暗中透出汴京的沦亡，也不知牺牲了多少无辜战士，造成寡妇孤儿的愁惨结局。“曲曲”二句欲擒故纵，再把局势拓开，由人兜转到物，物自无心，人则有情，谁能堪此？人和物又融成一片，把凄凉情绪和凄凉环境紧密地结合起来。过片把“西窗暗雨”从上片的“夜凉”逗引过来，隔个窗儿，做成进一步的凄凉景况，迅即兜转到“思妇”情怀，又好像这无知的小虫也会对有情人表示同感；随即收缴“哀音似诉”以下一大段。这是由听蟋蟀而联想到广大人民在北宋沦亡期间所遭受到的苦痛之一，也就是“庾郎先自吟愁赋”的一个方面。跟着又用两个四言偶句和一个六言单句把局势跌进一层，由民间所遭受的苦痛转到宫廷所遭到的耻辱，所谓“候馆迎秋，离宫吊月，别有伤心无数”，暗指二帝被金兵俘虏北行，所有后宫妃嫔全都遭到蹂躏，这恶果是谁都难以避免的。“豳诗谩与”是用《诗经·豳风·七月》篇“十月蟋蟀，入我床下”的故实。据《毛传》以《七月》为“周公陈王业”的诗篇。作者想到周室的兴，是由于他们的先王“知稼穑之艰难”，任凭这小虫进入床底，大家都安于这种简单朴素生活；而北宋的亡国，却从这小玩意儿身上充分反映出来。有如小序所称“好事者或以三二十万钱致一枚，镂象齿为楼观以贮之”，这是何等的荒淫景象！同是一只小虫儿，而所招致的结果却是这般的悬殊，这就难怪作者要感叹这歌咏《豳风·七月》的诗人对这蟋蟀的“谩与”（意思是太随便地夸奖了这小虫儿）了。这四字又是下半阕的关纽所在。写到这里，又把今古兴亡之感，在朝野交受其害的痛苦心情上推进一层，将情绪发展到最高峰。迅即运用一个领格的“笑”字一笔勾转，以天真烂漫的儿童生活反衬出作者的沉痛心情。这一“笑”字，是从心灵深处徐徐冒起，几经吞咽，终于迸发出来的。这是一种“苦笑”。所以紧跟着就用了“写入琴丝，一声声更苦”九个字总结全文，将题旨全部揭出，一首一尾，遥相呼应。谁说姜夔词只精音律，没有思想内容呢！

至于发端用逆入手法，把来抒写“吞咽式”的悲壮郁勃的思想感情的，莫过于辛弃疾的《摸鱼儿》“更能消几番风雨”一阕，我在第三讲和第五讲中都曾提到过了[①]。他这一首词的中心思想，是有感于宋孝宗曾一度想给他以领兵北伐收复中原的重任，而被奸邪摇惑，孝宗也拿不定主张，对和战大计常怀犹豫，使岌岌可危的江山半壁常在风雨飘摇中。因此在他由湖北转运副使调任湖南转运副使时，触动了满腔悲愤，而又忧谗畏讥，不便用《满江红》《念奴娇》一类激越的曲调尽情发泄，才采取了这一种欲吐还吞的方式。“更能消、几番风雨，匆匆春又归去。”人们稍加想象，就可感到孝宗是个容易动摇的最高统治者，为了首先顾到个人的地位，禁不起群小的包围，有如大好春光，一经风雨飘摇，便又匆匆归去了。接着改用“螺旋式”的手法，层层推进，步步逼紧。“惜春长怕花开早，何况落红无数。”上句由“春又归去”推进，下句遥映“几番风雨”，意思是说他对军事准备没有充分把握的时候，是不肯轻率地向敌出击的。他早就提出过“无欲速”和“能任败”的大政方针（《九议》），要“不以小挫而沮吾大计”（《美芹十论》）。“落红无数”，正是指的一班意志薄弱的满朝文武，一经符离一役的挫败，就不免于悲观消沉。“春且住，见说道、天涯芳草无归路。”又从上二句折进一层，这悲观消沉，

① 即《词学十讲》之《选调和选韵》与《论韵位安排与表情关系》。

是无济于事的。因为萋萋芳草绿遍天涯，除掉把定南针，勇往迈进，哪还找得出什么出路来呢？“怨春不语”，折入对方，为什么装聋作哑、绝不作明朗表示呢？“算只有殷勤，画檐蛛网，尽日惹飞絮。”抑扬顿挫，再度采用“吞咽式”的手法，暗斥在朝奸佞，凭着他那花言巧语，借以迷乱视听，粉饰承平，恰似檐间蛛丝网，粘上一些落花飞絮，谩说“春在人间”，这是在骗谁呢？一面宕开，随即束紧，更和发端的“更能消、几番风雨”遥相映射，收缴上面一段伤春情事。过片由伤春转入伤别，由自然现象转入人世悲哀。护惜青春，人有同感。春尽待到柳絮飞时，便使粘上蛛网，也只等于“枯形阅世”，有何生意之可言？从而联想到被打入冷宫的薄命佳人，可能还有重被恩宠的希望？“长门事，准拟佳期又误。蛾眉曾有人妒。”借美人以喻君子，纵使君王回心转意，其奈“众女嫉予之蛾眉兮，谣诼谓予以善淫”[1]何！“千金纵买相如赋，脉脉此情谁诉。”又从“蛾眉”遭“妒”推进一层，暗示“谗谄蔽明”，忠诚难白。“君莫舞，君不见、玉环飞燕皆尘土。”行文到此，发展到了最高峰，一片真情，不能更自压抑，便把主题思想如“画龙点睛”一般点了出来。结果是同归于尽而已。从“长门事”以下，到此一笔收缴，再和上半阕的“画檐蛛网”遥相激射，取得伤春和伤别的统一。“休去倚危阑，斜阳正在，烟柳断肠处。”兜转伤春，以景结情，反射发端二语。“斜阳烟柳”是“春又归去”后的必然形势，忧国忧民的英雄志士，遇到这般情景，也就只好“垂下帘栊”不去看它了。

[1] 引自《离骚》。

这是何等严密的结构，多么沉咽凄壮的声情哟。

辛弃疾是现代所最推尊的爱国词人。他的作品，到处洋溢着忧国的伟大抱负，原是不特意注重技巧的。他爱使用大开大阖、纵横驰骤的笔阵，常是抓着一大堆的历史故事，层层叠叠地累积起来，好像不相联属似的；再凭着他那一腔豪气和一枝健笔，把散乱满盘的珠子一个劲儿地贯穿了起来。他这种不拘常格的结构，也是其他词家所难办到的。例如第四讲中所举的《贺新郎》“绿树听鹈鴂”一阕，一发端罗列了许多禽鸟，接着又是一大串的历史故事，好像杂乱无章似的。只凭上下阕的两个“逆入平出”的七字句“算未抵、人间离别”和“正壮士、悲歌未彻”作为关纽，收缴上文，唤起下片，“千钧一发”，显出豪情壮采。非有“推倒一世之智勇，开拓万古之心胸”[1]的伟大气魄，是要弄到“画虎不成反类狗”[2]的。

弃疾另一阕《贺新郎·赋琵琶》词，也是用的这一手法：

凤尾龙香拨。自开元、霓裳曲罢，儿番风月。最苦浔阳江头客，画舸亭亭待发。记出塞、黄云堆雪。马上离愁三万里，望昭阳宫殿孤鸿没。弦解语，恨难说。

辽阳驿使音尘绝。琐窗寒、轻拢慢捻，泪珠盈睫。推手含情还却手，一抹凉州哀彻。于古事、云飞烟灭。贺老定场无消息，想沉香亭北繁华歇。弹到此，为呜咽。

——《稼轩长短句》卷一

[1] 引自陈亮《龙川文集》。

[2] 引自马援《诫兄子严敦书》。

这词除发端“凤尾龙香拨”五字点明一下题目外，就只把历史故事抓了一大把，凭着一股傻劲，一气赶下，直到“千古事、云飞烟灭”，把前面一大堆东西用力一扫，好像清扫战场似的，顿时出现一番壮烈气象。挺接“贺老定场无消息，想沉香亭北繁华歇”收缴全文，又和发端“霓裳曲罢”二句遥相映射，再用“弹到此，为呜咽”作结，波澜是异常壮阔的。

辛弃疾的忧国壮怀和忧谗隐痛，贯串在他所有的代表词作中，是不能分割开来看的。他的结构严密而又声情郁勃的作品，也以表达这类的思想感情为最多，也最耐人寻味。兹再拈取两首，予以格局上的分析。

其一是《瑞鹤仙·赋梅》：

> 雁霜寒透幕。正护月云轻，嫩冰犹薄。溪奁照梳掠。想含香弄粉，靓妆难学。玉肌瘦弱，更重重、龙绡衬著。倚东风、一笑嫣然，转盼万花羞落。　寂寞。家山何在？雪后园林，水边楼阁。瑶池旧约，鳞鸿更仗谁托？粉蝶儿、只解寻花觅柳，开遍南枝未觉。但伤心、冷淡黄昏，数声画角。（“寻花”原作“寻桃”，此从周密《绝妙好词》卷一所录。）
>
> ——《稼轩长短句》卷五

题是“赋梅”，从梅花未开写到将落，借用环境烘托，层次是很分明的。它的骨子里却隐藏着个人身世之感和关怀家国之痛，他那“磊魂不平之气”还是跃然纸上的。他借用晚唐诗人韩偓“云护雁霜笼澹月，雨连莺晓落残梅”[1]的话意，来点出冻梅所处的

[1] 引自韩偓《半醉》，见《全唐诗》。

环境。雁从北地把霜气带来，就是装有重重帘幕，也抵不住寒威的侵袭，何况兀立在荒山穷谷中的梅树？她那精神受到压迫，是要感到痛苦的。接着仍写梅方含蕊时的气候，尽管霜威来袭，还没到坚冰难忍的时期，天上的白云也似乎对冷冷清清的明月具有同情心而予以遮护，教她好共梅魂保持纯洁的心灵，那前途还是大有可为的。“溪奁照梳掠”五字转进一层：不妨趁着这霜气还不十分严重的时机，对着镜面般的清泉从容梳掠，作好“一笑嫣然”的准备。“含香”二句从“梳掠”时的心境，感到“入时”妆饰的煞费经营。所以下面接上一句“玉肌瘦弱”，暗示内心的凄苦，但仍力自护持，把“与物为春”的冰玉精神牢牢保住，“龙绡衬著”约等于《离骚》“纫秋兰以为佩”的芳洁之思。静候“东风”的到来，便尔“一笑嫣然”，“转盼”间顿使“万花羞落”。这果于自信的乐观主义精神，和“风流高格调”统一起来，是何等的光采焕发，教人神移目眩！过片以“寂寞”二字点醒，想到当年的“突骑渡江”[1]所为何事？梦里家山，何曾打了回去？即使把我移种园林楼阁间，亦只有顾影自怜、忍寒增恨而已。“雪后”二句是借用北宋高士林逋“雪后园林才半树，水边篱落忽横枝”[2]的诗意，暗示“富贵非吾愿”、栖隐亦非所期的微旨。所以紧接着“瑶池旧约，鳞鸿更仗谁托？”显示隐约难达的衷情，正和《摸鱼儿》“长门事，准拟佳期又误”消息相通，自己是不甘寂寞的。“粉蝶”三句宕开，也是从“鳞鸿”六字的反

---

[1] 见《稼轩长短句》卷九《鹧鸪天·有客慨然谈功名，因追念少年时事，戏作》。
[2] 见《林和靖集·梅花》。

面转进一层，致慨于狂蜂浪蝶，一味追逐目前的荣华，把大好收复中原的机会全都失掉了。“南枝向暖北枝寒”也是有名的咏梅诗句，这里借来暗示当时北方的起义军，倾心南向，时机一失，大事就不复可为了。结以“冷淡黄昏，数声画角”，惋惜贞姿方茂，便尔凋零，画角吹奏着《梅花落》的凄音，又该是如何的悲苦！“冷淡黄昏”四字，也从林逋的名句“暗香浮动月黄昏”[1]七字内截取而来，正和发端的“护月云轻”遥相激射。画角声中，再一凝想南来征雁，此情此景，正自难堪。是花是人，亦只有在模糊泪眼中去心领神会而已。

其二是《祝英台近·晚春》：

宝钗分，桃叶渡，烟柳暗南浦。怕上层楼，十日九风雨。断肠点点飞红，都无人管，倩谁劝、啼莺声住。[2]

鬓边觑，应把花卜归期，才簪又重数。罗帐灯昏，哽咽梦中语：“是他春带愁来，春归何处？却不解、带将愁去。”

——《稼轩长短句》卷七

折钗赠别，原以表示后约有凭。桃叶渡头，也是一处“南朝千古伤心地”（吴激《人月圆》，见《中州乐府》）。在《桃叶歌》中有这样真挚的句子：“但渡无所苦，我自迎接汝。”（《乐府诗集》卷四十五《吴声曲辞》）作者用来作为发端，以寓君臣离合的隐痛。“烟柳暗南浦”五字，加倍烘托出作者遭谗去国的沉

[1] 见《林和靖集·山园小梅》。
[2] “点点”原作“片片”，“倩”原作“更”，此从《绝妙好词》卷一所录。

痛心情，气象是阴森沉郁的。孝宗对他原有重用的意思，无奈谗人交织，又不得不暂时分手，以待后缘。当日那批小人，总是用尽阴谋诡计，一心要把他排挤出去，表面上给他以职位上的尊荣，骨子里却不断加以陷害，而孝宗是懵然无所觉的。这从他所引用的《桃叶歌》漏出一些消息。跟着突出“怕上层楼，十日九风雨”九字，成为“千古高唱”，也就是从“烟柳暗南浦”五字折进一层来加倍渲染成功的。忧谗之极，岌岌自危，“十二金牌”和“莫须有”三字的奇冤，时时都在压抑着爱国英雄的豪情壮志而使他连气都透不过来。“断肠”以下三句，可和《摸鱼儿》的上半阕相互参看。因“十日九风雨”催成“点点飞红”“春意阑珊”的凋残景象，那批醉生梦死的人们却不管这些，依旧播弄着它那“如簧”的巧舌，一笔勾转，收缴上段，情调是无限酸楚郁勃的。过片着“鬓边觑”三字，它的血脉是从“点点飞红”二句暗注过来的。他那一伙对“点点飞红”无动于衷，我呢？却把饱经风雨的残枝剩朵插向鬓边予以珍惜，这是一个方面；在伤春惜别、忧谗念乱的哀怨交织中，簪上几朵残花，和怒生华发映带起来，又加倍渲染着满腔悲愤，这又是一个方面。在“无可奈何”的绝望当中又不能不寄以一线的痴想，逼出下文“应把花卜归期，才簪又重数”十一字，真是回肠九转，一字一泪，惊心动魄。“罗帐”二句，点出后半阕的眉眼，又和前半阕的“烟柳暗南浦”遥相激射，突出“谗谮消沮”的沉痛心情。以下长引一声，呼天抢地，从而埋怨那司春之神，凭借着他那长养万物的威权，带给人们以难言的苦痛，而到了这“点点飞红”的危急关头，他却悄无声息地溜走了。当他相送南浦时的约言“但渡无所苦，我自迎接汝”，如今安在？这骨子里蕴藏着的东西，绝不是一般儿女恩怨的离情别绪所能解释得了的。

上面只是随手拈来几首历来传诵的宋词，从内容和形式两方面结合起来，酌加分析，帮助读者深入学习古人的一些代表作品，并吸取经验，借以锻炼自己怎样去表达思想感情的艺术手法。

至于前人有关词的结构方面的理论，有就全局来谈的，如宋沈义父说：

> 作大词，先须立间架，将事与意分定了，第一要起得好，中间只铺叙，过处要清新，最紧要是末句，须是有一好出场方妙。
>
> ——《乐府指迷》

这一段话可和前面所引张炎《词源》的说法参互探讨，也多是从慢词长调着眼来谈的。慢词长调要特别重视起结，这是所有倚声家所一致同意的。元陆辅之也曾说过：

> 对句好可得，起句好难得，收拾全藉出场。
>
> ——《词旨》

清刘熙载更从陆说予以推衍，谈得更为深透。他说：

> 余谓起、收、对三者皆不可忽。大抵起句非渐引即顿入，其妙在笔未到而气已吞。收句非绕回即宕开，其妙在言虽止而意无尽。对句非四字六字即五字七字，其妙在不类于赋与诗。
>
> ——《艺概》卷四《词曲概》

一般作者多用“渐引”的起法，“顿入”则恒取逆势。要做到“笔未到而气已吞”的境界，我看只有苏轼的“大江东去，浪淘尽、千古风流人物”（《念奴娇·赤壁怀古》）和“明月几时有？把酒问青天”（《水调歌头》），以及辛弃疾的“更能消、几番风雨，匆匆春又归去”（《摸鱼儿》），才可算得达到标准。至结语亦多取“绕回”而少用“宕开”，这在长调更是如此。所谓“言虽止而意无尽”，在短调小令中，一般却都重视弦外余音，因而多取“宕开”的手法。长调要收束得紧，怕的是散漫无归宿，只有“以景结情”，才便“放开，合有余不尽之意”（并见《乐府指迷》）。除沈氏所引《清真集》中的“断肠院落，一帘风絮”（《瑞龙吟》）和“掩重关，遍城钟鼓”（《扫花游》）之外，我觉得柳永的“凝泪眼、杳杳神京路，断鸿声远长天暮”（《夜半乐》，见第五讲[①]）和辛弃疾的“休去倚危阑，斜阳正在，烟柳断肠处”（《摸鱼儿》），都是宕开远神，值得我们学习的。至于情景交融，首尾相应，起取“顿入”，收亦“绕回”，亦“宕开”，能够做到一片神行而又顾盼生姿的境界，我是最喜欢秦观《八六子》那一阕的。

以上所谈，多属于慢词长调方面的结构手法，总不外乎头、腹、尾三个部分安排得恰当，虽然中间的错综变化，由于每一曲调的不同，不能拘以一格，但都得处处顾到整体，要求血脉贯注，才能做到笔飞墨舞，极尽倚声家的能事。

至于词中所极意描绘的内容，要不出于情景两者的融合。刘熙载说：

---

① 即《词学十讲》之《论韵位安排与表情关系》。

词或前景后情，或前情后景，或情景齐到，相间相融，各有其妙。

——《艺概》卷四《词曲概》

又说：

一转一深，一深一妙，此骚人三昧，倚声家得之，便自超出常境。

又说：

词要放得开，最忌步步相连；又要收得回，最忌行行愈远；必如天上人间，去来无迹，斯为入妙。

——并见《词曲概》

这些话都是讲得很透辟的。触景生情，托物起兴，是所有讴咏的源泉，除此别无诗歌存在的余地。不论“前景后情”也好，“前情后景”也好，“感于物而动”，因而词人所描摹的“景”，即有“情”寓其中。例如第五讲中所举辛弃疾的《清平乐·独宿博山王氏庵》，上半阕所描写的都是视觉或听觉所接触到的室内室外的“景”，而一种小丑跳梁、英雄失志的悲愤心情，即跃然于语言文字之外。这“前景”和“后情”即相融会，而意态毕出。又如李煜的《乌夜啼》：“林花谢了春红，太匆匆！无奈朝来寒雨晚来风！”表面上所写的是“花”、是外境，也就是“景”，骨子里却含蕴着作者的无穷哀怨的“情”，真正做到“一转一深，一深一妙”。过片“胭脂泪，相留醉，几时重？”是花，是人，亦连，亦断。结以“自是人生长恨水长东”，把全局“宕开”，同时也把它放在“空中荡漾”（借用刘熙载语），这就叫作“言虽止而意无尽”。使听者如闻韩娥“曼声哀哭，一里老

幼，悲愁垂涕相对，三日不食”。(《列子》卷五《汤问》) 又如李煜所写的另一首《乌夜啼》:

无言独上西楼，月如钩。寂寞梧桐深院锁清秋。剪不断，理还乱，是离愁。别是一般滋味在心头。

——《唐宋诸贤绝妙词选》卷一

上半阕看似景语，而情在其中，不独“无言独上”和“寂寞”等字透露满腔哀怨而已。过片二语是从“无言”孕出，接上“是离愁”三字，而上阕的如钩眉月和深院梧桐，都只是“助寡人伤心资料”(借用唐明皇入蜀时语)。结以“别是一般滋味在心头”，千回百折，余音袅袅，所以能使读者荡气回肠，为之欷歔感叹而不能自已。

还有全部写的只是外境，而一句一转，一步逼紧一步，移步换形，愈转愈深，直到最后才透露一点消息，就把个中人的神态和心理充分刻画出来。你只要凝神闭目，仔细体味一下第五讲中所列举的冯延巳《谒金门》一词，就会了解到“吹皱一池春水，干卿何事？”(马令《南唐书》卷二十一所载南唐中主李璟戏延巳语)是十分有意思的。

近人王国维特别推重李璟“菡萏香销翠叶残，西风愁起绿波间”二语，以为“大有众芳芜秽，美人迟暮之感”(《人间词话》卷上)。且举李璟两词如下:

菡萏香销翠叶残，西风愁起绿波间。还与韶光共憔悴，不堪看。　细雨梦回鸡塞远，小楼吹彻玉笙寒。多少泪珠何限恨，倚阑干。

手卷真珠上玉钩，依前春恨锁重楼。风里落花谁是主？思悠悠。　　青鸟不传云外信，丁香空结雨中愁。回首绿波三峡暮，接天流。

——《摊破浣溪沙》[1]

我们要理解李璟这两首词，先得约略了解作者当时的心境，并从每一首的整个结构来加以分析。作者是一个在文艺上有深厚素养而在政治上却优柔寡断的小皇帝，当日强邻压境，心怀忧情而又不敢抗争，终至迁都南昌，抑郁以死。这两首词，我疑心可能是他在庐山作的，所以有“鸡塞（我认为是指的南京鸡鸣埭）远”和“三峡暮”的话。前一首的发端，也只是触景生情，淡淡着笔，而含思凄婉，情融景中。他把“香销”“叶残”归结到“西风”的摇撼，却不肯直说，而从“绿波间”泛起的皱纹，反映着这纤尘不染的荷花，终不免受到无情的摧折，这难道是自然规律，“无所逃于天地之间”的吗？“惟忧用老”，脸上的皱纹也和泛起的绿波差相仿佛。由此逗引出下文的“还与韶光共憔悴，不堪看”的无穷哀怨来。花和人、外境和内心，乃更融成一片。过片用两个对句，折入所以“共憔悴”的因由和内在的忧郁。“细雨”从“西风”转进一层，酿成“憔悴”，又不但是“西风”的摧折而已。“鸡塞”在“梦回”时犹历历如在眼前，此身却只闷处“小楼”，纵有“玉笙吹彻”，由于梦境全非，亦只增加清寒索寞的感受。由此逼出“多少泪珠何限恨”，百无聊赖地靠着阑干，发发呆想。“倚阑干”三字掉头反顾，忍泪吞声，亦只办得将绝

[1] 见《历代诗余》卷一百十三引《耆旧续闻》。马令《南唐书》卷二十五《谈谐传》亦曾载入，惟“绿波”作“碧波”，“韶光”作“容光”，“鸡塞远”作“清漏永”，“多少泪珠何限恨”作“簌簌泪珠多少恨”，“真珠”作“珠帘”，“三峡”作“春色”。

余音，与“袅袅兮秋风”“长无绝兮终古”（《楚辞·九歌》）而已。第二阕用的是“渐引”的起法，随手拈来，而一种“无可奈何”的情态已隐约示现于模糊泪眼中，逼出“风里落花谁是主？思悠悠”的凄调，也就点醒了整体的眉目。过片又是两个对句，一从外境勾引内心，一从内心摄取外境，并自“风里落花”逗入。家国兴亡，到这时，已经是自己作不了主。“青鸟”不把西王母的音信从“云外”传来，想要当一个“陪臣”去赴“瑶池之宴”，又不免徘徊瞻顾，欲行不得，也就只好自处于“雨中”的“丁香”，“中心如结”，谁能把它解开呢？“三峡”居长江上游，而李璟的都城却在长江下游的金陵（南京），“回首绿波”，“水随天去”（借用辛弃疾《水龙吟·登建康赏心亭》词中语），滔滔东逝，颓势难挽，吾且谓之何哉！这结句是用“宕开”的手法，却又与起句遥相映射，也可说是言已尽而意无穷，充分表达了他那悲观消极的内在情感。

小令短调，最要重视结句所谓“一唱三叹”的袅袅余音。我们能就南唐、北宋诸名家的作品中，加以往复涵咏，是可以吸取许多经验，来增加自己的艺术手法的。

论比兴

谈到我国古典诗词的艺术手法，除了特别措意于音律的和谐，做到“韵协则言顺，言顺则声易入”[1]的地步，也就是要使诗歌的语言艺术必得富有音乐性之外，它的表现方式，总不出乎赋、比、兴三种，而比、兴二者尤为重要。关于比兴的意义，刘勰既著有专篇（《文心雕龙》卷八《比兴》第三十六），又在《明诗》篇中说到：“人禀七情，应物斯感，感物吟志，莫非自然。”在《辨骚》篇中说到：“虬龙以喻君子，云蜺以譬谗邪，比兴之义也。”我国古代诗人，总是把《风》《骚》作为学习的最高标准。张惠言在他的《词选》序上，首先就提到这一点。他说：

> 词者，盖出于唐之诗人，采乐府之音以制新律，因系其词，故曰词。传曰：“意内而言外谓之词。”[2]其缘情造端，兴于微言，以相感动，极命风谣里巷男女哀乐，以道贤人君

[1] 见白居易《与元九书》。

[2] 语出许慎《说文解字》。

> 子幽约怨悱不能自言之情，低徊要眇以喻其致，盖《诗》之比兴，变风之义，骚人之歌，则近之矣。

这一段话，虽然是以说“经”的标准，有意抬高“曲子词”在文学发展史中的地位，也就是前人所谓“尊体”，不免有些牵强附会的说法，但一般富有思想内容的作品，都得“同祖《风》《骚》”（借用沈约《宋书》卷六十七《谢灵运传论》中语），措意比兴，这看法还是比较正确的。

唐孔颖达在解释“《诗》有六义”时说：“赋、比、兴是《诗》之所用，风、雅、颂是《诗》之成形，用彼三事，成此三事，是故同称为义。”他又引汉儒郑玄的话而加以引申：“比者，比方于物，诸言如者皆比辞也。兴者，托事于物，则兴者起也，取譬引类，起发己心，诗文诸举草木鸟兽以见意者皆兴辞也。”（《毛诗·国风·周南》疏）这说明赋、比、兴都是作诗的手法，但“比显而兴隐”，所以运用的方式略有不同，要不外乎情景交融、意在言外，它的作用是要从骨子里面去体会的。

用比兴来谈词，就是要有“言在此而意在彼”的内蕴，也就是前人所谓要有“寄托”。《乐记》谈到音乐的由来，就是这样说的：“凡音之起，由人心生也。人心之动，物使之然也。感于物而动，故形于声。”人们的感情波动，是由于外境的刺激而起，这也就是比兴手法在诗歌语言艺术上占着首要地位的基本原因。刘熙载在他著的《诗概》中说：“‘昔我往矣，杨柳依依。今我来思，雨雪霏霏。’（《诗经·小雅·鹿鸣之什·采薇》）雅人深致，正在借景言情。”（《艺概》卷二）这“借景言情”的手法，正是古典诗词怎样运用语言艺术的关键所在，也就是比兴手法的基本精神。他又在《词曲概》中说："词深于兴，则觉事异而情同，事浅而情深。故没要紧语正是极要紧语，乱道语正是极不乱道语，固知'吹皱一池春水，干卿何事？'原是戏言。"（《艺概》卷四）触景生情，就得很巧妙地运用比兴手法，把"没要紧语"转化为"极要紧语"，而使作者内蕴的深厚情感，成为"言有尽而意无穷"的弦外之音。譬如我在第五讲中所举辛弃疾那阕《清平乐·独宿博山王氏庵》①，它的上半阕"绕床饥鼠，蝙蝠翻灯舞，屋上松风吹急雨，破纸窗间自语"所描绘的全是外境，而一种忧国忧谗、致慨于奸邪得志、志士失职的沉痛心情，自然流露于字里行间，表面上却只是一些表现荒山茅屋夜境凄凉的"没要紧语"而已。又如第七讲中所举李璟的《摊破浣溪沙》"菡萏香销翠叶残，西风愁起绿波间"②，近人王国维以为"大有众芳芜秽、美人迟暮之感"（《人间词话》卷上），也只是善于运用比兴手法，淡淡著笔，寓情于景，而读之使人黯然神伤，袅袅余音不断萦绕于灵魂深处，这境界是十分超绝的。又如辛弃疾的《摸鱼儿》，以"画檐蛛网"喻群小得志，粉饰太平，使南宋半壁江山陷于苟延残喘的颓势；以"玉环飞燕"喻一时得宠的小人，最后亦只有同归于尽，而"斜阳烟柳"，无限感伤，也只是用寻常景语烘托出来。这一切都是合于张惠言所称"诗之比兴变风之义"的。

比兴手法，总不外乎情和景，外景和内心的恰相融会，或后先激射，或神光离合，要以言近指远、含蕴无尽为最富于感染

① 即《词学十讲》之《论韵位安排与表情关系》。

② 即《词学十讲》之《论结构》。

力。即以苏、辛一派而论，运用这比兴手法以表达他那“幽约怨悱不能自言之情，低徊要眇，以喻其致”的，亦几乎触目皆是。例如苏轼《卜算子·黄州定慧院寓居作》：

缺月挂疏桐，漏断人初静，谁见幽人独往来？缥缈孤鸿影。　　惊起却回头，有恨无人省。拣尽寒枝不肯栖，寂寞沙洲冷。

——《彊村丛书》本《东坡乐府》卷二

他所描写的，表面上只是夜静更阑、一片荒凉景象。乍吟也只感到是一些“没关紧要语”。但把整个结构联系起来，仔细体会一下它所包含的情致：为什么会全神注视着那残缺月轮斜挂在那疏疏落落的梧桐枝上？为什么会感到“寂寞沙洲”上的“缥缈孤鸿”，像是“幽人”在踯躅“往来”，“拣尽寒枝不肯栖”呢？为什么这“缥缈孤鸿”又要“惊起却回头”，好像是“有恨无人省”呢？我们只要把它反复多读几遍，就会逐步深入，体会到这首词的丰富内容是只能“低徊要眇，以喻其致”，而有其不能直说的难言之痛的。苏轼是一个关心政治的文人。他在做徐州太守时，就曾为人民做了一些好事，而这时他的处境，正因“乌台诗案”[1]而被贬谪为黄州团练副使，一举一动都要受到监视，当然谈不到什么言论自由。他这时的忧谗畏讥而又不肯屈志徇俗，又感到像屈原一样的“系心君国，不忘欲返”的矛盾心理，是难以自制而又无从声诉的，也就只能托物寓兴，借以稍抒其抑塞不平之气而已。所以张惠言说“此词与《考槃》诗（《诗经·卫

[1] 详见胡仔《苕溪渔隐丛话》前集卷四十二至四十五。

风·考槃》毛传："刺庄公也。不能继先公之业，使贤者退而穷处。"）极相似"，是不为无因的。黄庭坚赞美这首词，说是："语意高妙，似非吃烟火食人语，非胸中有数万卷书，笔下无一点尘俗气，孰能至此？"（《苕溪渔隐丛话》前集卷三十九）也还是有所避忌，不敢明言其内蕴的。

我们再看苏轼的《水龙吟·次韵章质夫杨花词》：

> 似花还似非花，也无人惜从教坠。抛家傍路，思量却是，无情有思。萦损柔肠，困酣娇眼，欲开还闭。梦随风万里，寻郎去处，又还被、莺呼起。　　不恨此花飞尽，恨西园、落红难缀。晓来雨过，遗踪何在？一池萍碎。春色三分，二分尘土，一分流水。细看来不是，杨花点点，是离人泪。
>
> ——《东坡乐府》卷二

这词一开始就写上"似花还似飞花"六字，表明他的作意，是有所托兴的。所以刘熙载说："此句可作全词评语，盖不离不即也。"（《艺概》卷四《词曲概》）接着就致慨于号称薄命的杨花，是素来不被人们重视，而一任狂风飘荡，毫无怜悯之情的。可是这轻盈弱质，似乎也很理解人世种种悲欢，不以自身的微薄而甘心轻掷韶华、湮埋尘土，尽管人们把它抛弃路旁，而顾影自怜，仍然是留恋着大好春光，不肯轻易地飘然而去。"无情"从"也无人惜"推进，"有思"从"还似非花"逗出。是花？是人？迷离惝恍，这叫作空灵之笔，用以曲达劳人思妇乃至"贤人君子幽约怨悱不能自言之情"，是《诗》《骚》以来的传统手法，作者很巧妙地把来用在咏物词上，所谓"不即不离"，若有意，若无意，是教人难以捉摸的。"萦损"以下三句十二字，是从柔枝嫩叶中飘出柳絮，风搅成团，从而摄取远神，好像它正在用尽全力，要把将去的春光没命地遮拦住它的去路，但一刹那间，又被风力扬开了，一阵狂飙，又好像在拼命追寻它那“意中人”的去处，情调是紧张迫促的。“莺呼”六字，借用唐人诗“打起黄莺儿，莫教枝上啼，啼时惊妾梦，不得到辽西”的语意，“巧言如簧”的黄莺儿，是不会怜惜“薄命佳人”的恳挚心情而予以方便的。作者是一个心直口快而富有政治热情的文人，经过黄州迁谪之后，感到宦途风波的险恶，而又不能忘怀于得君济世，这弦外之音，不是虚无缥缈，了无着落的。过片两句，点出薄命杨花随风飘尽，原亦不足深惜；可是随着“此花”的“飞尽”而堕地的“落红”也更没法把她重缀枝头，留住春光，坐使大好时机迅即消逝，那就难免“闲愁万种”都上心来。宵来一雨，连影儿都不存在，一化浮萍，无根可托，那就什么都谈不上了。“春色三分”全随“尘土”与“流水”以俱去。结笔“画龙点睛”（借用郑文焯评语），逗出题旨，并与发端遥相呼应。这里面有人，呼之欲出，绝非无病呻吟，是可断言的。

陈廷焯把“沉郁”二字作为填词艺术的最高境界，并予以说明：“所谓沉郁者，意在笔先，神余言外，写怨夫思妇之怀，寓孽子孤臣之感。凡交情之冷淡，身世之飘零，皆可于一草一木发之。而发之又必若隐若见，欲露不露，反复缠绵，终不许一语道破，匪独体格之高，亦见性情之厚。”（《白雨斋词话》卷一）他说了这一大段话，却不理解这“意在笔先，神余言外”的境界，都得先从深入体验生活，具有正确的思想与政治热情出发，然后运用我们民族传统的语言艺术，也就是比兴手法表达出来。不但是“交情之冷淡，身世之飘零，皆可于一草一木发之”，就是解放全人类的大同思想和一切伟大光明的政治抱负以及坚贞不拔的深厚感情，也都适用这比兴手法，才能渗入心灵深处，使人们如饮醇酒，如聆妙曲，被其薰染陶醉，潜移默化而不自知。不过在长期的不合理的封建社会制度下，类多失职不平的志士和备受压迫的劳动人民，常是托意于草木鸟兽以寄其“怨悱不能自言之情”，并非这比兴手法，只限于“沉郁”的一境而已。

北宋词人如贺铸，有一部分作品是接近苏轼而下开辛弃疾的豪迈之风的。他尝说学诗于前辈，有了八句心得，是：“平澹不流于浅俗，奇古不邻于怪僻，题诗不窘于物象，叙事不病于声律，比兴深者通物理，用事工者如已出，格见于成篇浑然不可镌，气出于言外浩然不可屈。”（《苕溪渔隐丛话》前集卷三十七引《王直方诗话》）这里面最主要的要算第五和第八两句。一个诗词作者，如果不能巧妙地掌握比兴手法而又有“浩然不可屈”之气，是不会有很大成就的。且看他用《踏莎行》改写的《芳心苦》：

> 杨柳回塘，鸳鸯别浦，绿萍涨断莲舟路。断无蜂蝶慕幽香，红衣脱尽芳心苦。　　返照迎潮，行云带雨，依依似与骚人语：当年不肯嫁春风，无端却被秋风误。
>
> ——《彊村丛书》本《东山词》卷二

他所刻意描画的，表面是荷花，而使人感到“骚情雅意，哀怨无端，读者亦不自知何以心醉，何以泪堕？”（《白雨斋词话》卷一）又如他的《眼儿媚》：

萧萧江上荻花秋，做弄许多愁。半竿落日，两行新雁，一叶扁舟。　惜分长怕郎先去，直待醉时休。今宵眼底，明朝心上，后日眉头。

——《彊村丛书》本《东山词补》

也只是触物起兴，淡淡著墨，寓情于景，自然使读者有黯然消魂之致。这和《诗经·秦风·蒹葭》是用的同一手法。

和贺铸用同一手法，借物喻人，以自抒其身世之感的，还有陆游的《卜算子·咏梅》：

驿外断桥边，寂寞开无主。已是黄昏独自愁，更著风和雨。　无意苦争春，一任群芳妒。零落成泥碾作尘，只有香如故。

——《宋六十家词》本《放翁词》

上片借梅花的冷落凄凉，以发抒忠贞之士不特横遭遗弃，兼受摧残的悲愤心情；下片表明个人无意争权夺利，只有长保高洁，也就是屈原《离骚》所谓“宁溘死而流亡兮，予不忍为此态也”的意思。“比显而兴隐”，这是较易看得出来的。

至于姜夔的《小重山令·赋潭州红梅》：

人绕湘皋月坠时，斜横花树小，浸愁漪。一春幽事有谁知？东风冷，香远茜裙归。　鸥去昔游非。遥怜花可可，梦依依。九疑云杳断魂啼。相思血，都沁绿筠枝。

——《白石道人歌曲》

他所刻意描绘的是虚拟的“梅魂”，又托意湘妃，以寓个人漂泊无归的无穷悲慨。“湘皋月坠”，正是“湘灵鼓瑟”之时。一落笔便有屈子行吟、憔悴江潭之感。宵深月落，为何步绕湘皋？

七字宛然苏词“谁见幽人独往来？缥缈孤鸿影”的意味；也和姜作《疏影》“想佩环月夜归来，化作此花幽独”，用同一手法摄取“梅魂”。是人是神？迷离惝恍。承以“斜横花树小，浸愁漪”八字，暗用林逋“疏影横斜水清浅”的诗意，借以点题。接着“一春幽事有谁知”七字，宕开一笔，追摄远神。紧跟“东风冷，香远茜裙归”八字收缴上片，点出这是“红梅”。她那“冷艳欺雪”的精神，是值得骚人赞美的。过片以“鸥去昔游非”五字映出“人间万感幽单”的悲凉情绪。“遥怜花可可，梦依依”，又从“梅魂”眼里细认真身，相怜倩影。“可可”，百无聊赖之意，和柳永《定风波》“芳心是事可可”，并用宋代方言。“九疑云杳断魂啼”，点出主题思想。这个曳着茜裙月夜归来的林下美人，该不是别的什么，而是流落湘滨的虞舜二妃。舜南巡，崩于苍梧之野，葬于九疑之山。哀此贞魂，怅对“九疑云杳”，“如怨如慕，如泣如诉”，“天涯沦落”，是异代同悲的。结以“相思血，都沁绿筠枝”，又用《博物志》“舜崩，二妃啼，以涕挥竹，竹尽斑”的民间传说故事以相衬托，缴足题旨。这种比兴手法较为隐晦，意味却是深长的。

我们再来探索一下姜夔那两阕号称“千古词人咏梅绝调”（郑文焯手批《白石道人歌曲》）的《暗香》《疏影》，看看他是怎样运用比兴手法的。

> 旧时月色，算几番照我，梅边吹笛。唤起玉人，不管清寒与攀摘。何逊而今渐老，都忘却、春风词笔。但怪得、竹外疏花，香冷入瑶席。　　江国，正寂寂。叹寄与路遥，夜雪初积。翠尊易泣，红萼无言耿相忆。长记曾携手处，千

树压、西湖寒碧。又片片、吹尽也，几时见得？

——《白石道人歌曲·暗香》

苔枝缀玉，有翠禽小小，枝上同宿。客里相逢，篱角黄昏，无言自倚修竹。昭君不惯胡沙远，但暗忆、江南江北。想佩环、月夜归来，化作此花幽独。 犹记深宫旧事，那人正睡里，飞近蛾绿。莫似春风，不管盈盈，早与安排金屋。还教一片随波去，又却怨、玉龙哀曲。等恁时、重觅幽香，已入小窗横幅。

——《白石道人歌曲·疏影》

我们要了解这两首词的比兴所在，必得约略了解他所处的时代和他所常往还的朋友是些什么人物？他在他所写的“自叙”里提到：“参政范公（成大）以为翰墨人品皆似晋、宋之雅士。待制杨公（万里）以为于文无所不工，甚似陆天随（龟蒙）。于是为忘年交。”又说：“稼轩辛公（弃疾）深服其长短句。”赏识他的才艺的名流是很多的。他慨叹着说：“嗟乎！四海之内，知己者不为少矣，而未有能振之于窭困无聊之地者。”（周密《齐东野语》卷十二引）他郁郁不得志，连个人的生活都得依靠亲友们的帮助。“士为知己者死”，是我国长期封建社会制度下知识分子的常情。据夏承焘考定，这两首词作于公元1191年（光宗绍熙二年辛亥）由合肥南归，寄住苏州范成大的石湖别业时。距离他写《扬州慢》（孝宗淳熙三年丙申，公元1176年），虽已有了十五年之久，而他在《扬州慢》和《凄凉犯》词中所描绘的金兵进犯后江北一带的荒凉景象，该是不会轻易忘怀的。在他的朋友中，如上面所举范成大、杨万里、辛弃疾等，又都是具有爱国思想的人，他虽落拓江湖，又怎能不“系心君国”，慨然有用世之志？他写《暗香》《疏影》时，据夏承焘说，年龄还只三十七岁，正是才人志士还可以发愤有为的时候。由于这些情况，他对范成大是该存有汲引上进的幻想的。张惠言说：“时石湖（范成大）盖有隐遁之志，故作此二词以沮之。”又说：“首章言已尝有用世之志，今老无能，但望之石湖也。”他又在《疏影》下注云：“此章更以二帝之愤发之，故有昭君之句。”（并见《词选》）夏承焘说：“石湖此时六十六岁，已宦成身退，白石实少于石湖二十余岁，张说误。”（夏著《姜白石词编年笺校》卷三）而邓廷桢著《双砚斋词话》评说此词“乃为北庭后宫言之”。

我们试把张惠言、邓廷桢、郑文焯、夏承焘诸人的说法参互比较一下。我觉得《暗香》“言已尝有用世之志”，这一点是对的。但“望之石湖”，却不是为了自己的“今老无能”，而是希望范能爱惜人才，设法加以引荐。所以他一开始就致感于过去范氏对他的一些照护。“何逊”二句，不是真个说的自己老了，而是致慨于久经沦落，生怕才华衰退，不能再有作为，是自谦也是自伤的话头。“竹外疏花”，仍得将“冷香”袭入“瑶席”，是说自己的憔悴形骸，还有接近有力援引者的机会，又不免激起联翩浮想，寄希望于石湖。过片再致慨于士气消沉，人才寥落，造成南宋半壁江山的颓势。“寄与”二句是借用陆凯寄范晔“江南无所有，聊赠一枝春”的诗意，个人想要一抒忠悃，犯寒生“春”，争奈雨雪载途，微情难达。“翠尊”二句亦感于石湖业经退隐，未必更有汲引的可能，亦惟有相对无言，黯然留作永念而已。“长记”二语，可能在范得居权要时有过邀集群贤暗图大举的私议。“西湖”是南宋首都所在，这一句是有些“漏泄春光”的。曾几何时？“又片片吹尽也”！后缘难再，亦只有饮泣吞声而已！

至于《疏影》一阕，为“伤心二帝蒙尘，诸后妃相从北辕，沦落胡地”（郑文焯语）而发，我认为是无可怀疑的。发端“苔枝缀玉”点出古梅（绍兴、吴兴一带的古梅，有苔须垂于枝间，见范成大《梅谱》），以暗示这类梅花不是寻常品种。承以“翠禽”二句，暗用东坡《西江月·梅花》词：“玉骨那愁瘴雾，冰姿自有仙风。海仙时遣探芳丛，倒挂绿毛幺凤。”[1]的语意，反映妃嫔流落，还有谁像枝上珍禽，可以“遣探芳丛”的呢？“客里”以下十四字，把林逋咏梅名句“疏影横斜水清浅，暗香浮动月黄昏”和“雪后园林才半树，水边篱落忽横枝”，予以重新组织，再参杜甫“天寒翠袖薄，日暮倚修竹”诗意，衬出贞姿摧抑、憔悴自伤的无穷悲慨。“昭君”二句标明题旨，把格局宕开，紧接“佩环”二句，点出词人发咏，不仅仅是为了“玉骨”“冰姿”的“风流高格调”而致以惋惜而已。过片运用宋武帝女寿阳公主梅花妆额故事[2]以托兴“金枝玉叶”的同被摧残，旧时的蛾眉曼睩，娇态艳妆，都是不堪回首的了。“莫似春风”三句，又复致慨于“前车之覆”，悲剧岂容重演？“早与安排金屋”是“未雨绸缪”的意思。如果“还教一片随波去”，“又却怨”那吹落梅花的“玉龙哀曲”，悔之不迭，可是还有什么用处呢？行文到此，逼出“等恁时（那时）重觅幽香，已入小窗横幅”的结局，那

[1] 毛晋刻《东坡词》注云：“惠州梅花上珍禽曰倒挂子，似绿毛凤而小。”

[2] 详见《太平御览·时序部》十五《人日》引《杂五行书》。

就一切都化为尘影，徒供后人的凭吊而已。惩前事以资警惕，也只有范成大能理解姜夔的心事。石湖也老了，凛宗国的颠危，悯才人的落拓，拿什么来安慰这才品兼优的壮年雅士呢？赠以青衣小红（见《砚北杂志》卷下），亦聊以纾汝抑塞磊落的无聊之思。倘如辛弃疾所谓“倩何人唤取，红巾翠袖，揾英雄泪”[1]者，石湖固深喻白石的微旨欤？姜夔运用这种哀怨无端的比兴手法，乍看虽似过于隐晦，而细加探索，自有它的脉络可寻。如果单拿浮光掠影的眼光来否定前贤的名作，是难免要“厚诬古人”的。

和辛弃疾同时而自诩他的词为“平生经济之怀，略已陈矣”[2]的陈亮，有的作品也是运用比兴手法来写的。例如《水龙吟·春恨》：

> 闹花深处层楼，画帘半卷东风软。春归翠陌，平莎茸嫩，垂杨金浅。迟日催花，淡云阁雨，轻寒轻暖。恨芳菲世界，游人未赏，都付与，莺和燕。　寂寞凭高念远，向南楼、一声归雁。金钗斗草，青丝勒马，风流云散。罗绶分香，翠绡封泪，几多幽怨？正销魂又是，疏烟淡月，子规声断。
>
> ——夏承焘《龙川词校笺》下卷

这表面所描画的，也只是一些惜别伤春的“没要紧语”，而刘熙载却拈出“恨芳菲世界”以下十五字，以为“言近指远，直有宗留守（泽）大呼渡河之意”。（《艺概》卷四《词曲概》）这是要从

[1]《水龙吟·登建康赏心亭》。

[2] 见叶适《水心文集》卷二十九《书龙川集后》。

他所运用的比兴手法上去仔细体会的。

关于辛弃疾的作品，我们在上面也说得不少了。这里再举一首《汉宫春·立春日》：

> 春已归来，看美人头上，袅袅春幡。无端风雨，未肯收尽余寒。年时燕子，料今宵、梦到西园。浑未办、黄柑荐酒，更传青韭堆盘。　　却笑东风从此，便薰梅染柳，更没些闲。闲时又来镜里，转变朱颜。清愁不断，问何人、会解连环？生怕见、花开花落，朝来塞雁先还。
>
> ——《稼轩长短句》卷六

周济指出："'春幡'九字，情景已极不堪。燕子犹记年时好梦，'黄柑''青韭'，极写燕安鸩毒。换头又提动党祸，结用'雁'与'燕'激射，却捎带五国城旧恨。辛词之怨，未有甚于此者。"(《宋四家词选》) 其实也只是善于运用比兴手法，不觉感事抚事，激成泠泠弦外之音，使读者摸去有棱，一切遂皆不同泛设。把周济的话说得更明白些，一开首就是指斥那批奸佞之徒，听到和议告成，就个个自鸣得意，打扮得妖妖俏俏的，一味迷惑观听，可惜的是，敌人是贪得无厌的，得寸进尺，还会使你不能安枕。"年时燕子"二句，包括徽、钦二帝和一切沦陷区的老百姓在内，也是陆游诗所谓"遗民泪尽胡尘里，南望王师又一年"的意思。"黄柑"二句借用民间立春的事，暗指南渡君臣荒于酒食，不肯想到"余寒"的可怕。过片"却笑东风从此"三句，极写那批小人怎样忙着粉饰太平，荧惑上听。"闲时"以下十字，写他们没得正经事可干时，又只用尽心机来陷害忠良，催逼得仁人志士们"白发横生，惟忧用老"。"清愁"二句，可和《祝英台近》的

“是他春带愁来，春归何处，却不解带将愁去”参互体察。结笔“塞雁先还”，正和开端“袅袅春幡”遥相激射。丧心病狂之辈，对敌国外患熟视无睹，彼且为之奈何哉！我常说，“忧国”“忧谗”四字贯穿于整个《稼轩长短句》的代表作中，应该从这些善于运用比兴手法上去体会。

至于宋季诸家，如周密、王沂孙、张炎等许多咏物词，更是托意幽隐，不同无病呻吟之作。只是用典过多，不易领会，兼属亡国哀思之音，读之使人凄黯，这里就不更琐述了。

总之，比兴手法是我国诗歌传统艺术的最高标准。善于掌握它，是可以发挥最大的感染力，而使读者潜移默化的。

填词与选调（1941）

一 词调之由来

词不称作而称填，谓必依乐家制成之曲调，举凡句度长短，字音轻重，必一一与乐声之抑扬高下，适相谐会，乃得被之弦管，合付歌喉也。古人称词为“曲子词”（《花间集序》），或简称“曲子”，（五代词人和凝，有“曲子相公”之称。北宋柳永对晏殊，亦存“相公亦作曲子”之说。）称填词曰“倚声”，并示词为依傍乐曲之歌词，故必以协律为第一要义，而循声填字，一若补空者然。当乐家造曲之初，类皆有声而无辞，苟其声足以动人，原无借重文辞之必要。而知音者寡，识曲尤难。且古人论乐，有“丝不如竹，竹不如肉”之语，盖谓声乐之感人，以人声为尤切也。歌喉所唱，有待文词。一曲之成，声词俱备，则听者得由文字以窥知曲中所表之情感，视觉与听觉，交互为用，最易增加欣赏之能力，而深入乎心坎，是歌词不啻为乐曲之说明，而乐曲乃藉歌词以弘其功效，二者相辅而行，亦相依为命。叶梦得《避暑录话》称：“教坊乐工，每得新腔，必求（柳）永为词，始传于世。”由此可知填词之始，乃应作曲者之要求，为求曲中所表之情，易于使人了解而引起听众之兴趣，填词者除须注意某一曲调之情感，为悲为喜，为哀为乐，必与乐声相应外，更不惜琢磨字句，以就曲拍之缓急与音响之轻重抑扬，此在文艺为束缚自由，而以曲调之美听，与感人效力之伟大，诗人遂亦乐为之。迨后填者日多，遂成定格。每一曲词，各有其音节态度，依谱填词者，几经试验，始于句读之长短，字音之高下，协韵之疏密，与夫四声平仄之运用，厘然有当于乐曲之本体，配合无所舛误，而使学者有所遵循。其在尝试填词之初，不能无所出入，故每一曲调，不特平仄时有异同，即句读亦未能完全一致。沈义父《乐府指迷》云：

> 古曲谱多有异同，至一腔有两三字多少者，或句法长短不等者，盖被教师改换。亦有嘌唱一家，多添了字。吾辈只当以古雅为主，如有嘌唱之腔不必作，且必以清真及诸家目前好腔为先可也。

所云“教师改换”，必有其可以改换之理由。盖字有四声，管色之音无四声，且歌者以嗓子赴弦，就节拍，可以偷声减字，暗赚于其间（参阅本刊创刊号赵叔雍先生之《歌词臆说》），故同一调名，而字句往往参差不一，尤以五代北宋诸家之作为尤甚。当词乐盛行之际，教曲者不妨自由改换，填词者亦不妨稍加伸缩，所谓协律与否，一准之于弦管歌喉，虽换羽移宫，并非绝对一成不变。特习用既久之调，所有句读平仄，殆极与乐曲相宜，且有前贤文字可遵，较依乐谱而填，难易不可同年而语。故知后来所谓“倚声”之说，除号称“能逐弦吹之音，为侧艳之词”（《唐书·文艺传》）之温庭筠，与为教坊乐工填词之柳永，下迄深通乐律之周邦彦、姜夔诸家外，所倚之声，殆皆沿用前人曾填之文字，一依其句读长短、声韵平仄而为之，非必人尽知音，而一一逐弦吹之音以从事制作也。词乐既亡之后，所有依前人形式而填之词，虽平仄四声，全无差舛，是否合律，亦正难言。然就唐宋诸家用某一曲调所填之词，一一加以比较，而假定其句读韵律，与四声平仄运用之宜，某处须绝对遵守，某处不妨通融变换，以成近代填词家之所谓词谱、词律，虽有时不免捍格难通，而疾徐轻重之间，犹可想象某一曲调之声容态度，何者饶有婉转缠绵之致，何者宜抒凄壮激越之怀。苏、辛集中，与秦、柳诸家所用之调，亦各互有出入，则知所有曲调，虽音谱不传，而就文字形式观之，固尚保持浓厚之音乐色彩也。词调之由来，大抵皆出于唐宋间之燕乐杂曲，或截取大曲中之一遍为之。如所传《梁州摘遍》《霓裳中序第一》之类，即从《梁州大曲》及《霓裳羽衣曲》摘取而来。所有作曲之人，今虽不易查考，而以意度之，一曲之成，必因作者有所感触，乃一寄于弦管，七情所动，纬以五音，音响之间，情态毕现。故唐五代及北宋初期之作品，类皆调外无题，如《更漏子》必写夜长难寐之情，《浪淘沙》宜抒世事无常之感。沈括《梦溪笔谈》所谓"唐人填曲，多咏其曲名，所以哀乐与声，尚相谐会"者是也。沈氏生于南宋，词乐犹未全亡，已有"今人则不复知有声"之感，而谓："哀声而歌乐词，乐声而歌怨词，故语虽切而不能感动人情，由声与意不相谐故也。"今词乐亡已六七百年，某一曲调之为哀为乐，已难悬揣。然既称"倚声填词"，则声与意必相谐会，乃称合格。今之新乐家，反对填词，即援引同一曲调之词，往往哀乐互用，以为四声平仄之配合，不足以尽声情之变，遂欲全举而废弃之。操是说者，虽不免流于偏激，而率尔操觚之士，不审曲调之声情，唯斤斤于四声平仄之拘守，以为是即协律，信有如沈氏所讥“哀声而歌乐词，乐声而歌怨词”者，则根本已悖，尚何协律之可言乎？予尝欲取所有词调，一一考求其声曲之所从来，其不可考者，则取最先所填之词，细玩其音节态度，某调宜写何种情感，再就句读之长短，字音之轻重，以及协韵疏密变化之故，与表情方面之关系如何，纂为专书，区分若干门类，俾学者粗知声韵之妙用，何种形式，适于表现何种情感，庶几倚声填词者，不致再蹈沈氏所讥之失，即创作新体乐歌者，亦可用为参镜之资。怀抱此心，多历年所，而迫于生事，迄无所成！然欲词学之复兴，与乐歌之发展，则此种工作，自不可少，可断言也。

二　选调与选韵

宋人杨守斋（缵）论作词之要有五：第一要择腔，第二要择律，第三要填词按谱，第四要随律押韵，第五要立新意。（见《词源》卷下附录）前二事在词乐早亡之今日，已未易言，后一事则属于文字之内容，容当别论。其论填词按谱云：“自古作词，能依句者已少，依谱用字者百无一二。”其所谓谱，盖指管弦乐谱而言，非后来所用但注平仄句读之词谱也。依平仄句读以填之词，今人尚优为之，何至宋人乃百无一二乎？宋时之管弦乐谱，既久失传，则吾人今日填词，仍只有一遵但注平仄句读之词谱，而此种词谱，则自明清以来始有之，即号称比较完美之万氏《词律》与《钦定词谱》，句读且未尽明，而欲借以推寻所有各曲调之声容，以定其为哀为乐，则既一无启示，又乌从而知之。号称"倚声填词"，而于曲调之性质，漫无所晓，是谓"盲填"。"盲填"之词，焉得意与声会？填词之首重选调，即欲避免"盲填"耳。执世行之词谱，一一依其格式，而不细玩某一曲调之最初作品，以及出自通晓音律者所填之词，乃沾沾自喜，以为我固无背于谱律也，是谓"问道于盲"，既为所误而犹懵然无所觉察，此亦大可哀已！

然则选调之法如何？在此词乐久亡之后，亦唯有取唐宋名家之杰作，细玩其声容态度，举凡句读之长短，字音之轻重，与夫协韵疏密，四声配合之宜，以求此一曲调何以宜表某种情绪而已。唐五代人所填"咏其曲名"之作，取同用一调者，参互比较之，声情自见。其北宋知音者，如柳永、周邦彦辈所创制之调，则取本集之词，悉心玩索，即词中所表之情，以推见其曲中所表之情，择其声情与吾心意中所欲表之情极相类似者而用之，庶几"哀乐与声，尚相谐会"。例如《清真集》中之《西河》第一首云：

佳丽地，南朝盛事谁记？山围故国绕清江，髻鬟对起。怒涛寂寞打孤城，风樯遥度天际。　断崖树，犹倒倚。莫愁艇子曾系。空余旧迹郁苍苍，雾沉半垒。夜深月过女墙来，伤心东望淮水。　酒旗戏鼓甚处市？想依稀、王谢邻里。燕子不知何世，向寻常巷陌人家，相对，如说兴亡斜阳里。

第二首云：

长安道，萧洒西风时起。尘埃车马晚游行，霸陵烟水。

乱鸦栖乌夕阳中，参差霜树相倚。　到此际，愁如苇。冷落关河千里。追思唐汉昔繁华，断碑残记。未央宫阙已成灰，终南依旧浓翠。　对此景无限愁思，绕天涯秋蟾如水。转使客情如醉。想当时万古雄名，尽是，作往来人凄凉事。

试以两词比较，一为金陵怀古，一为长安怀古。凡怀古之作，例宜激越悲壮之音。吾人一读以上二词，自觉激壮苍凉，想见当时制曲者之怀抱。而其字句之分配，除第一第二两段，所有七四、七六两种句法，一用平收，一用仄收外，全阕各句，几全用仄声字于句末，且除平收四句外，几于句句押韵，第三段音节尤为拗怒，而押韵亦最多，情绪亦最紧迫。此种曲调，特宜抒写伤今吊古之情，于其音节之苍凉，即可窥见，如用以写柔和宛转之欢乐情绪，吾知其必不合矣。二词同用一调，同出一人之手，而除声情之激壮相同外，句读平仄，乃不免小有出入。如"南朝盛事谁记"，为平平仄仄平仄，而"萧洒西风时起"，则为平仄平平平仄。"莫愁艇子曾系"，为仄平仄仄平仄，而"冷落关河千里"，则为仄仄平平平仄，此平仄之大异者也。至于句读，"酒旗戏鼓甚处市"，为上四下三，而"对此景无限愁思"，则为上三下四。"如说兴亡斜阳里"，亦为上四下三，而"作往来人凄凉事"则"作"字宜略顿，"人"字又略顿，乃变为一、三、三，此句读之悬殊者也。今之填词者，最喜墨守清真之四声，以为一字不误，便称协律，试问此二词之平仄句读，果以何者为准乎？在知音识曲者，于平仄句读，不妨略有移易，而声情与词情，则不容不相谐会，观于上述一调，可以推知也。

又调名之来历，倘可考知，则吾人不妨以世传最初所作之词，略加比勘，其声情亦可概见。例如《雨霖铃》曲，据《明皇杂录》及《杨妃外传》云：

> 帝幸蜀，初入斜谷，霖雨弥旬，栈道中闻铃声。帝方悼念贵妃，采其声为《雨霖铃》曲以寄恨。时梨园子弟，惟张野狐一人，善筚篥，因吹之，遂传于世。

《外传》又云：

> 上皇还京后，复幸华清，从官嫔御，多非旧人，于望京楼下，命张野狐奏《雨霖铃》曲。上四顾凄然，自是圣怀耿耿，但吟："刻木牵丝作老翁，鸡皮鹤发与真同。须臾弄罢寂无事，还似人生一世中！"

由此可知《雨霖铃》一曲，宜写生离死别之衷情。王灼亦称："今双调《雨霖铃慢》，颇极哀怨，真本曲遗声。"（《碧鸡漫志》）据柳永《乐章集》中卷，有双调《雨霖铃》词：

> 寒蝉凄切。对长亭晚，骤雨初歇。都门帐饮无绪，留恋处，兰舟催发。执手相看泪眼，竟无语凝噎。念去去、千里烟波，暮霭沉沉楚天阔。　多情自古伤离别。更那堪、冷落清秋节。今宵酒醒何处，杨柳岸、晓风残月。此去经年，应是、良辰好景虚设。便纵有、千种风情，更与何人说。

细玩此词，自觉其声情之哽咽。且此调例用入声韵，入声短促，用以押韵，亦最宜抒紧迫之情。然则此曲为哀怨之音，又不难于柳词之声韵，推想得之也。

至于寻常习用之调，最宜抒写凄壮热烈之情者，有如《虞美人》《破阵子》《满江红》《念奴娇》《水龙吟》《贺新郎》《桂枝香》《水调歌头》《八声甘州》《六州歌头》之类，咸以声情激越，读之便觉生气凛然，而声韵配合之间，亦各有其激壮之致。据《虞美人》一曲，《脞说》称起于项籍《虞兮》之歌。又北齐有《兰陵王入阵曲》，《破阵子》或系截取其中之一段，因旧曲以造新声。又据《碧鸡漫志》述《念奴娇》之来源云：

> 元微之《连昌宫词》自注云："念奴，天宝中名倡，善歌，每岁楼下酺宴，万众喧溢，严安之、韦黄裳辈，辟易不能禁，众乐为之罢奏。明皇遣高力士大呼楼上曰：'欲遣念奴唱歌，邠二十五郎吹小管逐，看人能听否？'皆悄然奉诏。"……（《开元天宝遗事》）云："念奴每执板当席，声出朝霞之上。"

据此，知《念奴娇》一曲之命名，必由其声响之高亢。故苏轼依其节拍，以为"赤壁怀古"词，乃有"铁板铜琶，合付关西大汉唱之"之说也。《水调》传为隋炀帝将幸江都时所制，声韵悲切。《甘州》为唐时之边塞曲，边塞曲类多悲壮之音，而《六州歌头》，尤为激越。此诸曲来源之约略可考者。试就各名家流传之词，细心玩索，则各调之平仄配置，押韵差别，与所表之情，皆大有关系。例如辛弃疾之《破阵子·为陈同甫赋壮词以寄之》云：

> 醉里挑灯看剑，梦回吹角连营。八百里分麾下炙，五十弦翻塞外声，沙场秋点兵。　马作的卢飞快，弓如霹雳弦惊。了却君王天下事，赢得生前身后名，可怜白发生。
> （《稼轩长短句》）

细玩此调声情之激壮处，尤在上下阕两七字句。大抵词中连用长短相同之句，而作对偶形式者，上下地位相当之字，平仄相反，则音节和谐，相同则音节拗怒，拗怒则宜抒悲壮激越之情绪。如《破阵子》之上下阕两七字句，平仄相同之字为多、譬之阴阳不调和，则其势必生冲突，而演为壮烈之情调。推之《满江红》《念奴娇》《水龙吟》《贺新郎》《桂枝香》诸曲，几于每句皆用仄声字收煞，声调自然激壮，此平仄配置之有关于表情者也。至如《六州歌头》，多用三字句，短句促节，紧迫而来，自有一种兀傲不驯、淋漓慷慨之致，则知句法之长短分配，又大有关系于情感之缓急矣。

复次，同用一调，选韵不同，所表见之声情，随即发生差别。同为仄韵，而用上、去声韵，与用入声韵者，声容自异。同为平韵，而用发扬洪亮之韵部，如东、钟、江、阳、戈、麻等韵，与用柔靡凄清之韵部，如支、微、齐、灰、寒、删等韵者，情态亦殊。如《满江红》《念奴娇》《贺新郎》《桂枝香》诸调，用入声韵，则激越豪壮，宜写慷慨热烈之情，若改用上、去声韵，则转为沉郁悲凉，乏"声如裂帛"之致。且举二例，以概其余。如苏轼用入声韵之《念奴娇》：

大江东去，浪淘尽、千古风流人物。故垒西边，人道是、三国周郎赤壁。乱石穿空，惊涛拍岸，卷起千堆雪。江山如画，一时多少豪杰。　遥想公瑾当年，小乔初嫁了，雄姿英发。羽扇纶巾，谈笑间、樯橹灰飞烟灭。故国神游，多情应笑我，早生华发。人间如梦，一尊还酹江月。(《东坡乐府》)

姜夔用上、去声韵之《念奴娇》：

闹红一舸，记来时、尝与鸳鸯为侣。三十六陂人未到，水佩风裳无数。翠叶吹凉，玉容消酒，更洒菰蒲雨。嫣然摇动，冷香飞上诗句。　　日暮青盖亭亭，情人不见，争忍凌波去。只恐舞衣寒易落，愁入西风南浦。高柳垂阴，老鱼吹浪，留我花间住。田田多少，几回沙际归路。(《白石道人歌曲》)

辛弃疾用入声韵之《贺新郎》：

绿树听鹈鴂。更那堪、鹧鸪声住，杜鹃声切。啼到春归无寻处，苦恨芳菲都歇。算未抵、人间离别。马上琵琶关塞黑，更长门，翠辇辞金阙。看燕燕，送归妾。　　将军百战身名裂。向河梁、回头万里，故人长绝。易水萧萧西风冷，满座衣冠似雪。正壮士、悲歌未彻。啼鸟还知如许恨，料不啼清泪长啼血。谁共我，醉明月。(《稼轩长短句》)

叶梦得用上、去声韵之《贺新郎》：

睡起流莺语。掩苍苔、房栊向晚，乱红无数。吹尽残花无人见，惟有垂杨自舞。渐暖霭、初回轻暑。宝扇重寻明月影，暗尘侵、上有乘鸾女。惊旧恨，遽如许！　　江南梦断横江渚。浪黏天、葡萄涨绿，半空烟雨。无限楼前沧波意，谁采蘋花寄取？但怅望、兰舟容与。万里云帆何时到？送孤鸿、目断千山阻。谁为我，唱金缕？(《石林词》)

试以二人之作，细加吟讽，用入声韵者声情发越，用上、去声韵者则转为沉郁之音。虽当时用被管弦，究以何者为协律，未能臆断，而取同调诸作，诵之喉舌唇吻间，情味自殊，此稍留心声律者当皆易于领悟也。至如《六州歌头》一曲，本为边塞之音，最为悲壮，而以各家所用韵部之不同，声情迥别。例如贺铸之作：

少年侠气，交结五都雄。肝胆洞，毛发耸。立谈中，死生同，一诺千金重。推翘勇，矜豪纵，轻盖拥，联飞鞚，斗城东。轰饮酒垆，春色浮寒瓮，吸海垂虹。闲呼鹰嗾犬，白羽摘雕弓，狡穴俄空，乐匆匆。　　似黄粱梦，辞丹凤，明月共，漾孤篷。官冗从，怀倥偬，落尘笼，簿书丛。鹖弁如云众，供粗用，忽奇功。笳鼓动，渔阳弄，思悲翁，不请长缨，系取天骄种，剑吼西风。恨登山临水，手寄七弦桐，目送归鸿。(《东山乐府》)

又张孝祥之作：

长淮望断，关塞莽然平。征尘暗，霜风劲，悄边声。黯销凝。追想当年事，殆天数，非人力，洙泗上，弦歌地，亦膻腥。隔水毡乡，落日牛羊下，区脱纵横。看名王宵猎，骑火一川明。笳鼓悲鸣，遣人惊。　　念腰间箭，匣中剑，空埃蠹，竟何成。时易失，心徒壮，岁将零。渺神京。干羽方怀远，静烽燧，且休兵。冠盖使，纷驰骛，若为情。闻道中原遗老，常南望、翠葆霓旌。使行人到此，忠愤气填膺，有泪如倾。(《于湖居士乐府》)

又韩元吉之作：

东风着意，先上小桃枝。红粉腻，娇如醉，倚朱扉。记年时，隐映新妆面，临水岸，春将半，云日暖，斜桥转，夹城西。草软莎平，跋马垂杨渡，玉勒争嘶。认蛾眉凝笑，脸薄拂燕支。绣户曾窥，恨依依。　　共携手处，香如雾，红随步，怨春迟。销瘦损，凭谁问，只花知，泪空垂。旧日堂前燕，和烟雨，又双飞。人自老，春长好，梦佳期。前度刘郎，几许风流地，花也应悲。但茫茫暮霭，目断武陵溪，往事难追。(《阳春白雪》)

以上三家同用一曲，而贺作用洪亮之东部韵，又以同韵部之上、去声韵，平仄互叶，几于句句押韵，音节之壮美，无以复加。张作用庚、青、蒸三部韵，但押平韵，不复措意于仄韵之互叶，虽壮音未改，终不若贺词之雄放。至韩作改用支、微诸部柔靡之韵，虽亦夹叶仄韵，而韵部变易，不似贺词之平仄同部，于是本曲原有悲壮之声情，全归泯没矣。全作凄音，虽与韩氏词情相称，而有乖乐曲本来面目，终属非宜。其他习用令词，近似律绝之调，用以表现各种不同之情感，尤与选韵有关。例如《浣溪沙》，李后主词：

转烛飘蓬一梦归。欲寻陈迹怅人非。天教心愿与身违。待月池台空逝水，荫花楼阁漫斜晖。登临不惜更沾衣。

张孝祥词：

霜日明霄水蘸空。鸣鞘声里绣旗红。淡烟衰草有无中。万里中原烽火北，一樽浊酒戍楼东。酒阑挥泪向悲风。

前者纯属凄音，而后者堪称悲壮，以选韵之殊，声情之差别如此！举一反三，他可概见。戈载《词林正韵》，于选韵之说，已颇有发明。其《发凡》云：

词之用韵，平仄两途，而有可以押平韵，又可以押仄韵者，正自不少。其所谓仄，乃入声也。如越调又有《霜天晓角》《庆春宫》，商调又有《忆秦娥》。其余则双调之《庆佳节》，高平调之《江城子》，中吕宫之《柳梢青》，仙吕宫之《望梅花》《声声慢》，大石调之《看花回》《两同心》，小石调之《南歌子》，用仄韵者，皆宜入声。《满江红》有入南吕宫，有入仙吕宫。入南吕宫者，即白石所改平韵之体，而要其本用入声，故可改也。外此又有用仄韵而必须入声者，则如越调之《丹凤吟》《大酺》，越调犯正宫之《兰陵王》，商调之《凤皇阁》《三部乐》《霓裳中序第一》《应天长慢》《西湖月》《解连环》，黄钟宫之《侍香金童》《曲江秋》，黄钟商之《琵琶仙》，双调之《雨霖铃》，仙吕宫之《好事近》《蕙兰芳引》《六幺令》《暗香》《疏影》，仙吕犯商调之《凄凉犯》，正平调近之《淡黄柳》，无射宫之《惜红衣》，正宫、中吕宫之《尾犯》，中吕商之《白苎》，夹钟羽之《玉京秋》，林钟商之《一寸金》，南吕商之《浪淘沙慢》。此皆宜用入声韵者，勿概之曰仄而用上、去也。其用上、去之调，自是通叶，而亦稍有差别，如黄钟商之《秋宵吟》、林钟商之《清商怨》、无射商之《鱼游春水》宜单押上声，仙吕调之《玉楼春》、中吕调之《菊花新》、双调之《翠楼吟》，宜单押去声。复有一调中必须押上、必须押去之处，有起韵、结韵，宜皆押上、宜皆押去之处，不能一一胪列。

其所谓宜入、宜上、宜去，皆从各家同用一调之作，比较得之。然何以某调必须押入、某处必须押上、某处必须押去，必有其所以然之故，而戈氏曾未有所说明，致近世填词家，只知拘守。且仅限于少数较僻之调。殊不知押韵与表情，关系密切，不特僻调如此，即通行之调，前人虽有或押入，或押上去者，难以断定其孰是孰非，而平仄四声，性质各异，称情选韵，乃克相谐。就上述诸端，倘有好学深思之士，触类而长，必能求出其所以然之故，以祛前贤之积惑，而予后来者以坦途。然在南宋之时，沈括已有“今人不复知有声矣”之叹。且《乐章集》中用同一宫调之《满江红》四阕，两押上、去声韵，两押入声韵，而其中三阕皆写儿女情，似与宋人常用此调以写壮烈怀抱者，格不相入，岂柳永漫应教坊乐工之请，亦率意“盲填”耶？

总之，一曲之成，必有作者之哀乐，而倚声填词者，又必以其哀乐，恰与某调之声相谐，方为当理。句读平仄，皆所以表辞气之缓急轻重，而与内在之情感，息息相通，故每一曲调之声容，必当加以揣摩，而勿蹈“盲填”之失。且如《千秋岁》《寿楼春》二调，乍视似为欢愉之音，而细读秦观之《千秋岁》词：

> 水边沙外，城郭春寒退。花影乱，莺声碎。飘零疏酒盏，离别宽衣带。人不见，碧云暮合空相对。　忆昔西池会，鹓鹭同飞盖。携手处，今谁在？日边清梦断，镜里朱颜改。春去也，飞红万点愁如海。（《淮海词》）

史达祖之《寿楼春》词：

> 裁春衫寻芳。记金刀素手，同在晴窗。几度因风残絮，照花斜阳。谁念我，今无裳。自少年、消磨疏狂。但听雨挑灯，欹床病酒，多梦睡时妆。　飞花去，良宵长。有丝阑旧曲，金谱新腔。最恨湘云人散，楚兰魂伤。身是客，愁为乡。算玉箫、犹逢韦郎。近寒食人家，相思未忘蘋藻香。（《梅溪词》）

前一调每句皆以仄声字住，且语气迫切，全为凄厉之音，后一调则平声字配置过多，音势不能激起，宜写哀思怨抑，难于自振之情，而或者用作寿词，则沈氏所讥“哀声而歌乐词”者也。选调与选韵，原亦甚难，时填词者必须注意于此，乃得声情谐会。他日倘有余暇，当更详论之，聊引其端，冀与声家共为商榷焉。

三　今日填词宜用之曲调

自词乐沦亡，已骤减其感人之力。今欲复兴斯道，唯有二途：一曰“借尸还魂”，以图规复声词合一之旧；一曰“依声托事”，藉以抒写凄壮磊落之怀。清代谢元淮，著《碎金词谱》，以歌昆曲之法，藉以谱词，虽为论者所讥，究亦不失为救亡之道。然时至今日，昆曲亦日见式微，而西乐代兴，制曲者往往取唐宋人词，别作新谱，藉资传唱，屡试之后，亦复可听。吾所谓“借尸还魂”，即望有识之士，正不必拘泥成法，共为倡导，因旧曲以造新声，即所以救词乐之亡，而为之别开疆土也。在燕乐杂曲盛行之际，倚声填词，自以协律为先，故宋人论词，首重音律。即号称“苏门四学士”中之晁无咎（补之），词格雅近东坡，而其评论当代诸家乐章，有云：

> 苏东坡词，人谓多不谐音律。然居士词横放杰出，自是曲子中缚不住者。黄鲁直间作小词，固高妙，然不是当行家语，自是著腔子唱好诗。（引见《能改斋漫录》）

又与张文潜（耒）面对东坡，有“先生词似诗”之语。而《碧鸡漫志》则谓：“东坡先生，非心醉于音律者，偶尔作歌，指出向上一路，新天下耳目，弄笔者始知自振。”盖自东坡而后，词已渐有脱离音乐而独立成为新体诗之势，相尚以意格，不必定付管弦，但得“举首高歌，觉作者之逸怀浩气，超然乎尘垢之外”

（胡寅《酒边词序》），亦自有其感人之力。况在今日，词乐久亡，所谓倚声填词，无论选用清真、梦窗集中何种曲词，一一墨守其声韵，终亦仅能成为“长短不葺之诗”，心力枉抛，而往往使人读之思睡。且选用僻调之作，非检阅词谱，几令人不能句读，是欲求协律，而反不能上口，遑论感人？晚近词家，恒蹈此失，于是持律愈谨，而适以促词之亡。殊不思周、柳诸家，所有僻调，乃为适应当时之乐曲而作，其被之弦管而美听者，一旦脱离弦管，但资吟咏，未必悉谐于唇吻之间，则何如坦白承认词为“长短不葺之诗”，选取若干唐宋诸贤惯用之调，详究其声情之哀乐，借以抒写我所欲吐之襟怀乎？吾所谓“依声托事”者，亦深感于五七言律诗之声调，虽铿锵悦耳，而形式绝少变化，不足与哀乐无端之情感相谐，故不如利用长短参差、曾受音乐陶冶之词调，以寄其骚怀雅思，使热情充满于字里行间，不假管弦之助，自然入人心坎，其收效之大，较之穷心力于僻涩之调，以求合于不可知之律者，何可以道里计哉？

纵观唐宋名家之词，其传诸今日，读之使人兴感者，仍唯哀乐过人、性情独至之作，而其声韵之美，乃恰与作者之哀乐相谐。如李后主之《浪淘沙》，苏轼之《水调歌头》《念奴娇》，周邦彦之《六丑》《兰陵王》，辛弃疾之《水龙吟》《摸鱼儿》诸调，试为略解文义者，咏以抑扬顿挫之声调，有不为之动色移情者乎？清代号为词学中兴，然自常州派出，始明“依声托事”之义，而张惠言《茗柯》一集，疏于句读之考较，不悟前贤制调之声情，故托体虽高，未能尽善。直至清季，王半塘（鹏运）、朱彊村（孝臧）两先生，致力宋词之校订，衍常州之余绪，从而恢张之，涉览既多，善识声理，故其所作，类能声情谐会，悱恻动人。例如《半塘定稿》中之《摸鱼子》“以汇刻宋元人词赠次珊，承赋词报谢，望用原调酬之”：

莽风尘、雅音寥落，孤怀郁郁谁语？十年铅椠殷勤抱，弦外独寻琴趣。堪叹处。恁拍到红牙，心事纷如许！低徊吊古。试一酹前修，有灵词客，知我断肠否？　文章事，覆瓿代薪朝暮。新声那辨钟缶？怜渠抵死耽佳句，语便惊人何补！君念取。底断谱零缣，留得精神住？停辛伫苦。且醉上金台，酣歌击筑，杂沓任风雨。

《祝英台近·次韵道希感春》：

倦寻芳，慵对镜，人倚画栏暮。燕妒莺猜，相向甚情绪？落英依旧缤纷，轻阴难乞，枉多事、愁风愁雨。　小园路。试问能几销凝。流光又轻误。连袂留春，春去竟如许！可怜有限芳菲，无边风月。恁都付、等闲花絮？

又如《彊村语业》中之《水龙吟·麦孺博挽词》：

峨如千尺崩松，破空雷雨飞无地。京华游侠，山林栖遁，斯人憔悴，一瞑随尘，九州来日，谅非吾事。正苍黄急劫，推枰撒手，浑不解，茫茫意。　也识彭殇一例，怆前尘、飙轮弹指。长城并马，沧溟击楫，穷秋万里。归卧荒江，中宵破梦，惨春衰涕。更大招愁赋，湘魂纵返，甚人间世！

《洞仙歌·过玉泉山》：

残衫胜帻，悄不成游计。满马西风背城起。念沧江一卧，白发重来，浑未信、禾黍离离如此！　玉楼天半影，

> 非雾非烟，消尽西山旧眉翠。何必更繁霜，三两栖鸦，衰柳外、斜阳余几？还肯为愁人住些时，只呜咽昆池，石鳞荒水。

《小重山·晚过黄渡》：

> 过客能言隔岁兵。连村遮戍垒，断人行。飞轮冲暝试春程。回风起，犹带战尘腥。　日落野烟生。荒萤三四点，淡于星。叫群创雁不成声。无人管，收汝泪纵横。

凡此诸词，言外并有事在，而选调选韵，恰称词情，读之自足感人，不以乐亡而失其功效。至二家全集，虽亦常用僻调，而声情俱到之作，终亦在文从字顺中。且王从稼轩入，而朱从东坡出，固非貌为“七宝楼台”者所能梦见也。

吾辈生于词乐久亡之后，悬测当时制曲者之心情，为乐为哀，本难判定，而音节情调，出诸唇吻，各有所宜，倚曲填词，终当细审。且感人之切，仍在独至之性情，风雨晦冥，慨当以慷，前人不少凄壮之调，学者宜识所趋矣。

（原载《同声月刊》第一卷第二号，一九四一年一月二十日）

创制新体乐歌之途径

一 引论

予前草《诗教复兴论》(《同声月刊》创刊号)，以为今后欲求诗乐合一，藉收化民成俗之功，必须广延海内外精通音律之学者，与涵养有素之诗人，相与研求讨论，一方面依西洋作曲法多制富有我国固有情调之乐谱，由诗家撰为真挚热烈、足以振发人心之歌辞，一方面整理我国固有之音乐与诗歌，进求其声词配合，以及各种体制得失利病之所在，藉定创作之方针，或因旧词以作新声，或倚新声以变旧体，融合古今中外之长，以为适于时代之乐歌，然后略依《诗经》之编制，颁行于各级学校，定为必修科，使学子童而习之，以迄成年，借以养成其吟咏性情，欣赏诗乐之能力，庶几人类咸能以声气相感，而复其真挚纯洁之善性，以进于仁寿和平之域。自予此论一出，各方学者，亦多寄以同情。然措手之方，正复不易，亦因亦创，经纬万端。其有待于政府之协助进展者，姑暂勿论，且以个人之经验，与历年师友之所商讨者，重加叙述，以供留心乐教者之参酌焉。

予于新旧音乐，都无所解。唯自弱冠后，稍习填词，糊口四方，亦未能专于所学。既任教于国立音乐院，十有余年，因得先后与萧友梅、黄今吾（自）、李惟宁诸音乐家相往还，时或商量合作，以期创造新体歌词，藉应时代需要。转念我国古代诗歌，原以入乐为主，而填词本号倚声之业，自旧谱散亡，不复可歌，辄引为大憾！长洲吴瞿安（梅）先生，专治南北曲，能依工尺字谱，自按新词，而于唐、宋人词之旧腔，终莫由追寻坠绪。今所传《白石道人歌曲》，虽缀旁谱，可转译为工尺字谱，或五线新谱，而板眼无存，亦莫由谙其节奏。以此欲图恢复唐、宋歌词之举，殆已绝不可能。然吾人研治词曲之结果，对于各词调与曲牌之声韵组织，即因文字以求之，犹觉于轻重缓急之间，可以想象当时制曲者之各种不同情调。因于教授前贤词曲之际，与诸生剖析言之，而专习理论作曲者，闻予说以为往往暗合西洋作曲原理。予于是益信词曲为最富音乐性之文字，虽因旧谱失传，而未能重被弦管，而取其声韵组织之法，斟酌损益之，以为创作新体乐歌之标准，其必利于喉吻，时能谐协动听，可无疑也。又偶于院内开演奏会时，予往倾听，散后，询诸生以何人所作歌词，为棘于喉，或利于吻？所答乃与予意想中所判断者相符合，予乃诘以何因棘于喉或利于吻之故，初皆瞠然莫知所对也。迨以词曲声韵组织之法，为详悉譬解之，乃恍然于其得失利病之所在。又闻今吾先生言："西洋各国及日本所唱歌词，听者莫不闻声解义，独我国文字所配之歌曲，往往使听者茫然，不知竟作何语，岂中国语不适于歌唱耶？"我国字属单音，语为孤立，而歌咏之际，不能不有抑扬抗坠之美，今所传昆山腔及皮黄戏，非深于此道者，骤聆之，亦不解其语为何，而细求其曲折转变之音，固丝毫不苟也。乐曲之有歌词，所以助人了解。使有歌词而听者仍莫解其竟作何语，则歌词直为疣赘，更何必多此一举耶？萧、黄诸氏，为此稍稍注意于歌词之声韵问题，亦曾引起院内同人之争论，廖青主氏与其德籍夫人华丽丝合谱李后主之《浪淘沙》词，即以“有声无词”见讥，则以我国语言所作之歌词，配合新兴西洋乐曲，有待于专家之商讨，乃能尽美尽善，可断言也。黄氏英年短折，不获穷究词曲之声律，以为创制新体歌词之标准，诚为乐坛及诗坛一大憾事！然就现存之黄氏遗作，其传播歌坛者，犹令唱者利于喉而听者顺于耳，则所谓中国语不适于歌唱之说，原为新起乐家解嘲之辞，非确论也。十年前予于演奏会内，偶感阶下玫瑰之被人攀折，就座间率意为长短句，题以《玫瑰三愿》，随付黄氏制谱，顷刻而成，其声甚美，至今犹不绝于歌者之口。比年在沪，复与李惟宁先生合作数曲，或先成词而后制谱，或先制谱而后填词，与我国固有入乐之歌诗，了无二致。犹忆李君一夕见过，云有新制一曲，描写朦胧假寐中所想象之情事，强予为撰歌词。予因叩以句度长短，及各段境象，随写随唱，李君为按钢琴审音，其不合者随即改定，直至子夜始毕，诗成，予为定名《逍遥游》，略似唐、宋间人之大曲，以管弦乐队百余人合奏，成绩颇佳。唯配合声词，似仍有尚待商量之处。由此转悟唐、宋人词，同用一调，而字句间有长短，声韵略有出入，后来词谱因名之为“又一体”者，殆由某曲作成之后，倩文士为之填词，长短轻重之间，初未能一一吻合，必试之稍久，人习其声，乃得制为一定之方式，共相遵守。以形成所谓“倚声填词”之谱律，而一字不得改移。此在配合乐曲方面言之，当能吻合无间。然在文字上，各调既制为一成不变之方式，填词家习用稍久，遂视为一种长短不葺之新体律诗，但求于文字上之谱式无乖，不复按诸弦管，以蕲适合乐曲上之音律，由是词体遂趋于凝固，而渐与乐离，守律愈严，转以自缚其才思，无由播于朱唇皓齿间，而渐失其摇精荡魂、移风易俗之效。物穷则变，变则通，唐、宋词之音谱既亡，其势不能不变为金、元以来之南、北曲，北曲衬字多而南曲衬字少，虽由所用弦管不同，然于声调配合之间，南曲似较谨严，其咬字之清晰，意必与北曲之颇杂胡音者异趣。即就明人所为北曲观之，其衬字亦较元人为少，于此足见声词配合，后出转精，不能援金、元人多用俗语鄙言，以为可以随意配曲，亦能播诸歌者之口，而拨弃文字上之声律于不顾也。今之新乐家，有用西洋乐曲而强配以聱牙诘屈之歌词者，亦有取胡适诸人之白话诗而为创制新曲者，虽一例可歌，然使歌者戾于喉而字音悉变，听者逆于耳而声词莫别，终乃无以自解，而归罪于中国语之不适于歌，其然，岂其然乎？且音乐之起原，原以人声为主，咨嗟咏叹，以组织为诗歌，因而被诸管弦，岂有言不顺而声能入者？欲求言顺，则字音之轻重缓急、节奏之抗坠抑扬，在所讲求，不得随意凑合。往尝闻萧友梅先生为予言，西洋大诗家之作品，但用朗诵，即具感人之力，无待乐家为之制曲歌唱，盖由其本身之音节，已足表现其内蕴之情感也。又尝以有韵律之诗词，诵之有抑扬高下之节者，倩友人或学生之习理论作曲者为之制谱，咸觉清圆妥溜，曲调易成，流利轻松，谐于唇吻。因思应用词曲之声韵组织，加以融通变化，以创制富有新思想、新题材，而能表现我国国民性之歌词，藉以促成新国乐之建树，而完成继往开来之大业。十年前曾与叶遐庵（恭绰）、萧友梅、易大厂（韦斋）诸先生倡议创立歌社，从事新疆域之开辟，人事牵率，未有所成，而怀抱此心，始终不懈。“来吾导夫先路”，功成不必在我。辄就鄙见，草为此篇，期与海内声家，共起“尝试”。

二 周秦以来之乐歌形式

文学以感情为主，而内容与形式，必须相称，乃能使作者与读者、唱者与听者之间，藉形式之媒介而情感交流，引起共鸣作用。人类感情之表现，为声音容态，为语言文字。文字又为语言之代表，其妙用在能运用每一字音之轻重抑扬，以表现各种不同之情感，而使作者之声音容态，一一活现于纸上，因声以求气，按字以寻声，由目视而口吟，入乎人耳而动乎人心，心物交感，乃得完成文学之任务。诗歌占文学中之主要地位，其感人为尤深切，形式之讲求，亦愈重要。今欲构成一种新乐歌形式，必须于篇章、句读、声韵、色泽四者，加以深切之探讨，借镜于前贤遗制，而参酌变化以出之，庶能切合时宜，而又不背于相沿之习惯。兹为分别论列之。

乐歌原以民谣为主，而民谣多反复咏叹之音。《诗经》中之十五国风，每篇咸有若干章，章各若干句，而各章字句，长短略同，一篇之中，恒多复语，最足为创制新体乐歌之准则。兹为略举数篇示例：

例一《邶风·北门》：

出自北门，忧心殷殷。终窭且贫，莫知我艰。已焉哉，天实为之，谓之何哉！

王事适我，政事一埤益我。我入自外，室人交遍谪我。已焉哉，天实为之，谓之何哉！

王事敦我，政事一埤遗我。我入自外，室人交遍摧我。已焉哉，天实为之，谓之何哉！

以上诗三章，章七句，除第一章首四句语意特殊，二、三两章首四句乃用同一语调，仅易六字。至最末三句则三章全同，反复歌之，自见咨嗟咏叹、不能自已之情绪。又如《王风·黍离》：

彼黍离离，彼稷之苗。行迈靡靡，中心摇摇。知我者，谓我心忧；不知我者，谓我何求。悠悠苍天，此何人哉！

彼黍离离，彼稷之穗。行迈靡靡，中心如醉。知我者，谓我心忧；不知我者，谓我何求。悠悠苍天，此何人哉！

彼黍离离，彼稷之实。行迈靡靡，中心如噎。知我者，谓我心忧；不知我者，谓我何求。悠悠苍天，此何人哉！

以上诗三章，章十句，其中不同者仅七字，几全为复语。此描写无可奈何之心绪，视前篇哀怨尤深。所谓唱叹之音，不嫌重叠，以之配曲，三章当为同调者也。

例二《邶风·静女》：

静女其姝，俟我于城隅。爱而不见，搔首踟蹰。

静女其娈，贻我彤管。彤管有炜，说怿女美。

自牧归荑，洵美且异！匪女之为美，美人之贻。

以上诗三章，章四句。各章句度略有参差，声律调韵，亦各随情感之缓急为变化，此三章各自配一曲调，不可从同者也。

例三《召南·行露》:

厌浥行露。岂不夙夜？谓行多露。

谁谓雀无角，何以穿我屋？谁谓女无家，何以速我狱？虽速我狱，室家不足。

谁谓鼠无牙，何以穿我墉？谁谓女无家，何以速我讼？虽速我讼，亦不汝从。

以上诗三章，一章三句，二章六句。此首章独立，次、末两章同调者也。

例四《卫风·伯兮》:

伯兮朅兮！邦之桀兮！伯也执殳，为王前驱。

自伯之东，首如飞蓬，岂无膏沐？谁适为容！

其雨其雨，杲杲出日。愿言思伯，甘心首疾。

焉得谖草，言树之背。愿言思伯，使我心痗。

以上诗四章，章四句。此四章虽句度全同，而首、次两章，情感自异，固应各自成调，三、四两章，则情感略同，不妨合配一曲者也。

例五《豳风·东山》:

我徂东山，慆慆不归。我来自东，零雨其濛。我东曰归，我心西悲。制彼裳衣，勿士行枚。蜎蜎者蠋，烝在桑野。敦彼独宿，亦在车下。

我徂东山，慆慆不归。我来自东，零雨其濛。果臝之实，亦施于宇。伊威在室，蟏蛸在户。町畽鹿场，熠耀宵行。不可畏也，伊可怀也。

我徂东山，慆慆不归。我来自东，零雨其濛。鹳鸣于垤，妇叹于室。洒扫穹窒，我征聿至。有敦瓜苦，烝在栗薪。自我不见，于今三年！

我徂东山，慆慆不归。我来自东，零雨其濛。仓庚于飞，熠耀其羽。之子于归，皇驳其马。亲结其缡，九十其仪。其新孔嘉，其旧如之何！

以上诗四章，章十二句。此四章所抒情事，各各不同，自必各配不同之曲调，而每章之前四句，则皆同调复唱者也。

上述五例，虽不足以赅十五国风篇章形式之全，而举一反三，大可为创制新体乐歌之借镜。大抵民歌体制，以易记易唱为主，又每多重叠咏叹之音，故篇幅不宜过长，生字不宜过多，而声韵之谐协，则在所必讲，声韵之变化，又必随情感为转移。此在《诗经》三百五篇中，依类寻究，最足供吾人之参考。至《雅》《颂》形式，短篇略近于《风》，长篇各章情事变移，曲调自应各异，大抵仿佛唐、宋以来之大曲。特《诗经》恒以四言为句，在语气缓急、声调抑扬之间，似未能适合自然之喉吻，而与参差繁复之曲调相应。此吾所以主张新体乐歌形式，宜取法于《诗经》之章法，而句法之改进，则有待于广求词曲，始得渐近自然也。

自采诗之官废，瞽师失职，《乐经》亦日就消亡，诗与乐离，而形式之变化，遂现停滞之象。《楚辞·九歌》，为沅、湘间祠神之曲，屈原感其声而颇为更定其辞（从朱熹说），以构成所谓“楚调”，盛行于秦、汉之际。观其体制，除句调视《诗经》为一大变革外，唯《九歌》历祀东皇太一、云中君、湘君、湘夫人、大司命、少司命、东君、河伯、山鬼、国殇等神，而殿以礼魂之曲，已渐开唐、宋大曲之形式，屈子《离骚》《九章》等作，则皆变为“不歌而诵”之赋体，似不甚宜于入乐，而亦于乐歌形式之变迁史上，无大关涉者也。汉武帝“立乐府，采诗夜诵，有赵、代、秦、楚之讴，以李延年为协律都尉。多举司马相如等数十人，造为诗赋，略论律吕，以合八音之调，作十九章之歌”(《汉书·礼乐志》)。乐家与诗家合作，俨然有规复姬周乐制之势。然是时古乐久经崩坏，楚调又未能普遍及于民间，所谓房中祠乐及郊祀歌等，类为赞美功德之辞，略似《诗经》中之颂体，移风易俗之效，殆亦微乎其微。其后交通西域，输入胡音，鼓吹曲辞，即多参用胡乐。汉短箫铙歌十八曲，魏、吴袭用其声，改易其辞，以为朝会宴飨之乐。其声词配合之际，以旧谱散亡，无由参究。然就诸家仿作，比较其声律字句，似杂虚声，勉强凑合，未足以云树立一种新体乐歌形式也。由汉、魏以迄南、北朝，俗尚既殊，歌乐亦异，南有“吴声”“西曲”之别，北有陇头、捉搦之辞。亦有章解之分，略同《风》《雅》，而《读曲》《子夜》，连咏或多至数十章，各章句度参差，是否同用一曲，无由悬揣。要之，汉、魏六朝乐府以时代及环境关系，未能收统一消融之效，而促成新形式之建立，其足资吾人之考镜，不及《诗经》之十五国风，盖可断言也。

三　唐宋金元以来之乐歌形式

唐人以绝句为乐章，其杂虚声牵词就曲，殆仍乐府歌辞之旧法。其后杂曲竞起。文士依声填词，句度长短，声韵平上，一准于乐谱，而声词相配、最为吻合之新体乐歌，乃得远绍十五国风之坠绪而建立一灿烂光辉之新形式。杂曲之中，又分令、慢、引、近诸体，举凡篇章、句读、声韵、色泽之运用，并有轨辙可循，在中国乐歌史上，为一大进步。兹先就令、慢杂曲之章句配合，约略举例言之：

令曲例一《江城子》(牛峤)：

> 鵁鶄飞起郡城东。碧江空，半滩风。越王宫殿，蘋叶藕花中。帘卷水楼鱼浪起，千片雪，雨蒙蒙。

上词全阕七句，五叶韵，此所谓单调小令也。其后衍为双调，则用同一曲调，重复唱之。例如苏轼作：

> 凤凰山下雨初晴。水风清，晚霞明。一朵芙蓉、开过尚盈盈。何处飞来双白鹭？如有意，慕娉婷。　　忽闻江上弄哀筝。苦含情，遣谁听？烟敛云收、依约是湘灵。欲待曲终寻问取，人不见，数峰青。

令曲例二《清平乐》(晏殊)：

> 金风细细，叶叶梧桐坠。绿酒初尝人易醉，一枕小窗浓睡。　　紫薇朱槿花残，斜阳却照阑干。双燕欲归时节，银屏昨夜微寒。

右词上半阕四句，四叶韵，下半阕四句，三叶韵，句法长短亦各不同，此上下阕各用不同曲调者也。

令曲例三《乌夜啼》(李后主)：

> 林花谢了春红，太匆匆！无奈朝来寒雨晚来风。　　胭脂泪，相留醉，几时重？自是人生长恨水长东！

右词上半阕三句，三叶韵，下半阕四句，两叶仄韵，两叶平韵，此上下阕后半用同一曲调，唯换头变调者也。

慢曲例一《八声甘州》(柳永):

对潇潇暮雨洒江天，一番洗清秋。渐霜风凄紧，关河冷落，残照当楼。是处红衰翠减，苒苒物华休。惟有长江水，无语东流。　　不忍登高临远，望故乡渺邈，归思难收。叹年来踪迹，何事苦淹留。想佳人、妆楼颙望，误几回、天际识归舟。争知我、倚阑干处，正恁凝愁！

前词上半阕九句，四叶韵，下半阕亦九句，四叶韵，而上下阕句读音节，各不相同，此上下阕各用不同曲调者也。

慢曲例二《贺新郎》(辛弃疾):

绿树听鹈鴂。更那堪、鹧鸪声住，杜鹃声切。啼到春归无寻处，苦恨芳菲都歇。算未抵、人间离别。马上琵琶关塞黑，更长门，翠辇辞金阙。看燕燕，送归妾。　　将军百战身名裂。向河梁、回头万里，故人长绝。易水萧萧西风冷，满座衣冠似雪。正壮士、悲歌未彻。啼鸟还知如许恨，料不啼清泪长啼血。谁共我，醉明月。

上词上下阕各十句，六叶韵，除两首句句法长短不同，当略变调外，余则上下曲调皆同者也。

慢曲例三《瑞龙吟》(周邦彦):

章台路，还见褪粉梅梢，试花桃树。愔愔坊陌人家，定巢燕子，归来旧处。　　黯凝伫，因念个人痴小，乍窥门户，侵晨浅约宫黄，障风映袖，盈盈笑语。　　前度刘郎重到，访邻寻里，同时歌舞。唯有旧家秋娘，声价如故。吟笺赋笔，犹记燕台句。知谁伴、名园露饮，东城闲步。事与孤鸿去。探春尽是，伤离意绪，官柳低金缕。归骑晚，纤纤池塘飞雨。断肠院落，一帘风絮。

上词三段，首、次两段各六句，三叶韵，句法悉同，所谓“双拽头”也。末段十七句，九叶韵，句法与前两段悉异。此可知词虽三段，而不同之曲调则不过二段也。

慢曲例四《夜半乐》（柳永）：

冻云黯淡天气，扁舟一叶，乘兴离江渚。渡万壑千岩，越溪深处。怒涛渐息，樵风乍起，更闻商旅相呼，片帆高举。泛画鹢、翩翩过南浦。　望中酒旆闪闪，一簇烟村，数行霜树。残日下、渔人鸣榔归去。败荷零落，衰杨掩映，岸边两两三三，浣纱游女，避行客、含羞笑相语。　到此因念，绣阁轻抛，浪萍难驻。叹后约、丁宁竟何据？惨离怀、空恨岁晚归期阻。凝泪眼、杳杳神京路，断鸿声远长天暮。

上词三段，第一段十句，四叶韵，第二段九句，亦四叶韵，第三段七句，亦四叶韵。全阕中惟首、次两段最末三句，句法声韵皆同，余则形式俱异，此用三段全殊之曲调，殆可臆度知之也。

令、慢词篇章体势之变化，既如上述，又其歌唱但配弦管，为广座娱宾之用，不演故事，不兼踏舞，殆与歌十五国风之情状无殊，此民歌相承之一脉，不过声律日严，后出转精耳。至唐、宋以来之大曲，少则七八段，多至三四十段不等，以各个不同之曲调，联合组成，大抵上似《楚辞·九歌》，下与近代西洋歌剧，似有相仿之处。连歌带舞，或自首至尾，演一种故事之始末，或联合若干相类之故事，用同一曲调重叠演唱之。依曾慥《乐府雅词》所载，以“传踏”与“九张机”列于大曲之前，性质殆亦相近。“传踏”多用《调笑令》重叠唱之，有无名氏、郑彦能、晁无咎三家之作，或联合《巫山》《桃源》《洛浦》《明妃》《班女》《文君》《吴娘》《琵琶》为一套，或联合《西子》《宋玉》《大堤》《解佩》《回文》《唐歌儿》《春草》为一套，先诗后词，有诵有歌，形式亦颇新颖。大曲仅存董颖《薄媚·西子词》，共分十段，以西施为主，分咏吴越兴亡故事，曲调各不相同。此必由特别训练之乐队为之，且非乐家与文士合作，声词相配，亦较困难。故唐人大曲，如《霓裳羽衣》之类，并有声无词，旧谱一亡，其形式遂不似令、慢曲词之尚可于文字声韵上，想象得之，殊可惜也。宋史浩有《鄮峰真隐大曲》二卷（《彊村丛书》本），共存《采莲寿乡词》《采莲舞》《太清舞》《柘枝舞》《花舞》《剑舞》《渔父舞》七套，除《寿乡词》用延遍、攧遍、入破、衮遍、实催、衮、歇拍、煞衮等八目组成，略似《薄媚·西子词》外，余皆有歌有舞，有念有唱，所念皆四、六文字，或七言绝诗。唱词则《采莲舞》以【采莲令】【渔家傲】【画堂春】【河传】等四种曲调组成，《太清舞》以同一曲调，变更词句，叠唱六遍，殿以“破子”，《柘枝舞》以【柘枝令】叠唱二遍，《花舞》以【折花三台】叠唱四遍，《剑舞》仅唱【霜天晓角】一遍，《渔父舞》以单调【渔家傲】叠唱八遍。各舞曲中，并注明念唱次第，及各种姿势，足为试作短篇歌剧之参考。兹录《渔父舞》如下：

四人分作两行，迎上对筵立，渔父自勾念：

鄮城中有蓬莱岛，不是神仙那得到。万顷澄波舞镜鸾，千寻叠嶂环旌纛。光天圆玉夜长清，衬地湿红朝不扫。宾主相逢欲尽欢，升平一曲【渔家傲】。

勾念了，二人念诗：

渺渺平湖浮碧满，奇峰四合波光暖。绿蓑青笠镇相随，细雨斜风都不管。

念了，齐唱【渔家傲】，舞，戴笠子。

细雨斜风都不管，柔蓝软绿烟堤畔，鸥鹭忘机为主伴。无羁绊，等闲莫许金章换。

唱了，后行吹【渔家傲】，舞，舞了，念诗：

喜见同阴垂匝地，琼珠簌簌随风絮。轻丝圆影两相宜，好景侬家披得去。

念了，齐唱【渔家傲】，舞，披蓑衣。

好景侬家披得去，前村雪屋云深处，一棹清歌归晚浦。真佳趣，知谁画得归缣素。

唱了，后行吹【渔家傲】，舞，舞了，念诗：

波面初惊秋叶委，风来又觉船头起。滔滔平地尽知津，济涉还渠渔父子。

念了，齐唱【渔家傲】，舞，取楫鼓动。

济涉还渠渔父子，生涯只在烟波里，练静忽然风又起。赢得底，吹来别浦看桃李。

唱了，后行吹【渔家傲】，舞，舞了，念诗：

碧玉粼粼平似掌，山头正吐冰轮上。水天一色印寒光，万斛黄金迷俯仰。

念了，齐唱【渔家傲】，将楫作摇橹势。

万斛黄金迷俯仰，轻舠不碍飞双桨，光透碧霄千万丈。真堪赏，恰如镜里人来往。

唱了，后行吹【渔家傲】，舞，舞了，念诗：

手把丝纶浮短艇，碧潭清泚风初静。未垂芳饵向沧浪，已见白鱼翻翠荇。

念了，齐唱【渔家傲】，取钓竿作钓鱼势。

已见白鱼翻翠荇，任公一掷波千顷，不是六鳌休便领。清昼永，悠飏要在神仙境。

唱了，后行吹【渔家傲】，舞，舞了，念诗：

新月半钩堪作钓，钓竿直欲干云表。鱼虾细碎不胜多，一引修鳞吾事了。

念了，齐唱【渔家傲】，钓出鱼。

一引修鳞吾事了，棹船归去歌声杳。门俯清湾山更好。眠到晓，鸣榔艇子方云扰。

唱了，后行吹【渔家傲】，舞，舞了，念诗：

提取赪鳞归竹坞，儿孙迎笑交相语。西风满袖有余清，试倩霜刀供玉缕。

念了，齐唱【渔家傲】，取鱼在杖头，各放鱼，指酒樽。

试倩霜刀供玉缕，银鳞不忍供盘俎，掷向清波方圉圉。休更取，小槽且听真珠雨。

唱了，后行吹【渔家傲】，舞，舞了，念诗：

明月满船惟载酒，渔家乐事时时有。醉乡日月与天长，莫惜清樽长在手。

念了，齐唱【渔家傲】，取酒樽，斟酒对饮。

莫惜清樽长在手，圣朝化洽民康阜。说与渔家知得否？齐稽首，太平天子无疆寿。（起，面外，稽首祝圣。）

唱了，后行吹【渔家傲】，舞，舞了，渔父自念遣队。

湖山佳气蔼纷纷，占得风光日满门。宾主相陪欢意足，却横烟笛过前村。歌舞既终，相将好去。

念了，后行吹【渔家傲】，舞者两行引退出，散。

如此简单曲调，用以描写渔翁生活，且歌且舞，有声有情。吾人倘能多选题材，略师此种形式，以编成小学或幼稚园之音乐教本，使天真活泼儿童肄习之，有不欢欣鼓舞，自然养成其爱美观念与高超性格者乎？

金、元以来，由词不复歌，一变而为南、北曲，又别为小令、散套，而倚声填词，声词配合之法，与唐、宋词原无二致。单调小令，置不复谈。散套乃合同一宫调中之若干支曲子而成，以演一段故事，或抒较为繁复之情感，体制略近唐、宋以来之大曲。中间亦有一曲叠用至数次者，殆参合大曲与转踏之形式而变化出之。吾人将欲创作较为繁复之短篇歌剧，似亦不妨多所借镜。兹录李致远《中吕·粉蝶儿》一套为例：

拟渊明

归去来兮！笑人生苦贪名利。我岂肯蹈迷途，惆怅独悲。假若做公卿，居宰辅，划地心劳形役。量这些来小去官职，枉消磨了浩然之气。

【醉春风】

想聚散若浮云，叹光阴如过隙。不如闻早赋归欤，畅是一个美、美。弃职归农，杜门修道，早予死心搭地。

【红绣鞋】

泛远水，舟遥遥以轻飏，送征帆，风飘飘而吹衣。望烟水平芜，把我去程迷。问征夫，询远近，瞻衡日熹微。盼柴桑，归兴急。

【满庭芳】

再休想折腰为米，落得个心闲似水。酒醉如泥，乐陶陶，并不管家和计，都分付与稚子山妻。栽五柳闲居隐迹，抚孤松小院徘徊，问因宜把功名弃。岂不见张良、范蠡，这两个多大得便宜。

【上小楼】

我则待逐朝每日，无拘无系。我则待从事西畴，寄傲南窗，把酒东篱。三径就荒，松菊犹存，规模不废。策扶老尚堪流憩。

【幺】

引壶觞以自酌，眄庭柯以自怡。有酒盈尊，门设常关，景幽人寂。或命巾车，或棹孤舟，从容游戏。比着个彭泽县，轻淡中有昧。

【耍孩儿】

溪泉流出涓涓细，木向阳欣欣弄碧。登东皋舒啸对斜晖，有两般儿景物希奇。觑无心出岫云如画，见有意投林鸟倦飞。草堂小，堪容膝。说亲戚之情话，乐琴书以忘几。

【幺】

或寻丘壑观清致，或自临清流品题。我为甚绝交游，待与世相违？须是我傲羲皇本性难移。想人间富贵非吾愿，望帝里迢遥不可期，已往事，都休记。度晚景：乐夫天命，其余更复奚疑。

【尾声】

辞功名则是远是非，守田园是我有见识。闲悠悠无半点为官意，一任驷马高车聘不起。

以上套曲以【粉蝶儿】【醉春风】【红绣鞋】【满庭芳】【上小楼】【耍孩儿】六种不同之曲调组成，而宫调同隶《中吕》，所谓“幺”即用上一曲调，明人则谓之“前腔”，语异声同，不啻重叠一遍，后用尾声作结。其他套曲，所用曲调之多寡，或一曲叠用至若干遍，原无限制，而各曲必隶同一宫调，则为套曲之通例也。

吾人试一参究上述乐歌形式之蜕变，自《诗经》《楚辞》，以迄唐、宋、金、元以来之词曲，或因或创，轨辙可寻。今欲别制适应时代之乐歌，自宜错综变化，以构成一种新形式。窃意十五国风，采诸民谣，先有词而后由乐家为之制曲，故篇章之配置，转较自由。宋、元以来之词曲，则皆先由乐家制谱，而文士依谱填词，故声律特严，拘制亦甚。惟多用长短参差之句法，实受乐曲之陶冶，而妙合人声之自然，又较《诗经》之例用四言者，为一大进步。自西洋音乐，输入中土，审音制曲，已大有人，依谱填词，殆非必要。但望有志作歌者，取篇章之法于《诗经》、唐、宋、金、元以来之词曲，而句法之铸造，则须借助于词曲者尤多。不必专仿西洋，生吞活剥，以自矜为创获，而实无当于世用也。

四　新体乐歌之声韵辞采

诗歌之所以必须有声有色，乃藉以增益形式之美，而与作者内在之情感相应。声韵之美，至词曲已发展至最高峰，而声有轻重长短之差，韵有疏密缓急之别，声之配置在句，韵之配置在篇，不识声韵之各有所宜，殆难构成动人之作品。声韵之配置，变化多端，而自四声平仄之说既兴，调处亦殊方便。沈约所称“一简之内，音韵尽殊，两句之中，轻重悉异”（《宋书·谢灵运传论》）者，后世例以两平两仄，相间用之。平声最长，故有“一平对三仄”之说。中国诗之注重平仄，犹西洋诗之注重长短音也。中国语既属单音，必得两字，方成一语。诗之节奏，即以五、七言论之，亦例以二字为一节，上节与下节间，轻重必异，而一节两字之内，下一字收音尤为着力，故平仄分配，例为两两相间，而逢双必论，遇单恒可不拘，俗称“一、三、五不论，二、四、六分明”，即其理也。自五、七言律、绝诗，以迄宋、元以来之词曲，无论句度整齐，或长短参差，其一句之中，字音轻重间之分配，鲜能逾此法式者。大抵一句不拘字数多寡，平仄必须约略相等，特亦时有例外，则于三仄之内，又须较量字音之长短，配搭均匀，方不至棘喉滞齿，而谐适动听。三仄中以去声字为最有镇压或揭起之力，故词曲中之领字，如柳永《八声甘州》：“对潇潇暮雨洒江天，一番洗清秋”之“对”字，“渐霜风凄紧，关河冷落，残照当楼”之“渐”字，“望故乡渺邈，归思难收”之“望”字，“叹年来踪迹，何事苦淹留”之“叹”字，例用去声。又一句中用平声字过多，中间必加以去声字，方能振起，如辛弃疾《太常引》：“被白发、欺人奈何”之“奈”字，“人道是清光更多”之“更”字是也。字音之分配，以平仄相间为方便法门，而度曲审音，又往往必须注意四声阴阳之辨，黄九烟所谓“三仄应须分上、去，两平还要辨阴阳”是也。分配字音之法，首应多读唐人绝句，及宋人令、慢曲词，久而久之，自然心领神会。今之学者，不肯耐心读书，辄苦调声之难，而畏平仄之束缚，乃欲尽取而废弃之，以为但顺喉舌之自然，即为发乎“天籁”而不知四声平仄之发明，正予通乎“天籁”以方便善巧。平日置而不讲，迨词成以付歌喉，以致不能成声，而犹莫解其所以然之故，殊可叹也！

至于歌词之必须叶韵，其作用有二：一为和谐音节，一为调节情感，故押韵恒在句尾，而一章之中，必须有若干韵脚，用同一韵部之字，以相应和，刘勰所称“异音相从谓之和，同声相应谓之韵”（《文心雕龙·声律篇》）是也。叶韵之变化，以《诗经》为最多，句首句中，亦多互叶，不专在句尾也。例如：

“鴥”彼晨风，“郁”彼北林。（《秦风》）

有“渐”济“盈”，有“鷕”雉“鸣”。（《邶风》）

“鴥”与“郁”协，“渐”与“鷕”协，“盈”与“鸣”协。如此之类，不胜枚举。近人丁以此所著《毛诗正韵》，可资参考，以为协韵变化之准则。协韵繁复，足以增益声容之美，于此足证入乐之诗，不得不特别注意于声韵之讲求也。后此则唯词曲，为能尽协韵之能事。大抵两句或三句一协韵，声情最为和适，句句协韵，则声调紧促，宜抒迫切情感。例如冯延巳《谒金门》：

风乍起，吹皱一池春水。闲引鸳鸯香径里，手挼红杏蕊。　　斗鸭阑干独倚，碧玉搔头斜坠。终日望君君不至，举头闻鹊喜。

句句协韵，句句换意，将思妇怀人之紧迫情绪，曲曲传出，声情相称，读之令人魂销。填词家每以选韵为难，盖四声韵部，性质各异，大抵入声韵宜抒凄壮激烈或幽洁险峻之情，上、去声韵宜抒缠绵往复或清新婉丽之情，平声韵其音最长，而功用亦非一致，大抵东、钟、江、阳、歌、麻等部，发扬洪亮，宜抒豪壮之情，支、微、齐、灰、寒、删等部，凄清柔靡，宜抒宛曲之情，侔色选声，是在作者之善为审度。至词之协韵，例以平、入独用，上、去合用，曲则四声通协，视词为繁复，殆亦适应沙塞噍杀之音，故声韵转尚亢烈欤？宋人词中，亦有平仄通叶之例，如贺铸《六州歌头》：

少年侠气，交结五都雄。肝胆洞，毛发耸。立谈中，死生同，一诺千金重。推翘勇，矜豪纵，轻盖拥，联飞鞚，斗城东。轰饮酒垆，春色浮寒瓮，吸海垂虹。闲呼鹰嗾犬，白羽摘雕弓，狡穴俄空，乐匆匆。　似黄粱梦，辞丹凤；明月共，漾孤篷。官冗从，怀倥偬，落尘笼，簿书丛。鹖弁如云众，供粗用，忽奇功。笳鼓动，渔阳弄，思悲翁，不请长缨，系取天骄种，剑吼西风。恨登山临水，手寄七弦桐，目送归鸿。

以东、钟、董、送等部发扬洪亮之韵，参互用之，便觉促节繁音，读之使人慷慨。元人沿用其法，遂开四声通协之广大法门。兹举张可久、乔吉二家小令各一首以示例：

例一《满庭芳》(客中九日)：

乾坤俯仰，贤愚醉醒，今古兴亡。剑花寒，夜坐归心壮。又是他乡！九日明朝酒香，一年好景橙黄。龙山上，西风树响，吹老鬓毛霜。(张可久)

例二《殿前欢》（登江山第一楼）：

拍阑干。雾花吹鬓海风寒，浩歌吹得浮云散。细数青山，指蓬莱一望间。纱巾岸，鹤背骑来惯。举头长啸，直上天坛。（乔吉）

历览《诗经》及词曲协韵之法，想见音情之美，恒从声韵之组织中得来。今日西洋音乐输入中土，已渐普遍，其声调较旧乐尤为繁复，则取与配合之歌词，似宜多采元曲四声通协之法，更参《诗经》之句中句音，错综协韵，庶足以极声容之美，而有洋洋盈耳之概焉。

复次，当及新体乐歌之辞采问题。一字有一字之声，即有一字之色，声色之间，必与作者所描写之情事相称，古人所谓“侔色揣称”是也。色寓于声，亦谓之“字面”。张炎《词源·论字面》云：“句法中有字面，盖词中一个生硬字用不得，须是深加锻炼，字字敲打得响，歌诵妥溜，方为本色语。”所谓“字字敲打得响”，即色寓于声之意。王骥德《曲律·论声调》云：“故凡曲调，欲其清不欲其浊，欲其圆不欲其滞，欲其响不欲其沉，欲其俊不欲其痴，欲其雅不欲其粗，欲其和不欲其杀，欲其流利轻滑而易歌，不欲其乖剌艰涩而难吐。其法须先熟读唐诗，讽其句字，绎其节拍，使长灌注融液于心胸口吻之间，机括既熟，音律自谐，出之词曲，必无沾唇拗嗓之病。”此亦足与《词源》之说相发，为讲求歌词用字者所必须注意也。字面有生熟而无新旧、雅俗之辨，亦在用之得当与否，引车卖浆者流之俚语，未必不可与典诰相调和。大抵语言文字之因革损益，恒随社会习惯为转变，旧语经过若干时日，必有若干被淘汰，而新生之语，经过若干时日，又往往与旧语之流行人口者互相调和结合，以成为现代化而富有艺术性之新字面。试取唐诗、宋词、元曲，三者比较观之，则新旧调和，实在文人之善为陶冶，固无雅俗之绝对性也。本篇前举李致远《中吕·粉蝶儿》套曲，取陶渊明之《归去来辞》，错综变换，以晋人语与元人语混合为之，色彩亦极调和。于此可悟运用字面，全在生字炼熟，即能援俗入雅，“旧瓶新酒”，有何不可相容，但在作者之善于处置耳。私意创制新体歌词，一面宜选取古诗及词曲中之字面，尚为多数人口耳间所犹习者，随所描写之情事，斟酌用之；一面采用现代新语，无论市井俚言，或域外名词，一一加以声调上之陶冶，而使之艺术化，期渐与固有之成语相融合，以造成一种适应表现新时代、新思想而不背乎中华民族性之新语汇，藉作新体乐歌之准则。世有聪明才智之士，倘不以吾言为迂阔乎？

吾信中华民族不亡，则我国文字语言，亦必随之永远存在。中国语言不灭，则用以表现我国国民情感之歌词，亦必不能全弃前人之法度，而惟外夷之“马首是瞻”。观于隋、唐以来之胡乐盛行，我国人乃得吸收融化，以创立燕乐杂曲，而构成长短其句之新体歌词，于文学、音乐两方，咸有莫大之贡献，则知今日为适应西来音乐，而谋使之与吾民族性相融合，以造成一种新国乐，而收化民成俗之效，舍别创适合吾民族习惯之新体歌词以相调节，其道末由。用述所闻，以就正于闳通之士，倘不以为谬妄，而共起图之，则乐教复兴，当可计日而待矣。

（原载《真知学报》第一卷第一期，一九四二年三月）